MIRA®

Umwelthinweis:
Dieses Buch wurde auf chlor- und säurefreiem Papier gedruckt.

Liebesträume aus 1001 Nacht

MIRA®

MIRA® TASCHENBUCH
Band 20030
1. Auflage: Februar 2012

MIRA® TASCHENBÜCHER
erscheinen in der Harlequin Enterprises GmbH,
Valentinskamp 24, 20354 Hamburg
Geschäftsführer: Thomas Beckmann

Titel der englischen Originalausgaben:

The Sheikh's Virgin Bride

One Night With The Sheikh

Possessed By The Sheikh

erschienen bei: Mills & Boon, London

Published by arrangement with
HARLEQUIN ENTERPRISES II B.V./S.àr.l.

Konzeption/Reihengestaltung: fredebold&partner gmbh, Köln
Umschlaggestaltung: pecher und soiron, Köln
Redaktion: Bettina Steinhage
Titelabbildung: Thinkstock / Getty Images, München; iStock
Autorenfoto: © by Harlequin Enterprises S.A., Schweiz
Satz: Buch-Werkstatt GmbH, Bad Aibling
Druck und Bindearbeiten: CPI – Ebner & Spiegel, Ulm
Printed in Germany
Dieses Buch wurde auf FSC®-zertifiziertem Papier gedruckt.
ISBN 978-3-89941-977-1

www.mira-taschenbuch.de

Penny Jordan

Die Braut des Wüstenprinzen

Roman

Aus dem Englischen von
Irmgard Sander

MIRA®

1. KAPITEL

Hast du dich eigentlich an den Windsurfing-Lehrer herangemacht, den ich so sexy fand?"

„Ja! Du hast wirklich nicht übertrieben – er ist mehr als sexy! Er will nachher zu mir aufs Zimmer kommen. Allerdings meinte er, er müsse sehr vorsichtig sein. Offensichtlich hat er schon eine Abmahnung erhalten von diesem Scheich Rashid, der einer der Mitinhaber des Hotels ist … wegen zu engen Umgangs mit den Gästen."

„Und euer Umgang war bereits mehr als eng, richtig?"

„O ja, das darfst du glauben!"

Xenia Connor wurde ungewollt Zeuge dieses kleinen Gesprächs. Sie saß unter einem der schützenden Sonnenschirme in der Dachterrassenbar des Marina Restaurants und hatte gerade ihr Mittagessen beendet, als die beiden jungen Frauen auf dem Weg hinaus in der Nähe ihres Stuhls stehen blieben. Und auch im Weitergehen schwärmten die beiden Bikinischönheiten immer noch in den höchsten Tönen von den erotischen Attributen des Windsurfing-Lehrers der luxuriösen Ferienanlage von Zuran.

Ein Lächeln huschte über Xenias Gesicht. „Vielen Dank", flüsterte sie zufrieden. Obwohl es den beiden natürlich nicht bewusst war, hatten sie ihr gerade die Information in die Hand gespielt, nach der sie seit zwei Tagen suchte! Sie stand auf und nahm ihr Strandtuch von der Rückenlehne ihres Stuhls. Nun blickte sie sich suchend nach dem Ober um.

„Entschuldigen Sie, können Sie mir sagen, wo ich die Windsurfer finde?"

Eine halbe Stunde später lag Xenia auf einer Sonnenliege mit bestem Blick auf die malerische künstliche Bucht, in der die Wassersportvergnügungen der Ferienanlage stattfanden … und natürlich auch auf besagten Windsurfing-Lehrer.

Sie konnte verstehen, warum die beiden jungen Frauen so von ihm geschwärmt hatten. Xenia war den Anblick gut aussehender, athletischer Männer durchaus gewohnt. Sie hatte an einer amerikanischen Universität studiert und zudem ihren Patenonkel auf ausgedehnte Reisen durch Europa und Australien begleitet. John Feinnes war ein hochrangiger britischer Diplomat und der beste Freund ihrer Eltern gewesen. Deshalb war er auch Xenias Vormund geworden, als sie nach dem Tod ihrer Eltern mit siebzehn zur Vollwaise geworden war. In Begleitung ihres Patenonkels hatte sie die schönsten Strände der Welt kennengelernt und war daher mit dem Typ Strandmacho durchaus vertraut, der sich für Gottes Geschenk an die Frauen hielt. Und dieser Mann war ein Prachtexemplar seiner Spezies!

Er hatte die Figur eines Modellathleten und hätte sich seinen Lebensunterhalt ohne weiteres als Model für Bademoden verdienen können. Aber Xenia räumte widerwillig ein, dass er bei genauerer Betrachtung über seinen ansehnlichen Körper hinaus noch ein gewisses Etwas besaß, das ihren Blick fesselte. Er war mit den weißen Shorts bekleidet, die zur üblichen Uniform der Hotelangestellten gehörten, bei ihm jedoch sexy wie bei keinem anderen wirkten. Selbst über die Entfernung hinweg glaubte Xenia seine männlich-erotische Ausstrahlung zu spüren. Er war gerade damit beschäftigt, einige Surfbretter vom Strand einzusammeln, und seine Bewegungen erinnerten Xenia an die kraftvolle Anmut eines Panthers.

Sein gebräunter, muskulöser Oberkörper glänzte in der Sonne, die frische Meeresbrise zauste ihm das dichte schwarze Haar. Xenia hätte wetten mögen, dass, getarnt hinter unzähligen Designer-Sonnenbrillen, die Blicke aller weiblichen Wesen am Strand gebannt auf ihm ruhten. Er besaß eine so unmittelbare, unwiderstehliche erotische Wirkung, dass es einem buchstäblich den Atem raubte.

Ja! Während Xenia ihn aus der Entfernung fasziniert beobachtete, war sie sich einer Sache sicher: Er war genau das, was sie brauchte!

Über eine Stunde später schmiedete Xenia auf dem Weg in ihre luxuriöse Hotelsuite eifrig Pläne. Als sie über den *Souk* kam, den eigens auf dem Hotelgelände angelegten Basar, blieb sie kurz stehen, um bewundernd einem der Kunsthandwerker zuzusehen.

Es war nicht verwunderlich, dass dieser Hotelkomplex weltweit Anerkennung gefunden hatte. Hier vereinte sich eine maurisch inspirierte Architektur samt exotisch blühender, verwunschener Gärten mit extravaganten exklusiven Boutiquen in prachtvollen Einkaufsgalerien und einem traditionellen orientalischen *Souk* zu einem unnachahmlichen Zauber aus Tausendundeiner Nacht und unvorstellbarem Luxus. In der weitläufigen Anlage waren mehr als zwanzig verschiedene Restaurants untergebracht, die Spezialitäten aus aller Herren Länder servierten.

Doch im Moment hatte Xenia es relativ eilig, in ihre Suite zu kommen. Von ihrem Schlafzimmerfenster aus hatte sie den Strand gerade noch im Blick. Der aufregende Windsurfer war im weiteren Verlauf des Nachmittags in einem schnittigen und zweifellos sehr schnellen Motorboot davongebraust. Nun, da sich die Sonne dem Horizont zuneigte, war er zurück. Gelassen und systematisch sammelte er die über den ansonsten menschenleeren Strand verstreuten liegen gebliebenen Surfbretter ein.

Das war die ideale Gelegenheit, das zu tun, wozu sie sich entschlossen hatte, als sie das Gespräch der beiden jungen Frauen belauschte. Xenia nahm ihre Jacke und ging zur Tür, ehe sie der Mut verlassen würde.

Unten am Strand wurde es bereits dunkel … und empfindlich kühl, wie es für Wüstenregionen nach der Hitze des Tages typisch war. Xenia spähte angestrengt in die zunehmende Abenddämmerung und glaubte schon, zu spät gekommen zu sein. Ihr Herz pochte enttäuscht.

Ganz in Gedanken vertieft, bemerkte sie erst, dass sie nicht mehr allein war, als ein dunkler Schatten vor ihr auf den Strand fiel. Erschrocken fuhr sie herum … und stellte fest, dass das Ziel ihrer Wünsche vor ihr stand, nur einen Schritt entfernt!

Ihr erster Impuls war natürlich, zurückzuweichen. Aber ihr eigensinniger Stolz, den sie angeblich von ihrem Großvater geerbt hatte, veranlasste sie standzuhalten. Sie atmete tief ein und blickte auf … und hielt den Atem sofort wieder an, denn da der Mann vor ihr größer war, als sie erwartet hatte, ruhte ihr Blick auf seinem Mund. Und der war so sündhaft sinnlich, dass es sie heiß durchzuckte.

Xenia schluckte. Welcher Nationalität mochte dieser aufregende Surflehrer angehören? Italienisch? Griechisch? Sein Haar war schwarz und dicht, sein Teint tief gebräunt. Trotz seiner zwanglosen Kleidung – weißes T-Shirt, Jeans und Turnschuhe – wirkte er unerwartet respekteinflößend.

Inzwischen war es fast vollständig dunkel. Ringsum leuchteten kleine Lichter auf, die die Marina romantisch illuminierten. Xenia bemerkte ein Aufblitzen in den Augen ihres Gegenübers, der sie von Kopf bis Fuß betrachtete ... zunächst fast geringschätzig, dann plötzlich aufmerkend, als hätte irgendetwas sein Interesse geweckt. Und seinen Jagdinstinkt! Sie hätte wetten mögen, dass es ihm Spaß gemacht hätte, wenn sie jetzt davongelaufen wäre.

Ihr Herz pochte nervös. Obwohl sie mit Jeans und T-Shirt völlig ausreichend bekleidet war, hatte sie plötzlich das Gefühl, als würde er sie mit seinen Blicken ausziehen und ihre letzten Geheimnisse ergründen. Sie hatte Derartiges so noch nie erlebt und fühlte sich unglaublich verletzlich.

„Wenn Sie wegen Einzelunterricht gekommen sind, dann sind Sie zu spät dran, fürchte ich."

Der spöttische Ton, gepaart mit einem unmissverständlichen Blick, ließ Xenia erröten. „Ich brauche keinen Unterricht", antwortete sie stolz. Ihr Gegenüber konnte ja nicht wissen, dass sie tatsächlich als Teenager in Amerika Surfen gelernt und Wettkampfreife erlangt hatte.

„Wirklich? Was brauchen Sie denn?", entgegnete er bedeutsam.

Es war wirklich kein Wunder, dass die beiden jungen Frauen so von ihm geschwärmt hatten! Seine erotische Ausstrahlung war derart dominant und greifbar, dass Xenia Mühe hatte, einen klaren Gedanken zu fassen, und er war sich zweifellos bewusst, welche Gefahr er für das weibliche Geschlecht darstellte. Genau aus diesem Grund war er ja auch geradezu perfekt für ihre Pläne, wie Xenia sich energisch ins Gedächtnis rief.

Ihre eigene Schwäche ärgerte sie maßlos, und sie weigerte sich, ihr nachzugeben. Er war doch nicht der erste attraktive Mann, der ihr mehr oder weniger eindeutige Avancen machte, und sie hatte ihnen bisher immer standgehalten. Warum sollte es bei diesem anders sein? Auch wenn er zugegebenermaßen der erste Mann war, in dessen Nähe ihr der Atem stockte, weil er mit seiner geballten Männlichkeit die Atmosphäre förmlich zum Knistern brachte.

Tapfer versuchte Xenia, ihre Gefühle zu ignorieren, und sagte fest: „Ich möchte Ihnen ein Angebot machen."

Er schwieg einen Moment, was ihr die Gelegenheit gab, ihn genauer zu betrachten. Am Nachmittag hatte sie aus der Ferne ausgiebig seinen athletischen Körper bewundern können, nun aber stellte sie fest, dass auch seine markanten Gesichtszüge der Marmorstatue eines griechischen Gottes würdig gewesen wären. Lediglich die Farbe seiner Augen konnte sie im Zwielicht nicht genau erkennen. Doch sie vermutete, dass er braune Augen hatte, und atmete insgeheim erleichtert auf. Denn braunäugige Männer hatten sie noch nie besonders reizen können ... aus irgendeinem Grund hatte sie sich schon als Teenager immer ausgemalt, dass der Held ihrer Träume einmal klare silbergraue Augen haben würde.

„Ein Angebot?", wiederholte ihr Gegenüber nun so desinteressiert, dass es sie fast kränkte. „Wissen Sie, ich habe es nicht nötig, mit Frauen ins Bett zu gehen, die mir eindeutige Angebote machen. Als Mann ziehe ich es vor, meine Beute selber zu jagen. Wenn Sie es aber sehr nötig haben, könnte ich Ihnen vielleicht eine Empfehlung geben, wo Sie mehr Glück haben werden."

Xenia kribbelte es in den Fingern, ihm für diese Beleidigung eine Ohrfeige zu versetzen. Aber obwohl ihr dies vermutlich eine gewisse Genugtuung verschafft hätte, wäre es für ihre konkreten Pläne bestimmt nicht zuträglich gewesen. Und seine aggressiv männliche Haltung bestätigte nur, dass er für ihre Zwecke genau der Richtige war. Ein Schürzenjäger, den kein zukünftiger Ehemann gern in der Gesellschaft seiner zukünftigen Ehefrau sehen würde.

„Es handelt sich nicht um diese Art von Angebot", sagte sie deshalb.

„Ach nein? Um was für eine Art von Angebot denn?", fragte er herausfordernd.

„Die Art, die gut bezahlt wird und trotzdem nicht illegal ist", antwortete Xenia prompt und hoffte, damit sein Interesse zu wecken.

Er bewegte sich ein wenig zur Seite, sodass das Licht der Marinabeleuchtung nun mehr auf ihr Gesicht fiel. Anscheinend wollte er nun seinerseits sie genauer in Augenschein nehmen. Xenia war nicht besonders eitel, aber sie wusste, dass sie gemeinhin als attraktiv galt. Wenn dieser Mann allerdings auch dieser Ansicht war, dann verriet seine Miene nichts davon. Völlig unbewegt begutachtete er sie derart intensiv, dass sie sich zusammennehmen musste, um nicht zurückzuweichen. Unwillkürlich legte sie ihre Arme schützend um die Taille.

„Klingt faszinierend“, sagte er dann spöttisch. „Und was müsste ich tun?“

Xenia entspannte sich etwas. „Sie müssten mich umwerben und verführen ... und das in aller Öffentlichkeit.“

Nicht ohne Genugtuung bemerkte Xenia das kurze Aufblitzen in seinen Augen. Es war ihr tatsächlich gelungen, ihn zu überraschen. Doch er hatte sich schnell wieder im Griff. „Verführen?“, wiederholte er scharf und mit einem unüberhörbar eisigen Unterton.

„Nicht wirklich“, erklärte sie rasch. „Genau genommen möchte ich, dass Sie so tun, als würden Sie mich verführen.“

„So tun, als ob? Warum?“, fragte er sofort und lächelte verächtlich. „Haben Sie einen Liebhaber, den Sie eifersüchtig machen wollen?“

„Nein, keineswegs!“, wehrte Xenia mühsam beherrscht ab. „Ich möchte einfach dafür bezahlen, dass Sie dafür sorgen, dass ich ... meinen guten Ruf verliere.“

Ihr Gegenüber schien zu erstarren, und ein seltsamer, nachdenklicher Ausdruck huschte über sein Gesicht, den sie nicht deuten konnte. „Darf ich fragen, warum Sie Ihren Ruf verlieren wollen?“, erkundigte er sich dann.

„Sie dürfen fragen“, antwortete Xenia unverblümt, „aber ich werde es Ihnen nicht verraten.“

„Nicht? Nun, in dem Fall werde ich Ihnen nicht helfen.“ Er wandte sich bereits ab.

Xenia geriet in Panik. „Ich bin bereit, Ihnen fünftausend Pfund zu zahlen“, rief sie ihm nach.

Er blieb stehen und drehte sich langsam wieder um. „Zehntausend, und wir kommen vielleicht ... und nur vielleicht ... ins Geschäft“, erwiderte er gelassen.

Zehntausend Pfund! Xenia schluckte. Ihre Eltern hatten ihr zwar einen durchaus beachtlichen Treuhandfonds hinterlassen, aber bis sie fünfundzwanzig war, kam sie an eine derart große Summe ohne die Zustimmung der Treuhänder nicht heran, von denen einer ihr Patenonkel war. Und der war nicht zuletzt mit schuld, dass sie überhaupt zu diesen Mitteln greifen musste! Geschlagen ließ sie den Kopf sinken.

Der Surflehrer hatte sich wieder abgewandt und ging davon. Er hatte schon fast das Ende des Strandes erreicht. In wenigen Sekunden würde er außer Sichtweite sein. Xenia schluckte deprimiert und wandte sich ebenfalls ab.

2. KAPITEL

Xenia gab der Versuchung nicht nach, sich noch einmal nach ihm umzusehen, sondern blickte starr aufs Meer hinaus.

Ihr langes glänzendes dunkelbraunes Haar, die ebenmäßigen, fast aristokratischen Gesichtszüge und ein sanft gebräunter Teint verleiteten viele Leute, sie auf den ersten Blick für eine Spanierin oder Italienerin zu halten. Lediglich die leuchtend grünen Augen und ihr leidenschaftliches Temperament waren Hinweis darauf, dass tatsächlich über die irischen Vorfahren ihres amerikanischen Vaters keltisches Blut in ihren Adern floss. Und kaum einer kam auf die Idee, dass sie ihr exotisches Aussehen der Tatsache verdankte, dass ihre Mutter Beduinin gewesen war.

Die kühle Brise vom Meer strich ihr durchs Haar und ließ sie frösteln. Doch im nächsten Moment durchzuckte es sie wie elektrisiert, als sie eine Männerhand im Nacken spürte.

„Fünftausend … und den Grund“, flüsterte ihr jemand ins Ohr, dessen Stimme sie sofort erkannte.

Er war zurückgekommen! Xenia wusste nicht, ob sie sich freuen oder entsetzt sein sollte.

„Das ist mein letztes Wort“, warnte er sie leise. „Fünftausend und der Grund. Oder wir kommen nicht ins Geschäft.“

Xenia schluckte. Hatte sie eine Wahl? Außerdem, was war schon Schlimmes dabei, es ihm zu erzählen? „Also gut“, sagte sie so fest wie möglich.

„Sie zittern“, sagte er, denn seine Hand lag immer noch in ihrem Nacken. „Warum? Haben Sie Angst? Oder sind Sie erregt?“, fügte er bedeutsam hinzu und ließ den Daumen über ihren Hals gleiten.

Entschlossen befreite sich Xenia aus seinem Griff. „Weder noch! Mir ist einfach nur kalt.“

Ein spöttisches Lächeln zuckte um seine Mundwinkel. „Aber natürlich. Sie möchten also, dass ich Sie öffentlich umwerbe und verführe? Warum? Verraten Sie es mir!“

Sie atmete tief ein. „Es ist eine ziemlich lange und komplizierte Geschichte …“

„Ich bin ganz Ohr.“

Xenia schloss kurz die Augen, um sich zu sammeln. Dann blickte sie auf und begann zu erzählen: „Mein Vater war ein amerikanischer Diplomat. Er lernte meine Mutter kennen und lieben, als er hierher nach Zuran versetzt wurde. Aber ihr Vater war gegen die Verbindung, denn er hatte andere Pläne. Abu Assad hielt es für die Pflicht einer Tochter, sich als Faustpfand für die Erweiterung des Familienimperiums benutzen zu lassen." Xenia konnte ihre Verbitterung nicht verhehlen. „Als meine Mutter dann gegen seinen Willen mit meinem Vater durchbrannte, wollte mein Großvater nichts mehr mit ihr zu tun haben. Und er verbot auch ihren Brüdern und deren Ehefrauen jeglichen Kontakt mit ihr."

Ein wehmütiger Ausdruck huschte über Xenias Gesicht. „Meine Eltern wurden sehr glücklich miteinander, aber als ich siebzehn war, kamen sie bei einem Unfall ums Leben. Mein Patenonkel holte mich zu sich nach England. John Feinnes ist ebenfalls Diplomat und war der beste Freund meines Vaters. Die beiden hatten sich damals in Zuran kennengelernt, als sie in ihren jeweiligen Botschaften hier stationiert waren. Wie auch immer, ich habe in England mein erstes Studium abgeschlossen und bin mit meinem Patenonkel um die Welt gereist. Eine Zeit lang habe ich für eine Hilfsorganisation vor Ort gearbeitet und hatte eigentlich vor, noch ein Studium zum Master anzuschließen, aber dann kam mein Onkel Hassan, einer der Brüder meiner Mutter, unerwartet nach London und setzte sich mit meinem Patenonkel in Verbindung. Er sagte ihm, mein Großvater wolle mich sehen und wünsche, dass ich nach Zuran komme. Ich wollte natürlich nichts mit meinem Großvater zu tun haben, denn ich wusste ja, wie sehr er meine Mutter verletzt hatte. Sie hatte nie aufgehört zu hoffen, dass er ihr verzeihen und ihre Briefe beantworten würde … doch es kam nie eine versöhnliche Geste von ihm. Nicht einmal nach dem tödlichen Unfall. Keiner von der Familie meiner Mutter kam zur Beerdigung. Mein Großvater hat es nicht erlaubt!"

Xenia blinzelte zornig gegen die aufsteigenden Tränen an. „Mein Patenonkel bat mich, noch einmal in Ruhe darüber nachzudenken. Er meinte, die Versöhnung der Familie entspräche sicher dem Wunsch meiner Eltern. Ich erfuhr, dass mein Großvater einer der Hauptteilhaber dieser Ferienanlage war und mich eingeladen hatte, zusammen mit meinem Patenonkel herzukommen und eine Weile zu bleiben, sodass wir uns kennenlernen könnten. Am liebsten hätte ich abgelehnt ... aber irgendwie hatte ich das Gefühl, dass ich meiner Mutter zuliebe herkommen musste. Wenn ich allerdings den wahren Grund geahnt hätte, warum man mich hierherlocken wollte ..."

„Der wahre Grund?", hakte der attraktive Windsurfer aufhorchend nach.

„Ja", bekräftigte sie verächtlich. „Gleich am Tag unserer Ankunft haben mein Onkel Hassan und seine Frau Soraya uns mit ihrem Sohn Saud hier im Hotel aufgesucht. Sie entschuldigten meinen Großvater, dass er nicht persönlich zu meiner Begrüßung gekommen sei, aber er habe ein sehr schwaches Herz und der Arzt habe ihm strenge Bettruhe verordnet. Ich war so naiv, ihnen zu glauben. Aber als ich mit meinem Cousin allein war, ließ er die Katze aus dem Sack. Saud ist erst fünfzehn und völlig unbefangen. Er hatte keine Ahnung, dass ich nicht eingeweiht war." Xenia schüttelte den Kopf und fuhr mit zittriger Stimme fort: „Es war nämlich keineswegs der vordringliche Wunsch meines Großvaters, mich kennenzulernen und das Unrecht, das er meinen Eltern angetan hatte, wiedergutzumachen. Nein, Abu Assad will mich vor allem mit einem seiner reichen Geschäftspartner verheiraten! Und mein Patenonkel hält das unglaublicherweise auch noch für eine gute Idee."

Xenias Stimme überschlug sich fast vor Empörung. Sie atmete tief ein, um sich ein wenig zu beruhigen. „Zuerst hat er zwar versucht, abzuwiegeln und mir einzureden, dass ich Saud missverstanden hätte. Tatsächlich aber ist er von der Idee so angetan, dass er sich inzwischen unerreichbar auf eine wichtige diplomatische Mission in den Fernen Osten begeben und meinen Reisepass mitgenommen hat! Vorher gab er mir noch den Rat: ‚Sieh dir den Burschen doch wenigstens mal an, Kindchen.'" Sie ahmte den blasierten britischen Tonfall ihres Patenonkels geringschätzig nach. „‚Das kann doch nicht schaden, oder? Und wer weiß? Vielleicht gefällt er dir ja sogar! Nimm den britischen Adel ... die Ehen sind fast ausnahmslos arrangiert, und die Ergebnisse können sich im Großen und Ganzen sehen lassen. All das Getue um Liebe! Gleiches zu Gleichem ... das ist meine Auffassung, und laut deinem Onkel Hassan scheinen dieser Scheich Rashid und du ziemlich viel gemeinsam zu haben. Ein ähnliches kulturelles Erbe. So etwas kommt in obersten diplomatischen Kreisen immer gut an. Mir ist jedenfalls zugetragen worden, dass sowohl die britische wie die amerikanische Regierung von der Idee sehr angetan ist.'"

„Sie wollen behaupten, dass Ihr Großvater Sie mit einem seiner Landsleute und Geschäftspartner verheiraten will, weil es als kluger Schachzug zu diplomatischen Zwecken gefeiert werden würde?", unterbrach der Windsurfer sie scharf und ungläubig.

„Nun, mein Patenonkel möchte zumindest, dass ich dies für das einzige Motiv meines Großvaters halte ... aber ich denke, dass Abu Assad keineswegs so uneigennützig ist", erwiderte Xenia verächtlich. „Nach allem, was ich Saud entlocken konnte, möchte mein Großvater mich vor allem mit diesem Scheich verheiraten, weil der nicht nur ebenfalls Teilhaber an dieser Ferienanlage ist, sondern auch über die allerbesten Beziehungen verfügt ... anscheinend ist er sogar mit der königlichen Familie von Zuran verwandt! Und meine Mutter sollte ursprünglich einen entfernten Cousin aus der königlichen Familie heiraten, bevor sie sich in meinen Vater verliebte. Mein Großvater hatte sich zweifellos viele Vorteile von einer derartigen Prestigeheirat versprochen und findet es jetzt sicher nur angemessen, dass ich sozusagen die Stelle meiner Mutter einnehme als Opfer seiner Ambitionen!"

„Haben Sie Probleme mit Ihrer gemischten Abstammung?"

Diese unerwartete Frage erwischte Xenia etwas auf dem falschen Fuß. „Probleme?" Sie spürte, wie ihr Stolz erwachte. „Nein! Warum sollte ich? Ich bin stolz darauf, das Ergebnis der Liebe meiner Eltern zu sein ... und stolz darauf, das zu sein, was ich bin."

„Sie haben mich missverstanden. Die Probleme, die ich meinte, beziehen sich auf die Mischung völlig unterschiedlicher Temperamente ... die Kälte des Nordens mit der Hitze der Wüste, angelsächsisches Blut mit Beduinenblut, der Wunsch nach tiefer Verwurzelung im Gegensatz zu dem Drang der Nomaden, von Ort zu Ort zu ziehen. Fühlen Sie sich nie zwischen zwei so unterschiedlichen Kulturen hin- und hergerissen? Einerseits ein Teil beider, andererseits ihnen beiden fremd?"

Seine Worte fassten ihre Gefühle so treffend zusammen, dass Xenia für einen Moment verblüfft schwieg. Wie konnte dieser Surflehrer wissen, was sie empfand? Unwillkürlich jagte ihr ein Schauer über den Rücken.

„Ich bin, was ich bin“, sagte sie fest und versuchte energisch, sich von der Faszination dieses Mannes zu befreien.

„Und was ist das?“

Ihre grünen Augen blitzten auf. „Eine moderne, unabhängige Frau, die sich nicht dazu manipulieren oder benutzen lässt, den Zwecken eines alten Familienpatriarchen zu dienen.“

Ihr Gegenüber zuckte die Schultern. „Wenn Sie den Mann, den Ihr Großvater für Sie ausgesucht hat, nicht heiraten wollen, warum sagen Sie es ihm nicht einfach?“

„So einfach ist das leider nicht“, räumte Xenia ein. „Ich habe meinem Patenonkel natürlich gesagt, dass ich auf keinen Fall einwilligen werde, den Mann auch nur kennenzulernen, geschweige denn, ihn zu heiraten. Aber das war, bevor mein Patenonkel in den Fernen Osten verschwunden ist und meinen Pass mitgenommen hat. Um mir Zeit zu geben, meinen Großvater kennenzulernen und mein kulturelles Erbe wiederzuentdecken, wie John es ausdrückte, aber ich weiß genau, worauf er wirklich hofft. Indem er mich hier praktisch auf Gedeih und Verderb meinem Großvater ausliefert, hofft er, mich zum Einlenken zu bewegen. Mein Patenonkel geht nächstes Jahr in den Ruhestand und spekuliert zweifellos darauf, dass die Queen ihn als Belohnung für seine Dienste in den Adelsstand erhebt. Dazu wäre es sicher hilfreich, wenn er seine Beteiligung am Zustandekommen der auf diplomatischer Ebene so zuträglichen Heirat seiner Patentochter mit Scheich Rashid vorweisen könnte. Und nach allem, was ich von meinem Cousin Saud erfahren habe, ist die Familie meiner Mutter sowieso einmütig der Ansicht, dass ich restlos begeistert sein sollte, dass dieser Scheich mich überhaupt heiraten will!“

„In diesen Kreisen ist es durchaus üblich, dass sich Gleiches mit Gleichem verbindet“, antwortete der Surflehrer. „Ich kann nachvollziehen, was Sie über die diesbezüglichen Motive Ihres Großvaters sagen. Aber was ist mit Ihrem möglichen Ehemann? Warum sollte dieser …“

„Scheich Rashid“, ergänzte Xenia wütend. „Es ist übrigens derselbe Scheich Rashid, der, wie ich höre, nicht viel von Ihrem Umgang mit den weiblichen Gästen seines Hotels hält.“ Sie bemerkte seinen fragenden Blick und fügte hinzu: „Ich habe zufällig ein Gespräch zwischen zwei jungen Frauen mitgehört, die über ihren tollen Surflehrer sprachen. Und was Ihre Frage betrifft, warum Scheich Rashid mich zur Frau wählen sollte …“ Xenia atmete tief ein. „Die ist sicher berechtigt, aber wie es aussieht, haben wir beide durchaus etwas gemeinsam. Wir stammen beide aus Mischehen, nur dass in seinem Fall, soweit ich weiß, der Vater aus Zuran kommt. Darüber hinaus würde die königliche Familie von Zuran diese Heirat begrüßen. Wie mein Patenonkel sagt, wäre es ein großer Affront, wenn Scheich Rashid die Heirat unter diesen Voraussetzungen ablehnen würde, so wie es auch ein großer Affront gegenüber der Familie meiner Mutter wäre, wenn er mich ablehnte. Aber ich habe genug über die zuranische Kultur gelernt, um zu wissen, dass Scheich Rashid unter Wahrung seiner Ehre eine Heirat mit mir ablehnen könnte, wenn er Grund hätte, mich für moralisch unwürdig zu halten, seine Frau zu werden.“

„Ich habe den Eindruck, dass hier ziemlich viele Mutmaßungen und Spekulationen im Raum stehen“, meinte ihr Gegenüber lakonisch.

Xenia sah ihn herausfordernd an. „Soll das heißen, dass Sie das alles für Einbildung halten? Dann sollten wir hier nicht länger unsere Zeit verschwenden!“

„Immer langsam“, sagte er beschwichtigend. „Ich verstehe jetzt also die Beweggründe. Aber warum haben Sie mich ausgewählt?“

Sie zuckte spöttisch die Schultern. „Wie schon gesagt, ich habe mit angehört, wie zwei Frauen über Sie sprachen, und daraus den Eindruck gewonnen, dass …“

„Dass was?“, hakte er nach, als sie ein wenig befangen verstummte.

„Dass Sie den Ruf haben, hoch in der Gunst der weiblichen Hotelgäste zu stehen“, fuhr sie trotzig fort. „So sehr sogar, dass Sie dafür bereits eine Abmahnung von Scheich Rashid erhalten haben und befürchten müssen, Ihren Job zu verlieren.“

Ihr Gegenüber betrachtete sie eindringlich. „Sie wollen also weder eine arrangierte Heirat noch ein flüchtiges sexuelles Abenteuer mit mir, richtig? Was wollen Sie denn?“

„Nichts!“ Xenia bemerkte das skeptische Aufleuchten in seinen Augen und fügte rasch hinzu: „Ich meine, nichts, bis ich einem Mann begegne …“

„… der Ihren hohen Wertmaßstäben schließlich gerecht wird?“, ergänzte er spöttisch.

Sie schüttelte ärgerlich den Kopf. „Legen Sie mir nichts in den Mund! Ich wollte sagen, bis ich einem Mann begegne, den ich lieben und respektieren kann und dem ich mich gefühlsmäßig in jeder erdenklichen Hinsicht hingeben will. So war es bei meinen Eltern", sagte sie leidenschaftlich, „und genau diese Art von Beziehung wünsche ich mir auch für mich ... und eines Tages auch für meine Kinder."

„Ein hochgegriffenes Ziel heutzutage", lautete die unverblümte Antwort.

„Mag sein, aber ich denke, es ist es wert, darauf zu warten", antwortete Xenia entschieden.

„Haben Sie keine Angst, wenn Sie diesen Ausbund an Tugend eines Tages finden sollten, dass ihn möglicherweise die Tatsache abschrecken könnte, dass Ihr guter Ruf inzwischen beeinträchtigt ist?"

„Nein", widersprach sie sofort. „Denn wenn er mich liebt, wird er mich akzeptieren und meine Wertvorstellungen begreifen. Außerdem ..." Sie verstummte, als ihr klar wurde, dass sie fast verraten hätte, dass ihre Unberührtheit für sich sprechen würde, wenn es irgendwann einem Mann gelingen sollte, ihre Liebe zu gewinnen. „Warum stellen Sie mir eigentlich all diese Fragen?", fragte sie scharf.

„Nur so", antwortete er lakonisch. Xenia glaubte, im Zwielicht zu erkennen, wie er versuchte, sich ein Urteil über sie zu bilden. „Schön", sagte er schließlich, „Sie bieten mir also fünftausend Pfund dafür, dass ich Sie in aller Öffentlichkeit umwerbe und verführe und Ihren Ruf ruiniere."

„Dafür, dass Sie so tun!", verbesserte sie ihn rasch.

„Was ist los?", spottete er. „Kommen Ihnen etwa Bedenken?"

„Ganz sicher nicht!", wehrte sie empört ab und hielt den Atem an, als er im nächsten Moment ganz dicht an sie herantrat und sie in die Arme nahm. „Was ... was tun Sie da?"

Wie gebannt blickte sie zu ihm auf, als er sich langsam herabbeugte und sie mit dem Blick seiner funkelnden Augen hypnotisierte. „Wir haben einen Pakt geschlossen", flüsterte er fast schon an ihren Lippen. „Und nun müssen wir ihn besiegeln. In vergangenen Zeiten hat man hier in der Wüste derartige Dinge mit Blut besiegelt. Soll ich unsere Haut anritzen und unser Blut miteinander mischen, oder genügt dir dies ...?"

Ehe Xenia protestieren konnte, küsste er sie auf den Mund und presste sie an sich. O ja, sie hatte recht gehabt, seine Leidenschaft und Sinnlichkeit zu fürchten. Dieser Mann war noch viel gefährlicher als der Panther, an den er sie erinnert hatte. Nur mit großer Mühe gelang es ihr, den Wunsch zu bezwingen, seine unrasierten Wangen zu streicheln und die Finger in sein dichtes schwarzes Haar zu krallen. Als er sich von ihr löste, schien sie ganz und gar nicht bereit, ihn freizugeben. Von Scham und Panik überwältigt, biss sie ihn trotzig in die Lippe … und erstarrte, als er zusammenzuckte und aufblickte.

„In dir schlummert mehr Wüstentemperament, als ich dachte!"

Und dann küsste er sie erneut mit einer Leidenschaft, wie Xenia sie noch nie erlebt hatte. Heiße Erregung durchzuckte sie, brachte ihr Blut in Wallung und ihr Herz zum Pochen, bis sie glaubte, es müsse zerspringen.

Im nächsten Moment ließ er sie los und blickte auf. Und im schwachen Licht der Marinabeleuchtung erkannte Xenia zum ersten Mal die Farbe seiner Augen. Sie waren nicht braun, wie sie vermutet hatte, sondern von einem klaren Silbergrau.

„Wir haben den ganzen Morgen zu unserer Verfügung, Xenia. Ich dachte, ein kleiner Einkaufsbummel würde dir vielleicht gefallen. Ganz in der Nähe ist ein exklusives Einkaufszentrum mit einigen erstklassigen Designer-Boutiquen, und …"

Xenia gab sich alle Mühe, sich darauf zu konzentrieren, was ihre Tante Soraya ihr sagte. Die Frau ihres Onkels Hassan hatte sie am Abend zuvor angerufen und ihr für diesen Vormittag einen gemeinsamen Stadtbummel vorgeschlagen. Und mochte Xenia ihrem Großvater gegenüber auch noch so viele Vorbehalte hegen, Soraya war wirklich lieb. Man musste sie einfach mögen, auch wenn sie – zweifellos im Auftrag der Familie – bereits vorsichtig versucht hatte, ihr den Scheich schmackhaft zu machen.

„Deinem Großvater ist klar, dass du sehr enttäuscht sein musst, weil er dich wegen seines Gesundheitszustandes noch nicht sehen kann, Xenia", hatte sie etwas befangen vorgebracht. „Deshalb hat er auch dafür gesorgt, dass ein … Freund der Familie, der … der an dem Hotelkomplex ganz wesentlich beteiligt ist, dir in den nächsten Tagen eine ganz persönliche Führung durch die Anlage geben und dir auch etwas von unserem Land zeigen wird. Du wirst Rashid mögen.

Er ist ein sehr charmanter und hochgebildeter Mann."

Xenia hatte sich eine spitze Bemerkung verkniffen, denn schließlich wusste sie ja längst, wer Rashid war und welche Pläne ihr Großvater hegte ... dank Sauds argloser Enthüllungen!

Nach dem gestrigen Vorfall am Strand hatte sie die halbe Nacht wach gelegen, die Szene immer wieder neu durchlebt und sich fassungslos gefragt, wie es überhaupt hatte passieren können. Wie, in aller Welt, hatte sie nur so dumm sein können, sich von einem Mann küssen zu lassen, dessen Namen sie noch nicht einmal kannte?

Übermüdet und gereizt, stand ihr an diesem Morgen überhaupt nicht der Sinn nach einem Einkaufsbummel. Und was, wenn der Surflehrer versuchen würde, sich mit ihr in Verbindung zu setzen? Oder würde er vielmehr erwarten, dass sie am Strand auftauchte und sich ihm an den Hals warf, wie er es von den anderen weiblichen Hotelgästen anscheinend gewohnt war? Bei dem Gedanken wurde ihr übel. Nein, ihre Abmachung lautete, dass er ihr nachsteigen und sie verführen sollte!

Verführen ... unwillkürlich jagte ihr ein Schauer der Erregung über den Rücken. Was ihre Tante veranlasste, sich besorgt zu erkundigen, ob es ihr kalt sei.

„Kalt? Hier unter der Wüstensonne?", erwiderte Xenia lachend.

„Dein Großvater hofft wirklich, dass es ihm bald gut genug geht, dich zu empfangen", fuhr Soraya fort. „Er freut sich sehr darauf, dich kennenzulernen, Xenia. Ständig fragt er Hassan und mich, ob du deiner Mutter ähnlich siehst."

Xenia versuchte, sich von den freundlichen Worten ihrer Tante nicht beeindrucken zu lassen. „Wenn ihn das wirklich interessieren würde, hätte er es längst feststellen können ... als meine Mutter noch lebte", bemerkte sie kühl. Die Versuchung war groß, ihrer Tante zu sagen, dass sie ganz genau wusste, warum ihr Großvater sie nach Zuran eingeladen hatte. Aber sie wollte ihren jungen Cousin nicht in Schwierigkeiten bringen.

Soraya wechselte taktvoll das Thema. „Wie gefällt dir denn die Hotelanlage?"

Warum hätte sie lügen sollen? „Sie ist wirklich beeindruckend", räumte sie ehrlich ein. „Allerdings habe ich es noch nicht geschafft, alles zu erkunden. Es ist ja fast wie eine kleine Stadt. Aber das, was ich bisher gesehen habe, ist atemberaubend."

Vor allem gefiel ihr der traditionelle Entwurf der miteinander verbundenen Hotel- und Nebengebäude, die zahlreiche geschützte Gartenhöfe einschlossen. Die exotische Obst- und Blütenpracht hier und die sprudelnden Marmorbrunnen erinnerten Xenia an die maurische Architektur Südspaniens und an die Fotos, die ihre Mutter ihr von ihrer Kinderzeit in arabischen Palästen gezeigt hatte.

„Das musst du Rashid sagen, wenn er dich herumführt. Er wird sich freuen. Allerdings kann das noch einige Tage dauern. Dein Großvater hat heute früh Nachricht von ihm erhalten, dass er in einer geschäftlichen Angelegenheit der königlichen Familie fortmusste. Es geht da um ein weiteres Projekt in der Wüste, an dem er arbeitet."

„Er arbeitet?", fragte Xenia erstaunt. Nach allem, was Saud ihr erzählt hatte, war sie davon ausgegangen, der für sie ausgewählte zukünftige Gatte wäre zu reich und vornehm, um sich zu einer richtigen Arbeit herabzulassen.

„Aber natürlich!", erwiderte ihre Tante. „Er ist nicht nur finanziell an dem Hotelkomplex beteiligt, sondern hat ihn auch entworfen, denn er ist ein hoch qualifizierter und gefragter Architekt. Es war der Wunsch seiner Mutter, dass er in England studieren würde, und nach ihrem Tod ehrte sein Vater ihr Andenken, indem er ihr diesen Wunsch erfüllte."

Ein Architekt! Xenia ermahnte sich, dass es wohl kaum sinnvoll war, Interesse an einem Mann zu zeigen, den sie längst abzulehnen entschlossen war. „Klingt, als wäre er ein viel beschäftigter Mann", sagte sie deshalb beiläufig. „Dann sollte er seine knapp bemessene Zeit ganz bestimmt nicht damit vergeuden, mir die Hotelanlage zu zeigen. Ich kann sie genauso gut allein erkunden."

„Aber nein, auf keinen Fall!", protestierte ihre Tante sofort.

„Nicht? Na, dann könnte Saud mich vielleicht begleiten, oder?" Xenia konnte der Versuchung nicht widerstehen, ihre Tante ein wenig zu necken.

„Nein! Es ist wirklich das Beste, dass Rashid dich herumführt. Schließlich hat er die Anlage entworfen und kann dir alle Fragen beantworten."

„Und was ist mit seiner Frau?", erkundigte sich Xenia betont arglos. „Macht es ihr nichts aus, wenn er seine kostbare Zeit mit mir verbringt?"

„Oh, er ist nicht verheiratet", versicherte Soraya ihr rasch. „Er wird dir gefallen, Xenia. Ihr beide habt so viel gemeinsam, und …" Das Läuten ihres Handys ließ sie verstummen. Sie langte unter ihre Gewänder und zog es hervor.

Xenia lauschte dem ihr unverständlichen arabischen Wortschwall ihrer Tante, bemerkte jedoch, dass Sorayas Gesicht wachsende Besorgnis ausdrückte. „Was ist los?", fragte sie, sobald ihre Tante das Gespräch beendet hatte. „Geht es um Großvater? Ist er …?" Sie presste die Lippen zusammen, ärgerlich, ihre Sorge preisgegeben zu haben.

„Das war dein Onkel", sagte Soraya sanft. „Dein Großvater hat einen Rückfall erlitten. Der Arzt hatte ihm strenge Bettruhe verordnet, aber er hält sich einfach nicht daran! Ich fürchte, wir müssen unseren Einkaufsbummel abbrechen, Xenia. Ich muss sofort nach Hause."

Für einen Moment war Xenia versucht, ihre Tante zu bitten, sie mitzunehmen, damit sie ihren Großvater kennenlernen würde, den nächsten Verwandten, den sie noch besaß. Aber sie beeilte sich, diese ungebetenen Gefühle zu unterdrücken. Ihr Großvater bedeutete ihr gar nichts. Sie durfte nicht vergessen, was er ihrer Mutter angetan hatte und welche Pläne er jetzt für sie hegte. Nein, sie würde ganz bestimmt nicht darum betteln, ihn sehen zu dürfen!

Ein Taxi setzte Xenia wieder vor dem Hotel ab, und sie machte sich ohne Eile auf den Weg ins Foyer. Wie es aussah, hatte sie nun den Rest des Tages für sich, aber sie fürchtete keineswegs, sich zu langweilen.

Die Hotelanlage bot wirklich genügend Abwechslung für jedermann. Es war zum Beispiel immer wieder spannend und interessant, über den *Souk* zu bummeln und den einheimischen Kunsthandwerkern bei ihrer Arbeit zuzusehen. Wenn man etwas Ruhe suchte, boten sich die zahlreichen Gärten zu einem Spaziergang an, oder man genoss eine romantische Gondelfahrt durch die künstlich angelegten Kanäle, die die weitläufige Hotelanlage durchzogen. Und nicht zuletzt luden verschiedene kunstvoll gestaltete Pools und mehrere idyllische Privatstrände ganz einfach zum Faulenzen ein.

Die Pools und Strände erreichte man entweder zu Fuß oder mit einem der hoteleigenen Strandbuggys durch künstlich angelegte Höhlengänge unterhalb der Hotellobby. Sobald man dort ankam, wurde man von dienstbeflissenen Helfern umsorgt, die einem das Badetuch zur gewünschten Liege trugen, den Sonnenschirm ausrichteten oder einen Ober herbeiriefen. Nichts, was das Wohlbefinden der Gäste betraf, wurde hier dem Zufall überlassen. Xenia hatte zuerst mit ihren Eltern, dann mit ihrem Patenonkel und schließlich auch allein die ganze Welt bereist, aber sie musste zugeben, dass sie noch an keinen Ort gekommen war, wo die Urlauber derart in Luxus gebettet wurden wie hier.

Nur dass sie hier leider nicht in Urlaub war – auch wenn ihre beiden besten Freundinnen in England sie in der Woche vor ihrer Abreise durch die exklusivsten Läden von London geschleift hatten, damit sie sich für die Reise mit einer angemessenen Garderobe ausstattete. Von Natur aus eher zurückhaltend und im Hinblick auf die Sitten des Landes, das ihr Ziel sein würde, hatte sie sich dabei erfolgreich gegen die freizügigeren Modelle gewehrt, zu denen ihre lebenslustigen Freundinnen sie hatten überreden wollen. Wenn Xenia sich allerdings jetzt unter den weiblichen Hotelgästen umblickte, hätte sie durchaus den spärlichsten Bikini wählen und sich immer noch vergleichsweise „zu angezogen“ fühlen können.

Unwillkürlich ließ Xenia die Fingerspitzen über ihren flachen Bauch zu ihrem Nabel gleiten, wo unter ihrer Kleidung der kleine Diamantstecker versteckt war, den sie sich noch kurz vor ihrer Abreise gekauft hatte, nachdem die Piercing-Wunde verheilt war. Ein kleines Lächeln huschte über ihr Gesicht. Nicht einmal ihre beiden Freundinnen wussten von diesem Piercing, das sie sich in einer Art Trotzreaktion hatte machen lassen an dem Tag, nachdem ihr Patenonkel ihren Widerstand gebrochen und sie überredet hatte, der Reise nach Zuran zuzustimmen. Inzwischen gestand sie sich ein, dass es schon etwas erregend Lüsternes hatte, wie der kleine Diamant auf ihrer nackten Haut im Licht funkelte … aber das würde so schnell natürlich niemand zu Gesicht bekommen.

Sie dachte an ihren Großvater. Wie schlecht war es um ihn wirklich bestellt? War er tatsächlich so krank, wie ihre Tante zu glauben schien? Oder war sein „schwaches Herz“ nur ein Trick, ein weiteres Mittel, sie zu manipulieren und unter Druck zu setzen? Xenia war fest entschlossen, gegenüber diesem Despoten, der ihrer Mutter so viel Leid verursacht hatte, nicht nachzugeben, und neigte eher zu der Vermutung, dass er augenblicklich mit ihr genau das Katz-und Mausspiel versuchte, das er nach den Erzählungen ihrer Mutter so meisterhaft beherrschte. Aber was, wenn sie sich irrte? Wenn ihr Großvater wirklich ernsthaft krank war?

Andererseits, hatte sie nicht allen Grund, ihm zu misstrauen und ihn abzulehnen? Warum aber fühlte sie sich dann so verlassen und zurückgewiesen … ausgeschlossen aus dem Kreis der besorgten Familie, die sich schützend um ihn scharte? Ihr Onkel und ihre Tante, die sie wirklich sehr liebevoll hier in Zuran willkommen geheißen hatten, würden sie im Hotel anrufen, wenn sie es für nötig hielten, das wusste Xenia. Trotzdem war das nicht das Gleiche wie selber dabei und als Mitglied der Familie akzeptiert zu sein.

Wieder überkam Xenia ein erdrückendes Gefühl des Verlusts, und sie verdrängte es energisch. Das war schon immer ihr Problem gewesen: Sie war viel zu verletzlich; ihr keltisches Erbe. Gegen ihren Willen dachte sie daran, wie oft sie als Kind unter dem Gefühl gelitten hatte, anders zu sein. Sie hatte den Schmerz ihrer Mutter gespürt und war hilflos dagegen gewesen, und sie hatte die anderen Kinder beneidet, die so selbstverständlich von ihren liebenden Großeltern erzählten.

Und schon wieder ließ sie zu, dass ihre Gefühle ihre Vernunft untergruben! Ihr Großvater hatte sie nur aus einem Grund herkommen lassen, und der hatte nichts mit „Liebe“ zu tun. Für Abu Assad war sie lediglich ein wertvolles Faustpfand in jenem Spiel um Macht und Einfluss, das er so genoss.

Wenn er allerdings wirklich krank war, wenn ihm etwas passierte, bevor sie die Möglichkeit bekam, ihn kennenzulernen? Xenia schluckte, blickte sich im Foyer um und ging zu den Aufzügen. Sie würde erst einmal nach oben in ihr Zimmer fahren und sich dann in Ruhe überlegen, wie sie den Rest des Tages verbringen sollte.

Die Suite, die ihre zuranische Familie für sie reserviert hatte, war elegant und luxuriös eingerichtet und hätte einer ganzen Familie Platz geboten. Zu den Zimmern gehörten selbstverständlich ein riesiges Bad mit einer großen Dusche und einem in den Boden eingelassenen Whirlpool, ein geräumiges Ankleidezimmer und ein Schlafzimmer mit dem größten Bett, in dem Xenia je geschlafen hatte. Ein zusätzlicher Luxus war eine private Dachterrasse mit einem hinreißenden Blick auf einen der exotischen Gärten des Hotels.

Noch ganz in Gedanken, schloss Xenia die Suite auf, betrat das Schlafzimmer und legte ihre Handtasche auf der Frisierkommode ab. Sie blickte auf und erstarrte, denn sie sah im Spiegel das Bett – und vor allem den Mann, der sich darauf rekelte: ihren Möchtegern-Verführer und Komplizen!

Er hatte die Hände hinter dem Kopf verschränkt und beobachtete sie aufmerksam, wobei er bis auf ein Handtuch um die Hüften völlig nackt war. Kleine Wassertropfen glitzerten auf seiner samtenen gebräunten Haut und zeugten von der Tatsache, dass er offenbar erst kurz zuvor aus der Dusche gekommen war … aus ihrer Dusche! Fassungslos und ungläubig drehte sie sich zu ihm um.

Ihre Suite war wie die übrigen auf dieser Etage und wie die feudale Eigentümersuite ein Stockwerk darüber nur mit einem Privataufzug zu erreichen, für den man eine eigene Sicherheitskarte brauchte. Aber für einen Mann wie ihn war vermutlich alles möglich! Mit großen Augen sah sie zu, wie er nun langsam die Beine aus dem Bett schwang und aufstand. Wenn das Handtuch um seine Hüften heruntergleiten würde … Xenia schluckte und ließ nervös die Zungenspitze über ihre Lippen gleiten. Wie gebannt hing ihr Blick an seinem sinnlichen Mund. Erregende Erinnerungen tauchten auf … wie er sie geküsst hatte, wild und leidenschaftlich. Hatte jemand die Klimaanlage ausgeschaltet? Xenia wurde es plötzlich ungemein heiß.

Er kam langsam auf sie zu. In wenigen Sekunden … unwillkürlich wich sie zurück.

3. KAPITEL

Xenia riss sich zusammen und kämpfte die aufsteigende Panik nieder. „Was … was machst du hier?“

Ihre Nervosität schien ihn zu belustigen. Seine grauen Augen blitzten unverkennbar amüsiert, als er gelassen antwortete: „Ich warte natürlich auf dich.“

„Hier und … so?“ Ihre Stimme bebte vor Empörung. „Was, wenn ich nicht allein gekommen wäre? Wenn mich zum Beispiel meine Tante begleitet hätte?“

„Dann hättest du genau das erreicht, was du wolltest, oder nicht? Außerdem haben wir beide noch einiges zu besprechen, und ich brauchte unbedingt eine Dusche, deshalb fand ich es nur vernünftig, beides miteinander zu verbinden.“

Er schien sich in ihrer Suite tatsächlich so zu Hause zu fühlen, dass Xenia sich wie der Eindringling vorkam. „Du hättest in deiner Unterkunft duschen können“, sagte sie irritiert. „Und was das Reden betrifft: Ich wollte später sowieso noch zum Strand kommen.“

„Später wäre zu spät gewesen“, erwiderte er ungerührt. „Heute ist mein freier Nachmittag. Was meine Unterkunft angeht, glaubst du wirklich, dass das Hotelpersonal so luxuriös untergebracht ist wie die Gäste?“

Xenia schluckte. „Wie hast du mich überhaupt gefunden? Ich habe dir meinen Namen doch gar nicht genannt, und deinen weiß ich auch noch nicht.“

„Das war nicht so schwierig. Dein Großvater ist hier ein bekannter Mann.“

Xenia sah ihn erstaunt an. „Du kennst ihn?“

„Wäre es einem bloßen Saisonarbeiter überhaupt gestattet, einen Millionär zu ‚kennen‘?“

Xenia ignorierte die spöttische Frage. „Wie heißt du eigentlich?“, erkundigte sie sich stattdessen. Täuschte sie sich, oder zögerte er länger als nötig mit der Antwort?

„Blaize“, sagte er schließlich.

„Blaize?“, wiederholte sie überrascht.

„Stimmt etwas nicht mit dem Namen?“, fragte er schroff.

Sie schüttelte den Kopf. „Nein, nein. Ich hatte nur einfach angenommen, dass du Südeuropäer wärst ... Italiener, Grieche oder Spanier. Aber dein Name klingt so ... englisch."

„Meine Mutter stammte aus Cornwall", lieferte Blaize ihr die nötige Erklärung und fügte ironisch hinzu: „Nach allem, was ich von ihr weiß, gehörten ihre Vorfahren zu einer Bande Strandräuber."

Strandräuber. Piraten. Das passte zu seinem Äußeren und zu seiner verwegenen Ausstrahlung. Wurde den kornischen Strandräubern nicht nachgesagt, von den Galeonen der besiegten spanischen Armada nicht nur das Gold geraubt zu haben, sondern auch die edlen spanischen Damen, die in Begleitung ihrer Ehemänner segelten? Blaize. Der Name passte zu ihm.

„Nachdem wir uns nun vorgestellt sind, könnten wir uns vielleicht einigen praktischen Dingen zuwenden, die deinen Plan betreffen?"

„Ich will jetzt nicht darüber sprechen", wehrte Xenia rasch ab. „Würdest du dich bitte anziehen und gehen?" Seine Anwesenheit in diesem überaus spärlich bekleideten Zustand machte sie zunehmend nervös.

„Was ist los?", fragte Blaize aufhorchend. „Hast du deine Meinung geändert? Ist es deiner Familie vielleicht gelungen, dich zu überreden, eine Verbindung mit dem Mann, den man für dich gewählt hat, doch ins Auge zu fassen? Immerhin gibt es ja Schlimmeres als eine Heirat mit einem sehr reichen Mann."

„Für mich nicht!", widersprach Xenia scharf. „Ich kann mir nichts Schlimmeres vorstellen als eine Heirat ohne Liebe", fügte sie leidenschaftlich hinzu.

„Bist du schon jemals verliebt gewesen?" Blaize sah sie herausfordernd an und beantwortete seine Frage im nächsten Moment selber: „Nein, natürlich nicht, andernfalls ..."

„Ob ich schon einmal verliebt war oder nicht, hat nichts mit unserer geschäftlichen Abmachung zu tun", fiel Xenia ihm missbilligend ins Wort.

„Wann sollst du eigentlich Rashid vorgestellt werden?"

Sie zuckte die Schultern. „Keine Ahnung. Offiziell weiß ich ja noch gar nichts von den Plänen meines Großvaters. Meine Tante hat zwar einige diskrete Andeutungen über Rashid fallen lassen, wobei sie so tat, als wäre er nur ein Freund der Familie, der sich angeboten hätte, mir den Hotelkomplex zu zeigen, aber …“ Sie bemerkte Blaizes fragenden Blick und fügte erklärend hinzu: „Anscheinend ist er nicht nur finanziell an der Anlage beteiligt, sondern auch an der Planung. Laut meiner Tante ist er nämlich Architekt.“ Xenia gab sich Mühe, jegliche Bewunderung aus ihrer Stimme fernzuhalten.

„Und wann wird er dich herumführen?“

„Keine Ahnung. Soweit ich von meiner Tante weiß, ist Scheich Rashid gerade in einer geschäftlichen Angelegenheit verreist.“

„Und du hoffst natürlich, bis zu seiner Rückkehr deinem guten Ruf genügend Schaden zugefügt zu haben, dass du als Frau für ihn nicht mehr infrage kommst, ja? Schön, in dem Fall sollten wir keine Zeit verschwenden“, sagte Blaize energisch. „Gegenwärtig trifft sich hier in Zuran alles, was sehen und gesehen werden will, im ‚The Venue‘, einem Restaurant in dieser Hotelanlage. Es kann einen Küchenchef mit Michelin-Stern vorweisen und einen separaten Musiksaal, wo die Gäste tanzen können. Ich denke, wir beide sollten dort heute Abend unseren ersten öffentlichen Auftritt machen. Abendkleidung ist vorgeschrieben, und der Einlass ist streng geregelt, aber da du ein Gast des Hotels und dazu eine Frau bist, dürfte das für uns kein Problem sein.“

„Das klingt ziemlich teuer“, meinte Xenia zweifelnd.

„Ist es auch“, bestätigte er. „Aber du hast mir doch gesagt, dass du auf Einladung deiner Familie und als deren Gast hier bist, und die Kosten für das Essen in allen Restaurants in der Anlage kannst du auf deine Zimmerrechnung schreiben lassen, also …“

„Nein! Auf keinen Fall!“, wehrte Xenia pikiert ab, was Blaize zu amüsieren schien.

„Und warum nicht? Du musst doch schließlich etwas essen, oder?“

„Ja, natürlich, aber ich kann unmöglich erwarten, dass meine Familie bezahlt, wenn ich …“ Sie verstummte und suchte nach den passenden Worten.

Blaize winkte ungeduldig ab. „Entweder es war dir ernst mit diesem Plan, oder es war nur eine kindische Trotzreaktion, die du bereits bedauerst. In dem Fall verschwendest du nicht nur deine, sondern auch meine Zeit.“

„Es ist mir ernst", fiel sie ihm ins Wort.

„Schön, hier in Zuran isst man spät. Wir treffen uns also um halb zehn unten im Foyer. Es sei denn, du möchtest, dass ich dich etwas früher hier in deiner Suite abhole, was uns Zeit geben würde ..."

„Nein!", unterbrach sie ihn errötend und ärgerte sich sehr über seinen amüsierten Blick.

„Der Inbegriff einer nervösen Jungfrau! Bist du wirklich noch eine?"

Ihre Wangen färbten sich noch dunkler. „Du hast kein Recht, mir eine derartige Frage zu stellen!"

Blaize schüttelte lachend der Kopf. „Wer hätte das gedacht? Jetzt hast du mich wirklich in Erstaunen versetzt! Eine nervöse Jungfrau, die in der Öffentlichkeit als leichtes Mädchen gelten will. Du willst diese Heirat wirklich um jeden Preis verhindern, stimmt's?"

„Habe ich dir nicht gerade gesagt, dass ich nicht bereit bin, mein Privatleben mit dir zu diskutieren?"

„Obwohl du von mir erwartest, dass ich alle Welt davon überzeuge, dass ich Teil deines Privatlebens bin – ein sehr wesentlicher Teil sogar?"

Sein unmissverständlicher Blick ließ sie erstarren. Wie konnte dieser Surflehrer es wagen, sich über sie lustig zu machen? Irgendwie war es ihm gelungen, ihre Beziehung umzukehren, sodass jetzt er und nicht sie die Fäden in der Hand zu halten schien. Unwillkürlich jagte ihr eine Gänsehaut über den Rücken, und sie hatte die dumpfe Vorahnung, dass sie möglicherweise in der Gefahr stand, sich auf eine Situation einzulassen, die sie letztendlich nicht mehr würde kontrollieren können. Ehe sie jedoch weiter darüber nachdenken konnte, läutete es an der Tür ihrer Suite, und sie zuckte erschrocken zusammen.

„Schon gut", meinte Blaize gelassen. „Das wird der Zimmerservice sein. Ich habe etwas zu essen bestellt."

„Du hast was?" Xenia sah ihn entgeistert an. Im nächsten Moment läutete es erneut, und sie blickte zur Tür. „Du kannst doch nicht einfach ..." Sie verstummte errötend, als ihr klar wurde, dass Blaize sie auslachte.

„He, ich glaube, das wird ein richtiger Spaß", sagte er gut gelaunt. „Hast du eine Ahnung, wie reizvoll es ist, dich zu schockieren, Miss Etepetete?"

Immer noch lachend, beugte er sich vor, umfasste ihr Gesicht und küsste sie zart auf den Mund. Dann ließ er sie los und verschwand im Bad genau in dem Moment, als der Zimmerservice die Tür zur Suite öffnete und das bestellte Essen hereintrug.

„Na, Panik überstanden?"

Xenia drehte sich unwillkürlich zu Blaize um, als er wieder aus dem Bad kam. Er trug immer noch nur das Handtuch um die Hüften, hielt in einer Hand einen elektrischen Rasierapparat und strich sich mit der anderen über das jetzt glatt rasierte Kinn. Rasch wandte Xenia den Blick ab. Ihr Herz pochte. Was war nur mit ihr los?

„Mm, ich könnte mich daran gewöhnen", bemerkte er nun anerkennend, als er den mit zahllosen Köstlichkeiten beladenen Servierwagen betrachtete. Dann wandte er sich zurück ins Bad und rief Xenia noch über die Schulter zu: „Gieß mir eine Tasse Kaffee ein, ja? Schwarz, ohne Zucker."

Sie sollte ihm Kaffee eingießen? Wofür hielt der Kerl sich?

„Ach ja …" Er war auf der Schwelle zum Bad stehen geblieben und drehte sich um. „Ich habe bereits einen Tisch im ‚The Venue' reservieren lassen. Wir hatten Glück, die waren praktisch schon ausgebucht. Bist du sicher, dass du die Dinge nicht abkürzen möchtest? Ich könnte einfach hier einziehen und …"

„Nein!"

Ihre heftige Ablehnung schien ihn im höchsten Maß zu amüsieren. Gelassen lehnte er sich gegen den Türrahmen und sagte spöttisch: „Weißt du, ich habe das Gefühl, es könnte mir richtig Spaß machen, diese Verführung Wirklichkeit werden zu lassen … wenn du es möchtest."

„Nein!" Ihre grünen Augen funkelten warnend. „Niemals!"

„Ach ja, natürlich … ich hatte vergessen, dass du dich für den Mann deiner Träume aufhebst. Nun, pass auf, dass er sich nicht als Albtraum entpuppt! Ist das mein Kaffee?" Er war mit zwei Schritten bei ihr, um zu verhindern, dass die Tasse, die sie gerade einschenkte, überlief.

Wütend auf sich, weil sie tatsächlich seiner Auforderung gefolgt war und ihm Kaffee eingegossen hatte, nahm Xenia ihm die Tasse sofort wieder aus der Hand. „Nein, die ist für mich. Du kannst dir selber Kaffee einschenken."

Gleichmütig langte er nach der Kaffeekanne, um sich zu bedienen, und Xenia blieb nichts anderes übrig, als den bitteren schwarzen Kaffee ohne Zucker, den sie für sich beansprucht hatte, auch zu trinken. Missmutig beobachtete sie, wie er sich mit sichtlichem Genuss über die Köstlichkeiten hermachte, die er bestellt hatte. So hatte sie sich das nicht vorgestellt, als sie sich mit ihrem Plan an ihn gewandt hatte. Sie hatte an einen offenen Flirt am Strand gedacht, an einige gemeinsame Ausflüge in aller Öffentlichkeit und vielleicht das eine oder andere gemeinsame Essen in einem Restaurant.

„Komm, setz dich, und iss auch etwas. Ich habe genug für uns beide bestellt", lud Blaize sie unverfroren ein.

„Das sehe ich!", erwiderte Xenia spitz. Auf keinen Fall würde sie zulassen, dass die Familie ihrer Mutter auch noch für die Kosten aufkam, die Blaize zusätzlich verursachte. Glücklicherweise hatte sie ihre Kreditkarte und genügend Travellerschecks dabei. Außerdem hatte ihr Patenonkel sie großzügig mit Geld versorgt, bevor er in den Fernen Osten abgereist war … vermutlich aus schlechtem Gewissen. „Müsstest du nicht eigentlich bei der Arbeit sein?", wandte sie sich an Blaize.

„Keine Sorge." Er winkte ab. „Mir stand sowieso noch Urlaub zu, also habe ich mir ein paar Tage freigenommen. Auf diese Weise kann ich dir ganz zur Verfügung stehen. Wenn unser Rashid gewillt ist, dich sozusagen unbesehen zu nehmen, dann wird es vermutlich ein hartes Stück Arbeit werden, ihn umzustimmen. Wir beide müssen also schon sehr überzeugend sein. Bist du sicher, dass ich nicht doch bei dir einziehen soll?", fragte er mit einem wehmütigen Blick auf das große Bett.

„Ganz sicher", antwortete Xenia mühsam beherrscht. „Und sobald du fertig gegessen hast, möchte ich, dass du dich anziehst und gehst."

„Gehen? So bald? Ich dachte, wir könnten die Zeit nutzen und uns etwas besser kennenlernen." Er warf einen Blick in ihr entsetztes Gesicht und lachte. „He, du musst aber noch viel besser werden, wenn du je irgendjemand davon überzeugen willst, dass wir beide eine Affäre miteinander haben."

„Ich bezahle dich ja gerade deshalb, weil dein Ruf schlecht genug ist, um für uns beide überzeugend zu wirken", entgegnete Xenia sofort kühl.

Xenia zuckte zusammen, als das Telefon in ihrer Suite läutete. Sie war fast fertig mit ihren Vorbereitungen für die abendliche Verabredung und trug einen eleganten Hosenanzug aus cremefarbenem Satin. Zögernd griff sie nach dem Telefon und atmete erleichtert auf, als sich ihre Tante Soraya am anderen Ende der Leitung meldete.

„Ich wollte dich schon früher anrufen", sagte Soraya entschuldigend. „Ist alles in Ordnung? Ich hatte ein schlechtes Gewissen, dich heute früh allein lassen zu müssen. Wenigstens geht es deinem Großvater etwas besser, obwohl der Arzt ihm immer noch Bettruhe verordnet hat. Er möchte dich so gern sehen, Xenia, und …"

Für Xenias Geschmack klang das wenig überzeugend. Aber sie hatte nicht vor, ebenfalls zu lügen und zu behaupten, auch sie könne es nicht erwarten, den alten Mann zu sehen. Augenblicklich hatte sie keine Ahnung, was genau er mit seiner Hinhaltetaktik erreichen wollte, außer sie derart zu isolieren, dass sie sich Scheich Rashid allein aus Dankbarkeit an den Hals werfen würde, weil er sie aus ihrer Einsamkeit befreite!

„Es ist so schade, dass meine eigene Familie, meine Schwestern und deren Kinder, im Moment verreist sind, sodass sich keiner richtig um dich kümmern kann", fuhr ihre Tante fort. „Aber sobald Rashid zurück ist …"

„Mach dir meinetwegen keine Sorgen", unterbrach Xenia sie rasch. „Ich kann mich gut selber beschäftigen. Und außerdem …" Sie zögerte, weil sie sich nicht sicher war, wie viel sie ihrer Tante schon andeuten sollte.

Doch Soraya war sowieso zu sehr mit ihren eigenen Überlegungen beschäftigt, um richtig zuzuhören. „Von der Hotelanlage aus werden einige begleitete Ausflüge angeboten, an denen du Spaß haben könntest, solange du auf Rashids Rückkehr wartest. Zum Beispiel ein Ausflug zum Gold-*Souk*. Oh … dein Großvater ruft nach mir. Ich muss leider Schluss machen."

Als Xenia sich wieder dem Spiegel zuwandte, um den Lippenstift aufzutragen, bemerkte sie, dass ihre Hand leicht zitterte. Vor Wut, sagte sie sich sofort, und keineswegs weil sie die Vorstellung nervös machte, den Abend mit Blaize zu verbringen. Sie war wütend, weil sie spürte, dass ihre Tante nicht ganz ehrlich mit ihr war.

Wie mochte ihr Großvater aussehen? Aus den Beschreibungen ihrer Mutter und ihrem eigenen Eindruck von den stolzen Beduinen mit ihren langen, wallenden Roben, die sie im Hotel-Foyer gesehen hatte, versuchte Xenia, sich ein Bild von ihm zu machen. Typisch für diese Einheimischen waren der Bart und das scharfe Profil … und sie stellte sich zusätzlich vor, dass Abu Assad sie mit einem unnachgiebigen, ablehnenden Ausdruck betrachten würde, weil sie das Kind jener Ehe seiner Tochter war, die er vergeblich versucht hatte zu verhindern.

Es wollte Xenia einfach nicht in den Kopf, was einen liebenden Vater dazu bringen konnte, sich derart drastisch von seiner Tochter abzuwenden, dass nicht einmal mehr ihr Name in seiner Gegenwart ausgesprochen werden durfte, nur weil sie den Mann geheiratet hatte, den sie liebte. Nachdenklich betrachtete sie sich im Spiegel. Zu Hause in England kam sie sich des Öfteren exotisch und fremd vor – aber hier im Land ihrer Mutter fühlte sie sich merkwürdigerweise sehr keltisch. Ihre Mutter! Was würde sie vom Plan ihrer Tochter halten? Was würde sie von Blaize halten?

Xenia nahm ihre Abendtasche und hielt es für klüger, derart beunruhigende Gedanken erst gar nicht aufkommen zu lassen.

In der Hotellobby herrschte reger Betrieb. Vor dem Eingang zur Pianobar stand eine größere Gruppe exklusiv gekleideter Damen mit ihren männlichen Begleitern, und Xenia machte große Augen, als sie die funkelnden Juwelen der Frauen bemerkte. Sie selbst erntete einige abschätzende Blicke von den Damen und unverhohlen bewundernde von den Herren, während sie sich nach Blaize umsah.

„Da bist du ja! Ich wollte gerade nach oben kommen und dich abholen."

Xenia drehte sich um und erstarrte überrascht. Blaize war unbemerkt hinter ihr aufgetaucht und trug einen maßgeschneiderten Abendanzug, der zweifellos ein kleines Vermögen gekostet haben musste. Kein Wunder, dass die mit Diamanten behangenen Damen vor der Pianobar ihn so lüstern begutachteten! Von dem Lohn eines Surflehrers konnte er sich eine derartige Kleidung unmöglich leisten, was bedeutete ... Xenia beschlich ein unangenehmes Gefühl bei der Erkenntnis, dass sie vermutlich nicht die erste Frau war, die Blaize für seine „Dienste“ bezahlte. Wobei sie natürlich etwas ganz anderes von ihm erwartete, als die Frauen es üblicherweise taten.

„Was ist los? Du siehst aus, als wäre dir eine Laus über die Leber gelaufen.“

Sein Scharfblick warnte sie, sich in Zukunft mehr im Griff zu haben. „Nein, nein, ich habe nur überlegt, was heute Abend wohl auf der Speisekarte steht“, antwortete sie betont gleichmütig. Heute Abend würde sie auf der Hut sein und keinen Zweifel daran lassen, dass sie beabsichtigte, die Zügel in der Hand zu halten!

„Du wirst feststellen, dass die Restaurants in Zuran heutzutage den internationalen Vergleich nicht scheuen müssen“, antwortete Blaize und nahm sie beim Arm, um sie durch das Foyer zu geleiten. Xenia unterdrückte den Wunsch, sich seinem Griff zu entziehen, denn schließlich war es ja Sinn und Zweck der ganzen Übung, sich mit ihm in aller Öffentlichkeit sehen zu lassen.

Anstatt sie jedoch wie erwartet zum Ausgang zu führen, geleitete Blaize sie zu den großen Glastüren, die einen direkten Zugang zu jenem Gartenhof bildeten, hinter dem sich das ausgedehnte Netz von Wasserkanälen erstreckte, das den gesamten Komplex durchzog.

„Ich dachte, wir würden zum Essen ausgehen“, sagte Xenia zögernd, als zwei Hotelangestellte in Livree ihnen die Türen aufhielten.

„Das werden wir auch“, versicherte Blaize ihr und schob sie hinaus. „Was ist los?“, fragte er dabei neckend. „Hast du gedacht, ich würde dich in den Hof entführen, um mir eine kleine private Übungsstunde zu gönnen, bevor wir uns in die Öffentlichkeit wagen?“ Leise lachend zog er sie ein wenig näher an seine Seite, als sie in die warme Nacht hinaustraten. „Doch nicht in einem Garten, wo uns jedermann sehen kann ... Nein, wenn das meine Absicht gewesen wäre, hätte ich uns einen viel ungestörteren Ort gesucht.“

„Wie zum Beispiel deine offizielle Unterkunft?“, warf Xenia spöttisch ein. Er sollte nicht meinen, dass sie sich von ihm beeindrucken ließ!

„Du erinnerst mich an eine kleine Katze, die stets in Abwehr die

Krallen zeigt. Pass auf, dass ich nicht versucht werde, dir beizubringen, vor Vergnügen zu schnurren und deine Krallen nur in der Hitze der Leidenschaft zu benutzen!"

Xenia war froh, dass die Dunkelheit ihre geröteten Wangen verbarg. „Wir befinden uns noch nicht in der Öffentlichkeit. Du kannst dir deine Verführungskünste also aufheben, bis es so weit ist."

Sie hatten den Garten jetzt fast durchquert und näherten sich dem Ufer des Kanals. Blaize winkte einem der Gondolieri, die dort in ihren Booten warteten.

„Dies ist vielleicht nicht der schnellste Weg zum Restaurant, aber bestimmt der entspannendste", meinte Blaize vielsagend, als er Xenia in die Gondel half.

Ihr blieb nichts anderes übrig, als einzusteigen, wobei sie sich unwillkürlich fragte, ob man sich etwas Romantischeres vorstellen konnte. Eine ausgetüftelte Beleuchtung verwandelte die Ferienanlage bei Nacht in eine geheimnisvolle, zauberhafte Märchenwelt aus Tausendundeiner Nacht. Duftende Dunstwolken schwebten über ihren Köpfen, in der Ferne erhellte gerade ein farbenprächtiges Feuerwerk den Nachthimmel. Als die Gondel an dem *Souk* vorbeifuhr, zeigte ein Feuerschlucker vor staunendem Publikum seine Kunst, und Xenia beobachtete mit sehnsüchtigem Blick, wie einer der Händler seine Waren auf eine Kamelkarawane auflud.

Vielleicht das Einzige, was sie sich während ihres Aufenthalts in Zuran wirklich von ganzem Herzen wünschte, war ein Ausflug in die Wüste. Mochte ihre Tante ihr auch noch so sehr von Einkaufszentren und dem sagenhaften Gold- und Diamanten-*Souk* vorschwärmen, es war die Wüste, die Xenia lockte. Es schien ihr Schicksal, sie kennenzulernen.

Tief in Gedanken versunken, zuckte Xenia zusammen, als Blaize sie am Arm berührte. Die Gondel legte gerade an einem kunstvoll verzierten Landungssteg an, von dem aus ein roter Teppich auf ein Gebäude zuführte, das unverkennbar dem Pariser Baustil nachempfunden war. Vor dem Eingang des Restaurants standen bereits einige Leute in Abendkleidung.

Sie erstarrte in Ablehnung, als Blaize ihr die Hände um die Taille legte, um ihr aus der Gondel zu helfen. Dann beugte er sich vor und strich ihr auch noch mit einer vertraulichen Geste das Haar aus dem

Gesicht. „Lass das!“, protestierte sie. „Die Frau, die deinen Anzug bezahlt hat, hat sich vielleicht gern in aller Öffentlichkeit begrapschen lassen, aber ich tue das nicht!“

Das eisige Funkeln in seinen Augen verriet ihr, dass sie zu weit gegangen war. „Zu deiner Information: Keine Frau hat mir jemals meine Kleidung bezahlt“, entgegnete er bedrohlich leise. „Und was das ‚Begrapschen‘ angeht, sei froh, dass deine Unschuld dich vor den Konsequenzen einer solchen Bemerkung bewahrt. Fürs Erste jedenfalls!“

Ohne etwas darauf zu erwidern, drehte Xenia sich um und betrat mit hoch erhobenem Kopf den roten Teppich. Um nichts in der Welt hätte sie zugegeben, dass sie jetzt dankbar für Blaizes schützende Hand an ihrem Arm gewesen wäre, als sie langsam auf das Restaurant zuging und beobachtete, wie vor ihr die elegant gekleideten Gäste in beneidenswert selbstbewusster Haltung eintraten.

„Noch etwas Wein?“

Blaize sah sie fragend an, während der Ober dienstbeflissen in der Nähe des Tisches mit der Weinflasche wartete. Xenia schüttelte sofort den Kopf. Sie hatten soeben ein ausnehmend köstliches Mahl genossen, und bei jedem Bissen hatte sie sich an ihr erstes richtiges großes Essen in Paris erinnert, eine Geburtstagseinladung von ihren Eltern. Dieses Restaurant hier war vom Dekor und Ambiente bis hin zu den Duftkerzen auf den Tischen ein Spiegelbild der elegantesten Restaurants in Paris, und es hätte Xenia nicht verwundert, wenn man hier tatsächlich Französisch gesprochen hätte.

„Dann Kaffee?“ Blaize gab dem Ober einen entsprechenden Hinweis, als sie nickte, und er zog sich zurück.

Den ganzen Abend schon spielte Blaize die Rolle des aufmerksamen und rücksichtsvollen Kavaliers, sodass Xenia sich nicht zum ersten Mal insgeheim warnte, nicht auf ihr eigenes Szenario hereinzufallen. Zweifellos hatte er in diesen Dingen mehr als reichlich Erfahrung! Während sie darauf wartete, dass der Kaffee serviert wurde, fiel ihr plötzlich auf, dass sie von einem Tisch in der Nähe, an dem drei Paare saßen, aufmerksam begutachtet wurde. Da in diesem Moment der Ober kam und den Kaffee servierte, wurde sie kurz abgelenkt. Doch als sie wieder aufblickte, hätte sie schwören können, dass Blaize kaum merklich warnend den Kopf schüttelte, als einer der drei Männer Anstalten machte, aufzustehen und an ihren Tisch zu kommen.

Sobald der Ober fort war, fragte sie: „Wer ist das?"

„Wen meinst du?", erwiderte Blaize.

„Den Mann, den du gerade angesehen hast. Es sah aus, als wollte er an unseren Tisch kommen, aber du ..."

„Ich habe niemanden angesehen", fiel Blaize ihr ins Wort.

„Doch, das hast du!", beharrte Xenia. „Ich habe ganz genau gesehen, wie du ..."

„Du bildest dir das nur ein", unterbrach er sie. „Welchen Mann meinst du? Zeig ihn mir."

Xenia kam seiner Aufforderung ärgerlich nach, doch als Blaize den von ihr bezeichneten Mann ansah, begegnete der gleichmütig seinem Blick, bevor er sich wieder seinen Tischnachbarn zuwandte. Blaize lächelte Xenia spöttisch zu, die errötete. Offensichtlich hatte sie sich tatsächlich geirrt, aber sie gönnte ihm nicht die Genugtuung, dies einzugestehen.

„Vielleicht möchtest du ja tanzen, wenn du den Kaffee getrunken hast", schlug Blaize nun vor. „Schließlich sollen wir ja als ein Liebespaar gelten, trotz deines jungfräulichen Gehabes."

Xenia presste die Lippen zusammen. „Das genügt!", sagte sie gereizt. „Von jetzt an werde ich dir jedes Mal, wenn du meine ... meine ... das Wort ‚Jungfrau' erwähnst, fünf Pfund von deinem Honorar abziehen. Ich bezahle dich, damit du mir hilfst, einer Heirat zu entkommen, die ich nicht will, und nicht, um auf etwas herumzureiten, das mit unserer geschäftlichen Abmachung nicht das Geringste zu tun hat!"

„Ach nein? Da bin ich aber anderer Meinung", widersprach Blaize sanft. „Ich soll den Eindruck schaffen, dass ich dich verführe. Wer wird das glauben, wenn du dich weiterhin gebärdest wie eine ..."

„Fünf Pfund!", warf Xenia warnend ein.

„Wie eine Frau, die keine Ahnung hat, wie es ist, Leidenschaft in den Armen eines Mannes zu erleben?", vollendete er ungerührt seinen Satz.

Xenia trank schweigend ihren Kaffee aus, und Blaize winkte dem

Ober. Sofort griff Xenia nach ihrer Handtasche und zog ihre Kreditkarte heraus.

„Was soll das?“, fragte Blaize schroff.

„Ich kann unmöglich zulassen, dass die Familie meiner Mutter für dieses Essen bezahlt. Das wäre unmoralisch.“

„Unmoralisch? Aber es ist nicht unmoralisch, sie glauben zu lassen, dass du mit mir schläfst … einem Mann, den du am Strand aufgegabelt hast?“

„Mein Körper gehört mir. Ich kann damit tun, was ich will“, erwiderte Xenia in gedämpftem Ton, als der Ober mit der Rechnung zurückkam. Ehe sie jedoch ihre Kreditkarte auf das Tablett legen konnte, hatte Blaize nach der Rechnung gegriffen.

„Ich kümmere mich darum“, sagte er kühl. „Du kannst es mir ja später zurückgeben.“ Ohne einen weiteren Einwand zuzulassen, wandte er sich dem Ober zu, wechselte leise ein paar Worte mit ihm, die Xenia nicht verstehen konnte, und reichte dem Ober die Rechnung zurück, der sofort damit verschwand.

Als sie kurz darauf aufstanden und in den angrenzenden Tanzsaal gingen, hatte Xenia das Gefühl, dass alle sie beobachten würden. Aber sie war sicher nur überempfindlich. Und dass die Blicke der anwesenden Frauen Blaize folgten, war ja nichts Besonderes!

Auf der gedämpft beleuchteten Tanzfläche bewegten sich bereits einige Paare selbstvergessen zu der leisen, romantischen Musik. Xenia wich unwillkürlich zurück. Das war nicht Tanzen, sondern ein öffentliches Liebesspiel, und sie konnte auf keinen Fall zulassen, dass Blaize sie so in den Armen hielt!

Andererseits, warum nicht? Worin bestand die Gefahr? Blaize war doch überhaupt nicht ihr Typ, und sosehr er auch mit ihr flirtete, ihr war klar, dass er nichts für sie empfand. Sie waren hier, um einen ganz bestimmten Eindruck zu erwecken, und je eher das geschafft war, desto eher würde sie frei sein, um nach Hause zurückzukehren. Sie nahm also all ihren Mut zusammen und ließ sich von Blaize auf die Tanzfläche führen.

Einen Augenblick später hielt er sie in den Armen, drückte ihren Kopf an seine breite Schulter und ließ die Hand langsam ihren Rücken hinunter zu ihren wohl gerundeten Hüften gleiten. War sie vielleicht etwas zu vorschnell in ihrem Urteil gewesen, was die Beeinflussbarkeit ihrer Gefühle betraf? Dieser Mann war ein geübter Verführer!

„Entspann dich. Vergiss nicht, wir wollen als ein Liebespaar gelten."

„Ich bin entspannt", zischte sie ihm zu.

„Nein, das bist du nicht", widersprach er. „Du hast eine panische Angst, dass ich so etwas tun könnte …" Bei diesen Worten ließ er seine Hand sacht in ihr Haar gleiten und liebkoste ihr Ohr mit den Lippen. Xenia erschauerte verräterisch. „Hast du eine Ahnung, wie sehr ich dich begehre?" Angesichts dieser zärtlich geflüsterten Worte blickte Xenia erstaunt auf, bis ihr einfiel, dass Blaize ja nur die Rolle spielte, für die sie ihn bezahlte. „Soll ich dich zurück ins Hotel begleiten und dir in deinem Zimmer zeigen, wie sehr? Soll ich deinen aufregenden Körper von allen Kleidungsstücken befreien und ihn küssen und streicheln, bevor wir …"

Xenia stockte der Atem, als er nach ihrer Hand griff und sagte: „Fühl selber, was du mir antust." Ehe sie sich befreien konnte, drückte er schon ihre Hand an seinen Körper, sodass sie das heftige Pochen seines Herzens fühlen konnte. „Komm näher …" Er presste sie an sich und flüsterte ihr ins Ohr: „Noch näher! So nahe, dass ich mir vorstellen kann, ich hielte dich nackt in den Armen …"

Xenia wusste, dass die Hitze, die in ihr aufwallte, nicht an der mangelnden Luft in dem Saal lag. Doch sie weigerte sich, darüber nachzudenken, was genau das sehnsüchtige Verlangen in ihr hervorrief, das sich ihrer Kontrolle zu entziehen drohte. Mit größter Mühe gelang es ihr, Blaize etwas fortzuschieben und aufzublicken. „Ich möchte gehen", sagte sie heiser.

„Jetzt schon? Es ist doch erst kurz nach Mitternacht."

Xenias Panik wuchs. Wenn er sie noch ein wenig länger so in den Armen hielt … sosehr ihre Vernunft ihr auch sagte, dass er nur eine Rolle spielte, ihr Körper schien den Unterschied zwischen Dichtung und Wahrheit nicht zu kennen. Sie reagierte, als würde sie ihn wirklich begehren! „Es war ein langer Tag, und meine Tante wird morgen vermutlich sehr früh anrufen, um mich über den Gesundheitszustand meines Großvaters auf dem Laufenden zu halten."

„Ich dachte, du wärest nicht an seinem Gesundheitszustand interessiert."

„Das bin ich auch nicht!“, sagte sie sofort. „Ich möchte lediglich …“

Blaize ließ sie los und sah sie forschend an. Xenia verspürte den unbändigen Wunsch, sich vor seinem Scharfblick zu verstecken, denn ihr wurde zunehmend klar, dass dieser Mann eine größere Gefahr für sie werden könnte, als sie sich eingestehen wollte.

Warum übte er diese starke Wirkung auf sie aus? Er war doch nicht der erste Mann, der sie je geküsst oder eng umschlungen mit ihr getanzt oder ein sexuelles Verlangen in ihr geweckt hatte! Auch wenn sie noch keinen wirklichen Liebhaber gehabt hatte, wusste sie doch, wie es war, sich zu jemand hingezogen zu fühlen. Wie jeder normale Teenager hatte sie für eine ganze Reihe von Idolen geschwärmt und auch einige Male geglaubt, unsterblich verliebt zu sein. Nun aber fühlte sie zum ersten Mal ein so leidenschaftliches Verlangen, dass sie Angst hatte, ihre Gefühle nicht kontrollieren zu können.

„Was möchtest du lediglich?“, hakte Blaize nach und riss sie damit aus ihren Gedanken.

„Darüber will ich nicht reden“, antwortete sie trotzig.

„Schön. Wenn du wirklich gehen möchtest und es nicht nur einfach eine Ausrede ist, um meinen Armen zu entfliehen, weil du Angst hast, es könnte dir bei mir zu gut gefallen …“

Xenia sah ihn wütend an. Wahrscheinlich wollte er sich nur über sie lustig machen. Denn er konnte doch unmöglich wissen, was sie fühlte, oder? „Das könnte mir nie passieren“, erwiderte sie bewusst von oben herab. „Ich hatte schon immer eine Abneigung gegen Massenaufläufe.“

„Und was genau soll das heißen?“, erkundigte er sich ruhig.

„Das soll heißen, dass du für meinen Geschmack schon zu viele Frauen in den Armen gehalten hast“, antwortete sie unverblümt.

Blaize zuckte die Schultern. „Ich bin vierunddreißig Jahre alt. Natürlich habe ich schon einige Beziehungen hinter mir.“

Fast hätte Xenia ihm gesagt, dass sie weniger die „Beziehungen“ meinte, sondern vielmehr jene endlose Parade von Frauen, die sich bei ihm vermutlich die Klinke in die Hand gaben. Doch sie wandte sich einfach ab und ging zum Ausgang. Blaize holte sie an der Tür ein, die ihnen von Türstehern in Livree aufgehalten wurde. Als wären wir Mitglieder des Königshauses, dachte Xenia, als sie den roten Teppich betrat, der zum Parkplatz und zum Kanal führte.

„Ich möchte lieber mit einem Wagen zurückfahren“, sagte sie rasch. In ihrer gegenwärtigen verletzlichen Stimmung wäre ihr eine Mondscheinfahrt in der Gondel zu gefährlich gewesen. Überraschenderweise widersprach Blaize ihr nicht, sondern winkte einfach einen der Buggys herbei.

Als sie das Hotel erreichten, begleitete er sie allerdings hinein und rief den Aufzug. „Je öfter wir in der Öffentlichkeit als Paar gesehen werden, desto besser“, sagte er entschieden. „Deshalb sollten wir morgen in dieser Hinsicht einiges in Angriff nehmen. Es stehen da verschiedene Touristenausflüge zur Wahl, die wir gemeinsam unternehmen könnten.“

Xenia machte ein bedenkliches Gesicht. „Aber es ist doch sicher nicht genug, wenn wir von anderen Touristen gesehen werden. Wichtiger sind solche Leute, die auch mit Rashid bekannt sind.“

„Zuran ist ein kleines Land. Ich bezweifle nicht, dass ihm die Nachricht von unserer ... Freundschaft schnell zu Ohren kommen wird“, antwortete Blaize, folgte ihr in den Aufzug und drückte auf den Knopf für ihre Etage.

„Du brauchst mich nicht nach oben zu begleiten“, protestierte Xenia, aber die Türen hatten sich bereits wieder geschlossen, und der Lift setzte sich in Bewegung.

„Wovor hast du eigentlich Angst?“, fragte Blaize spöttisch, als der Aufzug stoppte. „Dass ich dich küssen könnte oder dass ich es nicht tun könnte?“

„Keins von beidem!“, wehrte sie heftig ab.

„Lügnerin!“, sagte er neckend. „Du bist auch nur eine Frau, und du willst natürlich ...“

„Ich will, dass du nicht vergisst, dass ich dich dafür bezahle, dass du in der Öffentlichkeit meinen Liebhaber spielst, mehr nicht!“, unterbrach sie ihn ärgerlich, blieb vor der Tür ihrer Suite stehen, kramte ihre Karte aus der Handtasche hervor und zog sie durch den Schlitz.

Sie hielt den Atem an, als Blaize die Tür aufstieß. Was sollte sie tun, wenn er darauf bestand, in ihr Zimmer zu kommen? Ihr Herz pochte heftig, und sie legte unwillkürlich eine Hand darüber, als könnte sie es so beruhigen. Sie trat ein, blieb stehen, ohne sich umzudrehen, und schloss die Augen. Blaize knipste hinter ihr das Licht an. Dann hörte sie das leise Klicken, als die Tür ins Schloss fiel. Sie riss die Augen auf und wirbelte herum, um Blaize zu sagen, dass er auf der Stelle ihre Suite verlassen solle … aber sie war allein. Blaize war gegangen. Er war ihr gar nicht ins Zimmer gefolgt, sondern hatte sie allein gelassen und die Tür hinter ihr zugezogen. Genau das hatte sie doch gewollt … oder nicht?

4. KAPITEL

Der Ober räumte das Frühstück ab und schob den Teewagen aus der Suite. Xenia genoss auf ihrer Terrasse die angenehme Wärme der frühen Morgensonne, trank noch eine Tasse Kaffee und blätterte in der Zeitung, die sie sich hatte bringen lassen. Eigentlich hätte sie sich zufrieden und entspannt fühlen müssen.

Doch dem war nicht so! Als dann ihr Handy klingelte, zuckte sie geradezu erschrocken zusammen.

„Xenia?"

Es war die Stimme ihres Patenonkels, die sie so unerwartet aus ihrer grüblerischen Stimmung riss. Die Verbindung war schlecht. Anscheinend rief er sie über ein Satellitentelefon an und warnte sie gleich, dass er nicht lange in der Leitung bleiben könne.

„Wie kommst du mit deinem Großvater klar?", fragte er.

„Gar nicht", antwortete Xenia. „Denn ich habe ihn noch gar nicht gesehen. Offenbar ging es ihm bisher nicht gut genug."

„Ich kann dich kaum verstehen, Xenia …" Die Stimme ihres Patenonkels wurde schwächer. „Wie es aussieht, bricht die Verbindung zusammen. In der nächsten Zeit werde ich mich nicht mehr bei dir melden können. Regierungsgeschäfte …"

Es knackte und krachte in der Leitung, und John Feinnes' Stimme wurde so verzerrt, dass Xenia nur noch ahnen konnte, dass ihr Patenonkel ihr zum Abschied noch versicherte, dass er sie liebte. Ehe sie etwas antworten konnte, war die Verbindung gänzlich zusammengebrochen. Unglücklich blickte sie auf das Handy in ihrer Hand. Zu schade, dass sie ihren Patenonkel nicht noch hatte bitten können, ihr ihren Pass zuzusenden! Jetzt blieb ihr als einziger Ausweg aus dieser unerwünschten Heirat wirklich nur noch der Weg über Blaize.

Allein bei dem Gedanken an ihn jagte ihr schon wieder ein verräterischer Schauer über den Rücken. Sie durfte sich von seinem Charme nicht einwickeln lassen und nicht vergessen, dass dieser Gigolo für sie einzig und allein Mittel zum Zweck war!

Sie wollte das Handy wieder weglegen, als ihr etwas ganz anderes in den Sinn kam. Vielleicht sollte sie sich aus reiner Höflichkeit nach dem Gesundheitszustand ihres Großvaters erkundigen. Etwas nervös wählte sie die Nummer des Familiensitzes. Am anderen Ende der Leitung meldete sich eine ihr fremde Männerstimme. Zögernd nannte Xenia ihren Namen und fragte nach ihrer Tante. Kurz darauf atmete sie erleichtert auf, als sie Sorayas vertraute Stimme hörte, und erkundigte sich ein wenig befangen nach ihrem Großvater.

„Er hatte eine gute Nacht", sagte Soraya. „Aber er ist immer noch sehr schwach. Und er ist so eigensinnig. Obwohl der Arzt es ihm verboten hatte, hat er sich von seinem Diener zum Morgengebet fahren lassen, ehe ich es verhindern konnte. Ich werde ihm sagen, dass du dich nach ihm erkundigt hast, Xenia. Das wird ihm viel bedeuten. Es wird jetzt bestimmt nicht mehr lange dauern, bis du ihn persönlich kennenlernen kannst. Übrigens hätte ich dich sowieso noch angerufen. Ich wollte dich fragen, ob du vielleicht Lust hättest, morgen früh mit mir auf den Gewürz-*Souk* zu gehen. Und danach könnten wir vielleicht zusammen zu Mittag essen."

„Das ist eine nette Idee", willigte Xenia ein wenig gezwungen ein. Die Freundlichkeit ihrer Tante machte ihr jedes Mal ein schlechtes Gewissen.

Plötzlich überkam sie das dringende Bedürfnis, Blaize aufzusuchen. Zwar hatte er gesagt, er würde sich mit ihr in Verbindung setzen, aber sie wollte sofort klarstellen, dass sie und nicht er bei ihrem gemeinsamen Handel die Zügel fest in der Hand hielt!

Eine halbe Stunde später stand sie am Strand und erkundigte sich vergeblich bei dem jungen Mann, der sich an diesem Tag um die Windsurfer kümmerte, nach Blaize. Doch der junge Mann schien Blaize nach ihrer Beschreibung gar nicht zu kennen. Schließlich gab sie es frustriert auf und kehrte ins Hotel zurück. Warum hatte sie sich von Blaize nicht eine Telefonnummer geben lassen? Wie es aussah, musste sie jetzt wirklich abwarten, bis er sich bei ihr melden würde.

Obwohl es Mittagszeit war, hatte sie eigentlich keinen richtigen Appetit, jedenfalls keinen, der sich durch Essen hätte befriedigen lassen! Gestern Abend hatte es sie geärgert, wie Blaize sie wegen ihrer Jungfräulichkeit aufgezogen hatte, und die Gefühle, die er in ihr geweckt hatte, hatten sie beunruhigt. Natürlich hatte sie es sich nicht gewünscht, aber wenn er sie zum Abschied geküsst hätte … errötend betrat sie den Aufzug und betätigte den Knopf für ihre Etage.

Was war nur mit ihr los? Nur weil sie noch Jungfrau war, hieß das doch nicht, dass sie so gehemmt oder naiv war, dass ein einziger Blick eines Gigolos genügte, um sie völlig aus der Fassung zu bringen! Aber wenn Blaize sie geküsst hätte … dann hätte sie sicher genügend Verstand besessen, ihn zurückzuweisen und zum Teufel zu schicken! Ihre Beziehung war rein geschäftlicher Natur, und so sollte es auch bleiben!

Als die Lifttüren aufglitten, ging sie über den Flur zu ihrer Suite, öffnete die Tür und blickte sich mit angehaltenem Atem um. Diesmal lag kein fast unbekleideter Mann auf ihrem Bett … sehr zu ihrer Erleichterung! Jedenfalls redete sie sich das ein.

Eine halbe Stunde später studierte sie einen Stadtführer und entschied sich für einen empfohlenen Stadtrundgang, der durch die Altstadt führte und den Besuch des Stadtpalasts eines früheren Herrschers einschloss. Das Gebäude beherbergte inzwischen ein Museum zur sozialen, kulturellen und religiösen Geschichte des Landes. Ja, es würde ihr guttun, einmal an etwas anderes zu denken als an ihren Großvater und die Probleme, die er ihr verursachte. Xenia zog sich entschlossen eine weiße Leinenhose und ein luftiges langärmeliges Baumwolltop an, nahm ihre Handtasche und verließ das Hotel.

Während sie vor dem Hotel darauf wartete, dass der Portier ihr ein Taxi rief, setzte sie ihre Sonnenbrille auf und blickte sich um. Unweit sah sie aus dem Augenwinkel eine schwarze Stretchlimousine vorfahren. Sofort eilten eine Hand voll dienstbeflissener Helfer hinzu, um die Türen aufzuhalten, und mehrere sehr bedeutsam aussehende Herren in den typischen einheimischen Gewändern stiegen aus. Während Xenia sie neugierig, aber verstohlen betrachtete, zuckte sie plötzlich zusammen und schüttelte im nächsten Moment den Kopf. Für den Bruchteil einer Sekunde hatte sie tatsächlich geglaubt, in einem der Männer Blaize zu erkennen! Wie lächerlich! Ganz offensichtlich war es nicht nur ihr Großvater, den sie sich dringend aus dem Kopf schlagen musste!

Erst als Xenia das Museum verließ, wurde ihr bewusst, wie lange sie dort verbracht hatte. Es war inzwischen dunkel geworden! Sie atmete tief ein, den Kopf noch ganz voll von allem, was sie gesehen hatte.

Es war nicht nur die Geschichte und Vergangenheit Zurans, sondern auch ein ganz wesentlicher Teil ihrer eigenen Biografie, womit sie sich im Lauf dieses Nachmittags vertraut gemacht hatte. Kein Wunder, dass das Museum sie derart gefangen genommen hatte! Zum ersten Mal war sie sich ihrer Beduinenwurzeln wirklich bewusst gewesen und hatte zarte Anfänge einer Zugehörigkeit empfunden. Zum ersten Mal gestand sie sich das Bedürfnis ein, mehr über dieses Land erfahren zu wollen … und zwar nicht ihrer Mutter zuliebe, sondern um ihrer selbst willen.

Von der Wüste her wehte eine frische Abendbrise, und Xenia wandte das Gesicht dorthin. Dort waren ihre Wurzeln, ihre Vergangenheit, ihr Schicksal. Sie war Teil einer stolzen Rasse, die dieses Land schon zu Kleopatras Zeiten durchwandert hatte. Gedankenverloren bückte Xenia sich, nahm eine Hand voll Sand auf und ließ ihn langsam durch die Finger rinnen. Ihr Land … Sie blinzelte gegen Tränen an.

Eine Besuchergruppe kam aus dem Museum und eilte an ihr vorbei. Einer rempelte Xenia versehentlich an, und der Bann war gebrochen. Sie merkte plötzlich, dass sie richtig hungrig war. Rasch winkte sie ein Taxi heran und fuhr zum Hotel zurück.

Xenia hatte sich einen Tisch im italienischen Restaurant der Hotelanlage reserviert. Sie trug an diesem Abend ein schlichtes schwarzes Leinenkleid, das vorne durchgeknöpft war. Der rechteckige Ausschnitt betonte ihre zierlichen Schultern und den schlanken Hals. An ihrem zarten Handgelenk funkelte dezent ein einzelner Goldreifen, der einmal ihrer Mutter gehört hatte. Xenia tastete jetzt unwillkürlich danach, als könnte sie darin Kraft finden. Sie war es nicht gewohnt, allein in einem Restaurant essen zu gehen, aber es war immer noch besser, als einsam in ihrem Hotelzimmer zu essen.

Am Empfang im Hotel hatte man ihr erklärt, dass das italienische Restaurant in einem eigenen Gartenhof liege und leicht zu Fuß oder mit einer Gondel zu erreichen sei. Eine Gondelfahrt kam für Xenia nicht infrage, denn das hätte sie nur an den gestrigen Abend und an Blaize erinnert. Wenn sie ehrlich war, dann hatte sie den ganzen Tag insgeheim darauf gewartet, dass er sich bei ihr melden würde. Doch er hatte es nicht getan. Weil er seine Zeit mit einem „lohnenswerteren Objekt“ – sowohl in finanzieller wie in sexueller Hinsicht – verbracht hatte? Xenia hatte ja selber zur Genüge gesehen, dass es in seiner Umgebung keinen Mangel an weiblichen Bewunderern gab. Eifersüchtig? Sie riss sich energisch zusammen. Natürlich nicht! Sie, und eifersüchtig auf die Frauenbekanntschaften dieses Gigolos? Lächerlich!

Das Restaurant war wirklich ganz in der Nähe. Xenia brauchte nur das Hotel zu verlassen und um die Ecke zu gehen und fand sich schon in dem Hof wieder, den man ihr beschrieben hatte. In der Mitte befand sich ein großes Becken mit spektakulären Wasserspielen. Kinder standen am Rand und beklatschten und bejubelten begeistert die hoch aufsteigenden Fontänen. Lächelnd ging Xenia an ihnen vorbei und betrat das Restaurant.

Die italienische Trattoria war genauso authentisch wie das französische Restaurant am Abend zuvor, bis hin zu einem Tischmusikanten und den tatsächlich waschechten italienischen Obern, die Xenia fürsorglich zu ihrem Tisch geleiteten und sie sofort mit einer Speisekarte versorgten.

Eine halbe Stunde später, als Xenia gerade angefangen hatte, sich zu entspannen, an ihrem Wein nippte und die Meeresfrüchtevorspeise kostete, wurde die Tür des Restaurants aufgestoßen, und eine Gruppe johlender junger Männer platzte herein. Die Blicke sämtlicher Gäste richteten sich missbilligend auf die Neuankömmlinge. Die jungen Männer zählten offensichtlich zu der Kategorie unangenehmer Touristen und waren unübersehbar angetrunken. Grob und unhöflich kommandierten sie den Maître d’ herbei und verlangten einen Tisch, der groß genug für sie alle wäre. Und sie wollten nichts davon hören, dass das Restaurant ausgebucht sei.

„Komm uns nicht so, Junge“, polterte einer von ihnen. „Wir sehen doch, dass noch viele Tische frei sind.“

Xenia versuchte, die unangenehme Szene zu ignorieren, und konzentrierte sich ganz auf den Ober, der ihren leeren Teller abräumte und das Hauptgericht servierte. Als sie sich jedoch bedankte, hörte sie, wie einer der angetrunkenen Burschen sagte: „He, schaut mal da drüben … die kleine Brünette, die da ganz allein sitzt. Hör zu, Junge …“, er wandte sich an den Maître d’ und deutete auf einen leeren Tisch neben Xenias, „… wir nehmen den da!“

Sie erstarrte unwillkürlich. Der Maître d' versuchte sichtlich alles, um die jungen Männer zu bewegen, das Restaurant zu verlassen, aber die hatten gar keine Lust dazu. Xenia versuchte, sich ihr Unbehagen nicht anmerken zu lassen, als die Burschen sich schließlich auf drei Tische in ihrer Nähe verteilen, sodass sie praktisch von ihnen umzingelt war. Obwohl die jungen Männer zweifellos schon genug getrunken hatten, bestellten sie nun weitere Drinks, machten lautstark anstößige Bemerkungen und starrten Xenia unverschämt an.

Xenia ließ sich von einem derartigen Benehmen eigentlich nicht einschüchtern. Immerhin lebte sie in London und kam nicht gerade vom Dorf. Allerdings wäre sie in London vermutlich auch nicht allein essen gegangen. Zu allem Übel brachen die Gäste an den anderen beiden Tischen in ihrer Nähe in diesem Moment auch noch auf und verließen das Lokal ... und die Pöbeleien der jungen Kerle wurden immer unangenehmer.

„Der Erste, der es schafft, dass sie sich auszieht, bekommt eine Runde bezahlt!“, johlten sie ungeniert.

Das war genug. Xenia entschied sich zu gehen, obwohl sie mit ihrem Essen noch nicht fertig war. So ruhig wie möglich stand sie auf ... doch zu ihrem Entsetzen sprangen die angetrunkenen Burschen ebenfalls auf und umdrängten sie, wobei sie nicht mit anstößigen Bemerkungen sparten. Xenia schoss das Blut heiß in die Wangen vor Wut und Empörung. Sie sah, dass der Manager des Restaurants aufgeregt telefonierte, während der Maître d' sich alle Mühe gab, ihr beizustehen. Vergeblich bat er die Männer, ihr den Weg frei zu machen, weil er sie ansonsten des Lokals verweisen müsse.

„Suchst du dir einen von uns aus, Schätzchen?“, schlug der Anführer der Bande Xenia grinsend vor. „Oder sollen wir für dich wählen? Wer will der Erste sein, Jungs?“, fragte er und wandte sich seinen Freunden zu.

„Bitte, meine Herren ...“ Der Maître d' protestierte verzweifelt. „Ich muss Sie wirklich bitten zu gehen ...“

„Wir gehen nirgendwohin, Junge“, unterbrach ihn der Bursche lallend.

„Da täuschen Sie sich sehr!“

Blaizes Stimme übertönte kühl und scharf das Johlen der Bande und brachte sie auf der Stelle verblüfft zum Schweigen. Xenia war durch sein unerwartetes Erscheinen vielleicht noch mehr überrascht und drehte sich unwillkürlich zu ihm um. Sie wusste nicht, wie zart und verletzlich sie in diesem Moment aussah.

„Tatsächlich darf ich sogar mit absoluter Sicherheit behaupten, dass Sie nicht nur dieses Restaurant verlassen, sondern auch das Land."

Einer der Burschen lachte laut prustend los. „Komm schon, Junge ... du hast uns gar nichts zu sagen! Du bist nur einer ... gegen ein Dutzend von uns. Und außerdem sind wir extra wegen der Pferderennen hergekommen!"

„Der Manager des Restaurants hat bereits die Polizei gerufen", fuhr Blaize ungerührt fort, und Xenia hörte in diesem Moment einen Wagen mit Polizeisirene vor dem Restaurant vorfahren.

Die angetrunkenen Touristen blickten sich nun sichtlich verunsichert und betreten an. Blaize streckte Xenia eine Hand entgegen, und Xenia kam mit zitternden Knien an den Männern vorbei an seine Seite genau in dem Augenblick, als die Tür aufging und mehrere uniformierte Polizisten das Lokal betraten.

„Komm ..." Blaize nahm Xenia beim Arm. „Lass uns von hier verschwinden."

Sie ließ sich bereitwillig von ihm aus dem Restaurant führen und war mehr als dankbar für seine Begleitung auf dem Rückweg ins Hotel. Er sprach aber kein Wort und machte ein so abweisendes Gesicht, dass Xenia es zunächst vorzog, ebenfalls zu schweigen.

Sobald sie sich im Lift befanden und nach oben fuhren, atmete Xenia erleichtert auf. „Du kannst dir nicht vorstellen, wie froh ich war, dich zu sehen ...", wollte sie anfangen, sich zu bedanken, aber Blaize fiel ihr streng ins Wort.

„Was, zum Teufel, hast du dir eigentlich dabei gedacht? Warum bist du nicht gegangen? Dir muss doch klar gewesen sein, worauf diese Typen aus waren!"

Diese unerwartet heftige und überaus unfaire Attacke verschlug Xenia die Sprache. Als der Aufzug auf ihrer Etage anhielt und die Türen aufglitten, stieg sie schweigend aus und ging benommen zu ihrer Suite. Sie wollte die Schlüsselkarte aus ihrer Handtasche holen, aber ihre Hände zitterten so sehr, dass sie die Tasche fallen ließ.

Xenia bückte sich danach, doch Blaize kam ihr zuvor und hob die Abendtasche auf, die in seinen Händen geradezu winzig aussah. Wie gebannt blickte Xenia auf diese kraftvollen, gepflegten Hände.

Sie befand sich zweifellos in einem Schockzustand. Doch das war ihr in diesem Moment nicht wirklich bewusst. Es war nur eine naheliegende Erklärung dafür, dass sie immer noch kein Wort zu ihrer Verteidigung herausbrachte.

„Ist dir klar, was alles hätte passieren können, wenn der Manager nicht …"

„Ich habe ja versucht zu gehen", stieß Xenia endlich heiser hervor.

Im nächsten Moment befanden sie sich in ihrer Suite, und die Tür fiel hinter ihnen ins Schloss. Und plötzlich brachen die Auswirkungen des Schocks über Xenia herein. Ihre Augen füllten sich mit Tränen, und sie begann am ganzen Leib zu zittern.

„Xenia!"

Blaize nannte rau ihren Namen und zog sie in seine Arme. Tapfer kämpfte sie die Tränen nieder, während Blaize ihr sacht das Haar streichelte. Schließlich blickte sie zu ihm auf … und verlor sich im Blick seiner faszinierenden Augen.

„Xenia …"

Ganz langsam beugte er sich herab und verharrte bewusst verlockend, sodass sein Atem ihre halb geöffneten Lippen streifte. Xenia begriff, dass sie genau dies gewollt hatte … ihn gewollt hatte, von dem Moment an, als sie ihn am Tag zuvor auf ihrem Bett liegend vorgefunden hatte. Sehnsüchtig kam sie nun seinem Kuss entgegen.

Leidenschaft! Nur ein einziges Wort, doch es umspannte alles, was sie fühlte, jede Gefühlsnuance und Empfindung, die sie heiß durchzuckte, während Blaize sie mit seinen Küssen immer tiefer in eine Welt verbotener Lust entführte. Ohne Vorwarnung brachen die schützenden Barrieren zusammen, die sie gegen ihn errichtet hatte, und sie sah sich dem Aufruhr ihrer Sinne machtlos ausgeliefert.

Blaize löste sich von ihren Lippen und flüsterte ihr warnend ins Ohr: „Du stehst unter Schock, Xenia. Und ich glaube, dies ist nicht …"

Doch Xenia wollte die Warnung nicht hören. Sie umfasste sein Gesicht mit beiden Händen, suchte erneut seine Lippen und zeigte ihm nun, was sie wollte. Sie fühlte, wie Blaize erstarrte und scharf einatmete, und hielt selber den Atem an, weil sie sein Zögern spürte. Aber als sie sich dann verlangend an ihn schmiegte und zu ihm aufblickte, sah sie das leidenschaftliche Aufleuchten in seinen Augen und wurde von einem warmen Triumphgefühl erfasst. Langsam und verführerisch küsste sie ihn. Dann blickte sie erneut auf, folgte mit der Spitze des Zeigefingers den Konturen seines sinnlichen Mundes, wobei sie die Zunge provokant über ihre halb geöffneten Lippen gleiten ließ. Sie fühlte und sah, wie Blaize vor Erregung erschauerte.

„Das ist keine gute Idee", sagte er seufzend, nahm ihre Hand und drückte einen heißen Kuss hinein. Langsam ließ er den Blick von ihrem Gesicht hinab zu ihren Brüsten schweifen.

„Warum nicht?", flüsterte sie herausfordernd.

„Weil ... wenn ich dich jetzt so küsse und liebkose ..." Er umfasste ihre Brüste und ließ die Daumen erregend über die harten Spitzen kreisen, die sich durch den Stoff ihres Kleides abzeichneten, und Xenia durchzuckte es heiß. „... dann werde ich nicht aufhören können, dich so zu berühren, und ..."

Xenia lauschte ihm wie gebannt, spürte, wie ihr die Knie weich wurden. Seine Worte vermehrten nur ihre Sehnsucht, sich endlich nackt in seine Arme zu schmiegen und seine zärtlichen Hände auf ihrer Haut zu spüren. Verlangend stöhnte sie auf, und Blaize verschloss ihr die Lippen mit einem leidenschaftlichen Kuss. Immer schneller und keuchender ging ihrer beider Atem, während sie sich wie von Sinnen streichelten und küssten ... und dann durchschnitt das ernüchternde Rattern des Faxgerätes die Stille und brach den Bann.

Xenia erstarrte unwillkürlich. Blaize ließ sie los und wich einen Schritt zurück.

„Das hätte nicht passieren dürfen", sagte er und wandte sich schon zur Tür. „Es ist nicht Teil unserer Abmachung."

Nicht Teil ihrer Abmachung! Enttäuschung, Scham, Wut und Demütigung ... all das stürmte auf einmal auf Xenia ein und brachte sie unsanft auf den Boden der Wirklichkeit zurück. Mit hoch erhobenem Kopf ging sie zu dem Faxgerät ... mehr um ihr Gesicht zu wahren und nicht, weil sie das Fax so brennend interessierte. Wie sich herausstellte, war es sowieso nur die Werbung eines örtlichen Reiseveranstalters für aktuelle Ausflugsangebote. Xenia blickte starr auf das Blatt, bis ihr die Buchstaben vor den Augen verschwammen.

Sie hörte, wie die Ausgangstür ihrer Suite geöffnet und leise wieder geschlossen wurde. Blaize war gegangen. Eines Tages werde ich … vielleicht … froh darüber sein, redete sie sich verzweifelt ein. Froh über die Störung und darüber, dass er gegangen war, bevor etwas zwischen ihnen passiert war. Eines Tages. Aber nicht jetzt!

5. KAPITEL

Unglücklich schob Xenia ihr kaum angerührtes Frühstück beiseite, blickte aus den Panoramafenstern des Frühstückssaals des Hotels und versuchte vergeblich, sich ganz auf die malerische, sonnenbeschienene Szenerie dort draußen zu konzentrieren. Sie hatte sich an diesem Morgen entschieden, hier unten und nicht allein in ihrem Zimmer zu frühstücken, weil sie vor allem gehofft hatte, dass die Gesellschaft anderer Menschen sie von den Ereignissen am vorangegangenen Abend ... und von Blaize ... ablenken würde.

Blaize! Jedes Mal, wenn sie an ihn dachte – was viel zu oft geschah –, fühlte sie sich hin- und hergerissen zwischen Sehnsucht, Zorn, Ablehnung, ganz zu schweigen von ungläubigem Erstaunen, dass sie überhaupt in eine derartige Lage hatte geraten können. Wie konnte sie diesen Mann nur begehren?

Nachdenklich blickte Xenia aus dem zwanglosen Frühstückssaal hinaus in das Foyer, in dem es heute vor ungewöhnlich vielen livrierten Angestellten zu wimmeln schien. Als der Ober an ihren Tisch kam, um ihr Frühstück abzuräumen, stand sie auf und schlenderte ins Foyer. Ihr blieb noch Zeit, bevor sie sich mit ihrer Tante treffen würde, deshalb studierte sie auf der Informationstafel vor dem Büro des hoteleigenen Ausflugsveranstalters die Ausflugsangebote. Eines davon weckte ihre Aufmerksamkeit, und sie las es sich genauer durch. Es handelte sich um eine begleitete Fahrt in die Wüste samt einer Übernachtung in einer exklusiven Anlage in einer Oase, wo man die Möglichkeit hatte, aus erster Hand die Wunder und Schönheit der Wüste zu erleben! Rasch, ehe sie es sich anders überlegen konnte, betrat Xenia das Büro und verließ es zehn Minuten später mit der Bestätigung ihrer Buchung in der Tasche. Eine ganze Nacht weit weg von Blaize sollte ihr die nötige Zeit und Distanz geben, ihr seelisches Gleichgewicht wiederzufinden.

Auf dem Weg durchs Foyer kam ihr der verräterische Gedanke, dass es auch eine ganz andere Methode gab, eine drohende Feuersbrunst zu verhindern: Man konnte auch Feuer mit Feuer bekämpfen. Aber glaubte sie allen Ernstes, sie könnte ihr sexuelles Verlangen gegen sich selber richten, indem sie ihm nachgab und es zu einem Inferno entfachte, damit es sich am Ende selbst zerstörte?

Ihr blieb gerade noch genug Zeit, in ihre Suite zu fahren und sich etwas frisch zu machen, bevor sie sich mit ihrer Tante treffen würde. Freundlich lächelte sie den livrierten Hotelangestellten zu, die in einer Gruppe in der Nähe des privaten Aufzugs standen und etwas nervös wirkten.

„Heute machen alle einen so geschäftigen Eindruck", bemerkte Xenia, während sie auf den Aufzug wartete.

Einer der Angestellten verdrehte die Augen und flüsterte ihr mit wichtiger Miene zu: „Oben findet eine Besprechung der Hoteleigentümer statt."

Der Hoteleigentümer? Xenias Herz pochte unwillkürlich schneller. Bedeutete das, dass Rashid wieder zurück war? Und wie lange würde es dann dauern, bis er sie aufsuchte?

„Hm … das duftet himmlisch!"

Xenia schnupperte lächelnd an dem goldgelben Weihrauchbrocken, den ihre Tante ihr hinhielt. Sie besuchten zusammen den Gewürz-*Souk*, und Xenia hatte Gelegenheit zu bewundern, wie entschlossen und geübt Soraya mit den Händlern verhandelte. Es hatte etwas Unwirkliches, zu Beginn des einundzwanzigsten Jahrhunderts hier auf einem Basar zu stehen, der immer noch auf fast unveränderten, uralten Traditionen basierte. Dieses Land folgte seinem ganz eigenen Zeitschema, erkannte Xenia, während sie dem mit der typischen langen Robe bekleideten Händler den Weihrauch zurückgab.

Soraya lud sie zu einem Glas eisgekühlten, frisch gepressten Orangensaft ein und strahlte sie an. „Ich habe gute Neuigkeiten für dich. Dein Großvater fühlt sich viel besser und hat mich gebeten, dich einzuladen, ihn heute Nachmittag zu besuchen."

Xenia hätte sich fast an ihrem Saft verschluckt. War es Zufall, dass Abu Assad sie zu genau dem Zeitpunkt zu einem Besuch einlud, da Scheich Rashid nach Zuran zurückgekehrt war? Sie hatte Mühe, ihre Ablehnung zu verbergen. „Es tut mir leid, aber das wird nicht möglich sein. Ich … habe leider schon andere Pläne", sagte sie ruhig, wobei sie allerdings dem Blick ihrer Tante auswich.

Sorayas Schweigen verriet, dass sie diese Reaktion nicht erwartet hatte. Sofort meldete sich Xenias schlechtes Gewissen. Sie wollte ihre Tante wirklich nicht kränken oder in Schwierigkeiten bringen. Soraya war immer überaus nett zu ihr gewesen ... aber sie wusste auch um die wirklichen Pläne von Abu Assad, wie Xenia sich energisch ins Gedächtnis rief.

„Dein Großvater wird enttäuscht sein", antwortete Soraya nun, wobei sie ein wenig erzwungen lächelte. „Er hat sich so darauf gefreut, dich kennenzulernen. Aber wenn du natürlich etwas anderes zu tun hast ..."

„Ich habe für morgen einen Ausflug in die Wüste gebucht", erklärte Xenia ihr fast schuldbewusst, „und muss natürlich einiges vorbereiten."

Ihre Tante nickte und nahm diese Erklärung ohne weiteren Kommentar hin. Sie begleitete Xenia noch zum Hotel zurück, lehnte aber ab, als Xenia sie zu einer Tasse Kaffee einlud. Sie wollte gerade in ihr Taxi einsteigen, als Xenia – aus einem spontanen Gefühl heraus, das sie selber am wenigsten begriff – sie zurückhielt und ihr zuflüsterte: „Ich ... habe es mir anders überlegt. Ich werde heute Nachmittag kommen und Großvater besuchen."

Unglücklich über ihre eigene Schwäche, presste Xenia die Lippen zusammen, während ihre Tante sie strahlend an sich drückte. „Ich weiß, dass es nicht leicht für dich ist, Xenia", sagte Soraya aufmunternd. „Aber dein Großvater ist kein Unmensch. Er will nur das Beste für dich."

Diese in vieler Hinsicht bedeutsamen Worte weckten in Xenia erneut böse Vorahnungen. Doch es war zu spät, ihre Entscheidung zurückzunehmen.

„Dein Großvater macht nach dem Essen einen Mittagsschlaf. Ich werde dir rechtzeitig einen Wagen schicken, der dich abholt und zur Villa bringt. Wäre dir halb fünf recht?"

Xenia nickte. Was blieb ihr anderes übrig?

Xenia hatte halb erwartet, dass Blaize während ihrer Abwesenheit aus dem Hotel versucht hätte, Kontakt mit ihr aufzunehmen. Schließlich hatte sie ihm bislang noch nichts für seine bisherigen „Dienste" bezahlt. Aber bei ihrer Rückkehr erwartete sie keine Nachricht ... und Blaize schon gar nicht!

Sie versuchte sich einzureden, das der Stich, den ihr diese Erkenntnis versetzte, lediglich damit zusammenhing, dass es sie danach drängte, die überraschenden Entwicklungen des Tages mit ihm zu besprechen … auf rein geschäftlicher Basis natürlich … und mit ihm das weitere Vorgehen abzusprechen. Es war schließlich nur natürlich, dass sie in Anbetracht von Scheich Rashids Rückkehr ein Treffen mit Blaize kaum erwarten konnte. Und was den vorangegangenen Abend betraf … was bedeutete schon ein Kuss? Nur sie allein wusste, dass sie … etwas übertrieben darauf reagiert hatte. So naiv war sie nicht, sich einzubilden, dass es Blaize irgendetwas bedeutet haben könnte, sie zu küssen!

Warum also hatte er nicht versucht, sie zu erreichen? Und warum hatte sie sich nicht endlich eine Handynummer oder so etwas von ihm geben lassen, um ihn erreichen zu können?

Obwohl es schon nach zwei Uhr war und sie am Morgen kaum gefrühstückt hatte, hatte Xenia überhaupt keinen Appetit. Im Gegenteil, ihr war ganz flau bei dem Gedanken an das bevorstehende Treffen mit ihrem Großvater … und die Sorge um Rashids Rückkehr und Blaizes unerklärliches Schweigen trug nicht gerade dazu bei, sie zu beruhigen. Xenia entschied sich, ein entspannendes Bad zu nehmen und sich noch etwas auszuruhen, bevor der Wagen sie abholen würde.

Schließlich war es aber Zeit, sich umzuziehen und für das Treffen mit ihrem Großvater fertig zu machen. Unschlüssig begutachtete Xenia ihre Garderobe. Das Leinenkleid mit der dazu passenden Jacke wäre sicher eine gute Wahl, schlicht, aber elegant … oder … Mit zittriger Hand nahm sie den schwarzen Hosenanzug von der Stange. Einfach geschnitten, aus matt schimmernder schwarzer Rohseide gefertigt, bedeutete ihr dieser Anzug etwas ganz Besonderes. Ihre Mutter hatte ihn ihr kurz vor ihrem Tod gekauft … als Glücksbringer für die Vorstellungsgespräche an der Universität.

Stattdessen hatte Xenia ihn dann zur Beerdigung ihrer Eltern getragen. Wann immer sie aber den Stoff berührte, kam ihr nicht dieser traurige, trostlose Tag ins Gedächtnis, sondern sie sah das liebevolle Leuchten in den Augen ihrer Mutter, als diese entschlossen in die teure Boutique marschiert war und verkündet hatte, ihrer Tochter ein Geschenk kaufen zu wollen … und dann darauf bestanden hatte, dass sie, Xenia, ihr buchstäblich jeden Anzug aus dem Laden vorführte, bevor sie diesen für perfekt erklärte. Für Xenia war der Hosenanzug unauflöslich mit dieser fröhlichen Erinnerung an ihre geliebte Mutter verbunden, und manchmal hätte sie schwören können, sogar noch das für ihre Mutter typische schwere orientalische Parfüm daran zu riechen.

Jetzt blinzelte sie gegen Tränen an. Mochte ihre Mutter jetzt auch nicht bei ihr sein, so hatte sie, Xenia, doch das Gefühl, dass sie im Geist an ihrer Seite sein würde, wenn sie, bekleidet mit diesem Hosenanzug, dem Mann gegenübertreten würde, der ihrer Mutter so viel Leid bereitet hatte.

Fertig umgezogen und dezent geschminkt, fuhr sie schließlich um kurz vor halb fünf hinunter ins Foyer. Einige bewundernde Blicke folgten ihr, als sie gemessenen Schritts dem Ausgang zustrebte. Wieder einmal führte ein roter Teppich zu mehreren schwarzen Limousinen, die mit wehenden Standarten vor dem Eingangsportal des Hotels bereitstanden. Doch Xenia hatte keine Zeit, sie genauer zu betrachten, denn schon fuhr eine große Limousine für sie vor. Die Beifahrertür flog auf, und ihr Cousin Saud sprang jungenhaft lächelnd heraus. Als Xenia ihn umarmte, bemerkte sie aus dem Augenwinkel, wie sich die Chauffeure der schwarzen Limousinen plötzlich regten und aus dem Privateingang des Hotels einige Herren kamen, die mit den traditionellen fließenden Roben bekleidet waren. Und Saud packte sie plötzlich am Arm und sagte aufgeregt: „Da … das ist Rashid mit seinem Großonkel!“

„Wie? Wo?“ Mit pochendem Herzen spähte Xenia in die angegebene Richtung, doch da stieg bereits der letzte der weiß gewandeten Herren in eine der schwarzen Limousinen ein.

„Hast du ihn inzwischen kennengelernt?“, erkundigte sich Saud, als die dunklen Limousinen davonfuhren. „Er ist cool, stimmt’s?“

Xenia nahm sich zusammen. Wie es aussah, betete ihr kleiner Cousin ihren ausgesuchten Bräutigam in spe förmlich an. „Nein, ich hatte noch nicht das Vergnügen“, antwortete sie und stieg in den Wagen ein. Als der Chauffeur mit Saud und ihr losfuhr, kam ihr plötzlich ein Gedanke. „Dann trug Rashid eben auch das traditionelle Gewand?“

„Ja, richtig“, bestätigte Saud.

„Trotz seiner westlichen Erziehung?“

„Ja.“ Saud nickte lächelnd und fügte dann erklärend hinzu: „Rashids Vater und dieser Großonkel – der übrigens ein Mitglied der königlichen Familie ist –- standen sich sehr nahe. Und nach dem Tod der Eltern, die bei einem Flugzeugabsturz in der Wüste ums Leben kamen, hat sich der Großonkel Rashids angenommen und ihn gefördert. Das war noch vor meiner Geburt, und Rashid war selber noch sehr jung, aber ich habe gehört, wie mein Vater und Großvater sich darüber unterhalten haben. Rashid war damals in England im Internat, aber sein Großonkel hat ihn wie einen eigenen Sohn in seiner Familie aufgenommen. Es ist eine große Ehre für unsere Familie, dass dieser Großonkel als Mitglied des Königshauses Rashids Heirat mit dir befürwortet. Und es ist gut, dass du ein eher zurückhaltender Mensch bist, liebe Cousine. Ich halte gar nichts davon, wie sich manche Touristen hier in Zuran aufführen.“

„Ach ja?“, meinte Xenia aufhorchend. „Und was ist mit seinem Verhalten? Ist das so makellos?“

„Rashid ist ein Mann von hohen moralischen Prinzipien. Jeder, der ihn kennt, weiß das. Zara, meine Freundin und Cousine zweiten Grades, hat schon oft gesagt, dass sie sich für ihr eigenes Geschlecht schämt, wenn sie sieht, wie schamlos manche Frauen ihm nachstellen. Er ist sehr reich, und viele weibliche Hotelgäste versuchen buchstäblich alles, um seine Aufmerksamkeit zu gewinnen. Aber Rashid ist ein sehr stolzer Mann, und er würde niemals zulassen, dass der Name der Familie in irgendeiner Weise Schaden nimmt“, sagte Saud feierlich.

Zu jedem anderen Zeitpunkt hätte der jugendliche Eifer ihres kleinen Cousins Xenia sicherlich ein amüsiertes Lächeln entlockt. Nun aber waren seine arglosen Worte dazu angetan, ihre bestehende Abneigung gegen den Mann noch zu schüren, der so großzügig geruhte, sie als seine mögliche zukünftige Frau zu betrachten. Schön, dieser Inbegriff an Moral und Tugend würde hoffentlich sehr bald entdecken, dass sie genau der Typ Frau war, den er offenkundig verachtete! Denn je mehr sie über Scheich Rashid erfuhr, desto mehr festigte sich ihr Entschluss, ihn auf keinen Fall zu heiraten!

Sie hatten die Familienvilla erreicht, und Xenia hielt unwillkürlich den Atem an, als der Wagen das beeindruckende Tor passierte und in den dahinter liegenden Hof einfuhr. Xenia wusste von ihrer Tante, dass ihr Großvater immer in dem ursprünglichen Familiensitz wohnen geblieben war, der noch aus der Zeit stammte, als Zuran ein Handelshafen gewesen war und die Familie wohlhabende Händler gewesen waren. Allerdings war der Villa in jüngster Zeit ein großer, moderner Anbau hinzugefügt worden, vor allem auf Betreiben von Xenias Onkel Hassan.

Anders als zur Kinderzeit von Xenias Mutter hielt sich die Familie nicht mehr an die Tradition, getrennte Wohnbereiche für Frauen zu halten. Doch Soraya, die Xenia willkommen hieß und in einen angenehm kühlen, eleganten Salon führte, erklärte ihr, dass Abu Assad immer noch seine eigenen, abgeschlossenen Räumlichkeiten in der Villa bewohne. „Kahrun, sein Diener, wird dich zu ihm bringen." Ihre Tante zögerte, ehe sie hinzufügte: „Er war wirklich sehr krank, Xenia, und ich möchte dich bitten, auf seine ... Verschrobenheiten Rücksicht zu nehmen, auch wenn sie dir fremd sind. Er hat deine Mutter sehr geliebt, und ihr Tod ..."

Soraya ließ den Satz unvollendet, und Xenia fragte nicht nach, weil in diesem Moment ein Hausmädchen zum Willkommen den traditionellen starken Kaffee servierte. Allein der Duft erinnerte Xenia an ihre Mutter, die dieses Getränk so geliebt hatte. Kurz darauf erschien ein Diener und bat Xenia mit einer Verbeugung, ihm zu folgen.

Sie tat es mit pochendem Herzen, aber hoch erhobenem Kopf. Nachdem sie ein wahres Labyrinth an Korridoren durchschritten hatten, klopfte der Diener schließlich an eine massive doppelflügelige Holztür.

Der Raum dahinter war kühl und schattig. Durch schmale Fenster blickte man in einen eingefriedeten Garten, aus dem das beruhigende Geräusch sprudelnden Wassers drang, das die Wüstenbewohner so liebten. Die Luft im Raum duftete nach Weihrauch und Sandelholz, wie Xenia es am Morgen auf dem *Souk* gerochen hatte ... ein Duft, der sofort lebhafte Erinnerungen in ihr weckte an eine kleine, kunstvoll geschnitzte Schachtel, in der ihre Mutter ihre kostbarsten Andenken an ihr verlorenes Zuhause aufbewahrt hatte.

Abu Assad lag ausgestreckt auf einem orientalischen Diwan mit Blick in den Gartenhof. Noch bevor Xenia ihn im Halbdunkel des Zimmers richtig wahrgenommen hatte, hörte sie bereits seine energische Stimme. „Komm näher, damit ich dich ansehen kann", befahl er. „Mein Arzt hat mir jegliche Anstrengung verboten … und wenn ich nicht sein Missfallen erregen will, muss ich auf diesem unseligen Diwan liegen bleiben."

Ihr Großvater lachte verächtlich, und Xenia betrachtete ihn genauer. Ihre Mutter hatte Abu Assad als einen unnachgiebigen und harten Mann beschrieben, dem sie gefühlsmäßig nicht gewachsen gewesen war. Aber der alte Mann, dem Xenia sich jetzt gegenübersah, wirkte unerwartet hinfällig und zerbrechlich. In seinem markanten Profil glaubte Xenia den Stolz zu entdecken, von dem ihre Mutter so oft gesprochen hatte, aber der Blick seiner dunklen Augen, der so begierig auf ihrem Gesicht ruhte, verriet nichts von der Ablehnung und der Wut, die ihre Mutter so tief verletzt hatten.

„Ich sehe meiner Mutter nicht sehr ähnlich", sagte sie betont kühl.

„Das ist auch nicht nötig. Du bist ihre Tochter, das genügt. Kind meines Kindes. Ich habe lange darauf gewartet, dass du herkommst, Xenia. Manchmal habe ich schon befürchtet, du würdest dich nicht mehr rechtzeitig entschließen, sodass ich dich nie mit meinen Augen erblickt hätte. Denn mit meinem Herzen habe ich dich immer gekannt. Du irrst dich", fügte er entschieden hinzu. „Du bist meiner Mija sehr ähnlich. Sie stand meinem Herzen am nächsten, mein jüngstes Kind. Ihre Mutter war meine dritte Frau."

Xenia wich seinem Blick zornig aus.

„Es gefällt dir nicht. Nein, leugne es nicht … ich lese es in deinen Augen. Dein glühender Blick verrät deine Gefühle. Auch darin bist du deiner Mutter ähnlich."

Sie hielt es für klüger, zu schweigen. Die Gebrechlichkeit ihres Großvaters berührte sie mehr, als sie sich eingestehen wollte. Sie hatte gewusst, dass er ein alter Mann war … immerhin war er bei der Geburt ihrer Mutter schon über vierzig gewesen. Aber irgendwie hatte sie sich eingeredet, dass er immer noch derselbe starke, grimmige Mann sein würde, den sie aus den Beschreibungen ihrer Mutter kannte … und nicht dieser kränkliche weißbärtige Mann, dessen dunkle Augen sie so beunruhigend mitfühlend und verständnisvoll anblickten.

Irgendwie brachte sie die schroffen, ablehnenden Worte, die sie sich so wohl überlegt hatte, einfach nicht über die Lippen. Stattdessen ... Unschlüssig hob sie die Hand und strich sich durchs Haar. Der goldene Armreif an ihrem Handgelenk blitzte auf, und ihr Großvater erstarrte sichtlich.

„Du trägst Mijas Armreif", flüsterte er. „Ich habe ihn ihr geschenkt ... hier ist ein Foto, auf dem sie ihn trägt."

Zu Xenias Überraschung nahm er ein schweres Fotoalbum von einem Tisch neben dem Diwan und winkte sie näher, um ihr das Foto zu zeigen. Zögernd folgte sie seiner Aufforderung und schluckte, als er mit matter Hand Seite um Seite des Albums umblätterte. Es enthielt nur Fotos von ihrer Mutter, und manche davon ... Xenias Augen schimmerten feucht, als sie eins der Fotos erkannte. Es zeigte sie als Neugeborenes auf dem Arm ihrer Mutter. Ihr Vater hatte das gleiche Foto eingerahmt auf seinem Schreibtisch stehen gehabt in seinem Arbeitszimmer zu Hause!

Unwillkürlich streckte sie die Hand aus und hinderte Abu Assad daran, weiterzublättern. „Dieses Foto ... woher ...?"

„Dein Vater hat es mir geschickt", sagte ihr Großvater. „Er hat mir viele Fotos von dir geschickt, Xenia, und viele Briefe."

„Mein Vater?" Xenia brauchte einen Moment, um diese unerwartete Neuigkeit zu begreifen. Warum hatte er das getan? Und warum hatte er es vor ihr geheim gehalten? Auch vor ihrer Mutter? Was konnte ihn dazu veranlasst haben, obwohl er doch wusste, wie tief sein Schwiegervater ihre Mutter verletzt hatte?

Sie begegnete dem Blick ihres Großvaters und wusste, dass er ihr ansah, was sie dachte. Ein wenig linkisch bedeutete er ihr, noch näher zu kommen. Als sie zögerte, sagte er: „Dort drüben steht eine Schachtel. Ich möchte, dass du sie mir bringst."

Xenia holte die Schachtel, die auf einem antiken, kunstvoll geschnitzten Tischchen stand, und reichte sie ihm.

„Sie hat meinem eigenen Großvater gehört", sagte Abu Assad. „Er war Händler, und diese Schachtel hat ihn überallhin begleitet. Und er hat mir erzählt, dass sie ursprünglich für einen der Sultane des großen Ottomanischen Reiches angefertigt worden war." Der alte Mann lächelte. „Mein Großvater war ein wunderbarer Geschichtenerzähler, und als kleiner Junge habe ich viele Male meinen Unterricht vernachlässigt, um zu seinen Füßen zu sitzen und seinen Erzählungen zu lauschen. Ob sie wahr waren oder nicht!"

Während er sprach, griff er nach einem schweren Schlüsselbund, suchte den passenden Schlüssel heraus und steckte ihn mit etwas Mühe in das winzige Schloss des Kästchens. Sobald er den Deckel aufklappte, roch Xenia den ihr so vertrauten Duft von altem Sandelholz. Geduldig wartete sie ab, während ihr Großvater seufzend in dem Kästchen kramte, bis er gefunden hatte, was er suchte.

„Lies dies", sagte er schroff und reichte ihr einen abgegriffenen Luftpostbriefumschlag. „Es ist der Brief deines Vaters, in dem er mich von deiner Geburt benachrichtigt."

Zögernd nahm Xenia den Umschlag aus der Hand ihres Großvaters entgegen. Die Neugier siegte. Vorsichtig zog Xenia den Brief heraus, faltete ihn auseinander und las.

An den Vater meiner geliebten Frau Mija,

ich habe die große Freude, Ihnen mitzuteilen, dass ich jetzt der stolze Vater einer wunderschönen kleinen Tochter bin. Als Mija in mein Leben trat und ich ihr meine ganze Liebe schenkte, glaubte ich, es könne in meinem Herzen kein Platz mehr sein, um einen anderen Menschen zu lieben. Doch ich habe mich geirrt. Ich schreibe Ihnen nun von Vater zu Vater, um Sie über das wundervolle, kostbare Geschenk zu informieren, das uns in Xenias Geburt zuteil geworden ist, und auch darauf hinzuweisen, dass wir nun etwas Entscheidendes gemeinsam haben: Wir sind beide Väter von Töchtern.

Und als Vater möchte ich Sie bitten, Ihre Entscheidung, Mija aus Ihrer Familie auszuschließen, noch einmal zu überdenken – nicht uns zuliebe, sondern um Ihretwillen. Ich habe geschworen, Mija stets alle Liebe zu schenken, die sie braucht. Wir beide haben uns und unsere wundervolle Tochter, sodass unser Leben voller Liebe und Freude sein wird. Aber was ist mit Ihnen? Sie haben sich von Ihrer Tochter abgewandt und versagen sich ihre Liebe und die des Enkelkindes, das sie Ihnen geschenkt hat.

Ich bitte Sie, dies noch einmal zu überdenken und Ihren Stolz zu vergessen. Ich weiß, wie viel es Mija bedeuten würde, von Ihnen zu hören – vor allem jetzt.

Wie immer Sie sich entscheiden mögen, ich habe meiner kleinen Tochter geschworen, dafür zu sorgen, dass Sie, ihr Großvater, und ihre übrige Familie mütterlicherseits stets über die weitere Entwicklung ihres Lebens informiert wird.

Der Brief trug die förmliche Unterschrift ihres Vaters. Xenia blickte mit Tränen in den Augen darauf. Ihre Hand, die den Brief hielt, zitterte.

Ihr Großvater nahm ihr den Brief behutsam ab und steckte ihn in den Umschlag, bevor er ihn in das Kästchen zurücklegte und dieses sorgfältig verschloss. „Dein Vater war ein guter Mann", sagte er schroff. „Auch wenn er nicht der Mann war, den ich für meine Tochter Mija gewählt hätte."

„Mein Vater war ein wundervoller, ganz besonderer Mann", ergänzte Xenia stolz. Hatte ihre Mutter gewusst, was ihr Vater getan hatte? Beide hatten jedenfalls ihr gegenüber nie ein Wort darüber verloren. Und obwohl sie um die heimlichen Absichten ihres Großvaters wusste, war Xenia plötzlich froh, dass sie nach Zuran gekommen war!

„Er hat verstanden, wie ich als Vater fühlte", räumte Abu Assad ein.

Überwältigt von ihren Gefühlen, schloss Xenia für einen Moment die Augen. „Das kannst du jetzt gut sagen! So, wie du jetzt behaupten kannst, meine Mutter geliebt zu haben!" Sie sah ihren Großvater vorwurfsvoll an. „Aber du hast nie einen Versuch gemacht, dich mit ihr in Verbindung zu setzen. Dabei musst du doch gewusst haben, wie viel es ihr bedeutet hätte!" Xenia gab sich keine Mühe mehr, ihre eigene Betroffenheit zu verbergen. „Als sie fortging, hast du ihr gesagt, ihr Name dürfe in deiner Gegenwart nicht mehr ausgesprochen werden! Sie sei für dich gestorben ebenso wie für ihre Familie, der du jeglichen Kontakt mit ihr untersagen würdest. Du hast sie sterben lassen …" Xenia verstummte schluchzend. „Du … hast sie in dem Glauben sterben lassen, dass du sie nicht mehr lieben würdest! Wie konntest du das tun?"

Ein schmerzlicher Ausdruck huschte über das Gesicht des alten Mannes, und er wirkte plötzlich noch hinfälliger und gebrechlicher als zuvor. „Es gibt keine Worte, die deinen Schmerz lindern können", sagte er leise. „Mit der Zeit vielleicht ... aber in meinem Alter ist die Zeit nicht mehr dein Verbündeter. Es tut mir leid, dass wir dich im Elternhaus deiner Mutter noch nicht angemessen willkommen heißen konnten, Xenia. Aber nun, da dieser alte Narr von Arzt endlich aufhört, solch ein Theater um mich zu machen, habe ich Anweisung gegeben, ein Zimmer für dich herrichten zu lassen. Wir beide haben viel zu besprechen."

Zum Beispiel seinen Wunsch, sie mit dem Mann seiner Wahl verheiratet zu sehen? Xenias Misstrauen kehrte zurück, und sie ermahnte sich, auf der Hut zu sein. Abu Assad mochte alt und krank aussehen, aber sie durfte ihn nicht unterschätzen. Und wenn sie erst unter seinem Dach wohnte, würde sie praktisch wie eine Gefangene sein. Ohne Pass hatte sie noch nicht einmal die Möglichkeit, das Land zu verlassen! Mit anderen Worten, sie musste unbedingt ihren Plan verwirklichen, Rashid dazu zu bringen, sie als Ehefrau abzulehnen.

Auch wenn das bedeutete, sich wieder mit Blaize zu treffen ... einschließlich der Risiken, die darin lagen? Xenia entschied sich, lieber keine Antwort darauf zu suchen, und konzentrierte sich stattdessen wieder auf ihren Großvater. „Ich habe für morgen einen Ausflug in die Wüste mit Übernachtung gebucht", sagte sie betont kühl.

„In die Wüste?" Er lächelte erfreut. „Es ist gut, dass du das Land kennenlernen willst, das Teil deines Erbes ist. Wie gern würde ich dich begleiten! Aber du musst mir alles über deinen Ausflug erzählen. Ich werde im Hotel Bescheid geben, dass Kahrun dich nach deiner Rückkehr abholt und hierherbringt."

Der alte Mann fing an, müde zu werden, auch wenn sein Stolz es ihm nie erlaubt hätte, eine Schwäche einzugestehen. Was immer man ihr an Lügen aufgetischt haben mochte, die Geschichten über seine angegriffene Gesundheit waren zweifellos nicht übertrieben gewesen. Unerwartet – und gänzlich ungebeten – verspürte Xenia plötzlich eine tiefe Verbundenheit, gegen die sie machtlos war. Er war ihr Großvater, der Vater ihrer Mutter, die sie so sehr geliebt hatte, und damit für sie eine mögliche Brücke zu ihren kostbarsten Erinnerungen. Xenia schluckte und stand auf. Und als ihr Großvater beide Hände nach ihr ausstreckte, legte sie ihre hinein.

„Geliebtes Kind meines geliebten Kindes", flüsterte er matt. Dann ging die Tür auf, und Kahrun erschien, um Xenia zum Hotel zurückzubringen.

6. KAPITEL

Übermüdet blinzelte Xenia am nächsten Morgen in den Frisierspiegel. Sie hatte in der Nacht sehr unruhig geschlafen, von wilden Träumen gequält, in denen sie ein mit weißer Robe bekleideter Araber verfolgte, dessen Gesicht sie nicht erkennen konnte. In ihrer Angst hatte sie Blaize um Hilfe angerufen, aber der war zu sehr mit einer ganzen Schar spärlich bekleideter Schönheiten beschäftigt gewesen, um ihrem Flehen Beachtung zu schenken. An einem Punkt hatte er sich tatsächlich zu ihr umgedreht und ihr spöttisch zugerufen: „Verschwinde, kleine Jungfrau. Ich will dich nicht!"

Nun, am Morgen, hingen die Schatten dieses Albtraums immer noch über ihr. Sie war deprimiert. Wie es aussah, blieb ihr kaum noch Zeit, um Rashid davon zu überzeugen, dass sie keine angemessene Braut für ihn war, und Blaize hatte immer noch keinen Versuch gemacht, sich wieder mit ihr in Verbindung zu setzen.

Müde wandte sie sich vom Spiegel ab. Die Reisetasche für die Übernachtung in der Wüste stand fertig gepackt bereit, und für ihre Kleidung hatte sie sich den Rat des Ausflugveranstalters eingeholt. Entsprechend trug sie jetzt eine khakifarbene Cargohose, bequeme Turnschuhe und über ihrem T-Shirt ein langärmeliges Top, das ihre Arme vor Sonne und Sand schützen sollte. Hut und Sonnenbrille würden ihr Outfit vervollständigen, eine große Flasche Wasser stand bereit. Aber das prickelnde Gefühl von Abenteuerlust, das sie ursprünglich veranlasst hatte, diesen Trip zu buchen, hatte sie verlassen. Ihr ganzer Enthusiasmus war verloren gegangen.

Weil sie nichts von Blaize gehört hatte? Sie kannte den Mann doch kaum! Wollte sie sich wirklich einreden, dass sie sich ernsthaft zu diesem Gigolo hingezogen fühlte? Dass er ihr in so kurzer Zeit so wichtig geworden war, dass sie sich verloren und leer vorkam, wenn sie ihn nur vierundzwanzig Stunden nicht gesehen hatte?

Bei diesen Gedanken lief es ihr eiskalt über den Rücken. Auf keinen Fall durfte sie sich in Blaize verlieben!

Verlieben? Seit wann stand denn Liebe mit auf der Rechnung? Vor zwei Tagen hätte sie kaum zugegeben, dass sie ihn attraktiv fand. Zwei Tage davor hatte sie nicht einmal gewusst, dass es ihn überhaupt gab. Und nun war sie auf dem besten Weg, sich einzureden, dass sie ihn liebte? Nein, ich versuche, es mir auszureden! verbesserte sie sich rasch.

Das Telefon läutete. Es war die Rezeption, die sie informierte, dass der Wagen für ihren Ausflug vor dem Hotel bereitstand. Entschlossen nahm Xenia Tasche, Hut und Sonnenbrille. Etwas Distanz würde ihr guttun.

Trotz der Sonnenbrille blinzelte Xenia im ersten Moment gegen die strahlende Sonne an, als sie aus dem Hotel trat und auf den großen Geländewagen zuging, der dort vorgefahren war. Im nächsten Moment wurde ihr schon die Reisetasche aus der Hand genommen, jemand umfasste von hinten ihre Taille und half ihr auf den Beifahrersitz. Die Tür wurde zugeschlagen, dann die Heckklappe. Dann stieg der Fahrer auf der anderen Seite ein, und Xenia machte große Augen.

„Blaize!“, rief sie erstaunt aus. „Was machst du denn hier?“ Sie versuchte, den Blick von ihm loszureißen, und atmete tief ein. Ihr Herz pochte wie wild.

„Du hast einen Ausflug in die Wüste gebucht“, sagte er lakonisch, startete den Motor und fuhr los.

„Ja, aber …“

„Aber was?“ Er zuckte gelangweilt die Schultern. „Ich hielt es für sinnvoll, dich zu begleiten. Wie man hört, kann die Wüste ein sehr romantischer Ort sein, und dein zukünftiger Bräutigam wird sicher nicht begeistert sein, wenn man ihm zuträgt, dass du mit einem anderen Mann eine Nacht in der Wüste verbracht hast. Wie bist du eigentlich mit deinem Großvater klargekommen? Alles vergeben und vergessen?“

„Er hätte allein meiner Mutter Vergebung geschuldet“, antwortete Xenia ruhig. „Und sie ist in dem Glauben gestorben, dass er sie nicht mehr liebt.“

Blaize schwieg einen Moment, ehe er ungewohnt ernst sagte: „Dann denke ich, dass es deinem Großvater wohl sehr schwerfallen wird, sich selber zu verzeihen.“

„Seine Gefühle interessieren mich nicht!“, entgegnete sie wütend und gestand sich im nächsten Moment ein, dass dies nicht ganz der Wahrheit entsprach. „Ich … ich dachte, er hätte seine Krankheit nur vorgetäuscht.“

„Und? War es so?“, erkundigte sich Blaize.

„Nein“, räumte sie ein. „Aber das bedeutet nicht, dass er das Recht hat, das zu tun, was er mit mir vorhat … mich für seine egoistischen Zwecke zu benutzen.“

„Vielleicht meint er ja, dass diese Heirat gut für dich sein würde“, gab Blaize zu bedenken. „Er gehört schließlich zu einer Generation, die immer noch glaubt, dass eine Frau einen Ehemann als Beschützer braucht … außerdem würdest du auf diese Weise hier in der Nähe der Familie deiner Mutter bleiben und wärst finanziell versorgt.“

„Wie bitte?“ Xenia sah ihn entgeistert an. „Wie kannst du so reden nach allem, was ich dir erzählt habe? Meine Gefühle, meine Bedürfnisse werden überhaupt nicht berücksichtigt!“

„Nun, das glaubst du zumindest. Aber … was würdest du eigentlich tun, wohin würdest du gehen, wenn du jetzt aus Zuran abreisen würdest?“

Sie betrachtete ihn ärgerlich. Warum spielte er plötzlich den Advocatus Diaboli? „Nach Hause natürlich … nach Großbritannien. Ich bin dreiundzwanzig, und obwohl ich bereits einen Universitätsabschluss habe, würde ich gern noch mein Master-Examen machen. Die Arbeit vor Ort in der Entwicklungshilfe hat mir gezeigt, dass es noch viel zu tun gibt. Ich würde gern Menschen helfen, die Hilfe nötig haben.“

„Als Frau eines reichen Mannes könntest du viel mehr tun als eine kleine Entwicklungshelferin.“

„Ich habe dir doch gesagt, dass ich niemals einen Mann heiraten könnte, den ich nicht liebe und achte. Und nach allem, was ich von Saud gehört habe, würde man vermutlich von mir erwarten, dass ich Rashid wie einen Gott verehre! Saud betet ihn förmlich an und kann gar nicht erwarten, dass ich ihn endlich heirate, damit er offiziell mit Scheich Rashid verwandt ist. Und mein kleiner Cousin denkt bestimmt nicht allein so! Meine ganze Familie ist offenbar überglücklich über diese geplante Heirat. Ich höre nur noch: ‚Rashid macht dies … und Rashid macht das …‘. Es macht mich ganz krank!“

„Dein Cousin scheint ja eine sehr ergiebige Informationsquelle zu sein, was diesen Mann betrifft.“

Blaizes spöttischer Ton ließ sie aufhorchen. „Saud ist jung und leicht zu beeindrucken. Wie ich schon sagte, er verehrt Rashid sehr und glaubt, dieser könne nie etwas Falsches tun. Ich dagegen meine, dass ein Mann nicht als Idol taugt, der die Frauen offensichtlich in zwei Gruppen unterteilt ... solche, die gut und moralisch, und solche, die schlecht und unmoralisch sind. Während er sich selbst zweifellos das Recht herausnimmt, so zu leben, wie es ihm gefällt ..."

„Wenn du jetzt nach links schaust, kannst du einen Blick auf die Rennbahn werfen, wo die königlichen Pferde trainiert werden", unterbrach Blaize gelassen ihre Schimpftirade.

Der Anblick der edlen Pferde mit ihren Jockeys ließ Xenia erst einmal in stumme Bewunderung versinken.

„Du bist wirklich restlos gegen diese Heirat, stimmt's?", kam Blaize schließlich auf ihr Gespräch zurück.

„Ja, natürlich. Ich kann doch unmöglich einen Mann heiraten, den ich nicht liebe."

„Aber möglicherweise könntest du ja nach der Heirat lernen, ihn zu lieben."

Xenia warf ihm einen verächtlichen Blick zu. „Niemals! Und selbst wenn, kann ich mir nicht vorstellen, dass der Scheich meine Gefühle erwidern würde. Nein, unsere Ehe wäre für ihn nur ein erfolgreich abgeschlossenes diplomatisches Arrangement. Ich muss ihn dazu bringen, auch nur den Gedanken daran zurückzuweisen."

„Ist dir vielleicht schon einmal in den Sinn gekommen, dass es ihm vielleicht ganz ähnlich geht? Hast du möglicherweise daran gedacht, dich mit ihm in Verbindung zu setzen und über diese Situation zu reden?"

Xenia winkte ab. „Du vergisst, dass er anders als ich die Chance hatte, seine Beteiligung von vornherein abzulehnen! Denn ohne seine stillschweigende Zustimmung wäre es erst gar nicht zu dieser Situation gekommen. Und überhaupt, warum verteidigst du ihn plötzlich? Willst du dir die fünftausend Pfund nicht mehr verdienen?" Oder hatte er es vielleicht eilig, sie, Xenia, aus seinem Leben zu verbannen, weil er spürte, was sie für ihn empfand? Für einen Mann wie ihn war es sicher nur eine unerwünschte Komplikation, wenn sich eine Frau in ihn verliebte.

Sich in ihn verliebte? War es so? Xenia schloss wütend die Augen. Hatte sie nicht schon genug Probleme?

„Halt dich fest. Wir verlassen jetzt die Straße und fahren in die richtige Wüste", warnte Blaize sie im nächsten Moment.

Xenia hatte gerade noch Zeit, nach dem Haltegriff in der Tür zu fassen, als Blaize den Jeep von der Straße lenkte und sie über die erste Reihe von Sanddünen fuhren. Die Piste vor ihnen war für Xenia kaum zu erkennen, Blaize dagegen schien keinerlei Mühe zu haben, ihr zu folgen.

Nur Minuten später war die Straße ganz aus ihrem Blickfeld verschwunden, und ringsum erstreckten sich die Sanddünen von Horizont zu Horizont. Ein wenig besorgt blickte Xenia nach hinten in die Richtung, aus der sie gekommen waren. „Woher … weißt du den Weg?"

„Der Stand der Sonne verrät mir die Richtung, in die wir fahren", antwortete er gelassen. „Außerdem sind diese Geländefahrzeuge heutzutage alle mit Navigationssystem und Kompass ausgerüstet, was in einem Land wie diesem lebensnotwendig sein kann. Ein schlimmer Sandsturm reduziert nicht nur die Sicht auf null, sondern löscht auch alle vorhandenen Spuren aus." Blaize deutete nun seitlich voraus, wo ein Vogel reglos in der Luft schwebte, ein dunkler Punkt am strahlend blauen Himmel. „Schau da vorne! Siehst du das?"

„Ja, was ist das?", fragte Xenia.

„Ein Jagdfalke." Blaize langte in die Ablage zwischen ihnen, wobei er unbeabsichtigt ihr Knie berührt. Sofort durchzuckte es Xenia heiß, und sie fühlte ein unbändiges Verlangen in sich wachsen. Wenn sie sich Blaize jetzt zugewandt hätte, wenn sie sich an ihn geschmiegt und ihn geküsst und berührt hätte, wie sie es sich insgeheim ersehnte … Aber es war schon zu spät. Blaize nahm ein Fernglas aus der Ablage und hielt es ihr hin. Ein Fernglas! Wo sie doch einzig und allein ihn selber wollte!

„Sieh ihn dir genauer an", forderte er sie auf. „Es ist vermutlich ein abgerichteter Vogel. Viele wohlhabende Zuraner haben eigene Falknereien, wo die Vögel aufgezogen und abgerichtet werden. Das ist ein uraltes, traditionelles Handwerk."

Xenia beobachtete, wie der Vogel urplötzlich abdrehte und aus dem Blickfeld verschwand, als würde er einem Ruf folgen.

„In dem Wüstendorf, wo wir die Nacht verbringen, veranstalten die Falkner oft Schauvorführungen", sagte Blaize. „Viele Leute haben Angst vor den Raubvögeln, dabei sind die Kamele vermutlich viel gefährlicher."

„Das hat mir meine Mutter auch erzählt“, räumte Xenia ein. Es irritierte sie ein wenig, dass sich Blaize, der Strandgigolo, plötzlich als wahrer Experte für die Kultur und die Traditionen des Landes entpuppte. Deshalb war es ihr wichtig, ihn daran zu erinnern, dass in ihren Adern Beduinenblut floss, auch wenn sie die Heimat ihrer Mutter zum ersten Mal persönlich erlebte.

Kein Zweifel, die Wüste hatte etwas Ehrfurchteinflößendes, auch wenn es Xenia nicht gelang, sich ganz darauf zu konzentrieren, weil Blaizes Nähe sie immer wieder ablenkte. Was jedoch keineswegs bedeutete, dass sie sich tatsächlich in ihn verliebt hatte, wie sie sich immer wieder einredete. Nur weil ihr Herz so schnell klopfte und sie kaum wagte, ihn richtig anzusehen, weil sie sich ja eigentlich wünschte, ihn nicht bloß anzusehen … das hatte überhaupt nichts zu bedeuten! Er war einfach ein Mann mit einer besonders erotischen Ausstrahlung, die sie natürlich nicht kalt ließ.

Xenia hatte geglaubt, durch die Erzählungen ihrer Mutter auf das Erlebnis dieses Wüstentrips vorbereitet zu sein. Doch sie hielt staunend den Atem an, als sie schließlich mit dem Jeep die Kuppe einer weiteren hohen Sanddüne erklommen und hinunterblickten. Unterhalb tauchten vor ihnen wie eine Fata Morgana die Oase auf und das Beduinenlager, das eigens für die Touristen rekonstruiert worden war, um ihnen einen Eindruck davon zu geben, wie die Nomaden in alten Zeiten gelebt hatten, als sie von Oase zu Oase durch die Wüste gezogen waren.

Blaize parkte den Jeep neben einer ganzen Reihe von Geländewagen, die bereits dort abgestellt waren. „Warte hier“, sagte er. „Ich werde erst einmal nachfragen, welches Zelt uns zugeteilt worden ist.“

Uns? Xenia schluckte und wartete angespannt, bis Blaize kurz darauf zurückkehrte. Er führte sie zu einer Art großem Pavillon am entgegengesetzten Ende des Lagers, der innen in drei völlig getrennte Bereiche unterteilt war: einem typisch orientalischen Wohnbereich samt kunstvollen Teppichen und seidenbezogenen Diwans sowie zwei getrennten Schlafzimmern. Dusch- und Waschgelegenheiten waren in einem eigenen, hochmodernen Bau untergebracht, wie Blaize Xenia erklärte.

Doch sie hörte ihm nur mit halbem Ohr zu. Sie hatte nämlich den

Türbehang zu einem der Schlafzimmer beiseitegezogen und blickte sich staunend und hingerissen um. Anders als ihr ultramodernes Hotelzimmer war dies ein Traum aus Tausendundeiner Nacht. Die Seiten des Pavillons waren mit bunt bestickten, golddurchwirkten orientalischen Seidentüchern behangen, die im sanften Licht der Öllampen schimmerten. Letztere standen, überall in dem überraschend großen Raum verteilt, auf niedrigen kunstvoll geschnitzten Holztruhen. Das flache Bett, das sich nur wenig von dem mit kostbaren Teppichen bedeckten Boden erhob, bedeckte ein wunderschöner Überwurf aus schwerer Seide, und von der Decke hingen Vorhänge aus hauchzartem Musselin, die augenblicklich zurückgebunden waren, aber vermutlich das ganze Bett einhüllten, wenn man sie löste. Das alles zusammen wirkte so unvergleichlich prunkvoll und sinnlich, dass Xenia fast fürchtete, sie bräuchte nur zu blinzeln, und der ganze Raum würde sich wie eine Fata Morgana in Luft auflösen.

„Stimmt etwas nicht?“, fragte Blaize hinter ihr.

Sie schüttelte den Kopf. „Nein. Es ist ... einfach wundervoll.“

„Hollywoods Vorstellung von Tausendundeiner Nacht“, sagte Blaize spöttisch und spähte über ihre Schulter in den Raum.

„Es ist schön“, verteidigte Xenia ihre vorübergehende Unterkunft.

„Nun, offiziell ist es die Hochzeitssuite“, meinte Blaize trocken und fügte hinzu: „Aber keine Sorge, das dritte Zimmer ist sicherheitshalber auch als Schlafzimmer eingerichtet ... falls die Suite nicht gerade von Flitterwöchnern gebucht wird oder diese sich zerstreiten.“

Die Hochzeitssuite! Hatte Blaize bewusst danach gefragt, um den Eindruck zu untermauern, dass sie beide ein Liebespaar waren?

„Wenn du einen Kamelritt machen willst, dann solltest du das jetzt tun“, lautete Blaizes lakonischer Rat. Ganz anders als Xenia schien ihn die sinnlich erotische Atmosphäre des orientalischen Schlafgemachs nicht im Geringsten zu beeindrucken.

„Noch Kaffee?“

Xenia schüttelte lächelnd den Kopf und bedeckte ihre Tasse mit der Hand, dem traditionellen Zeichen, dass sie genug habe.

Es war fast elf Uhr abends, das üppige Abendessen war abgetragen und das Unterhaltungsprogramm konnte beginnen. Eine erwartungsvolle Stimmung machte sich unter den Zuschauern breit, als die

Musiker eine neue Weise anstimmten und aus einem der Zelte eine atemberaubend schöne Frau herbeitanzte, bekleidet mit einem traditionellen Tanzkostüm. Juwelen funkelten an ihren schlanken Händen und natürlich in ihrem Nabel, dunkle Augen leuchteten verführerisch über dem Gesichtsschleier, während sie die wohlgerundeten Hüften aufreizend sinnlich zu den Klängen der Musik kreisen ließ.

Neben Xenia saß eine größere Touristengruppe. Gut gelaunt ließ man eine Wasserpfeife kreisen, die einen süßlichen Erdbeerduft verströmte. Einer reichte die Pfeife an Xenia weiter, die sichtlich zögerte.

„Wenn Sie es nicht versuchen, müssen Sie zum Ausgleich eine Runde mit unserer Bauchtänzerin tanzen", warnte sie der Reiseleiter, der zu der Gruppe gehörte, neckend.

Xenia wollte keine Spielverderberin sein, nahm einen kleinen Zug und wandte sich dann zur Seite, um die Pfeife Blaize anzubieten. Doch der war aufgestanden und unterhielt sich abseits mit dem Falkner, der einen seiner Jagdfalken auf der behandschuhten Hand hielt. Und als Xenia die Wasserpfeife an den Reiseleiter zurückgab, fiel ihr auf, dass sie nicht die einzige Frau war, die Blaize beobachtete. Die Bauchtänzerin hatte den Blick ihrer glühenden Augen fest auf ihn gerichtet und umtanzte ihn immer enger und unverhohlen einladend, ohne auf die Zuschauer zu achten. Und Blaize … Heiße Eifersucht durchzuckte Xenia, als sie bemerkte, wie dieser sich der schönen Tänzerin zuwandte und sie anlächelte.

Als wäre ein Schleusentor geöffnet worden, brachen all die Gedanken, Gefühle, Sehnsüchte über Xenia herein, die sie so lange unterdrückt hatte … und machten es ihr ein für alle Mal unmöglich, zu leugnen, was sie für Blaize empfand. Verzweifelt versuchte sie, zu begreifen, was mit ihr geschah, doch es fiel ihr schwer, einen klaren Gedanken zu fassen. Wie hatte sie sich nur in Blaize verlieben können? Und was, wenn sie sich irrte? Sie versuchte sich vorzustellen, wie es wäre, wenn sie ihn nie wiedersehen würde … ein unerträglicher Schmerz bohrte sich tief in ihr Herz und raubte ihr fast den Atem.

Genau so musste ihre Mutter ihren Vater geliebt haben. Mit einem entscheidenden Unterschied: Ihre Mutter hatte gewusst, dass ihre Liebe erwidert und geteilt wurde … dass sie genauso sehr geliebt worden war, wie sie selber geliebt hatte.

Die Musik strebte dem Finale zu und mit ihr die Darbietung der Bauchtänzerin. Mit versteinerter Miene beobachtete Xenia, wie die Bewegungen der schönen Araberin immer aufreizender wurden in dem unmissverständlichen Bestreben, Blaizes Aufmerksamkeit an sich zu binden und ihn zu veranlassen, sie zu wählen. Immer schneller wirbelte die Tänzerin herum, bis die Musik ihren ekstatischen Höhepunkt erreichte und die junge Frau sich Blaize zu Füßen warf.

Die erstaunten Gesichter der Reiseleiter und Einheimischen unter den Zuschauern verrieten Xenia, dass die Darbietung normalerweise nicht so endete. Zweifellos bot sich die schöne Tänzerin gewöhnlich keinem der männlichen Zuschauer so unmissverständlich erotisch an, wie sie es soeben bei Blaize getan hatte. Erneut wurde Xenia von brennender Eifersucht gepackt. Am liebsten hätte sie sich auf die junge Araberin gestürzt, sie weggestoßen und ihr gesagt, dass Blaize ihr, Xenia, gehören würde. Aber das hätte natürlich nicht der Wahrheit entsprochen.

Die Zuschauer warfen nun als Belohnung für die Tänzerin Geld auf den Boden, wie es üblich war, aber die junge Frau verharrte reglos zu Blaizes Füßen, ohne die Großzügigkeit der Leute zur Kenntnis zu nehmen. Es blieb einem der Feuerschlucker überlassen, das Geld aufzusammeln.

Blaize blickte auf das Mädchen herab, und Xenia fragte sich, was er wohl dachte. Sie sah, wie er etwas zu einem der Männer sagte, mit denen er sich unterhalten hatte, und dieser respektvoll nickte, ehe er zu der Tänzerin trat und sich herabbeugte.

Was mochte er ihr sagen? Xenia beobachtete die Szene eifersüchtig. Welche Nachricht sollte der Mann von Blaize überbringen? Dass er sie später in ihrem Zelt aufsuchen würde? Die Tänzerin erhob sich und blickte zu Blaize auf. Ihre dunklen Augen leuchteten stolz und herausfordernd, ehe sie sich langsam abwandte und mit provokantem Hüftschwung davonging.

Welcher Mann konnte einer derartigen Einladung widerstehen? Und warum sollte ein Mann wie Blaize es auch nur versuchen? Und warum ... warum musste sie, Xenia, sich ausgerechnet in ihn verlieben?

Der Abend in der Wüstenoase neigte sich dem Ende. Ringsum brachen die Leute auf, um sich in ihre Zelte zurückzuziehen. Xenia sah zu Blaize, der sich immer noch mit dem Falkner und einigen anderen Männern unterhielt. Er machte keine Anstalten, zu ihr zu kommen, blickte nicht einmal in ihre Richtung.

Müde stand Xenia auf, ging allein zu ihrem Pavillon, um sich ein Handtuch und ihre Kulturtasche zu holen und dann auf den Weg zu den Duschgelegenheiten zu machen. Als sie sich unter dem warmen Wasserstrahl ein wenig entspannte, dachte sie über all das nach, was in jüngster Zeit mit ihr passiert war. Es war einfach zu viel. Irgendwie war ihr ganzes bisheriges Leben auf den Kopf gestellt worden. Am liebsten hätte sie die Uhr zurückgedreht zu einer Zeit, in der sie nichts davon geahnt hatte, welche Probleme ihr ein Besuch bei ihrem Großvater bringen würde. Zu einer Zeit, in der sie ungläubig gelacht hätte, wenn ihr jemand prophezeit hätte, sie würde sich in einen Mann wie Blaize verlieben.

Im Lager war schon nächtliche Ruhe eingekehrt, als Xenia zu ihrem Pavillon zurückkehrte. Der sanfte Schein der Öllampen tauchte sein Inneres in ein geheimnisvolles, verführerisches Licht. Jemand hatte eine Schale mit Datteln auf einen der niedrigen Holztische gestellt und davor Seidenkissen einladend auf den Boden drapiert. Aber Xenia stand nicht der Sinn nach Süßem … Ihre Gedanken kreisten unaufhörlich um ihre fruchtlose Liebe zu Blaize. Denn selbst wenn er, was sie für ausgeschlossen hielt, ihre Liebe erwidert hätte, wie hätte es eine gemeinsame Zukunft für sie geben können?

Es war keine Frage des Geldes. Auch ohne einen Penny in der Tasche hätte sie Blaize von ganzem Herzen geliebt. Aber wie konnte sie damit glücklich sein, einen Mann zu lieben, der sich wie Blaize an Frauen verkaufte? Der Gedanke daran schmerzte vielleicht am meisten … abgesehen von der Qual, ihn sich mit einer anderen Frau vorzustellen. Mit der schönen Bauchtänzerin zum Beispiel?

Xenia presste die Lippen zusammen. Wo war Blaize jetzt? Nicht in seinem Schlafzimmer. Der Türbehang war zurückgebunden, sodass sie sehen konnte, dass es leer war. Sein Zimmer war mit dunkleren, schwereren Stoffen dekoriert, die sogar noch prunkvoller mit Gold bestickt waren, als das in ihrem Raum der Fall war. Das Bett war mit samtig schimmernden Felldecken bedeckt, den Boden zierten kostbare orientalische Teppiche. Und auf dem Tisch vor dem

Diwan stand eine Schale mit Mandelkuchen und eine Kanne mit duftendem Kaffee.

Ein Rahmen, der eines arabischen Prinzen würdig gewesen wäre. Und eine passende Zuflucht, wohin ein ebensolcher Prinz die Tänzerin seiner Wahl bitten könnte, schoss es Xenia durch den Kopf.

Sie riss sich zusammen. Blaize war kein Prinz, weder arabischer noch anderer Herkunft, und was die Tänzerin betraf … Wo mochte Blaize sein? Praktisch jeder im Lager schien inzwischen schlafen gegangen zu sein, nur von Blaize war nichts zu sehen.

Ruhelos durchquerte Xenia den Wohnbereich des Pavillons und erstarrte, als unvermittelt der Türvorhang beiseitegezogen wurde und Blaize eintrat … mit nacktem Oberkörper, ein Handtuch um die breiten Schultern gelegt, das dunkle Haar noch feucht vom Duschen. Die Nachtluft, die er mit hereinbrachte, duftete nach der Wüste und nach … ihm. Xenia spürte, wie ein sehnsüchtiges Verlangen langsam und unwiderstehlich von ihr Besitz ergriff, während sie nicht aufhören konnte, Blaize anzusehen.

Bewundernd ließ sie den Blick über seinen muskulösen Oberkörper gleiten, wobei sie sich wünschte, ihn zu berühren und zärtlich zu erkunden. Doch dann entdeckte sie die frischen roten Kratzspuren auf seinem Arm und wurde sofort wieder von brennender Eifersucht gepackt. Er war tatsächlich mit der schönen Tänzerin zusammen gewesen, und sie hatte ihm den Stempel ihrer Leidenschaft aufgedrückt!

Ohne zu überlegen, ballte Xenia die Hände zu Fäusten und ging wütend auf Blaize los. „Wo bist du gewesen? Als ob ich es nicht wüsste! War sie gut? Besser als die reichen Touristinnen, die dich für deine Dienste bezahlen?“

„Wie bitte …?“ Im ersten Moment schien Blaize völlig entgeistert, dann blitzten seine Augen zornig auf.

Doch Xenia war nicht mehr aufzuhalten. Zu groß war ihre eigene Wut. „Wie konnte ich nur so dumm sein!“, sagte sie spöttisch. „Ich habe mir tatsächlich eingebildet, wir wären nur aus dem einzigen Grund hier, alle Welt davon zu überzeugen, dass wir beide ein Liebespaar wären. Aber offensichtlich habe ich mich geirrt! Die Liebesdienste einer … lüsternen Bauchtänzerin sind dir anscheinend viel wichtiger, als dich an unsere Abmachung zu halten! Kein Wunder, denn schließlich habt ihr beiden ja etwas ganz Wesentliches gemeinsam, nicht wahr? Ihr verkauft euch für Geld und …"

Sie schrie auf und verstummte, denn Blaize hatte sie mit festem Griff gepackt und hob sie hoch, bis sie auf Augenhöhe mit ihm war.

„Du solltest gründlicher recherchieren, bevor du derartige Beleidigungen auf andere Menschen abfeuerst", sagte er bedrohlich leise. „Wenn du ein Mann wärst … Aber dem ist ja nicht so, nicht wahr?" Er betrachtete sie höhnisch. „Du bist nicht einmal eine richtige Frau … nur eine frustrierte, überspannte Jungfrau, die darauf brennt, endlich zu erfahren, wie es eigentlich ist. Nein, streite es nicht ab! Es steht dir im Gesicht geschrieben, spricht aus den sehnsüchtigen Blicken, mit denen du mich förmlich verschlingst, wenn du glaubst, ich würde es nicht merken. Du bist ganz verrückt darauf, endlich herauszufinden, wie Sex ist, stimmt's? Nun, tut mir leid, dich zu enttäuschen, aber du besitzt einfach nicht das, was mich ermuntern könnte, es dir zu zeigen!"

Jedes seiner Worte traf Xenia mitten ins Herz. Sie hatte das Gefühl, langsam zu sterben, aber das würde sie Blaize auf keinen Fall zeigen! So leicht war sie nicht kleinzukriegen! „Mit anderen Worten, ich habe dir nicht genug Geld geboten?", spottete sie ihm ins Gesicht.

„Nicht genug Geld?" Blaize lachte kalt. „Obwohl du offensichtlich ganz anderer Ansicht bist, Xenia, ist es nicht das Geld, das mich scharf macht auf eine Frau … das mich sie so sehr begehren lässt, dass ich nicht ruhe, bis ich sie ganz besitze … bis ich morgens neben ihr aufwache und weiß, dass sie noch in jeder Hinsicht die Spuren meiner Leidenschaft trägt. Aber davon hast du ja keine Ahnung, nicht wahr? Du weißt nichts von der Leidenschaft eines Mannes, die ihn dazu treibt, eine Frau zu begehren. Soll ich es dir zeigen? Willst du das?"

Natürlich hätte sie es abstreiten … sein Angebot zurückweisen sollen. Aber sie blickte Blaize nur reglos und stumm an und wehrte sich nicht, als er sich ihren Lippen näherte.

Sobald sein Mund ihren berührte, war es um sie geschehen. Mit einem Mal wusste sie, was es bedeutete, von einem alles verzehrenden Verlangen getrieben zu werden … jemanden so schmerzlich zu begehren, dass der Schmerz zu einer unerträglichen Folter wurde. Kein Nomade in der gnadenlosen Hitze der weiten Wüste hatte sich je unbändiger nach Wasser gesehnt, als sie sich in diesem Moment nach Blaize sehnte!

Stöhnend kam sie seinem Kuss entgegen, legte Blaize die Arme um den Nacken, schmiegte sich an ihn und öffnete die Lippen dem Drängen seiner Zunge. Sein Kuss war wild und heftig, aber Xenia war es egal, welche Gefühle ihn trieben. Sie wollte nur, dass dieser Kuss niemals aufhören würde.

Doch dann löste sich Blaize fast gewaltsam von ihren Lippen. „Was, zum Teufel, tue ich da?“, stieß er aus. „Ich muss den Verstand verloren haben! Das Letzte, was ich jetzt will … oder brauche … ist …“ Er verstummte kopfschüttelnd.

Xenia aber wusste, was er hatte sagen wollen. Das Letzte, was er wollte und brauchte, war sie! Tief gekränkt hob sie, ohne zu überlegen, die Hand und schlug blindlings zu. Als sie Blaize mehr aus Zufall am Kinn traf und das ungläubige Aufblitzen in seinen Augen sah, erstarrte sie vor Schreck. Dann erschauerte sie heftig.

Er musste sie auf den Boden gestellt und losgelassen haben. Ohne sich bewusst zu sein, dass sie sich überhaupt bewegt hatte, fand Xenia sich dann plötzlich in ihrem Schlafzimmer wieder. Sie lag zusammengekauert auf dem luxuriösen orientalischen Bett und zitterte noch im Schock … doch sie hatte keine Ahnung, wie sie dort hingekommen war. Das Letzte, was ihr noch mit entsetzlicher Deutlichkeit im Gedächtnis war, war der schreckliche Moment, als sie Blaize geohrfeigt hatte.

Wie hatte sie so etwas nur tun können? Jede Form von Gewalt war ihr doch zutiefst zuwider. Ihr Verhalten war ihr selber ganz unbegreiflich … es machte sie krank, dass sie sich derart hatte hinreißen lassen, aber sie konnte nicht einmal weinen, um ihre brennenden Schuldgefühle wegzuwaschen.

7. KAPITEL

Zwanzig Minuten später lag Xenia immer noch auf dem Bett und blickte reglos vor sich hin … zwanzig Minuten, die ihr wie eine Ewigkeit vorgekommen waren, während sie versucht hatte, eine Erklärung für ihr unverzeihliches Verhalten zu finden. Zwanzig Minuten, in denen sie nicht nur von ihrer ebenso ungebetenen wie fruchtlosen Liebe zu Blaize gequält wurde, sondern dazu von heftigen Schuldgefühlen.

Gleichgültig, wie sehr er sie auch provoziert haben mochte, es gab keine Entschuldigung für das, was sie getan hatte. Niemals hätte sie derart die Beherrschung verlieren dürfen! So, wie sie von ihren Eltern erzogen worden war, schuldete sie Blaize eine Entschuldigung. Es tat nichts zur Sache, dass er selber sich auch höchst fragwürdig benommen hatte … dafür war sie nicht verantwortlich. Aber für ihr eigenes Verhalten musste sie einstehen.

Doch es fiel ihr nicht leicht, sich zu einer Entschuldigung durchzuringen. Nach allem, was Blaize gesagt hatte? Was er getan hatte? Wie er sie ganz bewusst erregt hatte, bis sie sich vor Sehnsucht nach ihm verzehrt hatte, und sie dann brutal zurückgestoßen hatte! Niemals konnte sie sich bei diesem Mann entschuldigen!

Fünf Minuten später siegten ihre Gewissensbisse. Besser, sie brachte es gleich hinter sich, sonst würde Blaize womöglich schon schlafen. Nervös zog sie sich ihren Morgenmantel über und verließ das Schlafzimmer. Im Wohnbereich warf das gedämpfte Licht der Öllampen lange Schatten an die Pavillonwände. Xenia atmete tief ein und zog den Türvorhang zu Blaizes Zimmer zur Seite. Mit Herzklopfen spähte sie in die Dunkelheit.

Der Vollmond draußen hellte die Dunkelheit im Innern des Zeltes gerade genug auf, dass Xenia Blaizes schlafende Gestalt unter der Bettdecke ausmachen konnte. Er lag auf der Seite, das Gesicht Xenia zugewandt, aber so ins Kissen gedreht, dass sie nicht erkennen konnte, ob er wach war oder nicht. Zögernd flüsterte sie seinen Namen, erhielt jedoch keine Antwort. Schlief Blaize vielleicht wirklich schon?

Wenn sie sich jetzt einfach umdrehte und wieder ging, würde er gar nicht wissen, dass sie überhaupt da gewesen war … aber ihr

Stolz, von dem ihr Vater immer neckend behauptet hatte, sie habe ihn von ihrem Großvater Abu Assad geerbt, erlaubte es nicht, dass sie sich einfach davonschlich, ohne sich vergewissert zu haben, dass Blaize tatsächlich schlief.

Auf Zehenspitzen schlich sie zu dem großen, niedrigen Bett und spähte forschend auf Blaize herab. War er wach oder schlief er? Er rührte sich jedenfalls nicht. Vorsichtig kniete sie sich mit einem Knie auf die Bettkante, beugte sich über Blaize und flüsterte noch einmal seinen Namen. Da er sich immer noch nicht regte, nahm sie an, dass sie mit ruhigem Gewissen in ihr Zimmer zurückkehren und sich die Entschuldigung für morgen aufheben konnte.

Erleichtert wollte Xenia sich also abwenden … und erstarrte, als Blaize unvermittelt ihr Handgelenk packte und spöttisch fragte: „Wandelst du im Schlaf, Xenia?“ Er tastete mit dem Daumen nach ihrem Puls. „Dein Herzschlag rast wie der einer Gazelle, die vor dem Jäger flieht.“

„Du … hast mich erschreckt! Ich dachte, du schläfst.“

Blaize ließ sie los, warf die Bettdecke zurück und zündete eine Öllampe auf dem Nachttisch an. „Und was genau tust du dann hier … wenn du dachtest, ich würde schlafen?“, erkundigte er sich bedeutsam.

Kein Zweifel, er war sogar mehr als wach … und gefährlich scharfsinnig. Xenia fröstelte unwillkürlich, was Blaize natürlich nicht entging. Sofort sah er sie forschend an. „Was ist los? Geht es dir nicht gut? Wenn man das Wüstenklima nicht gewohnt ist …“

„Es geht mir bestens“, versicherte Xenia ihm rasch, doch ihr Blick ruhte wie gebannt auf seinem nackten Oberkörper. Sie schluckte. Genau wie sie zog Blaize es offensichtlich vor, ohne Pyjama zu schlafen. Allerdings schien er, anders als sie, es nicht einmal für nötig zu halten, zum Schlafen einen Slip zu tragen … wie ein verstohlener Blick weiter hinab nahelegte!

„Bestens?“, wiederholte er skeptisch. „Und was suchst du dann hier?“

Xenia presste die Lippen zusammen. Es war eine Sache, sich allein in ihrem Bett mit schönen Worten eine kleine Entschuldigungsrede zurechtzulegen, und etwas ganz anderes, ihren Plan auch in die Tat umzusetzen, während sie hier auf Blaizes Bettkante hockte und an nichts anderes denken konnte als daran, dass er unter der seidenen Bettdecke vermutlich völlig nackt war! Und wenn sie nicht sehr, sehr vorsichtig war … stand sie in der Gefahr, gänzlich zu vergessen, weshalb sie wirklich zu ihm gekommen war.

Unwillkürlich fiel ihr Blick auf die Kratzspuren auf seinem Oberarm, die zwar nicht mehr bluteten, aber immer noch frisch waren. Rasch wollte sie sich abwenden, begegnete jedoch Blaizes Blick, der sie sofort in seinen Bann zog.

„Nur zu deiner Information“, sagte Blaize ruhig, „sie stammen nicht von Shara … der Tänzerin. Der Falkner trainierte gerade einen jungen Vogel, der sich zu sehr aufregte. Ich bot ihm meine Hilfe an.“ Er zuckte die Schultern. „Aber dem jungen Falkenweibchen gefiel es nicht, sich von jemand anderem als seinem Herrn anfassen zu lassen … das hat es mich spüren lassen. Ich habe ihm gesagt, dass er in ihr eine beneidenswert treue Jagdgefährtin haben wird, sobald sie die nötige Erfahrung hat.“

„Ein Falke hat dich gekratzt?“ Xenia errötete schuldbewusst. Jetzt musste sie Blaize nicht nur einmal, sondern zweimal Abbitte leisten! Reumütig sah sie auf seinen Arm und beugte sich plötzlich ganz spontan herab, um die Kratzer einen nach dem anderen zart zu küssen. Sie spürte, wie Blaize erschauerte, und blickte auf. „Ich bin gekommen, um mich zu entschuldigen“, sagte sie ruhig. „Ich hätte … nicht tun dürfen, was ich getan habe.“

Es folgte ein angespanntes Schweigen. Xenias Herz pochte wie wild. Nervös ließ sie die Zungenspitze über ihre Lippen gleiten.

„Nicht!“, protestierte Blaize rau. „Warum … musstest du auch herkommen?“

Sie schluckte und wich unwillkürlich zurück. Aber Blaize packte sie bei den Handgelenken, hielt sie fest und blickte ihr tief in die Augen, bevor er den Blick langsam und vielsagend zu ihrem Mund gleiten ließ.

„Dir ist doch klar, dass du eigentlich nicht hier sein solltest, nicht wahr, meine kleine Jungfrau?“

Xenia hielt den Atem an. „Ich …“ Ich kann immer noch gehen, hatte sie sagen wollen. Aber es war nicht mehr möglich, weil Blaize sie küsste … so langsam und innig, dass Xenia im nächsten Moment alles andere vergaß und sich nur noch wünschte, er würde nie aufhören, sie so zu küssen.

Blaize hatte sich aufgerichtet, und sie knieten einander zugewandt auf dem Bett, er nackt, sie nur mit ihrem dünnen Negligé bekleidet. Xenia legte beide Hände auf seine Brust und spürte, wie heftig sein Herz klopfte. Blaize bedeckte ihre Nasenspitze, die geschlossenen Lider, die Wangen mit zarten Küssen. Dann umfasste er ihr Gesicht, strich ihr das seidige Haar zurück und liebkoste ihr auf unglaublich erotische Weise das Ohr. Xenias leises Stöhnen war wie eine flehentliche Bitte um mehr. Sehnsüchtig wandte sie das Gesicht, um Blaizes Kuss zu suchen. Blaize ließ die Hände über ihren schlanken Hals zu ihren zierlichen Schultern gleiten, streifte ihr den Morgenmantel über die Arme hinab und ließ ihn achtlos zu Boden fallen.

In einem Spiegel seitlich des Bettes sah Xenia ihrer beider Spiegelbild. Ihr Körper schimmerte hell gegen Blaizes gebräunten Teint, die Spitzen ihrer vollen Brüste zeugten dunkel und hart von ihrem leidenschaftlichen Verlangen. Wenn Blaize doch nur ihre Brüste umfassen und die harten Spitzen liebkosen würde … Wie durch ein Wunder schien er ihre Gedanken gelesen zu haben. Er umfasste ihre Brüste, wobei er Xenia gleichzeitig auf den Mund küsste, und sie schmiegte sich verlangend an ihn. Begehrlich ließ sie die Zungenspitze über seine Lippen gleiten, bis Blaize sie mit dem Mund umschloss und ihr Zungenspiel nun seinerseits erwiderte. Immer tiefer drängte er ihr die Zunge zwischen die Lippen, bis Xenia lustvoll aufstöhnte.

Blaize blickte auf und schob sie fort. „Nein, Xenia!“, protestierte er rau. „Das ist keine gute Idee …“

Xenia legte ihm einen Finger auf den Mund und bedeckte sein Gesicht mit heißen Küssen. „O doch“, flüsterte sie, ehe sie ihn auf den Mund küsste, wobei sie sich verlangend an ihm rieb. Mochte sie auch noch Jungfrau sein, so wusste sie doch, was Leidenschaft bedeutete … was es bedeutete, diesen Mann zu begehren!

Verführerisch ließ sie die Hände über seinen Körper gleiten und spürte, wie er erschauerte. Sie genoss es, seine samtene Haut zu liebkosen, konnte einfach nicht genug davon bekommen. Lustvoll ließ sie die Lippen über seinen Hals und weiter hinab über seinen muskulösen Oberkörper gleiten.

Blaize stöhnte auf. „Xenia! Du bist noch Jungfrau. Ich kann doch nicht …“

Ohne seinen Protest zu beachten, beugte sie sich tiefer herab und ließ die Zunge über seinen flachen Bauch kreisen. Blaize erstarrte und hielt spürbar den Atem an. Xenia wandte sich seinem flachen Nabel zu und liebkoste ihn mit der Zungenspitze, von Liebe und Leidenschaft zu ungeahnter Kühnheit angetrieben. Nicht in ihren wildesten Träumen hatte sie sich ausgemalt, dass sie in ihrer ersten Liebesnacht in dieser Weise die Initiative ergreifen würde ... eine ebenso schockierende wie erregende Erfahrung!

„Ich will nicht ...“, flüsterte Blaize heiser.

„O doch, du willst!“ Xenia spürte unter ihren Händen, wie groß und hart er vor Erregung war, presste ihre Lippen verlangend auf seinen flachen Bauch und ließ die Zunge begehrlich weiter hinabgleiten.

Im nächsten Moment packte Blaize sie, drängte sie auf das Bett zurück und betrachtete sie verlangend und bewundernd. Sein Blick verweilte auf dem funkelnden Diamanten in ihrem Bauchnabel, und seine Miene erstarrte. „Wer hat ihn dir geschenkt?“, fragte er schroff.

Xenia begriff nicht sofort, was er meinte, und tastete verwirrt nach dem Diamanten.

„Wer, Xenia?“, wiederholte Blaize heftig ... so heftig, dass Xenia plötzlich begriff und heißer Triumph sie durchzuckte. Er war eifersüchtig! Kein Zweifel! Für den Bruchteil einer Sekunde war sie versucht, so zu tun, als gäbe es tatsächlich einen Rivalen, um seine Leidenschaft anzuheizen ... aber ihre Ehrlichkeit siegte.

„Ich habe ihn mir gekauft“, antwortete sie wahrheitsgemäß. „Weil ein paar Mädchen mich auf einer Party aufgezogen haben, ich wäre viel zu brav und naiv, um so etwas zu tragen ...“

„So ein Geschenk würde nur ein Mann einer Frau machen“, beharrte Blaize immer noch skeptisch.

„Nicht heutzutage“, widersprach Xenia.

„So? Dann zeig mir, wo du dich sonst noch geschmückt hast“, flüsterte Blaize vielsagend, ließ die Hand an ihr hinabgleiten und beugte sich über sie, um sie nun seinerseits mit Händen und Lippen zu liebkosen, bis sie vor Erregung zitterte.

„Nirgendwo sonst“, flüsterte sie, als er die Zungenspitze über ihren Nabel kreisen ließ und gleichzeitig eine Hand zwischen ihre Schenkel schob, um sie auf erregendste Weise zu streicheln. Blaize blickte auf, und Xenia erwiderte seinen Blick verlangend. „Ich will dich. Ich will dich jetzt, Blaize."

Als sie ihn jedoch erneut zu sich herabziehen wollte, schüttelte er den Kopf. „Nein, warte." Er löste sich aus ihrer Umarmung und zog die Schublade des Nachttisches auf. „Ich hoffe, dass diejenigen, die dies hier als Liebesnest geplant haben, an alles gedacht haben ..."

Xenia spähte an ihm vorbei und begriff errötend. Bislang war „Safer Sex" für sie etwas gewesen, was nur andere betraf. Blaize war natürlich viel erfahrener, und sie war froh, dass er so umsichtig war, an ein Kondom zu denken.

Als er sich wieder zu ihr umdrehte, sie in die Arme nahm und leidenschaftlich küsste, schmiegte sie sich glücklich an ihn. Und wenn sie geglaubt hatte zu wissen, was Leidenschaft bedeutete, dann sollte Blaize sie nun eines Besseren belehren!

Wenn sie geglaubt hatte, was man sich gemeinhin erzählte, dass es „beim ersten Mal nie schön" sei, dann sollte sie erleben, dass sie sich auch in diesem Punkt geirrt hatte. Sie hatte nicht ahnen können, wie aktiv sie aus eigenem Antrieb an dem Liebesspiel teilnehmen und Blaize entgegenkommen würde, sie ganz in Besitz zu nehmen. Doch sie erfuhr es nun. Sie hatte nicht ahnen können, dass ihr die leidenschaftlichen Worte ganz von selber über die Lippen kommen würden, die Blaize ermutigten, immer tiefer in sie einzudringen. Auch das wusste sie nun.

Ihrer beider pochender Herzschlag, ihrer beider keuchender Atem verband sich zu einem unglaublich intensiven Gefühl des Einsseins, bis Xenia vollends bereit war, mit Blaize den letzten Gipfel der Lust zu erklimmen. Immer tiefer und machtvoller stieß er zu, und sie klammerte sich an ihn und kam ihm vorbehaltlos entgegen, bis sich ihre Lust in einem unbeschreiblichen Höhepunkt entlud.

Schläfrig malte Xenia mit der Fingerspitze ein kleines Herz auf Blaizes nackte Schulter. Er schlief, und seine dichten Wimpern warfen im sanften Licht der Öllampe Schatten auf sein gebräuntes Gesicht. Xenia war selber eingeschlafen gewesen und gerade erst wieder aufgewacht ... Es schien, als wollte sie keinen einzigen Moment ihrer Zeit mit Blaize schlafend verschwenden. Lieber wollte sie wach sein, ihn ansehen, ihn berühren ... ihn lieben.

Da! Sie hatte es sich eingestanden, dass sie ihn liebte! Hatte sie es auch akzeptiert? Sie schloss die Augen und sprach die Worte im Geiste aus: Ich liebe ihn. Ich liebe Blaize.

Ja, es war wahr. Ihr Gefühl verriet ihr, dass es stimmte. Sie liebte Blaize. Unwillkürlich rückte sie näher an ihn und malte das Herz auf seiner Schulter nun mit zarten Küssen nach. Die Erinnerung an diese Nacht würde sie auf immer als größten Schatz in ihrem Herzen verschließen. Niemals würde sie vergessen, wie es war, von ihm geküsst und geliebt zu werden … wie es war, ihn zu küssen und zu lieben.

Zärtlich und bewundernd ließ Xenia den Blick über Blaizes männlich schönen Körper gleiten.

„Was du kannst, kann ich schon lange!"

Xenia hielt den Atem an, als Blaize plötzlich eine Hand über ihre Taille gleiten ließ und dann hinauf, um ihre Brüste zu umfassen. „Du wolltest doch nicht etwa über einen schlafenden Mann herfallen, oder?", fragte er neckend.

„Ich wollte mich lediglich vergewissern, dass du dich tatsächlich so gut anfühlst, wie ich es in Erinnerung habe", gestand Xenia ehrlich. Sie fühlte, wie er kaum merklich erstarrte, als hätten ihre Worte etwas berührt, das ihm unangenehm sei … aber vermutlich hatte sie sich geirrt.

„Und? Fühle ich mich noch so gut an?" Er ließ den Daumen über die Spitze ihrer einen Brust gleiten, die sofort wieder hart wurde.

Unglaublich, wie mühelos und schnell es ihm gelang, ihre Leidenschaft erneut zu wecken! Heißes Verlangen pulsierte durch ihren Körper und veranlasste sie, Blaize zu sich herabzuziehen. Sie stöhnte sehnsüchtig auf, als er ihre Brustspitze mit den Lippen umschloss und sacht daran saugte, und krallte die Finger in seine breiten Schultern. Schon drängte es sie unbändig danach, ihn wieder in sich zu fühlen, und sie streichelte und erkundete ihn auf eine intime Weise, die sie sich einige Stunden zuvor noch nicht erträumt hätte.

Blaize stöhnte an ihren Brüsten, als sie sich an ihn drängte und die Hand hinabgleiten ließ, um zu fühlen, wie hart er war. Im nächsten Moment drehte er sich auf den Rücken und umfasste ihre Taille. Wollte er sie fortschieben? Rasch beugte sich Xenia über ihn, ließ die Lippen verführerisch über seinen flachen Bauch und weiter hinabgleiten und umschloss ihn verlangend mit dem Mund.

„Xenia!“, stöhnte Blaize rau, packte zu und hob sie auf seinen Schoß. Ein heißer Schauer durchzuckte sie, als sie ihn langsam und lustvoll in sich aufnahm.

Triumphierend blickte sie auf Blaize herab, in dessen Gesicht sich das unbändige Verlangen spiegelte, als sie wie entfesselt immer wilder und heftiger zueinanderkamen. Im Nu gelangte er zu einem explosiven Höhepunkt, und Xenia folgte ihm sogleich.

Keuchend sank sie auf ihn nieder und blieb eine lange Weile reglos liegen, während Blaize sie in die Arme nahm und ihren bebenden Körper an sich drückte.

„Das hätte nicht passieren dürfen“, flüsterte er ihr ins Haar. „Das hätte nicht passieren dürfen.“

Doch Xenia war zu erschöpft, um darüber nachzudenken.

„Igitt! Kamelmilch!“

Xenia rang sich ein Lächeln ab, als sich die junge Touristin, die beim gemeinsamen Frühstück im Lager neben ihr saß, ihr zuwandte, und machte irgendeine halbwegs freundliche Bemerkung. Normalerweise hätte ihr dieses zwanglose Mahl in der malerischen Umgebung der Wüstenoase viel Spaß gemacht, aber an diesem Morgen musste sie erst verkraften, dass sie allein und in ihrem eigenen Bett aufgewacht war!

Blaize musste sie, während sie geschlafen hatte, in ihr Schlafzimmer getragen haben. Warum hatte er sie nicht bei sich behalten wollen? Die Euphorie der vergangenen Nacht hatte sich verflüchtigt … geblieben war eine beängstigende Kälte und Leere.

Was sie, Xenia, jetzt mehr denn je brauchte, war Blaizes Nähe … seine Ermutigung und vor allem … seine Liebe!

8. KAPITEL

Vielen Dank fürs Mitnehmen!"

Xenia sah zu, wie der junge Reiseleiter sich bei Blaize bedankte, bevor er aus dem Jeep sprang und seine Tasche aus dem Kofferraum holte. Als sie in der Oase zum Aufbruch bereit gewesen waren, war der Geländewagen des jungen Mannes nicht angesprungen. Seine Mitfahrer waren auf andere Fahrzeuge verteilt worden, und ihm selbst hatte Blaize angeboten, ihn zum Hotel zurück mitzunehmen. Die Anwesenheit eines Dritten im Auto hatte es Xenia und Blaize natürlich unmöglich gemacht, über persönliche Dinge zu sprechen, wobei Xenia argwöhnte, dass ihr dies wesentlich mehr ausmachte als ihm.

Vermutlich ist er ganz froh, dass ich mit ihm nicht über die vergangene Nacht sprechen konnte, dachte sie unglücklich. Denn wenn er etwas für sie empfunden hätte ... auch nur einen Bruchteil der Liebe, die sie für ihn fühlte ... dann hätte er es ihr vergangene Nacht gesagt, anstatt sie in ihr Bett zu tragen und sie am Morgen so zu behandeln, als würde sie ihm gar nichts bedeuten. Umgekehrt bedeutete er ihr alles.

Nun, zumindest ein Gutes hatten die Ereignisse der vergangenen Nacht, wie Xenia sich tapfer einzureden versuchte. Rashid würde sie jetzt ganz bestimmt nicht mehr heiraten wollen, sobald er erfuhr, dass sie die Nacht mit einem anderen Mann verbracht hatte. Mit einem Mann, der sie weder liebte noch haben wollte!

Entschlossen kämpfte Xenia ihre Verzweiflung nieder. Das ist so nicht wahr! rief sie sich energisch ins Gedächtnis. Blaize hatte sie begehrt!

Sie ... oder irgendeine Frau?

Es tat so weh, dass sie nicht wagte, auch nur ins Blaizes Richtung zu sehen, aus Angst, er könnte in ihren Augen lesen, was sie fühlte. Für ihn war sie doch lediglich eine willkommene Geldquelle und ein flüchtiges, leicht zu vergessendes Abenteuer. Aber sie hatte von Anfang an gewusst, was für ein Mann er war ... wie hatte sie nur so dumm sein können? Was hatte sie sich nur dabei gedacht? Warum nur hatte sie ihre Augen vor der Realität verschlossen?

Weil meine Liebe mir keine Wahl gelassen hat, dachte Xenia unglücklich. Weil Vernunft und Logik machtlos waren gegen die Liebe. Tränen brannten ihr in den Augen. Ohne Blaize noch die Möglichkeit zu geben, irgendetwas zu ihr zu sagen, stieg sie aus dem Jeep aus und ging auf den Hoteleingang zu. Ihr war, als hätte Blaize ihren Namen gerufen, aber sie hielt nicht an, drehte sich auch nicht um. Vielleicht war es zu spät, zu verhindern, dass sie Blaize liebte, aber es war nicht zu spät, wenigstens ihren Stolz und ihre Selbstachtung zu wahren!

Wenn er etwas … irgendetwas … für sie empfunden hätte, dann hätte er es ihr vergangene Nacht gesagt.

Eine Stunde später klopfte es an die Tür von Xenias Suite. Und obwohl sie sich bis dahin erfolgreich eingeredet hatte, die einzig vernünftige Erklärung für Blaizes Verhalten wäre, dass er sie schlicht und einfach benutzt hatte und jetzt nicht mehr brauchte, durchzuckte es sie freudig und erleichtert. Das war sicher Blaize! Sie hatte alles missverstanden. Und er kam jetzt, um es ihr zu erklären, um sich bei ihr zu entschuldigen … und um ihr zu sagen, wie sehr er sie begehrte und liebte!

Strahlend öffnete sie die Tür. Aber da draußen stand nicht Blaize, sondern ihr Cousin Saud. In ihrer Enttäuschung sah Xenia ihn nur stumm und entgeistert an.

„Hast du gepackt?", fragte Saud.

„Gepackt?"

„Natürlich … ich habe meiner Mutter ja gesagt, sie hätte dich vorher anrufen sollen, um sich zu vergewissern, dass du bereit bist!"

Bereit? Schuldbewusst fiel Xenia ein, dass sie ihrem Großvater zugesagt hatte, an diesem Tag in die Familienvilla umzuziehen. „Ich … ich bin ein bisschen spät dran, Saud", sagte sie verlegen. Zumindest war das nicht gelogen. „Es tut mir leid …"

„Schon gut", meinte Saud gelassen. „Ich hab's nicht eilig. Hat dir der Ausflug in die Wüste mit Rashid Spaß gemacht?", fügte er beiläufig hinzu.

Für einen Moment verschlug es Xenia die Sprache. „Rashid?", fragte sie dann mit bebender Stimme. „Du hast mich zusammen mit Rashid gesehen?"

„Ja, in einem der Geländewagen der Safari-Company", bestätigte Saud.

„Aber das war doch ...“, wollte sie protestieren, doch ihr Cousin unterbrach sie vergnügt grinsend.

„Meine Mutter plant schon für die Hochzeit. Sie meint ...“

„Rashid!“, flüsterte Xenia. „Aber ...“ Aber, was? Sie war doch mit Blaize zusammen gewesen! Mit Blaize, der nicht Rashid war ... der unmöglich Rashid sein konnte!

„Ich nehme an, Rashid arbeitet im Moment oben in der Präsidentensuite, ja?“, fuhr Saud arglos fort. „Hat er dir schon seine neue Villa gezeigt? Die er draußen in der kleinen Oase gebaut hat, die ihm gehört? Seine Pferde? Seine Jagdfalken? Ich würde auch gern einen eigenen Falken haben, aber Dad meint, das komme gar nicht infrage ... vor allem, weil ich in Amerika studieren soll.“

„Saud, ich ... ich habe noch nicht fertig gepackt. Könntest du etwas später wiederkommen? In einer Stunde?“, unterbrach Xenia den Wortschwall ihres Cousins.

„Aber natürlich!“, willigte er sofort ein und verschwand.

Xenia blickte blind auf die Tür, die sich hinter Saud geschlossen hatte.

Ihr kleiner Cousin hatte behauptet, sie mit Rashid gesehen zu haben, aber sie war mit Blaize zusammen gewesen. Was bedeutete, dass sich Saud entweder geirrt haben musste oder ... Ein unsäglicher Verdacht stieg in Xenia auf.

Die Präsidentensuite befand sich im obersten Stockwerk. Kreidebleich, aber entschlossen verließ Xenia ihre Suite und ging zum Aufzug. Es durfte einfach nicht wahr sein! Saud musste sich irren, aber sie wollte sich persönlich überzeugen ... wollte ganz sicher sein.

Als sie den einzigen Lift verließ, der bist zur Präsidentensuite hinauffuhr, zitterten ihr die Knie, wobei sie sich nicht sicher war, ob vor Furcht oder vor Wut. Blaize konnte nicht Rashid sein! Das war unmöglich, undenkbar!

Ein weicher Teppich dämpfte ihre Schritte in dem Privatflur, der zu der Präsidentensuite führte. Nervös blickte Xenia auf die geschlossene Tür vor ihr. Was suchte sie eigentlich hier? Blaize war ein Strandgigolo, ein Abenteurer, ein Glücksritter, der von seinem Einfallsreichtum und anderer Leute Geld lebte, ein Mann ohne moralische Prinzipien, der sich seine eigenen Regeln schuf ... und sie dann brach. Rashid war dagegen nach allem, was sie über ihn gehört hatte, ein überaus erfolgreicher Geschäftsmann, der kompromisslos seine Ziele verfolgte … ein Mann, der bereit war, eine ihm völlig unbekannte Frau zu heiraten, weil er sich davon persönliche Vorteile und Nutzen versprach. Die beiden konnten unmöglich ein und dieselbe Person sein. Das war undenkbar … unerträglich! Saud musste sich geirrt haben!

Xenia nahm all ihren Mut zusammen und drückte auf die Türklingel.

Die Tür schwang nach innen auf. „Ja?", fragte eine Männerstimme, die Xenia sofort erkannte, auch wenn der Ton ungewohnt geschäftsmäßig klang.

Ungläubig und stumm blickte Xenia in Blaizes Gesicht … nur, dass es nicht Blaizes war. Es war … Obwohl er ihr in der halb offenen Tür praktisch den Weg verstellte, schob sich Xenia an ihm vorbei und betrat die Suite. Offenbar hatte sie Blaize … oder vielmehr Rashid … beim Duschen gestört, denn er trug nur ein Handtuch um die Hüften, und auf seinem nackten Oberkörper schimmerten Wassertropfen.

„Wie konntest du nur!", sagte sie anklagend. „Und warum? Lass mich los!", stieß sie wütend aus, als er sie am Arm packte. „Lass mich los!", wiederholte sie, als Blaize, nein, Rashid, sie praktisch hinter sich her in einen eleganten Salon zerrte.

Er verriet mit keiner Miene, ob ihr Auftauchen ihm peinlich war. „Erst wenn du dich beruhigt hast und vernünftigen Argumenten zugänglich bist", sagte er ruhig. „Komm, setz dich, und ich hole dir einen kühlen Drink."

Einen kühlen Drink! Vergeblich versuchte Xenia, sich seinem Griff zu entziehen. „Was ich brauche, ist eine Erklärung dessen … was sich hier abspielt! Warum du dich offensichtlich als jemand ausgegeben hast, der du nicht bist!"

„Ich wollte es dir ja sagen", sagte Rashid, „aber …"

„Lügner!", fiel Xenia ihm ins Wort. „Du belügst mich schon wieder, so, wie du mich die ganze Zeit belogen hast! Lass mich los!", verlangte sie heftig. „Ich kann es nicht ertragen, dass du mich anfasst!"

„Gestern Nacht warst du, wenn ich mich recht erinnere, ganz anderer Meinung", entgegnete Rashid spöttisch. „Erinnerst du dich? Oder soll ich etwas nachhelfen?"

Xenia hielt den Atem an, als er näher kam. Obwohl sie wusste, wie unverzeihlich er sich ihr gegenüber verhalten hatte, reagierte ihr Gefühl nur auf den Mann, den sie liebte und mit dem sie sich in der Nacht zuvor so leidenschaftlich geliebt hatte.

„Wenn ich dich jetzt küssen würde …“, flüsterte Rashid ganz dicht an ihren Lippen und verstummte, als in diesem Moment die Tür zur Suite aufging und ein großer graubärtiger Mann hereinkam. Seine ganze Haltung verriet auf Anhieb einen Mann von hohem Rang und Einfluss.

„Rashid, was unser amerikanisches Projekt betrifft … wie lange, glauben Sie …“ Er brach mitten im Satz ab, als er begriff, in welch vertrauliche Szene er hineingeplatzt war. Prüfend richtete sich der scharfe Blick seiner dunklen Augen auf Xenia.

„Hoheit, bitte erlauben Sie mir, Ihnen Miss Xenia Connor vorzustellen.“

Hoheit! Xenia schluckte, während Prinz Sayid – denn kein Geringerer war der Neuankömmling – mit sichtlichem Missfallen zwischen ihr und Rashid hin- und herblickte. „Ich verstehe“, sagte er dann kühl, bevor er sich nach einer bedeutsamen Pause höflich an Xenia wandte. „Ihrem Patenonkel geht es gut, Miss Connor? Der gute John und ich waren zusammen in Eton.“

„Er … ist augenblicklich im Fernen Osten“, antwortete Xenia heiser und hätte am liebsten hinzugefügt, dass er leider ihren Pass mitgenommen hatte!

„Ach wirklich?“ Der Prinz neigte den Kopf. „Er ist ein sehr gewiefter Diplomat, wie es Ihr Vater übrigens auch war. Weitsichtige Diplomaten dieses Formates sind in unseren turbulenten Zeiten viel gefragt.“

Mit hochroten Wangen wandte Xenia sich ab und zog sich außer Hörweite zurück, damit der Prinz sich ungestört mit Rashid unterhalten konnte. Trotz der Höflichkeit des Prinzen war es ihr nicht entgangen, dass er die Tatsache, sie ohne Begleitung in Rashids Suite angetroffen zu haben, insgeheim missbilligte.

Sobald Prinz Sayid gegangen war, wollte Xenia ihm folgen. Aber Rashid verstellte ihr den Weg.

„Dir ist klar, was das bedeutet, nicht wahr?“, sagte er schroff.

„Was jetzt passieren muss, nachdem der Prinz dich hier allein bei mir gesehen hat?“

„Du hast mich ihm doch vorgestellt!“, wandte Xenia trotzig ein.

„Weil ich keine andere Wahl hatte! Wenn ich dich ihm nicht vorgestellt hätte, wäre das dem stillschweigenden Eingeständnis gleichgekommen, dass ich es nicht ehrenhaft hätte tun können ... weil du meine Hure bist! Jetzt gibt es keine andere Möglichkeit mehr ... du musst mich heiraten. Nur so kann dein Ruf und der deiner Familie gewahrt bleiben!“

Xenia sah ihn fassungslos an. „Wie bitte? Das können wir nicht tun!“

„Wir können und wir werden es tun“, widersprach Rashid entschieden. „Tatsächlich bleibt uns gar keine andere Wahl ... was wir dir zu verdanken haben.“

„Mir?“, wiederholte Xenia wütend. „Was soll das heißen? Ich habe doch nicht ...“

„Es heißt, dass ich, weil Seine Hoheit dich hier in meiner Suite ohne Begleitung mit mir angetroffen hat, keine andere Wahl habe, als dich zu heiraten. Es war doch ganz offensichtlich, was Prinz Sayid dachte.“

„Wie ...? Das ist doch lächerlich!“, protestierte Xenia. „Warum hast du ihm nicht die Wahrheit gesagt?“

„Welche Wahrheit?“, erkundigte sich Rashid spöttisch. „Die Wahrheit, dass du dich mir gestern Nacht hingegeben hast? Dass du ...“

„Hör auf! Hör auf!“, fiel sie ihm ins Wort und fügte vorwurfsvoll hinzu: „Du hast das alles ganz bewusst getan, nicht wahr? Damit du mich zwingen kannst, dich zu heiraten ... weil du dir davon einen Vorteil versprichst! Nur interessehalber, Rashid, wie viel genau würde dir die Heirat mit mir einbringen?“ Sie war außer sich vor Wut und Empörung. „Ich bin sicher, wir reden hier nicht über die traditionellen Kamele! Geht es um ein Hotel ... einen Bürokomplex und vielleicht ein oder zwei Dutzend zusätzliche Villen? Und warum sich damit begnügen? Es ist doch bekannt, dass die königliche Familie weltweit an Luxushotels beteiligt ist, und ...“

„Du übertreibst!“, unterbrach Rashid ihren Gefühlsausbruch. „Wenn du mich erklären lassen würdest ...“

„Was denn erklären?“, erkundigte sich Xenia verbittert. „Dass du mich bewusst belogen und ... gegen mich intrigiert hast, um mich für deine Zwecke zu benutzen?"

„Ich soll dich benutzt haben? Bin ich in dein Schlafzimmer gekommen? In dein Bett?", erinnerte Rashid sie eisig. „Wenn jemand für die Lage, in der wir uns jetzt befinden, verantwortlich ist, dann du, Xenia, mit deiner jungfräulichen Neugier! Und egal, was du dir in deiner jungendlichen Fantasie ausmalst ... allein aus dem Grund habe ich keine andere Wahl, als dich zu heiraten, wenn ich ehrenhaft handeln will."

„Weil ich noch Jungfrau war? Das ist doch verrückt!"

„Nein. Du bist verrückt, wenn du ernsthaft glaubst, dass es noch eine andere Lösung gibt. Jetzt müssen wir heiraten. Und abgesehen von allem anderen bleibt da auch noch die Überlegung, dass du schwanger sein könntest."

Xenia sah ihn entgeistert an. „Aber ... das ist unmöglich", wehrte sie stockend ab. „Du hast uns doch geschützt ..."

„Beim ersten Mal, ja", sagte er schroff. „Aber beim zweiten Mal ..."

„Du hast das alles geplant, stimmt's?", warf Xenia ihm wütend und in wachsender Panik vor. „Du hast mich bewusst belogen und ..."

„Glaubst du wirklich, mir gefällt das? Und was den Vorwurf betrifft, ich hätte das alles geplant ... Offensichtlich hast du mir nicht richtig zugehört, Xenia. Wie ich bereits sagte, nicht ich war es, der in dein Bett gekrochen ist! Ich habe nicht darum gebettelt ..." Er verstummte, als Xenia aufschluchzte. Sie kämpfte mit den Tränen.

„Wie oft muss ich dir noch erklären, dass du nicht nur in der Öffentlichkeit als meine bloße ... Bettgespielin gelten würdest, wenn ich dich jetzt nicht heiraten würde, sondern es auch eine Demütigung für deinen Großvater und seine ganze Familie bedeuten würde?", fuhr Rashid beschwörend fort. „Einmal abgesehen von der Tatsache, dass du hier in dieser vertraulichen Situation allein mit mir angetroffen worden bist ... glaubst du wirklich, dass es nicht bemerkt worden ist, dass wir die vergangene Nacht miteinander verbracht haben?"

„Nein! Ich will nichts mehr hören!", protestierte Xenia unglücklich. Jedes seiner Worte traf sie wie ein Messerstich mitten ins Herz. „Nichts davon wäre geschehen, wenn du an dem Abend unten am Strand ehrlich zu mir gewesen wärest! Wenn du mir gleich gesagt hättest, wer du wirklich bist."

„Ich hatte zuerst ja keine Ahnung, wer du bist", verteidigte sich Rashid. „An dem Tag war ich gerade müde von einer Geschäftsreise zurückgekommen und erfuhr so ziemlich als Erstes, dass der junge Mann, der als Surflehrer für das Hotel arbeitete und den ich bereits wegen seines zu vertraulichen Umgangs mit den weiblichen Gästen abgemahnt hatte, von einem Gast im Bett mit dessen Frau überrascht worden war. Ich musste den dummen Burschen natürlich sofort entlassen und ging an den Strand, um mich bei einem Spaziergang etwas zu beruhigen und zu entspannen."

„Aber … aber ich habe doch gesehen, wie du die Surfbretter weggeräumt hast!", sagte Xenia vorwurfsvoll.

„Eine Angewohnheit. Ich habe als Student an einem Strand in Kalifornien gejobbt, und als ich die Bretter da so unordentlich herumliegen sah …"

„Du hättest mir sagen können, wer du bist! Mag sein, dass du jetzt glaubst, mich schlau ausgetrickst zu haben, aber ich werde dich nicht heiraten, Rashid."

„Du hast keine andere Wahl", widersprach er nachdrücklich. „Wir beide haben keine andere Wahl! Jetzt nicht mehr. Ich kann nicht …"

„Was kannst du nicht?", fiel Xenia ihm ins Wort. „Kannst du es dir nicht leisten, die königliche Familie vor den Kopf zu stoßen? Zu schade! Ich werde dich jedenfalls nicht heiraten, nur um deinen kostbaren Ruf zu retten!"

„Meinen Ruf?", fuhr Rashid empört auf. „Hast du mir eigentlich gar nicht zugehört? Es geht um deinen Ruf und um den deiner Familie! Denn wenn ich dich nicht heirate, kann ich dich nicht vor dem Klatsch schützen, der jetzt unweigerlich die Runde macht, Xenia. Und es geht nicht nur um dich … allein der große Respekt, den ich für deinen Großvater empfinde, verlangt es, dass ich ihm die öffentliche Demütigung erspare, die es bedeuten würde, wenn ich dir nicht anbieten würde, dich zu heiraten."

„Schön, du kannst dir ruhigen Gewissens sagen, dass du um meine Hand angehalten hast, Rashid. Und ich habe dein Angebot abgelehnt."

„Ungeachtet der Möglichkeit, dass du von mir schwanger sein könntest?"

Sie sahen sich an. Xenia spürte, wie ihr Entschluss ins Wanken geriet. Doch dann zwang sie sich, der Realität ins Auge zu blicken. Er hatte sie eiskalt belogen, getäuscht und ausgetrickst, und das durfte sie nicht vergessen, wenn sie sich wenigstens einen Rest an Selbstachtung bewahren wollte.

„Genauso gut ist es möglich, dass ich nicht schwanger bin", entgegnete sie fest, bevor sie unmissverständlich wiederholte: „Ich werde dich nicht heiraten, Rashid."

„Leider bin ich bis übermorgen mit wichtigen, unaufschiebbaren geschäftlichen Verhandlungen beschäftigt", sagte Rashid. „Aber verlass dich darauf, dass ich dann sofort deinen Großvater aufsuchen und förmlich um deine Hand anhalten werde."

Was sollte Xenia darauf noch sagen? Frustriert und wütend warf sie Rashid einen letzten vernichtenden Blick zu und ging entschlossen zur Tür. Zu ihrer Erleichterung machte er keinen Versuch mehr, sie aufzuhalten. Er würde ihren Großvater aufsuchen und förmlich um ihre Hand anhalten! So etwas Veraltetes hatte sie seit Langem nicht mehr gehört. Schön, sie würde Rashid sehr schnell deutlich machen, dass sein Antrag weder erwünscht noch akzeptabel war!

9. KAPITEL

Tante Soraya!", begrüßte Xenia ihre Tante freundlich. „Ich dachte, du wolltest den heutigen Tag mit deiner Freundin verbringen?" Ihre Tante hatte ihr aufgeregt davon vorgeschwärmt, dass eine alte Schulfreundin sie eingeladen hätte, deren Tochter gerade mit einem superreichen und hochrangigen Prinzen Verlobung gefeiert hatte.

Nun aber wirkte Soraya bedrückt, und in ihren sanften braunen Augen schimmerten Tränen. Besorgt nahm Xenia ihre Hände und bat: „Was ist los? Bitte, sag es mir! Ist deiner Freundin oder ihrer Tochter etwas zugestoßen?" Sie fühlte sich ihrer Tante inzwischen enger verbunden, als sie es sich bislang eingestanden hatte. Aber eine Frau mit einem so liebevollen, sanftmütigen Wesen musste man einfach mögen.

„Ich ... wollte dir das gar nicht erzählen, Xenia", sagte Soraya jetzt unglücklich. „Denn ich möchte dich auf keinen Fall verletzen oder erzürnen."

Xenia horchte ahnungsvoll auf.

„Meine Freundin hat mich angerufen und ihre Einladung zurückgezogen", gestand ihre Tante nun zögernd. „Es ist nicht persönlich gegen dich gerichtet, Xenia ... jedenfalls nicht bewusst. Meine Freundin versteht, dass es nicht deine Absicht war ... nun, sie weiß, dass du in Amerika und Europa aufgewachsen bist. Aber sie muss auch an ihre Tochter denken, und die Familie des zukünftigen Ehemannes ist eben sehr traditionell eingestellt ..." Soraya verstummte verlegen und suchte nach den richtigen Worten, doch Xenia ahnte bereits, was kommen würde. Dennoch traf es sie wie ein Schock, als ihre Tante ihre schlimmsten Befürchtungen bestätigte.

„Es hat Gerede über dich gegeben, Xenia. Ich weiß natürlich, dass du für alles eine annehmbare Erklärung haben wirst, aber ... meiner Freundin ist zu Ohren gekommen, dass du mit Rashid allein gewesen wärest und dass er und du ..." Soraya presste eine Hand gegen den Mund und blinzelte gegen die Tränen an. „Ich ... ich kann nicht glauben, dass Rashid dich wissentlich derartigem Klatsch ausgesetzt hätte ... dass er unehrenhaft handeln und dir nicht anbieten würde ..."

„Mich zu heiraten?“, warf Xenia ein. „Nun, tatsächlich, liebe Tante, hat er genau das getan. Wobei ich allerdings ...“

„Also doch!“ Soraya strahlte übers ganze Gesicht und drückte Xenia an sich. „O Xenia, ich bin ja so glücklich! Es freut mich so für dich ... für euch beide. Er wird dir ein wunderbarer Ehemann sein. Und dein Großvater wird sich sehr freuen.“

„Aber nein, Tante, du verstehst das ganz falsch“, versuchte Xenia rasch, das Missverständnis aufzuklären und den Schaden zu begrenzen. Es war eine Sache, sozusagen ihrer Tante zum Trost zu erzählen, dass Rashid tatsächlich angeboten hatte, sie, Xenia, zu heiraten ... aber sie hatte dabei nicht den Eindruck erwecken wollen, sie habe seinen Antrag auch angenommen!

Doch leider war Soraya so leicht nicht mehr vom Gegenteil zu überzeugen. Alle Versuche, die Sache richtigzustellen, tat ihre Tante fröhlich lachend ab. Rashid hatte Xenia einen Heiratsantrag gemacht ... und welche Frau würde da Nein sagen? „Ich hätte Rashid vertrauen müssen“, sagte Soraya reumütig. „Allerdings war es sehr gedankenlos von euch beiden, deinen guten Ruf derart zu gefährden, Xenia. Deiner Mutter hätte es gar nicht gefallen, wie die Leute angefangen haben, über dich zu reden“, tadelte sie Xenia sanft.

Ihre Mutter! Xenia schluckte. Ihrer Mutter hätte der Klatsch sicher nicht gefallen, da hatte ihre Tante zweifellos recht, aber ihre Mutter hätte sie, Xenia, auch nicht für das, was geschehen war, verurteilt.

„Dann seid ihr, Rashid und du, jetzt also verlobt!“, fuhr Soraya überglücklich fort. „Jetzt gibt es viel zu tun! O Liebes ...“, sie drückte Xenia erneut an sich, „... ich wollte es dir eigentlich gar nicht sagen, aber jetzt, da du mich mit der Nachricht von eurer Verlobung beruhigt hast, kann ich es wohl. Wenn Rashid dir nicht die Ehe angeboten hätte, wäre unserer Familie ein großer Schaden entstanden. Es hätte unser Ansehen in einem Ausmaß geschmälert, dass auch die Geschäfte deines Onkels empfindlich gelitten hätten, ebenso wie die Aussichten deines Cousins auf eine gute Heirat. Und was deinen Großvater betrifft ... ich übertreibe nicht, Xenia, wenn ich dir sage, dass die Schande ihn vermutlich umgebracht hätte.“

Umgebracht! Xenia erstarrte und hatte plötzlich das schlimme Gefühl, in eine Falle getappt zu sein, die keine Möglichkeit der

Flucht mehr zuließ. Jetzt gab es wirklich keinen Ausweg mehr. Ihrer Familie zuliebe blieb ihr keine andere Wahl, als Rashid zu heiraten!

„O Xenia, du siehst so wunderschön aus", flüsterte Soraya ihr überwältigt zu. „Eine hinreißende Braut."

Sie standen zusammen in Xenias Schlafzimmer in der Familienvilla und warteten darauf, dass Abu Assad sie abholen würde, um sie zu der standesamtlichen Trauung zu geleiten, die sie unwiderruflich zu Rashids Frau machen würde. Danach sollte es zu Ehren des Brautpaares in einer festlich dekorierten Suite des Hotels ein üppiges Bankett geben. Xenias Tante hatte die Vorbereitungen während der vergangenen drei Tage fast rund um die Uhr überwacht, wohingegen Xenia es nicht über sich gebracht hatte, sich den Ort, an dem die Falle der Ehe endgültig hinter ihr zuschnappen würde, auch nur anzusehen.

Natürlich wäre es zwecklos gewesen, auch nur zu versuchen, ihrer Tante zu erklären, dass sie Rashid gar nicht heiraten wollte. Soraya hatte, wie so ziemlich alle, eine so hohe Meinung von Rashid, dass sie niemals geglaubt hätte, dass Xenia ihn hasste oder verabscheute.

Rashid wusste es natürlich. Dafür hatte sie gesorgt, als er gekommen war, um bei ihrem Großvater förmlich um ihre Hand anzuhalten. Ihrer Familie zuliebe hatte sie ihn zwar nicht offen zurückweisen können, aber ihre feindseligen Blicke hatten Bände gesprochen, als ihr Großvater sie dazugerufen hatte, um den Antrag anzunehmen.

„Es freut mich, dass du eingesehen hast, dass es für uns beide keine Alternative gibt", hatte Rashid ihr noch nur für ihre Ohren bestimmt zugeflüstert.

Sie war gezwungen gewesen, gute Miene zum bösen Spiel zu machen, doch sie hatte das Gesicht abgewandt, als er sie zur Besiegelung ihrer Verlobung hatte küssen wollen, sodass seine Lippen nur ihre Wange berührt hatten. „Wie sittsam! Ganz die scheue Braut", hatte er ihr spöttisch zugeflüstert. „Zu dumm, dass ich genau weiß, welche Leidenschaft in dir brodelt!"

Und nun gab es keinen Ausweg mehr. Ihre Brautjungfern – eine ganze Schar fröhlicher hübscher Mädchen aus der ausgedehnten Verwandtschaft ihrer Tante und Rashids – befand sich bereits in märchenhaften Gewändern auf dem Weg ins Hotel, und sie, Xenia, würde auch bald mit ihrem Großvater aufbrechen. Sie erstarrte, als in diesem Moment die Tür aufging und Abu Assad hereinkam. Soraya zupfte noch ein letztes Mal den Schleier der Braut zurecht und ließ Großvater und Enkelin dann taktvoll allein.

Abu Assads Augen leuchteten gerührt, als er sich Xenia näherte. „Du bist deiner Mutter so ähnlich“, sagte er. „Jeden Tag entdecke ich mehr von ihr in dir. Ich möchte dir hier etwas geben, das du heute tragen sollst …“ Er zog ein ledernes Schmucketui hervor und entnahm ihm ein Diamantcollier, das so zart und kunstvoll gearbeitet war, dass Xenia es voller Staunen betrachtete.

„Für dich“, sagte ihr Großvater. „Es würde mir sehr viel bedeuten, wenn du es heute tragen würdest, Xenia.“

Jetzt begriff sie, warum ihre Tante so Feuer und Flamme gewesen war für die schwere cremefarbene Seide, die mit winzigen Strasssteinchen bestickt war, als der Tuchhändler ihnen eine Auswahl der kostbarsten Stoffe für das Brautkleid vorgelegt hatte. Xenia spürte, dass die Hände ihres Großvaters zitterten, als er ihr das funkelnde Kollier nun anlegte. Es passte ihr so perfekt, als wäre es für sie gemacht worden.

„Es hat deiner Mutter gehört“, sagte Abu Assad. „Mein letztes Geschenk an sie. Als sie fortging, hat sie es hiergelassen. Heute wäre sie sehr stolz auf dich, Xenia. Deine beiden Eltern wären stolz auf dich, und das aus gutem Grund.“

Stolz auf sie? Weil sie sich in eine seelenlose, lieblose Ehe hatte manövrieren lassen? Plötzlich wurde sie von Panik gepackt. Sie konnte Rashid nicht heiraten! Sie würde es nicht tun! Ehe sie jedoch etwas sagen konnte, kam ihre Tante ins Zimmer zurück.

„Höchste Zeit für euch beide, aufzubrechen“, verkündete Soraya.

Als Xenia jedoch ihrem Großvater aus dem Zimmer folgen wollte, hielt ihre Tante sie zurück. „Du trägst ja gar nicht Rashids Geschenk“, bemerkte sie mit sanftem Tadel.

Xenia sah sie fragend an.

„Das Parfüm, das er dir geschickt hat und das er speziell für dich hat komponieren lassen …“ Kopfschüttelnd eilte Soraya zum Frisiertisch und holte den glitzernden Kristallflakon.

„Nein, ich will es nicht tragen …“, wollte Xenia abwehren, aber ihre Tante beachtete ihren Protest gar nicht und hüllte sie in eine Wolke sinnlichen Duftes.

„Es ist perfekt für dich“, meinte Soraya bewundernd. „Genau die richtige Mischung aus jugendlicher Unschuld und sinnlicher Weiblichkeit. Und das Collier deiner Mutter ist wie für dich geschaffen, Xenia. Weißt du, dein Großvater hat nie aufgehört, sie zu vermissen oder zu lieben.“

Xenia schluckte. „Wenn er sie so geliebt hat, warum ist er dann nicht einmal zu ihrer Beerdigung gekommen?“, fragte sie heiser.

Ihre Tante seufzte. „Er wäre gekommen, Xenia, wenn der Herzinfarkt nicht gewesen wäre. Und als dein Patenonkel ihm dann schrieb, er hielte es für keine gute Idee, dass du hierher zu uns kommen würdest, weil du dein eigenes Leben und deine Freunde hättest, war er zu stolz … eine zweite Zurückweisung zu riskieren.“

Xenia sah Soraya nachdenklich an. „Ein Herzinfarkt?“, fragte sie leise. „Ich hatte keine Ahnung …“

„Es war schon sein zweiter“, räumte ihre Tante widerstrebend ein, als hätte sie schon mehr gesagt, als sie eigentlich hätte sagen sollen.

„Sein zweiter? Wann … wann hatte er denn den ersten?“, fragte Xenia sofort.

Soraya räusperte sich befangen. „Xenia, ich hätte gar nicht davon anfangen dürfen. Dein Großvater wollte nicht … Wir mussten ihm alle schwören, es für uns zu behalten, weil er nicht wollte, dass deine Mutter sich schuldig fühlen würde …“

„Meine Mutter?“ Xenia sah ihre Tante entschlossen an. „Hör zu, ich werde dieses Zimmer nicht eher verlassen, bis du mir alles erzählt hast!“

„Ach herrje! Also gut … ich nehme an, es macht jetzt auch nichts mehr, wenn du alles erfährst. Immerhin wollte dein Großvater nur deine Mutter beschützen. Weißt du, er hat seine Söhne auch geliebt, aber deine Mutter war für ihn etwas ganz Besonderes, wie es die einzige Tochter oft für den Vater ist. Wenn ich Hassan glauben soll, hat er sie furchtbar verwöhnt … aber ich nehme an, ältere Brüder haben da ihre ganz eigene Sicht. Als sie dann mit deinem Vater auf und davon ist, war dein Großvater außer sich vor Zorn … und Verzweiflung. Er hatte so große Pläne für sie! Dein Onkel Hassan, mein Mann, fand ihn zusammengesunken an seinem Schreibtisch, das Foto deiner Mutter in der Hand. Die Ärzte glaubten zunächst, er würde den schweren Infarkt nicht überleben ... und er war sehr lange sehr krank. Ach ...", Soraya blickte besorgt in Xenias blasses Gesicht, „ich hätte es dir doch nicht erzählen sollen ... nicht heute!"

„All die verlorenen Jahre", flüsterte Xenia traurig, „die sie zusammen ... als eine Familie hätten verbringen können! Aber mein Vater ... er hat es doch versucht, er hat Großvater geschrieben und ihm Fotos geschickt."

Soraya seufzte erneut. „Das musst du verstehen, Xenia ... dein Großvater ist ein sehr stolzer Mann. Er konnte den Friedenszweig aus der Hand deines Vaters nicht annehmen. Für ihn war nur wichtig zu wissen, ob deine Mutter ihn noch liebte und er noch einen Platz in ihrem Leben hatte."

„Und sie glaubte, dass er ihr nie verzeihen würde", sagte Xenia kopfschüttelnd.

„Als dann die Nachricht kam, dass deine Eltern beide umgekommen seien ... du kannst dir nicht vorstellen, wie schlimm das für deinen Großvater war. Er konnte es nicht glauben, wollte es einfach nicht akzeptieren, dass er seine Tochter für immer verloren hatte. Sein zweiter schwerer Herzinfarkt war für uns vor allem ein Zeichen, dass er nicht mehr leben wollte. Glücklicherweise erholte er sich doch. Dann war es sein größter Wunsch, dich zu uns zu holen, aber dein Patenonkel hielt es unter den Umständen für das Beste, dass du erst einmal in deiner vertrauten Umgebung bleiben würdest. Es war vermutlich eine kluge Entscheidung. Dennoch gab dein Großvater die Hoffnung nicht auf. Auf seine Bitte hin hat Hassan schließlich deinen Patenonkel in London getroffen und ihn gebeten, dich zu einem Besuch hier zu überreden. Und ich kann dir gar nicht sagen, wie glücklich du deinen Großvater heute machst, Xenia. Ich wünsche dir alles Glück der Welt, mein Kind, denn du hast es verdient!"

Soraya nahm sie in den Arm und drückte sie an sich, und Xenia blinzelte gerührt gegen Tränen an. Benommen ging sie hinaus, wo ihr Großvater bereits im Wagen auf sie wartete. Plötzlich sah Xenia ihn mit ganz anderen Augen ... mit liebevollen, mitfühlenden Augen.

Als sie sich neben ihn auf die Rückbank setzte, tastete sie spontan nach seiner Hand. Er nahm ihre sofort und drückte sie.

„Sie dürfen die Braut jetzt küssen!"

Xenia stand starr und reglos da, als Rashid sich zu ihr herabbeugte. In allerletzter Sekunde wandte sie das Gesicht zur Seite, damit der pflichtmäßige Kuss nur ihre Wange treffen würde. Doch Rashid schien es vorausgeahnt zu haben und umfasste ihr Gesicht … was für die zuschauenden Hochzeitsgäste zärtlich und liebevoll aussehen musste. Nur Xenia wusste, dass er sie tatsächlich lediglich daran hinderte, ihm auszuweichen, und damit gleichzeitig zum ersten Mal seine Rechte als Ehemann unmissverständlich geltend machte.

Sie bebte innerlich vor Zorn, als seine Lippen ihre berührten. Sie hatte ihm geglaubt, hatte ihm vertraut, hatte ihn geliebt, und er hatte sie die ganze Zeit getäuscht und belogen. Wie sollte sie ihrem eigenen Urteil je wieder vertrauen können? Sie würde ständig auf der Hut sein müssen … gegen ihre eigenen Gefühle und gegen ihn.

Sein Kuss, so zärtlich und liebevoll, war eine weitere Lüge, eine weitere Täuschung. Und dennoch ertappte Xenia sich für einen Moment dabei, sich zu wünschen, er wäre ehrlich gemeint! Angst stieg in ihr auf. In ihrer Naivität hatte sie geglaubt, es würde genügen, zu wissen, was für ein Mensch Rashid wirklich sei, um ihre Liebe zu ersticken. Nun aber war sie sich dessen gar nicht mehr so sicher. Zwar hasste sie ihn für das, was er getan hatte. Aber warum besaß er immer noch die Macht, ihre leidenschaftlichen Gefühle zu wecken?

War sie verrückt? Sie wollte ihn ganz bestimmt nicht mehr! Energisch schob sie ihn fort, und er ließ sie zu ihrer Erleichterung sofort los.

Die Trauung war vorüber. Der Bund war besiegelt!

„Ich hatte keine Ahnung, dass Rashid mit zweitem Namen Blaize heißt!" Das war ihr Cousin Saud, der stolz und aufgeregt damit prahlte, nun mit seinem Idol verwandt zu sein.

„Xenia, meine Liebe, Ihr Vater wäre so stolz auf Sie, wenn er heute hätte dabei sein können."

Mechanisch lächelte sie dem amerikanischen Botschafter zu.

„Sie sehen atemberaubend aus", bemerkte dessen Frau, eine elegante texanische Schönheit. „Habe ich nicht recht, Rashid?"

Xenia erstarrte sofort, als Rashid sich ihr zuwandte. „Sie ist alles, was mein Herz begehrt", antwortete er, ohne den Blick von ihr zu lassen.

„Nehmen Sie ihn mit, Xenia, und verstecken Sie ihn gut, bevor ich vor Neid vergehe, Sie Glückliche", meinte die Frau des Botschafters neckend.

„Ich bin der Glückliche", verbesserte Rashid sie sofort.

„Das kann man wohl sagen", warf Xenia kühl ein. „Denn schließlich gewinnt er heute nicht nur eine Frau, habe ich nicht recht, Rashid? Tatsächlich bekommt er auch noch die Chance, einen weiteren Multimillionen-Dollar-Hotelkomplex zu planen und ..."

„Ich werde zweifellos einige gute Aufträge nötig haben, um dir den Lebensstil bieten zu können, an den dein Großvater dich gewohnt hat", fiel Rashid ihr scheinbar scherzhaft ins Wort, wobei seine grauen Augen warnend aufblitzten. „Zumindest, wenn der Wert deines Diamantencolliers ein Anhaltspunkt ist."

Xenia sträubte sich, so gut es ging, als Rashid sie beim Arm fasste und ein wenig beiseiteführte.

„Ich weiß nicht, warum du so erpicht darauf bist, den liebenden Ehegatten zu spielen", protestierte sie vorwurfsvoll.

„Nein, vermutlich nicht", bekräftigte er gelassen.

„Warum hast du mir nicht gesagt, dass du mit zweitem Namen Blaize heißt?"

Er zuckte die Schultern. „Ist das so wichtig? Rashid oder Blaize ... ich bleibe immer derselbe Mann. Der Mann, der ..."

„Der mich belogen und in die Falle gelockt hat", fiel sie ihm ins Wort.

Er presste die Lippen zusammen. „Wir sind jetzt verheiratet, Xenia, und ..."

„In guten wie in schlechten Zeiten ... erinnere mich bloß nicht daran! Wir wissen beide ganz genau, was auf uns zutreffen wird, nicht wahr?"

„Es muss doch nicht so sein, Xenia. Immerhin wissen wir doch bereits, dass wir manches gemeinsam haben ..."

„Was zum Beispiel? Die Tatsache, dass unsere Ehe dir vermutlich helfen wird, einen weiteren Millionenauftrag an Land zu ziehen? Geld! Ist das alles, woran du denkst?“

Rashid packte ihren Arm ein wenig fester und flüsterte ihr bedeutsam ins Ohr: „Ich war eigentlich der Meinung, dass ich dir bereits bewiesen hätte, dass ich auch an ganz andere Dinge denken kann. Aber wenn du unbedingt darauf bestehst, dass ich es dir noch einmal zeige …“

Sie befreite sich mit einem Ruck aus seinem Griff. „Wage es nicht, auch nur ein einziges Mal zu versuchen, mich zu zwingen, meinen sogenannten ehelichen Pflichten zu genügen!“

„Zwingen?“ Seine grauen Augen blitzten auf. „Lächerlich! Das stand niemals zur Debatte.“

Doch ihre Ängste blieben. Nun, da sie rechtmäßig mit ihm verheiratet war, wagte sie nicht daran zu denken, was die Nacht bringen würde. Rashid war ein heißblütiger, leidenschaftlicher Mann, wie sie nur zu genau wusste! Würde sie ihm widerstehen können, wenn er es wirklich darauf anlegte, ihre Ehe auch zu vollziehen?

„Rashid, dein Großonkel sucht nach dir …“

Xenia atmete erst einmal erleichtert auf, als Rashid sich von ihr abwandte und Saud folgte.

Es kostete Xenia alle Kraft, die Hochzeitsfeier bis zum Ende durchzustehen. Ihr Patenonkel war durch seine diplomatischen Verpflichtungen im Fernen Osten von einer Teilnahme abgehalten worden. Aber zweifellos würde John Feinnes nach Neujahr, wenn er erst von der Queen geadelt worden war, seine ganz persönliche Feier nachholen, wie Xenia verbittert überlegte.

Ansonsten war so ziemlich alles da, was in Zuran Rang und Namen hatte, denn immerhin war diese Hochzeit im Vorfeld in der Presse zur Märchenhochzeit des Jahres hochstilisiert worden. Xenia war froh, als endlich die Brautjungfern kamen, um sie in eine Suite zu begleiten, wo sie sich für die Abreise umziehen sollte.

„Wohin entführt dich Rashid denn in die Flitterwochen? Weißt du es schon?“, fragte eines der Mädchen kichernd.

Xenia hatte große Lust zu antworten, dass es sie nicht im Geringsten interessierte. Aber sie besann sich ihrer guten Manieren. „Ich weiß es nicht genau.“

„Es ist ein Geheimnis? Wie romantisch!", rief eines der Mädchen neidisch aus.

„Hört jetzt auf!" Das älteste der Mädchen rief die anderen zur Ordnung. „Ihr sollt nicht wie die Schuldmädchen herumkichern, sondern Xenia beim Umziehen helfen. Einem so erfahrenen Mann wie Rashid kannst du dich ruhig anvertrauen", wandte sie sich beruhigend an Xenia. „Ich weiß noch genau, wie nervös ich in meiner Hochzeitsnacht war …"

Xenia hörte nur mit halbem Ohr hin und konzentrierte sich bewusst auf das Umziehen. Endlich war es geschafft. Sie trug jetzt einen eleganten cremefarbenen Hosenanzug, dazu schlichte Diamantohrstecker, die zu Rashids Hochzeitsgaben gehörten. An die zarten Dessous aus Seide und Spitze darunter wagte sie gar nicht zu denken. Wie hatte Tante Soraya nur etwas derart Aufreizendes aussuchen können? Ihre Brautjungfern hüllten sie nochmals in eine duftenden Wolke aus Rashids Parfüm, bevor die exklusive Visagistin ihr Make-up auffrischte. Xenia sollte perfekt aussehen, wenn sie ihrem frisch angetrauten Ehemann übergeben werden würde … wie eine teuer verpackte Praline, die er auspacken und genießen oder aber … liegen lassen konnte.

„Komm, es ist Zeit. Rashid wartet schon", sagte die erste Brautjungfer.

Alle reihten sich vor ihr auf, um ihr alles Gute zu wünschen.

„Werde glücklich", sagte die erste junge Frau und küsste sie auf die Wange.

„Möge dein Leben erfüllt sein vom Lachen deiner Kinder und der Liebe deines Mannes", wünschte ihr die zweite.

„Mögen deine Nächte voller Lust und Freude sein", lautete der Wunsch der Kecksten.

Vor der Suite wurde es immer lauter.

„Wenn wir nicht bald die Tür öffnen, wird Rashid sie womöglich einschlagen", meinte eins der Mädchen, und unter aufgeregtem Kichern wurde die Tür geöffnet und Xenia nach draußen geschoben.

Dort wurde sie von den Hochzeitsgästen mit fröhlichem Jubel empfangen. Sie rang sich ein Lächeln ab, aber ihr Blick suchte in stummem Vorwurf Rashid.

Er war wie sie nach westlicher Mode gekleidet und sah in seinem maßgeschneiderten Anzug atemberaubend attraktiv aus, wie Xenia mit Herzklopfen zugeben musste. Schweigend streckte er eine Hand nach ihr aus. Xenia zögerte noch unschlüssig und schien in letzter Sekunde nach einem Fluchtweg zu suchen. Aber irgendjemand schob sie energisch nach vorn, und Rashid nahm ihre Hand.

Augenblicklich bildeten die Gäste eine Gasse, um das Brautpaar durchzulassen. Die riesigen Doppeltüren zum Privatgarten der Bankettsuite wurden aufgestoßen, und Xenia und Rashid traten genau in dem Moment nach draußen, als ein malerisches Feuerwerk am Abendhimmel Abertausende leuchtend bunter Sterne explodieren ließ. Gleichzeitig wurden sie mit einem Schauer duftender Rosenblätter überschüttet, und die Luft war erfüllt von den rosigen, nach Erdbeeren duftenden Rauchwolken der *shisha*. Weiße Tauben flogen zum Himmel, gefolgt von einer Wolke schillernder Schmetterlinge. Musik erfüllte die Luft, die Leute lachten und riefen dem Brautpaar ihre guten Wünsche nach, während Rashid Xenia entschlossen zum Ausgang des Gartens führte.

Als sie sich ein letztes Mal zu ihren Gästen umdrehten, flüsterte er ihr ironisch zu: „Deine Tante wollte eigentlich, dass ich dich auf einem weißen Araberhengst entführen sollte, aber es ist mir gerade noch gelungen, sie davon abzubringen."

Der scherzhafte Unterton veranlasste Xenia wider Willen, ihn anzusehen. „Wie ein Prinz aus Tausendundeiner Nacht, meinst du? Im traditionellen Gewand und mit einem Falken?"

„Nun, ich vermute, dass sie den Tauben zuliebe auf den Falken wohl verzichtet hätte … und ich hätte meine kostbaren Vögel ganz sicher nicht diesem Trubel ausgesetzt."

Plötzlich fiel es Xenia schwer, den Blick von ihm zu wenden. Ihr Herz klopfte schneller, denn sie erkannte in diesem Moment die ebenso ungebetene wie schmerzliche Wahrheit: Sie hatte sich getäuscht, als sie geglaubt hatte, Wut, moralische Empörung und ein Blick für die Realität würden genügen, um ihre Liebe zu Rashid zu zerstören. Hatte sie ihn vielleicht gerade deshalb geheiratet, weil sie ihn insgeheim immer noch begehrte? Immer noch liebte? All ihr Stolz wehrte sich mit Macht gegen diese Vorstellung.

Sie hatte geglaubt, Rashid wäre ihr gefährlichster Feind. Aber das war ein grausamer Irrtum gewesen. Ihr schlimmster Feind lag in ihr selber, in ihrem Herzen … in ihrer Liebe zu diesem Mann.

Rashid durfte das nie erfahren. Sie musste eine Mauer um ihre Gefühle errichten, die Rashid nie durchdringen durfte.

„Willkommen in deinem neuen Zuhause!"

Zum ersten Mal, seit sie das Hotel verlassen hatten, brach Rashid das Schweigen. Sie waren in den Hof einer großen Villa gefahren, deren helle Mauern in sanftem Licht erstrahlten. Xenia war so nervös und angespannt, dass sie immer noch kein Wort über die Lippen brachte. Schweigend ließ sie sich von Rashid in die Villa führen.

„Es ist spät, und es war ein sehr langer Tag", sagte Rashid ruhig. „Ich schlage vor, dass wir beide uns erst einmal richtig ausschlafen, bevor wir weitere Feindseligkeiten austauschen. Ich habe für dich eine eigene Suite vorbereiten lassen. Das ist zwar nicht gerade die traditionelle Art, die Hochzeitsnacht zu verbringen, aber immerhin ist es ja auch nicht die erste Nacht, die wir zusammen sind." Er zuckte die Schultern, während Xenia verwirrt feststellte, dass sie nicht nur erleichtert war! „Die letzte Zeit war sehr anstrengend für dich. Ich denke, du brauchst eine kleine Atempause, um dich an die Gegebenheiten, wie sie sind, zu gewöhnen. Und entgegen deiner Andeutungen darf ich dir versichern, dass ich keineswegs vorhabe, dich … zu irgendetwas zu zwingen, Xenia."

Sie sah ihn benommen an. Er klang so beherrscht, so ruhig … fast beiläufig. Und was die Tatsache betraf, dass er ihr eigene Zimmer hatte vorbereiten lassen … das hatte sie überhaupt nicht erwartet!

Von dem Moment an, als Rashid förmlich um ihre Hand angehalten hatte, hatte diese Nacht bei ihr im Hinterkopf herumgespukt, wenn sie zum ersten Mal als Ehemann und Ehefrau allein sein würden. Und Xenia hatte sich geschworen, dass sie nicht zulassen würde, dass Rashid sie berührte. Aber nun sagte er ihr ziemlich unmissverständlich, dass er sie gar nicht wollte!

Eine Flut von Gefühlen brach über sie herein. Bestürzung, Ungläubigkeit, Verärgerung … und … Enttäuschung? Ganz sicher nicht!

Erleichterung … ja, sie empfand Erleichterung, vielleicht mit einer Spur von Enttäuschung, weil er ihr die Schau gestohlen hatte, indem er ihr nicht die Genugtuung gegönnt hatte, diejenige gewesen zu sein, die ihm gesagt hätte, dass sie ihn nicht will. Was jedoch am Ende dieses Tages wirklich zählte war die Tatsache, dass sie allein schlafen würde … ohne ihn. Allein in ihrem eigenen Bett, nicht in seinem, als wären sie überhaupt nicht verheiratet. Und genau das hatte sie gewollt!

Kurz darauf war sie endlich allein. Genau wie sie es gewollt hatte. Und warum konnte sie dann nicht schlafen? Warum lag sie in ihrem großen, luxuriösen Bett und fühlte sich so verloren und verlassen? So unerwünscht, ungeliebt und verletzt?

Wonach sehnte sie sich eigentlich so sehr? Nach Rashid? Nach Blaize?

Nein! Nein, wonach sie sich wirklich so sehr sehnte, dass es wehtat, war, dem Mann vertrauen zu können, den sie liebte. Denn wie sollte wahre Liebe zwischen zwei Menschen möglich sein ohne dieses Vertrauen, ohne eine bedingungslose Offenheit und Ehrlichkeit?

10. KAPITEL

Ein wenig nervös ließ Xenia den Blick über die anderen Frauen gleiten, die in die königliche Loge drängten.

Die Pferderennen hatten begonnen, und eigentlich hätte sie, Xenia, über einen Monat nach ihrer Hochzeit inzwischen daran gewohnt sein müssen, zu welch glamourösen gesellschaftlichen Ereignissen die Stellung als Rashids Frau ihr Zugang verschaffte.

In wenigen Tagen stand nun das vielleicht herausragendste Ereignis im Gesellschaftskalender von Zuran an – der Zuran Cup, das glanzvollste Pferderennen der Welt. Pferde, Trainer, Jockeys, Pferdebesitzer und deren elegante Frauen strömten schon den ganzen Monat nach Zuran, und über der Hauptstadt lag eine erwartungsvolle Atmosphäre.

Rashid hatte ein eigenes Pferd für den Cup gemeldet, einen in Amerika gezogenen Dreijährigen, der in den Stallungen neben der Rennbahn stand und von einem Iren trainiert wurde. Rashid genoss nämlich zusammen mit einer Hand voll Erlesener das Privileg, sein Pferd auf der eigentlichen Rennbahn trainieren zu dürfen.

Xenia und Rashid kam die Aufgabe zu, sich um eine Gruppe von Geschäftsleuten und Diplomaten aus Europa und Amerika zu kümmern, und sie wollten für die Dauer der Rennwoche zusammen mit ihren Gästen in dem luxuriösen Hotelkomplex wohnen. Xenia war zwar nicht eigens nach Paris oder Mailand geflogen, um sich neu einzukleiden, aber sie hatte natürlich dafür gesorgt, dass sie mit dem entsprechenden Schick und der Eleganz auftrat, wie es von Rashids Frau erwartet wurde.

In der hinreißend schönen Villa, die er sich in seiner malerischen kleinen Oase gebaut hatte, hatten sie bereits eine Vielzahl von bekannten Politikern, Sportlern und Geschäftsleuten aus aller Welt empfangen, und Rashid hatte dann stets die Rolle des liebenden Ehegatten gespielt. Wenn sie allein waren, sah es anders aus. Rashid hielt sich dann meist in seinen Räumen, Xenia in ihren auf, und wenn sie nicht gerade Gäste bewirteten oder zu einer Gesellschaft eingeladen waren, sah Xenia ihn kaum. Da er praktisch überall auf der Welt Projekte betreute, reiste er viel, und wenn er zu Hause war, verbrachte er viel Zeit in den Stallungen, um das Training seiner Rennpferde zu verfolgen.

Xenia hatte natürlich eigene Verpflichtungen. Sie war eingeladen worden, dem Zuran Ladies Club beizutreten, dem Ihre Königliche Hoheit, die Prinzessin vorstand. Der Club bot ein Podium für internationale Verständigung und betreute eine Vielzahl von wohltätigen Zwecken.

Doch das bildete nur die äußere Fassade ihrer Ehe. Im Kern sah es anders aus, für Xenia letztlich sehr schmerzlich. Eigentlich hätte sie froh und erleichtert sein müssen über die Entdeckung, dass sie doch nicht von Rashid schwanger war. Doch stattdessen hatte sie sich traurig und enttäuscht in den Schlaf geweint. Sein Kind wäre doch wenigstens etwas von ihm gewesen, das sie ganz offen hätte lieben dürfen. Und dieser heimliche Schmerz zehrte an ihr und zerstörte sie allmählich.

Rashid, der gegenwärtig wieder einmal auf einer Geschäftsreise war und erst in zwei Tagen zurückkommen würde, hatte sein Versprechen gehalten, sie nicht anzurühren. Und es hatte ganz den Anschein, als fiele es ihm sehr leicht. Wie war es möglich, dass sie sich so sehr nach ihm sehnte, wenn er sie offensichtlich überhaupt nicht wollte? Jede Nacht lag sie wach im Bett und verzehrte sich nach ihm, malte sich aus, wie sie in seinen Armen die höchste Leidenschaft erlebt hatte. Und jeden Morgen blickte sie dann in den Spiegel und verachtete sich.

Er behandelte sie höflich distanziert wie einen Gast in seinem Haus, wie eine Außenseiterin in seiner Welt und in seinem Leben, der er ein gewisses Maß an Respekt entgegenbrachte. Dabei hatte sie keine Ahnung, was er wirklich über sie oder ihre Ehe dachte, was ihre Einsamkeit und Frustration nur noch verstärkte. Diese Art des Zusammenlebens war nicht natürlich, und ihr Körper, ihr Geist und ihr Herz begehrten dagegen auf. Sie wollte sich und ihr Leben wirklich mit dem Mann, den sie liebte, teilen, aber wie war das möglich, wenn dieser Mann Rashid war, der ihre Liebe nicht erwiderte? Ein Mann, dem sie nicht einmal vertrauen konnte.

Trotzdem, als sie an diesem Morgen an der Rennbahn eintraf, durchzuckte es sie freudig bei dem Gedanken, dass sie Rashid nun bald wiedersehen würde. Ihr war wirklich nicht zu helfen! Und während sie noch zusah, wie die Damen der feinen Gesellschaft vor ihr die königliche Loge zu einem Gläschen Sekt betraten, fiel ihr ein, dass sie vorher unbedingt mit Rashids Trainer einen Besuch ihrer ausländischen Gäste in den Stallungen zur Besichtigung der Rennpferde absprechen musste. Dem Anlass entsprechend war sie sportlich leger gekleidet: leichte Designerjeans, ein langärmeliges T-Shirt und natürlich ein Hut boten den richtigen Schutz gegen die sengende Sonne.

Rashids Manager und sein Trainer standen bei den Stallungen in ein Gespräch vertieft, als Xenia den Hof betrat. Es waren noch einige andere Leute im Hof, darunter zwei kleine dunkelhaarige Kinder. Xenia lächelte ihnen im Vorbeigehen zu, als eines der Kinder plötzlich direkt vor die Hufe eines nervösen jungen Pferdes sprang, das gerade von einem Stallburschen über den Hof geführt wurde. Das Pferd stieg, und Xenia reagierte instinktiv. Sie packte das Kind und riss es beiseite, ehe die Hufe es treffen konnten.

Ein wahrer Tumult brach los. Xenia hörte wie aus weiter Ferne das schrille Wiehern des Pferdes, das angstvolle Kreischen des Kindes, das besorgte Rufen des Stallburschen … dann durchzuckte sie ein stechender Schmerz, und alles wurde dunkel.

Mühsam schlug Xenia die Augen auf.

„Ah, gut, Sie kommen wieder zu sich."

Eine Krankenschwester beugte sich lächelnd über sie. Xenia versuchte, sich zu bewegen, doch der Schmerz in ihrer Schulter belehrte sie eines Besseren.

„Keine Sorge, es ist nichts Ernstes. Nur eine schlimme Prellung", sagte die Schwester tröstend. „Sie hatten aber Glück … und der kleine Junge, den Sie gerettet haben, hatte noch mehr Glück."

Das Kind! Trotz der Schmerzen in der Schulter setzte Xenia sich besorgt auf. „Sind Sie sicher, dass dem Jungen nichts passiert ist?"

„Ganz bestimmt. Ich glaube, sein Vater hat einen größeren Schock abbekommen als der Kleine. Er gehört zur königlichen Familie … ein Cousin des Prinzen, glaube ich, und er konnte Ihr Lob gar nicht hoch genug singen. Er ist überzeugt, dass das Pferd seinen Sohn getötet hätte, wenn Sie nicht so mutig und geistesgegenwärtig reagiert hätten."

„Das Pferd trifft keine Schuld", wandte Xenia ein. „Es war nervös, auf dem Hof war viel los, und Kinder haben da eigentlich nichts verloren … Aua!" Sie zuckte zusammen, als die Schwester sich an ihrem Verband zu schaffen machte.

„Ganz ruhig. Ich sehe nur nach, ob es aufgehört hat zu bluten."

„Zu bluten?", fragte Xenia aufhorchend.

„Ja, der Huf hat Ihr Schulterblatt getroffen und dabei nicht nur einen beeindruckenden Bluterguss, sondern auch eine kleine Platzwunde verursacht. Aber das sieht jetzt schon sehr gut aus."

„Schön … dann kann ich mich ja anziehen und nach Hause gehen", meine Xenia sofort.

„Erst wenn der Doktor sein Okay dazu gegeben hat", warnte die Krankenschwester sie mit strenger Miene.

Eine halbe Stunde später saß Xenia angezogen auf der Bettkante und sah den jungen Arzt vor ihr eigensinnig an.

„Schauen Sie, ich kann unmöglich über Nacht hierbleiben", sagte sie entschieden. „Es sind nur noch wenige Tage bis zur Rennwoche, und ich habe noch unzählige Dinge zu tun. Sie haben selbst gesagt, dass Sie zu neunundneunzig Prozent sicher sind, dass ich keine Gehirnerschütterung davongetragen habe, und …"

„Ich würde Sie trotzdem gern über Nacht hierbehalten, nur zur Sicherheit", beharrte der Arzt.

Sie schüttelte den Kopf. „Das ist wirklich nicht nötig. Es geht mir bestens."

„Dann sollten wir wenigstens Ihren Mann von dem Unfall in Kenntnis setzen", meinte der Arzt.

Rashid! Xenia erstarrte. Momentan war er in London und kümmerte sich um Probleme, die beim Umbau eines Hotels aufgetaucht waren, das die königliche Familie neu erworben hatte. Er sollte eigentlich erst in zwei Tagen zurückkommen und würde bestimmt nicht begeistert sein, wenn er seine Besprechungen wegen seiner ungeliebten Frau abbrechen musste.

Es war nicht ganz einfach, aber sie schaffte es, den jungen Doktor davon zu überzeugen, dass es keinen Anlass gab, Rashid wegen dieses kleinen Unfalls unnötig zu beunruhigen, wo er doch in zwei Tagen sowieso nach Hause kommen würde. Und am Ende ließ der Arzt sich auch überreden, sie nach Hause gehen zu lassen, nachdem sie ihm hoch und heilig versprochen hatte, dass sie in der Villa nicht allein sein würde.

Eine Stunde später war sie auf dem Weg nach Hause. Obwohl der junge Fahrer, den Rashid ganz zu Xenias Verfügung abgestellt hatte, so langsam und vorsichtig wie möglich fuhr, schmerzte die Schulter unerwartet stark. Aber sobald Xenia in der Villa ankam, wurde sie von Rashids Bediensteten derart umsorgt und bemuttert, dass sie schließlich ein Machtwort sprach. Und das Telefon stand nicht still. Nach einer Stunde hatte Xenia so viele besorgte Anrufe entgegengenommen, dass sie den Stecker zog, und der größte Salon der Villa musste für die zahllosen Blumengrüße herhalten … darunter ein gewaltiges Bukett von der königlichen Familie.

Xenia versuchte, den dumpfen Schmerz in ihrer Schulter zu ignorieren, setzte sich in ihr Arbeitszimmer und ging die Menüfolgen durch, die der Küchenchef des Hotelkomplexes ihr vorgeschlagen hatte. Ihre ausländischen Gäste würden in einem der privaten Speisesäle des Hotels essen, und Xenia hatte bis in den Abend damit zu tun, die Vorlieben jedes einzelnen Gastes mit den Vorschlägen des Küchenchefs abzugleichen. Sie unterbrach diese Arbeit nur für ein leichtes Abendessen, das sie sich von der Haushälterin bringen ließ. Erst gegen Mitternacht räumte sie ihre Unterlagen zusammen und zog sich in ihre Suite zurück.

Das Personal bewohnte separate Unterkünfte abseits der eigentlichen Villa. Xenia hatte keine Ahnung, was die Haushälterin wohl von einem frisch verheirateten Paar denken mochte, das in getrennten Schlafzimmern schlief, allerdings hatte die Gute ihr anvertraut, dass Rashid ihre Suite kurz vor der Heirat völlig neu hatte dekorieren lassen, obwohl die Villa noch ganz neu war und diese speziellen Räume vorher unbewohnt gewesen waren.

Rashids Villa war eine gelungene Mischung aus östlichen und westlichen Einflüssen. Im Grundkonzept betont schlicht und geradlinig gehalten, waren es vor allem die traditionellen maurischen Details, die Xenia besonders ansprachen. Selbst die Farben fügten sich harmonisch in die Landschaft ein: helle Sandtöne, warme Terracotta-Schattierungen, hier und da aufgebrochen durch ein zartes Blaugrün. Sorgsam ausgewählte kunstvolle Skulpturen zeugten von Rashids Geschmack, wie auch von seinem Wohlstand, kostbare Stoffe milderten zu krasse Konturen.

Und dennoch empfand Xenia diese wundervolle Villa als fremd und feindselig. Trotz ihrer Eleganz und Gemütlichkeit schien ihr etwas Wesentliches zu fehlen. Es war ein Haus ohne Liebe, ohne Herz ... ohne die Atmosphäre, die einem wirklichen Zuhause anhaftete, wo Menschen lebten, die sich liebten.

Vorsichtig entfernte sie im Bad den Verband und betrachtete ihren Rücken im Spiegel. Wie die Krankenschwester gesagt hatte, war der Bluterguss auf dem Schulterblatt beachtlich, aber die kleine Platzwunde war schon fest geschlossen und blutete nicht mehr. Xenia duschte schnell, wobei die Schulter bei bestimmten Bewegungen schmerzte. Das würde auch noch einige Tage so bleiben, wie der Arzt sie vorgewarnt hatte.

Ihr Bett fühlte sich angenehm kühl an, nur dass es für eine Person viel zu groß war und Xenia sich darin erst recht einsam vorkam. Müde und bedrückt drehte sie sich auf die Seite. Sie war allein, obwohl sie verheiratet war. Eine Frau, deren Mann sie nicht wollte, sie nicht begehrte, sie nicht liebte.

Wohingegen sie sich jede Nacht nach Rashid sehnte und der Verlockung nicht widerstehen konnte, von der himmlischen Nacht in der Oase zu träumen, die sie in seinen Armen verbracht hatte.

Irgendetwas hatte sie geweckt. Xenia schlug die Augen auf und drehte sich auf den Rücken, wobei sie sich automatisch an die verletzte Schulter griff.

„Xenia, geht es dir gut?“

Sofort war sie hellwach und spähte angestrengt in die Dunkelheit. Rashid saß an ihrem Bett. „Rashid!“ Sie setzte sich vorsichtig auf. Ihr Herz pochte wild. „Wieso bist du schon zurück?“

„Was glaubst du?“, antwortete er schroff. „Ich habe die Nachricht erhalten, dass du in einen Unfall verwickelt gewesen wärest und eine Gehirnerschütterung erlitten haben könntest. Selbstverständlich bin ich mit der nächsten Maschine nach Zuran zurückgeflogen.“

„Das wäre nicht nötig gewesen“, protestierte sie. „Es geht mir gut ... abgesehen von einem großen blauen Fleck auf der Schulter.“ Rashid hatte die Nachttischlampe angeknipst, und Xenia betrachtete ihn verstohlen. Er wirkte müde und abgespannt und sehr ernst. „Es tut mir leid, dass du deswegen extra zurückgekommen bist“, sagte sie bedrückt.

„Was hast du dir eigentlich dabei gedacht?“, unterbrach Rashid sie rau. „Ist die Ehe mit mir wirklich so unerträglich, dass du dich unter die Hufe eines Pferdes werfen musst?“

Xenia sah ihn entgeistert an. „So war es nicht! Da war doch das Kind … ich habe, ohne zu überlegen, gehandelt, wie es jeder andere auch getan hätte.“

Rashid fuhr sich mit beiden Händen durchs Haar. „Man hat mir nichts von einem Kind erzählt. Nur, dass es fast eine Tragödie gegeben hätte und dass du gegen den Rat der Ärzte das Krankenhaus verlassen hättest.“

„Ich habe eine Schulterprellung, mehr nicht“, sagte sie locker, wobei sie sich insgeheim fragte, wieso die Nachricht von ihrer Verletzung Rashid veranlasst hatte, so überstürzt aus London herzukommen.

„Als ich mit dem Arzt telefoniert habe, meinte er, du könntest durchaus auch eine Gehirnerschütterung haben und solltest nicht allein sein.“

„Und deshalb bist du zurückgekommen?“, fragte Xenia ungläubig. „Der Arzt war sich fast sicher, dass ich keine Gehirnerschütterung habe. Und außerdem bin ich ja nicht allein. Unser Personal …“

„Ist nicht wirklich hier, um richtig auf dich aufzupassen“, unterbrach Rashid sie. „Aber ich bin es jetzt.“

Xenia sah, wie müde und erschöpft er war. „Rashid, es geht mir gut“, sagte sie. „Warum gehst du nicht ins Bett?“

„Ich bleibe hier.“

Sie seufzte. „Glaub mir, das ist wirklich nicht nötig. Wenn ich mich nicht fit gefühlt hätte, wäre ich im Krankenhaus geblieben.“

„Mag sein, aber ich bleibe hier, bis ich persönlich davon überzeugt bin, dass es dir gut geht.“

Xenia gab es auf. „Wie du willst, Rashid, aber nötig ist es nicht.“

Er knipste die Nachttischlampe wieder aus und sagte: „Schlaf weiter, Xenia.“

Sie musste eingeschlafen sein. Als sie aufwachte, konnte sie Rashid nicht in dem Sessel neben ihrem Bett erkennen. Aber sie hörte seinen ruhigen Atem. Vorsichtig wandte sie den Kopf. Rashid lag neben ihr auf dem großen Bett und schlief tief und fest.

Der Vollmond schien durch die hauchfeinen Vorhänge an ihrem Fenster und tauchte das Zimmer in sein silbernes Licht. Xenia stützte sich auf einen Ellbogen auf und betrachtete Rashid. Im Schlaf wirkte er so jungenhaft und verletzlich, dass es sie zärtlich berührte. Er hatte sich das Hemd aufgeknöpft, und die Bartstoppeln in seinem unrasierten Gesicht verliehen ihm etwas Verwegenes. Ehe sie sich zurückhalten konnte, streckte Xenia eine Hand aus und ließ die Fingerspitzen über seine raue Wange gleiten. Heißes Verlangen durchzuckte sie.

Sofort zog sie ihre Hand zurück, als hätte sie sich verbrannt. Aber ihr Blick glitt weiterhin begehrlich über Rashids Gesicht, seinen sinnlichen Mund, seinen entblößten Oberkörper, und ihr Verlangen wuchs. Rashid! Sehnsüchtig flüsterte sie seinen Namen und wich zurück, als er sich im Schlaf regte und die Augen aufschlug. Rasch drehte sie sich auf die Seite und stellte sich schlafend.

„Xenia?“ Es klang besorgt. Im nächsten Moment beugte sich Rashid über sie, berührte ihren Hals und tastete nach ihrem Puls.

Er musste fühlen, wie ihr Herz raste! „Schon gut, Rashid. Alles in Ordnung. Ich habe keine Gehirnerschütterung“, beruhigte sie ihn heiser, drehte sich zu ihm um und versuchte, seine Hand abzuschütteln.

Doch Rashid rührte sich nicht, die Hand auf ihrem Hals. Sein Blick ruhte verlangend auf ihren nackten Brüsten, die sie achtlos entblößt hatte, weil sie die Bettdecke nicht festgehalten hatte. Kein Zweifel, Rashid begehrte sie in diesem Moment, aber Xenia wusste auch, dass er das Versprechen, das er ihr auf der Hochzeit gegeben hatte, halten und sie zu nichts zwingen würde. Sie brauchte jetzt nur die Bettdecke wieder hochzuziehen und sich von ihm abzuwenden. Wenn sie das wollte …

Und wenn nicht? Während sie seinem Blick unbewegt standhielt, spürte Xenia, wie es ihren Körper heiß durchflutete und die Spitzen ihrer Brüste hart wurden. Zögernd legte sie Rashid eine Hand auf den Arm und streichelte ihn zart, ohne den Blick von ihm zu wenden. Sie fühlte, wie er erschauerte und tief einatmete. Was mochte er jetzt denken? Was fühlen? Das Aufleuchten in seinen Augen und die unmissverständliche Reaktion seines Körpers gaben ihr die Antwort!

„Nimm mich in die Arme, Rashid“, sagte sie kühn und schmiegte sich an ihn, als er ihrer Aufforderung nachkam. „Liebe mich“, flüsterte sie an seiner nackten Brust, sodass er es nicht hören, sondern nur das warme Streicheln ihres Atems spüren konnte.

Sie hörte sein Stöhnen … Frustration? Sehnsucht? Xenia blickte auf und kam seinem Kuss begierig entgegen. Im nächsten Moment verlor sie sich ganz im Ansturm ihrer Gefühle. Sie krallte die Finger in Rashids Haar und drängte ihn, sie immer wilder und leidenschaftlicher zu küssen, bis alles andere vergessen war. Gegen alle Vernunft begehrte sie diesen Mann so sehr, dass sie ganz einfach machtlos dagegen war.

„Xenia", stöhnte Rashid an ihren Lippen, „wir sollten das nicht …" Seine Hand streifte ihre nackte Brust, und er verstummte. „Xenia?" Es klang rau und begehrlich.

Und diese Erkenntnis ermutigte Xenia. Plötzlich war sie ganz Eva, die sinnliche Verführerin, und rekelte sich einladend unter seinem Blick. Langsam ließ Rashid die Hand über ihre eine Brust gleiten und umfasste sie. Xenia seufzte lustvoll und schloss die Augen, als Rashid mit dem Daumen die harte Spitze liebkoste.

„Xenia …" Er flüsterte ihren Namen, während er ihren Hals und ihre Brüste mit zarten, erregenden Küssen bedeckte. Schließlich suchte er eine der harten Spitzen und ließ die Zunge kreisend darübergleiten. Xenia erschauerte, und als Rashid die Brustspitze mit den Lippen umschloss und daran saugte, biss sie sich auf die Unterlippe, um nicht laut aufzustöhnen.

Rashid blickte auf, sah, was sie tat, und schob ihr einen Finger in den Mund. „Versuch das stattdessen, Xenia …" Und als sie begehrlich an seinem Finger saugte, wurde sie von einem so verzehrenden Verlangen gepackt, dass sie glaubte, es nicht mehr ertragen zu können. „Ja … ja …", flüsterte Rashid zwischen heißen Küssen. „Was immer du willst … bis du mich anflehst, diese süße Qual zu beenden!"

Er ließ von ihren Lippen ab und glitt an ihr hinab, wobei er ihren Körper zärtlich küsste und streichelte. Und Xenia drängte sich ihm entgegen und sehnte sich danach, ihm alles zu geben … sich selber, ihr Leben, ihre Liebe.

Sie schrie lustvoll auf, als Rashid den Kopf in ihrem Schoß barg und sie mit Lippen und Zunge auf unvorstellbar erotische Weise liebkoste. Stöhnend blickte Rashid auf, führte ihre Hand an seinen Körper und ließ sie fühlen, wie sehr er sie begehrte. „Glaubst du, du wirst allein von diesem Verlangen verzehrt, Xenia?" Er ließ die Lippen über die Innenseiten ihrer Oberschenkel gleiten.

Xenia erschauerte und versank im Rausch der Lust. Später wusste sie nicht mehr, ob sie Rashid dazu gedrängt hatte oder ob er gespürt hatte, wie sehr sie ihn in diesem Moment brauchte. Plötzlich lag er auf ihr und nahm sie, und Xenia hieß ihn mit einem Aufschrei willkommen. Sie wünschte sich, es würde niemals enden … und glaubte dennoch zu sterben, wenn sie nicht bald den Gipfel erreichte. Wild und wie von Sinnen kamen sie und Rashid zueinander, bis sich ihre aufgestauten Gefühle explosionsartig entluden und sie gemeinsam zu einem Höhepunkt gelangten, der all ihre Träume verblassen ließ.

11. KAPITEL

„Bist du sicher, dass es dir gut geht, Xenia?“

„Aber ja, Großvater.“ Sie wandte sich ab, damit er ihre Tränen nicht sah.

Abu Assad war an diesem Morgen unerwartet vorbeigekommen, kurz nachdem Rashid zu den Stallungen gefahren war, um sich persönlich zu überzeugen, wie es seiner Enkelin ging. „Nein, es geht dir nicht gut“, widersprach er jetzt, trat näher und drehte sie zu sich um. „Du weinst. Was ist los?“

Xenia presste die Lippen zusammen. Sie verging vor Scham, wenn sie an die vergangene Nacht dachte. Und sie konnte nicht Rashid die Schuld geben, denn die Initiative war ganz allein von ihr ausgegangen! Sie verachtete sich für ihr Schwäche. Warum schaffte sie es nicht, aufzuhören, Rashid zu lieben? Sie wusste doch, dass es keine Zukunft für sie beide geben konnte. Sie konnte ihm nicht vertrauen, und er liebte sie nicht. Schön, er hatte ihretwegen seine Geschäftsreise abgebrochen. Er hatte vergangene Nacht mit ihr geschlafen … und war sogar bei ihr geblieben, bis sie danach eingeschlafen war. Aber er hatte nicht versucht, mit ihr zu reden, ihr zu sagen … Was? Dass er sie liebte? Sie wusste doch, dass dem nicht so war.

Sie waren in einer Ehe gefangen, die ihnen beiden nur Unglück bringen konnte. Und dank ihres unvernünftigen Verhaltens vergangene Nacht würde es nur noch komplizierter werden. Was, wenn sie diesmal wirklich schwanger geworden war?

„Du bist unglücklich“, sagte ihr Großvater nun nachdenklich. „Das hatte ich nicht im Sinn, als du und Rashid geheiratet habt. Ihr schient mir in so vieler Hinsicht so gut zusammenzupassen.“

Xenia schüttelte den Kopf. „Mag sein, dass du es so gesehen hast“, sagte sie bedrückt. „Aber … wir hätten nie heiraten dürfen. Rashid empfindet nichts für mich, und ich …“

„Was für ein Unsinn, Xenia!“, fiel Abu Assad ihr ins Wort. „Natürlich liebt Rashid dich! Das erkennt man doch sofort.“

„Nein!“, widersprach Xenia energisch. „Du irrst dich! Wie kannst du behaupten, dass er mich liebt? Rashid hat mich nur geheiratet, weil er … es tun musste!“

„Musste?“ Überraschenderweise lachte ihr Großvater laut auf.

„Wie, in aller Welt, kommst du denn darauf? So war es ganz bestimmt nicht.“ Er warf ihr einen vielsagenden Blick zu. „Sicher, allgemein wurde natürlich erwartet, dass ihr beiden heiratet, nachdem ihr so viel Zeit allein miteinander verbracht hattet. Aber ich kann dir versichern, dass für Rashid keinerlei Verpflichtung bestand, dich zu heiraten, wenn es nicht sein eigener Wunsch gewesen wäre. Und dieser Wunsch entsprang allein seiner Liebe zu dir!“ Abu Assad schüttelte den Kopf. „Abgesehen davon hätte Rashid es nie zugelassen, mit dir in eine potenziell kompromittierende Situation zu geraten, wenn er sich nicht leidenschaftlich in dich verliebt hätte. Glaub mir, Xenia, es gibt nur einen Grund, warum Rashid dich geheiratet hat: weil er dich liebt!“

„Wenn das wahr ist, warum hat er es mir dann nie gesagt?“, fragte Xenia skeptisch.

„Hast du ihm denn gesagt, dass du ihn liebst?“, erkundigte sich ihr Großvater sanft.

Betreten musste sie zugeben, dass sie das nicht getan hatte.

„Aber du liebst ihn?“, forschte Abu Assad nach.

Sie schwieg, und ihr Großvater runzelte die Stirn. „Wenn ich mich in deinen Gefühlen getäuscht habe, Xenia, musst du es mir sagen“, beschwor er sie. „Sosehr ich Rashid auch mag und respektiere, du bist meine Enkeltochter. Wenn du festgestellt hast, dass du ihn nicht liebst, wenn du in irgendeiner Weise unglücklich bist, dann kannst du jetzt auf der Stelle mit mir nach Hause kommen, und ich werde mit Rashid sprechen, wenn du es möchtest.“

Xenia atmete tief ein. „Ich bin so verwirrt. Ich habe geglaubt … ich dachte, Rashid hätte mich nur geheiratet, weil es ihm Vorteile einbringen würde, vor allem finanzieller Art!“

„Finanzielle Vorteile?“ Ihr Großvater sah sie verständnislos an.

„Saud hat mir alles erzählt, Großvater“, fuhr Xenia erklärend fort. „Du darfst ihm nicht böse sein. Ihm war nicht bewusst, dass ich nichts von dem Plan wusste, Rashid zu heiraten, ob ich wollte oder nicht. Saud vergöttert Rashid so sehr, dass er sicher überzeugt war, ich wäre begeistert von der Idee. Ja, Großvater, ich weiß … alles. Sogar mein Patenonkel schien dafür zu sein, so sehr, dass er mich hier ohne meinen Pass allein zurückließ, sodass ich nicht einmal abreisen konnte …“

„Xenia, Liebes, bitte! Du quälst dich ganz unnötig“, unterbrach ihr Großvater sie besorgt. „Komm, setz dich zu mir.“

Zögernd folgte sie seiner Aufforderung.

„Es ist richtig, dass der Vorschlag aufkam, du und Rashid solltet einander kennenlernen, weil man den Eindruck hatte, ihr beide … hättet vieles gemeinsam. Aber es war nur ein Vorschlag, nicht mehr, halb scherzhaft gemeint, einer Laune entsprungen. Saud hat dieses Gespräch offensichtlich belauscht und völlig falsche Schlüsse daraus gezogen.“ Abu Assad machte ein strenges Gesicht. „Und du kannst sicher sein, dass ich mit dem jungen Mann einige ernste Worte reden werde, weil er seine völlig unbegründeten Annahmen dir weitererzählt hat. Wie du schon sagtest, er bewundert Rashid sehr. Rashid hat unseren Vorschlag übrigens damals rundheraus abgelehnt. Er besitzt, ganz ähnlich wie du, viel zu viel Stolz, um eine derartig wichtige Entscheidung in andere Hände zu legen. Und was die Rolle deines Patenonkels betrifft …“ Ihr Großvater zuckte die Schultern. „John Feinnes ist Staatsmann und Diplomat … wer weiß schon, was diese Leute denken? Fein gesponnene Intrigen sind ihr tägliches Brot.“

Xenia musste zugeben, dass an dieser Einschätzung ihres hochverehrten Patenonkels etwas Wahres dran war.

„Aber nachdem ich meine Mija verloren habe, würde ich meine Fehler von damals niemals wiederholen“, fuhr Abu Assad nun fort. „Ich habe mir nur aus einem Grund gewünscht, dass du nach Zuran kommst: weil du meine Enkelin bist und ich dich unbedingt bei mir haben wollte!“

„Großvater, ich weiß doch, dass du und Rashid zusammen Geschäfte macht“, wandte Xenia ein. „Und dass er auf die Gönnerschaft der königlichen Familie angewiesen ist. Mir ist auch klar, dass es diplomatische Gründe für …“ Sie verstummte irritiert, als ihr Großvater lachte.

„Xenia, Rashid ist selber vielfacher Millionär. Sein Vater hat ihm ein beträchtliches Vermögen hinterlassen. Natürlich haben wir gemeinsame geschäftliche Interessen … und die königliche Familie bewundert Rashids Arbeit als Architekt. Aber Rashid ist ganz bestimmt nicht auf irgendeine Gönnerschaft angewiesen!“ Abu Assad betrachtete seine Enkelin liebevoll und räusperte sich. „Xenia, ich habe deiner Mutter großes Unrecht getan und werde dafür bis ans

Ende meiner Tage bezahlen. Kein Sonnenaufgang, da ich nicht an deine Mutter denke, und kein Sonnenuntergang, da ich ihren Tod nicht betrauere."

Sie blinzelte erneut gegen Tränen an, denn sie fühlte, dass ihr Großvater die Wahrheit sagte.

„Bist du immer noch unglücklich? Möchtest du mit mir nach Hause kommen?", fragte er besorgt. „Ich werde mit Rashid sprechen, wenn du es möchtest. Die Entscheidung liegt ganz bei dir. Aber ich fände es schade, wenn zwei Menschen, die so gut zueinander passen, sich verlieren würden, nur weil sie zu stolz sind, sich ihre Gefühle füreinander einzugestehen. Es steht mir vermutlich nicht zu, mich einzumischen, aber du bist meine Enkeltochter", fuhr Abu Assad sanft fort. „Rashid und du, ihr seid beide stolze, willensstarke, unabhängige Menschen. Vielleicht habt ihr nur Angst, euch eure große Liebe einzugestehen, weil ihr befürchtet, der andere würde euch dann für schwach halten."

Xenia senkte errötend den Kopf. Es erstaunte sie, wie scharfsinnig ihr Großvater ihre geheimsten Gefühle gelesen hatte. Die Intensität ihrer Gefühle für Rashid machte ihr wirklich Angst. War es möglich, dass Rashid ähnlich empfand? Klar war, dass sie sich in der Beurteilung der Gründe, warum er sie geheiratet hatte, restlos geirrt hatte. Aber er hatte auch nie den Versuch gemacht, sich zu verteidigen, oder? Aus Stolz? Oder weil es ihm egal war, was sie von ihm dachte? Und er hatte sie getäuscht, was seine wahre Identität betraf!

„Man kann auf viele Arten stark und aus vielen Gründen stolz sein", fuhr Abu Assad weise fort. „Nur du kannst entscheiden, ob deine Liebe zu Rashid es wert ist, dafür zu kämpfen, Xenia. Ob sie dir genug bedeutet, um dafür das Risiko zu wagen, offen und ehrlich auf ihn zuzugehen. Rashid ist dieses Risiko bereits eingegangen, indem er dich geheiratet hat … auf diese Weise hat er dir gesagt, wie sehr er mit dir zusammen sein möchte. Vergiss nicht, er hat dich aus freien Stücken geheiratet. Vielleicht ist es jetzt an der Zeit, dass du auch ein Risiko auf dich nimmst."

Xenia dachte schweigend über seine Worte nach. Ihr Großvater hatte ihr einen unerwarteten Einblick in Rashids Gedanken und Gefühle gegeben … und die Möglichkeiten, die sich dadurch eröffneten, waren ebenso hoffnungsvoll wie verlockend.

„Außerdem hat man mich noch beauftragt, dir dies hier zu übergeben“, wechselte Abu Assad nun unvermittelt das Thema und reichte ihr eine kunstvoll verzierte Pergamentrolle und ein flaches, längliches Päckchen.

Xenia sah ihn überrascht an. „Was ist das?“

„Öffne es, und sieh selbst“, antwortete er lächelnd.

Zögernd entrollte sie das Pergament und überflog, was darauf geschrieben stand, bevor sie sich dem flachen Päckchen zuwandte und es rasch öffnete. „Es ist ein Brief von dem Vater des kleinen Jungen“, erklärte sie ihrem Großvater. „Er bedankt sich nochmals und …“ Sie verstummte und betrachtete erstaunt den Inhalt des Päckchens. „Das … ist die Besitzerurkunde für … ein Pferd, einen Jährling …“

„Aus dem königlichen Gestüt“, ergänzte Abu Assad zufrieden. „Man ist dir sehr dankbar, Xenia. Du hast deine eigene Gesundheit riskiert, um das Kind vor Schaden zu bewahren.“

„Aber … ein Pferd!“ Xenia war überwältigt.

„Nicht irgendein Pferd“, widersprach ihr Großvater. „Sondern ein Jährling, der die Anlagen hat, für seine Besitzerin eines Tages den Zuran Cup zu gewinnen!“

Xenia stand auf dem Balkon der Präsidentensuite und genoss den Blick auf den Strand und das Meer. Die Rennwoche mit all ihrer Hektik und Geschäftigkeit war vorüber. Rashid und sie hatten sich von ihren letzten Gästen verabschiedet und wollten am nächsten Morgen das Hotel verlassen und in die Villa zurückkehren.

Rashids Pferd hatte beim Zuran Cup einen beachtlichen vierten Platz gemacht, und Abu Assad hatte ihn scherzhaft damit aufgezogen, dass das Pferd seiner Frau seinem möglicherweise bald Konkurrenz machen würde.

Seit jener Nacht in der Villa, als sie miteinander geschlafen hatten, hatten sie praktisch keine Möglichkeit gehabt, sich in Ruhe auszusprechen, und Xenia brannte es auf der Seele, endlich mit Rashid zu reden. Hatte ihr Großvater recht? Liebte Rashid sie wirklich?

Einer spontanen Eingebung folgend, verließ sie die Suite und eilte zum Lift.

Es dämmerte schon, die Sonnenliegen am Pool waren leer, der Strand war verlassen bis auf eine einsame Gestalt, die die herumliegenden Surfbretter einsammelte. Für einen Moment hielt Xenia inne, als sie Rashid entdeckte, aber dann nahm sie all ihren Mut zusammen. Eigentlich war sie nur an den Strand gekommen, um in Ruhe nachzudenken, aber vielleicht hatte das Schicksal nun die Regie übernommen.

Rashid drehte sich um und blickte ihr entgegen. Anzug und Krawatte hatte er gegen Jeans und T-Shirt eingetauscht.

Xenia blieb vor ihm stehen und ließ nervös die Zunge über die Lippen gleiten. Sein Blick ertappte sie dabei, und sie errötete. Rashids Schweigen verunsicherte sie zutiefst. „Ich … ich möchte dir ein Angebot machen", sagte sie, wobei sie hinter dem Rücken abergläubisch die Finger kreuzte. Wie würde Rashid reagieren? Würde er einfach gehen? Oder würde er ihr zuhören?

„Ein Angebot?"

Zumindest antwortete er ihr, auch wenn es nicht sehr freundlich klang.

„Was für ein Angebot?"

„Ich habe ein Problem, und ich glaube, dass du genau der Richtige bist, mir zu helfen." Es gelang ihr nicht wirklich, ihre Verunsicherung zu verbergen. Schon beim ersten Mal, als sie ihm das ursprüngliche Angebot gemacht hatte, war sie nervös gewesen … aber im Vergleich dazu war sie jetzt ein Nervenbündel. Damals war es nur um ihre Freiheit gegangen … jetzt ging es um ihr Leben, ihre Liebe, um alles! „Ich … brauche deine Hilfe, um herauszufinden, ob der Mann, den ich liebe, mich liebt. Bis vor Kurzem habe ich geglaubt, dass er mich nicht liebt, aber nun scheint es so, als hätte ich mich geirrt."

„Der Mann, den du liebst?", fragte er aufhorchend.

Ihr Herz schlug schneller. „Ja, ich liebe ihn so sehr, dass ich fast Angst habe, es mir selber einzugestehen … geschweige denn ihm. Und ich dachte … du wüsstest vielleicht einen Weg, ihm zu zeigen, was ich für ihn empfinde", sagte sie heiser.

„Ach ja?" Rashid kam näher. „Und welchen Anreiz wolltest du mir für meine Hilfe anbieten?"

Xenia wurde mutiger. „Oh … ich dachte an eine Art von Bezahlung … in gleicher Münze?"

„So so."

War das alles? Nicht gerade sehr enthusiastisch. Ihre Verunsicherung kehrte zurück. „Wenn du nicht interessiert bist …“

„Habe ich das gesagt?“ Er stand jetzt ganz dicht vor ihr. „Wenn du ihm wirklich beweisen willst, dass du ihn liebst, dann solltest du vielleicht am besten gleich hier beginnen“, flüsterte er und nahm sie in die Arme.

Xenia atmete erleichtert auf und schmiegte sich an ihn. „So, meinst du?“

„Ja … und dann könntest du ihm die Arme um den Nacken legen und zu ihm aufblicken und …“

„So, meinst du?“, flüsterte Xenia und folgte seinem Rat.

„So ungefähr. Du bist auf dem richtigen Weg. Aber es wäre noch besser, wenn du das tun würdest …“ Rashid beugte sich herab und küsste sie zart auf den Mund.

„Mm … und was, wenn ich ihn richtig küssen möchte?“, fragte sie heiser.

„Ich denke, dann solltest du es einfach tun“, antwortete Rashid. „Aber ich muss dich warnen, wenn du das tust, könnte es passieren, dass er …“

Xenia verschloss ihm mit einem innigen Kuss den Mund und kam zu dem Schluss, dass manchmal Handeln wesentlich informativer war als Reden.

Es dauerte eine ganze Weile, ehe einer von ihnen wieder den Wunsch verspürte, etwas zu sagen. Schließlich war es Rashid, der sich von ihren Lippen löste und entschied: „Ich glaube, wir sollten unsere Verhandlungen besser an einem … ungestörteren Ort fortsetzen.“ Und er unterstrich seinen Vorschlag, indem er ihr Gesicht und ihren Hals mit zarten, erregenden Küssen bedeckte.

„Dann ist es also wahr?“, flüsterte sie. „Du liebst mich?“

Rashid ließ sie los und sah sie zärtlich an. „Ich habe mich an jenem Abend hier am Strand in dich verliebt, als du mir dein erstes Angebot gemacht hast“, sagte er ruhig. „Bis dahin warst du für mich nur ein Name gewesen, den ich in Verbindung mit deinem Großvater gehört hatte. Jemand, der wie ich aus einer Mischehe stammte … aber davon gibt es schließlich viele hier. Und dann hast du mich hier abgefangen und mir deine wilde Geschichte aufgetischt … dass du gezwungen werden solltest, einen Mann zu heiraten, der auch mir nach deiner Beschreibung, wie ich zugeben muss, höchst unsympathisch war. He, und ich habe mir immer eingebildet, Saud würde mich mögen!“, meinte er scherzhaft.

Xenia errötete schuldbewusst. „Mein Großvater hat mir schon gesagt, dass ich mich geirrt und Saud das Gespräch, das er belauscht hatte, völlig missverstanden hätte.“

„Eine beiläufige Bemerkung unter Geschäftsfreunden, die nie ernst gemeint gewesen war. Aber da ich wusste, wie sehr sich deine Familie darum sorgte, dass dein Besuch deinen Großvater zu sehr anstrengen könnte, bot ich mich an, dich ein wenig herumzuführen. Dabei war es nie meine Absicht, dich als potenzielle Ehefrau ins Auge zu fassen.“

„Hast du dich wirklich an jenem Abend in mich verliebt?“, fragte Xenia.

„Als ich dich gefragt habe, auf was für einen Mann du denn warten würdest, und du es mir gesagt hast …“ Er schwieg einen Moment und blickte aufs dunkle Meer hinaus, bevor er sich Xenia wieder zuwandte. „Ich bin ein sehr reicher Mann, Xenia, und habe genug Frauen kennengelernt, die nur auf mein Geld aus waren. Als du so leidenschaftlich von deinen Gefühlen und Werten, Hoffnungen und Wünschen für dein Leben und deine Liebe sprachst, fand ich meine eigenen Vorstellungen so genau darin wieder, dass ich wusste, ich durfte dich nicht gehen lassen. Und dann habe ich dich geküsst.“

„Und du wusstest, dass du mich liebst?“, fragte Xenia, immer noch ein wenig ungläubig.

„Ja“, antwortete er schlicht. „Ich wusste es und war entschlossen, um dich zu werben. Aber leider hatte ich nicht damit gerechnet, wie entschlossen du warst, dich auf keinen Fall in den Mann zu verlieben, für den du mich hieltest. Ich geriet in Panik, bekam Angst, dich zu verlieren. Mir war klar, dass mir die Zeit davonlief und Rashid nicht ewig ‚auf Geschäftsreisen‘ sein konnte. Und dann kam der Abend in der Wüstenoase.“

„Als du nur Augen für die Bauchtänzerin hattest“, warf Xenia vielsagend ein.

„Ich kenne sie gut … sie ist eine Angestellte der Ferienanlage, und sie wusste deshalb natürlich, wer ich bin! Ich hatte Angst, dass sie mich verraten könnte. Als du in dieser Nacht zu mir gekommen bist, musste ich die Chance ergreifen, dich an mich zu binden. Und ich hoffte, dass du mich lieben würdest, nachdem du dich mir so leidenschaftlich und vorbehaltlos hingegeben hast. Aber dann hast du herausgefunden, wer ich wirklich bin, und als du zu mir in die Hotelsuite gekommen bist und mich zur Rede gestellt hast, habe ich aus schierer Verzweiflung die Situation ausgenutzt, um darauf zu bestehen, dass du mich heiratest. Ich konnte es einfach nicht ertragen, mir mein Leben ohne dich vorzustellen“, gestand er so freimütig, dass es sie tief berührte.

„Aber warum hast du nichts gesagt, Rashid?“, fragte sie mit leisem Vorwurf. „Du warst so kühl und distanziert.“

„Weil ich mich so schuldig fühlte“, sagte er. „Ich hatte dich förmlich überrumpelt, mich zu heiraten, und wusste, dass ich das nicht hätte tun sollen.“ Er nahm sie wieder in die Arme und drückte sie an sich. „Aber nun weißt du, wie viel du mir bedeutest, Xenia“, flüsterte er ihr ins Haar. „Du bist alles für mich.“

Xenia schmiegte sich überglücklich an ihn. „Und du bist alles für mich, Rashid.“

– ENDE –

Penny Jordan

Nacht der Versuchung

Roman

Aus dem Englischen von
Irmgard Sander

MIRA®

PROLOG

„Du wirst deine Mummy doch nicht vergessen, wenn ich jetzt wegen meiner Arbeit fort bin, meine Süße?"

Mitfühlend betrachtete Mariella Sutton ihre jüngere Halbschwester Tanya, die ihr widerstrebend ihre vier Monate alte Tochter in den Arm legte.

„Ich weiß, Fleur könnte es nirgendwo besser haben als bei dir, Mariella." Tanya lächelte mit Tränen in den Augen. „Schließlich bist du nach Mums und Dads Tod für mich nicht nur die große Schwester, sondern auch so etwas wie eine Mutter gewesen. Ich wünschte mir einfach nur, meine Arbeit würde mich nicht zwingen zu reisen, aber ich kann es mir wirklich nicht leisten, den Sechs-Wochen-Vertrag auf diesem Kreuzfahrtschiff abzulehnen! Ich weiß, du würdest für uns beide aufkommen", fuhr sie fort, ehe Mariella etwas einwenden konnte, „aber ich will so unabhängig wie möglich sein. Und außerdem wäre es schließlich die Sache von Fleurs Vater, uns finanziell zu unterstützen! Ich weiß wirklich nicht, was ich an diesem Schwächling und Lügner gefunden habe. Mein wundervoller Traum von einem aufregenden Scheich hat sich leider als Albtraum erwiesen."

Mariella verkniff sich jede Bemerkung dazu, weil sie wusste, wie tief verletzt und unglücklich ihre Halbschwester gewesen war, als ihr Geliebter sie sitzen gelassen hatte. „Aber du weißt genau, dass das wirklich nicht nötig ist", sagte sie nur noch einmal sanft. „Ich verdiene genug, und das Haus ist auch groß genug für uns drei."

„Das weiß ich doch, Mariella. Aber du hast schon viel zu viel für mich getan, seit Mum und Dad gestorben sind. Immerhin warst du damals erst achtzehn, also noch drei Jahre jünger, als ich es jetzt bin, und da Dad offensichtlich nicht damit gerechnet hatte, dass ihm etwas zustoßen könnte, war nicht nur kein Geld da, sondern auch noch das Haus mit Hypotheken belastet."

Die beiden Schwestern sahen sich an. Sie hatten beide das zarte, herzförmige Gesicht, den makellosen Pfirsichteint und das strohblonde Haar ihrer Mutter geerbt. Während Tanya allerdings sehr groß war und die braunen Augen ihrer Mutter mitbekommen hatte, war Mariella eher klein und zierlich und hatte die auffallend blaugrünen Augen von ihrem Vater geerbt, dem Mann, der kein Jahr nach ihrer Geburt festgestellt hatte, dass Ehe und Vaterschaft nicht nach seinem Geschmack waren, und seine Frau mit dem Baby sitzen gelassen hatte.

Tanya hatte ihre ältere Halbschwester immer um ihre ungewöhnliche Augenfarbe beneidet, vor allem als sie sich gegen ein Studium und für eine Karriere als Sängerin und Tänzerin entschieden hatte. Mit Mariellas Augen, so behauptete sie immer, würde sie jede andere Bewerberin um eine Rolle ausstechen. Und Mariella bewunderte ihre eigenwillige und impulsive Halbschwester, die sich durch nichts von ihrem eingeschlagenen Weg abbringen ließ – auch wenn es ihr jetzt sicher sehr schwerfallen würde, ihre kleine Tochter sechs Wochen lang nicht zu sehen.

Denn bei allen Unterschieden und kleineren Meinungsverschiedenheiten, in einem waren sich die beiden Schwestern restlos einig: in ihrer bedingungslosen Liebe und Fürsorge für die kleine Fleur.

„Ich werde jeden Tag anrufen", versprach Tanya jetzt heiser. „Ach, Mariella, ich habe so ein schlechtes Gewissen … Ich weiß doch, wie sehr du als kleines Kind gelitten hast, weil dein Vater nicht da war, sondern dich und Mum im Stich gelassen hat … und wie viel Glück ich hatte, dass Mum und Dad und du für mich da wart. Und jetzt lasse ich meine kleine Fleur hier bei dir …"

Mit dem Baby auf dem Arm drückte Mariella ihre Schwester beruhigend an sich. „Das Taxi ist da", sagte sie und wischte Tanya liebevoll die Tränen aus dem Gesicht.

„Mariella, ich habe einen Wahnsinnsauftrag für dich!"

Mariella gab gerade Fleur die Flasche, als ihre Agentin Kate anrief und offenbar Feuer und Flamme war.

„Es geht um Dutzende von Rennpferden. Der Auftraggeber besitzt einen eigenen Rennstall unten in Zuran. Er ist ein Mitglied des Königshauses von Zuran und hat anscheinend über den Burschen aus Kentucky von dir erfahren – du weißt schon, dem der Sieger aus dem Derby vergangenes Jahr gehörte, den du dann gemalt hast. Wie auch immer, Prinz Sayid möchte, dass du nach Zuran fliegst, selbstverständlich auf seine Kosten, und das Projekt mit ihm besprichst, sozusagen die Biester vor Ort begutachtest."

Mariella lachte. Sie wusste, dass Kate, stets in exklusive Designermode gekleidet und zu Hause ganz in Weiß eingerichtet, absolut nichts für Tiere übrig hatte. „Ich muss zugeben, das klingt vielversprechend. Aber eigentlich bin ich momentan mit Aufträgen eingedeckt, und außerdem habe ich Fleur für die nächsten sechs Wochen, sodass eine Reise nach Zuran sowieso nicht möglich wäre."

„Das ist kein Problem!", widersprach Kate eifrig. „Prinz Sayid hat bestimmt nichts dagegen, wenn du die Kleine mitnimmst. Mariella, einen solchen Auftrag kannst du unmöglich ablehnen! Allein bei dem Gedanken an die Kommission läuft mir das Wasser im Mund zusammen!"

„Ich verstehe", meinte Mariella lachend. Sie hatte eigentlich durch Zufall angefangen, Tierporträts zu malen. Zuerst war es nur ein Hobby gewesen, und sie hatte die Haustiere ihrer Freunde porträtiert. Per Mundpropaganda war sie dann immer weiter empfohlen worden, bis schließlich so viele Aufträge eingegangen waren, dass sie sich entschlossen hatte, ihren Lebensunterhalt ganz auf diese Weise zu verdienen. Inzwischen war ihr Ruf so weit gediehen, dass sie sehr gut von ihrer Arbeit leben konnte, und normalerweise hätte sie auch nicht eine Sekunde gezögert, die Chance zu ergreifen, die Kate ihr nun bot. „Weißt du, Kate, ich würde es ja wirklich gern machen, aber augenblicklich muss ich zuerst an Fleur denken."

„Überleg es dir gut, bevor du einen solchen Auftrag ausschlägst", warnte Kate sie. „Wie ich schon sagte, es gibt keinen Grund, warum du Fleur nicht mitnehmen könntest. Du würdest bei deinem Aufenthalt in Zuran ja noch gar nicht arbeiten – das Treffen dient nur dem gegenseitigen Kennenlernen. Es würde sich auch nur um gut eine Woche handeln, und wegen des Babys brauchst du dir wirklich keine Sorgen zu machen. Die Hauptstadt von Zuran ist eine moderne, internationale Weltmetropole!"

Mariella stand an dem großen Nordfenster in ihrem Studio und blickte nachdenklich hinaus. Dieses Dachzimmer mit dem idealen Licht war einer der Gründe gewesen, warum sie das kleine dreigeschossige Haus überhaupt gekauft hatte. Nun war Fleur satt und zufrieden auf ihrem Arm eingeschlafen. Draußen hatte es aufgehört zu regnen, und die ersten Sonnenstrahlen brachen bereits durch die Wolken. Ein Spaziergang im Park würde ihnen beiden guttun.

Mariella legte Fleur ins Bettchen und ging, um den Kinderwagen bereit zu machen. Als sie die Decke zurückschlug, stieß sie mit den Fingern an ein zusammengeknülltes Stück Papier. Sie nahm es heraus und wollte es schon wegwerfen, als einige Worte in der Handschrift ihrer Schwester ihre Aufmerksamkeit erregten. Das Blatt Papier war ein Brief, und Name und Adresse standen deutlich lesbar oben drüber:

Scheich Xavier Al Agier, Nr. 24, Quaffire Beach Road, Zuran City

Mariellas Herz pochte. Etwas schuldbewusst glättete sie das Blatt und las die erste Zeile:

ich werde den Mann, der mein Leben und das von Fleur zerstört hat, immer dafür hassen …

Offensichtlich handelte es sich um einen Brief, den Tanya an Fleurs Vater geschrieben, aber nie abgeschickt hatte. Tanya hatte sich immer geweigert, über ihre Beziehung mit ihm zu sprechen. Mariella wusste lediglich, dass es sich um einen sehr reichen Mann aus dem Nahen Osten handelte, den ihre Schwester kennengelernt hatte, während sie als Sängerin und Tänzerin in einem Nachtclub gearbeitet hatte. Insgeheim war Mariella immer der Auffassung gewesen, dass er sich seiner Verantwortung für Tanya und Fleur zu leicht entzogen hatte.

Und nun hatte sie also entdeckt, dass er in Zuran lebte! Nachdenklich faltete sie den Brief zusammen. Natürlich hatte sie kein Recht, sich einzumischen. Aber war es denn Einmischung oder nicht vielmehr Schicksal? Wie oft hatte sie sich im Lauf der Jahre die Chance gewünscht, ihren eigenen Vater zur Rede stellen und ihm sagen zu können, was sie davon hielt, wie er ihrer Mutter das Herz gebrochen und damit fast auch ihr Leben zerstört hatte? Ihr Vater war wie ihre Mutter inzwischen gestorben und konnte sein Handeln nie wiedergutmachen. Tanyas Liebhaber aber war noch höchst lebendig, und es würde ihr, Mariella, eine große Genugtuung bereiten, ihm zu sagen, was sie von ihm hielt!

Kurz entschlossen eilte sie erneut zum Telefon und wählte die Nummer ihrer Agentin. „Kate? Ich habe noch einmal über diese

Reise nach Zuran nachgedacht …“

„Du hast deine Meinung geändert? Wie wundervoll! Ich verspreche dir, Mariella, du wirst es ganz bestimmt nicht bereuen. Dieser Typ ist wirklich megareich, und was er dir dafür zahlen will, dass du seine vierbeinigen Freunde in Öl unsterblich machst …“

Mariella seufzte resigniert. Kate maß den materiellen Dingen des Lebens zweifellos einen viel zu hohen Wert bei. Aber sie war eine ausgezeichnete Agentin!

1. KAPITEL

Kate hatte nicht übertrieben, dass Prinz Sayid keine Kosten und Mühen scheute, um Mariella nach Zuran zu holen. Dank der Beziehungen des Prinzen war es kein Problem, die nötigen Reisepapiere für Fleur, einschließlich einer Einwilligungserklärung von Tanya, in kürzester Zeit zu besorgen. Und während des Fluges in der ersten Klasse wurde Fleur dann wie eine kleine Prinzessin umsorgt. Nach der Ankunft, so hatte man Mariella informiert, würden sie von einem Wagen abgeholt und zum Beach Club Resort gefahren, wo für die Dauer ihres Aufenthalts ein Luxusbungalow für sie reserviert worden war.

Mit Fleur auf dem Arm blickte Mariella sich also in der modernen, hellen Ankunftshalle des Flughafens von Zuran City um, ob sie vielleicht jemand entdecken würde, der ein Schild mit ihrem Namen hochhielt. Plötzlich merkte sie, dass hinter ihr irgendetwas Ungewöhnliches im Gange war, und so etwas wie ein sechster Sinn veranlasste sie, sich umzudrehen. Wie von Zauberhand befohlen, wichen die Leute auseinander und machten Platz für eine kleine Gruppe von weiß gewandeten Männern. Wie traditionelle Vorreiter schufen sie eine breite Gasse für den Mann, der mit energischen Schritten hinter ihnen kam und sie alle überragte. Da er weder nach rechts noch nach links sah, konnte Mariella den Blick ihres Künstlerauges ausgiebig über das markante Profil dieses Mannes schweifen lassen, der es zweifellos gewohnt war, Befehle zu erteilen.

Unwillkürlich begehrte irgendetwas in Mariella gegen ihn auf. Dieser Mann wirkte derart arrogant und besaß eine so überwältigend männliche Ausstrahlung, dass sie es fast schon wie eine körperliche Bedrohung empfand. Fleur mochte ihre Verunsicherung gespürt haben, auf jeden Fall fing sie leise an zu weinen, als der Fremde gerade an ihnen vorbeikam. Sofort drehte er sich in ihre Richtung, und der Blick seiner dunklen Augen bohrte sich förmlich in Mariellas. Sie erschauerte nervös.

Der Blick dieses dunkelhaarigen Unbekannten schien sie nicht nur auszuziehen, sondern ihr buchstäblich bis auf den Grund ihrer Seele zu dringen! Am längsten verweilte er auf ihren Augen, und Mariella glaubte, ein fast verächtliches Aufleuchten in seinen zu bemerken. In diesem Moment weinte Fleur erneut, und sofort richtete sich sein Blick auf das Baby und dann wieder auf sie.

Mariella spürte, wie ihr das Blut heiß in die Wangen stieg. Mochte dieser Unbekannte sein, wer er wollte, wie konnte er es wagen, sie derartig überheblich und abschätzig anzusehen? Sie hatte sich oft vorgestellt, dass so ihr Vater ihre Mutter angesehen haben musste, bevor er sie sitzen gelassen hatte … in ihrer Verzweiflung und Abhängigkeit, die den größten Teil von Mariellas Kindheit bestimmt hatten, bis ihr Stiefvater sie beide mit seiner Liebe und Fürsorge aus dieser Trostlosigkeit gerettet hatte.

Genauso unvermittelt, wie sie aufgetaucht war, hatte die kleine Gruppe die Eingangshalle durchquert und wieder verlassen. Was für ein übertrieben theatralischer Auftritt, dachte Mariella und entdeckte im selben Moment den Chauffeur, der sie und Fleur in einer klimatisierten Limousine zur Hotelanlage fahren sollte.

Das Beach Club Resort erfüllte wirklich sämtliche Erwartungen, die man an eine Fünf-Sterne-Ferienanlage haben konnte, wie Mariella einige Stunden später zugeben musste, nachdem sie sich schon ein wenig eingerichtet und umgesehen hatte. Ihr Bungalow hatte zwei große Schlafzimmer, jeweils mit eigenem Bad, eine kleine Küche, ein Wohnzimmer, eine Terrasse samt Whirlpool, und Mariella stellte ebenso überrascht wie beeindruckt fest, dass er für die Versorgung eines Kleinkindes bestens ausgestattet war. Kinderbettchen, Wickeltisch, Babywanne, Pflegeartikel … es fehlte wirklich an nichts, und der Kühlschrank war reichlich mit erstklassiger Babynahrung bestückt. Außerdem fand Mariella ein Informationsschreiben vor, dass der Küchenchef auf Anfrage jederzeit biologisch angebaute Babynahrung für Fleur zubereiten würde.

In dieser Hinsicht also restlos beruhigt, versorgte Mariella erst einmal das Baby. Und Fleur schlief in ihrem Bettchen so schnell und zufrieden ein, als wäre sie zu Hause. Der Zeitpunkt war günstig zu versuchen, Tanya auf ihrem Handy zu erreichen. Der Luxusliner, auf dem Mariellas Schwester engagiert war, befand sich auf einer großen Kreuzfahrt durch die Karibik und den Golf von Mexiko.

„Was macht meine kleine Fleur?“, fragte Tanya natürlich sofort.

„Sie schläft tief und fest“, antwortete Mariella beruhigend. „Und auch den Flug hat sie bestens überstanden. Alle haben sie unglaublich verwöhnt. Und wie geht es dir?"

„Ach … ganz gut. Du weißt schon … viel zu tun, zwei Shows jeden Abend … aber die Bezahlung ist einfach zu gut. Mariella, ich muss jetzt leider Schluss machen … Gib Fleur einen dicken Kuss von mir."

Nach Beendigung des Gesprächs blickte Mariella ein wenig schuldbewusst auf das Handy in ihrer Hand. Sie hatte ihrer Schwester nichts von ihrer Absicht gesagt, Tanyas treulosen Exliebhaber zur Rede zu stellen und ihm unmissverständlich zu sagen, was sie von ihm hielt. Mochte Tanya vielleicht auch etwas zu bereitwillig mit ihm ins Bett gestiegen sein, so zweifelte Mariella nicht einen Moment, dass ihre Schwester fest daran geglaubt hatte, dass dieser Mann sie lieben und es für sie eine gemeinsame Zukunft geben würde.

Mariella und Fleur hatten gerade ihr gemütliches Frühstück auf der Terrasse beendet, als ein Fax eintraf. Wie es aussah, war der Prinz durch unerwartete Geschäfte fortgerufen worden und würde sie in den nächsten Tagen nicht empfangen können. Er entschuldigte sich bei Mariella für die leider notwendige Änderung ihrer Pläne und bat sie, bis zu seiner Rückkehr die Annehmlichkeiten des Beach Clubs zu genießen.

Nachdenklich rieb Mariella die übermütig strampelnde Fleur mit Sonnenmilch ein und drückte ihr einen Kuss auf den kleinen Bauch. Dabei kam ihr in den Sinn, dass dies der ideale Zeitpunkt war, um Fleurs Vater aufzusuchen. Schließlich hatte sie ja seine Adresse! Sie brauchte sich also nur ein Taxi zu rufen und dorthin fahren zu lassen.

Eine halbe Stunde später trat sie mit Fleur auf dem Arm in die strahlende Sonne hinaus, bestens geschützt durch einen breitkrempigen Hut, eine weiße Leinenhose und ein leichtes, langärmeliges Top.

Der Taxifahrer nickte lächelnd, als sie ihm den Zettel mit der Adresse des Scheichs zeigte. „Das dauert ungefähr eine Dreiviertelstunde. Haben Sie Geschäftliches mit dem Scheich zu erledigen?", erkundigte er sich leutselig.

„Man könnte es so ausdrücken“, antwortete Mariella ausweichend.

„Er ist ein bekannter Mann. Hochverehrt von seinem Stamm. Sie bewundern ihn vor allem, weil er sich für ihr Recht eingesetzt hat, ihr traditionelles Leben weiterzuführen. Und obwohl er ein außerordentlich erfolgreicher Geschäftsmann ist, heißt es, dass er das einfache Leben in der Wüste, wie es sein Volk von alters her gewohnt ist, immer noch allem anderen vorzieht. Er ist ein sehr guter Mann.“

Mariella überlegte insgeheim, dass dieses Bild, das der Taxifahrer gerade von dem Scheich gezeichnet hatte, so gar nicht zu dem passte, was sie von ihrer Halbschwester über deren Exliebhaber wusste. Immerhin hatte Tanya den Mann in einem Nachtclub kennengelernt! Mariella hatte es nie gefallen, dass Tanya dort gearbeitet hatte … auch wenn es „nur“ als Sängerin gewesen war. Und während der zwölf Monate, die diese Beziehung gedauert hatte, hatte Tanya Mariella gegenüber nie etwas von einer Vorliebe des Scheichs für das einfache Wüstenleben erwähnt! Ohne ihn persönlich kennengelernt zu haben, hatte Mariella im Gegenteil eher den Eindruck gewonnen, dass er ein Playboy sei.

Knapp vierzig Minuten später hielt der Taxifahrer vor hohen schmiedeeisernen Toren, hinter denen sich eine eindrucksvolle weiße Villa erhob. Aus einem der beiden Pförtnerhäuschen zu beiden Seiten der Tore trat ein Wächter heraus und näherte sich dem Wagen. In möglichst entschlossenem Ton erläuterte Mariella ihren Wunsch, den Scheich zu sehen.

„Es tut mir leid, aber das ist nicht möglich“, erwiderte der Torwächter. „Der Scheich ist augenblicklich in der Oase und wird so bald nicht zurückerwartet.“

Diese Möglichkeit hatte Mariella nicht bedacht. Fleur, die auf der Fahrt eingeschlafen war, wachte nun auf und begann zu quengeln.

„Möchten Sie eine Nachricht hinterlassen?“, bot der Torwächter höflich an.

Doch Mariella war klar, dass sie jegliche Nachricht, die sie dem Scheich mitzuteilen hatte, besser persönlich überbringen würde. Sie bedankte sich also bei dem Mann und bat den Taxifahrer, sie zum Hotel zurückzufahren.

„Wenn Sie es wünschen, finde ich jemand, der Sie zu der Oase fährt", bot der Taxifahrer unerwartet an.

„Sie wissen, wo das ist?", fragte Mariella erstaunt.

Er zuckte die Schultern. „Natürlich! Aber man braucht einen Geländewagen, weil die Straße vom Sand verweht sein kann."

Mariella kam ein Gedanke. „Könnte ich selber dorthin fahren?"

„Ja, durchaus. Sie würden zwei, drei Stunden brauchen. Soll ich Ihnen eine Wegbeschreibung geben?"

„Ja, bitte", bat Mariella kurz entschlossen.

Systematisch überprüfte Mariella noch einmal alles, was sie für ihren Ausflug in die Wüste in den Geländewagen gepackt hatte, bevor sie sich hinters Steuer setzte. An der Rezeption im Beach Club hatte man sie beruhigt, dass die geplante Fahrt völlig sicher sei, und sich dann um alles Weitere gekümmert, einschließlich eines Kindersitzes für Fleur. Alles in allem würde sie, Mariella, ungefähr drei Stunden unterwegs sein – vier, wenn sie, wie man ihr im Beach Club empfohlen hatte, in der beliebten Oasen-Ferienanlage zum Mittagessen einkehren würde. Sicherheitshalber hatte man ihr vom Hotel jedoch ein üppiges Lunchpaket in einem Picknickkorb mitgegeben.

Wenn der Anlass für ihren Ausflug nicht eher ernst und unerfreulich gewesen wäre, hätte Mariella es wie ein kleines Abenteuer betrachten und sich sogar darauf freuen können. Wie alles, wofür der Beach Club Sorge trug, war der große Jeep luxuriös und blitzsauber und sogar mit einem eigenen Mobilfunkgerät ausgestattet. Die Straße in die Wüste war so deutlich markiert und gut ausgebaut, dass Mariella rasch alle Besorgnis vergaß.

Die einsame Oase, in der sich der Scheich offensichtlich gegenwärtig aufhielt, lag im Agier-Gebirge. Eine Stunde nach Mariellas Abfahrt aus dem Beach Club hatte der Wind aufgefrischt und wirbelte den Sand in Staubwolken über die Straße. Und obwohl Mariella Fenster und Türen des Jeeps fest geschlossen hielt, waren die Sandkörner so fein, dass sie sogar den Weg ins Innere des Wagens fanden. Inzwischen hatte Mariella die Hauptstraße verlassen und war auf einen gut markierten Weg abgebogen, der direkt in die Wüste hineinführte. Sie war froh, als sie tatsächlich das Beduinendorf erreichte, das auf ihrer Karte markiert war. Es war Markttag, und sie fuhr geduldig hinter einer Kamelkarawane her, bis sie ausgangs des Dorfes wieder beschleunigen konnte. In einer halben Stunde wollte sie zum Mittagessen anhalten. Wenn sie bis dahin nicht die zweite auf ihrer Karte eingezeichnete Oase erreicht hatte, würden sie und Fleur eben ein Picknick einlegen.

Die hohen Sanddünen zu beiden Seiten der Piste erfüllten sie mit ehrfürchtigem Erstaunen. Als Fleur aufwachte, schaltete Mariella das Radio aus, legte stattdessen eine Kassette mit Kinderliedern ein und sang fröhlich mit, um ihre kleine Nichte zu unterhalten.

Wie es sich zeigte, dauerte es doch länger, als sie geschätzt hatte, die Touristenanlage in der Oase zu erreichen, wo sie mit Fleur hatte zu Mittag einkehren wollen. Es war jetzt fast zwei Uhr, und Mariella hatte erwartet, bereits um ein Uhr dort zu sein. Feiner Sandstaub verlieh dem Himmel eine rotgoldene Farbe, und Mariella geriet leicht in Panik, als sie auf der Höhe der nächsten Sanddüne immer noch nichts von der Oase erkennen konnte. Widerstrebend sah sie ein, dass es wohl ratsam war, Hilfe zu suchen, und griff nach dem Mobilfunkgerät des Jeeps. Als sie jedoch versuchte, die einprogrammierte Nummer anzuwählen, erhielt sie keine Verbindung. Sie stoppte den Wagen und versuchte es mit ihrem eigenen Handy ... genauso erfolglos.

Inzwischen verdunkelte der Sandsturm den Himmel immer mehr, und die Windböen trafen den Jeep mit beängstigender Wucht. Fleur schien Mariellas Unruhe zu spüren und begann zu weinen. Die Kleine war hungrig und musste gewickelt werden. Während Mariella das Baby versorgte, überlegte sie, was sie tun sollte. Da der Geländewagen mit einem Kompass ausgestattet und sie sehr gründlich und detailliert eingewiesen worden war, verwarf sie den Gedanken, dass sie sich verirrt haben könnte. Warum also hatte sie die Touristenoase noch nicht erreicht?

Während Fleur gierig ihre Flasche trank, war Mariella jeglicher Appetit vergangen. Und gerade als sie anfing, ernsthaft Angst zu bekommen, tauchte aus den Staubwolken vor ihr die Karawane auf, geführt von einem Kameltreiber in seinem traditionellen langen Gewand. Erleichtert legte Mariella Fleur in den Kindersitz zurück und fuhr auf die Karawane zu. Der Führer gab ihr höflich und hilfsbereit Auskunft. Sie habe tatsächlich die Abzweigung zu der Oase verpasst, was in einem solchen Sandsturm leicht geschehen könne.

Außerdem seien wegen der Wetterverschlechterung alle Touristen angewiesen worden, nicht in der Wüste zu bleiben, sondern in die Stadt zurückzukehren. Für Mariella allerdings sei es nun das Beste, ihren Weg zur Oase fortzusetzen, den der Kameltreiber ihr sorgfältig beschrieb.

Mariella bedankte sich und fuhr nach der Beschreibung des Beduinen weiter, wobei sie die Kompassanzeige jetzt stets im Blick behielt. Und tatsächlich, nach einem, wie es ihr schien, endlosen Auf und Ab über weitere Dünen, tauchte durch die aufgewirbelten Sandwolken endlich die schemenhafte Silhouette des Gebirges vor ihr auf. Es war schon vier Uhr, und das Tageslicht schien rapide abzunehmen, was Mariella zusätzlich mit Panik erfüllte. Wenn sie geahnt hätte, dass ihr Ausflug so gefährlich hätte werden können, wäre sie nie dazu aufgebrochen. Aber nun war wenigstens ein Ende in Sicht.

Sie brauchte fast eine weitere Stunde im Zickzack durch die Sanddünen, bis sie die felsigen Ausläufer des Gebirges erreichte. Die Oase lag im Schatten einer tiefen Schlucht, deren schroffe, steil aufragende Wände Mariella erschauern ließen. Niemals hätte sie erwartet, dass ein Ort wie dieser den treulosen Liebhaber ihrer Schwester hätte reizen können.

Würde seine Villa hier genauso ein Palast sein wie sein Zuhause in Zuran? Neugierig spähte Mariella voraus, wo sich die Schlucht vor ihren Augen öffnete und die Oase in ihrer einsamen Schönheit preisgab. Umrahmt von hohen Palmen und eingetaucht in die letzten Strahlen der untergehenden Sonne, wirkte sie irgendwie unwirklich. Mariella hielt den Wagen an und blickte sich suchend um. Wo war die Villa des Scheichs? Sie sah lediglich ein einzelnes Zelt – zugegeben, ein ziemlich großes, aber ganz bestimmt keine Villa. Hatte sie sich etwa schon wieder verirrt?

Müde und hungrig fing Fleur erneut zu weinen an, und Mariella war klar, dass sie zumindest der Kleinen zuliebe eine Pause machen musste. Vorsichtig fuhr sie weiter über den holprigen Felspfad, der mehr wie ein ausgetrocknetes Flussbett schien als wie eine Straße. Ringsum waren die Felsen und das spärliche Gras der Oase mit Sandstaub bedeckt. Unweit war ein Geländewagen geparkt. Mariella hielt daneben an. In diesem Moment trat ein Mann aus dem Zelt, offenbar aufmerksam geworden durch das Motorengeräusch ihres Wagens.

Als er auf Mariella zukam, drückte ihm der Wind das lange Gewand an den athletischen Körper. Ihr stockte unwillkürlich der Atem. Der Mann hob den Kopf und sah sie an ... und sie wollte ihren Augen nicht trauen.

Es war der arrogante Fremde vom Flughafen. Der Mann aus ihrem Traum!

2. KAPITEL

Er hatte die Hand bereits an der Tür des Jeeps und riss sie auf. „Wer, zum Teufel, sind Sie denn?“ Wie schon auf dem Flughafen verweilte sein Blick fast verächtlich auf ihren auffällig blaugrünen Augen.

„Ich suche Scheich Xavier Al Agier“, antwortete Mariella und hielt seinem Blick stand.

„Und was wollen Sie von ihm?“

Er benahm sich wirklich nicht gerade höflich, aber nach ihrem ersten Eindruck ... nicht zu vergessen, ihrem Traum ... hatte sie nichts anderes erwartet. „Was ich von Scheich Xavier will, geht Sie gar nichts an!“, entgegnete sie deshalb ärgerlich. Vielleicht lag es an ihrem lauten Ton, jedenfalls fing Fleur, die sowieso schon gequengelt hatte, nun ernsthaft zu weinen an.

Der Fremde spähte ungläubig in den Wagen. „Sie haben das Baby dabei? Sind Sie von allen guten Geistern verlassen? Haben Sie denn nicht die Wetterwarnungen im Radio gehört? Wegen der drohenden schweren Sandstürme wurden alle Touristen angewiesen, diese Gegend strikt zu meiden!“

Errötend fiel Mariella ein, dass sie das Radio ausgeschaltet hatte, um für Fleur Kinderlieder zu spielen. „Es tut mir leid, wenn ich zu einem unpassenden Zeitpunkt komme“, flüchtete sie sich in Sarkasmus, „aber wenn Sie mir freundlicherweise einfach den Weg zur Istafan-Oase beschreiben könnten, dann ...“

„Dies ist die Istafan-Oase“, fiel er ihr barsch ins Wort.

Mariella schwieg einen Moment verunsichert. Dann riss sie sich zusammen. „Schön ... ich möchte Scheich Xavier Al Agier sprechen“, wiederholte sie energisch ihr Anliegen. „Ich nehme an, er befindet sich hier?“

„Weshalb wollen Sie ihn sprechen?“

Nun hatte sie wirklich genug. „Das geht Sie gar nichts an!“, sagte sie erneut wütend.

„Oh, Sie werden noch feststellen, dass alles, was mit Scheich Xavier zu tun hat, mich sogar sehr viel angeht“, antwortete er nun überheblich.

Sein Ton ließ Mariella aufhorchen. Ungläubig blickte sie zum ihm auf. War es möglich? War dies der Liebhaber ihrer Schwester … Fleurs Vater? Und warum war diese Vorstellung mit einem so seltsam bitteren Beigeschmack verbunden? „Sie … sind der Scheich, richtig?“, sagte sie heiser.

Er nickte spöttisch.

Wortlos wandte sie sich ab und nahm Fleur behutsam aus dem Kindersitz. Liebevoll lächelnd drückte sie die Kleine an sich und küsste sie auf die Wange, bevor sie den Blick herausfordernd auf Scheich Xavier richtete. „Das ist Fleur, das Baby, das Sie nicht anerkennen und für dessen Unterhalt Sie nicht Sorge tragen wollen.“

Ein Aufleuchten in seinen Augen verriet für den Bruchteil einer Sekunde, dass sie ihn schockiert hatte. Doch er hatte sich rasch wieder im Griff. Als er einen Schritt zurückwich, wünschte Mariella sich fast, dass er sie fortschicken würde. Der Ort, die Situation … das alles war überhaupt nicht so, wie sie es erwartet und worauf sie sich eingestellt hatte. Sie fühlte sich zutiefst verunsichert.

Sosehr sie sich auch bemühte, es wollte ihr einfach nicht gelingen, sich Scheich Xavier in dem exklusiven Nachtclub vorzustellen, in dem Tanya ihn doch angeblich kennengelernt hatte. Und der Ort, diese einsame Oase, eingebettet in der schroffen Felsenschlucht, weckte die Künstlerin in ihr, die die Szenerie am liebsten sofort mit Pinsel und Farbe auf Leinwand gebannt hätte.

Was ihre persönliche Situation betraf … Nein! Dieser Mann war der Liebhaber ihrer Schwester gewesen, und er war Fleurs Vater! Plötzlich war die Angst wieder da, die all die Jahre wie ein dunkler Schatten über ihr geschwebt hatte. Nein, ihr sollte es nicht so ergehen wie ihrer Mutter. Niemals würde sie sich eine Schwäche für einen Mann erlauben, der ihr nur wehtun konnte. Die Neigung, sich in den falschen Mann zu verlieben, mochte erlernbar sein, aber sie war bestimmt nicht erblich!

„Sofort raus hier!“

Sie sollte verschwinden? Mit dem größten Vergnügen! Mariella zog die Fahrertür zu, ließ den Motor an, legte den Rückwärtsgang ein und gab Gas. Doch die Räder drehten durch und wirbelten lediglich eine große Sandwolke auf, ohne dass sich der Wagen von der Stelle rührte. Scheich Xavier hämmerte draußen mit der Faust gegen die Fahrertür, und Mariella sah durch das Seitenfenster sein wütendes und ungläubiges Gesicht. Resigniert nahm sie den Fuß vom Gas und schaltete den Motor wieder aus. Wenn der Scheich wollte, dass sie verschwand, musste er ihr wohl erst einmal helfen, den Jeep freizubekommen.

In diesem Moment riss er die Tür auf. „Was, zum Teufel, haben Sie eigentlich vor?“

„Sie haben mir doch gesagt, ich soll verschwinden!“, entgegnete Mariella genauso wütend.

„Ich habe gemeint, Sie sollen aus dem Auto aussteigen, verdammt!“ Ehe sie sich's versah, beugte er sich über sie, löste ihren Sicherheitsgurt, umfasste fest ihre schmale Taille und hob sie aus dem Wagen.

Mariella hielt den Atem an. „Lassen Sie mich los“, sagte sie heiser und stieß ihn zurück. „Fassen Sie mich nicht an!“ Erst als sie jetzt so vor ihm stand, wurde ihr bewusst, wie groß er war. Sie musste zu ihm aufblicken.

„Fassen Sie mich nicht an?“ Scheich Xavier betrachtete sie von oben herab. „Nach allem, was ich weiß, hört man diese Worte eher selten von Ihnen.“

Außer sich vor Empörung, hob Mariella die Hand, um ihn zu ohrfeigen, aber er kam ihr zuvor und packte ihr Handgelenk so fest, dass es wehtat. „Katze!“, sagte er spöttisch. „Sollten Sie ernsthaft versuchen, Ihre Krallen an mir auszuprobieren, werden Sie es bedauern, das verspreche ich Ihnen! Aber heute Abend können Sie nirgendwohin fahren. Es ist ein schwerer Sandsturm angekündigt, der Sie auf halbem Weg in die Stadt lebendig begraben würde. Um Sie wäre es zwar nicht schade, aber dem Kind zuliebe …“

Fleur! Verzweifelt riss sich Mariella von ihm los. Auch wenn es für sie eine unerträgliche Vorstellung war, eine Nacht mit diesem gefährlichen Mann in dieser einsamen Wildnis zu bleiben, so sagte ihr die Vernunft, dass sie keine andere Wahl hatte. Der Jeep stand bereits bis zur Radnabe im Sand, und Mariella spürte den Sand schon knirschend auf der Zunge. Sie konnte das Baby nicht dieser Gefahr aussetzen. Im Innern des Wagens hatte Fleur jetzt wieder angefangen zu weinen. Unwillkürlich wandte Mariella sich ihr zu, aber Scheich Xavier war schneller, beugte sich in den Jeep und hob die Kleine heraus.

Mariella beobachtete die beiden mit angehaltenem Atem. Das

Baby sah in seinen Armen winzig aus. Immerhin war er Fleurs Vater, da musste er doch irgendetwas empfinden, oder? Wenigstens eine gewisse Reue, Schuldgefühle …?

Er betrachtete Fleur tatsächlich einen Moment nachdenklich, doch seine Miene war unergründlich. „Sie hat Ihr Haar", sagte er dann und legte sie Mariella in den Arm, bevor er schroff hinzufügte: „Der Wind wird stärker. Wir müssen unbedingt ins Zelt … Was haben Sie vor?"

Mariella hatte sich wieder dem Jeep zugewandt. „Ich möchte Fleurs Sachen aus dem Wagen holen."

Scheich Xavier winkte unwillig ab. „Lassen Sie das jetzt. Ich hole sie später."

Der starke Wind fegte Mariella den Sand jetzt so ins Gesicht, dass er sich wie Schmirgelpapier auf der Haut anfühlte. Als sie schließlich das schützende Zelt erreicht hatte, schmerzten ihr außerdem die Beine von der Anstrengung, sich durch die Sandwehen vorwärtszukämpfen.

Das Zelt war sehr viel geräumiger, als es von außen den Anschein gehabt hatte. Der zentrale Wohnbereich war mit luxuriösen Teppichen und niedrigen Diwans wohnlich eingerichtet. Bunte Läufer zierten dunkle Holzkommoden, und zahlreiche Öllampen und Kerzen auf kunstvoll geschnitzten Tischen tauchten alles in ein sanftes Licht. Seitlich ließen zwei mit goldenen Schnüren halb zurückgebundene Türvorhänge vermuten, dass es noch weitere Zimmer gab.

„Fleur braucht etwas zu essen und muss gewickelt werden", sagte Mariella. „Und ich möchte beim Beach Club anrufen und über meinen Verbleib Bescheid geben."

„Telefonieren? Bei dem Sandsturm?" Scheich Xavier lachte spöttisch. „Selbst ein Festnetzanschluss würde nur mit viel Glück funktionieren … ein Handy schon gar nicht. Und was das Kind betrifft …"

„Das Kind!", fiel Mariella ihm empört ins Wort. „Sie heißt Fleur! Aber obwohl Sie jetzt die Wahrheit wissen, versuchen Sie immer noch, sich von ihr zu distanzieren, nicht wahr? Lassen Sie sich gesagt sein …"

„Nein, lassen Sie sich etwas gesagt sein", unterbrach er sie nun seinerseits. „Jeder x-Beliebige könnte der Vater dieses Kindes sein.

Es tut mir für die Kleine leid, dass ihre Mutter eine derart lockere Moral hat und sich jedem Mann an den Hals wirft. Aber ich habe nicht vor, mich dazu erpressen zu lassen, für ein so billiges Vergnügen zu bezahlen … ebenso wenig wie für ein Kind, das daraus eventuell hervorgegangen ist … oder auch nicht!“

Mariella war kreidebleich geworden. Ehe sie ihre Schwester jedoch verteidigen konnte, fing Fleur richtig zu weinen an. Jetzt galt es erst einmal, sich um die Kleine zu kümmern. „Schon gut, mein Schatz, ich weiß ja, dass du Hunger hast …“ Mariella streichelte sie zart und küsste sie auf die Stirn. Sie hatte Tanya schon bei Fleurs Geburt beigestanden und liebte ihre kleine Nichte, als wäre sie ihre eigene Tochter.

„Ich weiß zwar nicht, was so ein Baby braucht, aber im Kühlschrank ist Obst und Milch, und es gibt auch einen Mixer“, sagte Scheich Xavier sachlich.

Kühlschrank? Mixer? Mariella sah ihn erstaunt an. „Sie haben hier draußen Elektrizität?“

Er lächelte spöttisch. „Natürlich sind wir nicht ans öffentliche Netz angeschlossen, wenn Sie das meinen. Aber es gibt einen kleinen Generator, der genügend Strom für meine Bedürfnisse produziert. Wenn ich mich nach hier draußen zurückziehe, um in Ruhe arbeiten zu können, heißt das nicht, dass ich auf jeden Luxus verzichten möchte. Der Generator wird auch genügend warmes Wasser liefern, sodass Sie das Baby baden können. Sie selbst allerdings werden sich damit begnügen müssen, mein Badewasser zu teilen.“ Er sah sie herausfordernd an. Offensichtlich machte es ihm Spaß, sie zu provozieren.

„Da ich nur eine Nacht hier verbringen werde, kann ich auf dieses spezielle Vergnügen wohl verzichten“, erwiderte sie kühl.

„Ich werde jetzt noch einmal hinausgehen und die Babysachen aus dem Jeep holen. Die Küche finden Sie durch den Durchgang dort und dann rechts.“

Mariella hatte zwar in Form von Milchpulver und Babynahrung in Gläschen alles Nötige für Fleur eingepackt, dennoch konnte es nichts schaden, sich die Gegebenheiten anzusehen. Der Durchgang, den Scheich Xavier ihr bezeichnet hatte, führte rechts in eine zwar sehr kleine, aber unerwartet gut ausgestattete Küche und links in ein makellos sauberes Bad mit einer chemischen Toilette und einer Duschkabine.

Zufrieden kehrte Mariella in den Wohnbereich zurück. Die andere Türöffnung führte also vermutlich in den Schlafbereich.

Scheich Xavier kam zurück, beladen mit Fleurs Gepäck. „Wozu braucht man all das Zeug?", fragte er fassungslos.

Unter anderen Umständen hätte sie sein typisch männliches Unverständnis gegenüber den Bedürfnissen eines Babys vermutlich amüsiert. Nun aber ignorierte sie ihn einfach, ging mit der immer noch ungnädigen Fleur auf dem Arm zur Kühltasche und öffnete sie. „Mm, Fleur, sieh mal ... Bananenmus, dein Lieblingsobst!" Sie lächelte zärtlich, als Fleur tatsächlich aufhörte zu weinen und sie mit ihren großen braunen Augen nachdenklich ansah.

„Es sollte mich vermutlich nicht überraschen, dass sie nicht gestillt wird", bemerkte Scheich Xavier missbilligend.

Ärgerlich drehte sich Mariella zu ihm um. „Da ihre Mutter wieder arbeiten gehen musste, war das nicht möglich!"

„Wie tugendhaft das klingt! Aber in Wahrheit ist diese Arbeit doch gerade das Gegenteil oder nicht? Was Sie natürlich leugnen werden ... genauso wie Sie behaupten, genau zu wissen, wer der Vater dieses Kindes ist."

„Sie sind abscheulich! Fleur hat es nicht verdient, so behandelt zu werden. Sie ist ein unschuldiges Baby ..."

„Allerdings. Wenigstens in dem Punkt sind wir uns einig. Nur leider haben Sie das nicht bedacht, bevor Sie mit Ihren Anschuldigungen und Forderungen hierhergekommen sind!"

Wie konnte er nur so kalt und gefühllos sein? Nach dem wenigen, was Tanya von ihm erzählt hatte, hatte Mariella erwartet, einen sehr emotionalen und leidenschaftlichen Mann vorzufinden. Und im Bett war er das vermutlich auch! Sie errötete unwillkürlich angesichts dieser gänzlich ungebetenen Gedanken, die ebenso erregende wie unerwünschte Bilder heraufbeschworen. Was war nur mit ihr los? Normalerweise hatte sie ihre Gefühle, was Männer betraf, doch sehr gut im Griff und ließ sich nie zu derart gefährlichen Reaktionen hinreißen! „Wie lange wird dieser Sandsturm eigentlich dauern?", fragte sie ungehalten.

Scheich Xavier zog bezeichnend die dunklen Brauen hoch. „Einen Tag … oder zwei Tage … oder auch drei …“

„Drei Tage!“, rief Mariella entsetzt aus. Einmal abgesehen davon, dass Tanya verrückt werden würde vor Sorge, wenn sie drei Tage nichts von ihr hörte … was würde der Prinz denken, wenn er zurückkehren würde, und sie war nicht da? „Ich … ich muss Fleur jetzt füttern und wickeln.“ Glücklicherweise hatte sie, um gegen alles gewappnet zu sein, nicht nur Fleurs Wickelauflage, sondern auch die faltbare Reisewanne und den tragbaren Kinderwagenaufsatz mitgebracht, der Fleur als Reisebettchen dienen konnte.

„Da Sie offensichtlich keine Wahl haben, als die Nacht hier zu verbringen, wird es das Beste sein, wenn Sie und das Baby in meinem … im Schlafraum schlafen“, sagte Xavier.

Mariella schluckte. „Und … wo werden Sie die Nacht verbringen?“

„Hier natürlich. Ich schlage vor, dass wir beide etwas essen, sobald Sie das Baby gefüttert und gebadet haben. Und dann …“

„Vielen Dank, aber ich bin durchaus in der Lage, selbst zu entscheiden, wann ich etwas essen möchte“, schnitt sie ihm das Wort ab.

Sie war wesentlich unabhängiger und erheblich temperamentvoller, als er erwartet hatte, wie Xavier nachdenklich einräumte, sobald Mariella mit Fleur verschwunden war. Und ganz bestimmt nicht eine der Frauen, auf die sein jüngerer Cousin normalerweise flog.

Beim Gedanken an Khalid presste Xavier ärgerlich die Lippen zusammen. Er hatte wütend und ungläubig reagiert, als Khalid ihn angerufen hatte, um ihn darüber zu informieren, dass er sich verliebt habe und daran denke, eine Frau zu heiraten, die er in einem Nachtclub kennengelernt hatte! Khalid war schon oft verliebt gewesen, aber von Heirat hatte er das erste Mal gesprochen. Mit seinen vierundzwanzig Jahren war Khalid noch sehr unreif, und Xavier war der Ansicht, dass die richtige Frau für seinen jüngeren Cousin stark genug sein müsse, um ihn auf dem Boden der Wirklichkeit zu halten … und reich genug, um ihn nicht nur wegen seines Geldes zu wollen.

Xaviers Miene wurde noch nachdenklicher. Seine lebenserfahrene französische Großmutter hatte ihn schon in sehr jungen Jahren gewarnt, dass der immense Reichtum, den er von seinem Vater geerbt hatte, ihn zu einem begehrten Ziel geldgieriger Frauen machen würde. Als Teenager hatte ihn die Großmutter dann für eine Weile nach Frankreich geschickt, damit er die eleganten Töchter ihrer entfernten Verwandten kennenlernte … Mädchen, die es ihrer Meinung nach wert waren, ihr auf den „Thron“ zu folgen, den sie bei einer Heirat von Xavier würde freimachen müssen. Aber so gebildet und wohlerzogen diese Mädchen auch waren, keine davon hatte Xavier reizen können, und er entwickelte eine zunehmende Abneigung gegen die Vorstellung, seine Ehe aus praktischen Überlegungen heraus arrangieren zu lassen.

Nicht zuletzt aus diesem Grund stand für ihn eigentlich schon fest, dass letztendlich Khalid für den Erben des gewaltigen Familienvermögens sorgen würde, der vor allem aber auch seine, Xaviers, Stelle als Führer ihres historisch einzigartigen Stammes einnehmen würde. Allerdings hatte er bislang keinen Grund gesehen, Khalid zu drängen, sich eine angemessene Braut zu suchen … bis er erfahren hatte, dass sein Cousin vorhatte, diese unmögliche junge Frau zu heiraten, die jetzt hier in sein Refugium eingedrungen war!

Tatsächlich wusste er nicht, was ihn mehr ärgerte: Khalids Schwäche und Feigheit, einfach zu verschwinden, ohne ihm einen Hinweis auf seinen Aufenthaltsort zu hinterlassen … oder die Unverfrorenheit dieser Frau, die ihren an ihn, Xavier, gerichteten brieflichen Erpressungsversuch mit ihrem persönlichen Auftauchen hier krönte und nicht davor zurückscheute, das Baby mitzubringen, von dem sie behauptete, dass sein Cousin der Vater sei.

Rein äußerlich gab es eigentlich keinen überzeugenden Hinweis, dass die Kleine Khalids Tochter sein könnte. Sie war zart und blond wie ihre Mutter, mit dem einzigen Unterschied, dass die Mutter es offenbar für nötig hielt, ihre Augenfarbe durch viel zu auffällige und dadurch unecht wirkende blaugrüne Kontaktlinsen aufzupeppen, wohingegen das Baby braune Augen hatte. Wie Khalid?

Braune Augen waren kein Beweis, dass Khalid der Vater war, und ohne einen sicheren Beweis, würde er, Xavier, seinem jüngeren Cousin auf keinen Fall erlauben, die Mutter des Kindes zu heiraten. Wie hatte Khalid sich überhaupt in diese Frau verlieben können? Wenn er, Xavier, geahnt hätte, wer sie war, als er sie am Flughafen gesehen hatte, hätte er jedenfalls alle Hebel in Bewegung gesetzt, sie auf der Stelle nach Hause zurückzuschicken!

Von plötzlicher Rastlosigkeit befallen, ging er zum Ausgang des Zeltes, zog den Vorhang beiseite und blickte hinaus. Der Wind fegte inzwischen wie ein heulender Derwisch über die Wüste und wirbelte den Sand in derart dichten Wolken auf, dass man nicht einmal mehr bis zum Wasser der Oase sehen konnte. Zu schade, denn gerade jetzt wäre ihm ein abkühlendes Bad sehr angenehm gewesen!

Es erstaunte ihn ebenso, wie es ihn wütend machte, dass er tatsächlich so eine Frau begehren konnte … die doch all das repräsentierte, was er bei einer Frau zutiefst verabscheute: Habgier, lose Moral und Selbstsüchtigkeit. Charakterfehler, die seiner Meinung nach kein noch so schönes Gesicht und kein noch so reizvoller Körper wiedergutmachen konnten. Wobei er zugeben musste, dass in letzterer Hinsicht sein kleiner Cousin diesmal einen verdammt guten Geschmack bewiesen hatte!

Xavier ließ den Türvorhang wieder zufallen und machte ihn fest. Es ärgerte ihn, dass diese Frau ihn ausgerechnet in seinem Refugium aufgesucht hatte, dem einzigen Ort, wohin er sich gelegentlich vor der Last seiner Verpflichtungen zurückzog. Ein spöttisches Lächeln huschte über sein Gesicht. Nach allem, was Khalid ihm über das Luxusleben erzählt hatte, das sie miteinander geteilt hatten, würde es ihr hier nicht gefallen. Wie auch immer, dem Kind allerdings durfte es an nichts fehlen.

Das Kind. Xavier presste erneut die Lippen zusammen. Fleur stellte eine Komplikation dar, mit der er überhaupt nicht gerechnet hatte.

Nachdem Fleur gefüttert, gebadet und gewickelt war, merkte Mariella plötzlich, wie müde und erschöpft sie selber war.

Sie hatte natürlich nicht erwartet, dass Xavier auf ihr Erscheinen und ihre Vorwürfe erfreut reagieren würde, aber die kränkende Art, wie er Tanya als „leichtes Mädchen“ verunglimpfte, hatte sie doch schockiert. Immerhin hatte dieser Mann mit ihrer Schwester das Bett geteilt und ihr ewige Liebe geschworen! Vermutlich waren Tanya und Fleur ohne ihn besser dran. Sie jedenfalls, Mariella, wünschte sich jetzt sehnlichst, sie wäre nicht gezwungen, in diesem gefährlich einsamen Wüstencamp die Nacht allein mit ihm zu verbringen!

Xavier beobachtete Mariella, wie sie im Wohnbereich des Zeltes auf und ab ging und Fleur geduldig in den Schlaf wiegte. Diese unwirklich blaugrünen Augen fielen in ihrem blassen, zarten Gesicht mehr denn je auf.

Khalid hatte sie sicher unzählige Male so gesehen – ungeschminkt, der makellose Teint fast durchscheinend –, wenn er früh morgens neben ihr aufgewacht war und sie mit seinen Zärtlichkeiten geweckt hatte ... Maßloser Zorn stieg in Xavier auf und machte ihn nur noch ärgerlicher. Was war mit ihm los? Warum brachte ihn diese Frau so aus dem Gleichgewicht – eine kleine Blondine mit zerzaustem Blondhaar, das vermutlich sogar gefärbt war, farbigen Kontaktlinsen und einem zugegebenermaßen hinreißenden Körper, der aber zweifellos mehr Liebhaber willkommen geheißen hatte, als ein Mann von strengen Moralvorstellungen, wie er, Xavier, es war, gut finden konnte.

Es würde ihr nur recht geschehen, wenn er Khalid beweisen würde, was für ein Flittchen sie war, indem er sie selbst flachlegte! Das würde seinem leichtsinnigen Cousin sicher die Augen öffnen ... wenn er denn endlich zurückkehrte, nachdem er seinen Schreibtisch in ihrem Familienunternehmen einfach im Stich gelassen hatte und mit unbekanntem Ziel abgetaucht war. Das Kind war eine andere Sache. Wenn Khalid wirklich der Vater war, musste es natürlich hier in Zuran aufwachsen und zu einer ehrbaren Frau erzogen werden.

3. KAPITEL

Mariella wachte auf, noch bevor Fleur unruhig wurde. Sie stand auf und tappte zum Tragebettchen, barfuß und nackt. Bevor sie schlafen gegangen war, hatte sie ihre Unterwäsche und das weiße T-Shirt, das sie zu der khakifarbenen Cargohose und einer dazu passenden Jacke getragen hatte, durchgewaschen. Lieber würde sie die Wäsche am Morgen etwas feucht wieder anziehen als schmutzig.

Fleur strampelte wach in ihrem Bettchen. Mariella nahm sie heraus und trug sie ins große Bett … Xaviers Bett, das genügend Platz für einen Mann und seinen ganzen Harem bot! Mariella deckte sich wieder mit den kühlen Leinenlaken zu und betrachtete Fleur liebevoll im Schein einer einzelnen Öllampe, die sie brennen gelassen hatte. Die Kleine saugte gierig an ihrem Finger, hatte also Hunger. Es wäre eigentlich auch kein Problem gewesen, ihr eine Flasche zuzubereiten. In der Küche gab es Wasser im Kühlschrank, Fleurs Milchpulver und sterilisierte Fläschchen. Sie, Mariella, musste sich nur durch die Höhle des Löwen schleichen, um in die Küche zu gelangen!

Blieb die Frage, womit sollte sie ihre Blöße bedecken? Während Mariella noch schwankte zwischen einem der großen Badetücher, die Xavier ihr am Abend gebracht hatte, und dem Bettlaken, fing Fleur doch an zu weinen.

„Schsch", versuchte Mariella das Baby zu beruhigen. „Ich weiß ja, dass du Hunger hast, mein Schatz."

Nebenan drehte sich Xavier seufzend herum, als er Fleur weinen hörte. Es war kurz nach zwei Uhr früh, und der Diwan war für einen großen Mann wie ihn nicht gerade eine bequeme Schlafstatt. Draußen zerrte der Wind heulend am Zelt, als wollte er dessen Standfestigkeit testen. Aber diese traditionelle Konstruktion hatte schon Jahrhunderte den Wüstenstürmen standgehalten, sodass Xavier keine Sorge hatte, das Ganze könnte davonwehen.

Xavier schlug die Decke zurück, stand auf, zog sich einen leichten seidenen Morgenmantel über und ging in die Küche. Ohne zu zögern nahm er eine der Flaschen aus dem Sterilisator und begann mit geübter Hand, die Flasche mit Babynahrung zuzubereiten.

Seine Großmutter – die die meisten Leute für eine recht exzentrische Frau hielten – hatte ihn nach seinem Schulabschluss und bevor er sein Universitätsstudium aufgenommen hatte, für sechs Monate als Helfer in ein Flüchtlingscamp geschickt. „Du weißt, was es bedeutet, stolz zu sein. Jetzt musst du lernen, was es bedeutet, demütig zu sein", hatte sie entgegnet, als er dagegen aufbegehrt hatte. „Ohne Demut kann man keine wirklich große Führungspersönlichkeit werden, Xavier. Und du schuldest dem Volk deiner Väter diese Größe, weil es ohne einen starken und klugen Führer von dieser modernen Welt verschlungen und in alle Winde verstreut wird."

In dem Flüchtlingscamp hatte er unter anderem in der Kinderkrippe gearbeitet. Niemals würde er den Anblick der ausgezehrten kleinen Körper vergessen!

Xavier schraubte den Sauger auf die Flasche, überprüfte noch einmal die Temperatur und ging ins Schlafzimmer, wo das Baby jetzt schon ziemlich laut und nachdrücklich schrie. Wahrscheinlich ist seine egoistische Mutter zu müde, um aufzustehen, dachte Xavier – ungerechterweise, wie er selber einräumen musste, denn auch ihm war natürlich nicht entgangen, wie liebevoll sie sich um Fleur kümmerte.

Mariella dagegen hatte den Eindruck, dass Fleur viel zu jämmerlich schrie, um nur hungrig zu sein. Besorgt hob sie das Baby hoch und drückte es sich an die Schulter, was Fleur zunächst auch ein wenig beruhigte.

„Was ist denn los, Schätzchen?", flüsterte Mariella liebevoll. „Vermisst du deine …?" Sie verstummte, als der Türvorhang beiseitegezogen wurde, und zog errötend das Laken hoch, als sie Xavier erblickte. „Was wollen Sie denn hier?"

„Sie sind also doch wach. Ich dachte …"

Mariella bemerkte Fleurs Flasche in seiner Hand und sah ihn erstaunt an. „Was ist da drin?", fragte sie skeptisch und drückte das Baby beschützend an sich.

„Babynahrung. Was sonst?", erwiderte er schroff. „Meinen Sie etwa Gift?"

Mariella nahm die Flasche, tropfte sich etwas auf die Hand und probierte es.

„Zufrieden?"

Sie blickte zu ihm auf und schwieg störrisch.

„Du liebe Güte!" Xavier schüttelte ungläubig den Kopf. „Sie gehen mit diesen lächerlichen farbigen Kontaktlinsen sogar ins Bett! Hat Ihnen noch niemand gesagt, dass kein Mensch derart auffällig gefärbte Augen hat? Wenn Sie also Ihre Liebhaber damit beeindrucken oder täuschen wollen …"

Mariella erstarrte empört. Farbige Kontaktlinsen? Wie konnte er es wagen! „Ach ja?", fiel sie ihm ins Wort. „Nun, zu Ihrer Information, ob Sie die Farbe meiner Augen für lächerlich halten oder nicht, sie ist zufällig echt. Ich trage keine Kontaktlinsen, und was meinen Wunsch betrifft, einen möglichen Liebhaber zu beeindrucken …"

Fleur, die bis dahin zufrieden an ihrer Flasche genuckelt hatte, protestierte energisch, als Mariella ihr in ihrer Erregung aus Versehen den Schnuller aus dem Mund zog. Sofort entschuldigte sich Mariella bei dem Baby und atmete tief ein, um sich wieder zu beruhigen.

Echt? Das Einzige, was an ihr echt ist, das sind ihre frechen Lügen! überlegte Xavier, während er sie verstohlen betrachtete. In ihrer Aufregung war das Laken verrutscht. Kein Wunder, dass sie das Baby nicht stillte! Wer so perfekte, straffe Brüste besaß, wollte sie sich bestimmt nicht ruinieren. Xavier glaubte sogar den Ansatz der zartrosa Spitzen zu erkennen. Unruhig trat er von einem Fuß auf den anderen. Wahrscheinlich setzte sie sich ganz bewusst so in Pose und wusste genau, welche Wirkung das auf ihn hatte!

Xavier rief sich energisch ins Gedächtnis, dass dies seine Zufluchtsstätte war, die er gerade aufsuchte, um den übermäßigen Reizen des Großstadtlebens zu entfliehen und in Ruhe nachdenken zu können.

Das Laken glitt noch ein wenig tiefer. Ihre Brüste waren makellos, zart und hell, von der Sonne unberührt. Was Xavier zu denken gab. Khalid hatte ihm erzählt, dass er mit ihr an der Küste Südfrankreichs Urlaub gemacht hatte, wo der Jetset sich mit Vorliebe oben ohne sonnte. Wie Xavier seinen Cousin kannte, konnte er sich nicht vorstellen, dass Khalid sich zu einer Frau hingezogen fühlen würde, die zu schamhaft war, am Strand ihr Bikinitop auszuziehen.

Er, Xavier, dagegen fand die Vorstellung unglaublich erregend, dass eine Frau den Anblick ihrer nackten Brüste allein ihrem einzigen Liebhaber vorbehielt.

Mariella ahnte von all diesen Gedanken nichts, sondern betrachtete zunehmend besorgt Fleurs gerötetes Gesicht. Prüfend berührte sie die Wange des Babys und stellte besorgt fest, dass die Kleine glühte.

Ohne sich dessen bewusst zu sein, hatte Mariella ihre Brüste nun voll entblößt. Xavier schluckte. Wie er geahnt hatte, waren die Spitzen rosig. Es kribbelte ihn förmlich in den Fingern, sie zu berühren, zu liebkosen, zu spüren, wie sie hart werden würden.

In ihrer Sorge um Fleur hatte Mariella Xaviers Anwesenheit völlig vergessen. Erst der Luftzug und die Bewegung des Türvorhangs, als er mit raschen Schritten den Schlafraum verließ, erinnerten sie wieder daran. Im selben Moment begann Fleur wieder richtig zu weinen und ließ sich durch nichts mehr beruhigen. Mariella fürchtete, Xavier könnte jeden Moment wieder auftauchen und sich über das Geschrei beschweren. Sie stand also auf, wickelte sich das Laken um den Körper und ging mit Fleur auf dem Arm langsam auf und ab.

Zunächst schien Fleur sich tatsächlich zu beruhigen. Doch als Mariella versuchte, sie ins Bettchen zu legen, schrie sie sofort wieder los, und das ganze Spiel fing von vorn an. Drei Stunden später war Mariella restlos erschöpft. Ihr schmerzten die Arme, und sie musste sich eingestehen, dass sie sich allmählich ernsthaft Sorgen machte. Fleur weinte jämmerlich. Ihre Wangen waren hochrot, und sie schwitzte am ganzen Körper. Und draußen tobte immer noch ein höllischer Sturm.

„Mein armes Baby", flüsterte Mariella unglücklich. Tanya hatte ihr ihre geliebte kleine Tochter anvertraut. Wie würde ihre Schwester reagieren, wenn sie erfuhr, dass sie, Mariella, das Baby auf einen Ausflug in die Wüste mitgenommen hatte, wo es weit und breit keinen Arzt gab? Was, wenn Fleur wirklich ernsthaft, womöglich lebensbedrohlich erkrankt war? In ihrer Angst schickte Mariella ein Stoßgebet zum Himmel.

Nebenan lauschte Xavier auf das jämmerliche Schreien des Babys, wagte es aber nicht, hineinzugehen und seine Hilfe anzubieten. Er konnte seinen Gefühlen nicht trauen, wie er sich widerstrebend eingestand.

Eine weitere Stunde später entschied sich Mariella verzweifelt, der Sache auf den Grund zu gehen, denn es war ja offensichtlich, dass es Fleur nicht gut ging. Mit bebenden Händen zündete Mariella alle Öllampen an, legte Fleur auf die Wickelauflage aufs Bett und zog das Baby behutsam aus. Dann überprüfte sie den kleinen Körper sorgfältig nach irgendwelchen Hinweisen auf einen Ausschlag, der ihre schlimmsten Ängste bestätigt hätte, dass Fleur sich möglicherweise mit einer Meningitis angesteckt hätte.

Als sie jedoch nach mehrfacher Überprüfung keinen Hinweis entdecken konnte, war sie so ratlos wie zuvor. Zärtlich wischte sie Fleur die Tränen aus dem heißen Gesicht und küsste sie auf die kleine Wange. Fleur griff nach ihrem Zeigefinger und versuchte, daran zu saugen. Nein, eigentlich biss sie darauf herum … Mariella spürte etwas Spitzes, Scharfes … Fleur bekam ihren ersten Zahn!

Erleichtert fiel Mariella ein Stein vom Herzen. Sie erinnerte sich noch gut daran, wie ihre Mutter Tanya nächtelang herumgetragen hatte und ihr, Mariella, erklärt hatte, dass das Zahnen dem Baby wehtue und es deshalb so weine. Nun holte Mariella die schmerzstillende Lotion aus der Babytasche, die sie für diese Zwecke in die Reiseapotheke getan hatte.

„Pass auf, gleich fühlst du dich besser, mein Schatz“, sagte sie liebevoll, während sie die Lotion behutsam mit einem Wattestäbchen auftupfte. „Und was für einen hübschen kleinen Zahn hast du da! So ein hübscher Zahn!“

Tatsächlich beruhigte sich Fleur im Nu und war nur Minuten später tief und fest eingeschlafen. Restlos erschöpft trug Mariella das Baby ins Bettchen und legte sich dann selber wieder hin.

Xavier wurde allmählich unruhig. Es war schon helllichter Tag. Er selbst hatte längst geduscht und gefrühstückt und sogar versucht, etwas am Laptop zu arbeiten. Allerdings fiel es ihm schwer, sich zu konzentrieren. Ständig schweiften seine Gedanken zu der Geliebten seines Cousins, was gänzlich unerwünschte Gefühle in ihm wachrief. Seit Stunden drang nicht der geringste Laut aus dem Schlafzimmer. Als Nachtclubtänzerin war sie es sicher gewohnt, tagsüber zu schlafen … und höchst wahrscheinlich nicht allein!

Allein bei der Vorstellung, dass diese Frau nebenan in seinem Bett lag, wurde ihm durch und durch heiß … was ihn wiederum wütend machte, denn er war insgeheim immer sehr stolz auf seine Selbstbeherrschung gewesen. Khalid sollte eigentlich froh sein, dass er, Xavier, ihn davor bewahrt hatte, diese türkisäugige Verführerin zu heiraten!

Doch Khalid war nicht froh. Im Gegenteil, er war verschwunden, nachdem er hoch und heilig geschworen hatte, die Frau, die er liebte, niemals aufzugeben, selbst wenn er, Xavier, die Drohung wahr machen würde, ihn zu enterben. Sein Cousin war offenbar völlig vernarrt in diese Frau, und nun, da er, Xavier, sie kennengelernt hatte, fing er an zu begreifen, wie gefährlich sie war.

Wenn er jedoch mit ihr ins Bett gehen würde, würde das Khalids Liebe sicher abkühlen lassen. Zumal, wenn sein Cousin erfuhr, dass sie sich ihm, Xavier, freiwillig hingegeben hatte! Und sie würde der Versuchung, sich einen noch reicheren Mann zu angeln, ganz bestimmt nicht widerstehen können! Natürlich würde Khalid sehr verletzt sein, aber es war nur zu seinem Besten. Lieber ein Ende mit Schrecken als ein Schrecken ohne Ende. Und diese Frau würde ihm auf lange Sicht nur Unglück bringen.

Allmählich kam Xavier die Stille in dem Schlafraum nebenan merkwürdig vor. Die Frau musste inzwischen doch wach sein, und sei es nur, um sich um das Baby zu kümmern! Gereizt ging Xavier hinüber und zog den Türvorhang beiseite.

Mariella lag im Bett und schlief tief und fest. Ihr einer Arm umrahmte in anmutigem Bogen ihren Kopf, ihr Teint schimmerte hell im sanften Licht. Das seidige rotblonde Haar umschmeichelte zerzaust das zarte Gesicht, dichte schwarze Wimpern ruhten auf den rosigen Wangen – sicherlich gefärbt, um die unwirklich blaugrünen Augen zu betonen, von denen sie ja behauptet hatte, dass deren Farbe natürlich sei.

Sie seufzte im Schlaf. Ein beunruhigter Ausdruck huschte über ihr Gesicht, bevor sie wieder ganz still dalag. Xavier konnte den Blick nicht von ihr wenden und betrachtete sie wie gebannt. Alles, was er von ihr wusste, widersprach seinen hohen moralischen Ansprüchen und Werten, aber rein körperlich übte sie eine schier unwiderstehliche Anziehung auf ihn aus, ein Verlangen, das nach Erfüllung drängte. Ohne sich dessen überhaupt bewusst zu sein, machte er einen Schritt auf das Bett zu. Wenn er sie jetzt in die Arme nahm und weckte, würde sie dann Khalids Namen nennen?

Allein dieser Gedanke hätte genügen müssen, seine Erregung abzukühlen, doch stattdessen erfüllte ihn die Vorstellung, irgendeinen anderen als den eigenen Namen von dieser Frau zu hören, mit heftigem Zorn. Und während er sich noch nicht eingestehen wollte, was das bedeutete, wurde seine Aufmerksamkeit durch ein vergnügtes Glucksen aus dem Babybettchen abgelenkt.

Er ging hinüber und betrachtete Fleur. Ihr Kind. Das Kind von einem anderen Mann. Der Gedanke versetzte ihm einen schmerzlichen Stich.

Fleur hatte die Decke weggestrampelt, spielte mit ihrem nackten Füßchen und blickte kokett lächelnd zu Xavier auf. Er hielt den Atem an. Sie war so klein, so zart ... so ganz wie ihre Mutter. Unwillkürlich beugte er sich herab, um sie hochzunehmen.

Genau in diesem Moment wachte Mariella auf. Ein Urinstinkt musste sie geweckt haben, dessen war sie sich sicher, als sie zum Babybettchen hinüberblickte und sah, wie Xavier sich über Fleur beugte. „Wagen Sie es nicht, ihr wehzutun!“, stieß sie rasch aus.

„Ihr wehzutun?“ Xavier drehte sich wütend um. „Das sagen ausgerechnet Sie? Ich nehme an, die Kleine ist es jetzt schon gewohnt, sich selbst zu beschäftigen, während ihre Mutter sich nach ihrer zweifelhaften nächtlichen Arbeit ausschläft?“

Jetzt war es an Mariella, zornig zu werden. „Und wie können ausgerechnet Sie es wagen, so zu urteilen, nach allem, wie Sie sich verhalten haben? Sie sind ein abscheulicher Mensch, dem jegliches Mitgefühl oder ... Verantwortungsgefühl fehlt!“

Fasziniert beobachtete Xavier das wütende Aufleuchten ihrer unwahrscheinlich blaugrünen Augen und gestand sich – immer noch etwas ungläubig – ein, dass die Farbe tatsächlich echt sein musste. Leuchteten ihre Augen auch so, wenn sie sich ganz in ihrer Leidenschaft verlor? War sie in der Liebe genauso leidenschaftlich wie im Zorn? Natürlich, er wusste es, zweifelte nicht einen Moment daran, genauso wie er wusste, wäre sie sein ...

„Es ist schon fast elf Uhr. Das Kind muss Hunger haben“, sagte er barsch, wütend über seine eigene Schwäche, mit seinen Gedanken derart unerlaubt abzuschweifen.

Mariella warf einen ungläubigen Blick auf die Uhr. Tatsächlich, es war fast elf Uhr! Wie war das nur möglich? Sie konnte es gar nicht erwarten, wieder nach Zuran City zurückzukommen. Je eher ich mich mit Fleur auf den Weg mache, desto besser, dachte sie, als Xavier ohne ein weiteres Wort den Schlafraum verließ.

4. KAPITEL

Mariella hielt erstaunt inne, als sie den leeren Wohnraum betrat. Wo war Xavier? Seitlich surrte auf einem Tisch leise ein moderner Laptop. Offenbar hatte Xavier eben noch daran gearbeitet.

Während Mariella sich umblickte und bewundernd die kostbaren Teppiche und die wenigen eleganten antiken Möbelstücke zur Kenntnis nahm, die ebenso teuer wie praktisch und gemütlich waren, versuchte sie, sich ihre etwas verrückte, flippige Halbschwester in einer derartigen Umgebung vorzustellen. Tanya machte überhaupt keinen Hehl daraus, dass sie das geschäftige Treiben in den Großstädten liebte, genauso wie Ferien an exklusiven, schicken Orten und hypermoderne Apartments. Außer Fleur, die sie zugegebenermaßen vergötterte, liebte sie vor allem ihr eigenes Vergnügen, und Mariella fiel es zunehmend schwer, sie sich an der Seite eines Mannes wie Scheich Xavier vorzustellen, der viel zu asketisch wirkte, um Tanyas Geschmack teilen zu können.

Tanya liebt ihn, rief sie sich energisch ins Gedächtnis, auch wenn sie, Mariella, das kaum vorstellbar fand. Er war einfach nicht Tanyas Typ. Ihre jüngere Schwester flog eigentlich auf jungenhafte, unbeschwerte Männer, die sich gern ausgiebig amüsierten.

Fleur schlief erst einmal wieder tief und fest, nachdem Mariella sie gefüttert und gewickelt hatte. Mariella entschied sich also, nach draußen zu gehen und die Lage zu sondieren. Der Wind pfiff jedenfalls nicht mehr heulend um das Zelt, was hoffentlich bedeutete, dass sie bald in die Stadt zurückfahren konnte.

Als sie nach draußen trat, stellte sie erleichtert fest, dass der Wind tatsächlich aufgehört hatte. Kein Lüftchen regte sich, und der Himmel zeigte sich in einem tristen Ockergelb. Ihr seitlich geparkter Geländewagen war reichlich mit Sand bedeckt. Auf der gegenüberliegenden Seite der Oase erhob sich steil die Felsenschlucht, deren fast senkrechte Wände hier und da von schroffen Vorsprüngen unterbrochen wurden. Dieser abgeschiedene Ort besaß eine raue, elementare Schönheit, die Mariellas Künstlerauge nicht entgehen konnte.

Hohe Palmen säumten das Wasser der Oase, dahinter erstreckte sich ein Gebiet, das mit spärlichem, stachligem Gras bewachsen war.

Mariella sah nun, dass der holprige Weg, über den sie tags zuvor gekommen war, vermutlich ein ausgetrocknetes Wadi war.

Die Stille ringsum wirkte nahezu hypnotisierend.

Eine Bewegung auf der anderen Seite der Oase weckte Mariellas Aufmerksamkeit, und sie erstarrte, als sie Xavier erkannte. Er trug jetzt nicht mehr das traditionelle Gewand, sondern Jeans und T-Shirt und inspizierte anscheinend eine nach der anderen die Palmen am Ufer des Wasserbeckens. Er hatte Mariella noch nicht bemerkt, und sie wich unwillkürlich tiefer in den Schatten des Zeltes zurück.

Xavier wandte sich jetzt von den Bäumen ab und blickte über die Oase hinweg. Er beschattete mit der Hand die Augen und betrachtete prüfend den Himmel.

Xavier war zufrieden. Der Sturm hatte die Wurzeln der Palmen nicht gelockert. Es gab eigentlich keinen Grund, nicht ins Zelt zurückzukehren und weiterzuarbeiten. Und ziemlich bald würde er auch dazu gezwungen sein. Augenblicklich befanden sie sich nämlich genau im Auge des Sturms. Sobald dieses also weitergezogen war, würde der Wind mit noch größerer Gewalt zurückkehren.

Doch Xavier konnte noch nicht zurück ins Zelt. Nicht, solange er immer noch sie vor Augen hatte, wie sie da im Bett lag … in seinem Bett.

Ärgerlich zog er sich das T-Shirt und dann rasch auch alle restliche Kleidung aus und watete entschlossen ins Wasser.

Mariella stand wie gebannt da. Mit angehaltenem Atem ließ sie den Blick bewundernd über Xaviers männlich schönen, nackten Körper gleiten und hatte alle Mühe, ihre Gefühle unter Kontrolle zu halten. Als Künstlerin hatte sie den menschlichen Körper ausgiebig studiert, hatte Florenz besucht und voller Ehrfurcht die Werke der großen Meister bestaunt. Was sie nun aber sah, war ein unvergleichliches Meisterwerk der Natur.

Xavier watete immer tiefer in das Wasser der Oase. Er bewegte sich völlig unbefangen. Seine gleichmäßig gebräunte Haut verriet, dass es für ihn durchaus normal war, hier in der Oase nackt zu baden. Mariella konnte den Blick nicht von ihm wenden. In diesem Körper hatten sich Kraft und Anmut in vollendeter Harmonie gefunden. Heißes Verlangen packte sie und verdrängte alle künstlerischen Aspekte. Ihr kribbelte es in den Fingern, diese samtene Haut zu berühren, diesen prachtvollen Männerkörper zu erkunden ... Langsam, unaufhaltsam glitt ihr Blick hinunter zu seinem knackigen Po ... Wie würde es sein ...? Mariella erschauerte heftig und hatte selber das Gefühl, in ein Bad der Gefühle einzutauchen, das so sinnlich und gefährlich war, dass sie Angst hatte, darin zu versinken.

Nach und nach verschwand Xavier im Wasser, bis nur noch Kopf und Schultern zu sehen waren. Schließlich tauchte er ganz ein, und Mariella hielt unwillkürlich den Atem an, bis er einige Meter weiter wieder auftauchte und mit kraftvollen Zügen vom Ufer wegschwamm.

Mariella war schockiert, entsetzt, wütend, fühlte sich furchtbar verletzlich und gleichzeitig von einem unbändigen Verlangen ergriffen, das sie völlig verunsicherte. Verzweifelt versuchte sie, etwas Ordnung in dieses Chaos zu bringen. Sie konnte doch unmöglich Xavier begehren! Aber die Gefühle, die in ihr aufwallten, waren unmissverständlich!

Der Gedanke, einen Mann zu begehren, der ihre Schwester derart verletzt hatte ... einen Mann, den Tanya immer noch liebte, entsetzte sie zutiefst. Das war ein Verrat an allem, worauf sie bislang so stolz gewesen war. Es war einfach unvorstellbar, genauso wie es unvorstellbar war, dass sie, eine Frau, die sich eingebildet hatte, ihre Gefühle restlos im Griff zu haben, sich derart hinreißen lassen konnte.

Unglücklich schloss Mariella die Augen. Los, gib es schon zu! befahl sie sich insgeheim. Du bist so scharf auf ihn, dass er hier und jetzt mit dir machen könnte, was er wollte, wenn er nur wollte. Du würdest es nicht nur zulassen, du würdest ihn dazu ermutigen, ihn verführen ... Verzweifelt schüttelte sie den Kopf, versuchte buchstäblich, diese quälenden Gedanken abzuschütteln, und wandte sich blindlings um. Sie hatte nicht registriert, dass der Wind wieder aufgefrischt war und unheilvoll die Wipfel der Palmen rüttelte und der aufwirbelnde Sand erneut die Sonne bedrohlich verdunkelte.

Sobald sie wieder im Zelt war, eilte sie erst einmal in den Schlafraum, um nach Fleur zu sehen. Zwar war sie keine halbe Stunde draußen gewesen, doch sie hatte das Gefühl, eine ganze Zeitzone durchlaufen zu haben und in eine ganz andere Welt eingetaucht zu sein. Eine Welt, in der sie nicht länger sicher wusste, wer oder was sie war.

Rasch begann sie, Fleurs Sachen zusammenzupacken. Sie konnte die Vorstellung nicht ertragen, noch da zu sein, wenn er zurückkam … ihm gegenüberzutreten, im selben Raum mit ihm zu sein. Ja, sie war sich nicht einmal sicher, ob sie es noch ertragen konnte, zur selben Zeit wie er zu leben! Niemals hätte sie gedacht, dass ihr ein Mann einmal so gefährlich werden könnte, dass sie vor ihren eigenen Gefühlen Angst haben würde.

Verschwitzt und mit geröteten Wangen atmete sie tief ein und betrachtete, was sie hastig und chaotisch zusammengepackt hatte. Sie würde jetzt die Sachen zum Jeep bringen, dann Fleur holen und nonstop zum Hotel zurückfahren! Wenn sie erst wieder in der Stadt war, würde es ihr sicher gelingen, Xavier so zu sehen, wie er war: als den Mann, der ihre Schwester sitzen gelassen hatte. Fleurs Vater, der seine kleine Tochter verleugnete.

Die Palmen neigten sich bereits im Wind, als Mariella ihr Gepäck hinaus zum Jeep schleppte, aber sie war so damit beschäftigt, die Sachen einzuladen, dass sie ringsum überhaupt nichts wahrnahm.

Xavier bemerkte sie, als er eine Bahn zum Ufer zurückschwamm. Wasser tretend beobachtete er ungläubig und wütend, wie sie mit der schweren Tür des Geländewagens ihre Mühe hatte und dann das viele Babygepäck wieder einlud.

Geschafft! Jetzt musste sie nur noch Fleur holen, und dann würden sie hoffentlich verschwunden sein, bevor Xavier es bei seinem intensiven Schwimmtraining überhaupt bemerkte. Verdammt, wenn er unbedingt schwimmen musste, warum hatte er sich nicht wenigstens … irgendetwas angezogen? Warum musste er seinen unzweifelhaft männlich schönen und sehr erotischen Körper so vor ihr zur Schau stellen?

Ganz in Gedanken versunken, bemerkte Mariella nicht, dass Xavier inzwischen aus dem Wasser gewatet war, sich rasch T-Shirt und Jeans angezogen hatte und auf das Zelt zulief, in dem sie gerade wieder verschwand.

„Komm her, meine Süße“, sagte Mariella liebevoll und hob ihre kleine Nichte hoch. „Wir beide gehen jetzt …“

„... nirgendwohin!“

Mit dem Baby auf dem Arm drehte Mariella sich erschrocken zu Xavier um. Das T-Shirt klebte an seinem muskulösen, offensichtlich noch vom Schwimmen feuchten Oberkörper, ein Anblick, der ihr Herz schneller schlagen ließ. Er stand in der Türöffnung und blockierte Mariella quasi den Weg nach draußen, aber im ersten Moment interessierte sie diese wichtige Tatsache überhaupt nicht, weil sie nur daran denken konnte, wie wahnsinnig sexy er aussah!

Du liebe Güte, sie war eine erwachsene, selbstständige Geschäftsfrau, die es gewohnt war, ihr Leben selbst in die Hand zu nehmen, und kein dummes Weibchen, das seinen Hormonen hilflos ausgeliefert war ... auch wenn sie augenblicklich ganz den Eindruck machte! Entschlossen sah sie Xavier entgegen. „Ich werde mit Fleur jetzt in die Stadt zurückfahren, und Sie werden mich nicht daran hindern. Außerdem kann ich mir sowieso nicht vorstellen, warum Sie wünschen könnten, dass wir bleiben, nach allem, was Sie gesagt und wie Sie sich uns gegenüber verhalten haben.“

„Nein, ich wünsche auch keineswegs, dass Sie bleiben“, bestätigte er schroff. „Aber leider haben Sie keine andere Wahl ... es sei denn, Sie wollen sich und das Baby dem fast sicheren Tod ausliefern.“

Mariella sah ihn verständnislos an. Was wollte er damit sagen? Versuchte er etwa, ihr zu drohen? „Wir fahren jetzt“, wiederholte sie bestimmt und ging entschlossen, wenn auch mit klopfendem Herzen, auf den Ausgang zu, den Xavier immer noch versperrte.

„Sind Sie verrückt? Wenn Sie Glück haben, kommen Sie ein halbes Dutzend Meilen weit, bevor Sie im Treibsand versinken. Glauben Sie mir, der Sturm gestern Abend war nichts im Vergleich zu dem, was sich jetzt da draußen zusammenbraut.“

Sie atmete tief ein. „Ich war eben erst draußen. Es weht überhaupt kein Wind“, sagte sie betont geduldig. „Der Sturm ist vorbei.“

„Was Sie natürlich wissen, weil Sie ja zweifellos eine Expertin für Wetterfragen in der Wüste sind! Zu Ihrer Information: Der Grund, warum vorhin überhaupt kein Wind wehte, ist, dass wir uns hier im Auge des Sturms befinden ... oder genauer, befanden. Und jeder, der sich auch nur ein bisschen in der Wüste auskennt, würde das wissen. Haben Sie nicht die unwirkliche Stille gespürt? Ist Ihnen nicht der Sanddunst aufgefallen, der den Himmel bedeckte?“ Xavier sah sie herausfordernd an.

„Sie lügen", entgegnete Mariella eigensinnig. „Sie wollen uns einfach hier festhalten, weil ..."

Als sie verstummte, lächelte er spöttisch. „Ja? Ich will Sie hier festhalten, weil ...?"

Weil du genau weißt, wie scharf ich auf dich bin, flüsterte eine verräterische Stimme in Mariellas Herzen. Und weil du genauso empfindest. Unwillkürlich jagte ihr ein Schauer über den Rücken, und sie riss sich energisch zusammen. „Sie lügen!", wiederholte sie und sah Xavier angriffslustig an.

„Meinen Sie?" Er trat zur Seite und hob den Türvorhang, sodass sie nach draußen sehen konnte.

Die Palmen bogen sich jetzt so stark im Wind, dass ihre Wedel den Sand berührten. Ungläubig beobachtete Mariella das beängstigende Schauspiel und lauschte auf den Wind, der immer mehr an Gewalt gewann, bis er heulend um die Oase pfiff. Aus dem Nichts wirbelte er hohe Sandspiralen auf und ließ sie vor Mariellas Augen tanzen. Die Sonne war kaum noch zu erkennen, die Grenze zwischen Wüste und Himmel verwischte zusehends.

Fassungslos trat sie einen Schritt vor das Zelt und schrie erschrocken auf, als der Wind sie fast von den Füßen holte. Auf ihrem Arm fing Fleur an zu weinen und wurde im nächsten Moment von Xavier gepackt und in die Sicherheit des Zeltes zurückgeholt. Mariella wurde kreideweiß bei der Vorstellung, was mit ihnen geschehen wäre, wenn sie in der offenen Wüste von diesem Sturm überrascht worden wären.

„Glauben Sie mir jetzt?", fragte Xavier, als Mariella ihm zurück ins Zelt gefolgt war und er den Türvorhang gesichert hatte.

Mariella nahm ihm Fleur wieder ab, wobei ihre Finger unabsichtlich sein feuchtes T-Shirt berührten. Sie zuckte so heftig zurück, dass sie fast das Gleichgewicht verlor. Xavier stützte sie mit beiden Händen, sodass es für einen Moment so aussah, als würde er sie und das Baby umarmen und in Sicherheit wiegen.

Wider alle Vernunft spürte Mariella Tränen in den Augen. O ja, sie sollte wirklich weinen ... um ihre eigene Dummheit, die es zuließ, dass sie derart leicht aus dem Gleichgewicht geriet ... in jeder Hinsicht! Entschlossen wich sie zurück. „Wie lang wird dieser

Sturm voraussichtlich dauern?"

„Mindestens vierundzwanzig Stunden, vielleicht auch länger. Da wir innerhalb dieses Sturms keinerlei Kommunikationssignale empfangen können, lässt es sich nicht genauer sagen. Um diese Jahreszeit sind solche Stürme eher selten, aber wenn sie auftreten, sind sie besonders unberechenbar und wild."

Genau wie Xavier selbst, dachte Mariella und drückte Fleur schützend an sich.

5. KAPITEL

Mariella stand von dem Bett auf, wo sie sich ausgestreckt und gelesen hatte, und schaute nach Fleur. Es war fast acht Uhr abends. Fleur war wach, aber ganz zufrieden und ließ sich von Mariella auch bereitwillig in den Mund sehen, wo das erste kleine Zähnchen gerade durchgekommen war. Es schien der Kleinen jetzt keine Probleme mehr zu machen.

Bereits am späten Nachmittag hatte Mariella sich mit dem Baby in „ihr Schlafzimmer" zurückgezogen, weil sie die knisternde Atmosphäre im Wohnbereich nicht mehr aushalten konnte. Es war ihr unmöglich, Xavier auch nur anzublicken, ohne ihn sich so vorzustellen, wie sie ihn zuvor gesehen hatte: nackt und überwältigend männlich.

Er hatte ihr Gepäck wieder aus dem Jeep geholt und in den Schlafraum zurückgebracht. Mariella war froh gewesen, als ihr neben einem Skizzenblock und Stiften das Buch über Araberpferde in die Hände gefallen war, das sie sich zur Vorbereitung auf den möglichen Auftrag gekauft hatte. Jetzt bot es ihr die perfekte Ausrede, sich zurückzuziehen, zumal Xavier sowieso an seinem Laptop arbeitete. Unter der Vorgabe, Fleur zu einem Nickerchen hinzulegen, war Mariella mit dem Baby also im Schlafraum verschwunden und hatte ihn seitdem nicht mehr verlassen.

Für eine Tierporträtmalerin waren fundierte Anatomiekenntnisse natürlich unerlässlich. Da Fleur in ihrem Bettchen noch ganz zufrieden strampelte und mit ihren nackten Füßchen spielte, kehrte Mariella zum Bett zurück und vertiefte sich erneut in das Buch, das die Entwicklung der ursprünglichen arabischen Vollblüter zu modernen Rennpferden nachzeichnete. Ihre Agentin Kate hatte schließlich zurecht darauf hingewiesen, dass ein möglicher Auftrag von Prinz Sayid einen hohen Prestigewert für sie haben würde.

Versonnen griff Mariella schließlich nach dem Skizzenblock und begann zu zeichnen. Diese wundervollen Muskeln, diese Kraft und Anmut in der Bewegung … Der Bleistift flog nur so über das Papier, bis Fleur quengelig wurde und Mariella aus ihrer Versunkenheit riss. Lächelnd legte sie den Skizzenblock beiseite und wollte aufstehen. Erst da erkannte sie errötend, was sie überhaupt gezeichnet hatte. Wie, in aller Welt, hatte das passieren können? Anstatt eines Pferdes hatte sie einen Mann gezeichnet ... Xavier. Xavier beim Schwimmen, Xavier in aufrechter Pose, nackt und schlank, kraftvoll und ... sexy.

Schuldbewusst klappte Mariella den Skizzenblock zu, verstaute ihn und ging zu Fleur. Sie nahm die Kleine hoch, setzte sie in den Babysitz und trug sie in die Küche.

„Mm, gleich gibt es leckeres Essen", erzählte sie ihrer Nichte, während sie die Babynahrung zubereitete. Sie entschied sich dann, Fleur nicht im Schlafraum, sondern im Wohnbereich zu füttern. Immerhin war sie Xaviers Tochter, und vielleicht sollte man ihn daran erinnern, was das bedeutete. Vielleicht tat es auch ganz gut, ihm vor Augen zu führen, was er verpasste, dadurch, dass er sein Kind verleugnete.

Xavier arbeitete immer noch an seinem Laptop, als Mariella sich mit Fleur wieder zu ihm in den Wohnraum gesellte und die Kleine fütterte. Fleur hatte einen gesunden Appetit und gurgelte und gluckste vor Vergnügen. Mariella sprach lächelnd mit ihr und konzentrierte sich ganz auf ihre angenehme Tätigkeit, bis sie plötzlich das unmissverständliche Gefühl hatte, beobachtet zu werden. Xavier hatte aufgehört zu arbeiten und sich umgedreht, um sie und das Baby zu beobachten.

„Sie hat Ihre Nase", sagte er unvermittelt, und ihre Hand zitterte leicht.

Tatsächlich hatten sie und Tanya beide die zierliche Nase von ihrer Mutter geerbt, und Fleur ähnelte ihnen in diesem Punkt. Mariella spürte, wie ihr das Blut in die Wangen schoss. Was befähigte manche Männer, sich gegenüber dem Kind, das sie gezeugt hatten, eine derartige Gleichgültigkeit an den Tag zu legen? Xaviers Verhalten gegenüber Fleur erinnerte sie so sehr an ihren Vater! Sie wusste genau, wie es war, in dem Gefühl aufzuwachsen, von seinem Vater abgelehnt und ungeliebt zu sein, und konnte es nicht ertragen, dass es Fleur genauso gehen sollte. Man sollte Xavier vor Augen führen, dass er zumindest zum Teil Verantwortung für seine kleine Tochter trug, anstatt zuzulassen, dass er sich einfach von ihr abwandte. Das hatte nichts mit Geld zu tun, sondern nur mit Gefühl.

Fleur war jetzt satt und döste langsam ein. Mariella vergewisserte sich noch einmal, dass die Kleine auch sicher in ihrem Sitz angeschnallt war, küsste sie liebevoll auf die zarte Wange und ging dann in die Küche, um das Essgeschirr abzuwaschen.

Allein gelassen mit Fleur, betrachtete Xavier sie nachdenklich. Ihr Teint war heller als Khalids, und obwohl eine gewisse Ähnlichkeit mit Mariella unübersehbar war, konnte er keine mit Khalid erkennen. Fleur, die jetzt tief und fest schlief, fröstelte im Schlaf. Sofort ging Xavier zu ihr. Die Nächte in der Wüste waren kalt. Die Händchen der Kleinen fühlten sich warm an, aber vielleicht brauchte sie eine Decke?

Mariella war noch in der Küche beschäftigt, deshalb ging Xavier in den Schlafraum, um die Decke aus dem Babybettchen zu holen. Mariella hatte den Skizzenblock zwischen das Bettchen und die Kiste mit den Babysachen gesteckt. Als Xavier nach der Decke griff, bemerkte er den Block, nahm ihn zur Hand und schlug ihn auf. Überrascht betrachtete er die unverkennbaren Skizzen.

„Wo ist Fleur?“ Mariella war unbemerkt hereingekommen. Sie hatte Fleurs Teller und Löffel in die Babykiste räumen wollen und sah nun Xavier, wie er sich über das Bettchen beugte.

„Sie schläft in dem Sitz, wo Sie sie zurückgelassen haben“, antwortete Xavier und fügte hinzu: „Ihre Ähnlichkeit mit Ihnen ist offenkundig, was aber eine Ähnlichkeit mit ihrem angeblichen Vater betrifft …“

„Wie können Sie Ihr eigenes Fleisch und Blut derart verleugnen?“, unterbrach Mariella ihn verbittert. „Es ist mir ein Rätsel, was irgendeine Frau je an Ihnen finden könnte, ganz zu schweigen von …“

Ehe sie jedoch den Namen „Tanya“ aussprechen konnte, fiel Xavier ihr schroff ins Wort: „Ach ja? Und was ist dann das, wenn ich fragen darf?“

Mariella blickte entsetzt auf ihre Skizzen in seiner Hand. Scham und Wut veranlassten sie, auf Xavier loszuspringen, um ihm den Block zu entreißen. Aber Xavier hielt die Blätter außer Reichweite und sich mit der anderen Hand Mariella vom Leib. Wütend versuchte sie, sich aus seinem Griff zu winden. „Geben Sie sie mir zurück! Das sind meine!“, befahl sie atemlos. In ihrem Bemühen, die Skizzen in die Hand zu bekommen, verlor sie das Gleichgewicht und krallte die Finger Halt suchend in Xaviers Arm, was rote Striemen auf seiner gebräunten Haut hinterließ.

„Wildkatze!“

Mariella erstarrte erschrocken, als Xavier plötzlich den Skizzenblock fallen ließ und sie dafür an beiden Handgelenken packte.

„Andere Männer mögen sich ein solches Verhalten gefallen lassen, ich aber bestimmt nicht!“, stieß er wütend aus und schüttelte sie unsanft.

Sie spürte die Bettkante hinter sich, als sie sich in Xaviers Griff hin und her wand und loszukommen versuchte. Aber Xavier ließ sie nicht los, und plötzlich lag sie auf dem Bett, und Xavier war über ihr und drückte sie nieder.

Er war wütend auf sie, seine grauen Augen sprühten förmlich Funken. Aber da war noch etwas ganz anderes, Mariella spürte es deutlich, und es durchzuckte sie heiß, als ihr klar wurde, dass ihre Gefühle nichts mit Angst zu tun hatten. Xavier begehrte sie! Eine knisternde Anspannung erfüllte plötzlich die Luft, umfing sie beide und entführte sie in eine ganz eigene Welt.

Das ist Schicksal, dachte Xavier. Eine einmalige Gelegenheit, seinem Cousin ein für alle Mal zu beweisen, dass diese Frau seiner Liebe nicht würdig war. Doch seltsamerweise war es nicht sein Pflichtgefühl gegenüber seinem jüngeren Cousin, das ihn dazu drängte, sich hinabzubeugen und Mariella zu küssen, sondern ein wildes, gefährliches Verlangen, wie er es noch nie erlebt hatte.

Das ist falsch, das ist Verrat, dachte Mariella, während heiße Begierde ihren Körper durchzuckte. Xaviers Kuss war fordernd und leidenschaftlich, und sie kam ihm unwillkürlich entgegen, öffnete die Lippen dem Drängen seiner Zunge. Ihre Hände umklammerten seine breiten Schultern … um ihn fortzustoßen oder noch enger zu sich heranzuziehen? Sie fühlte ihren Widerstand schwinden und verwünschte sich für ihre Schwäche. Ohne den Grund zu begreifen, wusste sie, dass etwas in ihr schon sehr lange genau auf diesen Moment gewartet hatte. Xaviers unbändiges Verlangen war die Antwort auf etwas, das sie genauso empfand.

Ihre ausdrucksvollen Augen leuchteten in tiefem Blaugrün. Xavier war wie gebannt davon. Wie konnten derart kühle Farben so glühen? Doch nichts glühte so heiß wie seine Leidenschaft!

Immer wilder und verlangender wurde sein Kuss. Mariella krallte die Finger in seine muskulösen Arme. Noch einmal versuchte sie, ihre Gefühle niederzuringen, und wehrte sich verzweifelt, um sie beide vor dem schlimmsten Verrat zu bewahren. Doch Xavier, der ihre Kapitulation schon gespürt hatte, gab sie nicht mehr frei, sondern hielt sie mit seinem Gewicht auf dem Bett gefangen, bis sie sich stöhnend an ihn schmiegte. Wie von Sinnen küssten und streichelten sie sich, als könnten sie nicht genug voneinander bekommen.

Xavier ließ die Lippen über ihren Hals gleiten, und Mariella drängte sich ihm entgegen. Sie erschauerte lustvoll, wollte mehr. Wenn er sie schon mit wenigen Küssen derart erregte … Das Verlangen, das sie erfüllte, war so unbändig, fast schon unerträglich, dass sie sich gar nicht vorzustellen wagte, was sie empfinden würde, wenn er ernsthaft mit seinem Liebesspiel beginnen würde. Und andererseits wusste sie genau, dass sie sterben würde, wenn er es nicht tat!

Sie schrie auf, als er ihre Brüste umfasste, und hörte triumphierend sein lustvolles Stöhnen. Ungeduldig zerrte sie an seinem T-Shirt. Nichts Trennendes sollte mehr zwischen ihnen sein … sie wollte sich endlich nackt in seine Arme schmiegen.

Als sie sich aber mit Xaviers Hilfe ausgezogen hatte, wurde Mariella unwillkürlich von einer Scheu erfasst, und sie versuchte ihre Brüste mit den Händen zu bedecken. Doch Xavier kam ihr zuvor, packte ihre Handgelenke und hielt sie zu beiden Seiten ihres Kopfes fest, während er sich über sie kniete.

Atemlos vor Erregung blickte Mariella zu ihm auf. Begehrlich ließ er den Blick über ihre vollen Brüste schweifen und auf den harten, rosigen Spitzen verweilen. Dann beugte er sich langsam herab. Eigentlich hätte sie dagegen aufbegehren müssen, ihm so hilflos ausgeliefert zu sein, als er nun nacheinander die Spitzen mit dem Mund umschloss und die Zunge auf unglaublich erotische Weise kreisend darübergleiten ließ. Doch statt zorniger Empörung durchflutete sie heiße Lust, und sie drängte sich Xavier sehnsüchtig entgegen.

Mariella schloss die Augen. Vor ihr tauchten die Bilder auf, wie sie Xavier im Wasser der Oase gesehen hatte … wie sie ihn jetzt wieder sehen wollte. Nackt, kraftvoll und männlich. Und als er nun sacht an den harten Spitzen ihrer Brüste saugte, wuchs das Verlangen in ihr, bis sie glaubte, es nicht länger ertragen zu können.

Xavier wiederum verlor sich ganz im Ansturm seiner leidenschaftlichen Gefühle. Seine Selbstbeherrschung schwand in rasantem

Tempo. Allein der Anblick ihrer schönen, straffen Brüste mit den vor Erregung harten Spitzen weckte in ihm ein geradezu schmerzliches Verlangen, sie zu nehmen und ganz eins mit ihr zu werden.

Sobald Xavier ihre Handgelenke losließ, begann Mariella nun ihrerseits, ihn auszuziehen. Xavier half ihr sofort, führte ihr die Hände, und sie stöhnte lustvoll, als sie endlich seinen wundervollen nackten Körper liebkosen und erkunden konnte. Seine Leidenschaft raubte ihr den Atem. Er bedeckte ihr Gesicht, ihren Hals, ihre Schultern mit heißen Küssen und drängte sich hart und verlangend zwischen ihre Beine. Mariella umfing ihn begehrlich und schrie auf, als er sie nahm. Immer wieder stieß er kraftvoll zu, und sie kam ihm entgegen, kostete jeden Stoß aus, spürte, wie er noch härter und größer wurde und sie beide in immer schnellerem Rhythmus dem Gipfel der Lust entgegentrieben.

„Du magst ja ein Kind von meinem Cousin haben, aber hat er dir auch das geben können?“, flüsterte Xavier keuchend. „Weckt er diese Leidenschaft in dir, wenn er dich nimmt? Wenn er dich liebt? War es so zwischen euch, als ihr Fleur gemacht habt?“

Seine Worte brachten sie brutal in die Wirklichkeit zurück. Mariella erstarrte.

„Hast du dich ihm genauso leichtfertig hingegeben wie mir? Und wie viele andere Männer hat es noch gegeben?“

Mit einem wütenden Aufschrei stieß Mariella ihn von sich, während sie noch verzweifelt die ganze Bedeutung dessen, was er gesagt hatte, zu begreifen versuchte.

Xavier wiederum konnte die Zurückweisung nicht fassen. Alles in ihm drängte ihn, sie wieder in seine Arme zu ziehen und zu nehmen, bis sie zugeben würde, dass kein anderer Mann ihr je gegeben hatte, was er ihr geben konnte. Vor allem aber wollte er eins mit ihr werden, um ein Kind mit ihr zu zeugen, sein Kind. Es war vielleicht der elementarste Wunsch eines Mannes, auf diese Weise den Rivalen und das Kind, das er mit ihr gezeugt hatte, zu verdrängen. Xavier war selber erschrocken über die Heftigkeit seiner Gefühle. Hatte er nicht das alles nur Khalid zuliebe getan … um seinen jungen Cousin zu schützen?

Als wollte er sich das unmissverständlich ins Gedächtnis rufen, sagte er schroff: „Ein bisschen spät, die Spröde zu spielen! Du hast mir bereits zur Genüge bewiesen, was für eine Frau du bist, und wenn Khalid erst erfährt, wie bereitwillig du dich mir hingegeben hast, wird er begreifen, dass ich recht hatte, ihn vor dir zu warnen!"

Deshalb hatte er mit ihr geschlafen? Damit er sie vor einem anderen Mann schlecht machen konnte?

Nebenan begann Fleur zu weinen. Mit zittrigen Händen zog Mariella sich rasch wieder an und eilte zu ihr. Sie nahm das Baby auf und drückte es an sich, als wäre es ihr Rettungsanker. Sie bebte am ganzen Körper und hatte immer noch Mühe zu begreifen, was soeben geschehen war und was sie erfahren hatte.

Fleur war gar nicht Xaviers Kind! Xaviers Cousin Khalid war Fleurs Vater. Aber Xavier glaubte, dass sie, Mariella, Fleurs Mutter sei. Und aus diesem Grund war er mit ihr ins Bett gegangen ... aus dem einen, kaltherzigen, verwerflichen Wunsch heraus, seinem Cousin zu beweisen, dass sie ... ein Flittchen war, das sich jedem Mann an den Hals warf!

Eigentlich musste sie ihrem Schicksal doppelt dankbar sein! Erstens hatte es dafür gesorgt, dass sie doch keinen Verrat an ihrer eigenen Schwester begangen hatte. Und zweitens hatte es ihr gerade noch rechtzeitig einen unwiderlegbaren Beweis gegeben, was für ein Mann Scheich Xavier war!

6. KAPITEL

Als Mariella ihren Bungalow im Beach Club betrat und die vertraute, luxuriöse Umgebung sie umfing, atmete sie zum ersten Mal erleichtert auf, seit sie die Oase verlassen hatte. Nachdem sie nun heil und sicher mit Fleur hier angekommen war, würde es ihr vielleicht gelingen, die Ereignisse der vergangenen achtundvierzig Stunden hinter sich zu lassen. Sie in einer Schublade zu verschließen und den Schlüssel wegzuwerfen.

Doch wie konnte sie vergessen … wie hätte irgendein Mensch je vergessen können, was Xavier ihr so bewusst, so kaltherzig, so verletzend angetan hatte?

Wenn es ihrer Natur nicht zutiefst widersprochen hätte, hätte sie die Erkenntnis, dass Xavier, mochte er es sich eingestehen oder nicht, wirklich scharf auf sie gewesen war, eigentlich mit Genugtuung erfüllen können. Sie hätte ihn mit diesem Wissen konfrontieren können und wusste, dass es ihn gedemütigt hätte. Und wenn irgendein Mann es verdiente, gedemütigt zu werden, dann Xavier!

Wenn sie nur an ihn dachte, überfiel sie schon wieder maßlose Wut. Ihr Herz hämmerte wie wild. Es kränkte sie sehr, dass Xavier so schlecht von ihr gedacht hatte. Niemals, unter keinen Umständen wäre sie fähig gewesen, ihre Liebe zu verraten, und wenn sie tatsächlich die Geliebte eines anderen Mannes gewesen wäre, hätte Xavier sie durch nichts in Versuchung führen können. Besaß er nicht genug Menschenkenntnis, um das zu erkennen?

Andererseits hatte die Annahme, dass er Tanyas Liebhaber gewesen war, sie nicht abhalten können, oder? Mariella musste zugeben, dass sie sich bis ans Ende ihres Lebens dafür schämen würde.

Am Anrufbeantworter des Bungalows leuchtete ein Lämpchen, was bedeutete, dass in ihrer Abwesenheit Anrufe eingegangen waren. Mariella hörte das Band ab und stellte fest, dass der persönliche Assistent des Prinzen mehrmals versucht hatte, sie zu erreichen, und um Rückruf bat. Doch bevor sie sich darum kümmerte, wollte sie erst einmal ihre Schwester anrufen und sich vergewissern, dass sie Xavier nicht doch falsch verstanden hatte … dass er wirklich nicht Tanyas Liebhaber oder Fleurs Vater war. Sobald sie diesbezüglich Bestätigung erhielt, würde Xavier für sie nur noch Geschichte sein!

Mariella musste es mehrfach versuchen, ehe sie ihre Schwester schließlich ans Telefon bekam.

„Hi, Mariella", meldete Tanya sich schließlich atemlos. „Es tut mir leid, aber es ist hier ziemlich hektisch und … Hör zu, ich kann jetzt wirklich schlecht reden. Geht es Fleur gut?"

„Ja, bestens. Sie hat tatsächlich ihr erstes Zähnchen bekommen. Aber Tanya, ich muss ganz dringend etwas von dir wissen", sagte Mariella rasch, um ihre Schwester daran zu hindern, den Anruf zu beenden. „Ich brauche den Namen von Fleurs Vater. Es ist wirklich wichtig!"

„Warum? Was ist denn passiert? Mariella, ich kann dir nicht sagen …"

Mariella hörte die Panik in Tanyas Stimme und atmete tief ein. „Schon gut, aber wenn du mir nicht verraten willst, wer es ist, Tanya, dann bestätige mir bitte, dass sein Vorname nicht Xavier ist."

„Wer? Xavier?", kreischte Tanya. „Du meinst Khalids schrecklichen Cousin? Natürlich ist er nicht Fleurs Vater. Ich hasse ihn! Er ist dafür verantwortlich, dass Khalid und ich getrennt wurden, denn er hat Khalid weggeschickt! Er meint, ich sei nicht gut genug für ihn. Aber … woher weißt du überhaupt von Xavier, Mariella? Er ist ein arroganter, überheblicher, altmodischer, moralistischer Griesgram, der noch im Mittelalter lebt. Hör zu, Mariella, ich muss jetzt wirklich Schluss machen. Gib Fleur einen dicken Kuss von mir!"

Tanya beendete das Gespräch, ehe Mariella es verhindern konnte. Aber wenigstens hatte sie jetzt die Bestätigung, dass Xavier nicht Fleurs Vater war. Mariella konnte sich nun mit den Nachrichten auf dem Anrufbeantworter beschäftigen. Prinz Sayid war inzwischen nach Zuran zurückgekehrt und wünschte, dass sie sich mit seinem persönlichen Assistenten in Verbindung setzte.

Der beruhigte sie erst einmal, als sie ihn kurz darauf anrief, um ihm zu erklären, warum sie seine bisherigen Anrufe nicht beantwortet hatte. „Keine Sorge, es geht lediglich darum, dass der Prinz morgen früh in den Stallungen ein Wohltätigkeitsfrühstück veranstaltet und Sie dazu einladen möchte. Seine Hoheit ist sehr begeistert von seinem Vorhaben, die Pferde malen zu lassen, aber das werden Sie natürlich zu einem späteren Zeitpunkt im Detail mit ihm besprechen. Bei dem Frühstück handelt es sich um eine sehr exklusive Veranstaltung mit entsprechend eleganter Kleidung, wobei wir unsere Gäste jedoch bitten, auf starke Parfüms zu verzichten, weil die Pferde darauf empfindlich reagieren könnten."

„Ich komme sehr gern", antwortete Mariella. „Allerdings gibt es da ein kleines Problem. Wie der Prinz ja bereits weiß, habe ich meine vier Monate alte Nichte nach Zuran mitgebracht, weil ich sie augenblicklich für meine Schwester betreue, und …"

„Das ist überhaupt kein Problem", versicherte der persönliche Assistent ihr sofort. „Es ist selbstverständlich für eine Kinderkrippe mit bestens ausgebildeten Kindermädchen gesorgt. Und natürlich wird ein Wagen mit Chauffeur Sie und das Baby abholen."

Mariella hatte auf Einladung verschiedener Auftraggeber bereits einige glamouröse gesellschaftliche Veranstaltungen besucht, darunter eine besonders luxuriöse Reise nach Frankreich zum Hauptrennen der Rennsaison in Longchamps. Das war ein Geschenk von einem begeisterten Klienten gewesen, wofür sie sich wiederum mit einer Überraschungsskizze von seiner vierjährigen Tochter auf ihrem Pony bedankt hatte. Wenn sie sich jetzt erinnerte, wie elegant und exklusiv gerade die Gäste aus dem Nahen Osten damals gekleidet gewesen waren, räumte sie die Notwendigkeit ein, vielleicht noch das eine oder andere Teil einkaufen zu müssen.

Zwei Stunden später genoss Mariella einen Kaffee in dem vornehmen Designer-Einkaufscenter von Zuran und betrachtete zufrieden, aber nicht ohne Gewissensbisse ihre Sammlung von Hochglanz-Einkaufstaschen. Die größte trug allerdings nicht den Namen irgendeines berühmten Designers, sondern das Logo eines exklusiven Babybekleidungsgeschäfts. Mariella hatte sich einfach nicht zwischen zwei niedlichen Ensembles für Fleur entscheiden können und schließlich beide gekauft. Für sich selbst hatte sie es dann bei einigen Accessoires belassen … allerdings sündhaft teuer und betont feminin: ein gewagter Hut, der sicher die Blicke auf sich ziehen würde, irrwitzig hohe, aber absolut unwiderstehliche Sandaletten in dem gleichen Türkisblau wie das Seidenkleid, das sie auf dem Wohltätigkeitsfrühstück anziehen wollte, und eine Handtasche in derselben Farbe, auf der sehr dekorativ mit Perlen und Pailletten ein galoppierendes Pferd gestickt war.

Das Beste aber war, dass sie die ganze Zeit nicht an Xavier gedacht hatte … oder jedenfalls so gut wie gar nicht! Wenn sie an ihn dachte, hatte sie sich lediglich ins Gedächtnis gerufen, was für ein Schuft er war und dass sie einem Moment ganz untypischer Schwäche nachgegeben hatte, was niemals wieder vorkommen würde. Sie würde nie zulassen, dass ein Mann sie verletzte. Nicht umsonst hatte sie das Beispiel ihres Vaters vor Augen, dessen niederträchtiges Verhalten sie daran erinnerte, wie gefährlich es war, sich zu verlieben. Schon gar in einen Mann, der sich derart mies benommen hatte wie Xavier!

Mariella trank ihren Kaffee aus, vergewisserte sich, dass Fleur in ihrem Buggy sicher angeschnallt war, und ging dann zum Taxistand. Es war ein langer Tag gewesen. Restlos aufgewühlt, hatte sie in der vorangegangenen Nacht kaum geschlafen und die meiste Zeit in Xaviers Bett wach gelegen. Und heute früh hatte sie dann die lange Fahrt zurück nach Zuran City hinter sich gebracht, nachdem ihre Stoßgebete erhört worden waren und der Sturm sich verzogen hatte. Auch wenn sie mittags ein kleines Nickerchen gemacht hatte, war es wirklich kein Wunder, dass sie schon gähnte, auch wenn es erst acht Uhr abends war.

Xavier ging ruhelos im Zelt auf und ab. Eigentlich hätte er froh darüber sein sollen, dass die Frau fort und er wieder allein war. Und natürlich würde es ihm keinerlei Gewissensbisse bereiten, Khalid darüber aufzuklären, wie schnell und leicht sie ihre angebliche „Liebe" zu ihm verraten hatte.

Der seltsame Schmerz, den er, Xavier, immer noch verspürte, bedeutete gar nichts und würde bald verschwunden sein!

Was aber, wenn Khalid nicht auf ihn hören wollte? Was, wenn er trotz allem darauf beharrte, die Beziehung mit dieser Frau fortzusetzen? Wenn Fleur tatsächlich Khalids Tochter war, war es nur recht und billig, dass er auch für ihren Unterhalt sorgte. Xavier versuchte sich vorzustellen, wie er sich fühlen würde, wenn Khalid tatsächlich seine Geliebte und das gemeinsame Kind zu sich nach Zuran holen würde. Wie würde er, Xavier, es verkraften zu wissen, dass Khalid mit ihr unter einem Dach lebte … ein Bett mit ihr teilte?

Wütend ging er nach draußen. In dem Zelt glaubte er immer noch, ihr Parfüm zu riechen … und den Duft von Babypuder! Ja, er würde veranlassen, dass das Bettzeug durch neues ersetzt werden würde, für den Fall, dass ihr Duft daran haftete und ihn an das erinnerte, was zwischen ihnen passiert war und was er jetzt einfach nur vergessen wollte.

Doch auch draußen verfolgten ihn die Bilder von ihr. Diese unwirklich blaugrünen Augen, der seidige Alabasterteint, ihre zierliche, unglaublich feminine Figur. Und natürlich ihre unerwartet leidenschaftliche Reaktion auf seine Zärtlichkeiten, die ihn alle Selbstbeherrschung hatte vergessen lassen, wie es ihm noch nie zuvor passiert war. Was für ein unvergleichliches Gefühl war es gewesen, als sie ihn in sich aufgenommen hatte … als hätte sie noch nie zuvor einen anderen Liebhaber, geschweige denn ein Kind gehabt! Kein Wunder, dass Khalid so verrückt nach ihr war!

Ein blondes Baby erregte hier viel Aufmerksamkeit, wie Mariella lächelnd bemerkte, als sie mit Fleur auf dem Arm den Hof der königlichen Stallungen betrat. Dabei kam ihr gar nicht in den Sinn, dass viele der bereits versammelten elegant gekleideten Gäste sich nach ihr umdrehten. Ihr ebenso schlichtes wie raffiniertes enges Seidenkleid, das sie ursprünglich einmal für die Hochzeit einer Freundin gekauft hatte, schimmerte in Schattierungen von zartem Hellblau bis dunklem Türkis, was ihre ungewöhnliche Augenfarbe noch hervorhob. Um ihre nackten Arme vor der Sonne zu schützen, trug sie darüber einen feinen, farblich dazu passenden Seiden-Cardigan, der etwas heller getönt war als ihr Hut und die Sandaletten.

Ein Mitglied des prinzlichen Stabes hatte sie begrüßt, als sie in der Limousine vorgefahren war, und an einen charmanten jungen Mann weitergereicht, der sie nun begleitete, um sie dem Prinzen vorzustellen. Die Stallungen ringsum waren natürlich gepflegt und in makellosem Zustand, und die edlen Bewohner der geräumigen Boxen reckten ihre schlanken Hälse nach draußen und gaben sich einige Mühe, den feinen Gästen die Schau zu stehlen … als wollten sie keinen Zweifel daran lassen, dass sie die eigentlichen Stars der Veranstaltung seien. Das Frühstück sollte in dekoraktiven Pavillons serviert werden, an die die Kinderkrippe gleich angegliedert war, wie man Mariella informiert hatte.

„Miss Sutton, Ihre Königliche Hoheit“, stellte der junge Mann sie nun dem Prinzen und damit ihrem potenziellen Auftraggeber vor.

„Miss Sutton!“ Prinz Sayids Stimme klang warm und herzlich, aber Mariella entging nicht, dass er sie forschend betrachtete.

„Eure Hoheit“, erwiderte sie mit einer leichten Verneigung des Kopfes.

„Ich war von Ihren Arbeiten wirklich sehr beeindruckt, Miss Sutton“, gestand der Prinz. „Wenngleich ich sagen muss, dass Sie im Fall meines alten Freundes und Rivalen im Rennsport, des kürzlich geadelten Sir John Feinnes, seinen ‚Oracle‘ etwas zu stattlich und muskulös dargestellt haben.“

Ein kleines Lächeln huschte über ihr zartes Gesicht. „Ich male, was ich als Künstlerin sehe, Eure Hoheit“, sagte sie bescheiden.

„Ja, ja, natürlich. Dann warten Sie, bis Sie meine Pferde gesehen haben. Sie sind das Ergebnis eines Zuchtprogramms, in das ich viele Jahre harte Arbeit investiert habe, und ich möchte, dass sie in einer Weise festgehalten werden, die ihrer Großartigkeit gerecht wird!“

Und seiner eigenen, dachte Mariella, behielt es aber taktvollerweise für sich.

„Mein alter Freund Sir John Feinnes hat mir auch erzählt, dass Sie sehr innovative Ideen haben ... An unserer Rennbahn wird soeben eine exklusive Loge fertig gestellt, die den Namen der Königlichen Familie tragen wird, und ich könnte mir vorstellen, dass sich dort eine Gelegenheit bieten würde für ...“

„... etwas Innovatives?“, schlug Mariella lächelnd vor.

„Genau. Aber dies ist nicht der Zeitpunkt, über Geschäfte zu sprechen. Ich habe Sie hier als Gast eingeladen, damit Sie schon einmal einige Ihrer ‚Motive‘ ganz zwanglos kennenlernen können, sozusagen.“

Fleur, die bis dahin auf Mariellas Arm mit großen, staunenden Augen um sich geblickt hatte, drehte plötzlich den Kopf und lächelte den Prinzen an.

„Sie haben ein sehr schönes Kind“, sagte er höflich.

„Oh, Fleur ist meine Nichte“, erwiderte Mariella. „Meine Schwester hat sie mir für einige Wochen anvertraut. Ich glaube, meine Agentin hatte Sie darüber informiert.“

„Ja, ich erinnere mich. Mein persönlicher Assistent hat mal so etwas erwähnt.“

Einige Neuankömmlinge warteten darauf, dem Prinzen vorgestellt zu werden, und Mariella trat diskret beiseite. In der Ferne wurden auf der Rennbahn einige Pferde trainiert, während hier im Hof der Stallungen Pferdepfleger und Stallburschen ihrer Arbeit nachgingen, alle bekleidet mit khakifarbenen Shorts oder Hosen und T-Shirts, auf denen die Farben von Prinz Sayids Rennstall leuchteten.

„Vielleicht sollten Sie das Baby jetzt in die Krippe bringen", schlug der Assistent des Prinzen höflich vor.

Doch Mariella schüttelte den Kopf. Zu groß war ihr Verantwortungsgefühl gegenüber ihrer Nichte, als dass sie sich unnötig lang von ihr getrennt hätte. Außerdem hätte sie bei dem Trubel sowieso keine einzige Skizze von den Pferden anfertigen können. Andererseits bot diese Veranstaltung aber eine herrliche Gelegenheit, Leute zu beobachten!

Xavier ließ den Blick über die Menge schweifen, die den Hof der königlichen Stallungen füllte, und fragte sich erneut, was, in aller Welt, er hier tat. Normalerweise mied er derartige gesellige Veranstaltungen wie die Pest. Das war eher Khalids Ding, und wenn sein junger Cousin nicht ohne Vorwarnung abgetaucht wäre, wäre es auch seine Aufgabe gewesen, daran teilzunehmen. Da Xavier jedoch gemeinsame Interessen mit dem Prinzen verbanden, fühlte er sich verpflichtet, nun persönlich zu dem Frühstück zu erscheinen, zumal es einem wohltätigen Zweck diente, den er vollauf unterstützte.

Nachdem er mit verschiedenen Leuten geplaudert hatte, darunter mit mehreren Mitgliedern der königlichen Familie, hatte er eigentlich das Gefühl, seiner Pflicht Genüge getan zu haben, und wollte schon wieder gehen, als er vor sich in der Menge etwas Türkisblaues aufleuchten sah. Xavier stutzte, blickte genauer hin und ging dann entschlossen darauf zu.

Die Gäste hatten begonnen, sich zu den Pavillons zu begeben, wo das Frühstück serviert werden sollte. Mariella zögerte. Wahrscheinlich war dies der richtige Zeitpunkt, Fleur doch für eine Weile in der Kinderkrippe abzugeben. Suchend blickte sie sich um in der Hoffnung, den hilfreichen Assistenten des Prinzen irgendwo zu entdecken.

Xavier bemerkte Mariella, bevor sie ihn sah. Seine grauen Augen leuchten ärgerlich auf. Sie war es tatsächlich! Und er konnte sich gut vorstellen, was sie hier tat! Einige der reichsten Männer Zurans waren anwesend, und nur wenige davon hätten sich von ihrem Anblick nicht in Versuchung führen lassen. Angefangen bei ihrem ebenso eleganten wie gewagten Hut bis hinunter zu den zierlichen hohen Sandaletten wirkte sie unwiderstehlich feminin und zerbrechlich. Ein Bild verletzlicher Unschuld. Nur dass sie natürlich weder verletzlich noch unschuldig war! Und sie hatte den Nerv, ihren Mutter-Kind-Status aller Welt zu verkünden, indem sie das Baby auf ihrem Arm auch noch farblich passend zu ihrem Outfit angezogen hatte.

Ohne zu ahnen, welches Damoklesschwert in Gestalt eines sehr zornigen Mannes über ihr schwebte, setzte Mariella sich Fleur auf die andere Hüfte und ließ den Blick weiter über die Gäste schweifen auf der Suche nach dem Assistenten.

„Ganz reizend! Typisch für Sie, hier aufzutauchen … und auch noch mit Ihrem neuesten ‚Accessoire' aus Europa! Ich muss Ihnen allerdings sagen, dass Sie seine Wirkung hier in Zuran vermutlich falsch eingeschätzt haben."

„Xavier!" Mariella sah ihn entsetzt an und spürte, wie ihr die Knie zitterten.

„Ich habe keine Ahnung, wie Sie an den Sicherheitsleuten vorbeigekommen sind … obwohl ich es mir vorstellen kann!", fuhr er spöttisch fort. „Frauen, die sich aushalten lassen oder ihre Gunst an den Meistbietenden verkaufen, sind normalerweise zu solchen Veranstaltungen nicht zugelassen."

Seine Worte trafen sie nicht nur in ihrem Stolz, sondern weckten auch ihre Beschützerinstinkte bezüglich ihrer Schwester. Wenn sie sich allerdings auf ein Gespräch mit Xavier einließ, würde sie ihm erklären müssen, dass sie nicht Fleurs Mutter war. Augenblicklich wurde sie jedoch zum Frühstück im Pavillon erwartet. Immerhin war sie geschäftlich hier und würde ihren lukrativen Auftrag nicht durch ein peinliches Wortgefecht mit Xavier vor den Augen des Prinzen aufs Spiel setzen!

„Ich weigere mich, mit Ihnen zu reden, wenn Sie so unhöflich sind", sagte sie kühl. „Wenn Sie mich jetzt entschuldigen, ich werde beim Frühstück erwartet." Grelles Blitzlicht ließ sie zusammenzucken, und sie erkannte, dass ein Fotograf soeben sie und Xavier fotografiert hatte!

„Glauben Sie nicht, dass ich nicht weiß, was Sie hier vorhaben?“, sagte Xavier herausfordernd. „Weil Ihnen klar ist, dass Khalid nun zur Vernunft kommen wird, wenn er erfährt, was für eine Frau Sie sind, suchen Sie hier nach einem neuen reichen Gönner, der Sie finanziert.“

Sie finanzieren! Mariella bebte vor Empörung. „Zu Ihrer Information: Ich brauche niemanden, der mich ‚finanziert‘. Ich bin, was das anbetrifft, völlig unabhängig.“ Mariella machte auf dem Absatz kehrt und eilte davon. Jemand berührte sie am Arm. Als sie sich argwöhnisch umwandte, war es nur der Assistent des Prinzen.

„Der Prinz würde sich freuen, wenn Sie ihm zum Frühstück an seinem Tisch Gesellschaft leisten, Miss Sutton. Darf ich Sie vorher zur Kinderkrippe begleiten?“, schlug er diskret vor.

Xavier beobachtete wütend, wie Mariella in der Menge verschwand. Wie konnte sie es wagen, ihn anzulügen und zu behaupten, sie wäre finanziell unabhängig, wo sie doch wusste, dass er die Wahrheit kannte? Und warum, in aller Welt, war er so dumm, auch nur einen weiteren Gedanken an diese Intrigantin zu verschwenden?

Nach dem Frühstück, als die Gäste allmählich aufbrachen, kam der Prinz zu Mariella.

„Mein Assistent wird Sie anrufen, um mit Ihnen einen Termin abzusprechen, damit wir über die Details meines Auftrags reden.“

„Wäre es vielleicht möglich, dass ich mir Ihre neue Loge persönlich ansehe?“, fragte Mariella. „Oder könnte ich zumindest einige Pläne bekommen?“ Sie hatte bereits eine Idee, die, falls der Prinz zustimmen würde, recht innovativ sein würde, aber sie musste sich die Loge erst ansehen, um zu entscheiden, ob es durchführbar war.

„Aber natürlich, ich lasse das arrangieren.“

Prinz Sayid begleitete Mariella auf den Hof hinaus. Xavier stand nur wenige Meter entfernt, und sie bemerkte errötend, wie er mit vielsagendem Blick erst den Prinzen und dann sie betrachtete … als wäre sie eine … Ware, die man käuflich erwerben könnte!

„Eure Hoheit.“

„Xavier!“ Als die beiden Männer sich begrüßten, wollte Mariella sich abwenden, aber Xavier vertrat ihr den Weg.

„Wie ich sehe, haben Sie Fleur nicht dabei?"

„Nein", antwortete Mariella kühl. „Sie ist in der Kinderkrippe. Ich bin gerade auf dem Weg, sie zu holen."

„Ich wusste gar nicht, dass Sie Miss Sutton kennen, Xavier", mischte sich der Prinz ein. „Ehrlich gesagt, habe ich vor, mich ihrer bemerkenswerten Dienste zu bedienen, und sie hat mir etwas außerordentlich Innovatives versprochen."

Mariella errötete noch tiefer, als sie Xavier ansah, in welch eindeutige Richtung er die Worte des Prinzen interpretierte. Sie bat Prinz Sayid höflich, sie zu entschuldigen, und ließ Xavier stehen. Aber im Schatten des nächsten Pavillons hatte er sie eingeholt und packte sie am Arm.

„Alle Achtung, Sie sind wirklich ein Luder! Die Ehe des Prinzen gilt als mustergültig, und doch spricht er ganz offen davon, eine Affäre mit Ihnen anzufangen."

Mariella hielt das keiner Antwort für würdig. Stattdessen lächelte sie kühl. „Wie Sie sehen, hätten Sie sich gar nicht so viel Mühe geben müssen, um Ihren Cousin zu beschützen. Sie brauchen gar nicht zu ihm zu laufen und ihm alles von Ihrem widerlichen, gemeinen Verhalten mir gegenüber zu erzählen. Denn wenn ihm erst zu Ohren kommt, dass Prinz Sayid mich für meine … bemerkenswerten Dienste bezahlt …"

„Sie brüsten sich auch noch damit?" Xavier hatte sie jetzt an beiden Armen gepackt und hielt sie so fest, dass es wehtat.

Überrascht stellte Mariella fest, dass es ihr Spaß machte, Xavier aufzuziehen. „Warum sollte ich nicht?", entgegnete sie herausfordernd. „Ich bin stolz darauf, dass meine Talente so große Anerkennung finden und ich mir damit mehr als gut meinen Lebensunterhalt verdienen kann." Triumphierend registrierte sie das empörte Aufleuchten in seinen Augen. „In manchen Kreisen bin ich schon richtig bekannt." Im nächsten Moment begriff sie, dass sie zu weit gegangen war, und verspürte einen Anflug von Panik.

„Sie sind stolz darauf, als flatterhaftes Luxusweib bekannt zu sein?", stieß Xavier wütend aus. Er sah, dass sie die Hand heben wollte, um ihn zu ohrfeigen, und fügte hinzu: „Wenn Sie mich schlagen, könnte es durchaus passieren, dass Sie dafür im Gefängnis landen, wohingegen, wenn ich das hier tue …“

Ehe Mariella sich's versah, beugte er sich herab und küsste sie wild und heftig. Verzweifelt versuchte sie, sich loszureißen, doch er war einfach zu stark. Im Schatten des Pavillons presste er sie an sich und bewies ihr einmal mehr, was sie bereits wusste: dass er sie trotz aller Wut und Verachtung begehrte. So wie sie ihn?

Xavier ließ sie so unvermittelt los, dass sie ins Taumeln geriet. Im Abwenden zog er eine Brieftasche aus seinem Gewand und warf ihr einige Banknoten vor die Füße.

Kreideweiß blickte sie ihn an. Sicher, sie hatte ihn bewusst gereizt und aufgezogen, aber das hatte sie nicht verdient!

„Heb es auf!“, befahl er schroff.

Sie atmete tief ein. „Also gut“, sagte sie ruhig, um sich wenigstens einen Rest an Würde zu bewahren, „ich bin sicher, es wird als Spende für den wohltätigen Zweck willkommen sein, Xavier. Soweit ich weiß, geht es darum, verlassene Kinder zu unterstützen.“ Insgeheim konnte sie nur beten, dass er ihre Tränen nicht bemerkte, sondern das Glitzern in ihren Augen als Verachtung deutete.

Wortlos ließ Xavier sie gehen. Er war entsetzt über sein Verhalten, aber zu stolz, es zuzugeben … und vor allem eigensinnig entschlossen, sich nicht einzugestehen, wodurch dieses Verhalten tatsächlich initiiert worden war.

Wie hätte er auch zugeben können, dass er wegen dieser Frau vor Eifersucht brannte? Wie hätte er sich eingestehen können, dass sein Wunsch, sie zu besitzen, über sein rein körperliches Verlangen weit hinausging? Eine unmögliche Vorstellung, die er nicht einmal zu denken wagte!

7. KAPITEL

„Ein Fries?"

Der Prinz sah Mariella überrascht an.

Es waren drei Tage vergangen seit dem Frühstück und zwei, seit sie sich die neue Familienloge persönlich angesehen hatte. Nach dem Zwischenfall mit Xavier war die Versuchung für sie groß gewesen, einfach ihre Sachen zu packen und so schnell wie möglich nach Hause zurückzufliegen. Aber ihr Stolz hatte nicht zugelassen, so einfach klein beizugeben. Es war nicht ihre Schuld, dass Xavier die Dinge so restlos missverstanden hatte ... nun, jedenfalls nicht allein ihre Schuld! Und der Auftrag des Prinzen war für sie als Künstlerin einfach zu reizvoll, um ihn abzulehnen – ganz zu schweigen von dem Honorar, worauf sie Kate als ihre Agentin ja zur Genüge hingewiesen hatte.

Anstatt sich also den Kopf über Xavier zu zerbrechen, hatte Mariella die letzten beiden Tage intensiv an einem Vorschlag zur künstlerischen Gestaltung der neuen Loge des Prinzen gearbeitet. Nun stellte sie ihm ihre Idee im Detail vor.

„Der halbkreisförmige Gang, der zu der Loge führt, wäre ideal für ein derartiges Projekt. Ich könnte Ihre Pferde dort auf die verschiedenste Weise darstellen ... Ich habe bereits ein wenig mit Ihren Trainern und Pferdepflegern gesprochen, und sie haben mir erzählt, dass jedes Ihrer Pferde eine ganz eigene Persönlichkeit und eigene kleine Marotten hat. Wenn ich die Pferde also wie ein Fries auf der Wand nacheinander abbilden würde, könnte ich Derartiges mit einflechten. Zum Beispiel Solomon, der immer der Erste sein will, oder Saladin, der seine Box nur verlässt, wenn seine Freundin, die Katze, mitkommt. Shazare mag keine anderen Pferde mit weißen Fesseln, und ..."

Prinz Sayid lachte. „Wie ich sehe, haben Sie sich wirklich gut vorbereitet. Ja, die Idee gefällt mir, aber es würde ein ziemlich großes Projekt, wenn Sie die Tiere quasi lebensgroß malen würden ... und es müsste doch rechtzeitig zur offiziellen Eröffnung der Ställe fertig sein."

„Und die ist wann, Eure Hoheit?", erkundigte sich Mariella.

„In gut fünf Monaten."

Mariella überlegte kurz und nickte. Sie würde mehr als genug Zeit haben, ihre Arbeit fertigzustellen. „Ich würde vermutlich einen, maximal zwei Monate für die Arbeit brauchen. Die Entscheidung liegt natürlich bei Ihnen, Eure Hoheit."

„Geben Sie mir etwas Zeit, die Sache zu überdenken. Wie gesagt, die Idee gefällt mir, aber in diesem Teil der Welt ist es sehr wichtig, sein ‚Gesicht' zu wahren, und egal, wie wunderbar und innovativ die Idee auch ist, ich würde in den Augen meiner Freunde wie meiner Konkurrenten mein Gesicht verlieren, wenn das Vorhaben nicht rechtzeitig fertig werden würde. Womit ich selbstverständlich Ihre Fähigkeiten nicht anzweifeln möchte, Miss Sutton!"

Mariella begriff, dass er etwas Zeit brauchte, um weitere Erkundigungen über ihre Arbeitsweise und ihre Zuverlässigkeit einzuziehen. Das bereitete ihr aber keinerlei Kopfzerbrechen. Sie war dafür bekannt, dass sie effektiv arbeitete und die vereinbarten Termine stets pünktlich einhielt.

Nachdem Mariella Fleur bei dem Kindermädchen abgeholt hatte, das ihr der Prinz zur Verfügung stellte, ließ sie sich zum Beach-Club-Bungalow zurückfahren und versuchte, Tanya anzurufen. Doch sie erreichte nur die Mailbox ihrer Schwester.

Wenn der Prinz ihr diesen Auftrag erteilen würde, könnte sie es dank des astronomischen Honorars Tanya ermöglichen, nur noch Engagements in der Nähe von zu Hause anzunehmen. Ihr war klar, dass es ihrer Schwester sehr wichtig war, unabhängig zu sein, aber es galt schließlich auch, Fleurs Bedürfnisse zu bedenken, und außerdem ... Mariella gestand sich ein, dass sie die Kleine schrecklich vermissen würde, wenn die Zeit kam, sie wieder in die Obhut ihrer Mutter zu geben. So ganz allmählich begriff sie, was ihre Entscheidung, sich nie auf eine dauerhafte Beziehung mit einem Mann einzulassen, auch bedeutete: Sie würde nie selber die Erfahrung machen, Mutter zu sein.

Schon tags darauf bat der Prinz Mariella in seinen Palast. Etwas nervös gab sie Fleur kurz nach ihrer Ankunft in die Fürsorge eines sympathischen jungen Kindermädchens und blickte immer wieder auf die Uhr, während sie darauf wartete, vorgelassen zu werden. Es war ihr doch wichtig, diesen reizvollen Auftrag zu erhalten. Außerdem hatte Fleur in der Nacht sehr unruhig geschlafen und war überhaupt sehr quengelig. Vermutlich bekam sie ihren zweiten Zahn.

„Miss Sutton, Seine Hoheit lässt bitten."

Endlich.

„Mariella ..."

„Eure Hoheit." Sie folgte der Aufforderung des Prinzen, der ihr mit einer Geste bedeutete, auf einem der seidenen Diwans in dem riesigen Audienzzimmer Platz zu nehmen.

Augenblicklich erschien ein Diener und reichte ihr Kaffee und köstliches Mandelgebäck.

„Es freut mich, Ihnen sagen zu dürfen, dass ich mich entschlossen habe, Ihnen den Auftrag für den Fries zu erteilen", sagte der Prinz nun ohne Umschweife. „Je eher Sie es fertigstellen können, desto besser. Vor der offiziellen Eröffnung bleibt noch sehr viel zu tun."

Mariella bedeckte ihre Kaffeetasse mit einer Hand, um dem eifrigen Diener zu bedeuten, dass sie nicht mehr Kaffee nachgeschenkt haben wollte. Als der Diener sich taktvoll zurückzog, sprach der Prinz weiter.

„Es gibt da jedoch noch eine Sache, die mir etwas Sorgen macht ..." Er stand auf und nahm eine Zeitung von dem niedrigen Tisch vor ihm. „Dies ist unsere auflagenstärkste Tageszeitung. Die Gesellschaftskolumne ist besonders beliebt und viel gelesen." Während er sprach, schlug er die Zeitung auf und schien etwas zu suchen. „Hier ist ein Artikel über unser Wohltätigkeitsfrühstück, und wie Sie sehen, ist darunter ein recht ... intimes Foto von Ihnen und Scheich Xavier Al Agier abgebildet."

Mariellas Herz pochte heftig, als sie sich das Foto ansah, das ihr der Prinz nun zeigte. Sie brauchte einen Moment, um zu erkennen, dass es fotografiert worden war, als sie und Xavier sich gestritten hatten. Denn es sah tatsächlich nach trauter Zwei- beziehungsweise Dreisamkeit aus, wie sie so beieinanderstanden. Sie blickte zu Xavier auf, dessen Blick verweilte auf ihrem halb geöffneten Mund, und Fleur auf ihrem Arm streckte lächelnd die Händchen nach Xavier aus.

Mariella schluckte betreten. Der Artikel zu dem Foto lautete:

Wer war die geheimnisvolle Unbekannte, mit der Scheich Xavier sich so angeregt unterhalten hat? Der Scheich ist für seine strengen Moralvorstellungen bekannt und scheint sein Leben seiner Rolle als Führer des Al-Agier-Stammes zu widmen. Dennoch wurde er beim Wohltätigkeitsfrühstück des Prinzen gleich zweimal in sehr vertraulicher Unterhaltung mit einem speziellen weiblichen Gast gesehen. Könnte es sein, dass der Scheich endlich doch eine Frau gefunden hat, die sein Leben teilen soll? Und wer ist das Baby, das die unbekannte junge Frau auf dem Arm trägt? In welcher Beziehung steht es zu dem Scheich?

„Wissen Sie, Miss Sutton", fuhr der Prinz jetzt nachdrücklich fort, „anders als bei Ihnen zu Hause löst in unserem Land eine allein stehende junge Frau mit einem Kind gewisse ... Spekulationen und auch Missbilligung aus. In dem Artikel wird nahegelegt, dass man glaubt, Sie und Xavier seien Fleurs Eltern."

„Aber Sie wissen doch, dass das nicht stimmt, Eure Hoheit", protestierte Mariella. „Fleur ist meine Nichte."

„Natürlich. Ich für meinen Teil akzeptiere selbstverständlich Ihre Erklärung, aber ich meine, Ihrem Ruf in der Öffentlichkeit zuliebe verlangt dieser Artikel nach einer förmlichen Reaktion. Deshalb habe ich meine Mitarbeiter angewiesen, sich mit den Leuten von der Zeitung in Verbindung zu setzen und sie über die Fakten in Kenntnis zu setzen ... dass Fleur Ihre Nichte ist und Sie hier in Zuran sind, um für mich zu arbeiten. Damit wird die Angelegenheit hoffentlich erledigt sein."

Mariella blickte nachdenklich auf ihr Handy. Zum dritten Mal innerhalb der vergangenen drei Stunden hatte sie wieder nur die Mailbox ihrer Schwester erreicht. Warum rief Tanya nicht zurück?

Angesichts des Zeitaufwandes, der für die Fertigstellung des Frieses nötig war, hatte sie sich mit dem Prinzen darauf geeinigt, gar nicht erst nach England zurückzukehren, sondern mit Fleur gleich in Zuran zu bleiben, damit sie die Arbeit sofort aufnehmen konnte. Der Prinz wollte ihr ein kleines Apartment und einen Wagen zur Verfügung stellen, und Mariella war dabei, eine Einkaufsliste zusammenzustellen, um sich und Fleur mit allem Nötigen für den verlängerten Aufenthalt zu versorgen.

Als es an der Tür ihres Bungalows klopfte, erwartete sie einen Angestellten des Beach Clubs und öffnete arglos. Aber zu ihrer Überraschung sah sie sich Xavier gegenüber.

Ohne ihre Einladung abzuwarten, trat er ein und schlug die Tür hinter sich zu. „Vielleicht können Sie mir das hier erklären!“, sagte er sarkastisch, warf die aktuelle Ausgabe der Zuraner Tageszeitung auf den Tisch und schlug die Gesellschaftskolumne auf.

„Ich muss Ihnen gar nichts erklären, Xavier“, erwiderte sie kühl.

„Es heißt hier, dass Sie gar nicht Fleurs Mutter seien!“

„Stimmt“, bestätigte sie ruhig. „Ich bin ihre Tante. Meine Schwester Tanya ist Fleurs Mutter … die Frau, die Sie vor mir so gemein und unfair beschimpft und schlecht gemacht haben. Und zu Ihrer Information: Tanya ist nicht … irgendein Flittchen, wie Sie unterstellt haben, sondern eine professionelle Sängerin und Tänzerin. Und während Sie meinen, sie sei nicht gut genug für Ihren kostbaren Cousin, bin ich hingegen der Ansicht, dass er nicht gut genug ist für meine Schwester … und ganz bestimmt nicht für Fleur!“

Ihre blaugrünen Augen funkelten. Endlich musste sie all ihrem Zorn und ihrer Empörung Luft machen. „Ihr Cousin hat Tanya erzählt, dass er sie liebe und auf immer mit ihr zusammenbleiben wolle … und dann hat er sie und Fleur sitzen gelassen! Haben Sie eine Ahnung, wie schlimm das für Tanya war? Ich war bei Fleurs Geburt an ihrer Seite und habe gehört, wie sie nach dem Mann rief, den sie liebte. Ihr Männer macht es euch leicht. Wenn euch die Verantwortung zu viel wird, macht ihr euch einfach davon. Ihr überlegt nicht, was es für ein Kind bedeutet, in dem Wissen aufzuwachsen, dass sein Vater es nicht gewollt und nicht geliebt hat … und dass seine Mutter nie wieder richtig glücklich sein wird, nachdem ihr das Herz gebrochen worden ist. Ich würde nie zulassen, dass ein Mann mir so wehtut, wie es Tanya passiert ist!“

„Sie haben mich bewusst und mutwillig in dem Glauben gelassen, Sie und Khalid seien ein Liebespaar!“, warf Xavier ihr entrüstet vor.

„Nun, zuerst dachte ich, Sie seien Fleurs Vater, und habe deshalb angenommen, Sie wüssten, dass ich nicht Fleurs Mutter bin. Aber seien Sie ehrlich, Xavier … Sie wollten nur das Schlimmste von mir denken, haben es richtig genossen!“

„Ist Ihnen klar, welche Probleme dadurch entstehen?“, fragte er schroff.

„Was habe ich denn getan?“ Mariella sah ihn verständnislos an. „Meine Schwester ist eine moderne junge Frau und führt das Leben einer modernen jungen Frau. Ihr größter Fehler war es meiner Meinung nach, sich in Ihren unseligen Cousin zu verlieben, aber Sie haben über sie geredet, als wäre sie …“

„Wollen Sie mir damit sagen, dass auch Sie eine moderne junge Frau sind und vorhaben, während Ihres Aufenthaltes hier in Zuran das Leben einer modernen jungen Frau zu führen?“, fiel Xavier ihr zornig ins Wort. „In dem Fall muss ich Ihnen leider sagen …“ Er verstummte, weil ihm gerade noch rechtzeitig einfiel, was der Prinz ihm für Referenzen vorgelegt hatte, als er zuvor in den Palast gestürmt war und auf einer sofortigen Audienz bestanden hatte. Mariella war nicht nur eine weltweit anerkannte Künstlerin, sondern, wie es schien, auch eine junge Frau von untadeliger moralischer Integrität.

„Das geht Sie nichts an“, sagte Mariella ärgerlich.

„Im Gegenteil, es geht mich sogar sehr viel an!“, widersprach er zu ihrem Erstaunen. „Wenn Fleur das Kind meines Cousins ist, ist sie Mitglied meiner Familie … was Sie als Fleurs Tante ebenfalls zu einem Mitglied meiner Familie macht. Als Familienoberhaupt bin ich für Sie beide verantwortlich. Ich kann Ihnen auf keinen Fall erlauben, hier in Zuran allein zu wohnen oder unbegleitet für den Prinzen zu arbeiten. Es ist meine Pflicht und liegt in meiner Verantwortung, dafür zu sorgen, dass der Stolz und die Ehre unserer Familie nicht gefährdet werden.“

„Wie bitte?“, fuhr Mariella empört auf. „Was reden Sie von Stolz und Ehre … ein Mann, der bereit war, mit der Mutter des Kindes seines Cousins ins Bett zu gehen, nur um sie vor eben diesem Cousin schlecht machen zu können! Sie haben mich beleidigt und verunglimpft … und nun haben Sie den Nerv, mir etwas von Stolz und Ehre zu erzählen! Und was Ihr angebliches Verantwortungsgefühl betrifft … Sie haben ja keine Ahnung, was Verantwortung wirklich bedeutet!“

Xavier presste die Lippen zusammen. „Die Situation hat sich eben geändert.“

„Ach ja? Weil Sie entdeckt haben, dass ich nicht ‚das bezahlte Flittchen' Ihres Cousins bin, wie Sie es so schön ausgedrückt haben, sondern eine Karrierefrau?"

„Ich habe eine … Nachricht von Khalid erhalten, in der er bestätigt hat, dass er tatsächlich Fleurs Vater ist. Deshalb muss ich jetzt Fleurs Stellung bedenken … ihre Zukunft, ihren Ruf."

„Ihren Ruf?" Mariella sah ihn fassungslos an. „Fleur ist erst vier Monate alt! Außerdem hat der Prinz bereits alles Nötige unternommen, um dem Klatsch Einhalt zu gebieten."

„Ich komme soeben von Seiner Hoheit und habe ihn persönlich darüber informiert, dass Sie und Fleur für die Dauer Ihres Aufenthaltes in Zuran unter dem Schutz meines Hauses leben werden. Der Prinz ist natürlich ganz meiner Meinung."

Mariella wollte ihren Ohren nicht trauen. „O nein!" Sie schüttelte heftig den Kopf. „Auf keinen Fall!"

„Mariella, bitte …", bat er nun unerwartet freundlich. „Sehen Sie es auch als eine Möglichkeit der Wiedergutmachung für mich, indem ich Ihnen meine Gastfreundschaft anbiete. Außerdem haben Sie gar keine andere Wahl … der Prinz erwartet es."

Sie betrachtete ihn nachdenklich. Er schien es wirklich ehrlich zu meinen.

„Ich werde hier warten, bis Sie alles gepackt haben, und Sie dann zu meinem Haus fahren. Meine verwitwete Großtante Madame Cecille Flavel wird für die Dauer Ihres Aufenthaltes in Zuran Ihre Anstandsdame sein."

Ihre Anstandsdame? „Ich bin achtundzwanzig Jahre alt", sagte sie pikiert. „Ich brauche keine Anstandsdame!"

„Sie sind eine alleinstehende Frau, die im Haus eines alleinstehenden Mannes wohnt. Nach der Berichterstattung in der Zeitung werden manche Leute sowieso schon an Ihrem Ruf zweifeln."

Mariella gab es auf. Hoffentlich würde sie bald Tanya erreichen, um diese unerwarteten Komplikationen mit ihr zu besprechen. Augenblicklich wagte sie es nicht, sich Xavier offen zu widersetzen. Hier in Zuran hatte er so viel Macht und Einfluss, dass er ihr womöglich Fleur wegnehmen würde, wenn es ihm in den Sinn käme!

Sie brauchte keine halbe Stunde, um ihre und Fleurs Sachen zusammenzupacken. Xavier stand während der ganzen Zeit mit verschränkten Armen an der Tür und beobachtete sie schweigend. Schließlich holte Mariella noch Fleur, und Xavier trug das Gepäck zum Wagen.

Eine große Luxuslimousine stand geparkt am Straßenrand, und zu Mariellas Überraschung setzte sich Xavier sogar selbst ans Steuer. Irgendwie schien ein derart auffälliges Fahrzeug nicht zu ihm zu passen. Er wirkte in vieler Hinsicht so streng und asketisch. Andererseits hatte ja gerade sie festgestellt, dass seine beherrschte Art nur vordergründig und er in Wirklichkeit leidenschaftlich und temperamentvoll war!

Es war nur eine kurze Fahrt bis zu seiner Villa. Die Tore schwangen auf, sobald sich die Limousine ihnen näherte, und sie fuhren eine von Palmen gesäumte, mit Kies bedeckte Auffahrt hinauf.

Die Villa war ein eleganter, schlichter Bau und zeigte Anklänge an die maurische Architektur. Mariellas Künstleraugen nahmen bewundernd die schönen, klaren Linien wahr. Durch zwei schmiedeeiserne Tore gelangte man in einen mit Kies bedeckten Hof, dessen Mitte ein großer Marmorbrunnen zierte.

Xavier parkte den Wagen, stieg aus und öffnete Mariella die Tür. Ein Diener erschien, um sich um das Gepäck zu kümmern, und ein scheues junges Mädchen, das Xavier ihr als Hera vorstellte. Sie werde Fleurs Kindermädchen sein, fügte er hinzu und übergab Hera lächelnd das Baby, bevor Mariella es verhindern konnte.

Das Mädchen schien zweifellos zu wissen, wie man ein Baby halten musste, dennoch war Mariella nicht bereit, Fleur so leicht abzugeben. „Fleur braucht kein Kindermädchen", sagte sie rasch. „Ich bin durchaus fähig, mich selbst um sie zu kümmern."

„Mag sein, aber hier ist es Brauch, dass die Reichen den weniger Begüterten Arbeit geben und so für sie sorgen. Hera ist das älteste Kind in ihrer Familie, und ihre Mutter ist seit Kurzem verwitwet. Wollen Sie dem Mädchen wirklich die Möglichkeit nehmen, seine Geschwister zu unterstützen, nur weil Sie Angst haben, dass Fleur auch jemand anders mögen könnte als Sie?"

Während er noch sprach, führte er sie schon in die Villa. Seine unerwartet scharfsinnige Analyse ihrer Reaktion hatte sie derart verblüfft, dass sie beim Eintritt aus der gleißenden Sonne in das kühle

Halbdunkel ins Stolpern kam. Sofort umfasste Xavier ihre Taille und hielt sie fest. Aber die Berührung durch seine Hände übte eine fatale Wirkung auf Mariella aus. Gänzlich ungebeten tauchten erregende Erinnerungen vor ihr auf: Xavier, wie er nackt im Wasser der Oase schwamm, Xavier, der sich über sie beugte und auf das Bett drückte, Xavier, der sie küsste, bis sie ihn so sehr brauchte, dass sie glaubte, den Schmerz nicht ertragen zu können.

Ihn brauchte? Sie brauchte Xavier nicht, würde ihn niemals brauchen. Niemals. Energisch befreite sie sich aus seinem Griff.

Xavier betrachtete sie missbilligend. „Sie müssen vorsichtiger sein. Sie sind sehr hellhäutig und nicht an unser Klima gewohnt. Vor allem müssen Sie genug trinken, was auch für Fleur gilt."

„Danke, aber ich kann sehr gut selber auf mich aufpassen", erwiderte Mariella kühl. „Schließlich bin ich seit Langem daran gewöhnt."

„Ja", sagte er unerwartet. „Der Tod Ihrer Mutter und Ihres Stiefvaters muss sehr schwer für Sie gewesen sein, nachdem Sie Ihren Vater schon so früh verloren hatten."

„Verloren?", wiederholte sie verbittert. „Ich habe meinen Vater nicht ‚verloren'. Er hat meine Mutter sitzen gelassen, weil er die Pflichten als Vater nicht übernehmen wollte. Mir war er nie ein richtiger Vater, und meiner Mutter hat er das Herz gebrochen."

„Meine Eltern sind auch bei einem tragischen Unfall gestorben, als ich gerade zehn Jahre alt war", sagte Xavier überraschend verständnisvoll. „Aber ich hatte das Glück, dass meine Großmutter mir darüber hinweggeholfen hat. Wie uns beiden jedoch bekannt ist, bedingt das Wissen, elternlos zu sein, eine … ganz besondere geistige Unabhängigkeit. Man neigt dazu, eine Schutzmauer um sich zu errichten …" Er verstummte, als Hera hinter ihnen die Eingangshalle betrat. „Wenn Sie jetzt Hera folgen, dann zeigt Sie Ihnen, wo Sie wohnen werden. Meine Tante müsste auch bald eintreffen."

Ohne eine Antwort abzuwarten, wandte er sich um und ging davon, sodass Mariella gar nichts anderes übrig blieb, als dem scheu lächelnden jungen Mädchen zu folgen.

Die Villa war viel weitläufiger, als Mariella gedacht hatte. Beeindruckt folgte sie Hera durch mehrere riesige Empfangssalons, dann eine Treppe hinauf und einen Kreuzgang entlang, durch den eine angenehm kühle Brise wehte. Von hier blickte man in einen völlig abgeschiedenen Hof, in dem das Wasser eines Swimmingpools glitzerte.

„Das ist Scheich Xaviers Hof", flüsterte Hera fast ehrfürchtig und wandte nervös den Blick ab, als Mariella stehen blieb, um den Hof genauer zu betrachten. „Normalerweise ist es uns verboten, hier zu sein, denn die Frauen haben einen eigenen Eingang zu ihren Unterkünften."

„Lassen Sie mich Fleur jetzt wieder nehmen", sagte Mariella und genoss das Gefühl, die Kleine wieder auf dem Arm zu haben.

Eine Tür am Ende des Korridors führte in einen weiteren Kreuzgang, diesmal mit Blick auf einen makellos gepflegten Rosengarten.

„Das war der Lieblingsgarten der Großeltern des Scheichs", erklärte Hera. „Seine Großmutter war Französin, und auch die Rosen stammen aus Frankreich. Sie hat die Anpflanzung des Gartens persönlich beaufsichtigt."

Die strenge, förmliche Anlage des Gartens beschwor bei Mariella das Bild einer sehr stolzen, sehr korrekten Frau, einer wahren Zuchtmeisterin herauf. Der Enkel kam offensichtlich nach seiner Großmutter!

Der Wohnbereich der Frauen erwies sich dann als reizvoller, als Mariella insgeheim erwartet hatte. Wieder öffnete sich ein Kreuzgang in einen abgeschiedenen Gartenhof, der allerdings wesentlich femininer und verspielter mit üppig blühenden Stauden und sanft plätschernden Brunnen gestaltet war. Rings um diesen Hof waren mehrere luxuriös ausgestattete Schlafzimmer angeordnet, jeweils mit eigenem Bad und Ankleidezimmer, dazu ein Speisezimmer und ein Salon. Letztere waren elegant und geschmackvoll mit antiken französischen Möbeln eingerichtet, was bestimmt das Werk von Xaviers französischer Großmutter gewesen war. In den Regalen zu beiden Seiten des Kamins entdeckte Mariella die Bücher einiger berühmter französischer Autoren.

„Scheich Xavier meinte, Sie würden das Baby gern in einem Zimmer neben Ihrem untergebracht haben", sagte Hera. „Sie haben die freie Wahl, welches der Zimmer Sie für sich nutzen wollen …"

Mariella war versucht zu antworten, dass sie am liebsten keines der Zimmer benutzt hätte und mit Fleur auf der Stelle wieder abgereist wäre. Aber sie hielt sich zurück. Es wäre unfair gewesen, ihren Zorn an Hera auszulassen. Das Mädchen traf schließlich keine

Schuld. Mariella folgte also der dezenten Aufforderung und sah sich die vier Schlafzimmer noch einmal genauer an. Eines war ähnlich wie das Speisezimmer und der Salon mit Antiquitäten aus der Zeit Louis XV. eingerichtet. Es hatte offenbar Xaviers Großmutter gehört und kam für Mariella auf Anhieb nicht infrage. Stattdessen wählte sie aus den anderen drei das schlichteste aus, in kühlen Pastelltönen und mit schnörkellosen Möbeln eingerichtet. Es besaß einen eigenen Zugang zum Garten, wo in unmittelbarer Nähe eine schattige Bank am Rand eines Springbrunnens zum Verweilen einlud.

„Dieses Zimmer?“, fragte Hera vorsichtig und lächelte, als Mariella nickte. „Das wird Scheich Xavier freuen. Es war das Zimmer seiner Mutter.“

Das Zimmer seiner Mutter! Doch nun war es zu spät, die Entscheidung rückgängig zu machen. „Welcher ... Nationalität war sie?“, erkundigte sich Mariella unwillkürlich.

„Sie war eine Angehörige des Stammes. Scheich Xaviers Vater lernte sie kennen, als er mit dem Stamm wanderte, und verliebte sich in sie“, antwortete Hera bereitwillig.

Fleur fing an zu quengeln, weil sie hungrig war, und erinnerte Mariella nachdrücklich daran, dass sie sich besser mit ihrer kleinen Nichte beschäftigte als mit Scheich Xaviers familiärem Hintergrund.

8. KAPITEL

Frustriert blickte Mariella auf ihr Handy. Seit ihrer Ankunft in der Villa hatte sie mehrfach versucht, Tanya zu erreichen, aber ihre Schwester hatte immer noch die Mailbox eingeschaltet. Mariella hatte eine Nachricht hinterlassen, dass sie jetzt mit Fleur in Scheich Xaviers Villa wohne, und Tanya gebeten, sie entweder in der Villa oder auf ihrem, Mariellas, Handy anzurufen. Besorgt fiel ihr plötzlich auf, dass sie tatsächlich schon einige Tage nicht mehr mit Tanya gesprochen hatte. Was, wenn ihrer Schwester etwas zugestoßen war? Wenn sie krank war oder sich womöglich bei einem Unfall verletzt hatte?

Kurz entschlossen begann Mariella zu telefonieren. Es war nicht ganz einfach, die Telefonnummer des Unterhaltungsdirektors des Kreuzfahrtschiffes herauszubekommen, auf dem ihre Schwester engagiert war, aber schließlich hatte sie es geschafft.

„Verzeihung, wer spricht da, bitte?", vergewisserte sich der Mann am anderen Ende der Leitung, als Mariella nach Tanya fragte und erklärte, sie habe schon mehrfach vergeblich versucht, sie über ihr Handy zu erreichen.

„Ich bin Tanyas Schwester."

„Ich verstehe … Nun, dann muss ich Ihnen leider mitteilen, dass Ihre Schwester unser Schiff verlassen hat."

„Verlassen?", wiederholte Mariella entgeistert. „Aber …? Warum?"

„Es tut mir leid, aber mehr kann ich Ihnen auch nicht sagen. Ich weiß nur, dass Tanya auf eigenen Wunsch und ganz unvermittelt von Bord gegangen ist."

Mariella konnte hören, dass er über Tanyas Verhaltensweise keineswegs erfreut war. Sie bedankte sich für die Auskunft und beendete das Gespräch. Nachdenklich sah sie erst einmal nach Fleur, die friedlich in ihrem neuen Bettchen schlief. Xavier hatte in kürzester Zeit von einem Babyausstattungsgeschäft alles liefern lassen, was ein Baby so brauchte … und die Sachen waren natürlich viel teurer und exklusiver, als sie, Mariella, und Tanya es sich je hätten leisten können.

Tanya! Wo war ihre Schwester? Warum hatte sie das Schiff verlassen? Und warum reagierte sie nicht auf ihre Anrufe?

Mariella machte sich ernsthaft Sorgen. Denn bei aller Impulsivität und auch Oberflächlichkeit liebte Tanya ihre kleine Fleur aufrichtig. Eigentlich war es undenkbar, dass sie sich tagelang nicht meldete und nach ihrer Tochter erkundigte. Sie, Mariella, hätte vermutlich jede Stunde angerufen … oder sich erst gar nicht von dem Baby getrennt. Aber die arme Tanya hatte doch keine andere Wahl gehabt. Ihr Wunsch, es ganz allein zu schaffen, war schließlich verständlich.

Liebevoll betrachtete Mariella ihre schlafende Nichte. Immer stärker regte sich in ihr der Wunsch nach einem eigenen Kind. Als sie sich geschworen hatte, keinen Mann so nah an sich heranzulassen, dass er sie verletzen könnte, hatte sie dieses Problem nicht bedacht.

Xavier ging nachdenklich in seinem Arbeitszimmer auf und ab. Sein Schreibtisch war mit Faxnachrichten übersät, deren Inhalt unter dem Strich immer das Gleiche besagte: Sein Cousin war nirgendwo aufgetaucht, wo er sich normalerweise gern die Zeit vertrieb. Wo, in aller Welt, steckte Khalid?

Allmählich hegte Xavier den Verdacht, dass sein Cousin hinsichtlich seiner Vaterschaft bewusst vage gewesen war. Um Fleur und ihre Mutter zu beschützen oder um sich vor seiner Verantwortung zu drücken? Khalid musste ihn, Xavier, doch gut genug kennen, um zu wissen, dass er, wenn nötig, persönlich für eine angemessene finanzielle Regelung für Mutter und Kind gesorgt hätte, selbst wenn es ihm nicht möglich wäre, Fleurs Mutter zu akzeptieren. Natürlich wusste Khalid das, weshalb er ihm inzwischen ja auch mitgeteilt hatte, dass er tatsächlich Fleurs Vater sei!

Es ärgerte Xavier, dass er sich in der Annahme, Mariella wäre Fleurs Mutter, geirrt hatte. Und die Erkundigungen, die der Prinz über sie eingezogen hatte, hatten ihm dann nochmals vor Augen geführt, wie gründlich er sich geirrt hatte. Mariella war eine selbstständige junge Frau, die es nicht nur geschafft hatte, auf eigenen Füßen zu stehen, sondern auch die Verantwortung auf sich nahm, ihre jüngere Halbschwester und deren Baby zu unterstützen. Es hatte sich nicht ein einziger Hinweis finden lassen, dass Mariella nicht stets ein moralisch untadeliges Leben geführt hätte. Jeder, der je mit ihr zu tun gehabt hatte, sprach von ihr voller Bewunderung und Anerkennung.

Und dennoch hatte er, der sich einbildete, eine gute Menschenkenntnis zu besitzen, das alles nicht bemerkt! Schön, sie hatte es bewusst darauf angelegt, ihn zu täuschen, aber … aber er hatte sich ihr gegenüber in einer Weise verhalten, für die er jeden anderen Mann verachtet hätte. Es gab keine Entschuldigung für sein Benehmen … zumal ihm sein vorgeschobener Wunsch, Khalid zu beschützen, selber immer unglaubwürdiger vorkam. Sein Cousin war der Letzte gewesen, an den er gedacht hatte, als er mit Mariella hatte schlafen wollen. Er war verrückt nach ihr gewesen, überwältigt von einem unbändigen leidenschaftlichen Verlangen.

Nein, Xavier fand keine vernünftige Erklärung oder Entschuldigung für sein Verhalten. Er wurde von Schuldgefühlen geplagt, vor allem, weil er Mariella jetzt praktisch auch noch gezwungen hatte, in seinem Haus zu wohnen.

Natürlich musste er sich ganz förmlich und offiziell bei ihr entschuldigen. Sie war eine Frau, die bewiesen hatte, wie stark ihr Pflicht- und Verantwortungsgefühl war. Eine Frau, bei der ein Mann sicher sein konnte, dass sie den gemeinsamen Kindern eine liebevolle, fürsorgliche Mutter sein würde … Xavier rief sich energisch ins Gedächtnis, dass er sich geschworen hatte, lieber nicht zu heiraten, als das Risiko einer gescheiterten Beziehung einzugehen. Andererseits … war es nicht besser, Mariella den Schutz seines Namens durch eine Heirat anzubieten, anstatt zu riskieren, dass ihr Ruf Schaden nehmen könnte?

Xavier rief sich ärgerlich zur Ordnung. Er hatte bereits ausreichend für den Schutz ihres Rufes gesorgt, indem er ihr seine Großtante als Anstandsdame an die Seite stellte! Allmählich konnte man ja den Eindruck gewinnen, er wolle Mariella heiraten … er sei darauf aus, sie wieder in sein Bett zu holen und zu Ende zu führen, was er begonnen hatte! Wütend drehte er sich um, als das Rattern des Faxgerätes ihn aus seinen viel zu erotischen Gedanken riss.

„*Voilà!* Xavier hat mich als Ihre Anstandsdame bestimmt, und ich werde Sie also in den Palast begleiten und Ihnen dort Gesellschaft leisten, während Sie für Seine Hoheit Bilder malen, *non*?"

„Nun, nicht ganz", antwortete Mariella lächelnd. Es war einfach unmöglich, Madame Cecille Flavel nicht zu mögen. Die lebhafte alte Dame, die Xaviers französische Großtante war, war eine halbe Stunde zuvor mit imposantem Gepäck und einer nicht weniger beeindruckenden persönlichen Zofe in der Villa eingetroffen. „Ich arbeite nämlich genau genommen nicht im Palast, sondern in der neuen Familienloge auf der Rennbahn. Und ehrlich gesagt bin ich nicht einer Meinung mit Xavier …"

„Oh, aber ich fürchte, hier in Zuran müssen wir uns an die Sitten des Landes halten, *chérie*." Madame Flavel verdrehte theatralisch die Augen. „Ich weiß noch genau, wie schwer es mir anfangs gefallen ist. Meine Schwester war bereits mit Xaviers Großvater verheiratet, als ich hierherkam. Sie war mehr als zehn Jahre älter als ich. Seit dem Tod meines Mannes lebe ich abwechselnd in Paris und hier in Zuran. Das Baby ist Khalids Kind?", wechselte sie dann nahtlos das Thema. „Er ist ein sehr charmanter junger Mann, aber leider etwas schwach und oberflächlich. Und er kann von Glück sagen, dass Xavier so nachsichtig mit ihm ist. Wie Sie aber vermutlich wissen, hat Xavier ja nicht vor zu heiraten und plant, dass letztendlich ein Sohn von Khalid einmal seine Aufgaben als Stammesoberhaupt übernimmt. Eine große Dummheit, wenn Sie mich fragen …"

„Xavier hat nicht vor zu heiraten?", fragte Mariella verwundert.

„Das behauptet er jedenfalls. Der Tod seiner Eltern hat ihn tief getroffen. Er war damals in einem empfindsamen Alter, und meine Schwester, seine Großmutter, war eine strenge Matriarchin der alten Schule. Ihr war es vor allem wichtig, ihm seine Verantwortung gegenüber seinem Stamm nahezubringen und ihn so zu erziehen, dass er fähig ist, seine diesbezüglichen Pflichten zu erfüllen. Nun stellt Xavier die Bedürfnisse seines Stammes über die eigenen und will deshalb nicht riskieren, eine Frau zu heiraten, die die Bedeutung seiner Rolle als Führer des Stammes nicht begreift und unterstützt. Blanker Unsinn, aber so sind die Männer! Sie betrachten uns gern als das schwache Geschlecht, dabei wissen wir doch ganz genau, dass wir die Stärkeren sind!" Die alte Dame zwinkerte Mariella wissend zu. „Sie haben viel Kraft, das sehe ich. Und Sie werden das Kind vermissen, wenn Sie es schließlich seiner Mutter zurückgeben müssen."

Mariella schluckte. Madame Flavels Scharfsinn verschlug ihr die Sprache.

„Wie ich sehe, haben Sie für sich nicht das Zimmer meiner verstorbenen Schwester ausgewählt. Eine höchst kluge Entscheidung", plauderte Madame munter weiter. „Ich habe sowieso nie verstanden, warum sie mit aller Macht versucht hat, unsere elterliche Wohnung in der Avenue Foche hier nachzugestalten. Aber das war typisch für Sophia! Als ältestes Kind war sie extrem eigenwillig, wohingegen ich …", sie lächelte schalkhaft, „die Jüngste bin und, zumindest Sophias Ansicht nach, extrem verwöhnt war.

Sie hätten sie übrigens nicht gemocht", überraschte die alte Dame Mariella im nächsten Moment erneut mit ihrer Direktheit. „Sophia hätte nur einen Blick auf Sie geworfen und sofort angefangen, Hochzeitspläne für Sie und Xavier zu schmieden. Sie glauben mir nicht? Ich darf Ihnen versichern, dass es wahr ist. Meine Schwester hätte sofort gesehen, dass Sie die ideale Frau für Xavier wären."

Sie, die ideale Frau für Xavier? Ein merkwürdiges Gefühl durchzuckte Mariella, und sie unterdrückte es sofort. „Ich habe nicht die Absicht, überhaupt jemals zu heiraten", sagte sie rasch.

„Sehen Sie? Das allein zeigt schon, wie viel Sie und Xavier gemeinsam haben." Madame Flavel winkte ab. „Aber ich bin nicht meine Schwester. Ich mische mich nicht in das Leben anderer Menschen ein und versuche es zu manipulieren. *Non!* Aber ich bin neugierig. Warum haben Sie sich entschieden, nicht zu heiraten? Bei Xavier ist das relativ einleuchtend. Meine Schwester hat ihm die Sorge eingeimpft, dass er keine Frau finden könne, die bereit sei, seine Hingabe an seine Lebensaufgabe, die traditionelle Lebensweise seines Stammes, zu schützen und zu bewahren, zu teilen. Das ist natürlich Unsinn, aber Sophia hat es größtenteils selbst verschuldet. Sie hat Xavier als jungen Mann nach Frankreich geschickt, in der Hoffnung, er würde unter den Töchtern in unseren Kreisen eine passende Braut finden. Aber diese Mädchen können nur in Paris existieren. Allein die Vorstellung, einmal im Jahr mit dem Stamm durch die Wüste zu ziehen, wie Xavier es immer getan hat, wäre ihnen unerträglich. Ja, Xavier braucht eine Frau, die die Traditionen seines Stammes genauso leidenschaftlich annimmt und achtet wie er. Eine Frau, die auch ihn leidenschaftlich annimmt und liebt, denn wie Sie sicher längst herausgefunden haben, ist Xavier ein sehr leidenschaftlicher Mann."

Mariella sah die alte Dame argwöhnisch an. Was genau wollte Xaviers Großtante damit andeuten? Ihrer Unschuldsmiene war nichts zu entnehmen, aber zumindest hatte sie Mariellas Interesse geweckt. „Sie sprechen von dem Stamm und von Xaviers Engagement für die alten Traditionen, aber ich weiß eigentlich gar nicht genau, was Sie damit meinen …?“

„*Non?* Nun, der Stamm, in den Xaviers Vorfahren eingeheiratet haben, ist einzigartig in seiner Lebensweise, und es war das Lebenswerk von Xaviers Großvater und wäre das seines Vaters gewesen, wenn der nicht so früh gestorben wäre, das traditionelle Nomadenleben des Stammes zu bewahren, aber gleichzeitig die Stammesmitglieder zu ermutigen, die sich in die moderne Gesellschaft integrieren wollen. Deshalb hat jedes Kind des Stammes Anspruch auf eine gute Ausbildung und freie Berufswahl, gleichzeitig ist jedes Mitglied des Stammes verpflichtet, zumindest wenige Wochen des Jahres zusammen mit dem Stamm auf den traditionellen Nomadenrouten zu verbringen. Manche Stammesmitglieder haben sich entschieden, ihr Leben ganz nach den alten Traditionen auszurichten, und sie werden von den anderen hoch geachtet, auch von jenen, die es in der modernen Gesellschaft bis in Spitzenpositionen geschafft haben. Xavier hat dabei eine Doppelrolle zu erfüllen. Einerseits muss er als Geschäftsmann dafür sorgen, das Erbe seines Großvaters zu vermehren, sodass die finanzielle Zukunft des Stammes gesichert ist. Andererseits muss er sich den Respekt des Stammes bewahren, indem er die alten Traditionen achtet und pflegt. Er hat dies von jeher als seine Pflicht betrachtet, die er bereitwillig auf sich nimmt. Aber ich glaube, es wird für ihn ein sehr einsamer Weg, wenn er nicht eine Frau findet, die die Wichtigkeit dieser Aufgabe begreift und bereit ist, dieses Leben mit ihm zu teilen.“

Mariella hatte schweigend zugehört. Der Xavier, den Madame Flavel ihr beschrieb, war ein Mann voller Pflichtgefühl und Verantwortungsbewusstsein, ein Mann, den sie unter anderen Umständen respektiert und bewundert hätte.

„Madame, Sie brauchen wirklich nicht hierzubleiben“, versicherte Mariella zum unzähligsten Male, während sie den langen Gang zur Loge studierte, der ihre Leinwand sein würde. Fleur strampelte zufrieden in ihrem Kinderwagen, und Mariella hatte auf einer mitgebrachten Staffelei die Fotos befestigt, die sie von den Pferden des Prinzen gemacht hatte.

„Aber gerade zu diesem Zweck hat Xavier mich doch gerufen“, widersprach die alte Dame energisch.

„Sie werden sich langweilen, wenn Sie da sitzen und mir beim Arbeiten zusehen.“

„Ich habe mich noch nie gelangweilt. Ich habe meine Stickerei und meine Zeitung, und schon bald wird Ali wieder auftauchen und uns zu einem kleinen Imbiss und einem Mittagsschläfchen abholen.“

Resigniert nahm Mariella ihre Zeichenkohle zur Hand und machte sich an die Arbeit, insgeheim entschlossen, sich keineswegs ein „Mittagsschläfchen“ zu gönnen. Vor ihrem geistigen Auge hatte sie bereits eine genau Vorstellung, wie der Fries einmal aussehen sollte, und im Nu war sie ganz in ihre Arbeit vertieft. Als Hintergrund für die Pferde wollte sie nicht die Rennbahn wählen, sondern die dramatische Darstellung eines wogenden Ozeans, aus dem die Pferde hervortreten würden – für ein Volk, dem Wasser ein so lebenswichtiges Thema war, sicher ein besonders eindrucksvoller Anblick. Seine Hoheit jedenfalls war von der Idee sehr angetan gewesen.

Erst als sie einen leichten Krampf in den Fingern bekam, legte sie eine kleine Verschnaufpause ein. Madame Flavel war in ihrem bequemen Lehnstuhl, den Ali ihr samt Fußschemel gebracht hatte, eingenickt, ihr leises Schnarchen schien Fleur zu faszinieren. Mariella trank einige Schlucke aus der Wasserflasche, die sie mitgebracht hatte, und betrachtete ihre kleine Nichte liebevoll. Wo war nur Tanya? Warum rief sie nicht an?

Die Tür zum Gang ging auf, und Ali und Hera erschienen.

„Du liebe Güte, ist es schon Mittag?“ Madame Flavel setzte sich schlagartig auf.

Widerstrebend packte Mariella ihre Sachen zusammen. Sie hätte lieber weitergearbeitet, anstatt zur Villa zurückzukehren, aber Madame Flavel war eine alte Dame, und man konnte ihr nicht zumuten, pausenlos dabeizusitzen.

9. KAPITEL

Am Ende der Woche fand Mariella die erzwungenen Arbeitspausen zunehmend frustrierend.

„Es gefällt mir gar nicht, dass Sie so entschlossen sind, nicht zu heiraten, *chérie*", plauderte Madame Flavel in der ihr eigenen Art. „Ist eine unglückliche Liebe der Grund dafür?"

„Man könnte es so ausdrücken", antwortete Mariella gutmütig.

„Er hat Ihnen also das Herz gebrochen, aber Sie sind jung, und die Zeit heilt alle Wunden …"

„Er hat nicht mir, sondern meiner Mutter das Herz gebrochen", unterbrach Mariella den Redeschwall der alten Dame, „und die Wunde ist nie wirklich verheilt, nicht einmal, als meine Mutter meinen Stiefvater kennenlernte und heiratete. Sie hat meinem Vater vertraut, als er ihr sagte, er liebe sie, hat sich ganz auf ihn verlassen … und er hat dieses Vertrauen belohnt, indem er uns beide im Stich gelassen hat."

„Ich verstehe, und weil Ihr Vater Ihre Mutter und Sie so tief verletzt hat, sind Sie entschlossen, selber nie einem Mann zu vertrauen?", bemerkte Madame Flavel. „Wissen Sie, nicht alle Männer sind wie Ihr Vater, *chérie.*"

„Mag sein, aber ich will das Risiko erst gar nicht eingehen." Mariella war froh, dass Alis Auftauchen dieses Gespräch beendete.

Es war zwei Uhr nachmittags, und Madame Flavel machte ihren Mittagsschlaf. Mariella ging ruhelos durch den Garten. Es drängte sie, an ihrem Fries weiterzuarbeiten. Schließlich blieb sie stehen, fasste einen Entschluss und eilte ins Haus zurück, um Fleur zu holen.

Ali nickte nur wortlos, als sie ihn rief, um ihm zu sagen, dass sie mit Fleur zur Rennbahn zurückwolle. Die Mittagshitze draußen war unerträglich, und die Luft flirrte in der gleißenden Sonne. Aber der Wagen war angenehm klimatisiert, ebenso wie die Loge und der Zugang, in dem Mariella arbeitete, und sobald Ali sie und Fleur hineinbegleitet hatte, machte sie sich an die Arbeit.

Inzwischen war eine transportable Arbeitsbühne errichtet worden, die es ihr erlaubte, auch im oberen Bereich der Wand zu arbeiten. Fleur schlief tief und fest in ihrem Kinderwagen, und Mariella nutzte die Zeit, um konzentriert am Ebenbild des stolzesten und wildesten Hengstes des Prinzen zu malen, der mit wehender Mähne aus der schäumenden See galoppierte.

Irgendwann nahm sie am Rande wahr, dass eine Tür geöffnet wurde und sich Schritte näherten. Fleur war anscheinend aufgewacht und gluckste vergnügt und zufrieden vor sich hin. Immer noch war Mariella ganz in ihre Arbeit vertieft. Aber plötzlich bemerkte sie aus dem Augenwinkel eine Bewegung und wandte sich um. Sie erstarrte wie vom Donner gerührt, als sie Xavier sah, der neben Fleurs Kinderwagen stand.

„Xavier …“ Unwillkürlich wollte sie einen Schritt vorwärts machen, besann sich aber noch rechtzeitig, dass sie ja auf der Arbeitsbühne stand. „Was tun Sie hier?“, fragte sie angriffslustig, um ihre Befangenheit zu überspielen.

„Wissen Sie eigentlich, welchen Kummer Sie Cecille bereitet haben, indem Sie meine Anweisungen missachtet haben?“, fragte er schroff.

Mariella wich seinem Blick aus. Sie mochte Madame Flavel und wollte ihr wirklich keine Schwierigkeiten machen. „Es tut mir leid, wenn sie sich aufgeregt hat“, sagte sie und seufzte. „Aber ich habe Seiner Hoheit versprochen, den Fries so schnell wie möglich fertigzustellen. Ihre Tante ist eine alte Dame, die ihre Nachmittagsruhe braucht, wohingegen ich die Zeit nutzen muss, um zu arbeiten. Ob Sie es glauben oder nicht, Xavier, auch ich muss an … meinen Ruf denken.“

„Und warum kommen Sie dann nicht zu mir und erklären mir das alles, anstatt sich wie ein kleines Kind zu benehmen und sich davonzustehlen, sobald meine Tante Ihnen den Rücken zukehrt?“

Mariella schwieg nachdenklich. Sein Einwand klang vernünftig und nur allzu verständlich, oder nicht? „Ihr … bisheriges Benehmen mir gegenüber hat mich nicht gerade ermutigt, bei Ihnen Hilfe oder Kooperation zu erwarten“, sagte sie ehrlich, stieg von der Arbeitsbühne herunter und reckte dabei die schmerzenden Glieder.

„Meine Tante will es zwar nicht wahrhaben, aber sie ist wirklich eine alte Dame“, räumte Xavier ein. Im nächsten Moment sprang er auf sie zu. „Vorsicht!“

Die Arbeitsbühne schwankte bedenklich unter ihren Füßen, und

Mariella verlor das Gleichgewicht. Mit einem leisen Aufschrei fiel sie vornüber, aber Xavier fing sie geistesgegenwärtig auf und half ihr sicher zu Boden.

Mariella wusste, dass dieser Beinahe-Unfall allein ihre Schuld war. Viel zu lange hatte sie in einer verkrampften Stellung gearbeitet und sich nicht einmal eine Pause zum Trinken gegönnt. Aber anstatt sie triumphierend zu maßregeln, wie sie es insgeheim erwartete, hielt er sie einfach nur fest und drückte sie an sich. Seine Nähe machte Mariella ganz benommen. Sie schloss die Augen, aber dadurch wurde es nur noch schlimmer. Verlockende, ungemein erotische Bilder stiegen vor ihr auf. Sie spürte, wie ihr die Knie weich wurden und sie am ganzen Körper zitterte.

„Mariella? Was ist?", fragte Xavier besorgt. „Fühlen Sie sich nicht gut …?"

Sofort blickte sie auf. „Nein, nein …" Sie verstummte. Wie gebannt ruhte ihr Blick verlangend auf seinem Mund.

Die plötzlich so bedeutsame Stille verriet ihr, dass Xavier fühlte, was in ihr vorging. Aber die warnende Stimme ihrer Vernunft blieb ungehört inmitten des Aufruhrs ihrer leidenschaftlichen Gefühle. Mariella war machtlos, brachte nicht mehr die Willenskraft auf, sich dagegen anzustemmen. Ganz am Rande registrierte sie, dass Xavier sie jetzt in unmissverständlicher Weise an sich presste und den Blick bedeutsam über ihre halb geöffneten Lippen schweifen ließ. Mariella erschauerte. Ganz unwillkürlich ließ sie die Zungenspitze über die Lippen gleiten und blickte mit angehaltenem Atem zu Xavier auf. Ihre großen, ausdrucksvollen Augen waren wie ein Spiegelbild ihrer Seele.

„Mariella!"

Sie spürte, wie er tief einatmete, und schmiegte sich an ihn. Langsam beugte er sich herab und küsste sie, so zärtlich und innig, dass Mariella alles um sich her vergaß und sich ganz in diesem Kuss verlieren wollte.

Im nächsten Moment hörte Xavier, wie sich über den Gang Schritte näherten, und schob Mariella gegen ihren Protest von sich fort. Noch völlig benommen sah sie zu, wie Xavier seinem Chauffeur Ali entgegenging.

Sie hob die Hand und berührte ihre Lippen, als könnte sie nicht glauben, was geschehen war. Und sie hatte es gewollt … sie hatte gewollt, dass Xavier sie küsste, wollte es immer noch. Alles in ihr sehnte sich danach, ihm in einer Weise zu gehören, wie sie es kaum zu träumen wagte. Aber … sie und Xavier waren doch Feinde, oder nicht?

Er kam zu ihr zurück. Irgendwie musste sie sich fassen und vor ihm verbergen, was mit ihr los war. Panik schnürte ihr die Kehle zu.

„Wir müssen sofort zur Villa zurück“, sagte Xavier schroff.

„Was ist los?“, fragte sie sofort besorgt. „Ist etwas mit deiner Tante?“

Er sah, dass sie ihre Malutensilien einzusammeln anfing, und hielt sie davon ab. „Lass das alles liegen.“ Schon war er bei Fleurs Kinderwagen und schob ihn davon.

Mariella hatte Mühe, mit ihm Schritt zu halten, und wurde überdies von schlechtem Gewissen geplagt. Was, wenn Madame Flavel etwas zugestoßen war, nur weil sie, Mariella, so eigensinnig Xaviers Anordnungen übergangen hatte?

In angespanntem Schweigen fuhren sie zur Villa zurück. Als sie auf dem Hof vorfuhren, gab Xavier Ali noch einige Anweisungen auf Arabisch. Dann stieg er aus, nahm Fleur aus dem Auto und wandte sich an Mariella: „Komm mit!“

Sogar Fleur schien seine ernste Stimmung zu spüren. Schweigend und mit großen Augen blickte die Kleine zu ihm auf, als er sie Mariella übergab. Mariella schickte einmal mehr ein Stoßgebet zum Himmel, dass Madame Cecille nichts passiert sei, als ein Diener ungewohnt förmlich die beiden Flügel des großen Eingangsportals öffnete und sie Xavier in die angenehme Kühle der Eingangshalle folgte.

Ohne sich nach ihr umzublicken, begab sich Xavier auf direktem Weg in das Vorzimmer, das in den großen Salon führte, den Xavier für geschäftliche Besprechungen nutzte. Wie stets flankierten zwei Diener in Livree die Eingangstür. Mariella, die erwartet hatte, dass Xavier den Salon vor ihr betreten würde, stieß fast mit ihm zusammen, als er unerwartet vor ihr stehen blieb. Er drehte sich zu ihr um, und sie sah verwirrt, dass er die Hand nach ihr ausstreckte und sie an seine Seite bat.

Sie drückte Fleur ein wenig fester an sich und folgte zögernd seiner Aufforderung. Ihr Herz pochte schneller, als sie so nahe neben

Xavier stand, dass sie seine Wärme spüren konnte. Xavier nickte den beiden Dienern zu, und die stießen die beiden Türflügel auf.

Obwohl Mariella auf Madame Flavels Drängen hin bereits schon früher einen Blick in den großen Salon geworfen hatte, war sie im ersten Moment richtig geblendet von seiner orientalischen Pracht. Die Wände ringsum waren in reichen Farben mit schwerer golddurchwirkter Seide dekoriert, den kühlen Marmorboden zierten kostbare Teppiche. Riesige Kristalllüster, die noch nach Entwürfen von Xaviers Großmutter gefertigt worden waren, verbreiteten ihr funkelndes Licht. Es war ein Raum, der den üppigen Luxus eines Märchens aus Tausendundeiner Nacht mit der Eleganz eines französischen Salons verband ... ein Raum, der ganz bewusst gestaltet war, alle, die ihn betraten, zu beeindrucken und ihnen die Macht des Hausherrn zu demonstrieren.

Erst auf den zweiten Blick bemerkte Mariella die beiden Gestalten, die eng nebeneinander vor dem großen offenen Kamin standen und Xavier unübersehbar besorgt entgegenblickten.

Ungläubig sah Mariella die beiden an. „Tanya!“, flüsterte sie erschrocken.

Ihre Schwester war sonnengebräunt und exklusiv gestylt. Top und Rock waren augenscheinlich Designerqualität und betonten bewusst ihre atemberaubende Figur. Auch die Frisur war neu und hatte zweifellos ein kleines Vermögen gekostet – eine kunstvoll zerzauste Mähne, durch verschiedenfarbige blonde Strähnen aufgepeppt. Selbstverständlich war sie perfekt geschminkt und makellos manikürt bis hinunter zu den Füßen, die in zierlichen hochhackigen Sandaletten steckten.

Doch nach einem kurzen Blick wandte Mariella ihre Aufmerksamkeit dem Mann an Tanyas Seite zu. Er war kleiner und untersetzter als Xavier, dennoch war die Familienähnlichkeit unverkennbar. Das musste Khalid sein, Xaviers jüngerer Cousin und Fleurs Vater.

„Khalid.“ Xavier nickte seinem Cousin kurz zu, bevor er sich Tanya zuwandte. „Und ich nehme an, dies ist ...“

„Meine Frau“, fiel Khalid ihm rasch ins Wort, wobei er fest Tanyas Hand drückte. „Tanya und ich haben vor drei Tagen geheiratet.“

„Wirklich, Mariella, ich konnte es gar nicht glauben, als wir in Kingston festmachten und Khalid an Bord kam. Zuerst wollte ich nicht einmal mit ihm reden, aber er hat nicht locker gelassen, und schließlich ..."

Es war noch keine vierundzwanzig Stunden her, dass Mariella so überraschend erfahren hatte, dass ihre Schwester jetzt mit Khalids Cousin verheiratet war. Tanya und sie saßen im Garten des Frauenbereichs der Villa, und Fleur strampelte zufrieden in ihrem Babysitz.

„Warum hast du mir denn nicht erzählt, was los ist, als ich dich angerufen habe?", fragte Mariella ein wenig vorwurfsvoll.

Tanya wich ihrem Blick ein wenig schuldbewusst aus. „Na ja, zuerst war ich mir ja selber nicht sicher, was los war. Schön, Khalid war mir nachgereist und war sehr lieb, versicherte mir, dass er mich liebe, und bat mich um Verzeihung, aber ... Und dann hast du auf meiner Mailbox die Nachricht hinterlassen, du seist hier bei Xavier. Da hatte ich einfach Angst, du könntest ihm gegenüber etwas verraten und er würde dann Mittel und Wege finden, Khalid und mich wieder zu trennen."

„Hast du eigentlich eine Ahnung, welche Sorgen ich mir gemacht habe?", fragte Mariella.

Tanya errötete betreten. „Ich ... habe einfach gehofft, du würdest die Tatsache, dass ich mich nicht melde, darauf schieben, dass ich so viel zu tun hätte. Es ist mir wirklich nicht in den Sinn gekommen, du könntest tatsächlich den Unterhaltungsdirektor kontakten."

„Tanya, du hast mehrere Tage nicht angerufen, um dich nach Fleur zu erkundigen! Natürlich habe ich mir Sorgen gemacht!"

„Aber ich wusste doch, dass es ihr bei dir gut geht. Und außerdem hatte ich deine regelmäßigen Nachrichten auf der Mailbox. Khalid und ich ... wir brauchten etwas Zeit für uns, und Khalid hat darauf bestanden ... Bitte, sei mir nicht böse, Mariella. Du warst noch nie verliebt, deshalb kannst du das nicht verstehen. Als Khalid mich verließ, ging für mich eine Welt unter. Ich bin nicht wie du, Mariella. Ich brauche einen Mann, den ich lieben kann und der mich liebt. Ich glaube, ich werde es Xavier nie verzeihen, was er getan hat."

„Hör zu, Xavier hat Khalid nicht direkt gewaltsam gezwungen, dich und Fleur im Stich zu lassen", hörte Mariella sich zu ihrer eigenen Überraschung scharf einwenden.

Tanya sah sie denn auch entgeistert an. „Wie kannst du ihn auch noch verteidigen? Er hat gedroht, Khalid die finanzielle Unterstützung zu streichen. Er hätte mich und Fleur verhungern lassen!", fügte sie dramatisch hinzu.

„Übertreib nicht, Tanya. Das ist nicht wahr und auch nicht fair", fühlte Mariella sich erneut verpflichtet zu widersprechen. Allerdings brachte sie es nicht über sich, ihrer Schwester freiheraus zu sagen, dass ihrer persönlichen Meinung nach Khalid schwach und oberflächlich sei und er in selbstsüchtiger Weise seine eigenen Bedürfnisse vor die seiner Geliebten und seines Kindes gestellt habe. Tanya schmollte jetzt schon, und Mariella hatte keine Lust, mit ihrer Schwester zu streiten. Andererseits konnte sie sich des Gefühls nicht ganz erwehren, dass Tanya ihre mütterlichen Pflichten gegenüber Fleur bei Weitem nicht so ernst nahm, wie es richtig gewesen wäre.

„Nun, jedenfalls sind wir jetzt verheiratet, und Xavier kann nichts mehr tun! Das weiß er genau!", sagte Tanya trotzig.

Mariella wusste, dass es nicht stimmte. Xavier hätte seine Drohung immer noch wahr machen und Khalid die finanzielle Unterstützung streichen oder ihm seine Pro-forma-Stellung in dem Familienunternehmen wegnehmen können. Aber die gute Madame Flavel hatte ihr im Vertrauen verraten, dass er es Fleur zuliebe nicht getan hatte!

Plötzlich strahlte Tanya wieder übers ganze Gesicht. „Ach ja, ich hatte noch gar keine Gelegenheit, es dir zu erzählen, aber Khalid besteht darauf, mich auf eine ausgedehnte Hochzeitsreise zu entführen. Fleur werden wir natürlich mitnehmen, und wenn wir zurück sind, werden wir uns vermutlich hier in Zuran einrichten müssen. Aber Khalid hat mir versprochen, dass wir so oft wie möglich reisen werden. Außerdem sagt er, werden wir unsere eigene Villa haben, und ich kann alles nach meinem Geschmack gestalten! Sieh nur, der Verlobungsring, den er mir geschenkt hat! Ist er nicht wundervoll?"

„Ja, sehr." Mariella bewunderte gebührend den funkelnden Diamanten an Tanyas Hand.

„Ich kann dir gar nicht sagen, wie glücklich ich bin, Mariella." Tanya strahlte. „Und du hast dich so lieb um mein süßes Baby gekümmert ... He, Süße, ich habe dich so vermisst!" Sie warf Fleur ein Küsschen zu. „Dein Daddy und ich können es gar nicht erwarten, dich ganz für uns allein zu haben."

Ein wehmütiger Ausdruck huschte über Mariellas Gesicht. Doch sie wollte auf keinen Fall Tanya die Freude verderben, indem sie sich anmerken ließ, wie sehr es sie schmerzte, sich von Fleur trennen zu müssen. „Das klingt ja wirklich sehr aufregend", sagte sie und rang sich ein Lächeln ab. „Wann wollt ihr denn aufbrechen?"

„Morgen! Alles ist schon vorbereitet. Khalid wollte nur kurz in Zuran Station machen, um Xavier über unsere Heirat zu informieren … und um Fleur zu holen, natürlich."

„Natürlich", wiederholte Mariella niedergeschlagen.

„Mariella, ich kann dir gar nicht genug dafür danken, dass du dich um Fleur gekümmert hast. Wir sind dir beide sehr dankbar, nicht wahr, Khalid?"

„Ja, natürlich", bekräftigte ihr frischgebackener Schwager.

Mariella hielt Fleur auf dem Arm und wollte sie erst ganz zum Schluss hergeben, während Tanya sich noch von Madame Flavel und Xavier verabschiedete. Wobei Tanya auf Xavier immer noch nicht gut zu sprechen war und es bei einem kühlen Händedruck beließ. „Darling, kannst du Fleur zum Wagen tragen?", bat sie dann Khalid.

Mariella erstarrte unwillkürlich, als Khalid sich ihr zuwandte, um ihr das Baby abzunehmen. Ob es daran lag oder ob Fleur ihrem Vater gegenüber immer noch ein wenig fremdelte, sobald er jedenfalls die Hände nach ihr ausstreckte, verzog sie das Gesicht und begann zu weinen. Irritiert wich Khalid zurück.

„Komm, ich nehme sie." Ehe Mariella widersprechen konnte, nahm Xavier ihr Fleur ab und hatte sie im Nu beruhigt.

Mariella sah Tanya an, diese verübelte es Xavier sehr, dass Fleur sich bei ihm offenbar wohler fühlte als bei ihrem Vater. Bevor sie jedoch etwas einwenden konnte, drängte Khalid zur Eile.

Als sie draußen beim Wagen ankamen, streckte Tanya die Arme nach Fleur aus, aber zu Mariellas Überraschung gab Xavier das Baby nicht Tanya, sondern ihr in die Arme. Sie schluckte gerührt. Hatte Xavier tatsächlich gespürt, was sie fühlte, und wollte er ihr ein letztes Mal die Chance geben, Fleur zu halten? Mariella küsste ihre kleine Nichte zart auf die Stirn und reichte sie dann rasch ihrer Schwester.

Als der Wagen in Richtung Flughafen davonfuhr, winkte Mariella ihm mit Tränen in den Augen nach.

„Lass uns aus der Hitze gehen", sagte Xavier und führte sie zum

Haus zurück. Wenn er ihre Tränen bemerkte, war er taktvoll genug, es sich nicht anmerken zu lassen.

Sobald sie jedoch im Haus waren, nahm Mariella sich zusammen und räusperte sich. „Ich werde alles Nötige veranlassen, mir jetzt so schnell wie möglich eine andere Unterkunft zu suchen."

„Wie kommst du denn auf die Idee?", fragte Xavier schroff. „Es hat sich nichts geändert. Du bist immer noch eine alleinstehende junge Frau, die jetzt zu meiner Familie gehört, und als solche ist dein Platz hier in meinem Haus und unter meinem Schutz. Für die Dauer deines Aufenthaltes in Zuran ist dies dein Zuhause."

Mariella wollte widersprechen, besann sich aber anders. Xaviers Worte waren seltsam tröstlich ... was natürlich nur daran lag, dass sie so traurig darüber war, Fleur nicht mehr bei sich zu haben!

Mariella träumte. Sie lag allein in einem fremden Zimmer auf einem großen Bett und weinte um Fleur. Plötzlich ging die Tür auf, und Xavier kam herein. Er setzte sich zu ihr aufs Bett und nahm ihre Hand.

„Du weinst um das Kind", sagte er sanft. „Aber das sollst du nicht. Ich werde dir ein eigenes Kind geben, das du lieben kannst. Unser Kind." Sie blickte zu ihm auf, und er begann, sie zu streicheln. Mit zärtlichen Händen, die genau zu wissen schienen, was sie brauchte, zog er die Bettdecke weg und liebkoste ihren nackten Körper. Er beugte sich herab und küsste sie, zunächst zart und innig, dann immer drängender und leidenschaftlicher. Sie zitterte vor Verlangen und Sehnsucht ... und zwar nicht nur nach dem Kind, das er ihr versprochen hatte, sondern auch nach Xavier!

Er umfasste ihre Brüste und ließ den Blick bewundernd darübergleiten, während er Mariella zuflüsterte, wie sehr er sie begehre. Dann beugte er sich über ihre Brüste, umschloss die rosigen Spitzen nacheinander mit dem Mund und saugte daran, bis Mariella sich an ihn klammerte und sich im Ansturm ihrer Gefühle verlor. Stöhnend drängte sie sich ihm entgegen, als er die Zunge nun kreisend über ihren Nabel gleiten ließ und gleichzeitig eine Hand zwischen ihre Schenkel schob, um sie auf erregendste Weise zu liebkosen. Wie von Sinnen vor Lust, begann Mariella nun auch ihn zu streicheln, fühlte, wie er hart wurde, und wollte nichts anderes mehr, als eins mit ihm werden und ihr gemeinsames Kind mit ihm zeugen. Doch plötzlich wich er zurück und entzog sich ihrer Umarmung. Verzweifelt flehte sie ihn an, sie nicht zu verlassen. Urplötzlich zitterte sie vor Kälte, Tränen rannen ihr über die Wangen.

Schlagartig schreckte Mariella aus ihrem Traum. Im Schlaf musste ihr die Bettdecke heruntergeglitten sein, weshalb sie in der kühlen Luft des klimatisierten Schlafzimmers fröstelte. Der Grund für die Tränen, die ihr tatsächlich in den Augen brannten, war sicher, dass sie Fleur so sehr vermisste, und nicht, dass sie von Xavier geträumt hatte … davon, ihn zu lieben und ihn zu verlieren. Diese Schwäche würde sie sich niemals erlauben! Aber sie konnte nicht leugnen, dass sie Xavier sexy fand und sich körperlich zu ihm hingezogen fühlte. Vergeblich versuchte sie, diese ungemein starke, verräterische Sehnsucht niederzuhalten.

Um sich abzulenken, stand sie auf und war schon auf halbem Weg zu Fleurs leerem Bettchen, als ihr klar wurde, was sie da tat. Es war ja gut und richtig, dass Fleur jetzt bei ihren Eltern war, aber sie, Mariella, vermisste die Kleine sehr. Wem wollte sie etwas vormachen? Sie sehnte sich nach einem eigenen Baby!

Mariella saß an dem Marmorbrunnen in dem Gartenhof der Frauen und reckte die verspannten Glieder. In den vergangenen zwei Wochen hatte sie wie besessen an dem Fries gearbeitet, sodass sie nun das Projekt viel früher als erwartet fertigstellen würde. Der Prinz war an diesem Nachmittag gekommen, um sich persönlich einen Eindruck zu verschaffen, und hatte seine Begeisterung nicht verhehlen können.

Sie konnte also mehr als zufrieden sein … Zufrieden und zu erschöpft, um Abendbrot zu essen, dachte sie und rieb sich müde den schmerzenden Nacken. Und dann erstarrte sie unwillkürlich, als sie Xavier auf sich zukommen sah.

„Ich komme gerade von Seiner Hoheit“, sagte er. „Der Prinz wollte mir unbedingt deine Arbeit zeigen, von der er zutiefst beeindruckt ist. Zu Recht, wie ich meine. Sie ist großartig geworden.“

Dieses ungewöhnlich überschwängliche Lob erstaunte Mariella. Argwöhnisch blickte sie zu ihm auf.

„Hat sich deine Schwester schon bei dir gemeldet, um dich zu beruhigen, dass es Fleur gut geht?“, erkundigte sich Xavier nun.

Mariella schüttelte den Kopf und zuckte zusammen.

„Hast du Schmerzen?", fragte Xavier sofort.

„Ach, ich bin ein bisschen verspannt, das ist alles", wehrte sie ab.

„Verspannt? Hier im Nacken?" Ehe sie ihn daran hindern konnte, setzte er sich neben sie und begann mit sachkundiger, behutsamer Hand ihren Nacken zu massieren. „Halt still!", sagte er, als sie unwillkürlich zurückwich. „Es wundert mich nicht, dass du so verspannt bist. Du arbeitest zu hart und verlangst dir viel zu viel ab. Du machst dir viel zu viel Sorgen um andere und lässt zu, dass sie dein Pflichtgefühl ausnutzen!"

Mariella drehte sich um und sah ihn an. „Das musst gerade du mir vorwerfen!"

Einen Moment lang blickten sie sich schweigend an. Mariella stellte fast ein wenig erstaunt fest, dass sie immer neue Seiten an Xavier entdeckte, die sie veranlassten, ihn inzwischen mit ganz anderen Augen zu sehen. Und Xavier gestand sich ein, dass er sich, was Mariella betraf, gründlich geirrt und sie höchst unfair behandelt hatte. Ihre Schwester dagegen war genau so, wie er es erwartet hatte … ganz der Typ Frau, auf den sein leichtlebiger Cousin flog. So gesehen, passten die beiden sehr gut zueinander, oder wenn man es zynisch ausdrücken wollte: Tanya und Khalid hatten sich in ihrer Selbstsüchtigkeit und Oberflächlichkeit gegenseitig verdient.

Ganz anders Mariella … er war noch nie einer Frau begegnet, die ihre Pflichten so ernst nahm und ihre Lieben derart bedingungslos beschützte. Wenn sie sich einmal für einen Mann entschied, würde sie sich ihm mit Leib und Seele hingeben. Ihre Liebe würde tief und leidenschaftlich und auf immer und ewig sein.

„Deine Schwester hätte sich längst bei dir melden sollen. Sie muss doch wissen, wie sehr du Fleur vermisst", sagte er unvermittelt.

Sofort erwachte ihr Beschützerinstinkt. „Tanya ist Fleurs Mutter", verteidigte sie ihre Schwester. „Sie schuldet mir … keine Berichte. Dieser Urlaub wird den dreien die Gelegenheit geben, sich als Familie zu finden. Tanya und Khalid sind immerhin Fleurs Eltern, und …"

„Ich vermisse die Kleine auch", unterbrach Xavier sie mit einem überraschenden Eingeständnis. „Und meiner Meinung nach hätte man sie besser hier, in der geborgenen Obhut ihr vertrauter Menschen, gelassen, anstatt sie in irgendein Jetset-Seebad zu schleifen, wo sie vermutlich irgendwelchen Hotelangestellten überantwortet wird, während sich ihre Eltern amüsieren."

„Du bist unfair", protestierte Mariella und hielt still, als Xavier wieder anfing, ihren verspannten Nacken zu massieren.

„Nein, ich bin nur ehrlich", widersprach er. „Und wenn Khalid zurückkehrt, werde ich ihm sehr deutlich machen, dass Fleur die Geborgenheit eines festen Zuhauses braucht!"

Xavier würde vermutlich ein guter Vater sein, überlegte Mariella und rief sich sofort zur Ordnung, weil dieser Gedanke alle möglichen verbotenen Fantasien nach sich zog. Immerhin hatte Xavier genauso wenig wie sie die Absicht, überhaupt zu heiraten!

Sie schloss die Augen. Allmählich spürte sie, wie sich unter Xaviers behutsamer Massage ihre Anspannung löste. Es war himmlisch, sich ganz diesem Gefühl hinzugeben. Aber je länger Xavier sie massierte, desto mehr wandelten sich ihre Empfindungen. Mariella spürte, wie es heiß in ihr aufwallte, und als Xavier die Hände über ihren Rücken gleiten ließ, erschauerte sie heftig. Sofort hielt er inne.

„Mariella ..."

Es klang heiser, fast flehentlich. Sein Atem streichelte warm ihre Haut, was ihr erneut einen Schauer über den Rücken jagte. Bildete sie es sich ein, oder verriet die Art, wie er ihren Namen ausgesprochen hatte, leidenschaftliches Verlangen?

Mariella wagte nicht, etwas zu sagen oder sich umzudrehen. Doch im nächsten Moment drehte Xavier sie zu sich herum und küsste sie so heiß und begehrlich, dass all ihr Widerstand fast auf der Stelle dahinschmolz. Seine Hände, die eben noch ihren Nacken massiert hatten, waren in den Ausschnitt ihrer Baumwollrobe geglitten und streichelten sie nun auf erregende Weise. Ein unbändiges Verlangen durchflutete sie. Gefangen in einem Rausch der Lust, erwiderte sie Xaviers Küsse, presste ihre geöffneten Lippen in den Ausschnitt seines Gewandes, um seinen Duft einzuatmen, und ließ dann ihren erotischen Fantasien freien Lauf. Verführerisch ließ sie ihre Lippen über seinen Hals gleiten und biss dann sacht zu. Sein leises Aufstöhnen erfüllte sie mit Triumph, und dann drängte sie sich ihm willig entgegen, als er ihre Robe auseinanderschob und ihre Brüste umfasste.

Xavier beugte sich herab und umschloss eine der harten Spitzen mit dem Mund. Lustvoll stöhnend krallte Mariella die Finger in sein dichtes schwarzes Haar und presste ihn an sich. Sie bebte vor Verlangen, und es kam ihr völlig natürlich, gut und richtig vor, dass sie Xavier derart begehrte.

Er richtete sich auf und suchte erneut ihre Lippen. Mariella berührte zärtlich seine Wange, und sie sahen sich schweigend an. Ihre Blicke verrieten, wie sehr sie einander begehrten. Mariella durchzuckte es heiß, als Xavier verführerisch ihre Handfläche küsste und sie sich vorstellte, wie er sie am ganzen Körper so liebkosen würde. Langsam ließ Xavier die Hände über ihren Rücken gleiten, umfasste ihre Hüften und presste sie an sich, sodass sie spüren konnte, wie hart er war. Sie sehnte sich schmerzlich danach, ganz eins mit ihm zu werden. Wieder wandte er sich ihren Brüsten zu und saugte an den harten Spitzen, bis Mariella leise aufschrie vor Lust.

Xavier blickte auf. Begehrlich ließ er den Blick über sie gleiten, verweilte auf ihren halb geöffneten Lippen, den vollen, hohen Brüsten und schließlich auf dem verführerisch zarten Spitzenslip. Bei der Vorstellung, die Hand dort hineingleiten zu lassen und Mariella auf erregendste Weise zu liebkosen, durchzuckte ihn heißes Verlangen. Alles in ihm drängte danach, hier in der Abgeschiedenheit dieses mondbeschienenen Gartens all die Lust mit ihr zu teilen, nach der sie sich genauso sehr sehnte wie er.

Doch hier in seinem Garten, in seinem Haus, stand sie unter seinem Schutz … als Mitglied seiner Familie, als Frau, die genauso tabu war wie die behüteten Töchter seiner Freunde.

Seine Hand lag bereits auf ihrem Slip. Er spürte, wie Mariella sich ihm bebend entgegendrängte. Sie wollte, dass er sie nahm. Mehr als alles auf der Welt wollte sie …

„Nein!“ Ihr heiserer Protest verhallte in der Stille, als Xavier sie unvermittelt losließ.

„Ich schulde dir bereits eine Entschuldigung für mein … unangemessenes Verhalten dir gegenüber“, sagte er schroff. „Und dafür, dass ich mich jetzt, wie es aussieht, des gleichen Vergehens erneut schuldig gemacht habe. Es wird nicht … es darf nicht noch einmal passieren!“

War es ein Versprechen … oder eine Warnung? Unglücklich sah Mariella zu, wie Xavier aufstand und sich von ihr abwandte. Aufgewühlt, wie sie war, brachte sie kein Wort über die Lippen, aber Xavier ging sowieso schon davon, durchquerte den kleinen Gartenhof und verschwand durch eine verschwiegene Tür im Haus, die unmittelbar in seinen Wohnbereich führte und zu der nur er einen Schlüssel besaß.

Bin auch ich wie ein verschwiegener Garten, zu dem nur er den Schlüssel besitzt? überlegte Mariella unwillkürlich … und verdrängte diesen gefährlichen und unerwünschten Gedanken sofort. Der Wunsch nach Sex hatte sie veranlasst, sich derart hemmungslos zu gebärden … eine völlig natürliche Reaktion auf einen Mann, der zugegebenermaßen besonders aufregend und sexy war. Aber das hatte überhaupt nichts mit echten Gefühlen zu tun.

Xavier ging in seinem Zimmer auf und ab und kam dann plötzlich zu einem Entschluss. Da er offenbar seinen Gefühlen in Mariellas Gegenwart nicht trauen konnte, blieb nur eine Möglichkeit: Er musste für eine sichere Distanz zwischen ihnen sorgen. Der beste Weg dazu war, sich wieder in seine Wüstenoase zurückzuziehen.

10. KAPITEL

„Es ist schon eine Woche her, dass Xavier fort ist, und er ist immer noch in der Oase!"

Mariella versuchte, sich ganz auf ihre Arbeit zu konzentrieren und Madame Flavels Bemerkungen zu ignorieren. Der Prinz hatte sie Anfang der Woche erneut besucht, um ihre Fortschritte zu begutachten, und hatte seine Frau und seine Kinder mitgebracht. Der Anblick der vier reizenden, dunkel gelockten Kinder hatte Mariella wieder mit einer geradezu schmerzlichen Sehnsucht erfüllt.

Wie es aussah, war der Kinderwunsch bei ihr übermächtig geworden. Und das lag nicht nur daran, dass sie Fleur vermisste. Nein, vermutlich hatte Fleurs Geburt bei ihr die biologische Uhr zum Ticken gebracht … und wenn sie nicht aufpasste, würde der Wunsch nach einem eigenen Kind bei ihr noch zur Besessenheit werden.

Sie glaubte jetzt zu begreifen, warum sie sich Xavier derart an den Hals geworfen hatte. Wahrscheinlich hatten ihre weiblichen Instinkte ihn ganz selbstverständlich als perfekten Erzeuger ausgemacht. Erleichtert klammerte sie sich an diese Erklärung, weil sie ihr die große Sorge nahm, sie könnte sich tatsächlich in Xavier verliebt haben. Wie dumm von ihr, auch nur daran zu denken! Mit dieser beruhigenden Überzeugung fiel es ihr leichter, sich einzugestehen, wie sehr sie ihn begehrt hatte und dass sie es immer noch tat. Sie begehrte ihn, weil sie ein Kind von ihm wollte!

„Xavier hat angerufen, um zu sagen, dass er noch eine Woche in der Oase bleibt", informierte Madame Flavel Mariella beim Abendessen und seufzte missbilligend. „Es muss langweilig für Sie sein, *chérie*, da Ihnen nur Ihre Arbeit und meine Gesellschaft bleibt."

„Aber nein, überhaupt nicht", widersprach Mariella.

„*Non?* Aber Sie vermissen *la petite bébé*?"

Nun war es an Mariella, zu seufzen. „Ja, ich vermisse Fleur", gestand sie ehrlich.

„Dann sollten Sie vielleicht überlegen, eigene *enfants* zu bekommen", meinte Madame Flavel. „Ich bedaure es jedenfalls sehr, nie Kinder gehabt zu haben. In diesem Punkt habe ich meine Schwester immer beneidet. Ehrlich gesagt, kann ich es nicht begreifen, warum zwei Menschen wie Sie und Xavier, die ganz wunderbare Eltern abgeben würden, sich bewusst dazu entscheiden, nicht zu heiraten." Die alte Dame betrachtete Mariella prüfend. „Sie arbeiten viel zu hart an Ihrem Fries, *chérie*. Es würde Ihnen guttun, sich ein paar Tage freizunehmen."

Mariella musste zugeben, dass Xaviers Großtante recht hatte. Sie hatte wirklich hart gearbeitet. Aber nun war der Fries praktisch fertig. Sollte sie sich wirklich ein paar Tage freinehmen? Um was zu tun? Nur noch mehr Zeit zu haben, Fleur zu vermissen und sich nach einem eigenen Kind zu sehnen? Noch mehr Zeit zu haben, sich zu wünschen, Xavier hätte ihr Liebesspiel nicht beendet, bevor sie … Wenn sie nur etwas wagemutiger gewesen wäre … ihn verführt hätte bis zu einem Punkt, da es für ihn kein Zurück mehr gegeben hätte, dann hätte sie jetzt schon schwanger sein können!

Eine Vorstellung, die Mariella keine Ruhe mehr ließ. Nach dem Essen zog Madame Flavel sich in ihr Zimmer zurück, und Mariella schlenderte durch den kleinen Gartenhof. Wenn Xavier nur in der Villa wäre! Dann könnte sie zu ihm gehen … und? Von ihm verlangen, dass er mit ihr schlief und ihr ein Kind machte? Sie konnte sich lebhaft vorstellen, wie bereitwillig er einwilligen würde!

Aber warum verlangen? Sie war doch eine Frau, oder nicht? Und Xavier war auch nur ein Mann. Und sie wusste auch, dass er sie begehrte … Doch er war nicht hier, sondern in der Oase.

Die Oase … Mariella schloss die Augen und stellte sich Xavier dort vor. In jener Nacht, als er sie für Tanya gehalten und fast genommen hätte. Erotische Bilder tauchten vor ihr auf, und sie sehnte sich nur noch mehr nach ihm.

Ärgerlich ließ Mariella ihren Skizzenblock sinken und betrachtete gereizt, was sie gezeichnet hatte: Babys … die zudem alle eine unverkennbare Ähnlichkeit mit Xavier hatten!

Sie hatte die halbe Nacht wach gelegen, und wenn sie einmal in einen unruhigen Schlaf gesunken war, wurde sie von unglaublich erotischen Träumen gequält, die sich alle um Xavier drehten. Selbst in ihren Träumen, in ihrem Unterbewusstsein schien der Wunsch nach Xaviers Kind fest verankert.

Tatsächlich fehlte ihr lediglich der Mut, ihren Wunsch in die Tat umzusetzen. Aber wollte sie wirklich irgendwann in der Zukunft auf ihr Leben zurückblicken und sich eingestehen müssen, dass sie einfach nicht den Mut aufgebracht hatte, das, was sie sich am sehnlichsten gewünscht hatte, auch anzustreben? Schließlich hatte sie ja nichts Unrechtes vor. Sie würde nie etwas von Xavier verlangen … ganz im Gegenteil! Sie wollte und war fest entschlossen, ihr Kind allein aufzuziehen. Sie brauchte Xavier nur für die Zeugung, musste also nur … musste es ihm unmöglich machen, ihr zu widerstehen! In der Oase war er der geballten Macht ihrer Verführungskünste völlig ausgeliefert … und sogar der Zeitpunkt in ihrem Zyklus passte!

Ein kühner Plan nahm ganz allmählich Formen an. Der erste Schritt war ein sofortiger Einkaufsbummel, um sich mit einigen verführerischen Accessoires auszustatten!

Als Mariella schließlich Stunden später aus der Stadt in die Villa zurückkehrte, war sie restlos erschöpft … aber auch die stolze Besitzerin eines speziell für sie komponierten Parfüms und einer Körperlotion, die ihr eine Haut wie Samt und Seide garantierte. Außerdem hatte sie der Versuchung nicht widerstehen können, in einem exklusiven kleinen Laden einige aufreizende Seidendessous zu erstehen. Allein bei dem Gedanken, diesen hauchzarten Traum aus Seide und Spitze auf der Haut zu tragen, kam sie sich verrucht und unwiderstehlich vor!

Was sie sonst noch brauchte, war rasch gepackt. Dann gab sie Hera eine Nachricht für Madame Flavel, die das Mädchen der alten Dame geben sollte, wenn diese von ihrem Mittagsschlaf erwacht war. Bis dahin würde sie, Mariella, längst in der Oase angekommen sein. Die Nachricht diente zu Madame Flavels Beruhigung und besagte nur, dass sie, Mariella, zur Oase gefahren sei, weil sie etwas mit Xavier zu besprechen habe.

Mariella fuhr mit einem Taxi zu dem Geländewagenverleih und übernahm den Jeep, den sie zuvor telefonisch bestellt hatte. Diesmal achtete sie darauf, den richtigen Radiosender einzustellen, um die lokalen Wetterberichte zu verfolgen. Doch glücklicherweise schienen gegenwärtig keine Sandstürme zu drohen.

Sie atmete noch einmal tief ein, startete den Motor und fuhr los.

Leise fluchend schob Xavier den Laptop weg und stand auf. Er hatte sich in die Oase zurückgezogen, um eine sichere Distanz zwischen sich und Mariella zu schaffen, aber die erzwungene Trennung schien einzig und allein den fatalen Effekt zu haben, dass er nur noch mehr an sie dachte!

Dachte? Wenn er ehrlich war, dachte er nicht nur an sie!

Sein Stamm lagerte keine dreißig Meilen entfernt, und Xavier entschied sich spontan, hinüberzufahren und den Leuten einen Besuch abzustatten. Der Rückzug in die völlige Einsamkeit hatte sich nicht wie sonst als heilsam erwiesen. Überall in der Oase sah er Mariella vor sich. Wie er besaß sie ein sehr starkes Pflichtgefühl, und wie er würde sie ihr Herz niemals leichtfertig verschenken.

Sehnte sie sich auch so sehr nach dem, was sie fast miteinander geteilt hatten? Lag sie wie er nachts wach und hatte Angst, sich einzugestehen, dass diese Gefühle über eine rein körperliche Leidenschaft hinausgingen? Und wenn es so war … konnte sie seine lebenslange Verantwortung und seine Verpflichtungen gegenüber seinem Stamm akzeptieren und teilen? Konnte er es wagen, ihr die Tiefe seiner Gefühle zu offenbaren? Ihr seine Liebe zu offenbaren? Und wie sollte er damit leben, wenn sich seine heimlichen Ängste bewahrheiten würden und seine Liebe über sein Pflichtgefühl siegen würde?

Xavier schaltete den Laptop aus und griff nach den Schlüsseln für den Jeep.

Mariella konnte sich nicht entsinnen, jemals so nervös gewesen zu sein. Die Fahrt über die Wüstenpiste zur Oase hatte sie ohne Probleme hinter sich gebracht. Nun tauchte vor ihr der Pavillon auf, und ihr Herz schlug schneller. Was, wenn Xavier sich nicht verführen lassen wollte und sie zurückwies?

Für den Bruchteil einer Sekunde war sie versucht, eine Kehrtwende zu machen und nach Zuran City zurückzufahren. Doch dann rief sie sich ins Gedächtnis, wie sehr Xavier sie im Garten seiner Villa begehrt hatte. Er hatte es ihr ja praktisch gestanden!

Eigentlich musste Xavier den Jeep vorfahren gehört haben. Mariella wunderte sich, dass er nicht aus dem Zelt kam, um nachzusehen, wer ihn besuchte. Nun, so würde er wenigstens nicht von ihr verlangen können, auf der Stelle umzudrehen und zurückzufahren! Mariella parkte den Jeep, stieg aus und holte ihr leichtes Gepäck heraus. Dann blieb sie neben dem Wagen stehen und blickte unschlüssig zum Zelt.

Vielleicht hätte sie die Sache besser timen sollen? Vermutlich wäre es für ihr Vorhaben zuträglicher gewesen, wenn sie erst abends angekommen wäre ... Eine schöne Verführerin war sie! Aber jetzt gab es kein Zurück mehr. Mariella nahm all ihren Mut zusammen und ging dem selbst gewählten Schicksal entgegen.

Fünf Minuten später stand sie wieder vor dem Zelt, blickte auf das Wasser der Oase und wollte immer noch nicht ganz wahrhaben, was eigentlich offensichtlich war: Xavier war gar nicht da! Kein Xavier, kein Jeep, keine Verführung, kein Baby!

Ein deprimierendes Gefühl von Enttäuschung übermannte sie. Wo war Xavier? Hatte er sich vielleicht anders entschlossen und war doch in die Stadt zurückgefahren, obwohl er seine Großtante informiert hatte, dass er noch in der Oase bleiben würde? Welche Ironie des Schicksals, wenn sie sich durch ihren spontanen Entschluss der Möglichkeit beraubt hätte, ihr angestrebtes Ziel zu erreichen!

Doch dann rief Mariella sich ins Gedächtnis, dass der Laptop noch im Zelt stand. Xavier hätte ihn bestimmt nicht zurückgelassen, wenn er nach Hause gefahren wäre. Wo also mochte er sein?

Die Sonne hing bereits wie ein roter Feuerball über dem Horizont. Bald würde es dunkel sein. Und Mariella hatte nicht vor, bei Dunkelheit die lange Rückfahrt nach Zuran City zu riskieren. Was also sollte sie tun? Eine weitere Nacht gegen ihre Amok laufenden Hormone ankämpfen? Die Möglichkeit, dass Xavier nicht da sein könnte, war ihr einfach nicht in den Sinn gekommen!

Das Zelt war so eng mit ihm verknüpft. Versonnen ließ Mariella die Fingerspitzen über den Stuhl gleiten, auf dem er saß, wenn er an seinem Laptop arbeitete. Selbst der Duft seines Aftershaves hing noch in der Luft ... und wenn sie die Augen schloss, glaubte Mariella sich vorstellen zu können, dass er tatsächlich da sei. Ja, natürlich konnte sie sein Bild beschwören ... aber sie sehnte sich nicht nach seinem Bild, oder?

Obwohl sie lange nichts gegessen hatte, verspürte sie keinen Appetit. Aber sie musste unbedingt etwas trinken. Mariella ging in die Küche und öffnete eine Wasserflasche. Feine Sandkörner klebten auf ihrer Haut, sie fühlte sich müde und verschwitzt. So wollte sie die Verführerin spielen?

Deprimiert verließ sie die Küche und ging wie magisch angezogen zum Schlafzimmer. Sie blieb in der Türöffnung stehen und sah sich sehnsüchtig um. Ein heißer Schauer jagte ihr über den Rücken, als sie das große Bett betrachtete und sich erinnerte, was dort zwischen ihr und Xavier geschehen war. Es ist nur deine biologische Uhr, die da tickt, redete sie sich energisch ein. Und es war schließlich nur natürlich, dass sich ihr Kindeswunsch in der Sehnsucht nach einem Mann manifestierte, der zweifellos starke, erstrebenswerte Gene als potenzieller Erzeuger mitbrachte.

So erklärte sich Mariella einmal mehr die Heftigkeit, mit der das Verlangen nach Xavier sie überwältigte. Wenn sie nur an ihn dachte, wurden ihr die Knie weich! Sie sehnte sich danach, sich an ihn zu schmiegen, die Lippen auf seine samtene Haut zu pressen, die Hände über seinen männlich schönen, muskulösen Körper gleiten zu lassen, über seinen flachen Bauch, bis hinunter zu …

Ich brauche eine Dusche! dachte Mariella verzweifelt. Eine möglichst kalte Dusche!

„Ich wünsche dir eine gute Reise, Ashar." Wehmütig lächelnd umarmte Xavier den Stammesältesten, während ringsum die Übrigen damit beschäftigt waren, das Lager abzubrechen, um die Wanderschaft durch die Wüste wieder aufzunehmen.

„Du kannst es dir überlegen und dich uns immer noch anschließen", antwortete Ashar.

Xavier schüttelte den Kopf. „Dieses Mal nicht."

Er blickte sich um, sah die ihm so vertrauten, geordneten Vorbereitungen für den Aufbruch, lauschte auf das leise Klingen der Kamelglocken. Der Stamm würde die kühlen Nachtstunden für die Wanderschaft nutzen und am Tag rasten.

Ashar beobachtete Xavier nachdenklich. Der alte Mann hatte schon Xaviers Großvater und seinen Vater gekannt. So brachte er Xavier nicht nur den Respekt entgegen, den er seinem Stammesführer schuldete, sondern auch eine tief verwurzelte väterliche Zuneigung.

„Irgendetwas bedrückt dich … Geht es vielleicht um eine Frau? Die Leute würden sich freuen, wenn du dir eine Frau nimmst, die dir Söhne schenkt, damit sie in deine Fußstapfen treten, wie du in die deines Großvaters und Vaters getreten bist."

Xavier seufzte. „Wenn es nur so einfach wäre, Ashar."

„Und warum sollte es nicht so sein? Diese Frau ... hast du vielleicht Angst, sie könnte unsere Traditionen nicht respektieren und versuchen, dich dem Stamm und deinen Pflichten ihm gegenüber zu entfremden? In dem Fall wäre sie nicht die Richtige für dich. Aber so, wie ich dich kenne, kann ich nicht glauben, dass in deinem Herzen überhaupt Platz für eine solche Frau wäre. Du musst lernen, dem zu vertrauen, was hier drinnen ist ...", Ashar zeigte auf sein Herz, „anstatt nur zu glauben, was hier drinnen ist ..." Bei diesen Worten zeigte er auf seinen Kopf.

Xavier unterdrückte ein Lächeln. Ashar hatte ja keine Ahnung, wie gefährlich seine Gefühle außer Kontrolle geraten waren!

Er wartete noch, bis der Stamm aufgebrochen war, bevor er sich in den Jeep setzte und sich auf den Weg zurück zur Oase machte. Am Nachthimmel funkelte eine schmale Mondsichel mit Abertausenden Sternen um die Wette, wie Diamanten in mitternachtsblauem Samt. Xavier liebte die Wüste bei Nacht. Da fühlte er sich seinem Erbe besonders verbunden. Schon viele, viele Generationen vor ihm waren seine Vorfahren durch die Wüste gezogen, und es war seine Pflicht, dafür zu sorgen, dass sie es noch viele Generationen in der Zukunft tun würden. Das ließ sich nicht aus einem luxuriösen, klimatisierten Büro heraus erreichen, wie es Khalid gefallen hätte. Nein, die alten Stammestraditionen ließen sich nur bewahren und ehren, indem man Teil davon blieb. Xavier empfand das als seine unveräußerliche Pflicht.

Andererseits konnte er seine Gefühle, seine Liebe zu Mariella weder verleugnen noch ignorieren. Die Macht dieser Gefühle hatte ihn anfangs erschreckt. Aber nun war er zu der unabänderlichen Erkenntnis gelangt, dass es nicht in seiner Macht lag, zu ändern oder zu kontrollieren, was er fühlte.

Xavier sah Mariellas Jeep, als er sich der Oase näherte. Er parkte daneben, stieg aus und betrachtete den anderen Wagen nachdenklich. Gewöhnlich lud er niemanden ein, wenn er in der Oase war, und gerade jetzt war er ganz bestimmt nicht in der Stimmung für ungebetene Gäste! Wer mochte der Fahrer sein? Und wo mochte er stecken?

Gereizt ging Xavier zum Zelt. Er kannte sich dort so gut aus, dass er kein Licht anzünden musste, um mit traumhafter Sicherheit zum Schlafzimmer zu finden.

Mariella hatte sich wie ein kleines Kind in die Mitte des großen Bettes gekuschelt und schlief tief und fest. Sie war nur mit Xaviers weißem Morgenmantel bekleidet, in dem ihr zierlicher Körper buchstäblich versank. Auf einem niedrigen Tisch neben dem Bett brannte eine Lampe. Ihr sanfter Schein erhellte Mariellas zartes Gesicht, die dichten, seidigen Wimpern, das zerzauste Blondhaar. Der betörende Duft ihres Parfüms stieg Xavier in die Nase, und ihn durchzuckte heißes Verlangen. Seine Hand umschloss die Kordel, die den Türvorhang zurückhielt. Sein Herz schlug wie wild. Wenn er vernünftig gewesen wäre, hätte er sie genommen, zum Jeep hinausgetragen und wäre mit ihr geradewegs in die Stadt zurückgefahren.

Stattdessen ließ er den schweren Türvorhang hinter sich zufallen, sodass sie nun beide im sinnlichen Halbdunkel dieses orientalischen Schlafgemachs gefangen waren. Langsam ging Xavier zum Bett und betrachtete die schlafende Mariella.

Irgendetwas – ein Gefühl, eine Schwingung – weckte Mariella. Sie regte sich, schlug die Augen auf. „Xavier!" Erleichterung, aber auch Sehnsucht wallte in ihr auf. Ein wenig mühsam versuchte sie sich aufzusetzen, wobei sich ihre Arme und Beine in Xaviers großem Morgenmantel verhedderten.

„Was tust du hier?", fragte Xavier schroff.

„Ich warte auf dich", antwortete Mariella kühn. „Ich warte auf dich, um dir zu sagen, wie sehr ich dich begehre und wie sehr ich hoffe, dass du mich auch begehrst."

Sie sah das überraschte Aufleuchten in seinen grauen Augen.

„Und du bist den weiten Weg gefahren, um mir das zu sagen!"

Seine Stimme mochte kühl und unbeeindruckt klingen. Aber er wich ihrem Blick aus, und Mariella spürte deutlich seine innere Anspannung. Das machte ihr Mut.

„Nicht, um es dir zu sagen, Xavier", sagte sie deshalb noch kühner. „Sondern, um es dir zu zeigen …"

Sie stand auf und ließ dabei den Morgenmantel zu Boden gleiten. Nie hätte sie gedacht, dass sie einmal so ganz ohne Scheu, so voller Stolz auf ihre Weiblichkeit nackt vor einem Mann stehen würde. Xavier rührte sich nicht. Für einen Moment befürchtete sie schon, den

Mut zu verlieren, dann sah sie, wie Xavier die Hände zu Fäusten ballte, und spürte, wie viel Kraft es ihn kostete, sein Verlangen zu beherrschen.

Rasch, bevor sie es sich anders überlegen konnte, stellte Mariella sich auf die Zehenspitzen und umfasste sein Gesicht. Schweigend blickte sie ihm in die Augen und gab sich keine Mühe, ihre Sehnsucht zu verbergen. Bewusst langsam und verführerisch ließ sie den Blick zu seinen Lippen gleiten und erschauerte erregt.

Ganz zart berührte sie seine Lippen mit ihren und genoss den sinnlichen Kontakt, wobei sie sich nicht davon abschrecken ließ, dass Xavier sich immer noch nicht rührte, sondern sich ganz darauf konzentrierte, welches Vergnügen es ihr bereitete, ihn so zu küssen. Aber was als bewusste Verführung begonnen hatte, verlor sich rasch im Ansturm ihrer leidenschaftlichen Gefühle, sodass sie immer verlangender die Zunge über seine Lippen gleiten ließ und seinen Mund mit zarten, heißen Küssen bedeckte.

Xavier konnte die süße Qual nicht länger ertragen. Er schickte ein Stoßgebet zum Himmel, Mariella möge aufhören, doch stattdessen suchte sie erneut seinen Mund, um ihn nun innig und leidenschaftlich zu küssen. Und Mariella nahm sich alle Zeit der Welt, um ihm zu zeigen, wie sehr sie ihn begehrte. Für den Bruchteil einer Sekunde hielt sie den Atem an, als Xavier die Hände hob, und sie befürchtete, er würde sie zurückstoßen. Doch dann sah sie das glühende Verlangen in seinen Augen leuchten und fühlte, wie er ihr Gesicht umschloss, um nun seinerseits die Initiative zu ergreifen.

Er war kein Mann, der sich mit der Rolle des passiven Liebhabers begnügen konnte. Doch Mariella öffnete den Mund bereitwillig dem Drängen seiner Zunge. Er konnte ja nicht ahnen, dass ihre Kapitulation eigentlich der Sieg für sie war.

„Ich kann nicht glauben, dass du das getan hast“, flüsterte er heiser.

„Ich musste es tun“, erwiderte Mariella, was nicht gelogen war. „Ich musste so zu dir kommen, Xavier … als Frau …“

Er blickte auf, sah sie an und berührte sacht ihre Wange. Mariella hielt seine Hand fest, drehte den Kopf und ließ die Zunge verführerisch über seine Fingerspitzen gleiten. Xavier atmete hörbar ein und erschauerte heftig, als sie dann seinen Zeigefinger mit dem Mund umschloss und sacht daran saugte.

„Ich will bei dir sein, Xavier“, sagte sie leise. „Ich will dich küssen, dich berühren ... ich will dich. Ich will, dass du mich in dein Bett nimmst und ganz eins mit mir wirst.“ Sie nahm seine Hand und führte sie an ihre nackte Brust. „Bitte. Bitte jetzt, Xavier. Bitte ...“

„Das ist verrückt. Du weißt es, nicht wahr?“, flüsterte er. „Du bist nicht wie deine Schwester ... du ... ich ... bin nicht vorbereitet ...“ Er verstummte, barg sein Gesicht verlangend an ihrem Hals und presste sie an sich.

„Du brauchst dir wegen nichts Sorgen zu machen“, beruhigte Mariella ihn.

Sie war selber wie berauscht von ihren leidenschaftlichen Gefühlen. An diesem Punkt fiel es ihr schon schwer, sich in Erinnerung zu rufen, dass einzig ihr Kinderwunsch sie dazu trieb, sich hemmungslos an Xavier zu schmiegen und seine erregenden Zärtlichkeiten wie entfesselt zu erwidern. Sie konnte gar nicht genug davon bekommen, seinen wundervollen Körper zu streicheln und zu küssen, als wollte sie ihn sich auf immer ihrem Gedächtnis einprägen. Ein Trick der Natur, auf diese Weise gewissermaßen den Vater für das Kind zu bewahren, den es auf andere Weise nie haben würde? Trotzig verbannte sie diesen Gedanken. Ihr Kind würde keinen Vater brauchen. Sie würde ihm genug Liebe geben.

Xavier wusste, dass sein Handeln gedankenlos und verrückt war. Aber er wusste auch, dass er Mariella nicht widerstehen konnte. Er begehrte sie schmerzlich, sehnte sich danach, sich ganz in ihren Armen zu verlieren. Doch er machte sich nichts vor. Wenn er sie erst einmal in den Armen gehalten und geliebt hatte, würde er sie nie wieder gehen lassen können. Konnte sie sein Leben akzeptieren und sich daran anpassen? Würde sie bereit dazu sein?

Mit wachsender Leidenschaft bedeckte sie jetzt seinen Hals mit heißen Küssen, ließ die Zunge über seine Haut gleiten und krallte die Finger in seine muskulösen Oberarme. Dieser geballte Ansturm auf seine Beherrschung war zu viel. Xavier packte sie unvermittelt und hob sie hoch, sodass ihr Mund auf einer Höhe mit seinem war. Dann küsste er sie fordernd und innig. Mariella gab sich geschlagen und fühlte, wie heißes Verlangen ihren Körper durchflutete. Xavier hob sie noch höher, ließ die Lippen über ihren Hals gleiten und weiter hinab zwischen ihre hohen, straffen Brüste. Dann ließ er abwechselnd die Zunge genüsslich über den harten rosigen Spitzen kreisen, bis Mariella wie von Sinnen vor Erregung die Finger in sein dichtes Haar schob und seinen Kopf an ihre Brüste presste. Spürte er denn nicht, wie sehr sie sich nach ihm verzehrte?

Ungeduldig zerrte sie an seinem Gewand und flüsterte ihm erotische Zärtlichkeiten zu, denen Xavier nicht widerstehen konnte. Rasch kam er ihrem Wunsch nach und entledigte sich seiner Kleidung. Als er schließlich nackt im sanften Licht der Tischlampe vor ihr stand, raubte sein Anblick Mariella den Atem. Bewundernd ließ sie den Blick über seinen männlich schönen Körper gleiten und war so darin versunken, dass sie gar nicht merkte, welche Wirkung es auf ihn ausübte.

„Wenn du mich bewusst quälen und meine Selbstbeherrschung auf die Probe stellen willst, indem du mich so ansiehst, dann muss ich dich warnen: Ich bin fast an meinen Grenzen angelangt“, sagte er heiser. „Kommst du jetzt zu mir und setzt all die verführerischen Versprechungen in die Tat um, die deine Blicke machen? Oder muss ich zu dir kommen und diese Versprechen einfordern? Aber ich warne dich, in dem Fall werde ich dir horrende Zinsen abverlangen!“

Einen Moment stand Mariella wie angewurzelt da. Xavier ließ nun genüsslich den Blick über sie gleiten, wie sie es zuvor bei ihm getan hatte. Heiße Erregung stieg in ihr hoch. Langsam machte sie einen Schritt auf ihn zu, streckte die Hand aus und ließ die Fingerspitzen verführerisch über seine breite Brust und dann weiter hinab über seinen flachen Bauch gleiten.

„Du ahnst nicht, wie sehr ich mich danach gesehnt habe, das zu tun“, flüsterte sie.

„Aber ich weiß, wie sehr ich mich danach gesehnt habe, dass du es tun würdest“, antwortete er rau. „Und wie sehr ich mich danach gesehnt habe …“

Er erschauerte, als sie die Finger noch tiefer gleiten ließ. Im nächsten Moment lag sie auf dem Bett, und Xavier beugte sich über sie.

„Wenn du so mit dem Feuer spielst, werden wir beide verbrennen“, flüsterte er. „Weißt du eigentlich, was du mir antust, wenn du mich so ansiehst?“

Xavier schob eine Hand zwischen ihre Schenkel und begann sie auf ungemein erotische Weise zu liebkosen. Mit einem Aufschrei bog sich Mariella ihm entgegen, zog ihn zu sich herab, legte die Beine um ihn und drängte ihn, endlich zu vollenden, was er begonnen hatte.

Als er sie dann nahm, erfüllte sie ein so unermessliches Glücksgefühl, das sie sich an ihn klammerte und ihn drängte, immer schneller und machtvoller in sie einzudringen. Wie entfesselt kamen sie zueinander, mit jedem Stoß steigerte sich ihre Lust, bis sie mit einem befreienden Aufschrei fast gleichzeitig zum Höhepunkt gelangten. Welle um Welle durchflutete Mariellas Körper, und sie kostete es bis zur Neige aus in der beglückenden Gewissheit, dass Xavier ihr gab, was sie sich mehr als alles auf der Welt ersehnt hatte.

Noch lange lagen sie reglos und eng umschlungen da, bis sich ihrer beider Atem und Herzschlag allmählich beruhigte. Und Mariella schlief in der sicheren Überzeugung ein, dass ihr Plan erfolgreich gewesen war. Ihr Kind war gezeugt, ein Kind der Wüste und von einem Mann, der genauso faszinierend und gefährlich war.

Widerstrebend schlug Mariella die Augen auf. Sie hörte nebenan die Dusche und rekelte sich wohlig.

„Du bist also wach!"

Sie erstarrte mitten in der Bewegung, als Xavier auf sie zukam, das Haar noch feucht vom Duschen, ein Handtuch lose um die Hüften geschlungen. Er beugte sich über sie und küsste sie. Mariella atmete den frischen Duft von Duschgel und Aftershave ein. „Mm …"

Xavier küsste sie erneut und inniger, wobei er die Fingerspitzen über ihren nackten Arm gleiten ließ. Mariella erschauerte, als er langsam die Bettdecke wegzog. Eigentlich hatte sie doch bekommen, was sie wollte … warum also begehrte sie ihn mit unverminderter Macht? Das Handtuch glitt von seinen Hüften und enthüllte den eindeutigen Beweis, dass Xavier sie seinerseits begehrte. Mariella durchzuckte es heiß.

Wahrscheinlich ging die Natur auf diese Weise auf Nummer sicher. Jedenfalls redete Mariella sich das ein, als Xavier ihre Brüste umfasste und die Daumen über die harten rosigen Spitzen gleiten ließ. Und da die Natur ihre Gründe haben musste, sich so abzusichern, war es wohl ratsam, dass sie, Mariella, ihren Gefühlen nachgab und noch einmal den Gipfel der Lust in Xaviers Armen erlebte.

Schon umfassten seine Hände ihre Hüften, und er drängte sich zwischen ihre Schenkel. Schon sehnte Mariella den Augenblick herbei, da er sie nehmen und sie ihn willkommen heißen würde. Sie brauchte ihn so sehr.

„Wenn wir wieder in der Stadt sind, werden wir über einige Dinge sprechen müssen."

„Mm ..." Mariella war zu träge, den Kopf vom Kissen zu heben, als Xavier sich über sie beugte und sie zart auf den Mund küsste.

Sie sah so unglaublich verführerisch aus, wie sie da in seinem Bett lag, die Lider schwer, die Lippen noch heiß und rosig von seinen leidenschaftlichen Küssen. Xavier brauchte sie nur anzusehen, und sofort regte sich erneut das Verlangen in ihm. Es wäre ein Leichtes gewesen, ihm nachzugeben und sich wieder leidenschaftlich zu lieben, aber es gab wichtige Dinge zu klären.

„Mariella." Der förmliche Klang seiner Stimme ließ sie aufhorchen. „Mit Rücksicht auf meine Position als Führer unseres Stammes war ich immer der Auffassung, dass mir gewisse Freiheiten nicht zustehen, die andere Männer genießen. Ich könnte mich nie an eine Frau binden, die meine Pflichten und Verantwortlichkeiten gegenüber meinem Stamm vielleicht nicht verstehen und akzeptieren kann. Genauso wenig könnte ich meine Art zu leben ändern oder ..."

„Xavier, du brauchst nichts weiter zu sagen", fiel Mariella ihm rasch ins Wort. Ihr Herz pochte, dass es wehtat, doch Mariella versuchte trotzig, die Botschaft zu ignorieren, die es ihr zu übermitteln versuchte. „So etwas würde ich nie von dir oder von irgendeinem anderen Mann verlangen. Und ich kann dir versichern, dass du keine Angst zu haben brauchst, ich könnte das, was geschehen ist, missverstehen. Ich erwarte keineswegs, dass du dich an mich bindest." Sie wollte nur sein Kind, mehr nicht. „Tatsächlich ist eine feste Bindung sogar das Letzte, was ich will." Sie zuckte betont beiläufig die Schultern. „Wir sind beide erwachsen. Wir wollten Sex, weil ... uns danach war. Und nachdem wir es jetzt genossen haben, bringt es meiner Meinung nach nichts, noch lange darüber zu reden ... oder gar nach Rechtfertigungen zu suchen, warum keiner von uns eine dauerhafte Bindung will. Die Wahrheit ist doch einfach, Xavier, dass ich dich nicht heiraten will und du mich nicht heiraten willst. Ehrlich gesagt, werde ich niemals heiraten", sagte Mariella mit Nachdruck.

„Wie bitte?"

Warum sah Xavier sie so entgeistert an? Wo blieb das erleichterte Aufatmen ...? Stattdessen glaubte sie Wut und Verbitterung in seinem Blick zu erkennen.

„Was sagst du da?", fragte er schroff. „Du bist nicht wie deine Schwester, Mariella! Du bist nicht eine dieser seichten, oberflächlichen Frauen, die nur an sich und ihr Vergnügen denken, die sich holen, was sie wollen, wann sie es wollen ... die von Mann zu Mann, von Bett zu Bett wechseln ..." Er verstummte kopfschüttelnd. „Du bist nicht wie sie! Du weißt gar nicht, wovon du redest! Sex ist nicht ..."

Mariella sah und spürte seine wachsende Wut und merkte gleichzeitig, wie sie mit Panik und Schmerz darauf reagierte, aber sie wollte sich nicht einschüchtern lassen. „Ich werde nicht mit dir darüber streiten, Xavier. Schließlich weiß nur ich, was ich empfinde und was ich vom Leben will beziehungsweise nicht will." Das war die reine Wahrheit, oder nicht? Sie wusste tatsächlich, was sie wollte, und sie hatte allen Grund, zuversichtlich darauf zu hoffen, dass die vergangene Nacht mit Xavier ihr genau das geschenkt hatte.

„Erwartest du wirklich, dass ich dir abnehme, du seist den langen Weg von Zuran City hierher nur gefahren, weil du Sex von mir wolltest?"

„Warum nicht?", fragte Mariella betont beiläufig. „Schließlich war das diskreter, als dich in deinem Schlafzimmer in der Villa aufzusuchen, oder nicht?" Sie gab sich alle Mühe, ihm so überzeugend wie möglich die moderne, eigenständige Frau vorzuspielen, die sich selbstverständlich die Freiheit nahm, Sex zu haben, wann immer und mit wem sie wollte. „Es war einfach eine perfekte Gelegenheit!"

Xavier sah sie schweigend an und schien große Mühe zu haben, seinen Zorn zu beherrschen. Mariella nahm an, dass ihn sein verletzter männlicher Stolz so überreagieren ließ. Die Männer fanden meist nichts dabei, Frauen zu ihrem sexuellen Vergnügen zu benutzen, ohne sich gefühlsmäßig an sie zu binden. Aber offensichtlich gefiel es ihnen gar nicht, wenn sie umgekehrt das Gefühl hatten, benutzt worden zu sein.

Ihr zitterten die Knie, als sie sich vorzustellen versuchte, wie er erst reagieren würde, wenn er erfuhr, dass es ihr in Wahrheit nicht einmal um Sex mit ihm gegangen war, sondern dass einzig und allein ihr Wunsch nach einem eigenen Kind sie veranlasst hatte, ihn in der Oase aufzusuchen! Sie ahnte, dass seine jetzige Reaktion nichts war im Vergleich zu seinem Zorn, sollte er jemals die Wahrheit erfahren.

Das schrille Läuten von Xaviers Handy durchbrach unvermittelt die angespannte Stille zwischen ihnen. Mariella wandte sich höflich ab, als Xavier den Anruf entgegennahm, aber seine kurzen, schroffen Antworten ließen vermuten, dass irgendetwas Unangenehmes vorgefallen war.

Diese Ahnung wurde bestätigt, als Xavier das Gespräch beendete. „Es gibt ein Problem bei meinem Stamm", erklärte er Mariella. „Eine Auseinandersetzung zwischen zwei jungen Männern, die geschlichtet werden muss. Ich werde also sofort hinausfahren müssen."

„Das ist schon in Ordnung. Ich finde allein nach Zuran City zurück", versicherte Mariella rasch.

„Diese … Angelegenheit ist noch nicht ausdiskutiert, Mariella!", warnte er sie eindringlich. „Wenn ich wieder in die Villa zurückkehre, werden wir noch einmal darüber sprechen."

Mariella hielt es für klüger, nicht darauf zu antworten. Es war auch nicht nötig und hätte nur weiteren Streit provoziert.

Der Fries war fertig, es gab nichts, was sie noch in Zuran hielt. Es gab keinen Grund und keine Notwendigkeit für sie, noch länger zu bleiben. Mariella hatte deshalb insgeheim längst beschlossen, ihre sofortige Heimreise nach England in die Wege zu leiten.

11. KAPITEL

„Du musst zur Rennwoche kommen, Mariella! Der Prinz wird zutiefst gekränkt sein, wenn du nicht erscheinst, und außerdem denk an die möglichen lukrativen Aufträge, die du dadurch verpassen würdest! Ich meine, die Liste der geladenen Gäste umfasst jeden, der in der internationalen Welt der Pferderennen Rang und Namen hat, und dazu einen Querschnitt durch die nobelste Prominenz auf diesem Planeten! Das Rennen in Zuran wird die herausragendste Veranstaltung des internationalen Pferderennsports in diesem Jahr sein, und du erklärst, dass du nicht kommen willst! Warum? Du weißt doch, dass der Prinz ganz begeistert ist von deinem Fries, und zur Eröffnung der Rennwoche wird es offiziell enthüllt. Eine bessere Publicity für deine Arbeit kannst du doch gar nicht bekommen!“

Mariella konnte den Ärger und das Unverständnis ihrer Agentin verstehen, aber Kate wiederum wusste ja nicht, dass sie, Mariella, zwei sehr triftige Gründe hatte, nicht nach Zuran zurückkehren zu wollen. Xavier und … unwillkürlich legte sie sich eine Hand auf den noch flachen Bauch. Im dritten Monat sah man ihr die Schwangerschaft noch nicht an, aber ihr Arzt hatte ihr versichert, dass das Baby sich völlig gesund entwickle und der dicke Bauch noch früh genug komme.

Gegenwärtig konnte Mariella es manchmal selber noch nicht glauben, dass sie tatsächlich schwanger war. Schwanger … mit einem Baby, das sie sich mehr als alles auf der Welt gewünscht hatte. Ihr Kind! Ihr Kind und … Xaviers Kind, korrigierte sie sich der Vollständigkeit halber.

Doch Xavier brauchte es gar nicht zu erfahren. Augenblicklich konnte eigentlich keiner, der sie sah, auf die Idee kommen. Allerdings würde es möglicherweise Anlass zu unnötigen Spekulationen geben, wenn sie nicht zur Einweihung der neuen Familienloge des Prinzen und gleichzeitigen Enthüllung ihres Frieses nach Zuran kam. Tanya würde bestimmt kein Verständnis dafür haben und womöglich Verdacht schöpfen! Außerdem würde es die Gelegenheit sein, ihre kleine Nichte wiederzusehen, und Fleur würde immer einen ganz besonderen Platz in ihrem Herzen einnehmen.

Gegen all diese Überlegungen sprach allein die Tatsache, dass sie Xavier wiedersehen würde. Xavier, an den sie seit ihrer Rückkehr nach England viel zu viel gedacht hatte. Seltsamerweise hatte nicht einmal die Bestätigung der ersehnten Schwangerschaft etwas daran geändert, dass er sich Tag und Nacht in ihre Gedanken drängte. Es gab keinen vernünftigen Grund, warum sie sich immer noch vor Sehnsucht nach Xavier verzehrte! Das waren die Gefühle einer Frau, die liebte … und sie war doch nicht so dumm, sich zu verlieben! Sie hatte sich geschworen, dass ihr Kind nie erleben würde, wie es war, von seinem Vater zurückgestoßen zu werden … weil gar kein Vater da sein würde, der es hätte zurückstoßen können! Sie, Mariella, würde ihrem Kind von Anfang an alle Liebe und Geborgenheit geben, die es brauchte, sodass es den Vater nie vermissen würde. Es sollte nie hören, wie seine Mutter voller Sehnsucht von dem Mann sprach, der sie beide verlassen hatte. Mariella wollte nie, wie ihre Mutter es getan hatte, dem Kind das Gefühl geben, sie hätte lieber auf das Kind verzichtet und dafür den Mann behalten, der vor der Verantwortung der Vaterschaft geflüchtet war.

„Du musst nach Zuran reisen!“, beharrte Kate.

„Du musst kommen“, bat Tanya.

Und Mariella gab sich geschlagen.

„Du wirst natürlich bei uns wohnen“, sagte Tanya aufgeregt, als sie Mariella vom Flughafen abholte und zu der bereitstehenden Limousine führte. „Ich habe Fleur nicht mitgebracht, weil sie wieder ein neues Zähnchen bekommen hat … wir hatten eine ziemlich unruhige Nacht. He, ich kann die Eröffnung der Rennwoche gar nicht erwarten! Das wird *das* gesellschaftliche Ereignis dieses Jahres sein, und Khalid hat mir einen Traum von einem Kleid dafür gekauft. Was wirst du denn anziehen? Wenn du noch nichts Passendes hast, können wir einen Einkaufsbummel machen …“

„Nein, schon gut, ich habe ein geeignetes Outfit“, wehrte Mariella rasch ab. Insgeheim war sie froh, dass Kate darauf bestanden hatte, noch in England mit ihr einkaufen zu gehen, um als ihre Agentin sicherzugehen, dass sie zu diesem großen Anlass auch genügend Eindruck machen würde. Auch wenn der Babybauch noch kaum zu sehen war, bei einem Einkaufsbummel mit Tanya wäre das Risiko groß gewesen, dass beim Anprobieren der Kleider jemand, der ihr so nahe stand wie ihre Schwester, die Veränderung ihres Körpers bemerkt haben würde.

Irgendwann würde sie Tanya natürlich von dem Baby erzählen … aber erst, wenn sie wieder sicher in England war und alle Fragen zu dem Vater am Telefon beantworten konnte, anstatt ihrer Schwester dabei in die Augen sehen zu müssen. Sie hatte sich bereits genau überlegt, was sie Tanya dann sagen würde. Um jeglichen Problemen vorzubeugen, würde sie behaupten, das Kind sei das Ergebnis einer künstlichen Befruchtung, wobei der Vater ein anonymer Spender einer Samenbank sei.

Der Wagen näherte sich jetzt auf dem Highway dem Stadtrand von Zuran City. „Wie weit ist es zu eurer neuen Villa, Tanya?“, fragte Mariella. Sie hatte die Villa, die Khalid für seine junge Familie gekauft hatte, natürlich noch nicht in Augenschein nehmen können, aber Tanya hatte ihr in zahllosen E-Mails davon vorgeschwärmt.

„Ach, sie ist nur einige Meilen von Xaviers entfernt, ein Stück die Küste hinauf. Ich freue mich jetzt wirklich darauf, endlich einzuziehen, obwohl ich mir ein bisschen Sorgen mache, wie Fleur sich umgewöhnen wird. Sie hängt sehr an Hera und fühlte sich in Xaviers Villa zu Hause.“

„Was soll das heißen, du freust dich darauf?“, fragte Mariella aufhorchend. „Ich dachte, du wärst bereits umgezogen!“

„Na ja, das war auch so geplant, aber einige Möbel sind nicht pünktlich geliefert worden, deshalb wohnen wir immer noch bei Xavier. Und im Moment ist auch seine Großtante zu Besuch. Anders als ich, hast du bei ihr einen Stein im Brett … sie singt dein Lob in den höchsten Tönen.“

Kalte Panik beschlich Mariella. Damit hatte sie überhaupt nicht gerechnet. Sie war nicht darauf vorbereitet! Doch Xaviers Villa tauchte bereits vor ihnen auf. Es war zu spät, es sich noch anders zu überlegen und zu verlangen, dass man sie in ein Hotel in der City brachte. Die Limousine passierte bereits die hohen Tore und fuhr vor der Villa vor.

„Ali kümmert sich um dein Gepäck“, sagte Tanya, nachdem sie beide ausgestiegen waren.

Doch, seltsam, in dem Moment, da Mariella die elegante, kühle

Villa betrat, empfand sie keineswegs Angst oder Unbehagen, sondern eine wohltuende Vertrautheit … als käme sie nach Hause!

„Am besten gehen wir gleich zu Tante Cecille." Tanya verzog das Gesicht. „Andernfalls muss ich mir endlose Vorhaltungen anhören. Sie hat sogar in der Küche Anweisung gegeben, extra für dich Madeleines zu backen!"

Mariella schluckte gerührt. Das Letzte, was sie jetzt wollte und brauchte, war die Erinnerung daran, dass sie außer Tanya und Fleur keine Familie besaß, während Xavier Teil eines großen Familienverbandes war, wo jeder Anteil am Leben der anderen nahm. Unwillkürlich kam ihr der verräterische Gedanke, wie es wohl für ein Kind sein würde, in einem Haushalt voller liebevoller Tanten, Onkel, Cousins und Cousinen aufzuwachsen.

„Ach Mariella, ich bin ja so froh, dass du gekommen bist!" Tanya drückte sie an sich. „Ich habe dich richtig vermisst! Du bist in demselben Zimmer untergebracht, in dem du schon einmal gewohnt hast. Xavier hat Khalid und mir für die Dauer unseres Aufenthalts in seiner Villa eine eigene Suite überlassen. Khalid hätte sich auf keinen Fall einverstanden erklärt, dass wir, wie es früher Tradition war, in getrennten Bereichen für Männer und Frauen gewohnt hätten. Und ich auch nicht!" Tanya erschauderte sichtlich. „Ich könnte nie wie Xavier hingehen und mit dem Stamm durch die Wüste ziehen! Allein der Gedanke entsetzt mich. All der Sand … und die Hitze! Und erst die Kamele!" Sie verzog das Gesicht. „Glücklicherweise denkt Khalid genauso. Er kann genauso wenig wie ich verstehen, warum Xavier sein Leben von ein paar alten Versprechen bestimmen lässt, die sein Großvater gemacht hat. Wenn Khalid das Familienoberhaupt wäre, würden viele Dinge ganz anders gehandhabt!"

„Dann ist es vielleicht besser, dass er nicht das Familienoberhaupt ist", sagte Mariella unwillkürlich und biss sich auf die Zunge. Sie bemerkte Tanyas überraschten Blick und fügte erklärend hinzu: „Xavier ist der Bewahrer einiger unersetzlicher Traditionen, Tanya. Und wenn er diese Verantwortung aufgeben würde, würde womöglich eine über viele Generationen überlieferte Lebensart unwiederbringlich verloren gehen."

„Eine Lebensart? Jedes Jahr wochenlang durch die Wüste zu ziehen ohne die Annehmlichkeiten eines zivilisierten Lebens! Nein danke, ich kann mir nichts Schlimmeres denken. Kannst du dir irgendeine Frau vorstellen, die bereit wäre, so zu leben?"

„Nicht dauerhaft", antwortete Mariella sofort. „Aber um etwas so Wichtiges zu bewahren und um den Mann zu unterstützen, den ich liebe, um mit ihm zusammen zu sein und einen so wesentlichen Aspekt seines Lebens mit ihm zu teilen, ja, unter diesen Voraussetzungen kann ich es mir vorstellen und wäre bereit dazu."

Ihre Schwester sah sie entgeistert an. „Du bist verrückt", sagte sie kopfschüttelnd. „Genau wie Xavier. Tante Cecille hat tatsächlich recht. Du und Xavier, ihr seid vom gleichen Schlag."

Ehe Mariella nachfragen konnte, bei welcher Gelegenheit dieses Thema angesprochen worden war, hatten sie und Tanya den Salon erreicht.

„Mariella, wie schön Sie wiederzusehen!", begrüßte Madame Flavel sie herzlich, und Mariella zog automatisch den Bauch ein, als die alte Dame sie liebevoll an sich drückte. Lange allerdings würde sie ihren Zustand so nicht mehr verbergen können. Deshalb war sie auch fest entschlossen, spätestens nach der Rennwoche sofort wieder nach England abzureisen.

Eine halbe Stunde später hielt Mariella Fleur auf dem Arm und fing an, sich etwas zu entspannen. Sicher war Xavier genauso erpicht darauf, ihr aus dem Weg zu gehen, wie sie umgekehrt. Vielleicht würde sie ihn ja gar nicht zu Gesicht bekommen!

Sie lachte und flirtete mit ihrer kleinen Nichte und vergaß alles andere rings umher, bis plötzlich Madame Flavel ausrief: „Ah, da bist du ja, Xavier!"

Xavier! Unwillkürlich fuhr Mariella herum und drückte Fleur fester an sich, als könnte sie bei ihr Halt finden, weil ihr unvermittelt die Knie weich wurden. Entsetzt spürte sie, wie es sie heiß durchzuckte. Das konnte, durfte nicht sein! Es war nicht gut, dass ihr Blick wie gebannt auf Xaviers markanten Zügen ruhte und sein Anblick sie mit schmerzlicher Sehnsucht erfüllte. Die Macht ihrer Gefühle erschreckte sie. Konnte sie sich wirklich noch länger einreden, dass er für sie nichts als der Erzeuger ihres Wunschkindes war?

„Xavier, ich habe Tanya gerade erst gesagt, wie ähnlich ihr beiden euch seid", hörte sie Tanya sagen.

„Ähnlich?"

Mariella sah nicht auf, aber sie spürte Xaviers forschenden Blick.

„Ja, in euren Einstellungen", erklärte Tanya und fügte neidlos anerkennend hinzu: „Wirklich, Mariella, du solltest eigene Kinder haben. Du bist die geborene Mutter."

„Da bin ich ganz einer Meinung mit dir, Tanya", pflichtete Madame Flavel ihr bei.

Mariella schoss das Blut heiß in die Wangen, als jetzt alle sie ansahen. Vor allem aber spürte sie Xaviers prüfenden Blick, der langsam über ihren Körper glitt und dann auf dem Baby verweilte, das sie auf dem Arm hielt. Die Vorstellung, dass sie in nur sechs Monaten sein Kind in den Armen halten würde, trieb ihr die Tränen in die Augen. Was war nur mit ihr los? Sie benahm sich ja ... als wäre sie verliebt. Bis über beide Ohren, restlos, unsterblich verliebt. Aber das war nicht möglich! Sie würde es nicht zulassen!

Xavier beobachtete traurig, wie Mariella mit der kleinen Fleur schmuste. Die Erkenntnis, dass sie seine Gefühle nicht erwiderte, hätte eigentlich genügen müssen, um diese Gefühle zu ersticken. Er hatte versucht, sich das einzureden. Aber wenn er in diesem Moment mit Mariella allein gewesen wäre ...

Mariella wiederum hatte große Mühe, ihre wachsende Panik zu bezwingen. In den Anfangswochen ihrer Schwangerschaft hatte sie unter Übelkeit gelitten, aber in den letzten beiden Wochen war das eigentlich vorbei gewesen. Die Übelkeit, die sie jetzt zu überwältigen drohte, war durch ihre aufgewühlten Gefühle verursacht und durch die Sorge, dass es ihr nicht gelingen würde, vor Xavier zu verbergen, was sie empfand. In ihrer Angst wandte sie sich von ihm ab und begrüßte zusammen mit Tanya Khalid, der in diesem Moment eintraf.

„Mariella!" Ihr Schwager umarmte sie herzlich. „Wir freuen uns so, dass du gekommen bist. Und ich muss dich warnen, dass wir dich jetzt so leicht nicht wieder fortlassen. Tanya schmiedet bereits Pläne, dich zu überreden, für immer nach Zuran zu ziehen. Hat sie es dir schon erzählt?"

Für immer nach Zuran! Mariella wurde unwillkürlich blass.

Xavier beobachtete sie besorgt. Sie sah aus, als würde sie jeden Moment in Ohnmacht fallen! „Khalid, hol ein Glas Wasser", befahl er seinem Cousin, war mit zwei Schritten bei Mariella und nahm ihr

Fleur ab. Als dabei seine Hand ihren nackten Arm berührte, erschauerte sie spürbar. Nur ganz am Rande registrierte sie, dass Xavier sie zu einem Sessel führte und ihr ein Glas Wasser reichte.

„Es ist schon in Ordnung. Es geht mir gut", protestierte sie matt. Auf keinen Fall durfte sie jetzt irgendeinen Verdacht hinsichtlich ihres Zustandes erregen!

„Aber du bist wirklich kreidebleich, Mariella", sagte Tanya besorgt.

„Ich bin nur etwas müde von der langen Reise", wehrte Mariella ab.

„Sicher fühlst du dich wieder besser, wenn du erst einmal richtig gegessen hast. Wir haben für heute Abend ein zwangloses Familienessen geplant …"

„Nein!", fiel Mariella ihrer Schwester verzweifelt ins Wort. Die Vorstellung, noch mehr Zeit in Xaviers Gesellschaft verbringen zu müssen, war einfach mehr, als sie in diesem Moment ertragen konnte. „Wirklich, Tanya, es tut mir leid, aber mir ist heute nicht danach. Ich bin müde und erschöpft … Es war ein langer, anstrengender Flug."

„Aber natürlich, *petite*, das verstehen wir", kam Madame Flavel ihr fürsorglich zu Hilfe. „Nicht wahr, Xavier?"

„Voll und ganz", bekräftigte Xavier schroff.

Mariella schreckte aus dem Schlaf. Ihr Herz pochte. Sie hatte von Xavier geträumt. Sie warf einen Blick auf ihren Wecker. Es war erst kurz nach zehn Uhr. Die anderen saßen vermutlich jetzt gerade beim Abendessen. Der Schlaf hatte sie nicht erfrischt. Sie fühlte sich immer noch ruhelos und aufgewühlt.

Niedergeschlagen stand sie auf, tappte auf nackten Füßen zum Fenster und blickte in den dunklen Garten hinaus. Dort am Brunnen hatte Xavier ihr die verspannten Schultern massiert, und sie hatte sich eingestanden, wie sehr sie ihn begehrte. Weil sie sein Kind wollte, nicht, weil sie ihn liebte! Das jedenfalls hatte sie sich eingeredet.

Ihr brannten die Augen, aber sie konnte nicht einmal weinen. Sie war also doch ganz und gar die Tochter ihrer Mutter! Sie litt die gleichen Schmerzen … Schmerzen, die sie sich selber zugefügt hatte. Wie hatte sie nur so dumm sein können, das Schicksal herauszufordern? Sie hätte doch wissen müssen, dass es für sie unmöglich war, sich einem Mann so leidenschaftlich hinzugeben, wie sie sich Xavier hingegeben hatte, ohne ihn zu lieben! Sie hatte sich eingeredet, nur ein Kind haben zu wollen. Ein Kind? Nein, Xaviers Kind! Das allein hätte sie warnen müssen.

Was hatte sie getan? Was hatte sie ihrem Kind angetan? Eines Tages würde es nach seinem Vater fragen. Was sollte sie, Mariella, ihm dann antworten?

Von Reue und Schuldgefühlen überwältigt, ließ sie ihren Tränen nun freien Lauf. Es war zu spät, um die Dinge noch zu ändern.

„Es tut mir leid", flüsterte sie und legte schützend beide Hände auf ihren Bauch. „Bitte, verzeih mir ... ich liebe dich so sehr."

Sie hatte Xavier das Recht gestohlen, sich für oder gegen eine Vaterschaft zu entscheiden. Sie hatte ihrem Kind das Recht gestohlen, einen Vater zu haben ... und von ihm geliebt zu werden.

Es war schon nach Mitternacht, als sie endlich ins Bett kroch und erschöpft in einen unruhigen Schlaf fiel, der immer wieder von quälenden Träumen unterbrochen wurde.

„Nun, was meinst du? Wie sehe ich aus?", fragte Tanya aufgeregt, wobei sie sich in ihrem neuen Kleid vor Mariella drehte.

„Wundervoll", versicherte Mariella ihrer Schwester neidlos und ehrlich.

„Genau wie du", antwortete Tanya, und Mariella rang sich ein Lächeln ab.

Ihr ebenso schlichtes wie elegantes Kleid stand ihr gut, aber gegenwärtig sorgte sie sich mehr darum, wie gut es ihre runderen Formen verbarg, als darüber, wie gut sie darin aussah! In weniger als einer halben Stunde würden sie sich auf den Weg zur Einweihungsgala der neuen Rennbahnloge des Prinzen machen, und Mariella hätte alles darum gegeben, nicht dabei sein zu müssen.

Tanya dagegen konnte es gar nicht erwarten, und ihre Vorfreude machte Mariellas mangelnden Enthusiasmus mehr als wett.

Die vergangenen drei Tage waren für Mariella eine Qual gewesen. Es wäre schon schlimm genug gewesen zu entdecken, dass sie Xavier liebte, ohne dazu seine Gegenwart ständig ertragen zu müssen. Jedes Mal, wenn sie ihn ansah, wuchsen ihr Schmerz und ihre Gewissensbisse. Sie hatte keinen Appetit, schlief schlecht und sehnte den Augenblick herbei, da sie endlich ins Flugzeug steigen würde, das sie nach Hause brachte.

Unter anderen Umständen hätte sie die bevorstehende Enthüllung ihres großen Frieses durch den Prinzen mit heftigem Lampenfieber erfüllt. Jetzt aber war es ihr fast gleichgültig, wie die illustren Gäste der Gala auf ihr Werk reagieren würden.

„Komm schon“, drängte Tanya, „es ist Zeit, aufzubrechen.“

Und Mariella stand widerstrebend auf. Sie spürte, dass Xavier sie intensiv ansah, als sie zusammen mit Tanya den Hof betrat, wo er und Khalid neben dem Wagen warteten. Der heiße Wüstenwind zerrte an der feinen Seide ihres langen Kleides, und Mariella versuchte besorgt zu verhindern, dass der dünne Stoff zu viel offenbarte.

Zu ihrer Erleichterung nahm Xavier vorn im Wagen neben dem Chauffeur Platz. Dennoch machte sie seine Anwesenheit nervös. Sie atmete den Duft seines Aftershaves ein und verzehrte sich vor Sehnsucht nach ihm.

„Arme Mariella, du bist sicher ganz nervös.“ Tanya, die neben ihr saß, schien ihre Angespanntheit zu spüren, auch wenn sie den Grund dafür falsch deutete, und drückte ihr tröstend die Hand. „Du hast seit deiner Ankunft kaum etwas gegessen und bist schon wieder ganz blass.“

Kurz darauf hatten sie die Rennbahn erreicht. Xavier öffnete Mariella den Wagenschlag und half ihr beim Aussteigen. „Tanya hat recht, du bist wirklich blass“, sagte er schroff und fasste sie beim Ellbogen, sodass sie ihm nicht ausweichen konnte.

Mariella spürte, dass er auf diese Gelegenheit nur gewartet hatte, ihr die Meinung zu sagen. Seine Blicke waren ebenso eindeutig gewesen wie die knisternde Anspannung zwischen ihnen.

„Was ist los, Mariella? Wenn es dich nicht nach Essen gelüstet, dann vielleicht nach Sex? Ist es das?“, fragte er unverblümt, aber nur für ihre Ohren bestimmt.

„Nein!“ Sie versuchte, sich aus seinem Griff zu befreien. Anscheinend hatte er ganz bewusst mit seiner Attacke gewartet, hatte einen Zeitpunkt gewählt, da sie ihm nicht entfliehen konnte, ohne eine peinliche Szene heraufzubeschwören.

„Ach nein?“, spottete er. „Und warum zitterst du? Warum verschlingst du mich förmlich mit begehrlichen Blicken, wenn du meinst, ich würde es nicht merken?“

„Das … tue ich doch gar nicht!“, widersprach sie. Aber das Blut schoss ihr heiß in die Wangen, und ihr Herz pochte wie wild.

„Du lügst“, sagte Xavier leise. „Leugne es nicht. Es sei denn, du willst mich provozieren, es dir zu beweisen, dass ich recht habe. Willst du das, Mariella?“

„Hör auf! Hör bitte auf!“, flüsterte sie flehentlich.

„Ich habe gestern mit deiner Agentin gesprochen. Sie hat mir versichert, dass du begeistert sein würdest zu erfahren, dass ich dich mit einem ganz besonderen Projekt beauftragen möchte. Deine Agentin war jedenfalls restlos begeistert, als ich ihr sagte, wie viel ich bereit sei, für deine exklusiven … Dienste zu bezahlen.“

Sein Spott tat ihr weh. „Xavier, bitte“, sagte sie verzweifelt.

Seine Augen funkelten triumphierend. „Bitte, was?“

„Mariella, Xavier … kommt schon“, rief Tanya in diesem Moment ungeduldig.

„Wie kommen ja schon. Ich habe mit Mariella nur über einen gewissen … Plan gesprochen“, antwortete Xavier gelassen und führte Mariella zu der Gästeschar vor dem Eingang zur Loge.

„Nun, meine liebe Schwägerin, ich denke, man darf getrost behaupten, dass dein Fries ein gewaltiger Erfolg ist“, meinte Khalid lächelnd. „Alle reden darüber und sind restlos beeindruckt!“

Mariella bemühte sich, angemessen erfreut zu reagieren, aber ihr schmerzte das Gesicht vom erzwungenen Lächeln, und ihr brummte der Kopf von all den Fragen zu ihrem Fries. Außerdem erwartete sie jederzeit, dass Xavier seine spöttische Attacke wiederholen würde.

„Khalid und ich wollen gleich etwas essen gehen“, wandte sich Tanya an sie. „Möchtest du nicht mit uns kommen?“

Sie schüttelte unglücklich den Kopf. Das Letzte, was sie jetzt wollte, war etwas zu essen. Ihr war schon seit dem Aufstehen übel von der großen emotionalen Anspannung, unter der sie stand.

„Hier kommt der Prinz“, flüsterte Tanya ihr zu, als in diesem Moment Prinz Sayid mit seinem persönlichen Gefolge erschien.

„Mariella! Nochmals meinen herzlichen Glückwunsch zu Ihrer Arbeit. Alle sind tief beeindruckt.“

Mariella nickte höflich und sah dann plötzlich, dass sich auch Xavier im Gefolge des Prinzen befand. Sie schluckte nervös.

„Xavier hat mir soeben erzählt, dass er Sie beauftragt hat, das tägliche Leben seines Stammes bildlich festzuhalten", fuhr der Prinz nun fort. „Eine ausgezeichnete Idee!" Er lächelte ihr zu und ging weiter.

Das hatte Xavier also gemeint! Mariella blickte trotzig auf und wollte sich zu Xavier umdrehen, als sie von einem heftigen Schwindel überkommen wurde.

„Mariella! Was ist mir dir?", fragte Tanya besorgt. „Du siehst aus, als wolltest du jeden Moment in Ohnmacht fallen! Du bist ganz blass, dir ist ständig übel … man könnte ja fast meinen, du seist schwanger!", fügte sie scherzhaft hinzu und lachte.

Verstohlen blickte Mariella zu Xavier … und musste feststellen, dass er sie direkt ansah! Er hatte Tanyas scherzhafte Bemerkung gehört, und sein Ausdruck verriet Mariella, dass er die Wahrheit erraten hatte!

Sie wollte nur noch weg, und wenn das Gedränge nicht so groß gewesen wäre, wäre sie vermutlich auch davongelaufen. Wieder einmal schien Xavier ihre Gedanken zu lesen und stand im nächsten Moment an ihrer Seite.

„Deine Schwester fühlt sich nicht wohl", wandte er sich schroff an Tanya. „Ich werde sie nach Hause bringen."

„Nein!", protestierte Mariella matt, aber es war zu spät. Khalid wartete schon ungeduldig darauf, dass Tanya ihn endlich zum Essen begleitete, und Xavier drängte sie, Mariella, nachdrücklich zum Ausgang.

Schweigend ließen sie sich von Ali zur Villa zurückchauffieren. Bei ihrer Ankunft hinderte Xavier Mariella daran, sich in ihr Zimmer zurückzuziehen, sondern führte sie ohne viel Federlesens in seine Räume.

„Das kannst du nicht tun!", protestierte Mariella verzweifelt. „Hast du vergessen, dass ich eine alleinstehende Frau bin und …"

„Eine alleinstehende Frau, die mit meinem Kind schwanger ist", fiel Xavier ihr barsch ins Wort und drängte sie in seine Suite.

Mariella bebte am ganzen Körper. Sie hatte nicht die Kraft, eine derartige Auseinandersetzung durchzustehen. Jetzt nicht und vermutlich nie! „Xavier, ich bin müde“, flehte sie. „Es war ein langer Tag.“

„Warum, zum Teufel, hast du nichts gesagt? Oder hast du auf einen natürlichen Abbruch gehofft, indem du nicht mehr isst und dich verausgabst?“, fragte er vorwurfsvoll.

„Nein!“, wehrte sie entsetzt ab. „Nein! Wie kannst du nur so etwas sagen? Ich würde nie ...“ In ihre Augen traten Tränen. „Ich wollte dieses Baby!“, sagte sie leidenschaftlich und verstummte, als sie bemerkte, wie Xavier sie ansah.

„Würdest du das bitte wiederholen?“, sagte er gefährlich leise.

Sie schluckte. „Was wiederholen?“

„Lass deine Spielchen, Mariella“, warnte er sie. „Du weißt genau, was ich meine. Du hast gerade gesagt: ‚Ich wollte dieses Baby.‘ ‚Wollte‘ und nicht ‚will‘! Was bedeutet, dass ... du damals nicht nur Sex von mir wolltest, als du zu mir in die Oase gekommen bist, richtig?“

Er sah sie herausfordernd an. „Was ist?“, fragte er spöttisch, als sie schwieg. „Hast du nichts dazu zu sagen? Nicht einmal so etwas wie ‚Es war ein Unfall‘?“

Mariella presste die Lippen zusammen. Nein, sie hatte nicht vor, sich so weit zu erniedrigen, dass sie in Lügen Zuflucht suchte! „Keine Sorge“, versuchte sie, sich zu verteidigen, „ich werde nie irgendwelche Forderungen an dich stellen, Xavier. Ich werde die volle Verantwortung für ... alles übernehmen. Ich will die volle Verantwortung übernehmen“, bekräftigte sie nachdrücklich. „Mein Baby soll auf keinen Fall wie ich darunter leiden, einen Vater ...“

„Dein Baby?“, unterbrach Xavier sie schroff. „Dein Baby, Mariella, ist auch mein Baby. Mein Kind!“

„Nein!“, widersprach Mariella sofort. „Dieses Kind hat überhaupt nichts mit dir zu tun, Xavier. Es gehört ganz allein mir!“

„Nichts mit mir zu tun! Ich kann es nicht glauben!“, stieß Xavier wütend hervor. „Dieses Kind ... mein Kind ... hat sogar sehr viel mit mir zu tun, Mariella, denn ohne mich würde es gar nicht existieren! Ich werde sofort alles Nötige in die Wege leiten, dass wir in aller Stille und so schnell wie möglich heiraten. Und dann ...“

„Heiraten? Nein!“, wehrte sie heftig ab und sah ihn voller Panik an. „Ich werde nicht heiraten, Xavier. Niemals. Als meine Mutter meinen Vater heiratete, glaubte sie, er liebe sie und dass sie ihm vertrauen und sich auf ihn verlassen könne. Das war ein Fehler. Er verließ sie. Er verließ uns beide, weil er mich nicht wollte!"

All die aufgestauten Gefühle, all der tief vergrabene Schmerz drängten plötzlich mit Macht an die Oberfläche. Und sosehr Mariella sich auch bemühte, es zu leugnen, tief in ihrem Innern wusste sie doch, wie sehr sie sich in Wirklichkeit danach sehnte, dass Xavier zu ihr und zu ihrem Baby stehen würde. Wie sehr sie sich nach seiner Liebe sehnte. Sie wollte, dass er sie einfach nur in die Arme nahm und sie sich bei ihm sicher fühlen konnte, aber ihr Selbstschutz trieb sie dazu, diese Gefühle zu verleugnen.

„Ich bin nicht dein Vater, Mariella, und was mein Kind betrifft ..." Xavier presste die Lippen zusammen. „In Zuran haben die Rechte des Vaters Vorrang. Ich könnte legal dafür sorgen, dass du das Land mit meinem Kind nicht verlassen kannst ... weder vor noch nach seiner Geburt!"

„Warum tust du mir das an?", fragte Mariella verzweifelt. „Deine eigene Großtante hat mir doch gesagt, dass du geschworen hast, nie zu heiraten oder Kinder zu haben ... dass du nie eine Frau oder Kinder haben wolltest."

„Nein, das stimmt so nicht", widersprach er. „Wahr ist, dass ich mich entschlossen hatte, nicht zu heiraten, aber nicht, weil ich keine ... Nun, der Grund ist, dass ich glaubte, nie eine Frau finden zu können, die mich bedingungslos und leidenschaftlich genug liebt, um meine Art zu leben und meine Verantwortung gegenüber meinem Stamm zu verstehen und zu akzeptieren. Ich dachte, so eine Frau gäbe es nicht."

„Und deshalb ... und weil ich mit deinem Kind schwanger bin, bist du bereit, mich zu heiraten? Das kann ich nicht tun, Xavier. Und ich werde es nicht tun. Ich werde nicht nur wegen des Kindes heiraten." Ihre Stimme zitterte, und zu ihrem Entsetzen konnte sie die Tränen nicht mehr zurückhalten. Hilflos schlug sie die Hände vors Gesicht. Wahrscheinlich lag es an der Schwangerschaft, dass sie so empfindlich und verletzlich war.

„Mariella!" Sie erstarrte, als Xavier sie in die Arme nahm und an sich zog. „Nicht!", bat er heiser. „Ich kann den Gedanken nicht ertragen, dich und mein Kind, die beiden Menschen, die ich am meisten liebe, zu verlieren, aber ich kann es auch nicht ertragen, dich gegen deinen Willen gezwungen zu haben, bei mir zu bleiben. Als du zu mir in die Oase gekommen bist und dich mir hingegeben hast … war es, als hättest du mir in die Seele geblickt. Als hättest du meine Gedanken, meine Gefühle gelesen und gewusst, wie sehr ich mich danach gesehnt hatte, mit dir zusammen zu sein. Ich hatte nur auf die richtige Gelegenheit gewartet, mich dir zu nähern und dir meine Gefühle zu gestehen. Ich wusste von deinem Vater und wollte erst dein Vertrauen gewinnen, bevor ich dich fragte, ob du mein Leben mit mir teilen wolltest. Ich wusste, dass du ein Mensch mit einem starken Pflicht- und Verantwortungsgefühl bist und dass das Schicksal meines Stammes in deinen Händen gut aufgehoben wäre. Ich dachte, dass wir beide zusammen … aber ich habe mich geirrt, das hast du mir jetzt sehr deutlich gemacht. Du hast mich nicht geliebt, hast mich nicht einmal begehrt … du wolltest nur einen Erzeuger für dein Kind.“

Er atmete tief ein. „Ich kann dir nicht sagen, wie sehr ich mir wünsche, dich und das Kind hier bei mir zu haben. Aber ich kann es auch nicht ertragen, dich so unglücklich zu sehen. Wenn du willst, lasse ich deshalb alles für deine Rückkehr nach England vorbereiten. Doch ich möchte dich bitten, dass du mir erlaubst, wenigstens eine kleine Rolle im Leben unseres Kindes zu spielen. Ich werde natürlich finanziell für euch beide sorgen … das ist nicht nur meine Pflicht, sondern auch mein Recht. Darüber hinaus möchte ich aber wenigstens einmal im Jahr mein Kind sehen und etwas Zeit mit ihm verbringen. Wenn nötig, komme ich dafür auch nach England und …“

Mariella hatte Mühe, das Gehörte zu begreifen. Xavier wollte sie. Xavier liebte sie. Er liebte sie sogar so sehr, dass er bereit war, ihre Wünsche und Bedürfnisse über seine zu stellen. Ein ganz neues, warmes Glücksgefühl breitete sich in ihr aus und ließ die Eiseskälte aus Misstrauen und Schmerz, die ihr Herz umgeben hatte, seit sie von ihrem Vater erfahren hatte, schmelzen. Unwillkürlich legte sie eine Hand auf ihren Bauch. Konnte ihr Baby ihr Glück spüren?

Xavier legte seine Hand auf ihre, und diese kleine rührende Geste trieb ihr erneut die Tränen in die Augen. Doch diesmal versuchte sie nicht, sie zu verbergen, und blickte zu ihm auf.

„Ich wusste nicht, dass du mich liebst“, flüsterte sie.

„Du weißt es jetzt“, antwortete er.

Sie sah den Ausdruck quälender Ungewissheit in seinen Augen. Sie spürte die Wärme seiner Hand. Sie entzog ihm die Hand und schmiegte sich an ihn, sodass er die sanfte Rundung ihres Bauchs fühlen konnte. Sie wusste jetzt, dass Xavier nie so feige und egoistisch handeln würde, wie es ihr Vater getan hatte, und sie wusste auch, dass sie kostbare Zeit verschwendet und fast alles verloren hatte, weil sie in ihrem falsch verstandenen Selbstschutz nicht hatte glauben wollen, dass nicht alle Männer wie ihr Vater waren.

Sie fühlte sich wie von einer schweren Last befreit … unglaublich erleichtert und überglücklich. Und es war Xavier, der ihr diese Freiheit geschenkt hatte … durch seine Liebe und dadurch, dass er Manns genug, stark genug gewesen war, ihr zu zeigen, wie viel er für sie empfand.

Mariella nahm all ihren Mut zusammen. „Es stimmt nicht, was ich gesagt habe“, sagte sie schlicht. „Es war nicht nur Sex. Ich habe versucht, es mir einzureden, weil ich Angst hatte, mir meine wahren Gefühle einzugestehen. Aber im Grunde wusste ich es schon vorher … und natürlich danach, als ich dich immer noch begehrte …“ Sie errötete, als sie seinem bedeutsamen Blick begegnete. „He, sieh mich nicht so an“, protestierte sie matt. „Jedenfalls nicht, bevor ich dir alles erzählt habe, sonst …“

„Immer noch begehrte … ist das auf die Vergangenheit beschränkt, oder …?“, drängte Xavier heiser.

„Nein“, flüsterte sie. „Ich will dich immer noch … und ich brauche dich … und ich liebe dich“, gestand sie so leise, dass er sich sehr anstrengen musste, es zu verstehen.

„Du liebst mich? Aber vertraust du mir auch, Mariella? Glaubst du mir, wenn ich dir sage, dass ich dich niemals im Stich lassen oder dir einen Grund geben werde, an mir zu zweifeln? Glaubst du mir, wenn ich dir sage, dass ich dich und unser Kind … unsere Kinder … immer lieben und immer für euch da sein werde?“

Mariella atmete tief ein. „Ja“, sagte sie fest, und ihr zärtlicher Blick verriet ihm, dass sie es ernst meinte. „Xavier …“, protestierte sie im nächsten Moment halbherzig, als er anfing, sie zu küssen. „Was ist, wenn die anderen zurückkommen?“

„Soll ich aufhören?“, flüsterte er an ihren Lippen.

„Nein …“ Sie seufzte, als er ihre Brüste umfasste und durch die dünne Seide ihres Kleides die harten Spitzen ertastete. Heißes Verlangen durchflutete sie, und sie schmiegte sich an ihn.

„Jede Nacht habe ich von dir geträumt“, sagte Xavier rau. „Ich habe mich danach gesehnt, dich in den Armen zu halten. Ich warne dich, Mariella … jetzt werde ich dich niemals mehr gehen lassen.“

„Und ich werde es auch niemals wollen“, versprach sie. „Und jetzt bring mich in dein Bett und zeige mir, dass das alles nicht nur ein Traum ist!“

Sie hatte ihren Wunsch kaum ausgesprochen, da hob Xavier sie auch schon auf seine Arme und trug sie durch den Salon in sein Schlafzimmer.

EPILOG

Nun, wie gefällt dir mein Geschenk zum ersten Hochzeitstag?", erkundigte sich Mariella scheinbar beiläufig, während sie tatsächlich Xavier angespannt beobachtete, wie er wohl reagierte.

Sie hatte an diesem besonderen Geschenk heimlich das ganze Jahr über gearbeitet, einzig unterbrochen durch die Geburt ihres jetzt sechs Monate alten Sohnes und die ersten Wochen seines Lebens.

Xavier schüttelte den Kopf, als könnte er nicht glauben, was er sah. „Ich wusste ja, dass du an irgendetwas arbeitest, aber das hier ..."

„Sie gefallen dir nicht ...?"

„Wie kommst du denn darauf, Mariella?" Er nahm sie in die Arme und drückte sie an sich. „Abgesehen von dir und unserem energischen lauten kleinen Sohn, wüsste ich nicht, was mir mehr wert sein könnte", gestand er gerührt und betrachtete bewundernd die gerahmten Zeichnungen, die sie frühmorgens in ihrem privaten Salon aufgehängt hatte, um ihn zu überraschen, wenn er am Morgen ihres ersten Hochzeitstages aufstand.

Als Hochzeitsgeschenk hatte Mariella sich damals von ihm gewünscht, seinen Stamm auf der Wanderschaft durch die Wüste begleiten zu dürfen. Wegen ihrer Schwangerschaft hatte Xavier zunächst gezögert, aber Mariella war hartnäckig geblieben. Von dieser Reise hatte sie viele Skizzen mit nach Hause gebracht, die sie dann über das Jahr zu einer bildlichen Dokumentation des traditionellen Stammeslebens ausgearbeitet hatte.

„Ich habe auch ein Geschenk für dich, obwohl ich nicht Tanyas Rat gefolgt bin und eine Luxusreise gebucht habe", gestand Xavier nun.

Mariella folgte seinem amüsierten Blick und lachte. Fleur, die inzwischen schon laufen konnte, saß auf dem Boden neben ihrem strampelnden Cousin Ben und spielte ganz vertieft mit einer Rassel.

„Wag es erst gar nicht, so etwas vorzuschlagen. Ich würde mich sowieso nicht von den beiden trennen!" Da Tanya und Khalid nicht weit entfernt wohnten, sah man sich häufig, und Fleur und Ben wuchsen praktisch zusammen auf. „Ich habe vielleicht noch ein Geschenk für dich", fuhr Mariella zögernd fort, und ihr Blick auf ihren Sohn verriet Xavier, was sie meinte.

„Wirklich? Aber hatten wir nicht gesagt, wir wollten noch etwas warten?“

„Ich weiß, aber diesmal ist es deine Schuld. Erinnerst du dich an deinen Geburtstag, als du nicht warten wolltest, bis …“

„Mm.“ Xavier rechnete rasch nach. „In ungefähr sieben Monaten also?“

„Ich denke, ja. Macht es dir etwas aus?“

„Mir? Du liebe Güte, nein! Und dir?“

„Nein, ich freue mich sogar darauf. Und wenn ich mich irren sollte …“, sie warf ihm einen koketten Blick zu, „dann finden wir sicher einen Weg, dafür zu sorgen, dass es bald klappt. Was ist überhaupt mit meinem Geschenk? Du hast mir immer noch nicht verraten, was es ist.“

„Komm mit.“ Xavier hob Ben vom Boden auf und reichte ihn Mariella. Dann nahm er selbst Fleur auf den Arm. „Schließ die Augen, und halte dich an mir fest“, wies er Mariella an, als er sie durch den Hof in einen neuen Gartenhof führte, der dahinter angelegt worden war.

Mariella roch den Duft der Rosen, noch bevor Xavier ihr erlaubte, wieder die Augen zu öffnen. Als sie es dann tat, verschlug es ihr vor Freude die Sprache, als sie den neuen Garten sah, den Xavier speziell für sie hatte anlegen lassen. Ganz anders als der strenge Rosengarten von Xaviers Großmutter, erinnerte dieser in seiner betont zwanglosen Anlage an die englischen Bauerngärten mit den typischen traditionellen Blumenbeeten. Der betörende Duft einer bestimmten Rose erregte Mariellas besondere Aufmerksamkeit.

„Sie heißt ‚Eternity‘, also Ewigkeit“, sagte Xavier sanft, als Mariella sich über die samtenen Blüten beugte und den Duft einatmete. „Und ich verspreche dir, dass ich dich in alle Ewigkeit lieben werde, Mariella!“

Sie blickte zu ihm auf und lächelte gerührt. „Und ich werde dich in alle Ewigkeit lieben“, erwiderte sie zärtlich.

Überglücklich lehnte Mariella den Kopf an Xaviers Schulter. Hand in Hand gingen sie durch den Garten, die beiden kleinen Kinder auf dem Arm.

– ENDE –

Penny Jordan

Das Geheimnis des Scheichs

Roman

Aus dem Englischen von
Susann Willmore

MIRA®

1. KAPITEL

Katrina stand gerade mitten im Souk, als sie ihn erblickte. Sie wollte mit dem Standbesitzer über eine Stoffbahn bestickter Seide verhandeln, als irgendetwas sie dazu veranlasste, den Kopf zu wenden. Er stand auf der anderen Seite der engen Gasse und trug die traditionelle weiße *Dishadasha*. Das Sonnenlicht betonte seine honigfarbene Haut und spiegelte sich in dem scharf geschwungenen Dolch, den er im Gürtel trug.

Als er merkte, dass ihm ihre Aufmerksamkeit entglitt, folgte der Ladenbesitzer ihrem faszinierten Blick.

„Er ist vom Stamm der Ayghar Tuareg", sagte er.

Katrina antwortete nicht. Sie wusste von den Recherchen, mit denen sie begonnen hatte, bevor sie nach Zuran gekommen war, dass die Ayghar Tuareg ein stolzer Kriegerstamm gewesen waren, der in früheren Jahrhunderten die Handelskarawanen durch die Wüste begleitet hatte. Noch immer lebten sie traditionell als Nomaden.

Anders als andere Männer, die das traditionelle Gewand trugen, war er glatt rasiert. Seine Augen waren bernsteinfarben, darin tanzten kleine Goldflecken. Er hatte ungewöhnlich dichte Wimpern.

Seine Gestalt erinnerte Katrina an ein gefährliches Raubtier. Diesen Mann konnte niemand zähmen oder in den Käfig der Zivilisation sperren. Er gehörte der Wüste, er lebte nach seinem eigenen Ehrenkodex. Seine Züge strahlten eine gewisse Arroganz aus. Einerseits stieß er sie ab, andererseits musste sie ihn immer wieder anschauen.

Außerdem hatte er einen ungeheuer sinnlichen Mund!

Ein kleiner Schauer lief ihr den Rücken herab, und sie war ziemlich überrascht über die Wendung, die ihre Gedanken genommen hatten.

Schließlich war sie nicht in das Königreich Zuran gekommen, um über Männer mit sinnlichen Lippen nachzudenken. Sie war hier als Mitglied eines Teams von engagierten Gastwissenschaftlern, die es sich zur Aufgabe gemacht hatten, die Flora und Fauna der Gegend zu schützen. Doch sosehr sie auch versuchte, sich in Gedanken zur Ordnung zu rufen, so wenig konnte sie es verhindern, dass sie ihn ansehen musste.

Er hingegen schien sie gar nicht zu beachten. Angelegentlich betrachtete er das Kommen und Gehen in dem geschäftigen Basar. Tatsächlich sieht es wie eine Szene aus Tausendundeiner Nacht aus, dachte Katrina. Sie wusste, dass ihr Boss Richard Wagner sich über sie lustig gemacht hätte, wenn sie das in seiner Gegenwart gesagt hätte. Aber über Richard wollte sie jetzt nicht nachdenken. Obwohl sie ihm klargemacht hatte, dass sie nicht an ihm interessiert war, hatte er ihr immer wieder nachgestellt. Dabei war er ein verheirateter Mann! Und er hatte ausgesprochen unangenehm reagiert, als er merkte, dass sie seine Annäherungsversuche zurückwies.

Der Gedanke an Richard und seine sexuellen Avancen veranlasste Katrina dazu, sich wieder in den schattigen Teil des Ladens zurückzuziehen. In diesem Moment spürte sie den Blick der bernsteinfarbenen Augen auf sich gerichtet. Instinktiv zog sie sich noch weiter zurück, ohne zu wissen, warum.

Obwohl sicher verborgen in dem Schatten, wusste sie, dass er sie ganz genau beobachtete. Das Herz klopfte ihr bis zum Hals, und ihr brach der Schweiß aus den Poren.

In diesem Moment kam eine Gruppe schwarz gekleideter Männer und verschleierter Frauen die Gasse entlang, sodass sie ihn – und er sie – nicht mehr sehen konnte. Bis sie verschwunden waren, hatte er das Interesse an ihr offensichtlich verloren. Er hatte das lose Ende des indigofarbenen Tuchs seines Turbans übers Gesicht gezogen, und man sah nur noch seine Augen. So machten es die Männer seines Stammes. Hinter dem Fremden befand sich eine Tür, und er drehte sich um, um sie zu öffnen, wobei er sich aufgrund seiner Größe bücken musste.

Fasziniert betrachtete Katrina seine Hand auf der Klinke. Sie war schmal und lang, die Nägel waren sorgfältig manikürt. Das erstaunte sie. Inzwischen wusste sie sehr viel über die Nomadenstämme der arabischen Wüste und ihre Geschichte. Wegen der Farbe ihrer Gewänder wurden sie als die „blauen Männer" bezeichnet. Zum einen war es bereits ein Anachronismus, dass ein Tuareg der Welt offen sein Gesicht zeigte. Aber wie kam es, dass ein Mitglied dieses Stammes außerdem noch so gepflegte Fingernägel hatte? Das hätte besser zu einem reichen Geschäftsmann gepasst.

Erneut pochte ihr Herz schneller. Sie war kein naives, leicht zu beeindruckendes junges Mädchen mehr, das glaubte, jeder Mann in einer *Dishadasha* sei ein mächtiger Führer. Bisher hatte sie auch nie davon geträumt, sich mit einem solchen Mann im Wüstensand herumzuwälzen. Nein, sie war eine außerordentlich qualifizierte vierundzwanzigjährige Wissenschaftlerin. Und trotzdem ...

Als er schließlich durch die Tür verschwand, atmete sie erleichtert auf.

„Möchten Sie nun diesen Stoff kaufen? Die Seide ist fein ... sehr fein. Und ich mache Ihnen einen guten Preis."

Der Händler hatte recht, die Seide war wirklich hauchdünn gewebt, und das Eisblau würde fantastisch zu ihrem rotblonden Haar passen. Weil sie sich allein in der Öffentlichkeit bewegte, hatte sie das Haar zurückgebunden und unter ihrem breitkrempigen Hut versteckt.

Plötzlich musste sie wieder an den Mann mit den bernsteinfarbenen Augen denken. Wenn sie den Stoff kaufte und daraus ein Kleid schneidern ließ, würde die Seide ihren Körper verführerisch umschmeicheln, und er ...

Sie ließ den Stoff aus den Händen fallen, als hätte sie sich daran verbrannt. Während der Händler ihn aufhob, betrat eine Gruppe uniformierter Männer die Gasse. Die Menschen stoben vor ihnen davon, als sie die Stände durchsuchten und Türen aufstießen. Offensichtlich suchten sie nach jemandem. Und es schien ihnen völlig egal zu sein, welchen Schaden sie dabei anrichteten.

Aus einem ihr unerklärlichen Grund fiel Katrinas Blick plötzlich auf die Tür, durch die der Nomade verschwunden war.

In diesem Moment öffnete sich die Tür erneut, und ein Mann in europäischer Kleidung trat heraus. Er trug eine helle Bundfaltenhose und ein Leinenhemd. Sie erkannte ihn sofort wieder und sah ihn überrascht an.

Aus dem Tuareg war plötzlich ein Europäer geworden. Ruhig drehte er sich um und schritt die Gasse entlang. Als er an Katrinas Stand vorbeiging, rief einer der uniformierten Männer ihm auf Englisch und Zuranesisch einen Befehl zu.

„He, du! Halt! Bleib stehen!"

Mit hartem Blick sah er sich um, prüfend, suchend, bis er sie entdeckte.

„Liebling! Da bist du ja! Ich habe dich doch gewarnt, nicht ohne mich loszugehen."

Er umfasste ihr Handgelenk, ließ die Finger sanft über ihren Handrücken gleiten und verschränkte sie mit ihren, in der vertrauten Art, wie es Liebende tun. So hielt er sie in seinem Griff gefangen. Die Andeutung eines Lächelns ließ seine Züge weicher erscheinen, als er einen Schritt auf sie zuging.

„Ich bin nicht Ihr Liebling", stieß Katrina atemlos hervor.

„Gehen Sie los", befahl er ihr leise, aber mit einem Blick, der so gebieterisch war, dass sie ihm nicht zu widersprechen wagte.

Seite an Seite gingen sie durch die Gasse. Zuerst nahm Katrina nur den leichten Zitronenduft seines Eau de Cologne wahr, dann, als er ihr näher kam, den schwachen, aber berauschenden Moschusduft seines Körpers.

Inzwischen war die Gasse voller Uniformierter. Die rissen die Türen der kleinen Häuser auf, stießen Stände um und fegten die Waren von den Tischen, in der Absicht, irgendjemanden oder irgendetwas zu finden.

Die eben noch so entspannte, friedliche Atmosphäre war dahin. Jetzt hörte man überall Geschrei und spürte beinahe greifbar die Furcht der Menschen.

In diesem Moment fuhr ein großer Jeep mit hohem Tempo in die Gasse und kam mit quietschenden Reifen zum Stehen. Ein Mann in Uniform stieg aus, geschützt von Leibwächtern. Katrina erkannte ihn sofort. Es war Zurans Innenminister, der Cousin des Herrschers.

Besorgt sah sie den Mann an ihrer Seite an. Als sie ihn das Gebäude gegenüber hatte betreten sehen, war er als Tuareg gekleidet gewesen und hatte sich kaum verhalten wie ein Mann, der nichts zu verbergen hatte. Es wäre nicht gut, die Aufmerksamkeit der schwer bewaffneten Männer in der Straße auf ihn zu lenken – und auf ihre eigenen Befürchtungen –, aber … Aber was? Aber er besaß eine gefährliche Faszination, die sie dazu verleitete … Wozu? Entschlossen versuchte sie, sich ihm zu entziehen. Er bemerkte ihre leichte Bewegung sofort und verstärkte daraufhin seinen Griff nicht nur, sondern zog sie noch tiefer in den Schatten eines Hauses hinein, sodass sie nun dicht an seinen Körper gedrängt vor ihm stand.

„Hören Sie, ich weiß ja nicht, was hier los ist, aber …", begann sie.

„Seien Sie still!" Seine Stimme klang kühl. Gleichzeitig hatte sie das Gefühl, seinen Herzschlag spüren zu können. Plötzlich musste sie an ihre Eltern denken. Ihre Eltern, die sich sehr geliebt hatten.

Sie seufzte tief. Er legte ihr sofort die Hand auf den Mund und bedeutete ihr zu schweigen.

Er roch nach Sand und Wüste und vielen anderen Dingen, die ihr fremd waren. Fremd, exotisch und gefährlich, aber gleichzeitig auch sehr aufregend.

Unwillkürlich öffnete sie leicht die Lippen, und er nutzte seinen Vorteil geschickt aus. Im nächsten Moment spürte sie seinen Mund auf ihrem, spürte schockiert seine Zungenspitze, die sie verlockte und einen Hitzestrahl durch ihren Körper schickte.

Sie gab sich seinem Kuss rückhaltlos hin und war überrascht über sich selbst. Nie hätte sie von sich gedacht, dass sie einmal einen ihr völlig fremden Mann im hellen Tageslicht küssen würde, und das dazu noch so leidenschaftlich.

Schwach vernahm sie, wie der Jeep davonfuhr. Aber der Fremde hörte nicht auf, sie zu küssen.

Und dann ließ er sie los, so abrupt, dass sie fast gestolpert wäre. Im nächsten Moment war er verschwunden, untergetaucht in der Menge, und ließ sie überwältigt und schockiert zurück, so als wäre sie verlassen worden.

„Eure Hoheit …“ Die Diener verbeugten sich vor ihm, als er durch den königlichen Palast eilte.

Die beiden Wächter, die vor der goldenen Tür zum Audienzsaal standen, waren bis an die Zähne bewaffnet. Auch sie verbeugten sich tief vor ihm und öffneten dann die Tür.

Xander stand nun vor seinem Halbbruder, dem Herrscher von Zuran. Jetzt war es an ihm, sich zu verbeugen. Sie hatten zwar denselben Vater, und es war allgemein bekannt, dass sein älterer Bruder ihm sehr gewogen war. Aber er war nun einmal der Herrscher ihres Landes, und als solcher musste Xander ihm Respekt zollen.

Als er ihn erblickte, stand sein Bruder sofort auf, ging auf Xander zu und umarmte ihn.

„Schön, dass du wieder bei uns bist. Ich habe nur Gutes über dich gehört, kleiner Bruder. Unsere Botschaften in Amerika und Europa sind des Lobes voll über dich.“

„Danke, das ist sehr freundlich, Eure Hoheit. Aber in Wirklichkeit gebührt die Ehre Euch. Ihr wart es, der mich mit der Aufgabe betraut hat, Eure Pläne für eine weitere Demokratisierung unseres Landes in der Welt zu verbreiten."

In diesem Moment wurde die Tür geöffnet, und ein Diener brachte frischen Kaffee auf einem Tablett herein.

Als sie wieder unter sich waren, nahm der Herrscher Xanders Hand.

„Komm, lass uns hinaus in den Garten gehen. Dort können wir uns ganz ungestört unterhalten."

Hinter dem Audienzsaal lag ein exotischer Garten mit vielen kleinen Brunnen.

Die beiden Männer in ihren weißen Gewändern gingen gemessenen Schrittes über den Mosaikfußboden.

„Es ist genau, wie wir gedacht haben", sagte Xander schließlich, als er sicher war, dass sie nicht mehr gehört werden konnten. Sie hatten vor einem kleinen Fischteich Halt gemacht. Er bückte sich und warf den Fischen etwas Futter zu.

„Nazir zettelt eine Intrige gegen dich an."

„Hast du dafür handfeste Beweise?", fragte der Herrscher scharf.

Xander schüttelte den Kopf. „Nein, noch nicht. Aber es ist mir gelungen, mich in die Bande von Dieben und Verrätern einzuschleichen, deren Anführer El Khalid ist."

„Dieser infame Schurke! Ich hätte ihn für den Rest seines Lebens ins Gefängnis sperren lassen sollen, statt ihm gegenüber so nachsichtig zu sein."

„El Khalid hat dir nie verziehen, dass du ihn von seinem Land vertrieben hast, nachdem du gemerkt hattest, was er im Schilde führte. Ich nehme an, Nazir hat ihm versprochen, ihn als Herrscher einzusetzen, wenn es ihm gelingt, dich aus dem Weg zu räumen. Sicher wird Nazir es so darstellen, als wäre El Khalid derjenige, der dich vom Thron stürzen will. Er kann es sich nicht erlauben, mit deiner Ermordung in Verbindung gebracht zu werden." Xander runzelte die Stirn. „Du musst sehr vorsichtig sein."

„Keine Angst, ich werde gut beschützt. Ehrlich gesagt, es wundert mich nicht. Nazir hat mich schon immer gehasst. Aber er wird es nicht wagen, offen die Hand gegen mich zu erheben."

„Schade, dass du ihn nicht einfach außer Landes verweisen kannst."

Der Herrscher lachte. „Ohne konkrete Beweise geht das leider nicht, mein Bruder. Schließlich sind wir jetzt eine Demokratie, was wir teilweise auch deiner Mutter zu verdanken haben. Aber das bedeutet, dass wir uns an die Gesetze halten müssen."

Dass sein Halbbruder seine, Xanders, Mutter erwähnte, erstaunte Xander. Seine Mutter war ursprünglich die Lehrerin des Herrschers gewesen. Politisch liberal eingestellt, hatte sie ihrem jungen Schüler alles über das Wesen der Demokratie beigebracht. Aber sie hatte sich auch in seinen Vater verliebt, und der hatte diese Liebe erwidert.

Xander war aus dieser Verbindung entsprungen, doch er hatte seine Mutter nie kennengelernt. Sie war einen Monat nach seiner Geburt an einem Fieber gestorben. Doch vorher hatte sie seinem Vater noch das Versprechen abgenommen, ihr kulturelles Erbe dadurch zu ehren, dass er ihren Sohn aufzog.

So war es dazu gekommen, dass Xander in Europa und Amerika erzogen worden war. Danach hatte ihn sein Halbbruder zum Sonderbotschafter für Zuran ernannt.

„Du bist viel mehr in Gefahr als ich", warnte ihn jetzt der Herrscher. „Es gefällt mir gar nicht, dass du ein solches Risiko eingehst."

Xander zuckte die Schultern. „Aber wir waren uns doch einig, dass man niemanden sonst mit dieser Aufgabe betreuen kann. Außerdem ist die Gefahr gar nicht so groß. El Khalid hat mich in meiner Rolle längst akzeptiert. Für ihn bin ich nur ein Tuareg, der wegen krimineller Aktivitäten aus seinem Stamm ausgeschlossen wurde. Ich habe ihm auch schon bewiesen, dass ich mein Geld wert bin. Letzte Woche haben wir eine Handelskarawane ausgeraubt und all ihre Waren beschlagnahmt."

„Wirklich? Davon habe ich ja noch gar nichts gehört. Ich werde dafür sorgen, dass man sie entschädigt."

„Nicht nötig", erwiderte Xander lächelnd. „Zum einen fand der Angriff im Niemandsland hinter der Landesgrenze statt, also genau da, wo El Khalid sein Hauptquartier aufgeschlagen hat. Und zum anderen war es alles Schmuggelware."

„Dann ist es kein Wunder, dass sie sich nicht bei mir beschwert haben."

„Es gibt aber Hinweise darauf, dass El Khalid nicht allein operiert. Er rühmt sich, mit einer sehr wichtigen Person in Kontakt zu stehen. Aber weder Nazir noch irgendeiner seiner Männer bekennt sich öffentlich zu einer Verbindung mit ihm. Wie dem auch sei, ich gehe davon aus, dass Nazir deine Ermordung zu unserem Nationalfeiertag plant. Denn dann lässt es sich nicht vermeiden, dass du öffentlich auftrittst. Um das Attentat genau zu planen, wird er sich mit El Khalid treffen müssen. Übrigens hat auch El Khalid verlauten lassen, dass er bald ein gemeinsames Treffen einberufen wird, an dem alle teilnehmen sollen. Aber bis jetzt hat er nicht gesagt, wo und wann es stattfinden soll."

„Und du glaubst, dass Nazir bei diesem Treffen anwesend sein wird?"

„Ja, davon gehe ich aus. Ich denke, er wird es auch organisieren. Er wird sichergehen wollen, dass die Männer, die Khalid für diese Mission auswählt, vertrauenswürdig sind. Das wird er bestimmt keinem anderen überlassen wollen. Daher glaube ich, dass er da sein wird. Und ich werde auch da sein."

Sein Halbbruder sah ihn stirnrunzelnd an. „Hast du denn gar keine Angst, dass Nazir dich erkennen wird?"

„Wenn ich als Tuareg verkleidet bin?" Xander schüttelte den Kopf. „Nein, das kann ich mir nicht vorstellen. Vergiss nicht, sie bedecken schließlich immer ihr Gesicht."

Der Herrscher wirkte noch immer besorgt.

„Seid Ihr mit der Entwicklung des neuen Hotelkomplexes zufrieden, Eure Hoheit?", fragte Xander und sah seinen Halbbruder warnend an. Er hatte ein kaum wahrnehmbares Geräusch vernommen. Offensichtlich näherten sich ihnen Schritte. „In unseren Botschaften wird viel Lob geäußert über die Expansion des Fremdenverkehrs in unserem Land."

Dann trat der Mann zu ihnen, über den sie gerade gesprochen hatten. Dicke Ringe glitzerten an seinen Fingern. Er ignorierte Xander völlig und verbeugte sich steif vor dem Herrscher.

„Nazir." Die Stimme des Herrschers klang kühl. „Was führt dich hierher? Es passiert nicht oft, dass der Innenminister trotz seiner vielen Pflichten Zeit findet, uns aufzusuchen."

„Ich habe wirklich viel zu tun, das stimmt", erwiderte Nazir, der sich über seine eigene Bedeutung sehr wohl im Klaren zu sein schien.

„Wie ich hörte, hat es vorhin im Souk Ärger gegeben“, bemerkte Xander.

Nazir warf ihm einen misstrauischen Blick zu. „Ach, das hat nichts zu bedeuten … Ein kleiner Dieb hat etwas Aufsehen erregt, das ist alles.“

„Ein kleiner Dieb? Aber schließlich waren Sie persönlich anwesend.“

„Ich war zufällig in der Gegend. Was geht es Sie an, wie ich meine Arbeit erledige?“

„Nichts Geringeres als das eines besorgten Bürgers“, antwortete Xander freiheraus.

Nazir wandte sich wieder dem Scheich zu. „Man hat mir gesagt, Eure Hoheit, dass Ihr Euch dagegen entschieden habt, Euch am Nationalfeiertag von meiner persönlichen Eskorte begleiten zu lassen, wie ich es Euch geraten habe.“

„Ich bin dir wirklich dankbar, dass du meinetwegen so besorgt bist, Cousin. Aber ich muss vor allem an das Volk denken. An das Volk und an unsere ausländischen Verbündeten. Vergiss nicht, ich versuche gerade, Zuran für den Tourismus attraktiv zu gestalten. Es würde sicher keinen sehr stabilen Eindruck machen, wenn ich mich bei einer solchen Gelegenheit von einer Garde schwer bewaffneter Wächter begleiten ließe.“

„Abgesehen davon“, brach Xander leise das spannungsgeladene Schweigen, das nach den Worten des Herrschers folgte, „muss man sich auch immer fragen, *wer die Wächter bewacht.*“

Ein mörderischer, hasserfüllter Blick traf ihn aus Nazirs Augen. „Wenn Sie damit sagen wollen …“

„Ich will damit überhaupt nichts sagen“, brachte Xander ihn kalt zum Schweigen. „Ich stelle nur eine Tatsache fest.“

„Was für eine Tatsache?“

„Nun, es ist doch bewiesen, dass die Präsenz uniformierter Männer in letzter Zeit schon öfters zu unangenehmen Zwischenfällen geführt hat. Zwischenfälle, die völlig außer Kontrolle geraten sind.“

„Genau, und ich möchte nicht in die Verlegenheit kommen, irgendeinem Botschafter erklären zu müssen, warum einer seiner Untertanen von einem übereifrigen Wächter erschossen wurde“, setzte der Herrscher hinzu.

„Lasst uns darüber noch einmal unter vier Augen sprechen“, erwiderte Nazir zum Herrscher gewandt. Er verbeugte sich kurz und ging.

Der Scheich warf seinem jüngeren Halbbruder einen besorgten Blick zu.

„Unser Cousin vergisst den Respekt, den er dir schuldet“, sagte er ärgerlich.

Xander zuckte die Schultern. „Er hat nie einen Hehl daraus gemacht, dass er mich nicht mag. Genauso wenig, wie er meine Mutter gemocht hat.“

„Und unseren Vater? Unser Vater war der größte Herrscher, den das Land je hatte. Daran sollte Nazir besser denken. Er war schon als Kind dir gegenüber stets feindselig eingestellt. Davon haben Vater und ich leider erst zu spät erfahren, Xander.“

„Ich habe gelernt, damit und mit ihm zurechtzukommen.“

„Ja, aber sein Vater und er haben deine Mutter gehasst. Sie misstrauten dem Einfluss, den sie auf meinen Vater hatte. Und als er sie dann auch noch heiratete …“

„Nazir mag mich hassen, aber dich möchte er vom Thron stürzen“, stellte Xander trocken fest und fügte hinzu: „Verzeih, ich sollte mich jetzt besser in die Wüste zurückziehen, bevor meine Abwesenheit auffällt. Ich dachte schon, dass Nazir und seine Männer mich im Souk gesucht hätten. Aber inzwischen weiß ich, dass sie hinter einem anderen Tuareg her waren.“

„Offiziell heißt es, du seist nur kurz hier in Zuran und würdest heute Abend wieder abreisen, um dir eine wohlverdiente Ruhepause zu gönnen. Eigentlich schade, dass du keine Zeit hast, dir unsere neuen Errungenschaften anzuschauen. Es gibt ein paar hübsche junge Fohlen in den Ställen, und der neue Yachthafen ist auch fast fertig.“

Xander lächelte, denn er kannte die Schwäche seines Halbbruders für Pferde.

Auf dem Rückweg zum Palast sagte der Herrscher zu ihm: „Mir ist nicht wohl bei dem Gedanken an die Gefahr, der du dich aussetzt. Schließlich bist du mir sehr lieb und teuer. Vielleicht teurer, als du weißt. Deine Mutter war für mich fast wie meine eigene Mutter. Sie hat mir eine Welt des Wissens eröffnet. Nur ihrem Einfluss auf meinen Vater ist es zu verdanken, dass unser Land langsam in der Moderne ankommt. Nach ihrem Tod hatte er keinen Lebenswillen mehr. Ich habe beide verloren, kleiner Bruder. Aber dich möchte ich nicht verlieren."

„Genauso wenig wie ich dich", erwiderte Xander, und die Brüder umarmten sich.

„Hallo, meine Schöne! Na, wie sieht's aus, hast du Lust, mich heute Abend zu begleiten? Wie ich höre, gibt Seine Hoheit ein großes Fest, um den Beginn der neuen Jagdsaison zu feiern. Danach gehen wir alle noch in einen Club."

Tom Hudson, der Fotograf des Teams, war ein schamloser und unverbesserlicher Charmeur. Aber man musste ihn einfach mögen, daher lächelte Katrina ihn an.

Doch noch bevor sie seine Einladung ablehnen konnte, mischte sich Richard in ihr Gespräch ein.

„Wir sind hier, um zu arbeiten, und nicht, um uns herumzutreiben. Besser, Sie vergessen das nicht, Hudson. Außerdem müssen wir alle morgen sehr früh aufstehen."

In der peinlichen Stille, die nun folgte, schnitt Tom hinter Richards Rücken ein Gesicht.

Richard war ohne Zweifel sehr qualifiziert, aber in der Gruppe nicht besonders beliebt. Am meisten hatte Katrina unter ihm zu leiden.

„Er ist grauenhaft", sagte Beverley Thomas, das einzige weibliche Mitglied außer Katrina, später zu ihr, als sie sich auf Katrinas Bettkante niederließ.

Sie waren in einer luxuriösen Privatvilla untergebracht. Die Quartiere der Frauen lagen getrennt von denen der Männer und vom Dienstbotentrakt.

Zuerst hatte Katrina es merkwürdig gefunden, dass sie und Beverley sich nachts einschließen mussten, um nicht belästigt zu werden. Aber angesichts Richards Nachstellungen war sie inzwischen ganz froh, dass man von ihnen erwartete, sich den Landessitten zu fügen.

„Mir tut nur seine Frau leid", gab Katrina zu.

„Ja, mir auch. Aber du weißt ja, er mag es nicht, wenn man über sie spricht. Ist dir eigentlich klar, dass er von dir wie besessen ist?"

Katrina sah sie betroffen an.

„Nun, vielleicht ist Besessenheit ein zu starkes Wort. Er scheint jedenfalls entschlossen zu sein, dich ins Bett zu kriegen."

„Vielleicht möchte er das gern, aber es wird nicht dazu kommen", versicherte Katrina ihr. „Weißt du, mit seinen unerwünschten Annäherungsversuchen könnte ich ja noch fertig werden. Aber ich habe Angst, dass er seine Position ausnutzt, um mich dafür zu bestrafen, dass ich nicht darauf eingehe. Schließlich ist dies mein erster Job, und ich bin immer noch in der Probezeit."

„Versuch, ihn auf Abstand zu halten", riet Beverley ihr und unterdrückte ein Gähnen. „So, jetzt gehe ich schlafen. Es war ein langer Tag. Wie Richard ja ganz richtig gesagt hat, müssen wir morgen sehr früh aufstehen."

Katrina lächelte. Sie freute sich schon sehr auf die morgige Expedition. Sie hatten vor, eines der Wüstentäler zu erkunden, die Wadis genannt wurden.

Eigentlich hätte sie längst schlafen müssen. Sie war bereits vor einer Stunde ins Bett gegangen. Aber immer, wenn sie die Augen schloss, erschien das Bild des „Mannes mit den bernsteinfarbenen Augen", wie sie ihn für sich genannt hatte.

Und sie erinnerte sich nicht nur an seine Augenfarbe, sondern vor allem an seinen Kuss. Allein der Gedanke daran ließ sie erschauern.

Das ist lächerlich, sagte sie sich. Eine vierundzwanzigjährige Frau mit einem Doktortitel in Biochemie konnte doch nicht einem so primitiven sexuellen Impuls gehorchen. Und das gegenüber einem Fremden! Einem Fremden, der möglicherweise auch noch ein gefährlicher Verbrecher war.

Aber der Gedanke an seinen leidenschaftlichen Kuss ließ sie einfach nicht los.

Erneut fielen ihr ihre Eltern ein. Sie waren beide hoch qualifizierte Wissenschaftler gewesen, die einander sehr zugetan waren. Sie hatten füreinander gelebt und waren gemeinsam bei einem Unfall während einer Ausgrabung ums Leben gekommen.

Damals war Katrina erst siebzehn gewesen. Kein Kind mehr, aber auch noch nicht erwachsen. Ihre Eltern, beide Einzelkinder, hatten keine Verwandten gehabt. Nach ihrem Tod war sie vollkommen allein gewesen. Sie hatte sich ihr ganzes bisheriges Leben danach gesehnt, von jemandem wirklich geliebt zu werden. Gleichzeitig fürchtete sie sich vor dieser Sehnsucht, weil diese sie so verletzbar machte.

Daher hatte sie sie tief in ihrem Inneren begraben und sich stattdessen auf ihr Studium konzentriert. Es war ihr auch gelungen, sich mit einigen Studenten anzufreunden, aber sie hatte stets darauf geachtet, dass diese ihr nicht zu nahe kamen.

Mit vierundzwanzig betrachtete sie sich als einigermaßen erwachsen und reif. Aber jetzt ... So etwas für diesen Fremden zu empfinden war alles andere als reif und erwachsen.

Ich bin in einem fremden Land mit fremden Sitten, sagte Katrina sich. Einem Land, das sie schon immer fasziniert hatte. Daher hatte sie auch die Sprache gelernt. Das Erscheinen des Fremden hatte sie völlig unvorbereitet getroffen, und sie hatte nicht gewusst, ob sie bleiben oder fliehen sollte. Doch es hatte einen Adrenalinstoß in ihr ausgelöst. Kein Wunder, dass sie die ganze Geschichte so sehr berührte.

Aber wie weit ging das Ganze? War es mehr als eine rein körperliche Reaktion auf einen attraktiven Mann? Einen Mann, vor dem sie auf jeden Fall auf der Hut sein musste?

Jeder kann doch mal einen Fehler machen, sagte sie sich. Außerdem war es sehr unwahrscheinlich, dass sie sich noch einmal begegnen würden. Sie wollte nicht einmal vor sich selbst zugeben, wie sehr dieser Gedanke sie deprimierte.

2. KAPITEL

Die Sonne stieg gerade am Horizont auf, als sie die Villa verließen und in einem Konvoi mit mehreren Jeeps in die Wüste aufbrachen. Zu Katrinas Unbehagen hatte Richard darauf bestanden, dass sie ganz allein mit ihm in einem der Wagen fuhr.

„Hier hast du es viel bequemer, schließlich sind wir an der Spitze", sagte er zu ihr und lachte. „Die anderen müssen den Staub schlucken, den wir aufwirbeln."

Es stimmte, dass er bei dem hohen Tempo eine Menge Sand aufwirbelte. Trotzdem hätte Katrina es vorgezogen, mit jemand anderem mitzufahren.

„Warum entspannst du dich nicht ein bisschen?", schlug Richard vor. „Bestimmt musst du noch Schlaf nachholen. Und die Fahrt wird ziemlich lang dauern. Am besten, du trinkst noch etwas Wasser. Vergiss nicht, wir müssen darauf achten, nicht auszutrocknen."

Gehorsam nahm sie die Flasche in Empfang, die er ihr reichte, und trank daraus.

Vielleicht war es ja gar keine so schlechte Idee, ein wenig Schlaf nachzuholen. Plötzlich merkte sie, wie müde sie war. Der andere Vorteil würde sein, dass sie sich nicht mit Richard unterhalten musste. Wahrscheinlich hatte sie zu viel über den Mann mit den bernsteinfarbenen Augen nachgedacht. Als sie die Augen schloss, merkte sie, dass Richard das Tempo noch mehr erhöhte.

Als Katrina schließlich erwachte, war es bereits spät am Nachmittag. Die Sonne, die durch die Windschutzscheibe schien, weckte sie. Sie hatte anscheinend ziemlich lange geschlafen. Abrupt setzte sie sich in ihrem Sitz auf und sah Richard vorwurfsvoll an.

„Du hättest mich wecken sollen", sagte sie zu ihm. „Wann werden wir denn endlich das Wadi erreichen?"

Es dauerte ein paar Sekunden, bevor er antwortete. Der Blick, mit dem er sie betrachtete, ließ sie frösteln.

„Wir fahren nicht zum Wadi", erwiderte er. „Ich habe für uns einen anderen Ort ausgesucht, der viel romantischer ist. Ein Ort, an dem ich dich für mich allein haben kann. Ein Ort, wo ich dir alles

Mögliche zeigen kann, wo ich dich lehren kann ..."

Katrina sah ihn entsetzt an. Hoffentlich hatte sie ihn falsch verstanden. Aber ihr Gefühl sagte ihr, dass es keineswegs der Fall war.

„Richard, das geht doch nicht! Wir müssen zum Wadi fahren. Die anderen werden uns erwarten, sie ..."

„Nein, sie glauben, dass wir zurückkehren mussten", sagte er ruhig. „Ich habe ihnen mitgeteilt, dass du dich nicht wohl fühlst. Es war wirklich eine gute Idee von mir, dir Schlaftabletten ins Wasser zu geben."

Sie starrte ihn entsetzt an. Das war ja grauenhaft!

„Richard, das ist lächerlich! Ich werde sofort die anderen anrufen, und dann ..."

„Das geht leider nicht. Ich habe dir nämlich dein Handy aus der Tasche genommen."

Katrina konnte es nicht fassen.

„Du bist verrückt! Komm, lass uns jetzt zu den anderen fahren, und dann vergessen wir die ganze ..."

„Nein!" Er bedeutete ihr zu schweigen. „Wir fahren zur Oase. Ich habe seit Tagen darüber nachgedacht, wohin ich dich entführen kann, und das ist genau der richtige Ort dafür. Sie liegt im verlassensten Teil der Wüste, in einem richtigen Niemandsland. Bestimmt sagt dir der Ort zu. Du hast doch eine Schwäche für dieses Land. Früher haben dort immer die Karawanen angehalten, um ihre Kamele zu der Wasserstelle zu führen."

Ihr Mund war plötzlich wie ausgetrocknet, und das Herz klopfte ihr vor lauter Angst bis zum Hals. Eigentlich hatte sie keine Angst vor Richard, aber sein Verhalten ließ nur eine Vermutung zu. Vielleicht hatte Beverley recht, und er hatte sie die ganze Zeit im Sinn gehabt. Das war kein angenehmer Gedanke.

„Schau, da vorn ist die Oase", sagte Richard in diesem Moment und zeigte auf ein paar einzelne Palmen in der Ferne. Daneben glitzerte verführerisch das Wasser eines Teichs.

Unter anderen Umständen wäre Katrina von dem Anblick entzückt gewesen.

Die Vegetation, die die Oase umgab, war unerwartet grün und üppig, besonders am Rand. Wahrscheinlich war hier einmal ein Fluss gewesen, denn anders ließ sich der tiefe Spalt an der felsigen Seite nicht erklären. Vielleicht hatte es ja sogar einmal einen Wasserfall gegeben, der den Felsen hinabgestürzt war.

Es musste auf jeden Fall Wasser geben, wahrscheinlich eine unterirdische Quelle, die die Vegetation ermöglichte. Aber obwohl die Oase ein wunderschönes Naturschauspiel bot, verspürte Katrina nicht den Wunsch, dort mit Richard allein zu bleiben.

Sie bezweifelte, dass es ihr gelingen würde, ihn von seinen Plänen abzubringen. Und das bedeutete, sie musste ihn irgendwie ablenken, um an die Autoschlüssel zu kommen.

„Ich habe auch ein Zelt mitgebracht", informierte er sie. „Es wird uns an nichts fehlen."

„Das war wirklich klug von dir", sagte Katrina. „Ich glaube, ich bleibe am besten im Auto, während du alles auspackst, meinst du nicht auch?"

Richard schüttelte den Kopf.

„Nein, das kommt nicht infrage. Ich habe mir nicht solche Mühe gegeben, nur damit du jetzt einfach entkommen kannst. Und an eine solche Dummheit hast du doch sicher gedacht, oder?"

Er kann mich schließlich nicht dazu zwingen, auszusteigen, dachte sie störrisch. Aber sie hatte nicht mit seiner Entschlossenheit gerechnet.

„Tut mir leid, du lässt mir keine Wahl." Er beugte sich nach hinten und holte ein paar Handschellen vom Rücksitz. „Ich hatte wirklich gehofft, das wäre nicht nötig. Aber wenn du nicht tust, was ich von dir verlange, muss ich dich leider an die Autotür fesseln."

Katrina merkte, dass ihr der kalte Schweiß ausbrach. Richard war gefährlich, und sie hatte ihn unterschätzt. Er hatte die Autotür bereits abgeschlossen. Wenn sie zulassen würde, dass er sie fesselte, wäre sie verloren.

„Ich brauche etwas frische Luft", teilte sie ihm mit und bemühte sich, ruhig zu bleiben. „Hast du etwas dagegen, wenn ich mich in der Oase ausruhe, während du die Sachen auspackst?"

„Natürlich nicht, meine Liebe", versicherte er ihr und lächelte sie an. „Dann lass uns sehen, ob wir ein nettes Plätzchen für dich finden."

Ich darf jetzt nicht die Hoffnung aufgeben, sagte Katrina sich, während Richard sie zur Oase geleitete.

„Da vorn sieht es schon ganz gut aus", meinte er und zeigte auf einen schattigen Platz unter Palmen. Doch als Katrina darauf zugehen wollte, hielt er sie zurück. Im nächsten Moment vernahm sie ein scharfes metallisches Klicken. Das mussten die Handschellen sein, die er ihr im Auto gezeigt hatte. Ohne nachzudenken, rannte sie los, geradewegs auf den schmalen Felsspalt zu. In ihrer Panik hörte sie die Motorengeräusche nicht, ebenso wenig die Schreie bewaffneter Reiter. Zu spät erkannte sie, was dies alles bedeutete. Im nächsten Moment hatte sie den Pass hinter sich gelassen und lief direkt auf die Gruppe von Flüchtlingen zu.

Sie wurden von El Khalid angeführt, aber es war ein junger Leutnant, der sie als Erster erblickte. Er riss das Steuer seines alten Landrovers herum und nahm ihre Verfolgung auf.

Richard, der Katrina durch die schmale Felsspalte gefolgt war, machte auf der Stelle kehrt und eilte zurück zu seinem Auto. Er ignorierte ihre Notlage, startete den Motor und raste davon, so schnell er nur konnte.

Katrina hatte seine Flucht nicht bemerkt.

Die Luft war voller Staub, fast meinte sie zu ersticken. Das Fahrzeug befand sich jetzt auf gleicher Höhe, der Fahrer lehnte sich aus dem Fenster und versuchte, mit einer Hand nach ihr zu greifen.

Sofort drehte sie sich um und lief in die Richtung, aus der sie gekommen war. Entsetzt merkte sie, dass sie erneut verfolgt wurde, denn wie aus dem Nichts tauchte ein bewaffneter Reiter auf.

Er näherte sich Katrina so rasant, dass sie schon bald den Atem seines Pferdes spürte. Er holte sie ein, beugte sich zu ihr herunter. Im nächsten Moment fühlte sie sich von einer starken Hand ergriffen und hochgezogen. Ohne zu wissen, wie ihr geschah, saß sie plötzlich vor dem Reiter im Sattel als seine Gefangene.

Sie keuchte und bekam kaum noch Luft. Dann erstarrte sie. Dieser Duft … dieses nach Zitronen duftende Eau de Cologne kam ihr bekannt vor. Und auch der Körper des Mannes, die Kraft, die von ihm ausging, lösten Erinnerungen in ihr aus, die sie am liebsten verdrängt hätte. Abrupt wandte sie den Kopf und sah ihn an.

Sie konnte nur seine Augen sehen: Sie waren bernsteinfarben mit kleinen Goldflecken darin, die Augen eines Tigers. Entsetzt hielt sie den Atem an, dann schaute sie wieder nach vorn.

Auf seinen verächtlichen Blick war sie nicht gefasst gewesen. In der Ferne sah sie Richards Auto verschwinden. Dieser Feigling, er flüchtete und überließ sie ihrem Schicksal. Tränen liefen ihr über die Wangen und fielen auf die dunklen Hände, die die Zügel hielten.

Ungeduldig wischte er sie ab. Dann beugte er sich kurz zu seinem Pferd hinab und flüsterte ihm etwas ins Ohr. Sie wendeten, und er galoppierte auf die Gruppe der wartenden Männer zu, die sie beobachteten.

Plötzlich erschien derselbe Wagen, der sie vorher verfolgt hatte, und fuhr mit hohem Tempo auf sie zu. Katrina sah das wutverzerrte Gesicht des Mannes. Er hob die Faust und schüttelte sie zornig gegen ihren Entführer. Dann überholte er sie und traf vor ihnen bei den anderen ein.

Es ging alles so schnell, dass sie keine Zeit zum Nachdenken hatte. Dann waren sie am Ziel angekommen. Das Pferd kam vor einem kräftigen Mann zum Stehen, und er bedeutete ihnen, endlich abzusteigen.

Als Erstes fiel ihr das Gewehr auf. Außerdem hatte er einen Patronengürtel um die Hüfte geschlungen und trug wie alle Männer aus dieser Gegend den traditionellen geschwungenen Dolch. Es schien sich um den Führer der Gruppe zu handeln.

Neben ihm stand der Mann, der sie verfolgt hatte. Er gestikulierte wild mit beiden Armen, zeigte immer wieder auf sie und stieß Verwünschungen in einer Sprache aus, von der sie kein Wort verstand.

„Warum hast du den Mann entkommen lassen?“, fragte der Führer ihren Befreier auf Zuranesisch.

Nach einer kleinen Pause antwortete er: „Wie hätte ich es mit einem Jeep aufnehmen können? Mein Pferd ist zwar schnell, aber so schnell auch wieder nicht. Nur Sulimen hätte ihn noch eingeholt, aber er war ja hinter einer anderen Beute her.“

„Er hat mir meinen Preis weggeschnappt, und nun beschuldigt er mich auch noch. Das Mädchen gehört mir, El Khalid“, verlangte der Fahrer des Landrovers aufgebracht.

„Du hast Sulimens Worte gehört, Tuareg. Was sagst du dazu?“

Katrina brach der kalte Schweiß aus. Am liebsten hätte sie ihren

Befreier angefleht, sie nicht Sulimen zu überlassen. Aber sie wusste, es war am besten, sich zurückzuhalten.

Warum antwortete ihr Befreier nicht? Hoffentlich würde er jetzt nicht nachgeben. Sie hatte Angst, ihm in die Augen zu schauen.

„Meine Antwort lautet: Ich habe das Mädchen, und er nicht. Sie wird mir in Zuran City ein hohes Lösegeld einbringen, wenn ich sie zurück zu ihren Leuten bringe."

„Niemand wird das Camp verlassen, bis ich es sage", erwiderte der Führer entschieden. „Ich habe euch hier im Lager für eine spezielle Mission versammelt. Wenn wir Erfolg haben, wird uns das alle reich machen. Aber da ihr beide Anspruch auf das Mädchen erhebt, werdet ihr um sie kämpfen." Er nickte kurz. Bevor Katrina protestieren konnte, wurde sie schon von zwei Männern weggeführt.

Ängstlich blickte sie sich um und sah, wie El Khalid ihrem Retter seinen scharfen Dolch zuwarf.

Das Herz schien ihr fast stillzustehen, als er und Sulimen jetzt miteinander zu kämpfen begannen. Auch Sulimen hielt einen Dolch in der Hand und holte sofort zum ersten Stoß aus. Die anderen Männer hatten sich in einem Kreis um sie versammelt.

Da sie zwischen ihren beiden Wächtern eingekeilt war, konnte Katrina immer nur kurze Blicke auf das Kampfgeschehen erhaschen. Als ihre Wächter sie verschleppten, hatten die zwei Männer ihre Tunikas abgelegt und kämpften jetzt mit entblößtem Oberkörper gegeneinander.

Inzwischen war es ganz dunkel. Laternen beleuchteten die Szene, die Katrina wie aus einer anderen Welt erschien.

Nur das schwere Atmen der beiden Männer und das Stampfen ihrer Füße auf dem staubigen Boden erfüllte die Luft.

Dann hörte sie, wie einer der beiden einen Schmerzensschrei ausstieß. Einer der Wächter nickte beifällig, und ein paar Tropfen Blut fielen zu Boden. Ängstlich sah Katrina den Kämpfenden zu. Hoffentlich war der Mann mit den bernsteinfarbenen Augen nicht schwer verletzt. Eigentlich merkwürdig, sie hätte sich vor allem um ihre eigene Sicherheit sorgen müssen. Aber sie konnte nur an ihn denken und wäre ihm gern zu Hilfe geeilt.

Dann hörte sie ein zweites Stöhnen, aber diesmal schien der andere getroffen zu sein.

„Tuareg", riefen die beiden Männer neben ihr aus. Sie applaudierten begeistert.

Der Kampf schien ewig zu dauern und nahm an Grausamkeit immer mehr zu. Katrina konnte kaum noch zusehen, ihr war übel.

Endlich war es vorbei, die Männer brachen in Beifallsrufe aus. Dann führte man sie in die Mitte des Kreises, wo die beiden Kämpfer mit dem Führer standen.

Sie hatte nur Augen für einen von ihnen und hoffte sehr, dass er den Kampf gewonnen hatte. Erleichtert vernahm sie im nächsten Moment das Wort „Tuareg" aus den Kehlen der Männer. Dann hob ihr Befreier mit einer Siegergeste beide Dolche in die Höhe, während sein Gegner neben ihm zu Boden sank.

Als er sich umdrehte, erkannte Katrina schockiert, dass auch er verletzt war. Eine tiefe Wunde zog sich über seine Wange, aus der Blut tröpfelte. Auch die Brust schien getroffen zu sein, und am rechten Arm hatte er eine tiefe Schnittwunde.

Erneut spürte sie die Übelkeit in sich aufsteigen, aber sie ignorierte diese und zwang sich, ihren Blick von seiner entblößten Brust abzuwenden. Sulimen hingegen schien überhaupt nicht verwundet zu sein, was Katrina erstaunte, denn der Tuareg hatte offensichtlich den Kampf gewonnen.

„Hier ist dein Preis", sagte El Khalid feierlich zu ihm und zeigte auf Katrina. „Nimm sie dir!"

Bildete sie es sich nur ein, oder war die kleine Verbeugung, die ihr Befreier in Richtung des Führers machte, leicht spöttisch? Falls dem so war, schien es jedenfalls außer ihr niemandem aufgefallen zu sein.

Noch immer schenkte der Tuareg ihr keine Beachtung. Stattdessen gab er El Khalid seinen Dolch zurück und bückte sich, um nach seiner Tunika zu greifen.

Anstatt seinen Dolch in die Scheide zu stecken, stürzte Sulimen sich in diesem Augenblick mit gezückter Waffe auf ihn und wollte sie ihm in den Rücken stoßen.

Katrina stieß einen Schrei aus, aber es schien, als hätte sein eigener Instinkt den Tuareg gewarnt. Im letzten Moment sprang er beiseite, wirbelte herum und riss seinem Gegner die Waffe aus der Hand.

Dann wurde Sulimen von drei Männern gepackt und fortgeschleift. Als ob nichts passiert wäre, griff ihr Befreier ruhig nach seiner Tunika und legte sie an. Danach bedeutete er ihr mit einem Kopfnicken, ihm zu folgen.

Er ging so schnell, dass sie ihn kaum einholen konnte. Als sie ihn endlich erreicht hatte, blieb er stehen und sah sie tadelnd an.

„Du sollst nicht neben mir, sondern hinter mir gehen", beschied er ihr kühl.

Sie traute ihren Ohren nicht. Was fiel ihm ein! Sie sollte hinter ihm gehen? Das verbot ihr der weibliche Stolz.

„Ich denke ja gar nicht daran", erwiderte sie empört. „Ich bin nicht dein ... dein Vieh ... und außerdem gehen in Zuran die Männer immer neben ihren Partnerinnen über die Straße."

„Wir sind aber nicht in Zuran, sondern in der Wüste. Du gehörst jetzt mir, und ich kann mit dir machen, was ich will."

Ohne ihre Antwort abzuwarten, drehte er sich um und ging schnell auf die Zelte zu, die hinter einer felsigen Mulde vor den Blicken Fremder verborgen waren.

Davor brannten mehrere Feuer. Frauen in dunklen Gewändern rührten das Essen in großen Töpfen. Beim köstlichen Duft der Speisen fiel Katrina auf, wie lange sie schon nichts mehr gegessen hatte.

Sie war nicht überrascht, als ihr Befreier sie nun zu einem Zelt führte, das ein wenig abseits von den anderen lag.

Davor stand ein alter Geländewagen, dahinter war sein Pferd an einem Pfosten angebunden. Es wurde gerade gefüttert und dabei von einem kleinen Jungen bewacht. Aber Katrina hatte keine Zeit, ihre Umgebung gebührend betrachten zu können. Ihr Begleiter packte sie am Handgelenk und zog sie unsanft in das Innere des Zeltes.

Solche Zelte hatte sie bereits gesehen, und zwar auf einer Ausstellung in Zuran City, die dem Leben der Nomaden gewidmet war. Aber sie hätte sich nie träumen lassen, es einmal aus nächster Nähe zu sehen. Mehrere Lampen warfen ein weiches Licht auf den zentralen Platz in der Mitte, der mit herrlichen Teppichen und dem traditionellen Diwan ausgestattet war. Auf dem Boden lagen Kissen verstreut, außerdem gab es einen niedrigen Holztisch, auf dem eine Kaffeekanne stand.

Plötzlich musste sie daran denken, was an diesem Tag alles passiert war. Tränen schossen ihr in die Augen, und sie spürte ihre Erschöpfung.

„Warum weinst du? Vermisst du deinen Liebhaber? Ich kann mir nicht vorstellen, dass er dasselbe empfindet wie du. Sonst hätte er dich bestimmt nicht Hals über Kopf verlassen."

Katrina sah ihn entgeistert an. „Richard ist nicht mein Liebhaber! Er ist ein verheirateter Mann ..."

„Natürlich ist er dein Liebhaber. Warum würde er dich sonst an einen so verlassenen Ort bringen?" Ein zynisches Lächeln umspielte seine Lippen, sein Blick war kühl.

„Er hat mich gezwungen ..."

„Selbstverständlich!" Natürlich glaubte er ihr nicht.

Sie sah ihn herausfordernd an.

„Kannst du mir bitte einmal sagen, warum du dich als Tuareg verkleidet hast? Offensichtlich bist du doch gar kein ..."

„Sei still!", fuhr er sie ärgerlich an.

„Nein, ich denke nicht daran. Ich habe dich nämlich schon einmal gesehen, und zwar im Souk von Zuran City. Vielleicht erinnerst du dich nicht, aber wir ..."

Sie stieß einen gedämpften Schrei aus, als sie seine Hand auf ihrem Mund spürte. Die Warnung in seinem Blick war unübersehbar. Er wiederholte seine Worte noch einmal.

„Du sollst jetzt still sein."

Katrina reichte es langsam. Zuerst hatte man sie entführt, dann bedroht, und nun dies! Zornig biss sie in die Hand. Überrascht bemerkte sie den leicht salzigen Geschmack seines Blutes. Mit einem Fluch riss er die Hand fort.

„Du bist ja eine richtige Wildkatze!", rief er aus und wischte das Blut an seiner Tunika ab. „Aber es wird dir nicht gelingen, mich zu vergiften. Na los, reinige die Wunde!"

Katrina sah ihn mit geröteten Wangen an. Sie war selbst schockiert über das, was sie getan hatte. Gleichzeitig war sie noch immer empört über die Behandlung, die er ihr angedeihen ließ. Diese verletzte ihren weiblichen Stolz. Und es gab noch etwas anderes – das Bewusstsein einer Gefahr, die etwas Erregendes hatte. Unwillkürlich gingen ihre Gedanken in eine ganz bestimmte Richtung. Konnte es sein, dass sie ihn begehrte? Und wollte sie vielleicht sogar mehr von ihm?

Nein, das war lächerlich! Sie waren sich jetzt so nah, dass sein heißer Atem ihre Wange streifte. Wortlos nahm sie das Tuch entgegen, das er ihr reichte, tauchte es in die Schale mit Wasser, die neben ihr stand, und tupfte damit vorsichtig die Wunde ab.

Dann entzog er ihr die Hand plötzlich und trat einen Schritt zurück. Seine Stimme klang rau, als er sagte: „Lass das! Du richtest sonst noch mehr Schaden an."

„Warum benimmst du dich so unmöglich?", begehrte sie zu wissen. „Wer bist du überhaupt? Als ich dich im Souk gesehen habe, wirktest du wie ein Europäer."

„Ich verbiete dir, so etwas zu sagen. Du weißt nichts über mich."

Sie spürte die Feindseligkeit, die von ihm ausging, aber sie ließ sich davon nicht beirren.

„Ich weiß, dass du kein Tuareg bist", beharrte sie.

„Ach ja?" Plötzlich klang er nicht mehr ärgerlich, sondern amüsiert.

„Ja", erwiderte sie mutig. „Ich habe nämlich eure Geschichte studiert, und ich weiß, dass kein echter Tuareg jemals sein Gesicht in der Öffentlichkeit entblößen würde. Aber genau das hast du in der Gasse getan."

Danach herrschte eine Weile Stille. Dann sagte er mit einem warnenden Unterton: „An deiner Stelle würde ich alles vergessen, was ich damals in Zuran City gesehen habe."

Katrina holte tief Luft. „Wirst du mir jetzt endlich sagen, wer du bist?"

Ein paar Sekunden lang hoffte sie, dass er ihre Frage tatsächlich beantworten würde. Doch dann zuckte er nur die Schultern.

„Wer ich bin, ist völlig unwichtig. Aber was ich tue, ist von größter Bedeutung. Diejenigen von uns, die El Khalid Gefolgschaft leisten, haben gute Gründe dafür. Wir leben außerhalb des Gesetzes, wie du wahrscheinlich weißt. Es wäre besser für dich, wenn du das nie vergisst."

„Heißt das, du bist ein Krimineller?", fragte sie. „Ein Flüchtling?"

„Du stellst zu viele Fragen. Ich versichere dir, du willst gar nicht wissen, wer ich in Wirklichkeit bin."

Sie bemühte sich, ein Frösteln zu unterdrücken.

„Nun, dann sag mir doch wenigstens, wie ich dich nennen soll", forderte sie ihn auf.

Er zögerte kurz und nickte dann.

„Du kannst mich ...“ Xander verstummte. Ihr seinen wahren Namen, nämlich Allessandro, zu nennen, das war unmöglich. Dann hätte man ihn zu leicht wiedererkannt. Hier in diesem Rebellencamp, wo es allgemein respektiert wurde, wenn ein Mann seine Identität geheim hielt, nannten ihn alle nur den „Tuareg“. Er hatte sich selbst den Familiennamen Sadeen gegeben, was ein sehr gebräuchlicher Name in Zuran war. Aber aus irgendeinem Grund, den er sich selbst nicht recht erklären konnte, wollte er nicht, dass diese Frau ihn „Tuareg“ nannte.

„Du kannst mich Xander nennen“, sagte er schließlich. Xander war die Kurzform seines Namens und wurde nur von denen benutzt, die ihm sehr nahe waren, wie zum Beispiel seinem Halbbruder oder seiner Schwägerin. Daher bestand auch nicht die Gefahr, dass er von irgendjemandem wiedererkannt werden würde.

„Xander?“, fragte Katrina stirnrunzelnd. „Das ist ja sehr ungewöhnlich. Ich glaube nicht, dass ich den Namen schon jemals gehört habe.“

„Meine Mutter hat mich so genannt“, informierte er sie. „Und wie heißt du?“

„Ich heiße Katrina Blake“, erwiderte sie. Sie zögerte kurz, dann stellte sie ihm die Frage, die sie wirklich bewegte. „Wie lange werde ich ... Wann kann ich nach Zuran City zurückkehren?“

„Das kann ich dir nicht sagen. El Khalid hat den Befehl gegeben, dass niemand das Lager ohne seine Erlaubnis verlassen darf.“

Einen Moment lang war Katrina versucht zu fragen, was sie zu der Oase geführt habe. Es brannte ihr tatsächlich auf den Lippen, aber die Vorsicht gebot ihr, sich zurückzuhalten.

„Bleib hier“, befahl er ihr dann. „Am besten, du verlässt das Zelt nicht.“

„Wohin gehst du?“, fragte sie erschrocken, als er auf den Ausgang zuging.

Er drehte sich zu ihr um. „Ich will mich umziehen. Meine Kleidung ist völlig verschmutzt, wie du sicher bemerkt hast.“

Katrina errötete.

„Was ist mit deinen Wunden?“, fragte sie. „Solltest du sie nicht behandeln lassen?“

Er zuckte die Schultern. „Das sind doch nur Kratzer, nicht weiter schlimm. Sie werden bald verheilt sein."

Plötzlich fiel ihr etwas ein. „Warum hat Sulimen eigentlich den Kampf verloren? Du warst doch derjenige, der verletzt wurde."

„Das Ziel ist nicht, den anderen zu verwunden, sondern ihn zu entwaffnen", erwiderte er.

Als er sich wieder umdrehte, sah sie sehnsuchtsvoll zum Ausgang.

„Es liegen zweihundert Meilen Wüste zwischen hier und Zuran City", sagte Xander völlig emotionslos.

Sein Ton ließ Katrina verzweifeln. Die Wüste war wie ein Gefängnis – ein natürliches Gefängnis, aus dem sie nicht entkommen konnte. Natürlich wusste er das. Aber wusste er auch, welche Ängste sie ausgestanden hatte, als Sulimen sie zur Trophäe haben wollte? Wie erleichtert sie gewesen war, als er sich eingemischt hatte? Wie komplex und widersprüchlich die Gefühle waren, die sie für ihn empfand? Hoffentlich nicht, dachte Katrina. Schon jetzt fühlte sie sich in seiner Gegenwart viel verletzlicher, als gut für sie war.

Entschlossen sah sie ihn an.

„Damit wirst du nicht durchkommen", sagte sie ruhig. „Richard wird die Polizei benachrichtigen, und dann …"

„Wir sind hier im Niemandsland. Weder dein Liebhaber noch die Behörden können uns etwas anhaben", erwiderte er kurz.

„Richard ist mein Boss, nicht mein Liebhaber." Ihre Wangen glühten, als sie den Blick sah, mit dem er sie betrachtete.

„Warum habt ihr euch dann ganz allein in der Wüste aufgehalten, an einem so verlassenen Ort? Es überrascht mich allerdings nicht, dass du euer Verhältnis leugnest. Schließlich hat er dich feige im Stich gelassen."

„Bestimmt hat er geglaubt, es wäre besser, wenn wenigstens einer von uns beiden Hilfe holt", sagte Katrina. „Wem hätte es schon genutzt, wenn wir beide gefangen genommen worden wären?"

„Wem es genutzt hätte? Das ist sehr europäisch gedacht. Vergiss nicht, wir sind in der Wüste. Hier gelten ganz andere Gesetze. In unserer Kultur verhalten wir uns anders unseren Frauen gegenüber. Wir verpflichten uns, sie mit unserem Leben zu beschützen. Aber solche Werte gelten bei euch nicht, oder? Ich würde mir lieber das Herz aus der Brust reißen, als die Frau zu verlassen, der es gehört."

Katrina überlief plötzlich ein Schauer. Die Intimität, die aus seinen Worten geklungen hatte, erinnerte sie wieder an ihre verbotenen sinnlichen Gedanken. Hatte sie sich nicht immer nach einem solchen Mann und nach einer solchen Liebe gesehnt? Und hatte sie sich nicht gleichzeitig gesagt, dass sie sich nach etwas verzehrte, was nicht existierte? Hatte sie nicht alles versucht, um diese Hoffnungen zu begraben, und sich stattdessen auf die Realität konzentriert?

Plötzlich musste sie schlucken und wandte sich ab.

„Dann geh doch, wenn du willst", meinte er kühl. „Wenn Sulimen dich nicht erwischt, wird es die Wüste tun."

Sie antwortete nicht. Wie konnte sie fliehen, wenn ihr klar war, dass er die Wahrheit sprach?

Wortlos verließ er sie, um seine Kleidung zu wechseln.

Katrina fühlte sich schwach und hilflos. Das Zelt und sein Bewohner waren ihr Gefängnis und ihr Wächter. Aber hier war sie wenigstens sicher.

Trotzdem durfte sie niemals vergessen, wer dieser Mann war. Sie hatte vor nicht allzu langer Zeit einen Artikel gelesen, in dem es darum ging, dass eine Gefangene sich in ihren Wärter verliebt hatte. Das durfte ihr nicht passieren. Aber warum dachte sie überhaupt daran?

Weil er sie geküsst hatte? Mit einem Mal bekam sie Kopfschmerzen, und ihr war übel. Die Mischung aus Furcht und Erregung war einfach zu viel für sie.

Unruhig begann sie, im Zelt auf und ab zu gehen. Nervös lauschte sie auf jedes Geräusch. Deshalb war sie überrascht, als Xander plötzlich vor ihr stand, denn sie hatte ihn gar nicht kommen hören.

Er trug jetzt eine blütenweiße Tunika, sein Kopf war unbedeckt. Im fahlen Licht der Lampe konnte sie die feinen Härchen auf seiner Brust sehen.

Dieser Anblick löste etwas in ihr aus, tief in ihrem Inneren, unbekannte Gefühle, die sie sich nicht erklären konnte.

Er schien sich auch gewaschen zu haben, denn sein Haar war noch ganz nass. Als er auf sie zukam, nahm sie erneut den Duft seines Eau de Cologne wahr, der ihr jetzt schon so vertraut vorkam. Ihr Herz schlug schneller, und sie räusperte sich nervös.

Der Gegensatz zwischen seiner sauberen Erscheinung und ihrem eigenen, verschwitzten Äußeren war für Katrina schwer zu ertragen. Doch das war es nicht allein. Er machte sie nervös. Sie versuchte, den Blick von ihm abzuwenden, als er jetzt begann, das Gewand anzulegen.

Um ihre Verlegenheit zu überspielen, fragte sie ihn: „Wie lange willst du mich eigentlich hierbehalten?"

„So lange wie nötig."

Sie musste schlucken. „Was ... was willst du tun?" Ob er ahnte, wie verunsichert sie war?

Er sah sie spöttisch an. „Tun?"

„Ich ..." Sie schwieg und machte dann einen erneuten Versuch. „Ich meine, wirst du dich mit unserem Team in Verbindung setzen und ihnen sagen, dass ich ..."

„Du stellst zu viele Fragen. In deinem Land gibt es doch ein Sprichwort über Neugier, oder?"

„Ja, wir sagen: Neugier verdirbt alles", erwiderte sie.

„An deiner Stelle würde ich mich eher fragen, ob deine Leute bereit sind, dich freizukaufen, und wenn ja, zu welchem Preis. Das ist wichtiger als die Frage, ob ich sie über deinen Aufenthaltsort informieren werde."

Sie spürte Panik in sich aufsteigen, aber sie weigerte sich, dieser nachzugeben. Nach dem Tod ihrer Eltern war sie völlig auf sich gestellt gewesen, und das in noch sehr jungen Jahren. Aber es hatte sie auch gelehrt, sich der Realität zu stellen, egal, wie bitter das manchmal war.

Jetzt drängte sich ihr eine sehr unangenehme Frage auf, auf die sie eine Antwort finden musste. Nervös fuhr sie sich mit der Zungenspitze über die Lippen.

„Was ist, wenn ... wenn sie das Lösegeld nicht zahlen können?"

Er schwieg eine Weile. In seinen Augen blitzte etwas auf, was sie sich nicht erklären konnte.

„In diesem Fall muss ich meine Ware auf einem größeren Markt anbieten", antwortete er. Als sie ihn verständnislos ansah, fügte er hinzu: „Was glaubst du, wer wird sonst noch gut für eine attraktive junge Frau bezahlen?"

Sie sah ihn entsetzt an. Das ... das konnte doch nicht sein Ernst sein. Konnte er … würde er tatsächlich …

Wortlos legte er den Turban an, schlüpfte in ein Paar Sandalen und verließ das Zelt, ohne ihr auch noch einen Blick zu gönnen.

Jetzt war sie allein. Er war fort. Wenn sie wollte, konnte sie fliehen. Aber wohin? Bestimmt war das Camp gut bewacht. Schließlich handelte es sich bei den Männern, die sie gefangen hielten, um Gesetzlose. Bei einem Fluchtversuch würde man sie gewiss gewaltsam zurückholen. Und selbst wenn ihr die Flucht gelingen sollte, wusste Katrina, dass sie es nicht zu Fuß bis nach Zuran City schaffen würde. Nein, sie hatte keine andere Möglichkeit, als brav hier zu warten, bis ihr Wärter wieder zurückkam und ihr sagte, was er mit ihr vorhatte.

Aber was konnte das sein?

Wie sollte sie sich verhalten, wenn er plötzlich herausfand, dass er sie begehrte? Bei diesem Gedanken fing ihr Herz heftig zu klopfen an. Die Vorstellung war sehr aufregend.

Neugierig sah sie sich im Inneren des Zelts um. Offensichtlich lohnte sich sein unehrenhaftes Leben. Davon zeugte jedenfalls die reiche Ausstattung.

Die Teppiche auf dem Boden und an den Wänden waren feinste Knüpfarbeit und von besserer Qualität als alles, was sie im Souk gesehen hatte. Vorsichtig strich Katrina mit dem Finger darüber. Das bestimmende Motiv auf dem Teppich war der Lebensbaum. Die Seidenfäden fühlten sich so warm an, als wären sie lebendig.

Auf dem reich geschnitzten Diwan waren prächtige Kissen aufgestapelt, sie glitzerten wie Juwelen. Die flackernden Öllampen warfen geheimnisvolle Schatten in den Raum, die die Sinnlichkeit der ganzen Umgebung noch betonten. Rechts vom Diwan lag eine Laute auf dem Boden, und an einer Wand stand ein Regal mit vielen Büchern darin.

Neugierig trat Katrina darauf zu und betrachtete sie. Das erste Buch, das ihr ins Auge fiel, war *The Rubaiyat of Omar Khayyam*, ein Gedichtband persischer Mystik. Damit hatte sie nicht gerechnet. Sie stellte das Buch ins Regal zurück und ließ sich auf einem der Kissen nieder. Noch immer hatte sie schreckliche Kopfschmerzen, sie fühlte sich physisch und psychisch erschöpft. Müde schloss sie die Augen.

Nachdenklich ging Xander durch die Reihe der anderen Zelte auf sein Zelt zu. Er sah kurz nach seinem Pferd. Als dieses ihn erblickte, wieherte es freudig auf und rieb den Kopf gegen seine Schulter. Der Junge, den er fürs Aufpassen bezahlte, sprang vom Boden auf und setzte sich dann langsam wieder, als er ihn erkannt hatte.

Katrinas Bemerkung über seine europäische Erscheinung nagte an ihm. Er musste wieder an seine Mutter denken, die von allen Zuranesen geliebt und respektiert worden war – mit Ausnahme von Nazir und Nazirs Vater. Wie ihm sein Halbbruder erzählt hatte, hatte sie mit Freuden die Lebensgewohnheiten ihres Mannes angenommen. Sie hatte die Wüste und die Menschen darin geliebt. Aber natürlich hatte sie nie ganz zu ihnen gehört, genauso wenig, wie er ganz zu ihnen gehörte. Sein Vater hatte darauf bestanden, dass er eine europäische Erziehung bekam, denn er wollte ihm dadurch ermöglichen, sein kulturelles Erbe kennenzulernen. Außerdem hatte er natürlich das Versprechen halten wollen, das er seiner Frau auf dem Sterbebett gegeben hatte. Aber Xander hatte nie das Gespräch vergessen, das sein Vater eines Tages mit einem britischen Kolonialbeamten geführt hatte, der die Aufgabe gehabt hatte, ihn nach England zu begleiten.

„Das Problem ist, der Junge lebt zwischen zwei Welten", hatte der Diplomat kritisch bemerkt.

Und er hatte recht gehabt, wie Xander inzwischen wusste. Während ein Teil von ihm immer in die Wüste gehören würde, gab es einen anderen Teil, der sich auf dem diplomatischen Parkett in Washington, London und Paris sehr wohl fühlte. Er schätzte die Arbeit, die er dort für Zuran machen konnte, sie verschaffte ihm große Befriedigung. Als Junge war er unter seinen zuranesischen Verwandten aufgewachsen, die ihn mit Liebe überschüttet hatten. Aber die ganze Zeit über hatte er gewusst, dass er anders war als sie. Er war kein Europäer, aber er war auch nicht nur Zuranese.

Aus diesem Grund und durch den Verlust seiner Mutter trug er immer ein Geheimnis mit sich herum – und die Bürde seines Gefühls der Isolation.

Irgendwie war es Katrina gelungen, diese Mauer zu durchbrechen und die Dunkelheit zu berühren, die in seiner Seele verborgen lag. Nicht allein deshalb wünschte er sich aus ganzem Herzen, dass sie möglichst bald wieder aus seinem Leben verschwand.

Als Kind war ihm sein Erbe aus zwei Kulturen eher als Quelle der Verwirrung und als Bedrohung erschienen. Aber als Erwachsener hatte er das Ganze in einem viel positiveren Licht gesehen, und es war ihm gelungen, seine Talente zum Wohle anderer einzusetzen. Trotzdem war ihm bewusst, dass es einige Leute gab, die ihn wegen seiner Herkunft verachteten.

Mit Unterstützung seines Halbbruders hatte er hart dafür gearbeitet, die Beziehungen seines Landes zum Rest der Welt zu verbessern. Tatsächlich war ihm dafür auch die Ehre zuteil geworden, als Sonderbotschafter von Zuran durch die Welt reisen zu können. Zu seinen Aufgaben gehörte dabei unter anderem auch ein Programm, das er selbst entworfen hatte und in dem es um einen Studentenaustausch zwischen europäischen Studenten und solchen aus dem Nahen Osten ging. Das Ziel war, die Verständigung zwischen beiden Gruppen zu fördern, und es war so erfolgreich gewesen, dass man ihn sogar für den Friedensnobelpreis vorgeschlagen hatte.

Aber im Moment war ihm nicht nach Frieden zu Mute, denn seine Gefühle befanden sich in einem heftigen Aufruhr. Daran war nur Katrina Blake schuld! Mit allem, was seine Pläne möglicherweise durchkreuzen könnte, hatte er gerechnet, aber nicht mit dem Auftauchen einer Frau wie ihr. Sie war eine Gefahr für sich selbst und auch für ihn. Außerdem erstaunte ihn ihr Verhalten. In ihrer Situation wäre es normal gewesen, mit Furcht zu reagieren. Stattdessen hatte sie ihn mit Fragen bestürmt und provoziert. Sie konnte alles ruinieren, sie stellte ein Risiko für seine geheime Mission dar, das er sich nicht leisten konnte. Hätte El Khalid nicht den ausdrücklichen Befehl gegeben, dass niemand das Lager verlassen durfte, hätte er sie sofort heimlich aus dem Camp geschafft und dafür gesorgt, dass sie so schnell wie möglich zu ihren Freunden zurückkehrte. Und dann hätte er in Ruhe seine Arbeit fortführen können.

Aber stattdessen …

Wahrscheinlich war es ein Fehler gewesen, sich einzumischen. Er hätte sie Sulimen und ihrem Schicksal überlassen sollen. Plötzlich musste er wieder an ihren Kuss denken. Ihre Lippen hatten nach Rosen geduftet und nach Honig sowie Mandeln geschmeckt. Ihr Körper war so grazil wie der einer jungen Gazelle, und ihre Augen …

Er zwang sich, seine Gedanken im Zaum zu halten. Seine Schwägerin, die sich nichts sehnlicher wünschte, als dass er endlich heiraten würde, hatte ihm bereits ein halbes Dutzend möglicher Kandidatinnen vorgestellt. Aber keine von ihnen hatte ihn interessiert. Sie waren alle viel zu nett gewesen, zu brav, zu langweilig. Sanfte kleine Tauben, die immer tun würden, was der Mann ihnen sagte. Doch das wollte er nicht, er sehnte sich nach einer unabhängigen Frau, nach einer wilden Wüstenfalkin, die nur von einem einzigen Mann gezähmt werden konnte – und auch dann nur zu ihren eigenen Bedingungen.

Eine Frau, die in seinen Armen leidenschaftlich dahinschmelzen würde, die ihm etwas entgegensetzen konnte. Eine Frau, die sich ihm mit allem, was sie besaß, hingeben würde und die dasselbe auch von ihm erwartete. Eine Frau, mit der er durch die Wüste reiten konnte, für die er Musik spielen und der er Gedichte vortragen konnte. Eine Frau, wie seine Mutter es gewesen war und die doch ganz einzigartig sie selbst war.

Vor langer Zeit hatte er entschieden, dass es eine solche Frau nicht gab. Das glaubte er eigentlich immer noch. Bestimmt war Katrina Blake keine solche Frau. Wie auch?

Warum verschwendete er überhaupt Gedanken an sie, wenn er sich besser auf seine Mission konzentrieren sollte? Er war sich inzwischen sicher, dass die wichtige Persönlichkeit, mit der El Khalid in Kontakt stand, Nazir war.

Obwohl er alles versucht hatte, ihren Führer dazu zu bewegen, ihm mitzuteilen, wann diese wichtige Person eintreffen würde, hatte El Khalid nur ausweichend erklärt, dafür gebe es noch keinen genauen Termin. Xander war gezwungen gewesen, sich damit zufrieden zu geben, denn natürlich wollte er El Khalid nicht misstrauisch machen.

Nazir hingegen konnte es sich nicht leisten, zu lange zu warten. Der Nationalfeiertag war in fünf Tagen, und er würde gewiss nicht erfreut über die Anwesenheit einer jungen Frau im Camp sein. Einer Frau, die ihn verraten konnte, wenn sie wieder zu ihren Leuten zurückkehrte. Von Nazirs Standpunkt aus gesehen wäre es gewiss ratsam, wenn dies nicht geschah.

In diesem Moment wehte Essensgeruch zu ihm herüber, und ihm fiel ein, dass er noch gar nichts gegessen hatte. Er ging hinüber zu einer der Kochstellen und häufte sich eine große Portion Lammragout auf den Teller, zusammen mit einem frisch gebackenen Fladenbrot.

3. KAPITEL

Das Erste, was Xander beim Betreten seines Zelts sah, war Katrina, die schlafend auf einem der Kissen lag. Ihr Gesicht war blass, sie wirkte erschöpft.

Stirnrunzelnd betrachtete er sie. Ihr Haar, das sie anfangs streng zurückgebunden trug, hatte sich gelöst, die Locken umrahmten ihr Gesicht. Plötzlich fiel ihm auf, wie hell ihre Haut war. Aber wahrscheinlich war dies nur eine Wirkung ihres Make-ups. Xander misstraute ihr, einschließlich der Lüge, die sie ihm erzählt hatte, dass sie in die Wüste verschleppt worden sei.

Wenn sie noch weiter in dieser Stellung lag, würde sie gewiss mit einem verkrampften Nacken aufwachen. Er stellte seinen Teller auf dem Tisch ab und kniete sich zu ihr nieder.

Seine Mutter hatte ebenfalls diese helle Haut gehabt. Deshalb war auch er nicht ganz dunkel, seine Haut besaß einen warmen Goldton.

Als er ihre perfekt geformten Brüste bemerkte, die sich unter der Bluse deutlich abzeichneten, biss er sich auf die Lippe. Sein Körper reagierte sofort auf sie, und er hielt schockiert den Atem an.

Natürlich hatte er schon viele junge Frauen gesehen, die spärlicher bekleidet gewesen waren und äußerst provozierend auf Männer wirkten. Er war selbst davon überrascht gewesen, wie wenig ihn das angesprochen hatte. Daher ärgerte er sich auch darüber, dass Katrinas Anblick ihn so erregte. Es ging einfach nicht, er wollte nicht, dass diese Frau ihn berührte.

Schließlich war er kein sexhungriger Teenager. Er hatte genug Erfahrung auf diesem Gebiet. Wenn ihn eine Frau interessierte, musste er nur die Hand ausstrecken. Es gab viele, die nur darauf warteten, mit ihm ins Bett zu gehen. Was war also an ihr so besonders? Sie war die Geliebte eines anderen Mannes. Eines verheirateten Mannes, wie er sich selbst sagte.

Stirnrunzelnd blickte er auf sie hinab und versuchte, die Botschaft zu ignorieren, die ihm sein Körper überdeutlich schickte. Denn am liebsten hätte er sie auf der Stelle hochgehoben und sie hinüber zu seinem Schlaflager getragen.

In diesem Moment rührte Katrina sich im Schlaf. Eine Locke

fiel ihr in die Stirn. Automatisch streckte Xander die Hand aus und strich sie ihr zurück.

Sofort öffnete sie die Augen und sah ihn an. Das Herz klopfte ihr bis zum Hals, als sie seinen intensiven Blick registrierte. Sie lag bewegungslos da, war ihm schutzlos ausgeliefert und wagte kaum zu atmen.

Xander streckte die Hand aus und strich ihr sanft über die Wange. Kleine Wellen der Erregung durchliefen sie und ließen sie erzittern.

Er zog die Hand zurück, sein Blick verdunkelte sich.

„Ich habe dir etwas zu essen gebracht", sagte er kurz angebunden.

Katrina schüttelte den Kopf. „Ich bin nicht hungrig."

„Lügnerin", erwiderte er und fragte ärgerlich nach: „Was ist? Ist unser Essen nicht gut genug für dich?"

„Nein, das ist nicht der Grund."

„Sondern?"

„Ich … Richard …"

„Richard? Dein Lover?"

„Er ist nicht mein Lover. Er wäre es gern geworden, aber ich … Er hat mich reingelegt, er hat mich unter Drogen gesetzt und …"

Xander sah sie entgeistert an. „Er hat dich unter Drogen gesetzt? Und du hast Angst, ich könnte dasselbe tun?" Er klang sehr zornig. „Warum sollte ich?"

Hartnäckig verweigerte sie ihm die Antwort.

„Glaubst du wirklich, ich würde dich unter Drogen setzen, um Sex mit dir zu haben?"

Sie errötete. Der Gedanke, mit ihm Sex zu haben, war alles andere als abstoßend.

„Selbst wenn es so wäre … essen die Nomaden nicht immer zuerst, noch vor ihren Frauen?"

„Vor ihren Frauen? Aber du bist nicht meine Frau, oder? Eine andere Sitte ist, dass der Gast bei uns stets Vorrang hat."

„Ich bin aber nicht dein Gast." Sie sah ihn scharf an. „Ich bin deine Gefangene!"

Er stand auf, holte den Teller und tunkte das Brot in die Soße. Das Lammfleisch duftete köstlich.

Katrina sah ihm hilflos beim Essen zu. Ihr war flau vor Hunger.

Xaver ließ sich durch sie nicht stören und verzehrte in aller Ruhe seine Mahlzeit. Zwischen zwei Bissen sagte er: „Erzähl mir mehr über deinen Liebhaber …"

„Er ist nicht mein Liebhaber", erwiderte sie erregt. „Das habe ich dir doch schon gesagt."

„Aber du warst damit einverstanden, mit ihm ganz allein in die Wüste zu fahren."

„Nein! Wir waren auf einer Expedition … eine ganze Gruppe von uns. Wir untersuchen die Fauna und Flora der Gegend. Richard hat mich unter einem Vorwand in seinen Wagen gelockt und dann …"

Er spürte, dass die Gefühle sie zu überwältigen drohten.

„Als mir klar wurde, was er im Schilde führte, war es schon zu spät. Dann hielt er bei der Oase an, und ich habe gehofft, es würde mir gelingen, ihn abzulenken und zu fliehen."

„Ihn abzulenken? Wie denn? Ich kann es mir schon vorstellen. Schließlich gibt es nur eine Möglichkeit, wie eine Frau einen Mann ablenken kann."

Jetzt hatte Katrina genug!

„Du bist genauso schlimm wie Richard", sagte sie heftig. „Du verstehst überhaupt nichts! Glaub doch, was du willst! Es ist mir egal!"

„Mir ist es auch egal. Jedenfalls, was dein Liebesleben betrifft. Das Einzige, was mich interessiert, ist dein finanzieller Wert."

Er schob ihr den Teller hin.

„Hier! Ich verspreche dir, ich habe nichts ins Essen gemischt. Nun probier schon!"

Sie sah ihn erleichtert an. Einen Moment lang hatte sie befürchtet, dass er … Eigentlich wusste sie gar nicht genau, was sie befürchtet hatte. Aber jetzt fand sie ihn schon viel netter.

Das Lammragout schmeckte so gut, wie sie erwartet hatte. Sie war wirklich unglaublich hungrig.

Als sie mit dem Essen fertig war, sagte Xander zu ihr: „Ich muss mit El Khalid ein paar Dinge besprechen und mich auch um mein Pferd kümmern. Aber zuerst zeige ich dir, wo du schlafen kannst."

Katrina war so müde, dass sie kaum die Augen offen halten konnte. Erschöpft folgte sie ihm in den anderen Teil des Zelts, der durch einen schweren Vorhang vom Wohnbereich abgetrennt war.

Es dauerte ein paar Minuten, bis sie sich an das schattige Halbdunkel gewohnt hatte. Erst dann sah sie das große Bett mit den vielen Kissen.

„So, wenn du hier durchgehst, findest du die Dusche und …"

„Eine Dusche!" Sie sah ihn erleichtert an. Der Gedanke, den Staub endlich von ihrer Haut abwaschen zu können, war sehr verlockend. Aber noch mehr faszinierte sie der Anblick des Bettes – *seines* Bettes!

Doch er hatte sich bereits von ihr abgewandt. Noch bevor sie etwas sagen konnte, war er verschwunden und ließ sie in der halbdunklen Kammer zurück. Neugierig sah Katrina sich um. Das Bett war groß genug für zwei Leute. Hinter dem Schlafbereich befand sich ein kleines Bad mit Dusche und Toilette. Es war zwar einfach, aber sehr sauber. Sie konnte sich im Moment nichts Besseres wünschen.

Da sie nicht wusste, wann Xander zurückkommen würde, beeilte sie sich mit dem Duschen. Nach kurzem Zögern wickelte sie sich in eines der luxuriösen Badetücher, die aufgestapelt in einem Regal lagen. Gehörten sie vielleicht jemand anderem? Oder stammten sie aus einem Diebstahl? Trotz ihrer moralischen Skrupel war ihr klar, dass sie keine Alternative hatte. Danach wusch sie schnell ihre Unterwäsche.

Als sie alles erledigt hatte, konnte sie nur noch ins Bett kriechen. Hier fiel sie sofort in einen tiefen Schlaf, noch immer eingehüllt in das Badetuch.

Die Versammlung von Abtrünnigen, die sich um El Khalid geschart hatten, war fast vollzählig, als Xander sich zu ihnen gesellte. Er ließ sich mit gekreuzten Beinen auf dem Boden nieder.

„Du bist spät dran, Tuareg", bemerkte einer von ihnen anzüglich.

„Wahrscheinlich war er zu sehr damit beschäftigt, seinen Preis zu genießen", warf ein anderer ein und setzte warnend hinzu: „Du solltest besser vorsichtig sein, Tuareg. Sulimen macht kein Geheimnis daraus, dass er glaubt, das Mädchen gehöre rechtmäßig ihm."

Xander zuckte nur die Schultern.

„Sulimen kann mir drohen, so viel er will, das Mädchen bleibt bei mir. Was mich interessiert, ist die Frage, ob El Khalid bereits mehr über die geheimnisvolle wichtige Person erzählt hat, die uns alle reich machen soll", sagte er.

Die anderen schüttelten die Köpfe, und im nächsten Moment betrat El Khalid den Versammlungsort, begleitet von seinen Leutnants.

Zwei Stunden später wussten die Männer immer noch nicht viel mehr, obwohl sie ihren Führer mit Fragen bestürmt hatten. Aber er wollte ihnen nichts über die Identität des Mannes verraten, der zur Oase kommen wollte. Xander vermutete, dass er höchstwahrscheinlich auch nicht viel mehr wusste als sie.

Gegen Mitternacht war die Versammlung dann zu Ende, und er schlug den Rückweg ein. Kurz vor seinem Zelt sah er noch einmal nach seinem Pferd und nach dem kleinen Jungen, der darauf aufpassen sollte. Auch er schlief bereits.

Der Junge war ein Waisenkind, das ihm irgendwann einmal zugelaufen war. Wenn alles vorbei war, würde Xander seinen Halbbruder bitten, sich um ihn zu kümmern und ihm eine gute Ausbildung zukommen zu lassen. Danach konnte er einen Job in einem seiner Ställe bekommen.

Im Zelt nahm er sein Handy aus der Tasche und schaltete es an. Er hatte dafür gesorgt, dass alle verdächtigen Informationen, die ihn hätten belasten können, bereits gelöscht waren. Dann wählte er schnell die Geheimnummer seines Halbbruders und sah immer wieder zum Eingang des Zelts, um sicherzugehen, dass er nicht gestört wurde.

„Kleiner Bruder!"

Die Freude in der Stimme seines Bruders war nicht zu überhören. Xander berichtete ihm von den Ereignissen der letzten Stunden und benutzte dabei den Code, den sie für solche Fälle vereinbart hatten.

„Hat man dich darüber informiert, dass eine junge Engländerin entführt wurde? Sie gehört zu einer wissenschaftlichen Expeditionsgruppe."

„Ja, ich habe davon gehört", bestätigte sein Bruder. „Der Leiter der Gruppe hat uns mitgeteilt, dass die Entführung etwa dreißig Meilen vor der Stadt in der Wüste stattgefunden hat. Natürlich lasse ich den Fall untersuchen."

Xander runzelte die Stirn. Die Oase lag etwa zweihundert Meilen nördlich von Zuran City. Das bedeutete, Richard hatte gelogen, was den Ort der sogenannten Entführung betraf.

„Das Mädchen ist in Sicherheit, obwohl jemand versucht hat, es in Gefahr zu bringen. Ich werde weiterhin für die Sicherheit der jungen Frau sorgen."

Dann beendeten sie ihr Gespräch. Xander dachte noch einmal über die neuen Informationen nach. Richard begehrte Katrina vielleicht, aber bestimmt liebte er sie nicht. Seine Verachtung für ihn wuchs von Minute zu Minute. Er hatte zwar Katrinas Behauptung, Richard habe sie unter Drogen gesetzt, nicht geglaubt. Denn schließlich war sie kein naives junges Ding, sondern eine unabhängige junge Frau, die bestimmt schon zahlreiche Affären mit Männern gehabt hatte.

Aber das hieß noch lange nicht, dass sie es verdiente, einem Mann wie Sulimen in die Hände zu fallen.

Sie mochte eine weitere Komplikation für seinen Plan bedeuten, doch er würde alles tun, um sie vor Sulimen zu beschützen. Schließlich war sie eine Frau, noch dazu eine Ausländerin. Es war seine Pflicht, auf sie aufzupassen.

Während ihres kurzen Gesprächs hatte sein Halbbruder ihn noch darüber informiert, dass Nazir angekündigt hatte, das Land für mehrere Wochen zu verlassen. Beide wussten, dass dies nur ein Alibi war, das es ihm ermöglichen würde, sich mit El Khalid zu treffen und das Attentat sorgfältig zu planen.

Bestimmt wollte Nazir dann selbst den Thron besteigen, nachdem er den Herrscher aus dem Weg geräumt hatte. Xanders Halbbruder hatte zwar einen Sohn, doch der war noch viel zu jung und unerfahren für eine solche Aufgabe. Nazir musste von Anfang an jeden Verdacht zerstreuen, dass er irgendetwas mit dem geplanten Anschlag zu tun haben könnte. Nur so konnte er vom Regierungsrat gewählt werden.

Eines war klar – viel Zeit blieb Nazir nicht mehr, wenn er sein Ziel erreichen wollte.

Xander betrat den Schlafbereich seines Zelts und wickelte sich den Turban vom Kopf. Als er das blaue Tuch betrachtete, fiel ihm wieder Katrinas Bemerkung über seine Herkunft ein. Sie hatte damit nur zum Teil recht gehabt – tatsächlich stammte sein Vater zur einen Hälfte vom Stamm der Tuareg.

Katrina ... Er mochte den Klang ihres Namens. Ein Dichter oder ein Liebhaber hätten dazu bestimmt ein Gedicht gemacht. Als junger Mann hatte Xander einmal geglaubt, dass es ihm beschieden sei, Gedichte zu schreiben. Wollte er ihr Liebhaber sein? Er war sich nicht sicher.

Er legte das Tuch zur Seite, trat zum Bett und sah nachdenklich auf Katrina hinab. Sie hatte sich in ein flauschiges Badetuch eingehüllt und schien tief und fest zu schlafen. Ihr Kopf lag auf ihrem Arm, sie wirkte fast kindlich. Das Badetuch schien verrutscht zu sein, und er konnte eine ihrer rosigen Brustspitzen erblicken.

Der Anblick löste heftiges Begehren in ihm aus.

Aber wenn er sie jetzt berührte, wäre er nicht besser als Sulimen. Daher zwang er sich, an ihr vorbei in das kleine Badezimmer zu gehen. Hier legte er seine Kleidung ab und nahm dann eine lauwarme Dusche.

In der Dunkelheit der Wüstennacht wieherte plötzlich ein Pferd, das durch ein Raubtier auf Beutejagd verschreckt worden war. Das Geräusch weckte Katrina aus ihrem tiefen Schlaf.

Zuerst wusste sie nicht, wo sie sich befand, dann fiel ihr plötzlich alles wieder ein.

Die Nächte in der Wüste waren bitterkalt, besonders im Winter. Katrina fröstelte und wickelte das Badetuch fester um sich.

Dabei fiel ihr auf, dass sie ganz allein im Bett lag. Ein Blick auf ihre Uhr zeigte ihr, dass es drei Uhr nachts war. Von Xander war nichts zu sehen.

Sie verstand selbst nicht, warum sie darüber so enttäuscht war. Vielleicht, weil sie sich nun schon so lange nach einem Mann sehnte. Nach ihrem Seelenpartner, nach demjenigen, mit dem sie ihr Leben teilen wollte. Ihr erster und zugleich einziger Liebhaber.

Aber Xander konnte unmöglich dieser Mann sein.

Der, von dem sie träumte, war edel und gut, ehrenwert, freundlich und rücksichtsvoll. Xander war das Gegenteil von alledem. Sie konnte ihn nicht respektieren und ihm nicht vertrauen. Wie hätte sie ihn da lieben können?

Doch auch wenn sie ihn nicht liebte, begehrte sie ihn. Das Verlangen nach ihm war so stark, dass es sie zu überwältigen drohte. Was war größer – ihr Schock oder ihr Begehren? Ihr Ärger auf ihn oder ihr Verlangen nach ihm? Ihre Vorsicht oder der Wunsch, sich mit ihm zu vereinen? Ihr Stolz oder ihre Leidenschaft?

Nein … das konnte nicht sein, durfte nicht sein.

Ungeachtet der Tatsache, dass sie nackt und die Nacht kühl war, stieg sie aus dem Bett. Unterschiedliche Gefühle tobten in ihr um die Vorherrschaft.

Wie sollte sie sich verhalten, wenn er plötzlich Anspruch auf sie, auf ihren Körper erheben würde? Denn was konnte er sonst von ihr wollen? Was würde sie tun, wenn er sie berührte, wenn er ihren Körper erkundete, ihre Brüste streichelte … und mehr noch? Lustvolle Schauer durchliefen sie.

Woher rührten diese verbotenen Gedanken? Welche Seite in ihr verführte sie dazu? Sie war immer davon ausgegangen, dass die Liebe vor dem Verlangen kam, eine geistig-seelische Beziehung der körperlichen vorausging.

Xanders Leben war so verschieden von dem ihren, wie es nur sein konnte. Er hatte nichts mit den Werten gemein, an die sie glaubte. Er war ein Lügner und ein Mann, der seine eigenen Bedürfnisse an die erste Stelle setzte. Wieso begehrte sie ihn dann? Die Menschen, die sie bewunderte, dachten zuerst an andere und danach an sich selbst.

Katrina merkte plötzlich, dass sie Luft brauchte, um einen klaren Kopf zu bekommen. Sie griff nach dem Badetuch, wickelte es um sich und ging auf den Ausgang zu.

Xander war sofort aufgewacht, als er ihre Schritte vernahm. Als er sah, dass sie sich vorsichtig in Richtung Ausgang bewegte, schlug er die Decke seines improvisierten Bettes zurück und folgte ihr.

Sie wollte gerade den schweren Vorhang zurückziehen, als sie Xanders Hand auf ihrem Arm spürte.

„Wo willst du hin?“, fragte er mit weicher Stimme.

Sofort schüttelte sie seine Hand ab. „Lass mich los!“, verlangte sie ärgerlich.

Aber er dachte gar nicht daran. Ihre Nähe entflammte sein Begehren erneut, und er trat ihr in den Weg.

Ehe Katrina sich versah, spürte sie seine Lippen auf ihren.

Sie war erstaunt darüber, wie rückhaltlos sie darauf reagierte. Wie von selbst öffnete sich ihr Mund, und sie schmiegte sich unwillkürlich an ihn. Als sie seine suchende Zungenspitze spürte, stöhnte sie auf. Das Verlangen schoss durch ihren Körper, es schmolz ihren Widerstand wie Feuer das Eis. Wie zwei Ertrinkende klammerten sie sich aneinander. Sie spürte, wie das Badetuch zu Boden glitt, aber es war ihr egal. Ihr Körper glühte, ein Feuerstrom schien durch ihre Glieder zu fließen. Plötzlich fiel ihr auf, dass auch Xander unter seinem Gewand nichts anhatte.

Wenn ihr Kuss schon so erotisch gewesen war, wie unglaublich sinnlich fühlte es sich dann jetzt an, da sie seinen Körper in seiner ganzen Länge spüren konnte. Noch nie im Leben war sie so erregt gewesen. Unwillkürlich schmiegte sie sich noch fester an ihn, sehnte sich nach ihm, begehrte ihn mit jeder Faser ihres Körpers. So musste es Süchtigen gehen, die ihre Droge so sehr brauchten, dass diese sie am Ende zerstörte. Erwartete sie mit Xander ein ähnliches Schicksal? Würde dieses unstillbare Verlangen nach ihm sie eines Tages zerstören?

Der Gedanke war erschreckend. Mit letzter Kraft riss Katrina sich von ihm los. Sie bückte sich schnell, hob rasch das Badetuch auf und floh damit ins Innere des Zelts.

Würde er ihr nachkommen? Und wenn ja, würde sie sich gegen ihn wehren können? Würde sie ihrem Körper das versagen, wonach er sich so verzehrte? Sie holte tief Atem. Plötzlich merkte sie, dass sie am ganzen Leib zitterte. Noch immer war ihr Blick auf den Vorhang gerichtet, der den Schlaf- und Wohnbereich voneinander trennte.

Aber Xander erschien nicht.

Als ihr Atem endlich wieder ruhiger ging, war sie froh darüber, dass er ihr nicht gefolgt war.

Auf der anderen Seite des Vorhangs versuchte Xander sich einzureden, dass auch er kurz davor gewesen war, das Intermezzo zu beenden. Aber zum zweiten Mal innerhalb von zwölf Stunden dauerte es ziemlich lange, bis sein Verlangen nach ihr auf ein erträgliches Maß abgekühlt war.

4. KAPITEL

Katrina arbeitete konzentriert an der Skizze einer Pflanze. Da sie der Oase nicht entkommen konnte, hatte sie sich entschlossen, die Zeit hier wenigstens zu nutzen. Obwohl Xander anfangs nicht sehr angetan gewesen war von ihrer Bitte, ihr Papier und Stifte zu besorgen, hatte er schließlich nachgegeben und ihr alles gebracht. Schließlich hatte er sogar noch einen Schemel geholt, auf dem sie während der Arbeit sitzen konnte.

Es waren jetzt bereits drei Tage seit ihrer Entführung vergangen. Und fast drei Nächte, seit ... Sofort versuchte sie, sich wieder auf ihre Arbeit zu konzentrieren. Aber so interessant die Pflanze auch war – sie war nicht halb so interessant wie Xander.

Plötzlich bewegte sich etwas. Katrina blickte auf und sah, dass Sulimen sie beobachtete. Natürlich hatte sie Angst, war jedoch entschlossen, es sich nicht anmerken zu lassen. Auf gar keinen Fall sollte er merken, wie nervös seine Gegenwart sie machte.

Es war nicht das erste Mal, dass er sich ihr näherte. Sie hatte dabei immer ein unbehagliches Gefühl gehabt, das sie verletzlich machte.

Daher versuchte sie, mit dem Zeichnen fortzufahren, als ob sie ganz allein wäre. Aber es war ihr nicht möglich. Dazu war er zu aufdringlich, starrte sie die ganze Zeit über an, ließ sie nicht aus den Augen.

Die Art, wie er sie anschaute, ließ sie wünschen, sie würde die Bhurka tragen, das traditionelle schwarze Gewand der Nomadenfrauen, zusammen mit dem Schleier, der sie vor den Blicken der Männer verbarg. Aber natürlich war sie wie immer in Jeans und T-Shirt gekleidet.

Mit jeder Minute, in der sie versuchte, sich auf ihre Arbeit zu konzentrieren, wurde sie unruhiger und nervöser. Am Ende musste sie sich eingestehen, dass sie ihn nicht ignorieren konnte. Und sie konnte auch nicht bleiben, wenn er sie die ganze Zeit über unverwandt anstarrte.

Deshalb erhob sie sich, wandte ihm den Rücken zu und begann, ihre Sachen zusammenzusuchen. Dabei sagte sie sich, dass sie irgendwann ja sowieso hätte aufhören müssen. Denn schließlich versank die Sonne gerade am Horizont, und es würde sicher bald dunkel werden.

Doch als sie sich auf den Weg zu Xanders Zelt machte, verschwand Sulimen wieder so lautlos, wie er aufgetaucht war. Katrina ging an den anderen Zelten vorbei, und ihr fiel auf, welch große Spannung über dem Lager hing. Es war eine Mischung aus Erwartung und Gefahr, die sie sich nicht erklären konnte. Ein Schauer lief ihr den Rücken herunter. Sie lebte hier unter Außenseitern der Gesellschaft, die man wegen ihrer Verbrechen ausgestoßen hatte. Xander war einer von ihnen, das durfte sie nie vergessen.

Sie zuckte erschrocken zusammen, als sie plötzlich eine Hand auf ihrer Schulter spürte. Zu spät erkannte sie, dass Sulimen keineswegs verschwunden war, wie sie gedacht hatte. Während sie ihren Gedanken nachgegangen war, hatte er sie heimlich verfolgt und stand jetzt vor ihr. Sein Blick verriet, was er von ihr wollte.

Sofort zog sie sich zurück und lief eilig auf Xanders Zelt zu. Kalter Schweiß brach aus ihren Poren, Angst erfasste sie.

„Katrina!"

Sie blieb abrupt stehen, als sie Xander erblickte, der sie stirnrunzelnd ansah. Er war nicht allein, neben ihm standen El Khalid und einige andere Männer.

„Tuareg! Die Frau. Wie viel willst du für sie haben?", hörte Katrina Sulimen fragen.

Schockiert sah sie ihn an, ihr wurde eiskalt. Sulimen wollte sie von Xander kaufen? Das konnte doch nicht wahr sein! Nein, bestimmt war das nur ein böser Traum.

Entsetzt sah sie Xander an. Kein Muskel zuckte in seinem Gesicht, er zeigte keinerlei Regung. Sie flehte im Stillen, dass er sie nicht diesem anderen Mann überlassen würde, den sie so sehr verabscheute.

Er nahm sich Zeit mit der Antwort. Überlegte er sich, wie viel er für sie verlangen konnte? Oder was profitabler für ihn war – sie Sulimen zu überlassen oder von ihren Leuten Lösegeld zu fordern, wie er es ja ursprünglich geplant hatte.

Plötzlich merkte sie, dass er sie anschaute. Ihr flehender Blick verriet ihm, was in ihr vorging. Gleichzeitig gefiel es Katrina nicht, dass sie von seiner Gnade abhängig war, es verletzte ihren Stolz.

„Sie ist nicht zu verkaufen."

Erleichtert vernahm sie die Worte, ging zu ihm hin und stellte sich neben ihn. Doch ihre Reaktion war übereilt gewesen.

„Ich will sie aber haben, Tuareg", beharrte Sulimen ärgerlich. „Ich gebe dir das Doppelte von dem, was du sonst als Lösegeld für sie bekommen würdest. Ist das kein faires Angebot, El Khalid?"

Ängstlich sah Katrina, wie El Khalid von einem zum anderen schaute.

„Doch, das ist ein sehr faires Angebot. Hör zu, Tuareg, ich möchte nicht, dass meine Brüder sich streiten. Daher wünsche ich, dass du sie Sulimen überlässt."

Sie hatte das Gefühl, gleich ohnmächtig zu werden. Ihr war übel, und sie hatte schreckliche Angst.

Sulimen schritt auf sie zu, und sie stellte sich schutzsuchend hinter Xander.

Ihre Verletzbarkeit, ihre Furcht und die Tatsache, dass er genau wusste, welches Schicksal Katrina erwartete, wenn er sie Sulimen überließ, ließen Xander erkennen, dass er alles tun musste, um sie zu beschützen. Auch wenn er ihre Angst nicht gespürt hätte, hätten ihn sein Ehrgefühl und sein eigener moralischer Kodex dazu veranlasst, sie vor Schlimmerem zu bewahren. Aber er kannte nur ein Mittel, um das zu bewirken.

„Entschuldige, El Khalid, aber ich kann deinem Wunsch leider nicht nachgeben", sagte er.

„Wie bitte?"

Katrina merkte, wie sehr Xander den Führer durch seine Worte verärgert hatte. Seine beiden Leibwächter griffen bereits nach ihren Dolchen. Diese waren prächtig verziert und doch mehr als nur Dekoration.

Es war ihr unmöglich, Xander anzuschauen. Sie wusste, er würde keine andere Wahl haben, als sie aufzugeben.

„Was willst du damit sagen?", fragte El Khalid stirnrunzelnd, während Sulimen immer näher kam.

„Ich habe mich entschlossen, sie zur Frau zu nehmen", verkündete Xander überraschend.

Es entstand eine kleine Pause. Katrina zitterte plötzlich am ganzen Leib. Dies konnte nicht sein Ernst sein. Er wollte sie nur beschützen, mehr nicht. Natürlich wusste sie aus ihren Studien über dieses Land, dass sie als verheiratete Frau für jeden anderen Mann tabu war. Aber sie konnte sich nicht vorstellen, dass er …

„Er lügt“, sagte Sulimen aufgebracht. „Das sind alles nur Lügen!“

Sein Gesicht war wutverzerrt, während Xander völlig unbewegt blieb. El Khalid sah die beiden Kontrahenten nachdenklich an.

„Schluss damit! Wir haben Wichtigeres zu tun, als uns wegen einer solchen Bagatelle zu streiten. Wie ich bereits sagte, ich möchte nicht, dass ihr euch streitet. Tuareg, du hast behauptet, du wolltest die Engländerin zur Frau nehmen. Gut, dann soll es so geschehen. Ihr werdet beide heute Abend vor meinem Diwan erscheinen. Und dir, Sulimen, muss ich ja wohl nicht sagen, welche Strafe denjenigen erwartet, der sich der Frau eines anderen nähert.“

Damit wandte er sich zum Gehen und sagte noch zu Xander gewandt: „Ihr habt zwei Stunden für die Hochzeitsvorbereitungen.“

Jetzt waren sie endlich allein im Schatten der Zelte. Es war inzwischen dunkel geworden.

„Was … was hat El Khalid damit gemeint, als er von den Hochzeitsvorbereitungen gesprochen hat?“, stieß Katrina hervor. Noch immer wusste sie nicht, wie ihr geschah und ob sie das Ganze nicht doch träumte.

„Genau das, was er gesagt hat. Wir haben zwei Stunden Zeit, um uns auf die Hochzeit vorzubereiten.“

„Nein!“ Schockiert sah sie ihn an. Das war doch sicher alles nur ein Scherz, es konnte nicht wahr sein.

„Ich dachte immer, es dauert Wochen, um sich in Zuran auf eine Hochzeit vorzubereiten“, protestierte sie. „Und was die Hochzeit angeht … normalerweise erstreckt sie sich doch über mehrere Tage und …“

„Normalerweise ja, aber für Fälle wie diesen gibt es eine Verkürzung der Formalitäten. Es ist noch nicht so lange her, dass unser Land von Stammeskriegen erschüttert wurde. Manchmal war es genau das richtige Mittel zum Frieden, die Frau oder Schwester eines Gegners zu heiraten. Dafür braucht es nur zwei Voraussetzungen: Wir müssen gemeinsam vor El Khalid erscheinen und ihm sagen, dass wir heiraten wollen. Die zweite Voraussetzung …“

„Aber wie soll das gehen?“, fragte Katrina entgeistert.

„Ganz einfach. Als Führer hat El Khalid traditionell die Macht, zwei Menschen miteinander zu verheiraten. Aber wenn du es vorziehst, dass ich dich Sulimen überlasse, werde ich natürlich ..."

„Nein", unterbrach Katrina ihn sofort. „Was ich nur nicht verstehe ... Du willst mich doch bestimmt nicht heiraten, oder?"

„Natürlich nicht", erwiderte er grimmig. „Aber selbst unter Dieben gibt es so etwas wie ein Ehrgefühl. Und ich habe Dinge über Sulimen gehört, die mich nicht ruhig schlafen lassen würden, ließe ich es zu, dass er dich mir abkauft."

„Dass er mich dir abkauft? Was sind denn das für Begriffe? Ich bin schließlich ein Mensch und kein ... kein Besitz", brachte sie fassungslos hervor.

Xander schüttelte den Kopf. „Ich weiß, was du meinst. Das sind große Worte, aber sie bedeuten hier gar nichts."

„Wie barbarisch! *Du* bist barbarisch", warf sie ihm an den Kopf. Erst jetzt wurde ihr die Ungeheuerlichkeit ihrer Situation bewusst.

„Vergiss nicht, wir sind hier nicht in Europa. Wir sind nicht einmal in Zuran City", erwiderte er. „Die Wüste ist eine strenge Lehrmeisterin. Ihre Bewohner leben unter einem strengen Gesetz – oder sie müssen sterben."

Etwas in seinen Worten und die Art, wie er sie anschaute, jagten Katrina Angst ein. Plötzlich kehrten all ihre Furcht und ihre Ängste wieder zurück und drohten sie zu überwältigen.

„Was macht ihr alle nur hier?", fragte sie verzweifelt. „Was geht hier vor? Ich weiß, ihr plant etwas, und ich habe das Gefühl, es ist etwas Schreckliches."

„Sei still!"

Seine Stimme klang jetzt eiskalt. Aber so schnell ließ Katrina sich nicht einschüchtern. Sie sah ihn wütend an. Es würde ihm nicht gelingen, sie so schnell zum Schweigen zu bringen.

„Wenn dir dein Leben lieb ist, behältst du das alles für dich", warnte Xander sie. Das Funkeln in seinen Augen verriet ihr, dass mit ihm nicht zu spaßen war.

„Wenn ich ... wenn ich mich einverstanden erkläre, bei dieser Farce mitzumachen, musst du mir versprechen, dass es keine richtige Hochzeit wird."

„Was soll das bedeuten, *keine richtige Hochzeit*? In den Augen von El Khalid und seinen Männern wird es durchaus eine richtige

Hochzeit werden. Oder willst du von mir wissen, ob ich vorhabe, mit dir ins Bett zu gehen, wie es einem Bräutigam der Tradition gemäß zusteht? Selbst wenn ich es täte, könnte ich dem Stamm ja nicht das blutverschmierte Tuch zum Beweis deiner Jungfräulichkeit zeigen, oder?"

„Das meine ich nicht", erwiderte Katrina errötend. Sie war froh, dass es inzwischen dunkel war. So konnte Xander nicht sehen, wie sehr seine Worte sie getroffen hatten.

„Ich ... Was ich sagen wollte, war ... Ich will nur ganz sicher sein, dass die Hochzeit nicht legal ist."

„Keine Angst", erwiderte er spöttisch. „Im europäischen Sinne wird die Hochzeit nicht legal sein."

Das war die Antwort, die sie erhofft hatte. Sie stieß einen Seufzer der Erleichterung aus. Es gefiel ihr nicht, dass sie zu einer solchen Verbindung gezwungen wurde. Es missfiel ihrem Stolz, dass man sie hier als Besitzstück betrachtete, das beliebig verkauft werden konnte. Gleichzeitig war ihr klar, dass es tausendmal besser war, mit Xander als mit Sulimen zusammen zu sein. Andererseits: Wie sollte sie emotional mit dieser Situation umgehen? Diese Frage ließ sich nicht so leicht beantworten.

Vom ersten Augenblick an hatte sie sehr stark auf Xander reagiert. So stark, dass sie es sich selbst kaum erklären konnte. Die Realität, in der er lebte, hätte eigentlich inzwischen dazu beitragen müssen, sie von ihren romantischen Ideen in Bezug auf ihn zu kurieren. Aber das war nicht geschehen. Noch immer begehrte sie ihn, verzehrte sich nach seinen Berührungen. Warum gelang es ihr nicht, in ihm vor allem den Dieb und den Lügner zu sehen – und nicht den Mann, der sie mit seiner starken Präsenz so sehr berührte? Schließlich besaß er nichts, das ihren Respekt verdiente. Von ihrer Liebe einmal ganz zu schweigen.

Der Gedanke schockierte Katrina. Sie liebte ihn schließlich nicht. Aber du willst ihn haben, sagte ihre innere Stimme. Du begehrst ihn ... du sehnst dich nach ihm ... und wenn er ...

Nein! Nein, darüber wollte sie jetzt nicht nachdenken. Sie würde es nicht einmal vor sich selbst zugeben und auch keinen weiteren Gedanken darauf verschwenden. Allein die Vorstellung, wie es wäre, als Xanders Frau zu leben, trieb ihr die Röte ins Gesicht. Die Vorstellung, wie es wäre, wenn seine Hände über ihren Körper glitten und er sie überall berührte, war so erregend, dass sie ... Die Vorstellung, ihn nackt neben sich im Bett zu sehen, ihn zu berühren, seinen Duft einzuatmen, seine Brust zu küssen ... Sie erschauerte. Nein, über all dies durfte sie nicht nachdenken, weil es nicht geschehen würde.

Wie konnte sie Achtung vor sich selbst haben, wenn sie diese Gefühle für einen Mann wie Xander hatte? Und ohne Respekt gab es nun einmal keine Liebe. Niemals.

Xander stand im Eingangsbereich seines Zelts und blickte hinaus in die Dunkelheit. Er wartete auf Katrina, damit sie gemeinsam vor El Khalid treten konnten, um ihm zu verkünden, dass sie heiraten wollten.

Er hatte ihr gegenüber zwar behauptet, diese Eheschließung sei nicht legal, aber das stimmte nicht ganz. In Zuran wurde eine solche Zeremonie durchaus als verbindlich anerkannt. In ihrem Fall lag die Sache natürlich anders. Sobald er seine Mission erfüllt hatte, würde das alles nicht mehr gelten. Als Mitglied der herrschenden Klasse brauchte er für eine Heirat das Einverständnis seines Halbbruders. Dieser würde die Verbindung sofort beenden, wenn er von den Umständen erfuhr, unter denen sie zu Stande gekommen war. Der Herrscher würde bestimmt verstehen, dass Xander gar keine andere Wahl gehabt hatte, als Katrina zu beschützen. Wie auch immer ihr Lebensstil vorher gewesen sein mochte, er durfte nicht zulassen, dass sie Sulimen in die Hände fiel. Dafür hatte Sulimen einen viel zu schlechten Ruf. Es war allgemein bekannt, dass er bereits zwei Frauen vergewaltigt und geschlagen hatte. Man sagte ihm nach, er sei ein Sadist.

Aber davon würde er Katrina natürlich nichts erzählen.

An diesem Mittag hatte er ein kurzes geheimes Treffen mit drei Agenten des Regierungsrats gehabt, die ebenfalls El Khalids Bande unterwandert hatten. Sie hatten dieselben Informationen wie er: El Khalid bereite sich auf die Begegnung mit einer sehr hochstehenden Persönlichkeit vor. Aber auch sie hatten nicht zu sagen vermocht, wann dieser Mann bei ihnen eintreffen werde.

Xander hatte den Eindruck gehabt, dass sie sich nicht der drohenden Gefahr für den Herrscher bewusst waren. Sein Halbbruder hatte ihm erzählt, Nazir habe vor ein paar Tagen eine Reise nach Europa angetreten, angeblich, um dort Geschäfte zu tätigen.

In diesem Moment vernahm er ein leises Geräusch und drehte sich um. Katrina trat zögernd näher. Ihr Blick verriet ihm ihre große Angst. Er presste die Lippen zusammen. Sie war eine zusätzliche Komplikation, auf die er gern verzichtet hätte.

„Ich muss dich warnen", sagte er zu ihr, als sie in das Zelt hineingingen. „Sobald du mit mir verheiratet bist, darfst du nichts tun, was die Aufmerksamkeit anderer Männer erregen könnte."

Sie sah ihn verärgert an. In der letzten halben Stunde hatte sie an nichts anderes denken können als an das, was jetzt vor ihr lag. Sie hatte sich redlich Mühe gegeben, nicht in Panik zu verfallen und nicht dem Gefühl grenzenloser Verlassenheit nachzugeben. Aber sie hätte nie geglaubt, dass sie einmal unter solchen Umständen heiraten würde. Mehr denn je sehnte sie sich nach der Liebe und dem Schutz ihrer Eltern, nach jemandem, dem sie sich anvertrauen konnte. Aber natürlich gab es niemanden. Sie war ganz allein. Allein, noch dazu eine Gefangene, die man zu einer schmachvollen Ehe zwang aus Gründen, die nichts mit Liebe zu tun hatten.

„Wie kannst du so etwas zu mir sagen?", fragte sie entrüstet. „Es ist schließlich nicht meine Schuld, dass Sulimen …"

„Nein?" Sein Blick war verächtlich.

„Wenn ich ihn gewollt hätte, wäre ich jetzt wohl nicht hier, oder?", verteidigte sie sich mit blitzenden Augen.

„Ich habe nicht behauptet, dass du ihn gewollt hast. Aber vielleicht hast du ihn ermutigt? Vielleicht haben dir die Aufmerksamkeiten deines Liebhabers gefehlt? Oder vielleicht …"

Katrina hatte genug gehört. „Ich habe ihn nicht ermutigt, und Richard war auch nicht mein Liebhaber!"

„Ja, es ist leicht, das zu behaupten. Aber kannst du es denn auch beweisen?"

In diesem Punkt lag Xander völlig daneben, doch Katrina dachte nicht daran, ihm zu verraten, dass sie bisher noch nie mit einem Mann geschlafen hatte.

Sie hatte sich vor langer Zeit geschworen, sich nur dem Mann hinzugeben, den sie liebte. Sie hatte ihre Träume, auch wenn manche sie deswegen vielleicht für idealistisch hielten.

„So, jetzt sollten wir gehen."

Xander hob den Vorhang und ließ ihr den Vortritt. Er hielt den Blick unverwandt auf sie gerichtet, wie ein Raubtier, das seine Beute fixierte.

Erneut hatte er sich das blaue Tuch der Tuareg um den Kopf gewickelt, was ihm großartig stand. Aber sein Gesicht wirkte verschlossen. Katrina hätte nicht zu sagen vermocht, was in ihm vorging. Wie schon zuvor spürte sie die Aura der Macht und Autorität, die von ihm ausging.

Sie hatte keine Ahnung, woher der reich bestickte Umhang kam, den er trug. Dieser sah jedenfalls sehr kostbar aus. Xander wirkte wie ein Ehrenmann, ein Mann, so streng und mächtig wie die Wüste selbst. Ein Mann, der mit anderen nichts gemein hatte, dessen Präsenz ihr Respekt einflößte, so wie die Wüste es tat. Er war ein Mann, dem andere Männer gehorchten und den andere Frauen begehrten.

Genau wie sie?

Ja, sie begehrte ihn, hatte jedoch Angst davor, es sich selbst einzugestehen. Denn die Stärke ihres Gefühls für ihn erschreckte sie zutiefst.

Dennoch straffte sie sich jetzt und sah ihm stolz ins Gesicht.

„Wenn du glaubst, dass ich ein paar Schritte hinter dir gehen werde, hast du dich geirrt", sagte sie hoheitsvoll.

„Ich dachte, du hättest die Geschichte der Wüstenstämme studiert."

„Ja, das habe ich auch."

„Gut, dann weißt du doch bestimmt, dass die Tuareg eine matriarchalische Gesellschaft haben."

„Aber du bist doch gar kein echter Tuareg, oder?", fragte sie, als sie an seiner Seite durch die Zeltreihen ging.

In diesem Moment lief ein Junge auf sie zu. Zu Katrinas Erstaunen entspannten sich Xanders Züge bei seinem Anblick sofort. Er lächelte ihn an und sagte dann ein paar Worte zu ihm in einem Dialekt, den sie nicht verstand.

„Er ist eine Waise", erklärte er ihr, als der Junge sich wieder entfernte. „Ich bezahle ihn dafür, dass er sich um mein Pferd kümmert. Mein Pferd braucht Gesellschaft, und der Junge braucht ein warmes Bett."

Katrina sah ihn überrascht an. Seine Stimme hatte fast zärtlich geklungen. Er hatte also doch eine mitfühlende Seite. Das berührte sie mehr, als sie sich eingestehen wollte.

Die Abendluft war schon recht kühl. Katrina fröstelte. Aber das konnte natürlich auch mit ihrer Nervosität angesichts der bevorstehenden Ereignisse zusammenhängen.

Der Duft von gebratenem Lamm wehte von den Lagerfeuern zu ihr herüber und verursachte ihr Übelkeit. Ihr Magen rebellierte gegen den Gedanken an Essen. Als sie schließlich den Platz erreichten, an dem El Khalid für gewöhnlich seine Treffen abhielt, sah sie, dass sich schon einige Männer versammelt hatten, um der Hochzeitszeremonie beizuwohnen. Dann hörte sie plötzlich Musik und den Gesang der Frauen.

Als sie zu ihnen hinüberschaute, sagte Xander leise zu ihr: „Bestimmt haben sie von dem Ereignis gehört und wollen mit dabei sein. Diese Musik wird immer bei Hochzeiten gespielt. Du musst keine Angst haben, dafür gibt es keinen Grund."

Es war nett von ihm, dass er versuchte, sie zu beruhigen. Katrina war vor Aufregung die Kehle wie zugeschnürt, aber sie gab sich alle Mühe, ihre Nervösität zu verbergen.

El Khalid thronte bereits auf seinem Diwan, umgeben von seinen Leibwächtern. Hinter ihm saßen die Frauen seines Clans gemeinsam mit den Musikern.

Katrina erstarrte. Sie konnte es nicht tun. Nein, sie konnte diese Sache auf keinen Fall durchziehen. Panik ergriff sie, und sie stöhnte unwillkürlich auf. Verzweifelt sah sie sich nach einem Fluchtweg um.

„Vergiss nicht, dass es keine wirkliche Hochzeit ist. Es hat nichts zu bedeuten."

Seine Worte legten sich wie Balsam auf ihre angespannten Nerven. Im nächsten Moment merkte sie, dass er ihre Hand genommen hatte und sie drückte. Flehend sah sie ihn an und versuchte, sich zusammenzureißen.

In diesem Moment brach die Musik ab. El Khalid winkte sie nach vorn. Hand in Hand schritten sie auf ihn zu, bis sie unmittelbar vor ihm standen.

Jetzt erst ließ Xander ihre Hand los. Katrina empfand es als einen schmerzlichen Verlust und sehnte sich nach dem Kontakt mit ihm, der ihr Halt gegeben hatte.

Alles, was ihr zugestoßen war, war so fremdartig und überraschend gewesen. Jetzt war er ihr einziger Halt in dem Albtraum, in den sich ihr Leben verwandelt hatte. Ohne ihn ... ohne ihn wäre sie Sulimens Nachstellungen zum Opfer gefallen, ohne ihn ...

Instinktiv trat sie näher an ihn heran. Die Wärme seines Körpers tröstete sie, beruhigte sie, als würde sie sich damit in einen magischen Schutzkreis begeben, in dem sie sicher war. Aber war nicht auch die Liebe ein magischer Schutzkreis, in dem diejenigen Zuflucht fanden, die sie gefunden hatten?

Doch jetzt versuchte sie, sich wieder auf El Khalid zu konzentrieren.

„Gib mir deine Hand", befahl er Katrina.

Widerstrebend tat sie, wie ihr geheißen. Im Gegensatz zu Xanders gepflegter Hand waren seine Nägel schmutzig und rissig.

„Und du gibst mir die deine", sagte er zu Xander.

Dann legte er die beiden Hände ineinander.

„Ist es euer beider Wunsch zu heiraten?", fragte er.

Katrina war sich die ganze Zeit über bewusst, dass die Zeremonie nichts bedeutete, dass sie nur ein Mittel zum Zweck war. Trotzdem berührte das Ganze sie tief, was ja eigentlich lächerlich war. El Khalid war schließlich kein religiöser Mann. Er war ein Dieb und ein Krimineller, und dies war nur eine Farce, nichts weiter.

„Ja, es ist unser Wunsch", hörte sie Xander sagen.

El Khalid sah sie fragend an. Katrina senkte den Kopf und flüsterte: „Es ist auch mein Wunsch."

„Gut! Gemäß unserer Tradition gebe ich dir jetzt diese junge Frau zum Weib, Tuareg."

Katrina sah ihn erstaunt an. Er klang plötzlich so feierlich.

„Nimm ihre Hand!", befahl der Rebellenführer Xander.

Ihre Kehle war wie ausgetrocknet. Ihr Herz pochte so laut, dass sie meinte, alle müssten es hören. Xander nahm ihre Hand und verschränkte die Finger mit ihren.

Es hatte etwas sehr Intimes, und sie hielt den Atem an. Manche Dinge brauchten keine Worte. Handfläche an Handfläche, nackter Körper an nacktem Körper, seine Finger verschränkt mit ihren.

Sie zitterte, verbotene Gedanken schossen ihr durch den Kopf.

El Khalid äußerte einen scharfen Befehl, und eine verschleierte Frau trat mit einem Schal aus feinster Seide auf sie zu.

Der Rebellenführer nahm ihn ihr ab und schlang ihn um die Handgelenke der beiden. Dabei sprach er ein paar Worte auf Zuranesisch. Nervös warf Katrina Xander einen Seitenblick zu. Sein Gesicht wirkte verschlossen, fast grimmig.

Noch immer schlug ihr das Herz bis zum Hals. Sie hatte das Gefühl, als würden sie durch dieses Ritual auf eine Weise miteinander verbunden werden, die sowohl sehr konkret wie auch symbolisch war. Vor Rührung traten ihr Tränen in die Augen.

Xander hatte behauptet, diese Hochzeit bedeute nichts, und vielleicht stimmte das ja auch für ihn. Sie empfand es anders, nämlich sehr real.

Während sie noch immer versuchte, mit ihren widerstreitenden Gefühlen klarzukommen, wiederholte El Khalid seine Worte. Dann wandte er sich Xander zu und sagte: „Du hast diese Frau zum Weib genommen, Tuareg. Von jetzt an wird sie dorthin gehen, wohin du gehst. Möge euch ein langes, glückliches Leben mit vielen Kindern beschieden sein!“

Die Frau nahm ihnen den Schal ab. Langsam löste Xander seine Hand von ihrer. In diesem Moment fing die Musik erneut zu spielen an. Hilflos sah Katrina in die bernsteinfarbenen Augen ihres Bräutigams. Dabei hatte sie das Gefühl, als wäre ihrer beider Schicksal von nun an tatsächlich miteinander verknüpft, und zwar auf eine Art und Weise, die ebenso primitiv wie verbindlich war. Sie war erstaunt über die Kraft der Zeremonie. Was auch immer in Zukunft mit ihnen geschah, dieser Moment würde sie auf ewig miteinander verbinden. Wie konnte Xander angesichts der Magie dieses Augenblicks nur so ruhig bleiben?

Die Menge teilte sich, um ihnen Platz zu machen. Wie betäubt ließ Katrina sich von Xander durch die Reihen der Männer führen. Es wurde viel gelacht und applaudiert, im Hintergrund sangen die Frauen.

„Wenn du vorhaben solltest, ohnmächtig zu werden“, warnte er sie, „warte doch bitte wenigstens, bis wir im Zelt sind.“

5. KAPITEL

Warum hast du mir nicht gesagt … warum hast du mich nicht vorgewarnt?“, fragte Katrina Xander, sobald sie wieder allein waren.

Er zuckte die Schultern. „Wovor? Davor, dass man unsere Handgelenke zusammenbinden würde? Um ehrlich zu sein, war ich darauf gar nicht vorbereitet“, sagte er. „Es ist eine sehr alte Sitte. Mir war nicht klar, dass sie noch angewendet wird.“

„Warum haben sie es dann gemacht?“, hakte sie nach.

„El Khalids Wort ist hier Gesetz“, erwiderte er. „Er kann tun und lassen, was er will. Aber das ist ja jetzt nicht mehr wichtig …“

Er versuchte, Katrina das Gefühl zu geben, als hätte ihn das Ganze kalt gelassen. Aber so war es nicht, im Gegenteil. Durch das Zusammenbinden der Hände waren sie von nun an für immer miteinander verbunden. Diese Tradition seines Stammes reichte weit in die Vergangenheit zurück. Er war selbst erstaunt darüber gewesen, welche Kraft das Ritual hatte. Auf eine primitive, archaische Weise hatte er das Gefühl gehabt, als würde Katrina nun wirklich ihm gehören. Damit hatte er nicht gerechnet.

Aber ihm war auch klar, dass er es sich nicht leisten konnte, solchen Gefühlen nachzuhängen. Das Gleiche galt für Katrina. Stirnrunzelnd sah er sie an.

„Es ist eine alte Berbersitte“, sagte er. „Man sollte das Ganze nicht überbewerten.“

Natürlich merkte er, wie tief betroffen sie war. Er gab sich Mühe, ihr gegenüber nicht zu zeigen, dass es ihm nicht anders ging.

„Damit ist die Sache erledigt“, sagte er und zwang sich, wieder in die Gegenwart zurückzukehren. Es konnte nämlich sehr gut sein, dass Nazir heute im Lager auftauchte, um sich mit El Khalid zu beraten. Und dann musste er sich auf seine Mission konzentrieren.

„Ich schlage vor, du legst dich schon einmal hin“, sagte er zu Katrina in ungewöhnlich scharfem Ton.

Sie sah ihn entgeistert an. Sie waren erst seit ein paar Minuten verheiratet, und schon kommandierte er sie herum. Als ob sie … Und dann fiel ihr ein, dass dies ja ihre Hochzeitsnacht war. Wenn Xander darauf bestand, dass sie ihren ehelichen Verpflichtungen nachging, konnte sie ihn nicht davon abhalten. Ihre einzige Waffe waren Worte.

„Bitte vergiss nicht, dass diese Hochzeit nichts bedeutet", erinnerte sie ihn. „Daher kannst du mir auch keine Befehle geben."

„Nicht als dein Ehemann", erwiderte er grimmig. „Aber du scheinst zu vergessen, dass du noch immer meine Gefangene bist. Du bist in meiner Macht, daher kann ich mit dir tun, was ich will. Geh jetzt ins Schlafgemach und bleib dort!"

Doch so leicht ließ sie sich nicht abweisen.

„Warum hast du mich überhaupt geheiratet?", begehrte sie auf. „Nur wegen des Lösegelds, oder weil du mich wirklich beschützen und vor Sulimen retten wolltest?"

Die Intensität seines Blicks traf sie wie ein Blitz, der ihr durch und durch ging. Sie hatte das Gefühl, als könnte Xander ihr bis auf den Grund ihrer Seele schauen.

Es passierte nur sehr selten, dass er durchschaut wurde, aber Xander hatte den Eindruck, als wäre Katrina dieses Kunststück gelungen. Obwohl er sich alle Mühe gegeben hatte, auch ihr gegenüber den Banditen zu spielen, hatte er immer wieder den Eindruck, als würde sie die bessere Seite seines Charakters sehen.

Konnte es sein, dass sie seine Maskerade als das erkannt hatte, was sie war – eine Verkleidung? Spürte sie seine Verletzlichkeit, was sie anging? Und fiel ihr auch die Spannung auf, die von Anfang an zwischen ihnen geherrscht hatte? Die Hitze seines Verlangens nach ihr und sein Kampf um Selbstbeherrschung? Das starke Bedürfnis, sie in seine Arme zu schließen und das Ehegelübde zu erfüllen, das er gerade abgelegt hatte?

Er hatte bereits ein paar Schritte auf sie zugemacht, als ihm bewusst wurde, in welcher Situation sie sich befanden. Er durfte sich jetzt nicht aus der Fassung bringen lassen. Katrina war eine junge Frau, die sicher nicht zum ersten Mal ihre Sexualität dazu benutzte, von einem Mann zu bekommen, was sie wollte.

„Was soll ich dir darauf antworten?" entgegnete er. „Dass ich dich geheiratet habe, um dich vor einem schlimmeren Schicksal zu bewahren? Oder hast du vielleicht gehofft, meine Schwäche ausnutzen zu können? Willst du mich etwa verführen, um mich dazu zu bewegen, dir so deine Freiheit zurückzugeben?"

Katrina sah ihn empört an. „Ich dachte mir schon, dass du so etwas sagen würdest", erwiderte sie. „Eine andere Möglichkeit kommt dir wohl nicht in den Sinn, oder?"

„Was für Möglichkeiten gibt es denn noch?", fragte er grimmig.

„Wenn du es genau wissen willst, so hatte ich gehofft, etwas in deinem Charakter zu finden, das Respekt verdient. Eine Tugend, die ..."

„Die es dir erlauben würde, mich zu manipulieren", vervollständigte er ihren Satz.

Sie berührte einen Punkt in ihm, den zuvor noch keine Frau berührt hatte. Und er wollte auch nicht, dass irgendjemand ihm in dieser Hinsicht zu nahe kam, am allerwenigsten sie. Ihre Worte erinnerten ihn an seine eigenen Vorstellungen über die Liebe und das Heiraten. Von seinem Halbbruder wusste er, dass seine Mutter und sein Vater sich sehr geliebt hatten. Jedenfalls genug, um die kulturellen Unterschiede zwischen ihnen zu überbrücken. Eine solche Liebe warf einen großen Schatten, und er wünschte sich eine ebenso starke Bindung. Aber sein Stolz war groß und verbot ihm, jemals eine Frau zu lieben, die er nicht respektierte. Das war die eine Seite. Das Erbe seines Vaters hingegen bedeutete, er konnte auch keine Frau lieben, die sich bereits anderen Männern hingegeben hatte.

Wie konnte eine Frau wie Katrina es wagen, tatsächlich anzuzweifeln, dass er ihres Respekts würdig war. Für eine solche Unterstellung müsste er sie bestrafen.

„Ich bin nicht so leicht zu verführen wie dein feiger englischer Liebhaber", sagte er verächtlich. „Vielleicht kannst du ihn ja um den Finger wickeln, aber mich wirst du nicht so leicht täuschen."

Katrina sah ihn entgeistert an. Sie spürte, dass er mit diesem Angriff auch ihre sexuellen und moralischen Werte infrage stellen wollte.

„Du hast nicht das Recht, so mit mir zu sprechen", sagte sie mit eisiger Stimme. Er wusste genau, wie er sie treffen konnte. Aber warum sollte sie sich das gefallen lassen? „Falls du es schon wieder vergessen haben solltest, Richard war nicht mein Liebhaber", setzte sie wütend hinzu.

Xander zuckte die Schultern. „Mir ist es völlig egal, mit wem du dein Bett geteilt hast, das kannst du mir glauben."

Das war eine faustdicke Lüge, aber was sollte er machen? Jetzt musste er dieses Gespräch vor allem schnell beenden und herausfinden, ob Nazir bereits im Lager eingetroffen war.

„Ich habe noch etwas zu erledigen", sagte er. „Warte nicht auf mich, das wäre nur Zeitverschwendung."

Er warf ihr einen Blick zu, der sie bis ins Mark traf.

Wie gern hätte sie ihm geantwortet, hätte sie seine Anschuldigungen zurückgewiesen. Aber es war zu spät. Er griff nach dem Vorhang, hob ihn hoch, und schon im nächsten Moment war er in der Dunkelheit verschwunden.

Nur ein Wort blieb ihr im Gedächtnis: *Verführung*. Obwohl Xander es in einem anderen, negativen Zusammenhang gebraucht hatte, stiegen in ihr dadurch viele Bilder hoch. Bilder, die ihre Knie weich werden ließen und ihr Verlangen nach ihm noch steigerten.

Nein, sie wollte ihn nicht verführen, aber wenn sie sich selbst gegenüber ganz ehrlich war, hätte sie nichts dagegen gehabt, wenn er dasselbe mit ihr vorgehabt hätte. Was, zum Teufel, war nur mit ihr los? Er war ein rücksichtsloser Mensch, arrogant und unehrenhaft. Es gab nichts Gutes an ihm, und sie war eine Närrin, wenn sie versuchte, diese Tatsache zu ignorieren.

Außerdem hatte er ihr bisher keinen Anlass gegeben zu glauben, dass er ihre Gefühle teilte. Im Gegenteil! Noch im Nachhinein zitterte sie vor Empörung beim Gedanken daran, wie verächtlich er mit ihr gesprochen hatte. Er war voller Vorurteile und hielt sie offensichtlich für eine Frau, die mit jedem ins Bett ging. Für ihre Jungfräulichkeit hatte sie sich bewusst entschieden, sie spiegelte ihre tiefsten Werte und Überzeugungen wider. Sie war etwas Kostbares für Katrina, und sie dachte gar nicht daran, sich deswegen vor einem Mann wie Xander zu rechtfertigen.

Er war es nicht wert, dass sie sich seinetwegen so viele Gedanken machte und Gefühle für ihn hegte. Am besten schlug sie sich die ganze Angelegenheit ein für alle Mal aus dem Kopf. Aber das war leichter gesagt als getan. Ein Frösteln überlief sie. Etwas Dunkles, Gefährliches umgab Xander, etwas Ungezähmtes, nach dem die Frau in ihr sich zutiefst sehnte. Und es lag nicht in ihrer Macht, sich dagegen zu wehren.

Als er auf leisen Sohlen durch das Lager ging, musste Xander erneut über die starke Anziehung nachdenken, die Katrina auf ihn ausübte.

Mit dem Verstand konnte er diese Tatsache vielleicht zurückweisen, aber sein Körper hinderte ihn daran.

Sie berührte ihn tiefer als jede Frau vor ihr. Doch es gab keinen Platz für sie in seinem Leben und keinen Platz für das Verlangen, das er nach ihr verspürte.

Als er sich El Khalids Zelt näherte, zwang er sich, den Gedanken an sie zunächst zu verdrängen. Jetzt ging es um Nazir und den Grund, weswegen er das Lager aufgesucht hatte. Hatte er sich möglicherweise getäuscht? Die Agenten hatten ja auch nicht geglaubt, dass Nazir in ein Komplott gegen den Herrscher verwickelt sein könnte. Xander hingegen war davon überzeugt, dass Nazir seinen Halbbruder umbringen wollte. Die Frage war nur, wann und wie das geschehen sollte.

Jetzt war er vor dem Zelt des Rebellenführers angekommen und hielt sich konsequent im Schatten. Stirnrunzelnd vernahm er plötzlich das Geräusch eines nahenden Fahrzeugs. Im nächsten Moment erblickte er einen chromblitzenden Jeep, der mit quietschenden Bremsen wenige Meter von ihm entfernt anhielt. Xander konnte sein Glück kaum fassen, als er sah, wer in dem Auto gesessen hatte und jetzt ausstieg: kein anderer als sein Cousin Nazir, flankiert von seinen Leibwächtern.

Noch bevor sie das Zelt betreten konnten, erschien bereits El Khalid, verbeugte sich tief vor Nazir und bat ihn einzutreten.

Xander hatte also doch richtig vermutet! Er musste sofort den Agenten davon Mitteilung machen und schlug den Weg zu ihrem Zelt ein.

6. KAPITEL

Plötzlich erwachte Katrina aus ihrem erotischen Traum. Darin hatte man sie, in einen Teppich gehüllt, ins Zelt eines mächtigen Kriegers gebracht, der eine verblüffende Ähnlichkeit mit Xander gehabt hatte.

Sie errötete tief, als sie an die Einzelheiten des Traums dachte und an die Schamlosigkeit, mit der sie sich darin präsentiert hatte: in Schleier gehüllt, die in allen Farben des Regenbogens glitzerten und ihren nackten Körper kaum verhüllten. Durch die aufgetragene Goldpaste hatte man ihre sexuellen Merkmale hervorgehoben, was den Reiz noch erhöhte.

Mit verführerischen Bewegungen hatte sie sich Xander genähert. Er hatte versucht, ihr gegenüber gleichgültig zu bleiben, aber ihr war die verräterische Reaktion seines Körpers nicht verborgen geblieben.

Dann war sie immer näher gekommen. Fasziniert hatte er den Blick nicht von ihr abwenden können. Sie war die Fleisch gewordene Verführung, ihr Körper ein einziges Versprechen der Lust.

Xander saß auf einer Art Thron, und als sie jetzt vor ihm stand, sprachen beide kein Wort. Dann kniete sie vor ihm und bot ihm in einer Geste der Unterwerfung ihre Brüste dar, die ebenfalls mit Juwelen geschmückt waren.

Mit angehaltenem Atem streckte sie die Hand aus und berührte ihn sanft an der Hüfte, direkt neben dem untrüglichen Zeichen seiner erregten Männlichkeit. Xander hielt es vor lauter Spannung kaum noch aus, und auch Katrina konnte sich nur noch mit Mühe aufrecht halten. Ihr ganzer Körper bebte vor Lust, alles in ihr sehnte sich danach, mit ihm eins zu sein.

Sie war kurz davor, ihn an seiner empfindlichsten Stelle zu berühren, da hatte er schon die Hand nach ihr ausgestreckt und sie in einer einzigen Bewegung auf seinen Schoß gezogen. Im nächsten Moment spürte sie seine Zungenspitze, die ihre Brustspitze umkreiste, spürte die Hand, die sich ihrem Zentrum der Lust näherte und die Schleier wegschob, um ungehindert Zugang zu finden.

Katrina stöhnte auf. Er hob den Kopf und sah sie triumphierend an. Dann fanden seine Finger ihr Ziel, und sie seufzte vor Verlangen.

Er war äußerst geschickt mit seinen Berührungen, verstand es, sie fast bis zum Höhepunkt zu bringen. Erst als sie es nicht mehr aushielt, gab er ihrem Drängen nach und brachte sie auf den Gipfel der Lust.

Das war alles, woran sie sich erinnerte, dann war sie aufgewacht. Beschämt erkannte Katrina, dass es falsch gewesen war, sich so gehen zu lassen, selbst im Traum. Sie sollte froh darüber sein, dass sie endlich allein und in Sicherheit war. Dennoch ließ sich das leise Nachbeben ihres Körpers nicht leugnen.

So lag sie mit offenen Augen im Bett und fürchtete sich fast davor, wieder einzuschlafen.

In etwa drei Stunden würde die Morgendämmerung hereinbrechen. Xander hatte mit den Agenten vereinbart, dass sie das Lager sofort verlassen sollten, sobald El Khalid seinen Leuten den wahren Grund für ihre Mission bekannt gegeben hatte. Danach mussten sie dem Herrscher schleunigst Mitteilung über das geplante Attentat machen.

Eigentlich wäre es Xander lieber gewesen, sie wären auf der Stelle aufgebrochen, aber sie hatten sich standhaft geweigert, das Lager zu verlassen, bis sie endgültige Beweise für Nazirs finstere Absichten hatten.

Er stand mitten im Zelt und lauschte auf die leisen Atemzüge, die aus dem Schlafbereich zu ihm drangen. Katrina ... seine Frau ... Aber war sie nicht die Frau eines anderen Mannes? Oder hatte sie vielleicht sogar mehrere Liebhaber? Der Gedanke behagte ihm gar nicht, er wurde sofort eifersüchtig. Er machte einen Schritt auf das Schlafgemach zu und blieb dann stehen. Jetzt durfte er sich auf gar keinen Fall gehen lassen. Was sie in ihm auslöste, war nur ein Traumbild, das nichts mit der Wirklichkeit zu tun hatte. Sicher würde es sich eines Tages auflösen, genau wie das drängende Verlangen seines Körpers nach ihr.

Katrina wachte am frühen Morgen auf, als die Männer zum Gebet gerufen wurden. Aber die Ereignisse des letzten Tages hatten sie so sehr erschöpft, dass sie gleich wieder in den Schlaf versank.

Xander hingegen war bereits lange wach. Die Spannung in seinem Körper ließ ihn nicht zur Ruhe kommen. Kaum war die Stunde des Gebets vorüber, machten auch schon Gerüchte die Runde durch das

Lager, wie Staub, der vom Wüstenwind getragen wurde. Es hieß, El Khalid habe einen wichtigen Besucher empfangen und würde bald seine Männer versammeln, um ihnen von diesem Treffen zu berichten.

Gemeinsam mit den anderen erschien Xander kurz danach vor dem Zelt des Rebellenführers. Er achtete darauf, in der Nähe der Agenten zu bleiben, ohne sich direkt zu ihnen zu setzen. Wenn er sich nicht irrte, gehörten zwei der Männer, die vor dem Zelt standen, zu Nazirs Leibgarde. Bestimmt hatten sie von Nazir genaue Instruktionen erhalten, bei der Versammlung Augen und Ohren offen zu halten und ihm alles zu berichten, was ihre Mission gefährden könnte.

El Khalid hielt eine Rede, die ebenso kurz wie präzise war. Man erwartete von ihm und seinen Männern, dass sie am Nationalfeiertag in Zuran City für Aufruhr sorgten.

„Die ganze Aufregung war völlig übertrieben", sagte einer der Agenten zu Xander, nachdem das Treffen vorüber war. „Es war nicht die Rede davon, dass dem Herrscher etwas geschehen soll."

„Nazir wird niemand anderen damit beauftragen, meinen Bruder umzubringen. Er wird ihn selbst töten, und zwar dann, wenn El Khalid und seine Männer den Aufstand anzetteln. Offiziell wird er gar nicht im Land sein, das wissen wir bereits. Ich bin mir ganz sicher, dass er es so geplant hat", sagte Xander zu den Agenten. „Wahrscheinlich wird er sich als einer von El Khalids Männern verkleiden und dann zur Tat schreiten, wenn mein Halbbruder sich in der Öffentlichkeit zeigt."

„Aber dafür gibt es keine Beweise", beharrte einer der Agenten.

„Wollen Sie riskieren, dass ich mich geirrt habe?", fragte Xander zornig. „Ist das Leben des Herrschers nicht wichtiger als alle Bedenken?"

Daraufhin herrschte eine Weile Stille. Dann sagte ein anderer Agent: „Wir werden das Lager jetzt verlassen, um unseren Bericht abzuliefern. Sobald wir außer Reichweite sind, wird uns ein Hubschrauber in die Hauptstadt bringen. Das bedeutet, wir können den Regierungsrat innerhalb weniger Stunden über alles informieren. Unsere Empfehlung wird so lauten, dass wir eine Abteilung der Armee beordern werden, das Lager zu stürmen und alle Insassen festzunehmen. Wenn Sie mit Ihrer Vermutung recht haben, wird auch

Nazir unter den Gefangenen sein."

Xander wusste, dass ihm die Hände gebunden waren. Er konnte nicht mehr tun, als er bereits getan hatte. Die Agenten noch mehr anzutreiben wäre zwecklos. Ebenso zwecklos wie der Versuch, seinen Bruder dazu zu bewegen, am Nationalfeiertag auf sein traditionelles Bad in der Menge zu verzichten.

Die Sonne war bereits am Horizont erschienen, als Xander den Rückweg antrat.

Katrina erwachte aus einem tiefen Schlaf durch den herrlichen Duft frisch gebrühten Kaffees. Sekundenlang versuchte sie, sich zu orientieren, dann wurden ihr wieder die Realität und die Gefahr, in der sie schwebte, bewusst.

Sie war nicht nur eine Gefangene, sondern jetzt auch noch mit ihrem Wärter verheiratet! Nachdenklich sah sie auf ihr Handgelenk. Von nun an war sie für immer mit Xander verbunden. Abrupt setzte sie sich auf, ihr war schwindelig.

Wie immer lauschte sie auf Geräusche von draußen, die ihr verraten würden, wo er sich befand und was er gerade tat. Dann eilte sie ins Badezimmer und ging unter die Dusche. Plötzlich musste sie wieder an ihren Traum von letzter Nacht denken und errötete. Es war nur ein Traum gewesen, aber das darin Erlebte war ihr körperlich so gegenwärtig, als wäre alles wirklich geschehen.

Ihr Körper reagierte sofort, ihre Brustspitzen richteten sich auf. Daher stellte sie schnell die Dusche aus und trocknete sich ab.

Zwei Minuten später stand sie vor dem Vorhang, der die beiden Bereiche des Zelts voneinander trennte. Sie holte tief Atem und rief sich noch einmal ins Gedächtnis, wer Xander in Wirklichkeit war. Ganz sicher war er nicht der Mann ihrer Träume, der Mann, nach dem ihr Herz sich verzehrte. Diesen Mann gab es nicht, er war eine Illusion.

Entschlossen zog sie den Vorhang zurück und betrat den Wohnbereich. Xander stand in der Mitte und sah sie an. Ihre Blicke trafen sich, und Katrina errötete tief. Sie versuchte, seinem Blick standzuhalten, aber es gelang ihr nicht.

Denn eines war klar: Dieser Mann war jetzt ihr Ehemann. Sie war für immer mit ihm verbunden. Dieser Umstand schaffte eine Intimität zwischen ihnen, die genauso intensiv war, als hätten sie sich letzte

Nacht geliebt. Ein Schauer lief ihr den Rücken herunter, sie war ganz gespannte Erwartung.

Als er sie beobachtete, musste Xander sich eingestehen, dass ihre Schüchternheit genau das war, was ein Ehemann von seiner jungen Braut am Morgen nach der Hochzeitsnacht erwarten konnte. Wären sie wirklich so ein altmodisches Paar gewesen, wäre er jetzt bestimmt zu ihr hingegangen, hätte sie in die Arme geschlossen und zum Bett geführt, wo sie in der vergangenen Nacht die Freuden der Liebe genossen hatten.

Aber natürlich war dies nicht der Fall.

Während er langsam den blauen Schal ablegte, der seinen Kopf bedeckte und seiner Verkleidung als Tuareg diente, umspielte ein bitteres Lächeln seine Lippen. Es gab wohl kaum eine Frau, die einer schüchternen Braut weniger geglichen hätte als Katrina. Mit wie vielen Männern hatte sie eigentlich geschlafen, bevor sie den albernen Narren kennenlernte, der sie ihrem Schicksal überließ, um sich selbst in Sicherheit zu bringen?

Xander merkte plötzlich, dass zwei Seiten in ihm miteinander kämpften. Da gab es die alte Blutlinie seines Vaters, die Art, wie er aufgewachsen war, und dann die europäische Seite seiner Mutter.

Wie konnte er jemals hoffen, eine Frau zu finden, die beide Seiten akzeptierte und verstand? Eine Frau, die er so sehr brauchte und so sehr liebte, dass er ohne sie nicht mehr leben konnte?

Im Moment kam es ihm allerdings sehr gelegen, dass es in seinem Leben keine Frau gab. Schließlich hatte er ganz andere Sorgen.

„Was war eigentlich los? Ich habe viel Lärm und Pferdegetrappel gehört“, sagte Katrina. Sie gab sich große Mühe, so zu tun, als wäre nichts Besonderes vorgefallen. Dabei wusste sie ganz genau, dass sie gestern Abend geheiratet hatten und dass sie jetzt in den Augen der anderen Männer Xanders Frau, aber auch sein Besitz war.

„Es war alles wie immer“, erwiderte er kühl und setzte hinzu: „Was dachtest du denn? Dass dein Liebhaber aufgetaucht wäre, um dich zu befreien?“

Sie sah ihn ärgerlich an. „Eigentlich habe ich nur versucht, mit dir ins Gespräch zu kommen.“

„Sieh mal, was ich dir mitgebracht habe“, sagte er und zeigte ihr eine schwarze Bhurka, wie sie auch von den anderen Frauen in der Öffentlichkeit getragen wurde.

„In Zukunft wirst du dich in der Öffentlichkeit nicht mehr ohne dieses Gewand zeigen.“

Schockiert sah Katrina ihn an.

„Ich denke ja nicht daran!“, entgegnete sie empört.

„Ich sage es noch einmal: Du wirst dich in Zukunft nur noch in diesem Gewand in der Öffentlichkeit zeigen. Wenn du es nicht freiwillig tust, muss ich dich leider dazu zwingen.“

„Und wie willst du das tun?“, fragte sie höhnisch. „Willst du es mir mit Gewalt überziehen?“

„Nein, natürlich nicht. Wenn du dich weigerst, werde ich dafür sorgen, dass du das Zelt nicht verlässt. Wenn nötig, werde ich dich hier anbinden, so wie ein Ziegenhüter seine Ziegen anbindet, damit sie ihm nicht fortlaufen.“

Katrina traute ihren Ohren nicht. Was für eine primitive Drohung!

„Ich werde dieses Gewand auf gar keinen Fall tragen“, sagte sie entschlossen. „Übrigens riecht es nach dem Parfüm einer anderen Frau“, fügte sie verächtlich hinzu.

Xander antwortete nicht. Er hatte einen stolzen Preis gezahlt, um eine von El Khalids Frauen dazu zu überreden, ihm ihre Bhurka zu verkaufen. Auch er wusste, dass es nach dem Parfüm einer anderen Frau roch, musste aber dafür sorgen, dass Katrina seine Drohung ernst nahm. Und zwar sowohl um seiner wie auch um ihrer Sicherheit willen. Wenn Nazir ins Lager zurückkehrte – was er Xanders Ansicht nach ganz sicher tun würde –, durfte er sie auf keinen Fall sehen. Denn er hätte sich bestimmt sofort gefragt, was eine Europäerin hier zu suchen habe. Falls er ein Sicherheitsrisiko in ihr sah, würde er sie ohne die geringsten Skrupel sofort umbringen. Xander war sich dessen ganz sicher, daher musste er für ihren Schutz sorgen. Als Frau eines Tuareg würde sie keinen Verdacht erregen, und sie würde auch für Nazir keine Gefahr darstellen.

„Du musst die Bhurka zu deiner eigenen Sicherheit tragen“, sagte er ruhig.

Einen Moment lang hatte Katrina das Gefühl, als läge ihm ihr Wohl tatsächlich am Herzen.

„Meinst du wegen Sulimen?“, fragte sie ängstlich.

Er trat sofort einen Schritt auf sie zu, wie um sie zu beruhigen. „Seinetwegen musst du dir keine Sorgen machen, er wird dir nichts tun. Darauf gebe ich dir mein Wort. Aber die anderen Frauen werden von dir erwarten, dass du dasselbe Gewand trägst wie sie, und die Männer werden erwarten, dass du dich wie meine Frau kleidest. Glaub mir, es ist wirklich nur zu deinem Schutz.“

Katrina spürte instinktiv, dass er die Wahrheit sagte. Erneut reagierte sie auf sein Mitgefühl, das sie berührte. Sie streckte die Hand aus und nahm die Bhurka von ihm entgegen. Dann zog sie diese über und rümpfte die Nase, als sie das starke Parfüm roch.

Xander war überaus erleichtert. Jetzt musste er sich ihr gegenüber auch nicht mehr verstecken, denn es hatte ihn große Mühe gekostet, ihr nicht zu zeigen, wie sehr ihre Nähe und die körperliche Wirkung, die sie auf ihn ausübte, ihn aus dem Gleichgewicht brachten.

Die andere Frau musste viel größer sein als sie, denn die Bhurka war Katrina um einiges zu weit. Aber schließlich hatte sie den Stoff so arrangiert, dass sie sich darin bewegen konnte. Xander ließ sie dabei in Ruhe und ging hinüber ins Schlafgemach. Wenige Minuten später kehrte er mit einem großen Betttuch zurück.

Verwundert sah sie ihm dabei zu, wie er es auseinanderfaltete, seinen Dolch herausholte und sich dann mit einem schnellen Schnitt eine kleine Wunde am Oberarm zufügte. Die Wunde fing sofort zu bluten an, und er wischte das Blut am Tuch ab.

„Was machst du denn da?“, fragte sie entgeistert.

„Das gehört zu unserer Tradition. Unter den Nomaden ist es üblich, den anderen Mitgliedern des Stammes am Morgen nach der Hochzeitsnacht ein blutverschmiertes Tuch zu zeigen – als Beweis dafür, dass die Braut noch Jungfrau war. Wenn wir diesen Beweis nicht liefern, wird das sowohl deinen Ruf als unbefleckte Braut wie auch meinen als dein Ehemann beschädigen.“

Sie sah ihn sprachlos an, ihr fehlten die Worte. Das war ja furchtbar! Nach allem, was er ihr gerade erzählt hatte, würde es ihr unmöglich sein, sich jemals wieder in der Öffentlichkeit zu zeigen.

„Was ist los?“, fragte Xander sie alarmiert, als sie die Bhurka wieder auszog.

„Nichts, ich … ich habe gemerkt, dass ich keinen Hunger mehr habe."

Er sah sie an, und plötzlich brach es aus ihr heraus: „Glaubst du wirklich, ich würde unter normalen Umständen zulassen, dass du mit diesem Tuch die Neugier anderer Leute befriedigst? Kannst du dir überhaupt vorstellen, wie ich mich dabei fühle?"

Sie fürchtete, im nächsten Moment in Tränen auszubrechen, und gab sich alle Mühe, dies zu verhindern. Jetzt durfte sie auf gar keinen Fall die Nerven verlieren. Ihr war klar, dass sie von seiner Seite kein Mitgefühl zu erwarten hatte.

„Du kannst uns nicht nach europäischen Maßstäben beurteilen. Hier geht es nicht um Moral. Diese Sitte hat den Zweck, dein Geschlecht zu beschützen, und nicht, es zu demütigen."

„Das verstehe ich nicht", erwiderte sie kopfschüttelnd.

„Dann will ich es dir erklären. Vergiss nicht, das Leben der Nomaden ist sehr gefährlich. Oft kommen Menschen bei den Stammeskämpfen ums Leben. Starb früher ein Mann, so konnte seine Familie sich weigern, sein Kind aufzuziehen, wenn sie nicht ganz sicher wusste, dass die Frau bei der Hochzeit noch Jungfrau gewesen war. Der Beweis für die Jungfräulichkeit einer Frau beschützt ihre Ehre und die Ehre ihrer Familie. Eine Tuaregfrau in deiner Position wäre normalerweise stolz darauf, unbefleckt in die Ehe gegangen zu sein, und ihr wäre daran gelegen, dass alle dies erfahren."

„Schon möglich, aber ich bin nun einmal keine Tuaregfrau", erwiderte Katrina.

„Du bist aber auch keine Jungfrau mehr", entgegnete er kühl.

„Also, ich …"

Xander unterbrach sie. „Ich habe jedenfalls Hunger, auch wenn du keinen hast", sagte er und wickelte sich erneut das blaue Tuch um den Kopf, bis sie nur noch seine Augen sehen konnte. Er wirkte stolz und unnahbar, aber gleichzeitig auch sehr attraktiv. Ob es Katrina nun gefiel oder nicht, sie fand ihn faszinierend.

Doch das ging nicht so weit, dass sie ihm gefolgt wäre, als er nun mit dem Bettlaken in der Hand das Zelt verließ. Nein, das wäre wirklich zu weit gegangen.

7. KAPITEL

Eine halbe Stunde später meldete Katrinas Magen sich laut und vernehmlich. Aber sie versuchte, ihn zu ignorieren.

„Ich habe dir etwas zu essen und Kaffee gebracht."

Mit großen Augen sah sie Xander dabei zu, wie er ein Tablett mit Speisen und eine Kanne Kaffee auf dem Tisch absetzte. Er hatte tatsächlich an sie gedacht? Das überraschte sie. Bisher hatte sie immer geglaubt, er wäre grausam und sadistisch. Aber im Moment verhielt er sich ihr gegenüber so rücksichtsvoll, dass sie den Eindruck hatte, sich in ihm geirrt zu haben.

„El Khalids Mutter meinte, dass du dich heute Morgen nicht gezeigt hast, wäre ein Beweis für deine Bescheidenheit."

Sie nahm dies mit gemischten Gefühlen zur Kenntnis. Doch beim Anblick des Essens meldete sich erneut ihr Magen.

„Ich muss jetzt gehen. Bitte vergiss nicht, die Bhurka zu tragen, falls du das Zelt verlassen willst."

Katrina wartete, bis er draußen war, dann stürzte sie sich heißhungrig auf das Essen. Der Kaffee duftete herrlich und schmeckte noch viel besser. Außerdem hatte Xander ihr frisches Obst gebracht und köstliche kleine Pasteten, die ihren Hunger stillten.

Vor dem Zelt kümmerte er sich um sein Pferd und gab ihm etwas zu fressen. Dabei musste er aber die ganze Zeit über an Katrina denken.

Warum machte ihm der Gedanke an sie mit einem anderen Mann so viel aus? Warum hatte er das Zelt verlassen müssen, um seinem Begehren nach ihr nicht nachzugeben und eine sichere Distanz zwischen ihnen zu schaffen? Er war doch ein viel zu aufgeklärter Mann, um sich von mittelalterlichen Ritualen beeindrucken zu lassen. Es war schließlich nur aus Vernunftgründen geschehen. Der einzige Weg, um sie im Lager beschützen zu können, war gewesen, sie zu heiraten.

Nachdenklich betrachtete er sein Pferd, eine herrliche arabische Stute, auch sie war ein Geschenk seines Halbbruders. Ihre samtenen Augen verrieten die Qualität ihrer Zucht.

Warum hatte es ihn so berührt, als Katrina heute Morgen so erschöpft und ausgelaugt gewirkt hatte? Warum hatte er den plötzlichen Wunsch gehabt, sie in seine Arme zu schließen und ihr zu versichern, dass sie sich um nichts Sorgen machen müsse. Das war doch Wahnsinn! Für solche Gefühle war kein Raum in seinem Leben!

Nachdem er sich davon überzeugt hatte, dass mit dem Pferd alles in Ordnung war, schlug Xander den Weg zur Oase ein. Er gab sich gleichmütig und tat so, als ob er nur einen kleinen Spaziergang machen würde. Denn er ging davon aus, dass Nazir einige seiner Männer als Spione im Lager zurückgelassen hatte, um ihn über alles auf dem Laufenden zu halten.

Plötzlich verspürte er den Impuls, seinen Halbbruder anzurufen. Er hatte sein Handy mitgenommen, doch dann zögerte er. Nazir war schlau, es war ihm durchaus zuzutrauen, dass er die Telefonleitung des Herrschers angezapft hatte, obwohl er ja offiziell außer Landes war.

Stirnrunzelnd registrierte er plötzlich ein Geräusch und blickte zum Himmel. Ein Hubschrauber näherte sich ihm, kam von Sekunde zu Sekunde immer näher.

Das musste Nazir sein! Er hätte sich kaum ein besseres Transportmittel aussuchen können, um nach Zuran zu fliegen und dann schnell wieder zu verschwinden, nachdem er sein Ziel, den Herrscher zu ermorden, erreicht hatte. Ob er El Khalid in seine Pläne eingeweiht hatte? Xander bezweifelte es. Er konnte sich zwar gut vorstellen, dass der Rebellenführer keine Skrupel gehabt hätte, an diesem Plan mitzuwirken. Aber bestimmt hätte er dafür einen hohen Preis verlangt, den Nazir höchstwahrscheinlich nicht zahlen wollte.

Außerdem war Nazir viel zu schlau, um Mitwisser zu riskieren, die ihn am Ende noch belasten würden. Nein, bestimmt würde er es so darstellen wollen, dass sein Halbbruder von den Rebellen ermordet worden war, entschied Xander.

Der Hubschrauber in Tarnfarben kam immer näher. Xander drehte sich um und tat so, als würde er die Oase betrachten. Er musste unbedingt jedes Aufsehen vermeiden.

Aber da er bei der Landung dabei sein wollte, schlug er den Rückweg zum Lager ein.

Wie zu erwarten, löste die Ankunft des Hubschraubers eine Welle von Spekulationen aus. Neugierig scharten sich die Männer auf dem Versammlungsplatz.

Nach ein paar Minuten stieg ein Passagier aus. Obwohl er – statt eines italienischen Maßanzugs – das traditionelle Gewand trug und sich einen Bart hatte wachsen lassen, erkannte Xander ihn sofort, auch an seiner Gangart: Es war kein anderer als Nazir.

Also hatte er recht gehabt! Obwohl ihn das freute, wuchs sein Hass auf seinen Cousin noch weiter. Sein Halbbruder, der Herrscher, war ihm stets wohlgesinnt gewesen und hatte ihn mit Ämtern und Reichtümern überschüttet. Aber seine Machtgier war so groß, dass er dafür so weit gehen würde, den Mann, der ihm nur Gutes getan hatte, zu ermorden, um dann seinen Platz einzunehmen. Doch er hatte nicht mit Xander gerechnet. Er würde alles tun, um Nazirs Plan zu verhindern. Es freute ihn, dass er jetzt wenigstens die Möglichkeit hatte, Nazir im Auge behalten zu können.

In diesem Moment trat El Khalid aus seinem Zelt, um den Neuankömmling zu begrüßen. Er verbeugte sich tief vor ihm und hieß ihn willkommen. Unbemerkt trat Xander näher, in der Hoffnung, doch ein wenig von ihrem Gespräch zu belauschen.

Es war jetzt schon über eine Stunde her, dass Xander sie verlassen hatte. Katrina wurde es im Zelt allmählich langweilig.

Irgendwann stand sie auf und ging auf den Ausgang zu. Es gab keinen Grund für sie, Xanders Befehl zu gehorchen. Sie war schließlich nicht wirklich seine Frau. Die Hochzeit war nur eine Farce gewesen.

Gleichzeitig durfte sie eines nicht vergessen: Auch wenn sie nicht wirklich seine Frau war, war sie doch auf jeden Fall seine Gefangene.

Sie fragte sich, wie hoch das Lösegeld sein mochte, das er für sie fordern würde. Die Regierungsstelle, für die sie arbeitete, war nur ein kleines Ressort mit beschränkten Mitteln. Oder dachte er vielleicht, sie hätte eine Familie, die einen hohen Preis für ihre Freilassung zahlen würde? Es kam ja immer wieder vor, dass Geiseln genommen wurden und ihre Familien dann ein hohes Lösegeld zahlen mussten. Aber nie hätte Katrina gedacht, dass ihr selbst einmal ein solches Schicksal zustoßen würde.

Sie wünschte, sie hätte den Mut zu flüchten. Doch sie wusste, dass das Lager streng bewacht wurde. Selbst wenn es ihr gelingen sollte, die Wächter zu überlisten, würde sie nicht sehr weit kommen.

Der Tod in der Wüste wäre ihr gewiss.

Natürlich konnte sie versuchen, ein Auto zu stehlen, aber dafür musste sie einen Wagen finden, den sie auch steuern konnte und der einen vollen Tank hatte.

Nein, das alles war recht unwahrscheinlich. Bestimmt war es am vernünftigsten, einfach zu bleiben, wo sie war.

Am vernünftigsten? Hatten denn ihre Motive etwas mit Vernunft zu tun? Oder ging es nicht in Wirklichkeit um ihren heimlichen Wunsch, von Xander …

Katrina musste plötzlich daran denken, dass sie sich im einundzwanzigsten Jahrhundert befanden. Auch Frauen gestand man inzwischen zu, Lust zu empfinden, ohne dass es gleich um Liebe ging. Frauen konnten genau wie Männer mit so vielen Partnern Sex haben, wie es ihnen beliebte, und niemand würde sich darüber aufregen. Sie konnten mit einem Mann schlafen und ihn am Morgen danach verlassen. Aber konnte sie das auch? Und – noch viel wichtiger – wollte sie das überhaupt?

Unruhig schritt Katrina im Zelt auf und ab. Sie war so in Gedanken versunken, dass sie nicht auf ihre Umgebung achtete. Plötzlich stolperte sie unversehens und stieß mit dem Fuß gegen eine Holzkiste, die neben dem Diwan stand.

Stirnrunzelnd kniete sie sich nieder, um die Kiste aus dem Weg zu schieben. Aber ihre Neugier war geweckt, und sie fragte sich, was sich wohl in der Truhe befinden mochte. Langsam hob sie den Deckel.

Kein Wunder, dass die Kiste so schwer war, denn sie war voller Bücher. Erstaunt betrachtete Katrina diese und entdeckte sehr bald, dass es sich nicht um gewöhnliche Bücher handelte. Dies waren richtige Kunstwerke, die einer Bibliothek alle Ehre gemacht hätten. Es waren Bücher, wie sie einem Sammler von Erstausgaben gehören mochten, mit dicken Ledereinbänden und goldverzierten Lettern. Bestimmt hatte der Besitzer einen hohen Preis dafür gezahlt. Staunend besah sich Katrina ein Exemplar. Es war eine Erstausgabe, wie sie gedacht hatte, ein seltenes Sammlerstück. Es handelte sich um die gesammelten Gedichte von Robert Browning an Elizabeth Barrett.

Auf der ersten Seite fand sie eine handschriftliche Eintragung.

„Für meine geliebte Elisabeth."

Plötzlich traten ihr Tränen in die Augen. Die Inschrift war schlicht, aber für sie waren die Worte mehr wert als alle Erstausgaben der Welt zusammen. Dieses Buch war ein Geschenk der Liebe. Sie legte es nachdenklich wieder zurück und besah sich das zweite Exemplar aus dem Stapel.

Es war ein französisches Buch, dessen Verfasser sie nicht kannte. Auch dieser Band war einer gewissen Elisabeth gewidmet. Über der Unterschrift befand sich das vertraute Siegel des Herrschers von Zuran.

Ihr Herz setzte einen Moment lang aus. Das konnte nur bedeuten, dass die Bücher aus dem Palast stammten. Und dass diese Elisabeth, wer auch immer sie sein mochte, von einem Prinzen königlichen Geblüts geliebt worden war.

Sie griff nach dem nächsten Band, einem Buch in arabischer Sprache.

Katrina musste keine Expertin sein, um zu wissen, dass die Bücher ein Vermögen wert waren. Noch wichtiger war in ihren Augen jedoch der persönliche Wert, den sie besaßen. Diese Bücher waren ein Geschenk der Liebe gewesen, das Geschenk eines Mannes an eine Frau, die er tief verehrte.

Man spürte förmlich, dass die Eigentümerin sie in hohen Ehren gehalten hatte. Aber jetzt befanden sie sich in Xanders Besitz, und Katrina hatte keinen Zweifel, auf welchem Weg sie dorthin gelangt waren. Wahrscheinlich hatte er sie gestohlen!

Plötzlich fröstelte sie. Aber warum war sie entsetzt? Die Entdeckung sollte sie eigentlich nicht überraschen. Sie hatte doch schon immer gewusst, dass Xander ein Dieb war.

Der Zwischenfall in der Gasse im Souk, sein Vorhaben, Lösegeld für sie zu erpressen, die Tatsache, dass er Diebesgut besaß – all dies war kein Grund für sie, sich so elend zu fühlen. Es bestätigte nur ihre Einschätzung seines Charakters. Langsam legte sie das Buch wieder in die Kiste zurück.

„Was, zum Teufel, machst du da?"

Sie hatte Xander gar nicht hereinkommen hören und zuckte erschrocken zusammen. Die Wut in seiner Stimme ließ sie erbeben. Aber sie dachte nicht daran, jetzt klein beizugeben. Daher stand sie rasch auf und wandte sich zu ihm um, bereit, ihn mit dem Diebstahl zu konfrontieren. Doch er ignorierte sie völlig und untersuchte stattdessen den Inhalt der Kiste. Dann schlug er den Deckel zu und schloss mit einem kleinen Schlüssel ab, den er am Gürtel trug.

„Was fällt dir ein, in meinen Sachen herumzuschnüffeln?", fragte er aufgebracht.

„In deinen Sachen?" wiederholte sie verächtlich. „Diese Bücher gehören dir doch gar nicht! Ich habe die Inschriften gesehen. Du hast sie von jemandem gestohlen, gib es zu!"

Xander konnte kaum glauben, was er da hörte. Katrina hatte es gewagt, in seinen persönlichen Sachen herumzustöbern – den wertvollen Erinnerungsstücken an seine Eltern –, und nun wagte sie es, ihm vorzuwerfen, er hätte sie gestohlen. In seiner Wut vergaß er die Gründe, aus denen sie seine Ehrlichkeit hätte anzweifeln können. Er dachte nur daran, wie viel ihm diese Bücher bedeuteten. Denn es waren Geschenke seines Vaters an seine Mutter gewesen, bevor er sie gebeten hatte, ihn zu heiraten.

Er hatte immer gewusst, dass es sich dabei um etwas sehr Wertvolles handelte, schon als kleiner Junge. Deshalb hing er auch an den Büchern, weil sie für ihn den Geist seiner Mutter verkörperten. Sie standen für einen Teil von ihr, den er nicht gekannt hatte. Für ihn waren sie immer wie ein Talisman gewesen, und er hatte sie überallhin mitgenommen. Falls einer von El Khalids Leuten sie zufällig gefunden hätte, hätte er natürlich behauptet, sie gestohlen zu haben. Aber es gab das ungeschriebene Gesetz unter den Banditen, dass sie die Privatsphäre des anderen respektierten. Das galt auch für seine Besitztümer.

Katrina kannte dieses Gesetz jedoch nicht, und es bedeutete ihr nichts. Die Frau, die ihn mehr schlaflose Nächte gekostet hatte als jede andere, hatte die Stirn, ihn anzuklagen, er hätte diese Bücher gestohlen. Das war unglaublich!

„Diese Bücher gehören mir", sagte er grimmig.

Sie sah ihn verächtlich an und schüttelte den Kopf.

„Das ist unmöglich. Sie sind ein Vermögen wert und gehören eigentlich ins Museum. Es handelt sich ausschließlich um Erstausgaben."

Sie war so eifrig bei der Sache, dass ihr gar nicht auffiel, welch verheerende Wirkung ihre Worte auf ihn hatten. Noch nie hatte sie ihn so verärgert gesehen. Eine Ader zuckte an seinem Hals, seine

Augen hatten sich gefährlich verdunkelt. Instinktiv wich sie einen Schritt zurück und stieß dabei gegen den Diwan.

„Willst du behaupten, ich wäre ein Lügner?“, fragte er mit eisiger Stimme.

Katrina wusste, dass sie nichts mehr zu verlieren hatte.

„Du bist ein Lügner“, entgegnete sie mit funkelnden Augen. „Ein Lügner und ein Dieb!“

Die Verachtung in ihrem Blick traf ihn mitten ins Herz. Er trat auf sie zu und packte sie am Arm.

„Das wirst du nie wieder zu mir sagen, hast du verstanden?“, fuhr er sie wütend an.

„Warum nicht? Es ist schließlich die Wahrheit“, erwiderte sie. Ihre Wut stand der seinen in nichts nach.

„Die Bücher waren ein Geschenk meiner Mutter an mich.“ So, nun war es heraus. Xander konnte die Wahrheit nicht länger zurückhalten. Es war, als hätte er sich die Worte aus dem Herzen reißen müssen.

Sie sah ihn ungläubig an. Erwartete er tatsächlich von ihr, dass sie ihm Glauben schenkte? Sie spürte, wie erhitzt sein Körper war, und sie reagierte unmittelbar darauf. Panik ergriff sie. Warum spürte sie dieses Verlangen nach ihm? Warum konnte ein Mann, den sie nicht einmal respektierte, sie so sehr erregen? Sie durfte sich diese Gefühle nicht gestatten. Sie musste jetzt unbedingt Haltung bewahren.

„Das ist unmöglich!“, widersprach sie und wünschte sich nichts sehnlicher, als dass er ihr endlich die Wahrheit über sein Leben erzählte und sich ihr anvertraute.

Darauf konnte sie natürlich lange warten. Das Wissen darum brachte sie fast um. Mit letzter Kraft zwang sie sich, ihm zu entgegnen: „Die Bücher tragen das Siegel des Herrschers von Zuran.“

Danach herrschte lange Stille, die Worte klangen im Raum nach. Katrina konnte seinem Blick nicht begegnen. Die Spannung wurde unerträglich.

„Du brauchst mich nicht weiter anzulügen“, sagte sie heiser. „Ich glaube dir nicht. Du bist ein …“

Xander hielt es plötzlich nicht mehr aus. Ihr Misstrauen, ihre Verachtung – all dies traf ihn härter, als er es je für möglich gehalten hätte.

„So, das reicht jetzt!“ Er trat auf sie zu, und im nächsten Moment spürte sie seine Lippen auf den ihren. Es war sowohl ein Mittel, sie zum Schweigen zu bringen, wie auch ein Ausdruck seines Verlangens nach ihr.

Es war ein Kuss der Bestrafung, der seine Dominanz zum Ausdruck bringen sollte. Aber kaum spürte er den sanften Druck ihrer Lippen, geschah etwas mit ihm, das sich seiner Kontrolle entzog. Sein Ärger wich heftigem Verlangen und riss die Grenzen ein, die zu errichten er sich so sehr bemüht hatte, um Katrina auf Abstand zu halten.

Ihre sanften Lippen, der Schauer, der sie durchlief, ihr süßer Geschmack, all das ließ ihn erglühen bis in die letzte Faser seines Körpers.

Er wollte sie mehr als jede andere Frau, die er bisher getroffen hatte. Er wollte sie ... wollte sie schmecken, sie besitzen, wollte ihr für alle Ewigkeit seinen Stempel aufdrücken.

Gedanken, Gefühle, Begehren ... all dies durchflutete ihn in rascher Folge. Er konnte es nicht stoppen, konnte das Verlangen nicht aufhalten. Das rasende Verlangen, sie zu besitzen.

Katrina machte einen schwachen Versuch, sich von ihm zu lösen. Aber ihre Knie waren weich, ihre Glieder schienen ihr nicht mehr zu gehorchen. Als sie jetzt seine suchende Zungenspitze in ihrem Mund spürte, stöhnte sie auf.

Vernunft, Logik, ihr Selbsterhaltungstrieb, der unter normalen Umständen ganz gut funktionierte, all dies verschwand in der ungeheuren Erregung, die sie erfasst hatte. Ihre Finger durchwühlten sein dichtes Haar. Er fühlte sich so männlich an, so männlich und so gefährlich. Warum stieß sie ihn dann nicht von sich, statt ihn zu sich heranzuziehen?

Sein leidenschaftlicher Kuss hätte sie eigentlich abstoßen müssen, stattdessen spürte sie das Feuer des Verlangens in sich glühen, das immer stärker wurde.

Als sie seinen Kuss erwiderte, erschauerte Xander. Im nächsten Moment drückte er sie zurück auf den Diwan, wo sie zwischen den Kissen zu liegen kam. Sie legte ihm die Arme um den Nacken und zog ihn an sich. ihr Verlangen nach ihm war jetzt so stark, dass sie alles andere darüber vergaß.

Feuer strömte durch ihre Glieder, drohte sie zu verzehren, drohte ihr den Rest ihres Verstandes zu rauben. In ihrem Traum hatte sie schon einmal in den Armen eines solchen Mannes gelegen, eines Mannes, dessen leiseste Berührung genügte, um sie schwach werden zu lassen. Auch Xander war ein solcher Mann, doch dies war kein Traum, dies war Wirklichkeit. Plötzlich musste Katrina wieder daran denken, wie rückhaltlos sie sich ihm im Traum hingegeben hatte. Und so war es auch jetzt!

Alles versank um sie herum, sie spürte nichts als den weichen Diwan unter sich und den Mann, der sie in seinen Armen hielt.

Er sollte es nicht tun, Xander wusste es. Aber Katrinas Weigerung, ihm zu glauben, löste Emotionen aus, die er nicht mehr unter Kontrolle hatte. Wie genau sein bitterer Stolz und die brennende Wut in diese unersättliche Begierde nach ihr umschlug, die er jetzt verspürte, hätte er nicht zu sagen vermocht. Aber eine elementare Kraft trieb ihn an, sie zu besitzen. Genau diese Kraft bewegte ihn dazu, jede Erinnerung an andere Männer in Katrina für immer auszulöschen.

Er umfasste ihr Kinn mit seiner rechten Hand und zwang sie, ihm in die Augen zu schauen.

„Sieh mich an!"

Katrina hatte keine Wahl. Bebend ließ sie es geschehen, dass er ihr eine Locke aus der Stirn strich. Noch nie zuvor hatte sie sich so weiblich und gleichzeitig so sinnlich gefühlt.

Wenn seine Worte nicht so ärgerlich geklungen hätten, hätte sie fast glauben können, dass seine Berührungen etwas Zärtliches hatten. Aber die Lippen, die sich jetzt wieder auf ihre pressten, waren nicht zärtlich, sondern leidenschaftlich fordernd. Trotzdem antwortete sie ihm mit derselben rückhaltlosen Leidenschaft, und als sie jetzt seine Zungenspitze spürte, stöhnte sie auf. Sein Gewicht drückte sie noch tiefer in die Kissen hinein, sie merkte es kaum.

Der Streit über die Bücher war vergessen. Jetzt ging es nicht mehr um seinen Stolz und um seinen Wunsch, sie für ihr Misstrauen zu bestrafen. Jetzt wurde Xander nur noch von dem einen Wunsch getrieben, nämlich sich mit ihr zu vereinigen.

Katrina spürte seine suchenden Hände auf ihrem Körper, die sie hastig entkleideten. Aber statt ihn aufzuhalten, half sie ihm noch dabei. Auch sie konnte es kaum erwarten, dass nichts mehr sie trennte.

Ein schmaler Sonnenstrahl fiel ins Innere des Zelts und ließ ihren Körper wie von innen heraus strahlen. Sie merkte, dass Xander ganz still geworden war und sie staunend betrachtete. Einen kurzen Moment lang verunsicherte sie dies, denn er war der erste Mann, der sie jemals nackt gesehen hatte. Der erste Mann, von dem sie sich je gewünscht hatte, dass er sie nackt sah.

Zögernd sah sie ihn an. Sein Blick ließ sie erschauern, das Feuer der Leidenschaft, das darin glühte, ließ sie erzittern. Ein Blitz der Lust traf sie bis in die intimsten Teile ihres Körpers hinein. Dabei hatte er sie ja noch nicht einmal berührt, aber die Spannung zwischen ihnen war bereits so groß, dass es nur noch wenig brauchte, um das Feuer der Leidenschaft in ihr zu entfachen.

Sie wollte ihn, begehrte ihn, verzehrte sich, sehnte sich nach ihm.

Sie stöhnte leicht auf, was ihm nicht verborgen blieb. Schnell entledigte er sich seiner Kleidung. Staunend betrachtete sie seinen kräftigen Körper, den hellen Goldton seiner Haut, seinen muskulösen Oberkörper. Im nächsten Moment war er auch schon wieder bei ihr und zog sie an sich.

Sie in seinen Armen zu halten war ein unaussprechlicher Genuss für Xander. Er atmete tief ein, atmete ihren Duft tief ein, wollte sein ganzes Sein mit ihr füllen.

Katrina spürte die Seidenkissen, auf denen sie lag, aber noch erotischer war das Gefühl seines nackten Körpers in ihren Armen. Es war himmlisch, dafür gab es einfach kein anderes Wort. Staunend strich sie ihm über den Rücken, zeichnete bewundernd seine Muskeln nach und schloss die Augen, um den sinnlichen Moment voll auszukosten.

Auch wenn sie Xander nie wieder so intim berühren würde, würde sie sich doch für den Rest ihres Lebens an diesen Moment erinnern. Wie Xander sich anfühlte, sich bewegte – all dies war Teil eines Bildes, das sie für immer in ihrem Gedächtnis bewahren wollte. Sein natürlicher Duft war jetzt stärker als sein Eau de Cologne, seine Haut glühte, sein Atem ging stoßweise. Er war kräftig, männlich und sehr erregt. Katrina musste ihn nicht berühren, um das zu wissen. Es erfüllte sie mit einem Bewusstsein ihres ganzen sinnlichen Potenzials, und da sie dies noch nie zuvor erfahren hatte, war es umso überwältigender.

Aber sie hatte nicht mit ihrem eigenen Wunsch gerechnet, ihn dort zu berühren, wo sein Verlangen nach ihr am deutlichsten wurde. Sie spürte, wie er immer größer und härter wurde, spürte, was ihre Nähe in ihm auslöste. Es hätte sie eigentlich schockieren müssen, doch sie war schon lange über diesen Punkt hinaus.

Xander hatte ihren Mund erneut in Besitz genommen, seine Hände umspannten ihre Brüste, er schien gar nicht genug von ihr zu bekommen. Doch seine Zunge suchte immer erregter nach ihrer, sanft umkreiste er mit den Fingerspitzen ihre Brustknospen, bis sie meinte, vor Lust zu vergehen.

Wie wild wand sie sich unter ihm, glühte am ganzen Leib.

Xander betrachtete sie, und das Verlangen, sie zu besitzen, wurde unerträglich. Er wollte sie haben, ihr zeigen, dass er der einzige Mann war, der sie wirklich liebte und den sie niemals vergessen würde.

Daher beugte er sich über ihre Brüste und küsste sie lange und genüsslich. Katrina stöhnte auf. Sie merkte nicht, dass ihre Fingernägel sich in seinen Rücken gebohrt hatten. Sie drängte sich ihm mit den Hüften entgegen, spürte seine heftige Erregung und hatte das Gefühl, es nicht mehr viel länger aushalten zu können.

Wellen der Lust pulsierten durch ihren Körper und drohten ihr den Verstand zu rauben.

Ihre völlige Hingabe überraschte Xander. Damit hatte er nicht gerechnet.

„Ich sehne mich so nach dir!“

Katrina stieß die Worte hervor, und um seine Selbstkontrolle war es geschehen.

„Du wirst mich haben“, versprach er ihr, „so wie ich dich haben werde. Ich werde dich besitzen und dich ganz erfüllen und dich so lieben, wie dich noch nie ein Mann geliebt hat oder jemals lieben wird. Willst du das?“

„Ja, oh ja“, stöhnte Katrina. Sie konnte an nichts anderes mehr denken, überwältigt vom Verlangen.

Er schob ihre Beine auseinander, berührte sie sanft an ihrer intimsten Stelle, bis sie aufstöhnte.

Obwohl er ihr solches Vergnügen bereitete, sagte ihm noch immer eine leise Stimme, dass er etwas Verbotenes tat. Aber diese Warnung verklang ungehört unter ihrem erregten Stöhnen und seiner Sehnsucht nach ihr.

Noch nie zuvor hatte er eine solche Not gespürt, eine Frau zu besitzen. Es war wie ein Feuerstrom, der ihn zu verzehren drohte. Die Glut nahm mit derselben Kraft von ihm Besitz, wie er Katrina in Besitz nehmen wollte.

Er drängte sich zwischen ihre Beine, die sie bereitwillig für ihn öffnete. Katrina sah ihn an, das Herz klopfte ihr bis zum Hals. Er war jetzt über ihr, und sie wusste, der Moment der Wahrheit war gekommen. Der Moment, von dem sie schon so lange geträumt, den sie so sehr herbeigesehnt hatte. Sie fürchtete sich zwar auch ein wenig, aber ihre Neugier und ihr Verlangen waren stärker.

Katrina spürte, wie er die Muskeln anspannte, strich ihm sanft über die Wange und flüsterte: „Küss mich!“

Langsam beugte er sich zu ihr herunter, und im nächsten Moment brannten ihre Lippen aufeinander. Dann waren sie mit einem Mal nicht mehr voneinander getrennt, und sie gab sich einer Umarmung hin, die erotischer war als alles, was sie sich in ihren kühnsten Träumen ausgedacht hatte.

Mit dem leichten Schmerz, den sie spürte, als er in sie eindrang, hatte sie nicht gerechnet, aber ihr Verlangen war stärker. Sie klammerte sich an ihn, drängte sich ihm entgegen, genoss es, von ihm in Besitz genommen zu werden.

Xander stutzte, als er spürte, dass sie noch Jungfrau war. Er vernahm ungläubig ihren leisen Schmerzensschrei und hielt kurz inne. Damit hatte er nicht gerechnet.

Doch sie zog ihn erneut an sich, und schließlich gab er ihrem Drängen nach.

Sie hörte ihn stöhnen. Beide wurden immer erregter, atemloser, aufgewühlt von gegenseitigem Verlangen, hinaufgetragen auf den Gipfel der Lust, wo sie einen berauschenden Höhepunkt erlebten, sie zuerst, dann auch er.

Sie hatte Tränen in den Augen, so glücklich und erfüllt fühlte sie sich. Sanft schmiegte sie sich an ihn. Es dauerte eine Weile, bis er etwas sagte.

„Wie ist es möglich, dass du noch Jungfrau warst?“

War er darüber etwa verärgert? Unsicher sah sie ihn an. „Was glaubst du denn?“

Konnte ihm das nicht egal sein, jetzt, da sie so befriedigt war?

„Ich weiß, dass manche Frauen einen solchen Zustand künstlich erzeugen“, erwiderte er. „Eine kleine Operation wirkt dabei manchmal Wunder.“

„Schon möglich, aber bei mir ist das nicht der Fall.“

Xander wusste, dass sie die Wahrheit sprach. Doch er war noch immer nicht über den Schock hinweg. Nie hätte er es für möglich gehalten, dass er ihr erster Liebhaber sein würde. Das veränderte alles für ihn. Er fühlte sich plötzlich sehr für sie verantwortlich.

„Du hättest es mir sagen sollen“, meinte er anklagend.

Er klang kühl und distanziert. Katrina kam sich mit einem Mal schutzlos und ausgeliefert vor. Sie war den Tränen nahe, ihr Glücksgefühl war verschwunden.

„Ich habe dir doch gesagt, dass Richard nicht mein Liebhaber ist“, verteidigte sie sich.

„Ja, aber du hättest mich bitten können aufzuhören.“ Er sah mit einem schwer zu deutenden Gesichtsausdruck auf sie hinab.

Offensichtlich schob er ihr die Schuld an dem zu, was passiert war. Aber warum? Natürlich hatte er recht, sie hätte ihm sagen müssen, dass sie noch Jungfrau war. Aber wäre es dann so weit gekommen? Wahrscheinlich nicht. War sie selbst so versessen darauf gewesen, mit ihm zu schlafen, dass sie deshalb einen Fehler gemacht hatte? Plötzlich fühlte sie sich sehr verunsichert, zurückgewiesen und verzweifelt. Ein Schauer durchlief sie, und sie fröstelte.

„Hier, zieh das an.“

Er reichte ihr sein Gewand, sie wickelte sich darin ein. Offensichtlich erwiderte er ihre zärtlichen Gefühle nicht, und das machte sie vollends unglücklich.

„Dir ist hoffentlich klar, dass das alles zwischen uns ändert. Wenn ich gewusst hätte, dass du noch Jungfrau bist, hätte ich dich niemals …“

Sie konnte die Tränen nur noch mit Mühe zurückhalten.

„Weißt du eigentlich, wie unmöglich du bist?“, fragte sie empört. „Du hast geglaubt, dass ich … Du hast die ganze Zeit über gedacht, ich hätte …“ Ihr fehlten die Worte. Sie holte tief Luft und versuchte es noch einmal.

„Als du dachtest, ich wäre Richards Geliebte, hast du wohl nichts dabei gefunden, mit mir ins Bett zu gehen. Jetzt, da du weißt, dass ich noch Jungfrau war, sieht alles ganz anders aus. Nun, das gilt vielleicht für dich, aber meine Gefühle dir gegenüber haben sich deshalb nicht verändert. Im Gegenteil, jetzt verachte ich dich sogar noch mehr. Ich kann nur den Mann respektieren, der mich als Mensch wertschätzt und dem es egal ist, ob ich noch Jungfrau war oder nicht. Du bist grässlich, und ich verabscheue dich!"

Sie spürte, wie sehr sie ihn mit ihren Worten getroffen hatte, aber es kümmerte sie nicht. Sein Blick war zum Fürchten, doch sie ließ sich davon nicht einschüchtern. Schließlich hatte sie genauso das Recht zu sagen, was sie dachte, wie er. Sie hatte sich eingeredet, er wäre anders als andere Männer. Sie hatte sich selbst etwas vorgemacht, und jetzt zahlte sie den Preis dafür. Nicht mit ihrer Jungfräulichkeit, sondern mit ihrem Herzen und ihren Gefühlen.

Doch wenigstens würde sie nun endlich in der Lage sein, die Liebe zu ihm im Keim zu ersticken. Denn sie könnte nie im Leben vergessen, wie grausam er zu ihr gewesen war.

Ihre ärgerlichen Worte trafen Xander genauso unvorbereitet, wie sein Verlangen für sie ihn getroffen hatte. Das Bild, das sie von ihm hatte, verletzte seinen Stolz mehr, als er sich eingestehen wollte.

Er hatte sie angelogen, als er behauptet hatte, er habe sie nur deshalb geliebt, weil sie schon Erfahrung mit Männern gehabt habe. In Wahrheit hatte er sich nicht mehr zurückhalten können. Aber er war zu stolz gewesen, dies ihr gegenüber zuzugeben. Jetzt war es zu spät, ihr die Wahrheit zu gestehen. Es war auch zu spät, sich Vorwürfe zu machen, weil er keinerlei Vorsorge getroffen hatte.

Dabei machte er sich keine Sorgen wegen der gesundheitlichen Gefahr. Im Gegensatz zu dem, was andere Leute von ihm dachten, schlief er nicht wahllos mit Frauen. Aber natürlich gab es noch andere Risiken, und er war sie eingegangen.

Er sah Katrina an. Sie sah blass aus, die Augen wirkten groß in ihrem Gesicht.

Obwohl sie sich in das Gewand eingewickelt hatte, zitterte sie noch immer leicht.

Ohne ein weiteres Wort stand er auf und hob sie hoch.

„Was soll das?", fragte sie alarmiert. „Lass mich auf der Stelle herunter!" Aber ihr Protest verhallte ungehört, als er sie durch das Zelt trug.

Was hatte er vor? Wortlos ging er mit ihr in das kleine Bad, nahm ihr das Gewand ab und stellte das warme Wasser für sie an.

„Warum tust du das?"

„Dir ist kalt, und du stehst wahrscheinlich noch immer unter Schock", sagte er. Es stimmte, sie fröstelte am ganzen Leib und genoss es daher sehr, als das warme Wasser ihren Körper hinablief. Aber ihr Zustand hatte mehr mit Xanders distanzierter Reaktion zu tun als mit allem anderen.

Sie riskierte einen kurzen Blick auf ihn. Er seifte sie gerade ein, und es schien ihr nicht, als wäre damit ein sexuelles Interesse verknüpft, so distanziert wirkte er. Aber leider zeigte ihr Körper sofort eine Reaktion auf seine Berührungen.

Natürlich half es dabei auch nicht, dass sie beide nackt waren. Gegen ihren Willen betrachtete sie ihn eingehend und sah, dass auch er heftig erregt war.

„Was ist los?"

Katrina errötete vor Verlegenheit. Sie hatte gar nicht gemerkt, dass Xander ihr Blick nicht verborgen geblieben war.

„Nichts, das heißt … Ich dachte nur …" Die Stimme wollte ihr nicht gehorchen.

„Du dachtest *was*?", erwiderte er herausfordernd. „Dass ich wieder mit dir ins Bett gehen würde?"

„Nein!", entgegnete sie empört. Leider richteten sich in diesem Moment ihre Brustspitzen auf und straften ihre Worte Lügen.

„Nein? Was dachtest du dann?"

Er bestand offensichtlich darauf, dass sie ihm die Wahrheit sagte.

„Ich dachte, dass du … nach dem Sex … Also, ich hätte erwartet, dass du gar keine Lust mehr …"

„Ach ja? Das hättest du also erwartet?"

Erneut kamen ihr die kühnsten erotischen Fantasien, einzig und allein ausgelöst durch seine Nähe.

Xander beugte sich vor und seifte Katrina den Rücken ein, bis hinunter zu den Pobacken.

„Dann erzähl mir doch mal, was du stattdessen erwartet hast", sagte er.

„Gar nichts", erwiderte sie schnell.

Er ließ den Schwamm fallen und sah sie an.

„Es gibt große Unterschiede unter Männern. Manche sind stärker gebaut, andere weniger stark. Bei Frauen ist es genauso. Daher hättest du mir auch sagen müssen, dass du noch Jungfrau bist."

Jetzt spülte er ihr die Seife ab.

„Ich bin überrascht, dass deine Eltern, besonders dein Vater, dich nicht auf eine solche Situation vorbereitet haben."

„Ich habe keine Eltern mehr", erwiderte Katrina ruhig. „Sie kamen bei einem Unfall ums Leben. Damals war ich ein Teenager."

„Bei einem Unfall?"

„Ja, sie waren Wissenschaftler. Bei Ausgrabungen in der Türkei stürzte ein Dach ein und begrub die beiden unter sich."

Sie hörte, wie er den Atem anhielt.

„Du musst mich deshalb nicht bemitleiden. Ich bin froh, dass sie zusammen gestorben sind. Sie haben mir immer nur Liebe gegeben, und vor allem haben sie sich geliebt."

Sie sprach mit einer Würde, die ihn mitten ins Herz traf. Er musste sein spontanes Bedürfnis, sie in die Arme zu schließen, mit aller Macht unterdrücken.

„Bleib hier", befahl er ihr und stellte das Wasser ab. Wenig später kam er mit einem großen flauschigen Badetuch zurück, in das er sie einwickelte.

Bewundernd betrachtete sie das unglaublich weiche Tuch.

„Das ist ägyptische Baumwolle", erklärte er ihr. „Die beste, die es gibt."

„Und sicher auch die teuerste, oder?", fragte Katrina. Dann biss sie sich auf die Lippe, denn plötzlich fiel ihr wieder ein, wer er war.

Bestimmt hatte er die Badetücher auf demselben Weg erstanden wie die Bücher in der Kiste. Doch als sie an seine empörte Reaktion auf ihre Anschuldigungen von vorhin dachte, hielt sie es für besser, ihn nicht noch einmal herauszufordern.

Xander wickelte ein zweites Badetuch um seine Hüften und fing dann an, Katrina trockenzureiben. Dabei war er nicht mehr so zärtlich wie vorher, wollte die Sache offensichtlich schnell hinter sich bringen. Danach wickelte er sie in ein frisches Badelaken ein und hob sie wieder hoch.

„Ich bin durchaus in der Lage zu gehen“, meinte sie, aber er ignorierte ihre Bemerkung und trug sie aus dem Bad.

Sie nahm seinen frischen Duft wahr und atmete ihn tief ein. Ihr Herz schlug so laut gegen seine Brust, dass sie glaubte, er müsse es hören. Es verlangte sie danach, ihn wieder zu küssen, aber sie hielt sich zurück.

Dennoch merkte sie, wie die Leidenschaft erneut in ihr aufloderte. Was hatte er nur mit ihr gemacht? Konnte sie an nichts anderes mehr denken? Wie hatte er es geschafft, sie von einer scheuen Jungfrau in eine Frau zu verwandeln, die einen unersättlichen Appetit auf Sex entwickelte?

Erleichtert registrierte sie, dass sie inzwischen das Schlafgemach erreicht hatten. Hier ließ er sie vorsichtig auf dem Bett nieder.

„Du solltest dich jetzt ausruhen“, sagte er.

„Ich brauche keine Ruhe. Nur weil ich Jungfrau war, bin ich noch lange nicht zerbrechlich.“

Er hatte sich bereits von ihr abgewandt, nun drehte er sich zu ihr um und sah sie eindringlich an. „Du warst Jungfrau, konntest es aber kaum erwarten, mit mir zu schlafen, oder?“

Katrina presste die Lippen zusammen.

„Antworte mir!“, befahl er, streckte die Hand aus und strich ihr sanft über die Lippen. Ein leichter Schauer überlief sie. Es war erstaunlich, was eine leichte Berührung von ihm auszulösen vermochte.

„Antworte mir!“, wiederholte er seinen Befehl.

„Wie du willst. Ja, du hast recht. Offensichtlich bist du in diesen Dingen ziemlich erfahren.“ Sie dachte nicht daran, ihm zu verraten, was sie wirklich fühlte.

„Morgen früh wirst du in einer besseren Position sein“, erwiderte er. „Glaub mir, du hast noch keinen Schimmer davon, was sinnliches Vergnügen wirklich bedeutet. Vorhin unter der Dusche hatte ich das Gefühl, als könntest du es kaum erwarten, dass wir uns erneut lieben. Weißt du überhaupt, wie verführerisch es auf einen Mann wirkt, wenn er merkt, dass die Frau sich nach ihm verzehrt?“

„Ich habe dich doch gar nicht angesehen, als ob …“

„Oh doch, das hast du“, unterbrach er sie. „Lüg mich nicht an! Jetzt solltest du dich ausruhen, und später werde ich dich weiter in die Freuden der Liebe einführen.“

Seine Arroganz ist unglaublich, sagte sie sich. Doch ihrer Wut wich bereits wieder Erregung. Ihr war klar, dass sie sich auf dünnem Eis bewegte, aber sie konnte es nicht ändern.

Eigentlich sollte sie ihn hassen, verabscheuen und nicht lieben. Sie sollte …

Lieben? Sie liebte ihn nicht. Das war nicht möglich. Wie kam sie nur darauf? Vielleicht begehrte sie ihn. Vielleicht erregte er sie. Vielleicht berührte er sie, aber ganz sicher liebte sie ihn nicht!

8. KAPITEL

Missmutig blickte Xander hinaus auf die Oase, hinter der die Sonne bereits unterging.

Eigentlich hätte seine einzige Sorge seinem Halbbruder gelten sollen. Denn morgen war schließlich Nationalfeiertag, der Tag, den Nazir für die Ermordung des Herrschers und für seinen Staatsstreich ausgewählt hatte.

Stattdessen konnte er nur an Katrina denken.

Er hatte Sachen mit ihr gemacht, die seinem normalen Verhaltenskodex total zuwiderliefen. Das allein hätte schon genügt, um den Ärger zu erklären, den er auf sich selbst verspürte. Aber zu allem anderen kam jetzt noch hinzu, dass er sich inzwischen physisch so sehr nach ihr sehnte, dass er es kaum noch erwarten konnte, die Versprechungen, die er ihr vorhin gemacht hatte, auch wahr zu machen. Dabei war dies ausgesprochen lächerlich, die reine Angeberei. Was war nur in ihn gefahren? In Wirklichkeit war er doch weder eitel noch oberflächlich. Aber der erstaunte und bewundernde Blick, den sie vorhin beim Duschen auf sein Geschlecht geworfen hatte, hatte in ihm den starken Wunsch ausgelöst, sie erneut in seinen Armen stöhnen und seufzen zu hören.

Wo, zum Teufel, blieben diese Agenten nur? Sie hätten schon längst mit einem offiziellen Haftbefehl für Nazir zurück sein müssen. Inzwischen hatte er Angst, sie könnten es nicht rechtzeitig schaffen. Und das bedeutete, es lag an ihm, einen Weg zu finden, um den Verräter zu stoppen.

Er presste die Lippen zusammen, sein Blick verfinsterte sich, als er plötzlich Nazir erblickte, der durch die Reihen der Zelte auf die Oase zukam.

Sofort wandte er sich ab und schlug den Rückweg ein. Aber als ob Nazir seinen Fluchtimpuls gespürt hätte, hörte Xander im nächsten Moment den scharfen Befehl: „Du! Komm her!“

Xander tat so, als hätte er ihn nicht gehört, und ging weiter.

„Bleib stehen, oder ich erschieße dich!“

Sie waren ganz allein in dem kleinen Palmenhain. Xander kannte Nazir gut genug, um zu wissen, dass er nicht zögern würde, seine Drohung wahr zu machen.

Automatisch fuhr seine Hand an seinen Dolch. Wie alle Mitglieder der königlichen Familie hatte auch er eine militärische Ausbildung genossen. Aber er hatte bisher noch niemanden getötet und es auch nicht für möglich gehalten, dass dies einmal passieren würde. Doch jetzt sah es so aus, als würde ihn sein Schicksal in eine Situation bringen, in der er keine Wahl hatte. Wenn er Nazirs Befehl ignorierte, würde dieser ihn erschießen, wie er es angedroht hatte. Und wenn er ihm gehorchte, würde sein Cousin ohne Zweifel sofort seine Identität herausfinden und erkennen, dass er seinen Plan durchschaut hatte.

Xander wandte sich daher langsam um, noch immer lag seine Hand auf seinem Dolch.

„Das hat zu lange gedauert, Tuareg“, sagte Nazir drohend zu ihm. „Vielleicht sollte ich dich trotzdem töten.“

Er hielt sein Gewehr bereits in der Hand, der Lauf der Mündung zielte direkt auf Xanders Herz.

Katrina holte tief Atem und trat aus dem Zelt heraus. Sie hatte beschlossen, Xander zu bitten, sie freizulassen. Den ganzen Nachmittag hatte sie damit verbracht, über das nachzudenken, was zwischen ihnen geschehen war. Mit Schrecken war ihr klar geworden, wie verletzbar sie war, was ihn betraf.

Das furchtbare Wort *Liebe*, das ihr vorhin durch den Kopf gegangen war, hatte ihr gezeigt, in welcher Gefahr sie sich befand. Sie hasste den Gedanken, sich erniedrigen und ihn anflehen zu müssen, sie freizugeben, aber sie hatte keine Wahl. Sie hatte sich entschieden, ihn zu fragen, wie viel Lösegeld er für sie erpressen wollte. Irgendwie würde es ihr schon gelingen, die Summe aufzutreiben. Schließlich besaß sie noch ein kleines Haus in England, das ihre Eltern ihr hinterlassen hatten. Bestimmt konnte sie dafür eine Hypothek aufnehmen.

Lange hatte sie auf seine Rückkehr gewartet, aber irgendwann war es mit ihrer Geduld dann vorbei gewesen. Daher hatte sie sich entschlossen, ihn zu suchen. Bald würde es dunkel sein, und noch immer musste sie an seine Worte und an sein sinnliches Versprechen denken. Sie hatte Angst, dass ihre Entschlossenheit sich in Luft auflösen würde, sobald sie wieder allein mit ihm in der intimen Atmosphäre des Zelts war.

Es war mehr Instinkt als Überlegung gewesen, der sie bewogen hatte, die Richtung zur Oase einzuschlagen. Jetzt stand sie wie erstarrt vor Furcht da, als ihr klar wurde, was gerade geschah.

Der Mann, der die Waffe auf Xander gerichtet hatte, wirkte sehr autoritär. Plötzlich kam Katrina die Idee, er könnte von Richard geschickt worden sein, um sie zu suchen.

Xander stand wenige Meter entfernt von ihm und rührte sich nicht.

„Komm näher", hörte sie den anderen sagen.

Das Herz klopfte ihr bis zum Hals, sie war voller Furcht. Xander ist ein Dieb und ein Entführer, sagte sie sich erneut. Sie schuldete ihm keinerlei Loyalität.

Noch immer hatte er sich nicht bewegt.

„Du wagst es, mir den Gehorsam zu verweigern, Tuareg? Nun gut!" Eine hämische Freude klang in seinen Worten mit, dann vernahm Katrina das Knacken des Abzugshahns.

Er würde Xander erschießen ... ihn ermorden!

Verzweifelt stürmte sie nach vorn. „Nein!", rief sie aus.

Beide Männer wandten sich überrascht zu ihr um.

„Katrina!", rief Xander entsetzt und eilte auf sie zu. Zu spät. Er war schnell, doch nicht so schnell wie eine Gewehrkugel.

Katrina konnte kaum fassen, wie ihr geschah. Zuerst spürte sie Erstaunen und Verwirrung, dann empfand sie nichts als einen stechenden Schmerz, der alles andere auslöschte.

Sie registrierte noch, wie Xander sie anschaute. Er bewegte die Lippen und sagte etwas. Aber der Schmerz war inzwischen so groß, dass sie ihm nicht antworten konnte. Der Schmerz schien sie zu zerreißen, stürzte sie in ein tiefes dunkles Loch. Doch wenigstens wusste sie, dass Xander jetzt in Sicherheit war und der andere Mann ihn nicht umgebracht hatte.

Bevor sie ohnmächtig wurde, nahm sie als Letztes noch wahr, wie Xander sie in seinen Armen hielt. Aber nicht einmal die Wärme seiner Umarmung konnte die eisige Kälte vertreiben, die sich in ihrem ganzen Körper ausbreitete und sie immer weiter von ihm forttrieb.

9. KAPITEL

„Katrina?"

Widerstrebend öffnete Katrina die Augen und sah in das lächelnde Gesicht einer Krankenschwester. Ihr Mund war ganz trocken, und sie hatte schreckliche Kopfschmerzen. Es war ihr unmöglich, klar zu denken.

Sie lag offensichtlich in einem Krankenhausbett, aber das Zimmer sah nicht so aus. Es wirkte mehr wie ein luxuriöses Hotelzimmer – ein unglaublich sauberes, luxuriöses Hotelzimmer, wie sie erkannte, als sie sich langsam aufsetzte.

Kopfschüttelnd reichte die Krankenschwester ihr ein Gerät, das ziemlich kompliziert aussah. Es war die Fernbedienung für das Bett.

„Damit können Sie Ihr Bett hoch- und niederstellen, so, wie es Ihnen gefällt", sagte sie und fügte hinzu: „Der Doktor wird bald kommen und nach Ihnen schauen. Haben Sie Schmerzen? Nach der Operation gestern Abend, als die Kugel aus Ihrem Arm entfernt wurde, hat man Ihnen ein intravenöses Schmerzmittel gespritzt."

Die Kugel! Plötzlich war Katrina wieder hellwach. Xander. Die Wüste. Der Mann mit dem Gewehr. Xander ... Xander ... Xander ...

„Wo bin ich? Wo ist ...?"

„Sie sind auf der privaten Krankenstation für die Mitglieder der königlichen Familie im Krankenhaus von Zuran", erwiderte die Krankenschwester feierlich. Sie war offensichtlich sehr beeindruckt von dem Status, den man Katrina dadurch verliehen hatte. „Der Herrscher hat unseren Chefarzt höchstpersönlich gebeten, ihn stündlich über Ihre gesundheitlichen Fortschritte auf dem Laufenden zu halten. Das Gleiche gilt für seine Frau, die Scheicha. Ihre Königliche Hoheit, die Frau des Herrschers, wird Sie später besuchen. Sie hat uns ein paar Kleider für Sie geschickt. Sie können Ihre Königliche Hoheit nicht in der Kleidung empfangen, die Sie getragen haben, als Sie hier eingeliefert wurden. Das würde sich nicht schicken!"

Die Krankenstation für die Mitglieder der königlichen Familie? Das Krankenhaus von Zuran? Was machte sie hier? Wie war sie hierhergekommen? Seit die Kugel sie getroffen hatte, konnte sie sich an nichts mehr erinnern.

„Ich hole Ihnen jetzt ein Glas Wasser", bot die Krankenschwester ihr an. „Sie müssen viel trinken, damit Sie nicht austrocknen."

Katrinas Augen weiteten sich, als sie sah, dass die Flasche, aus der die Krankenschwester ihr einschenkte, das königliche Wappen trug. Aber noch mehr erstaunte sie das kostbare Kristallglas, das sie ihr dann reichte.

Trotzdem dachte sie mehr an Xander als an ihre eigene Lage. Wo war er?

„Dieser Mann", fing sie an, aber die Krankenschwester unterbrach sie sofort. Ihr Blick war voller Verachtung.

„Er wurde von den Agenten des Regierungsrats verhaftet. Wie es der Zufall wollte, trafen sie genau in dem Moment im Lager des Rebellenführers El Khalid ein, als der Zwischenfall passierte. Ihnen haben Sie es auch zu verdanken, dass man Sie sofort ins Krankenhaus gebracht hat. Der Rat wird über das Schicksal des Schurken entscheiden. Sie können davon ausgehen, dass er seine gerechte Strafe bekommen wird."

Katrina vernahm diese Worte mit Schrecken.

„Aber wo ist er jetzt?", fragte sie heiser und noch immer ganz benommen von den Schmerzmitteln, die man ihr gegeben hatte. Insgeheim entwarf sie schon Pläne, um den Herrscher um Gnade für Xander zu bitten. Dann dachte sie wieder an ihr kleines Haus in England. Wenn sie es verkaufte, würde die Summe wohl ausreichen, um ihn freizukaufen?

Sie war noch immer damit beschäftigt, als ihr plötzlich klar wurde, was das bedeutete.

Sie hatte versucht, sich selbst davon zu überzeugen, dass sie Xander nicht liebte. Warum schmiedete sie dann Pläne zu seiner Rettung? Warum war sie nicht erleichtert, dass sie ihm endlich entkommen und nun in Sicherheit war? Sicher wäre es das Beste, Xander und alles, was ihr zugestoßen war, für immer zu vergessen.

„Die Agenten des Regierungsrats haben ihn in Gewahrsam genommen, und er wird bis zum Tag seines Prozesses im Gefängnis bleiben. Heute Morgen hat Seine Königliche Hoheit dem Volk mitgeteilt, was geschehen ist. Er hat den Mut seines Halbbruders Scheich Allessandro gepriesen, der das Komplott gegen ihn entdeckt hatte. Scheich Allessandro wird unseren Herrscher heute auf der Parade zum Nationalfeiertag begleiten. Wenn Sie möchten, stelle ich Ihnen einen Fernseher ins Zimmer, dann können wir uns die Feierlichkeiten gemeinsam anschauen."

Katrina konnte darauf nicht antworten, ihr war ganz schlecht vor Verzweiflung. Aber hatte sie nicht von Anfang an gewusst, wer Xander war und wie sehr sich seine Moralvorstellungen von den ihren unterschieden? Ihr war klar gewesen, wie gefährlich es für sie war, sich in ihn zu verlieben. Doch es war alles umsonst gewesen. Wider besseres Wissen hatte sie ein Verhältnis mit ihm zugelassen.

Doch wo war er jetzt? Lag er bereits gefesselt in einer Gefängniszelle? Sie versuchte, ihn sich an einem solchen Ort vorzustellen, geschlagen, niedergedrückt, voller Furcht. Aber es wollte ihr nicht gelingen.

„Was … was werfen sie ihm denn vor?", fragte sie dann die Krankenschwester.

„Hochverrat – er wollte unseren geliebten Herrscher ermorden", erwiderte die junge Frau.

Katrina wollte protestieren, doch die Krankenschwester hatte sich bereits abgewandt und verließ das Zimmer, um den Fernseher zu holen.

Wenig später erschien der Arzt, um nach ihrem Arm zu sehen.

„Sie haben wirklich Glück gehabt", sagte er dann zu Katrina. „Ein paar Zentimeter tiefer, und die Kugel hätte Ihr Herz durchbohrt. Ich bin froh, dass ich diese gute Nachricht auch Seiner Königlichen Hoheit mitteilen kann. Er ist außer sich vor Sorge um Sie."

Katrina konnte sich das nicht vorstellen, aber sie vermutete, dass er ihr gegenüber nur freundlich sein wollte.

„So, das sieht gut aus", meinte er schließlich, nachdem er die Wunde untersucht hatte. „Ich gehe davon aus, dass Sie sich schnell wieder erholen werden. Das war knapp. Wie gesagt, Sie haben Glück gehabt!"

Vielleicht stimmte das ja, aber was war mit Xander?

Sie musste dauernd an ihn denken. Am liebsten wäre sie sofort zu ihm gegangen, um ihm zu sagen, dass er nicht allein war, dass sie alles tun würde, um ihm zu helfen.

„Wann werden Sie mich entlassen?", fragte sie den Arzt.

Er zögerte kurz und sah sie stirnrunzelnd an. „Ich denke, wir sollten Sie noch mindestens einen Tag lang hierbehalten, um die Wunde zu beobachten. Aber wenn Sie sich hier nicht wohl fühlen, sagen Sie es nur. Ich möchte sichergehen, dass Sie alles haben, was Sie brauchen. Das habe ich auch Seiner Königlichen Hoheit versprochen."

Er wirkte so besorgt, dass sie sich sofort schuldig fühlte.

„Nein, darum geht es nicht. Es ist nur, dass ich ..." Sie biss sich auf die Lippe. Wie konnte sie ihm erklären, warum sie so schnell entlassen werden wollte?

In diesem Moment ertönte sein Beeper, und er antwortete auf den Ruf.

„Ihre Königliche Hoheit ist auf dem Weg hierher", informierte er Katrina dann. „Ich werde Ihnen sofort die Krankenschwester schicken, damit sie Ihnen beim Ankleiden hilft."

Bevor Katrina darauf antworten konnte, war er bereits verschwunden. Kurz danach erschien die junge Frau mit mehreren Einkaufstüten.

„Wir müssen uns beeilen", sagte sie zu Katrina. „Ihre Königliche Hoheit wird in einer halben Stunde hier sein. Wenn es Ihnen recht ist, lasse ich jetzt ein Bad für Sie ein. Wir müssen nur aufpassen, dass der Verband dabei nicht nass wird."

Die Krankenschwester führte Katrina in das nahe gelegene, ebenfalls sehr luxuriöse Badezimmer.

Das Bad war eine reine Wohltat. Zehn Minuten später erschien die Schwester erneut und reichte ihr ein dickes, flauschiges Badetuch, in das Katrina sich einwickelte.

Aber sie konnte den Luxus nicht so recht genießen, denn sie musste immer an Xander denken.

Wo war er jetzt, und wie mochte es ihm gehen? Bestimmt ist er nicht von einem solchen Luxus umgeben wie ich, dachte sie schuldbewusst.

Sie erfuhr von der Schwester, dass das Protokoll vorsah, bei einem Besuch der Scheicha vollständig angekleidet zu sein. Erstaunt registrierte Katrina, dass sie nicht ihre eigene Kleidung tragen sollte, sondern dass die Schwester ihr eine Auswahl von Kleidern aus den teuersten Boutiquen der Stadt mitgebracht hatte.

„Aber dies kann ich mir niemals leisten", protestierte sie.

„Sie sind ein Geschenk Ihrer Königlichen Hoheit“, erwiderte die Schwester und fügte hinzu: „Bestimmt wäre Ihre Königliche Hoheit sehr beleidigt, wenn Sie ihr Geschenk nicht annehmen würden.“

Erstaunt betrachtete Katrina die Designerstücke. Von luxuriösen Dessous bis hin zum cremefarbenen Leinenanzug war alles vorhanden. Sie mochte gar nicht daran denken, wie teuer das alles gewesen war.

Aber sie musste sich eingestehen, dass sich die feine Seidenunterwäsche herrlich auf der Haut anfühlte. Der BH und das Höschen waren sehr knapp geschnitten und betonten ihre gute Figur. Das Design war viel verführerischer als das der Dessous, die sie normalerweise trug. Katrina betrachtete sich im Spiegel und wünschte einen Moment lang, sie könnte die Wäsche auch für Xander tragen.

„Schnell, wir müssen uns beeilen! Ihre Königliche Hoheit wird gleich hier sein“, drängte die Schwester Katrina, und sie griff pflichtbewusst nach dem Hosenanzug.

Dann war sie zwar vollständig angekleidet, aber offensichtlich war die Schwester mit ihrem Äußeren noch immer nicht zufrieden. Sie führte sie zum Toilettenspiegel, der sich ebenfalls im Zimmer befand, und bat sie, dort Platz zu nehmen.

„Lassen Sie mich Ihr Haar föhnen“, schlug sie vor. Katrina wollte zwar protestieren und ihr sagen, dass sie dazu sehr wohl selbst in der Lage sei. Aber tatsächlich behinderte sie ihr verletzter Arm mehr, als sie sich eingestehen wollte.

Zehn Minuten später hatte die Schwester ihr Haar nicht nur geföhnt, sondern auch sehr schön frisiert. Es war keine Minute zu spät gewesen, denn im nächsten Moment klopfte es schon an der Tür. Eine andere Schwester betrat das Zimmer, um Katrina mitzuteilen, dass die Scheicha sie jetzt empfangen würde.

„Sie wartet nebenan im königlichen Wartezimmer“, sagte die Schwester. „Wir werden Sie dorthin begleiten.“

Ein Krankenhaus mit einem königlichen Wartezimmer? Katrina konnte sich nur wundern. Gemeinsam mit den beiden Schwestern ging sie einen langen Flur entlang bis zu einer Tür, vor der der Arzt bereits auf sie wartete.

„Ihre Königliche Hoheit wird Sie jetzt empfangen“, sagte er zu Katrina und öffnete die Tür.

Ihre erste Reaktion war Überraschung darüber, dass die Frau des Herrschers so winzig war. Sie saß auf einem kleinen Podest und bedeutete ihr, das Zimmer zu betreten.

Katrina verbeugte sich leicht vor ihr. Dies war ein Teil des Protokolls, das sie eingehend studiert hatte, bevor sie nach Zuran geflogen war. Aber kaum hatte sich die Tür hinter ihr geschlossen, erhob sich die Scheicha und bedeutete ihr, sich wieder aufzurichten.

Sie trat auf sie zu, hob ihren Schleier und küsste sie dann auf beide Wangen.

„Wir stehen tief in Ihrer Schuld", erklärte sie warmherzig. Es lag so viel Gefühl in ihrer Stimme, dass Katrina überwältigt war.

„Ich habe doch gar nichts getan, Eure Königliche Hoheit, ich …"

„Ihre Bescheidenheit ehrt Sie, aber sie erübrigt sich, denn ich habe bereits gehört, wie viel wir Ihnen verdanken. Wie geht es Ihrem Arm? Ich hoffe, er behindert Sie nicht zu sehr! Der Arzt hat mir versichert, dass Sie sich davon sehr schnell erholen werden. Seine Königliche Hoheit hat mich gebeten, Ihnen sein Bedauern darüber auszurichten, dass Sie seinetwegen so viel gelitten haben. Ich möchte gar nicht daran denken, was alles passiert wäre, wenn dieser Schurke seinen Plan durchgeführt hätte."

Katrina holte tief Luft. Es war vielleicht ein Verstoß gegen das Protokoll, aber sie musste alles tun, um Fürsprache für Xander einzulegen.

„Darf ich etwas sagen, Eure Königliche Hoheit?" Sie wartete die Antwort gar nicht ab, sondern fuhr überstürzt fort: „Ich weiß, es war schrecklich, was Xander geplant hat. Ich … ich kann sehr gut verstehen, warum man ihn ins Gefängnis geworfen hat. Aber wenn ich für ihn um Milde bitten dürfte, wäre ich Ihnen sehr dankbar. Ich glaube nicht, dass er im Innersten seines Herzens ein schlechter Mensch ist, und …" Sie riskierte viel mit ihrer Fürbitte, wollte aber unbedingt ein gutes Wort für Xander einlegen. Und tatsächlich verhieß der Gesichtsausdruck der Scheicha nichts Gutes. Sie sah Katrina stirnrunzelnd an.

„Xander?", fragte sie verblüfft.

„Ja, ich …"

„Sie wollen also um Gnade für diesen … diesen Xander bitten?"

Katrina nickte nur, wagte es nicht, einfach weiterzusprechen.

„Man hat mir gesagt, dass Sie von El Khalids Männern entführt und sehr schlecht behandelt worden seien. Wenn das stimmt, warum wollen Sie dann unbedingt Gnade für einen dieser Banditen erwirken? Ich könnte eher verstehen, wenn Sie meinen Gatten bitten würden, ihn streng zu bestrafen."

Katrina biss sich auf die Lippe. „Ich habe ja auch gar nicht gesagt, dass er nicht bestraft werden soll. Aber immerhin hat er versucht, mich zu beschützen. Und ich finde, das sollte bei der Verhandlung nicht unerwähnt bleiben."

„Gut, ich werde mit meinem Mann darüber sprechen", erwiderte die Scheicha und nahm wieder auf ihrem Podest Platz.

„Mir scheint, Sie sind ebenso mitfühlend wie bescheiden. Das sind wunderbare Tugenden einer Frau … und einer Mutter", setzte sie hinzu. Täuschte Katrina sich, oder umspielte ihre Mundwinkel ein kleines amüsiertes Lächeln. Erstaunt sah sie dabei zu, wie die Scheicha sich wieder verschleierte.

„Ich hoffe, dieser … dieser Xander weiß, welch leidenschaftliche Anwältin er in Ihnen hat", sagte sie. „Wenn ich es nicht besser wüsste, würde ich denken, Sie hätten sich in ihn verliebt."

Zehn Minuten später war die Audienz vorbei, und Katrina wurde wieder auf ihr Zimmer gebracht. Der Fernseher war eingeschaltet, auf dem Bildschirm waren die Menschenmengen zu sehen, die sich anlässlich des Nationalfeiertags durch die Straßen von Zuran City bewegten.

Der Herrscher wurde von seinem Volk sehr geliebt und von den Regierungen anderer Länder hoch geschätzt. Er galt allgemein als ein fortschrittlicher, moderner Mann, der viel für das Wohl seiner Untertanen erreicht hatte. Aufgrund seines Einsatzes und seiner Vision hatte Zuran sich zu einem der wichtigsten touristischen Länder in der Region entwickelt. Auch auf dem Gebiet des Sports hatte er viel für sein Land getan. Seine Pferde gewannen international die größten Preise, es gab inzwischen in Zuran eine Regatta, ein Golfturnier und bald auch ein Autorennen, das Teilnehmer aus aller Welt anziehen und überall Aufsehen erregen würde.

Wie konnte sich Xander nur in ein Komplott verwickeln lassen, das zum Ziel hatte, einen so populären Mann aus dem Weg zu räumen? Wenn die Rebellen Erfolg gehabt hätten, hätte dies sofort zu einer Destabilisierung der gesamten politischen Lage geführt.

Aber leider kannte Katrina die Antwort auf diese Frage ja schon. Xander würde alles tun, was Geld brachte. Aus Geldgier hatte er ja eingewilligt, sie zu heiraten, auch wenn die Zeremonie nur eine Farce gewesen war.

Warum konnte sie ihn nicht verachten, so, wie es seine Taten verdienten? Stattdessen verachtete sie sich selbst, weil sie diese starken Gefühle für ihn hegte.

Unverwandt betrachtete sie den Bildschirm. Auf seinem Weg durch die Menge wurde der Herrscher von einigen hohen Würdenträgern seines Landes begleitet, und der Sprecher erklärte den Zuschauern gerade, um wen es sich dabei handelte.

„Seine Königliche Hoheit wird von mehreren Mitgliedern seiner Familie begleitet. An seiner Seite befindet sich sein Halbbruder, der Mann, der ihn gerettet hat, Scheich Allessandro Bin Ahmeed Sayed. Wie viele von Ihnen sicher wissen, war die Mutter von Scheich Allessandro ursprünglich seine englische Gouvernante, bevor sein geliebter Vater und sie heirateten. Es ist allgemein bekannt, wie nah sich der Herrscher und sein jüngerer Halbbruder immer gewesen sind. Aber nun, da es Scheich Allessandro gelungen ist, persönlich den Attentäter dingfest zu machen, der seinem Bruder nach dem Leben getrachtet hat, wird dieses Band sicher noch verstärkt werden."

Der Ansager machte eine kleine Pause und verkündete dann strahlend: „Und hier ist er ja endlich, Scheich Allessandro."

Sofort griff Katrina nach der Fernbedienung. Sie hatte keine Lust, den Mann zu sehen, der Xander ins Gefängnis geworfen hatte. Aber es war zu spät. Die Kameras konzentrierten sich bereits auf das Gesicht des Mannes zur Rechten des Herrschers.

Es war ein Gesicht, das ihr inzwischen unglaublich vertraut erschien!

Schockiert starrte sie auf den Bildschirm.

„Xander!", flüsterte sie entgeistert und traute ihren Augen nicht.

Der Mann neben dem Herrscher, der Mann, den der Ansager in so schwärmerischem Ton vorgestellt hatte, der Mann, den er Scheich Allessandro genannt hatte und der der Halbbruder des Herrschers sein sollte, war kein anderer als Xander!

Katrina hatte das Gefühl zu halluzinieren. Sie blinzelte und versuchte, sich auf das Bild zu konzentrieren. Ob sie sich das Ganze nur einbildete? Nein, das schien nicht der Fall zu sein. Xander lag nicht in irgendeiner Zelle, wie sie gedacht hatte, sondern schritt unter dem Jubel der Untertanen neben dem Herrscher durch die Straßen der Hauptstadt. Er war kein armer Tuareg, wie sie geglaubt hatte, sondern ein extrem reicher Mann. Trotzdem war er ein Lügner und ein Dieb. Er hatte sie ganz bewusst angelogen, und er hatte ihr Herz gestohlen.

Kein Wunder, dass die Scheicha gelacht hatte, als Katrina um Gnade für ihn gebeten hatte.

Sie verachtete sich selbst für ihre Leichtgläubigkeit. Bitterkeit erfüllte ihr Herz. Bestimmt war auch Xander sehr amüsiert gewesen, als er erfuhr, wie sehr sie sich um sein Wohl sorgte. Ärgerlich griff sie nach der Fernbedienung und schaltete das Gerät aus.

Nun, er konnte über sie lachen, so viel er wollte, ihr war es egal. Bald würde sie wieder am anderen Ende der Welt und viel zu weit weg sein, um ihn zu hören. Sie würde so bald wie möglich nach Hause zurückkehren, wo sie hingehörte. Am besten, sie fuhr gleich! Entschlossen drückte sie auf den Knopf, um die Schwester zu rufen. Da sie damals ihre Tasche mit ihrem Pass und den Kreditkarten in Richards Wagen gelassen hatte, würde sie die Firma anrufen müssen, von der er das Auto gemietet hatte. Mit ein bisschen Glück würde sie ihre Sachen wiederbekommen, und dann würde sie von hier aus direkt zum Flughafen aufbrechen. Dort würde sie so lange bleiben, bis sie einen Flug zurück nach England bekam.

Als die Schwester erschien, teilte Katrina ihr mit: „Bitte, bringen Sie mir meine Kleidung. Und bestellen Sie mir dann ein Taxi.“

Die Schwester sah sie verwirrt an. „Ein Taxi? Aber Sie sind doch noch nicht entlassen worden!“

„Ich entlasse mich selbst“, erwiderte Katrina entschieden. „Kann ich jetzt bitte meine Kleidung haben? Meine alten Sachen, meine ich.“

„Ich … ich werde sie Ihnen sofort holen“, erwiderte die junge Frau.

Vielleicht sollte ich Richard anrufen und ihm mitteilen, dass ich auf dem Weg zu ihnen bin, dachte Katrina. Dann könnte er schon einmal ihre Papiere für sie vorbereiten. Und vielleicht sollte sie auch den Flughafen anrufen, um herauszufinden, wann der nächste Flug zurück nach England ging.

Es schien sehr lange zu dauern, bis die Schwester schließlich mit ihren Sachen eintraf.

„Unten steht ein Wagen für Sie bereit", informierte sie Katrina. „Aber bevor Sie gehen, möchte Sie der Arzt noch einmal sprechen."

„Nein, ich will nicht mit ihm reden. Danke, dass Sie mir die Kleider gebracht haben."

Natürlich war die Schwester nicht besonders glücklich über den Verlauf der Ereignisse. Aber sie versuchte auch nicht, sie von ihrem Vorhaben abzuhalten, und dafür war Katrina ihr dankbar.

Zehn Minuten später stand Katrina fertig angezogen in der eleganten Eingangshalle des Krankenhauses. Sie fühlte sich schwächer, als sie zugeben wollte, ließ es sich jedoch nicht anmerken.

„Ich habe darum gebeten, dass man mir ein Taxi schickt", sagte sie zu dem Mädchen an der Rezeption.

„Oh!" Die junge Frau machte einen verlegenen Eindruck und sah immer wieder zum Ausgang hinüber. „Ja, ich verstehe. Draußen wartet bereits eine Limousine auf Sie."

Eine Limousine! Wahrscheinlich gehörte das zum Service des luxuriösen Krankenhauses. Bestimmt war hier noch niemand in einem Taxi vorgefahren, dafür waren die Patienten viel zu vornehm. Sie dankte dem Mädchen und ging auf den Ausgang zu. Sofort öffneten sich die Türen, und das Sonnenlicht blendete sie.

Nicht weit vor ihr stand eine schwarze Limousine mit verdunkelten Scheiben. Sie schien nur auf sie gewartet zu haben. Der Fahrer stieg aus, verbeugte sich kurz und öffnete ihr dann die Wagentür. Nachdem er sich davon überzeugt hatte, dass sie sich auf dem Rücksitz niedergelassen hatte und alles zu ihrer Zufriedenheit war, nahm er wieder hinter dem Steuer Platz.

Erleichtert ließ Katrina sich in die weichen Polster sinken.

„Zum Flughafen, bitte", sagte sie dem Fahrer. „Aber vorher möchte ich noch einen kleinen Zwischenstopp machen. Bringen Sie mich in die Bin-Ahmed-Straße."

Der Fahrer nickte und ließ die Glasscheibe hochgleiten, die den vorderen und hinteren Teil des Wagens voneinander trennte. Im nächsten Moment vernahm Katrina ein leichtes Klicken. Unbehaglich registrierte sie, dass er auch die Autotüren geschlossen hatte.

Vielleicht hat er Angst, dass ich aussteigen werde, ohne zu zahlen, dachte sie. Kein Wunder, sie sah sicher nicht sehr respektabel aus.

Plötzlich verspürte sie ein leichtes Ziehen in ihrem Arm. Offensichtlich ließ die Wirkung der Medikamente, die man ihr vor sechs Stunden verabreicht hatte, langsam nach.

Trotz der Klimaanlage wurde ihr leicht übel. Ob es noch zu früh gewesen war, das Krankenhaus zu verlassen? Vielleicht war sie doch nicht so stark, wie sie geglaubt hatte.

Sobald ich in England bin, werde ich meinen Hausarzt aufsuchen, nahm sie sich fest vor.

Sie hatte keine Ahnung, wie groß die Entfernung zwischen dem Krankenhaus und dem Quartier ihres Teams war. Aber die Fahrt kam ihr endlos lang vor. Sie fuhren jetzt einen breiten Highway entlang, der zu beiden Seiten von Palmen gesäumt war. Zu ihrer Rechten erstreckte sich das Meer, zu ihrer Linken die Wüste.

Besorgt überlegte sie, ob der Fahrer ihre Anweisungen missverstanden hatte und sie jetzt auf dem direkten Weg zum Flughafen brachte. Sie konnte sich zwar nicht erinnern, ob die Straße zum Flughafen so ausgesehen hatte, aber dies war sicher nicht der Weg in die Stadt.

Daher beugte sie sich vor und klopfte gegen die Glasscheibe, um seine Aufmerksamkeit zu erregen. Doch er reagierte nicht, was sie noch mehr frustrierte.

Hatte er sie überhaupt gehört? Jetzt verlangsamte er das Tempo, und sie sah, dass sie auf eine große Mauer zufuhren, die sich von der Wüste bis zum Meer hinzog. Vor dem großen goldenen Tor standen uniformierte Wachen.

Es sieht aus wie eine Szene aus Tausendundeiner Nacht, dachte Katrina erstaunt. Es wunderte sie nicht mehr, dass die Tore sich wie von selbst für sie öffneten. Dahinter führte sie der Weg durch einen schattigen Innenhof bis zu den Stufen eines Palastes.

Weitere Wächter standen vor den mächtigen Türen. Hier hielt der Fahrer endlich an.

Unsicher betrachtete Katrina die fremde Umgebung. Wo mochten sie sein? Sie erstarrte, als die Tür geöffnet wurde und ein Mann die Treppen herunterkam. Xander!

Einer der Wächter kam auf sie zu und öffnete den Wagenschlag für sie. Aber es war Xander, der sich zu Katrina herabbeugte, als sie sich unwillkürlich tiefer in die Polster zurückzog.

„Ich denke nicht daran, hier auszusteigen“, sagte sie zu ihm voller Panik. „Sag dem Fahrer, dass er wenden soll, oder ...“

„Du hast nur zwei Möglichkeiten, Katrina. Entweder steigst du freiwillig aus, oder ...“ Sein Blick auf die grimmigen Wächter sprach Bände.

Da sie keine Wahl hatte, stieg sie schließlich widerstrebend aus, warf ihm jedoch einen zornigen Blick zu, als er sie die Treppen hinaufführte.

„Du siehst nicht gut aus. Es war sehr unvernünftig von dir, dich selbst aus dem Krankenhaus zu entlassen. Als der Arzt mich angerufen hat, war er sehr besorgt.“

Sie betraten jetzt eine kleine Eingangshalle mit einer geschwungenen Treppe, die auf eine Galerie führte.

„Der Arzt hatte nicht das Recht, mit dir über mich zu sprechen“, sagte sie empört.

„Oh doch. Schließlich bin ich dein Mann.“

Sie sah ihn schockiert an. Es war, als hätte er ihr einen Schlag versetzt.

„Das stimmt nicht“, erklärte sie bebend.

„Mein Bruder glaubt sehr wohl, dass es stimmt. Besonders, nachdem ihm seine Frau von eurem Gespräch berichtet hat, bei dem du um Gnade für mich gebeten hast.“

„Ja, aber das war, bevor ich wusste, dass du nicht Xander, der Dieb, sondern Scheich Allessandro, der Lügner, bist“, gab sie hitzig zurück.

„Komm“, sagte er nur. „Der Palast meines Bruders ist nicht der richtige Ort für eine solche Diskussion.“

Der Palast seines Bruders! Sie konnte es kaum glauben, dass sie hier gelandet war.

Xander hatte behauptet, er sei ihr Mann. Aber das stimmte nicht. Nicht wirklich. Oder etwa doch?

Er hatte sie beim Arm genommen und führte sie durch eine große Tür einen Flur entlang. Durch eine weitere Tür gelangten sie in einen kleinen Garten.

Katrina versuchte, sich auf ihre Umgebung zu konzentrieren, aber es fiel ihr schwer, weil sie Tränen in den Augen hatte.

„Dies ist der Garten meines Bruders“, erklärte Xander. „Hier können wir uns ungestört unterhalten."

„Es gibt nichts, worüber wir uns unterhalten müssten."

„Nein? Warum hast du dann meine Schwägerin gebeten, sich für mich einzusetzen?"

„Ich hätte dasselbe für jeden anderen getan, dem eine hohe Gefängnisstrafe drohte. Ich dachte, du wärst zwar ein Dieb, aber kein Mörder. Ich habe es nicht für ... aus irgendwelchen anderen Gründen getan. Doch natürlich drohte dir gar keine Gefängnisstrafe, stimmt's? Das weiß ich nicht von deiner Schwägerin, sondern weil ich dich zufällig im Fernsehen gesehen habe."

„Meine Schwägerin kam mir zuvor. Ich hätte gern vorher mit dir gesprochen, aber sie war schneller." Er schwieg einen Moment. „Und in der Wüste konnte ich dir nichts verraten", fuhr er fort. „Ich musste zuerst an die Sicherheit meines Halbbruders denken."

„Dein Halbbruder", wiederholte sie bitter. „Das war doch eine weitere Lüge von dir, nicht wahr?" Als er darauf nicht antwortete, fuhr sie fort: „Glaubst du wirklich, ich wäre gern mit jemandem verheiratet, der ... der alles verkörpert, was ich verachte?"

Sie war so aufgewühlt, dass sie am ganzen Körper bebte. Zu ihrer Erleichterung ließ Xander sie los und wandte sich von ihr ab.

„Außerdem hast du mir doch selbst gesagt, dass die Zeremonie nicht legal gewesen sei. Du bist nicht mein Mann, Xander."

„Leider interessiert man sich hier in Zuran nicht für das, was du und ich glauben, Katrina. Mein Bruder ist zwar kein Despot, hat aber bestimmte Glaubenssätze und kann auch ziemlich stur sein. Ihm sind die Traditionen unserer Vorfahren heilig. Wir beide wurden gemäß dieser Tradition verheiratet, daher denkt er auch ..."

„Woher weiß er das überhaupt?", begehrte sie zu wissen.

Xander zögerte kurz, dann sagte er ihr die Wahrheit.

„Er hat El Khalid durch seine Männer verhören lassen."

„Und er hat es ihm erzählt? Aber dadurch ist das Ritual doch längst noch nicht legal", protestierte sie.

„Nicht in den Augen der zivilisierten Welt. Daher hat mein Bruder mich auch gebeten, für uns eine Zeremonie auf dem Standesamt zu arrangieren, und zwar sofort."

„Das kommt ja gar nicht infrage! Und was meinst du mit ‚sofort'?" Sie sah ihn entgeistert an.

„Das, was ich sage", erwiderte er ruhig und ignorierte ihren Protest. „Während wir uns hier unterhalten, warten die Standesbeamten schon auf uns. Meine Schwägerin bedauert sehr, dass sie keine richtige Feier für uns ausrichten kann. Aber der Entschluss meines Bruders steht fest."

„Das kannst du nicht machen! Du hast nicht das Recht, mich hierher zu verschleppen! Du kannst mich nicht zwingen, dich zu heiraten", protestierte Katrina vehement. „Ich habe die britische Staatsbürgerschaft, und wenn ich Zuran verlassen möchte, wie es meine Absicht ist, kann ich ohne Weiteres …"

„Gemäß dem Gesetz, das in unserem Land gilt, bist du meine Frau und als solche ein Mitglied der königlichen Familie. Kein Mitglied dieser Familie darf das Land ohne die Erlaubnis meines Bruders verlassen."

„Warum tust du mir das an?", flüsterte sie. „Der Gedanke an unsere Hochzeit muss dir doch ebenso widerstreben wie mir."

„Es ist meine Pflicht, meinem Bruder zu gehorchen. Außerdem habe ich dir die Jungfräulichkeit genommen, und das bedeutet …" Er vollendete den Satz nicht, aber sie hatte auch so schon genug gehört.

„Deshalb willst du mich heiraten!", sagte sie entsetzt. „Aber das ist ja total primitiv, das ist mittelalterlich, das …" Sie fand keine passenden Worte für das, was sie empfand.

„Ich werde nicht zulassen, dass meine Kinder unehelich geboren werden", sagte er kalt. „Meine Frau bist du bereits, jetzt wirst du auch noch meine Ehefrau!"

Ihr Mund war wie ausgetrocknet. „Welche Kinder?", fragte sie tonlos. Dabei vermied sie es, ihn anzuschauen. Sie hätte nicht zu sagen vermocht, ob sie bereits schwanger war oder nicht.

Zu ihrer Erleichterung beharrte Xander nicht auf diesem Punkt. Stattdessen sagte er nur: „Lass uns gehen! Die Standesbeamten warten schon."

Doch sie wollte nicht mit ihm gehen. Abgesehen von allem anderen, waren die Schmerzen in ihrem Arm in den letzten Minuten immer schlimmer geworden. Sie musste die Zähne zusammenbeißen, es sich nicht anmerken zu lassen. Aber ein Blick auf sein Gesicht genügte, um ihr klarzumachen, dass er auch vor keiner körperlichen

Gewalt zurückgeschreckt hätte, um sie zu zwingen, seinen Wünschen zu gehorchen.

Ich habe nicht die richtige Kleidung für eine Hochzeit an, dachte Katrina, als sie fünfzehn Minuten später vor dem Standesbeamten standen, der sie jetzt noch einmal legal miteinander verheiratete. Außerdem fühlte sie sich nicht wie eine Braut. Dasselbe schien auch für Xander zu gelten. Auch er machte nicht den Eindruck eines glücklichen Bräutigams.

Als der Beamte ihn aufforderte, ihre Hand zu nehmen, tat er es.

Offensichtlich hatte er sich gut auf die Zeremonie vorbereitet, denn er hielt einen Ring parat, den er ihr auf den eiskalten Finger streifte. Die Schmerzen in ihrem Arm wurden immer stärker, und auch die in ihrem Kopf. Wellen der Übelkeit ergriffen sie, und sie konnte sich nur noch mit Mühe aufrecht halten.

„Sie dürfen die Braut jetzt küssen", sagte der Beamte feierlich.

Katrina schloss die Augen. Sie hätte es nicht ertragen, Xander anzuschauen. In diesem Moment zerbrachen all ihre Träume.

Seine Lippen streiften ihre nur kurz. Es war die Andeutung eines Kusses, wie ein Bräutigam ihn seiner Braut hätte geben müssen. Der Schmerz drohte Katrina zu überwältigen, und sie zuckte unwillkürlich zurück.

„Du bist jetzt meine Frau. Ich lasse nicht zu, dass du dich vor mir zurückziehst, als würde meine Berührung dich vergiften", flüsterte er ihr ins Ohr.

Erschrocken öffnete Katrina die Augen, erschrocken über seine Wut und falsche Interpretation ihrer Reaktion. Seine Gesichtszüge waren wie aus Granit gemeißelt, kalt und verschlossen.

Seine Finger bohrten sich in ihren Arm, so schmerzhaft, dass sie fast geschrien hätte. Im nächsten Moment spürte sie seine Lippen auf ihren. Xander küsste sie mit verzehrender Leidenschaft, sein Mund schien sie zu verbrennen.

Sie spürte ein Rauschen in den Ohren, ihr war schwindelig. Ihre Knie wollten ihr mit einem Mal nicht mehr gehorchen. Es war allein Xanders Griff zu verdanken, dass sie nicht zu Boden sank, als sie ohnmächtig wurde.

10. KAPITEL

Katrina öffnete die Augen und bewegte vorsichtig den Arm. Der Schmerz war verschwunden!

„Gut, du bist wach. Ich werde jemanden schicken, um Xander zu informieren. Er war sehr in Sorge um dich. Die ganze Zeit über läuft er vor den Frauenquartieren auf und ab wie ein gefangener Tiger."

Xander machte sich Sorgen um sie? Katrina wandte den Kopf, damit die Scheicha nicht sah, wie sehr sie diese Nachricht berührte.

„Unser Chefarzt ist sehr ungehalten darüber, dass du dich selbst aus dem Krankenhaus entlassen hast. Er wollte dich schon wieder einliefern lassen, aber Xander hat darauf bestanden, dass du hierbleibst."

Damit ich ihm nicht entfliehen kann, dachte Katrina bedrückt.

„Eigentlich dürftest du im Moment keine Schmerzen haben. Der Arzt hat dir nämlich eine Spritze gegeben. Aber wenn du doch etwas spürst, sag mir sofort Bescheid. Dann werde ich Xander bitten, den Arzt zu holen."

„Nein, ich habe keine Schmerzen", erwiderte Katrina tonlos. Es stimmte nicht ganz. Ihr Arm tat zwar nicht mehr weh, aber der Schmerz, den sie empfand, konnte nicht durch Medikamente gelindert werden. Wahrscheinlich würde sie ihn ihr ganzes Leben lang mit sich herumtragen müssen.

„Mein Mann ist sehr erfreut darüber, dass Xander endlich die richtige Frau gefunden hat. Eine Frau, die ihn liebt und die versteht, wie schwierig es für ihn ist, mit seinem Erbe zurechtzukommen."

Erst jetzt fiel Katrina wieder ein, was die Scheicha im Krankenhaus zu ihr gesagt hatte. Sie hatte angenommen, sie, Katrina, sei in Xander verliebt. Schwach versuchte sie zu protestieren: „Ich glaube, es handelt sich hier um einen Irrtum."

Aber die Scheicha unterbrach sie sofort: „Nein, unmöglich. Mein Mann irrt sich nie. Er liebt seine Familie und weiß genau, was das Beste für sie ist. Xander liebt er ganz besonders. Nicht nur, weil sie Halbbrüder sind, sondern weil Xanders Mutter seine Gouvernante war. Als er noch sehr jung war, hat sie ihm alles beigebracht und war selbst wie eine Mutter zu ihm. Es bekümmert ihn schon sehr lange, dass Xander bisher noch nicht die richtige Frau getroffen hat. Jetzt weiß er, dass er sich deswegen keine Sorgen mehr zu machen braucht."

„Das kann schon sein, aber was ist mit mir und meinen Gefühlen?"

Stirnrunzelnd sah die Scheicha sie an. „Du liebst Xander doch", sagte sie zu ihr. „Du hast mich ja sogar gebeten, bei meinem Mann um Gnade für ihn zu bitten."

„Aber das war, bevor ich wusste, wer er war", erwiderte Katrina. „Er hat mich die ganze Zeit über belogen. Er hat so getan, als wäre er ein Dieb und ein …"

„Er hatte keine Wahl", sagte die Scheicha. „Es war seine Pflicht, die Sicherheit meines Mannes an die erste Stelle zu setzen. Du solltest stolz auf ihn sein, weil er seinem Bruder und seinem Land gegenüber so loyal ist. Nachdem er gehört hat, was in der Oase passiert ist, hat mein Mann beschlossen, eure Verbindung zu legalisieren. Da du eine junge Frau ohne Anhang bist, stehst du ab jetzt unter seinem Schutz. Es ist doch ganz natürlich, dass er versucht, deinen guten Ruf zu schützen und in deinem Interesse zu handeln. Niemals hätte er zulassen können, dass Xander dich nach allem, was geschehen ist, verlässt. Schließlich hast du im Lager mit ihm als seine Frau gelebt!"

„Er hat mir aber gesagt, dass die Zeremonie überhaupt keine Bedeutung habe", erwiderte Katrina. Aber alles Reden war umsonst. Die Scheicha hielt es offensichtlich für unmöglich, dass sie nicht legal mit Xander verheiratet sei, und schien sehr froh darüber, dass dies nun endlich geschehen war. Doch was Katrina anging, so schauderte sie, wenn sie an ihre elende Zukunft dachte.

„Xander wird erfreut sein zu hören, dass es dir schon viel besser geht. Er will heute Nacht in die Berge zurückfahren. Ich habe eine meiner Zofen gebeten, deine Sachen zusammenzupacken. Du magst hoffentlich die Kleider, die ich dir ins Krankenhaus geschickt habe. Xander wird dir natürlich ein eigenes Konto einrichten, sobald ihr in Zuran City seid. Dann kannst du in den Boutiquen deiner Wahl einkaufen. Unserer Sitte gemäß sollte ein frisch verheiratetes Paar den ersten Monat allein miteinander verbringen, damit es sich besser kennenlernt. Die Villa in den Bergen, ein Erbe seines Vaters, wird dir bestimmt gefallen. Er hat sie für Xanders Mutter bauen lassen."

Katrina wollte protestieren. Der einzige Ort, an den sie reisen wollte, war England. Aber sie wusste, jeder Protest wäre zwecklos.

Daher schloss sie ergeben die Augen und wünschte nur, es gäbe einen fliegenden Teppich, der sie entführen und ihr das unerträgliche Leben, das vor ihr lag, ersparen könnte.

„Bist du dir sicher, dass du schon reisen kannst?"

„Der Arzt hatte keine Bedenken", erwiderte Katrina. Sie und Xander standen in dem schattigen Innenhof des Palastes, wohin sie der Scheich und seine Frau gebracht hatten.

Katrina war überrascht gewesen über die Herzlichkeit und Wärme, mit der der Herrscher sie empfangen hatte. Fast hatte sie den Eindruck gehabt, als freute er sich wirklich darüber, sie als Mitglied der Familie begrüßen zu können.

Jetzt sagte er zu Xander: „Sie ist deine Frau, und du darfst sie gern küssen. Das arme Mädchen sieht so aus, als könnte sie etwas Bestätigung dringend brauchen."

„Nicht doch, sieh mal, sie errötet", wies seine Frau ihn zurecht. Sie hakte sich bei ihm unter und lächelte ihn an. „Katrina ist noch eine sehr junge Braut. Vielleicht möchte sie nicht, dass ihr Bräutigam sie vor Zuschauern küsst. Das ist schließlich etwas sehr Intimes."

„Möchtest du, dass ich dich küsse?", fragte Xander Katrina gespannt.

Die Scheicha lachte. „Oh, Xander, wie unromantisch. Natürlich möchte sie das, aber du darfst nicht erwarten, dass sie es dir offen sagt."

„Dann muss sie eben auf meinen Kuss warten", erwiderte Xander unbewegt. Die Scheicha lachte noch immer, aber Katrina war mehr nach Weinen zu Mute. Sie fühlte sich unendlich gedemütigt, ihre Wangen brannten vor Scham. Tatsächlich hätte sie nichts dagegen gehabt, wenn Xander sie liebevoll umarmt hätte. Im Gegenteil, sie sehnte sich sogar nach seinem Schutz und seiner Geborgenheit. Es wäre fantastisch gewesen, von ihm zu hören, dass er sie liebte und begehrte.

Xander mochte ihr gegenüber vielleicht kühl und distanziert sein, aber das galt nicht für seine Familie, wie Katrina erstaunt erkannte. Beim Abschied erschienen die kleinen Kinder des Herrscherpaares, um ihrem Onkel eine gute Reise zu wünschen. Und die herzliche Umarmung, mit der er sich von seinem Halbbruder verabschiedete, bewies ihr, wie nah die beiden sich waren. Doch obwohl er ihn so sehr liebte, zwang der Herrscher seinen Halbbruder zu einer Ehe, die er nicht wirklich leben wollte. Das konnte Katrina nicht verstehen.

„Ich werde dafür beten, dass eure Ehe glücklich und mit vielen Kindern gesegnet sein wird“, sagte die Scheicha zu Katrina, als sie diese zum Abschied herzlich umarmte. Katrina versuchte zu lächeln, war jedoch den Tränen nah.

Als die Frau des Herrschers sie dann endlich losließ, sah sie, dass Xander bereits auf sie wartete. Zwei uniformierte Wächter öffneten ihnen die Tore, und sie gingen durch den Innenhof hinaus ins Freie. Katrinas Augen weiteten sich, als sie den Hubschrauber sah, der auf sie wartete.

„Ich wusste ja gar nicht, dass wir fliegen würden“, sagte sie erstaunt.

„Die Villa liegt in den Bergen, und die Fahrt mit dem Auto dauert über zwölf Stunden. Keine Angst, dir wird nichts passieren. Ich habe meinen Pilotenschein schon vor über zehn Jahren gemacht und hatte bisher noch nie einen Unfall.“

„Du wirst selbst fliegen?“ Sie sah ihn entgeistert an.

„Ja.“

Damit hatte Katrina nicht gerechnet. Aber sie wusste ja so vieles nicht über ihn.

Er ging bereits auf den Hubschrauber zu und konnte es offensichtlich kaum erwarten, sich mit ihr in die Lüfte zu erheben. Bestimmt freut er sich zwar auf den Flug, aber nicht auf die Aussicht, vier Wochen lang mit mir eingesperrt zu sein, dachte sie bedrückt.

Katrina kannte die Berge im Norden des Landes zwar vom Hörensagen, aber sie hätte nie gedacht, dass sie selbst einmal dorthin reisen würde. Und schon gar nicht unter solchen Umständen.

Plötzlich fiel ihr wieder etwas ein.

„Meine Kollegen …“, begann sie.

„Man hat sie bereits darüber informiert, dass du in Sicherheit bist. Und sie wissen auch, dass wir geheiratet haben.“ Stirnrunzelnd fügte Xander hinzu: „Wenige Stunden nach deiner Entführung sind sie nach England zurückgekehrt.“

Sie sah ihn empört an. „Hast du sie gezwungen, das Land zu verlassen, bevor sie das Projekt abschließen konnten?“, fragte sie.

„Ich? Ich war doch mit dir in der Wüste, wenn du dich noch erinnerst. Nein, das war Richards Entscheidung. Er meinte, nach deiner Entführung wäre ihre Sicherheit in unserem Land nicht mehr gewährleistet."

Diese Information musste Katrina erst mal verdauen. Sie hatte Richard nie gemocht, dennoch schockierte es sie, dass das Team einfach das Land verlassen und sie ihrem Schicksal überlassen hatte.

Inzwischen war es stockdunkel, nur die Sterne funkelten am Nachthimmel. Eine schmale Mondsichel beleuchtete ihren Flug. Plötzlich erblickte Katrina die Umrisse eines Gebäudes, das wie eine maurische Festung aussah. Es hatte viele Türmchen und Zinnen und wurde von unten angestrahlt.

„Was ist das?", fragte sie erstaunt.

„Das ist unser Ziel – die Villa", verkündete Xander.

„Aber das ist doch keine Villa, das ..."

„Ursprünglich war es eine Burg der Sarazenen", klärte er sie auf. „Meine Mutter verliebte sich in die Ruine, und als Überraschung für sie hat mein Vater sie wieder herrichten lassen. Meine Eltern haben hier viel Zeit miteinander verbracht. Es war ihr Lieblingsplatz."

Sie verloren langsam an Höhe, bis Xander den Hubschrauber sicher im Innenhof des Gebäudes zur Landung brachte.

Kaum waren sie angekommen, eilten Diener herbei, die ihnen ihr Gepäck abnahmen. Xander half Katrina aus dem Hubschrauber. Sie konnte seine Berührung kaum ertragen, es war zu schmerzhaft für sie.

Schnell machte sie sich von ihm frei. Sie wollte alles vermeiden, was sie daran erinnerte, wie himmlisch es gewesen war, in seinen Armen zu liegen.

Ihm blieb ihre Reaktion natürlich nicht verborgen. Stirnrunzelnd sah er sie an.

Im Grunde bestätigte dies seine geheimen Befürchtungen. Er hatte versucht, seinen Halbbruder davon abzubringen, auf dieser Heirat zu bestehen. Aber er war bei dem Herrscher auf Granit gestoßen. Seine Schwägerin hatte ihm gesagt, sie sei davon überzeugt, dass Katrina ihn liebe, und das hatte schließlich den Ausschlag gegeben.

Bestimmt war das ein Irrtum. Sie liebte ihn nicht, dessen war er sich ziemlich sicher. Im Gegenteil, sie verabscheute ihn. Schließlich hatte sie es ihm selbst gesagt. Der Gedanke war kaum zu ertragen, denn inzwischen wusste er, dass er sie liebte. Wann hatte das Ganze angefangen? Bei ihrer ersten Begegnung im Souk, als er sie geküsst hatte? Oder später, als Sulimen versucht hatte, sie ihm wegzunehmen? Da hatte er bereits gewusst, dass keine Macht der Welt ihn dazu bringen konnte, sie aufzugeben. Er hatte versucht, sich selbst einzureden, dass es nicht Liebe war, was er für sie empfand. Und er glaubte, es sei nur sein verletzter Stolz, der ihn darüber verzweifeln ließ, dass sie diese Liebe nicht erwiderte.

Aber ob sie ihn nun liebte oder nicht, sein Halbbruder hatte ihn noch einmal daran erinnert, dass er ihr und seiner Familie gegenüber gewisse Verpflichtungen hatte. Und diesen moralischen Verpflichtungen würde er auf jeden Fall nachkommen.

Während sie an Xanders Seite auf das eigentliche Gebäude zuging, musste Katrina sich eingestehen, dass sie überwältigt war. Innerhalb der alten Festungsmauern hatte man eine Villa von solch erlesener Schönheit errichtet, wie sie sie noch nie zuvor gesehen hatte.

Um das ganze Anwesen zog sich ein herrlicher Garten mit einem munteren Flüsschen, kleinen Brücken und Springbrunnen. Er wurde indirekt beleuchtet, was der Szene etwas Magisches gab. Blütenduft erfüllte die Luft dieses kleinen Paradieses.

„Das ist ja traumhaft", sagte sie beeindruckt.

„Meine Eltern haben diese Anlage gemeinsam entworfen. Nach dem Wunsch meiner Mutter sollten sich hier Ost und West harmonisch vereinen."

Xanders Stimme klang kühl. Es war, als würde er ihr diese Informationen nur widerwillig liefern, als spräche er nur ungern über seine Eltern.

Hasste er sie, Katrina, so sehr?

Wie auch nicht, wenn er durch sie zu einer Ehe gezwungen wurde, die ihm zuwider war?

„Die Villa entspricht nicht unserer traditionellen Architektur", fuhr er fort. „So gibt es hier zum Beispiel keine getrennten Männer- und Frauengemächer."

Er legte ihr die Hand auf den Rücken, um sie zu bewegen, schneller zu gehen. Bei der Berührung zuckte Katrina zusammen. Erneut schoss das Verlangen in ihr hoch. Sie sehnte sich danach, von ihm in die Arme genommen und geküsst zu werden. Wahrscheinlich hatte es etwas mit der Umgebung zu tun. Der herrliche Garten verfehlte seine Wirkung nicht auf sie. Natürlich gab es keinen vernünftigen Grund, sich nach Xander zu verzehren. Aber die Liebe folgte nun einmal nicht der Vernunft. Die Liebe? Sie liebte Xander? Diese Erkenntnis schockierte sie und traf sie bis ins Herz.

„Was ist los? Tut dir dein Arm weh?", fragte er in diesem Moment. Ihre Reaktion war ihm nicht verborgen geblieben.

„Nein, ich … ich bin nur müde, das ist alles."

„Ich werde Miriam, die Haushälterin, bitten, dich sofort auf dein Zimmer zu führen. Dr. Al Hajab hat mir Schmerzmittel für dich mitgegeben."

Sie befanden sich jetzt in der Eingangshalle der Villa, die ebenso schlicht wie elegant eingerichtet war. Erlesene Möbel standen hier, die Wände waren in einem tiefen Blau gehalten. Das Ganze war eine gelungene Mischung aus östlichen und westlichen Einflüssen.

Rosenduft erfüllte die Luft und legte sich wie Balsam auf Katrinas überstrapazierte Nerven.

Sie hatte das Gefühl, als würde eine große Last von ihrer Seele abfallen.

„Ah, da kommt Miriam ja!", verkündete Xander, als eine kleine rundliche Frau auf sie zugeeilt kam. Sie umarmte ihn herzlich und überschüttete ihn mit einem Wortschwall auf Zuranesisch.

„Miriam, das ist Katrina, meine Frau."

Die dunklen Augen betrachteten sie aufmerksam. „Ich glaube, deiner Mutter hätte sie gefallen."

„Bitte führ sie auf ihr Zimmer. Sie ist sehr müde. Morgen kannst du ihr dann die Villa zeigen."

„Eine Braut, und sie ist müde?", fragte Miriam erstaunt.

Katrina errötete.

„Sie wurde verwundet", erklärte Xander ihr und wandte sich dann an Katrina. „Ich lasse dich in Miriams bewährten Händen. Leider muss ich mich jetzt um ein paar geschäftliche Angelegenheiten kümmern. Wenn du irgendetwas brauchst, kannst du es ihr sagen. Sie wird sich um all deine Bedürfnisse kümmern."

Bevor sie darauf etwas erwidern konnte, hatte er sich bereits umgewandt und war verschwunden.

„Würden Sie mir bitte folgen", sagte Miriam und führte Katrina die geschwungene Marmortreppe hinauf. Kurz danach standen sie vor einer Doppeltür, die die Haushälterin mit großer Geste aufriss.

Beim Betreten des Zimmers verstand Katrina den Grund dafür. Das Zimmer war überwältigend. Wie die Empfangshalle waren auch hier die Wände in einer Wischtechnik gestrichen, diesmal allerdings in einem hellen Graugrün, das dem Raum etwas sehr Beruhigendes gab. Kostbare Perserteppiche bedeckten den Boden. Die wenigen, aber exquisiten Möbel waren im Bauhausstil gehalten. In der Mitte des Zimmers stand ein großes Bett aus cremefarbenem Holz. Alles wirkte sehr harmonisch. Plötzlich hatte Katrina das Gefühl, zu Hause angekommen zu sein.

„War dies das Zimmer von Xanders Mutter?", fragte sie.

Miriam nickte. „Ja, die Scheicha hat jedes Möbelstück selbst ausgesucht. Nur hier konnten sie und ihr Mann ungestört sein. Spüren Sie ihre Anwesenheit?"

Katrina nickte beeindruckt.

Die Haushälterin strahlte sie an. „Ich wusste es! Vom ersten Moment an, als ich Sie sah, war mir klar, dass Sie die richtige Frau für ihn sind. Sie müssen wissen, ich war die persönliche Zofe der Herrscherin. Als sie schwanger wurde, war ich die Erste, die es erfuhr. Sie wollte auch, dass ich bei ihr bin, als es dann so weit war. Sie können sich ja gar nicht vorstellen, wie stolz sie war, dass sie dem Herrscher einen Sohn schenkte. Und sie liebte ihr Kind so sehr! Aber dann wurde sie leider sehr krank. Sie hatte einen starken Lebenswillen, doch letztlich musste sie sich in ihr Schicksal fügen. Ich bin ganz sicher, sie hätte sich sehr darüber gefreut, dass Sie ihren Sohn heiraten. Sie kommen aus demselben Land wie sie, und Sie lieben ihn so, wie sie seinen Vater geliebt hat."

Katrina wollte nicht mit ihr diskutieren und ließ es so stehen.

„Ihre Sachen wurden bereits ausgepackt. Ich zeige Ihnen jetzt das Ankleidezimmer und das Bad. Danach sollten Sie sich ein wenig ausruhen."

Gehorsam folgte Katrina ihr in die anderen Räume. Das Badezimmer war von so schlichter Eleganz, dass sie sich sofort darin verliebte. Alles war in Weiß gehalten, auch hier herrschte der Bauhausstil vor. Es gab ein rundes eingelassenes Bad und hohe Fenster, die hinaus auf die Terrasse gingen. Dahinter lag der kleine private Garten, der einst bevorzugte Zufluchtsort von Xanders Mutter.

„Gut, dann lasse ich Sie jetzt allein. Möchten Sie etwas zu essen oder zu trinken?"

Müde schüttelte Katrina den Kopf. Sie wollte jetzt nur noch schnell den Staub von ihrer Haut abduschen und dann selig in den Kissen versinken.

Xander öffnete die Tür zum Schlafzimmer und betrachtete das Bett. Mondlicht fiel durch die hohen Panoramafenster und auf Katrinas schlafende Gestalt. Sie hatte ihm das Gesicht zugewandt, das Haar lag fächerförmig auf dem Kissen ausgebreitet. Leise ging er an ihr vorbei ins Badezimmer, wo er sich auszog und die Dusche anstellte.

Es war ein Fehler gewesen, sich von seinem Halbbruder zu dieser Ehe zwingen zu lassen. Seine Schwägerin schien ja davon überzeugt zu sein, dass Katrina ihn liebte, aber er wusste es besser. Sie liebte ihn nicht – oder jedenfalls nicht so, wie er es brauchte und sich wünschte. Und das bedeutete, mit ihrem ganzen Herzen und ihrer Seele, nicht allein mit dem Körper. Physisch mochte sie sich ihm ja hingegeben haben, aber das war noch lange kein Beweis für ihre Liebe zu ihm.

Selbst unter der Dusche reagierte sein Körper sofort auf die Erinnerung an ihr Liebesspiel. Xander bemühte sich um Selbstkontrolle, stellte das kalte Wasser an und blieb so lange unter dem eisigen Strahl stehen, bis sein körperliches Verlangen abgeklungen war.

Dann trat er aus der Dusche und griff nach einem Badetuch. Nachdem er sich abgetrocknet hatte, ging er zurück zum Bett und betrachtete nachdenklich seine schlafende Braut. Sie rührte sich nicht einmal, als er das Bettlaken zurückwarf und sich neben sie legte.

Das Mondlicht beleuchtete ihren bloßen Arm. Es verlangte Xander so sehr danach, die Hand auszustrecken und sie zu berühren. Aber er durfte dieser Versuchung nicht nachgeben. Wenn er erst einmal damit angefangen hätte, würde er sich nicht mehr zurückhalten können. Er würde sie in die Arme schließen und jeden Zentimeter ihrer Haut liebkosen wollen. Wie von Anfang an, als er sie zum ersten Mal im Souk gesehen hatte.

Die schmerzliche Erkenntnis, dass sie ihn nicht so liebte wie er sie, traf ihn wie ein Dolchstoß mitten ins Herz. Entschlossen drehte er sich um und rückte so weit wie möglich von ihr ab.

11. KAPITEL

Der Klang von klirrendem Porzellan und der herrliche Duft frisch gebrühten Kaffees weckten Katrina aus ihrem tiefen Schlaf. Sie blinzelte zunächst gegen die helle Sonne, dann schaute sie suchend um sich, um die Quelle der Geräusche zu erkennen. Hinter den hohen Glastüren, die hinaus auf die Terrasse führten, sah sie Miriam, die gerade den Frühstückstisch deckte.

Statt die Bettdecke zurückzuwerfen, blieb Katrina ganz still. Aber das Herz klopfte ihr bis zum Hals, als sie auf den Kopfabdruck im Kissen neben ihr sah, der Bände sprach.

„Endlich sind Sie wach“, sagte Miriam erfreut. Ihre Stimme brachte Katrina wieder zu sich. Schockiert erkannte sie, dass sie die Nacht nicht allein verbracht hatte.

„Ich habe das Personal gebeten, für Sie ein Frühstück zuzubereiten, wie es die verstorbene Scheicha gemocht hat. Es wird Ihnen hoffentlich schmecken.“

„Bestimmt, Miriam“, erwiderte Katrina und bedankte sich bei der Haushälterin. Es war etwas ungewohnt für sie, dass Miriam nun nach ihrem Morgenmantel griff, den sie letzte Nacht über den Stuhl gelegt hatte.

Glücklicherweise hatte sie ihr neues Negligé angezogen, das sie auch im Krankenhaus getragen hatte, statt wie sonst nackt zu schlafen. In diesem Moment wurde die Tür zum Ankleidezimmer geöffnet. Sie erstarrte, als sie Xander erblickte. Offensichtlich hatte er gerade geduscht. Sein Haar war ganz nass, der frische Duft der Seife, die er benutzt hatte, erfüllte das Zimmer.

Miriam, die noch immer Katrinas Morgenmantel in der Hand hielt, lächelte ihn an, und er erwiderte ihr Lächeln. Die beiden waren sich anscheinend sehr zugetan. Als sie sich umarmten, kam Katrina sich mit einem Mal ausgeschlossen vor.

„Ich dachte, ihr beide hättet vielleicht Lust, heute Morgen auf der Terrasse zu frühstücken“, verkündete die Haushälterin. „Dann kann deine Braut nachher den Garten deiner Mutter besichtigen.“ Sie reichte Xander Katrinas Morgenmantel und fügte an sie gewandt hinzu: „Später kann ich Ihnen die restliche Villa zeigen, wenn Sie mögen. Hoffentlich fühlen Sie sich hier genauso wohl wie wir. Und sollten Sie irgendwelche Wünsche haben …"

„Nein, ich bin sehr zufrieden, Miriam", versicherte Katrina ihr. Die Haushälterin lächelte sie an und ließ die beiden dann allein.

Katrina versuchte, ihr starkes Herzklopfen zu unterdrücken, und sah Xander an, der noch immer ihren Morgenmantel in den Händen hielt.

„Du hast mir ja gar nicht gesagt, dass wir uns ein Schlafzimmer teilen."

Er stieß sich von der Wand ab, gegen die er gelehnt war. Ihr Blick fiel auf seinen breiten, muskulösen Oberkörper, und ihr Herz klopfte erneut wie wild. Seine Gegenwart erregte sie. Aber das konnte doch nicht sein!

„Warum nicht? Schließlich sind wir verheiratet. Und für ein verheiratetes Paar ist es nun einmal ganz normal, dass sie im selben Bett schlafen. Wenn ich Miriam gebeten hätte, uns separate Räume zuzuweisen, hätte das nur für Spekulationen gesorgt."

„Mag sein, aber unsere Ehe ist nun einmal alles andere als normal."

„Findest du?" Er sah sie fragend an. „Was, bitte, meinst du damit?"

„Ich meine, dass die meisten Leute heiraten, weil … weil sie sich lieben und zusammen sein möchten", stieß sie hervor.

Ein kurzes Schweigen folgte.

„Soll das etwa ein Rezept für eine glückliche Ehe sein? Hast du dabei nicht eine wichtige Zutat vergessen? Zum Beispiel das Verlangen, das die meisten Leute nacheinander empfinden?", fragte er bohrend. Katrina spürte, wie ihre Wangen brannten. Es lag etwas in seinem Blick, das sie …

„Natürlich spielt körperliches Verlangen eine große Rolle in einer Ehe", gab sie zu und errötete dabei noch tiefer.

„Du wirst ja wohl nicht leugnen, dass es dieses körperliche Verlangen auch zwischen uns gegeben hat, oder?"

Warum tat er ihr das an – sie so zu demütigen? Was wollte er damit beweisen?

„Nein, aber das … das war ein Fehler." Sie dachte gar nicht daran, ihm ihre geheimsten Gefühle zu offenbaren.

„Ein Fehler?" Er ging auf das Bett zu. Katrina bebte am ganzen Körper. Aber nicht aus Ärger oder Wut, sondern wegen etwas anderem, das sie nicht benennen konnte.

„Was meinst du damit?“, hakte er nach. „Dass du mir deine Jungfräulichkeit geopfert hast, sei ein Fehler gewesen? Ich hatte nicht den Eindruck, als wäre es dir unangenehm gewesen.“

„Nein.“

„Nein?“ Er sah sie fragend an.

„Damit wollte ich nur sagen ... Was in der damaligen Nacht passiert ist, hat mir nichts bedeutet.“

Genau wie ich ihm auch nichts bedeute, dachte Katrina. Sie fürchtete, er könnte ihr bis auf den Grund der Seele schauen und erkennen, wie sehr sie sich nach ihm verzehrte, wie sehr sie ihn liebte.

„Du lügst, und das werde ich dir beweisen“, erwiderte Xander entschlossen.

Im nächsten Moment stand er vor ihr, jeder Zoll ein Wüstenkrieger.

„Fass mich nicht an!“, rief sie aus. Dabei war ihr klar, dass ihre Worte ihn nicht erreichten.

Ein grausames Lächeln umspielte seine Lippen, als er sich zu ihr hinabbeugte. „Natürlich werde ich dich anfassen“, sagte er mit leiser Stimme. „Und natürlich wirst du mich begehren. Du wirst mich anflehen, dich zu nehmen und dich zu befriedigen.“

Im nächsten Moment packte er ihre Handgelenke mit stählernem Griff und beugte sich noch tiefer zu ihr herab.

Sie versuchte alles, ihn abzuwehren, erstarrte, wandte den Kopf ab und presste die Lippen zusammen.

Aber er küsste sie nicht auf den Mund, sondern auf ihren bloßen Arm.

Heiße Wellen der Lust durchfluteten sie. Sie glaubte, seine Lippen überall zu spüren, ihre Brustspitzen richteten sich auf, und die Erregung drohte sie zu überwältigen.

Zwar trug sie ein Nachthemd, aber es war durchsichtig und ließ jede Rundung ihres Körpers voll zur Geltung kommen. Katrina wand sich unter Xanders Zärtlichkeiten.

Noch immer küsste er ihren Arm, und das Vergnügen, das er ihr dadurch schenkte, wurde zu einer süßen Qual, die nach Erlösung verlangte. Sie sehnte sich danach, von ihm auch an anderen Stellen berührt zu werden. Wie von selbst hatten sich ihre Lippen geöffnet, und ein Blick in ihre Augen hätte ihn das Ausmaß ihrer Lust erkennen lassen.

Sie wollte seinen Kopf umfassen, ihn zu sich herunterziehen. Die Heftigkeit ihres Begehrens hätte sie eigentlich schockieren müssen, stattdessen erregte es sie noch mehr.

„Bist du dir ganz sicher, dass du dich nicht danach gesehnt hast?"

Die spöttische Stimme brachte sie schlagartig in die Gegenwart zurück.

„Ganz sicher", erwiderte sie und versuchte, sich von ihm loszumachen. Wieso quälte er sie nur so?

Jetzt bedeckte er ihren Nacken mit kleinen Küssen, während er noch immer ihr Handgelenk festhielt. Mit der freien Hand streifte er ihr die Träger ihres Negligés von den Schultern. Seine suchenden Finger schienen überall zu sein. Ein Schauer durchfuhr sie. Sie hörte Xander einen Laut ausstoßen. Ein Fluch oder ein inniger Wunsch, sie hätte es nicht zu sagen vermocht. Und dann spürte sie seine Lippen auf ihrer Brust. Es war, als könnte er sich nicht länger zurückhalten. Die Erregung durchflutete sie wie ein Feuerstrom, der von Minute zu Minute stärker wurde. Sein Verlangen trieb ihn dazu an, ihr Nachthemd noch tiefer herunterzuziehen, bis ihre Brüste entblößt waren und er sich erneut darüber beugen konnte, um sie zu küssen.

Katrina stieß einen kleinen Schrei aus. Abrupt hielt er inne und hob den Kopf.

„Was willst du?", fragte er rau. Der Blick, mit dem er sie in ihrer Nacktheit betrachtete, brannte vor Verlangen. Hilflos schüttelte sie den Kopf.

„Sag es mir!", beharrte er. „Ist es das?"

Er ließ ihre Hände los und küsste sie in die Mulde zwischen ihren Brüsten. Dabei zog er ihr das Nachthemd immer tiefer herunter.

„Das hier – willst du das?"

„Ja", stöhnte sie verzweifelt.

Seine Zungenspitze fuhr über ihren Nabel. Hitze schoss durch ihren Körper. Im nächsten Moment hatte er ihr das Nachthemd ganz ausgezogen, und nun war sie ihm schutzlos ausgeliefert.

Der Anblick seines dunklen Kopfes, der über sie gebeugt war, brachte sie vollends um den Verstand. Xander schien sich nur noch einem einzigen Zweck verschworen zu haben – ihr Vergnügen zu bereiten.

Jetzt strich er ihr mit einer Hand sanft über die Hüfte, während die andere die Innenseite ihrer Schenkel streichelte. Es war so erotisch, dass Katrina ihm nichts entgegensetzen konnte. Heiße Wellen der Erregung durchliefen sie, und sie gab sich diesem Gefühl ganz hin.

Bestimmt würde er bald entdecken, wie bereit sie war, und dann …

Ihre erotischen Fantasien steigerten ihre Erregung. Xander bedeckte ihre Haut mit kleinen brennenden Küssen und näherte sich dabei immer mehr dem Zentrum ihrer Lust. Jetzt berührte er sie da, wo ihr Verlangen am stärksten war, und sie stieß einen lauten Schrei aus. Noch nie hatte sie jemand derart intim berührt.

Sie drängte sich ihm entgegen, berührte und umfasste ihn. Der Wunsch, sich mit ihm zu vereinigen, wurde übermächtig.

Kraftvoll drang er in sie ein. Wie beim ersten Mal fühlte es sich himmlisch an. Sie umfing ihn warm und feucht. Eigentlich hatte er sich vorgenommen, ihr höchstes Vergnügen zu schenken und sie zu befriedigen. Ihr das zu geben, was ihr zuvor noch kein anderer Mann gegeben hatte. Wenn er schon nicht ihre Liebe haben konnte, dann zumindest das Gefühl, sie so befriedigt zu haben wie kein anderer zuvor.

Aber jetzt schien er selbst in der Falle zu sitzen, die er eigentlich für sie ausgelegt hatte. Er war überwältigt von ihrem Verlangen nach ihm, es machte ihm jede weitere Zurückhaltung unmöglich. Rastlos bewegte er sich in ihr, drang immer tiefer in sie ein, gezogen von einem unwiderstehlichen Sog der Lust.

Katrina atmete stoßweise, mitgerissen in einem Strudel wilder Leidenschaft. Dann erreichten sie gemeinsam den atemberaubenden Gipfel der Lust.

Es dauerte lange, bis er sich schließlich von ihr losmachte. Was er getan hatte, erfüllte ihn mit Bitterkeit. Wortlos stand er auf und ließ Katrina mit dem Gefühl der Wertlosigkeit und ihren aufsteigenden Tränen zurück.

„Ich weiß, er ist dein Sohn. Aber ich weiß nicht, wie lange ich es noch ertragen kann, so von ihm behandelt zu werden."

Es war später Nachmittag. Wie so oft in den letzten Tagen hatte Katrina sich in den kleinen Salon im Erdgeschoss der Villa geflüchtet, den einstigen Zufluchtsort von Xanders Mutter. Nur hier hatte sie das Gefühl, ganz sie selbst zu sein. Sie gewohnte sich sogar an, mit ihr zu sprechen, als würde sie noch leben. Es kam ihr so vor, als wäre seine verstorbene Mutter ihre weise Ratgeberin, jemand, der sie und ihre Gefühle verstand.

Sie hatte diesen Raum zufällig entdeckt, als Miriam ihr die Villa gezeigt hatte. Er hatte ihr sofort gefallen, und sie hatte beschlossen, sich das Zimmer zu eigen zu machen. Hier konnte sie ungestört sein, anders als in ihrem gemeinsamen Schlafzimmer, wo Xander sie jede Nacht in seine Arme schloss und ihr den Himmel auf Erden und gleichzeitig auch die Hölle bereitete.

„Ich weiß, er glaubt, dass er mich dadurch demütigen kann. Aber in Wirklichkeit demütigt er uns beide“, sagte sie bitter. „Er hasst mich dafür, dass ich so anders bin als er, so englisch, wie er es nennt. Aber mir ist klar, dass er dein Sohn ist. Schließlich warst du ja auch Engländerin, und er hat dich geliebt. Er glaubt anscheinend, dass ich seine Kultur verachte. Doch das stimmt nicht. Ich liebe ihn, liebe alles an ihm, besonders die Mischung beider Kulturen, die er dir und seinem Vater verdankt.“

Katrina schwieg einen Moment. „Ich … ich kann nicht bei ihm bleiben. Ich liebe ihn zu sehr. Aber meine Liebe für ihn bringt mich noch um.“

An einer Wand des Salons stand ein großes Bücherregal. Was sie nicht wusste – dies war der Geheimeingang zu dem Zimmer nebenan, dem ehemaligen Büro seines Vaters. Xanders Eltern hatten es oft benutzt, um sich ungestört treffen zu können. Xander stand nebenan und hörte wie erstarrt ihrer Beichte zu. Sein Herz klopfte so laut, dass jedes andere Geräusch dadurch ausgeblendet wurde.

Er hatte nicht gewusst, dass Katrina einen so intimen Zugang zu seiner verstorbenen Mutter gefunden hatte. Er konnte in ihrer Stimme hören, wie einsam und verzweifelt sie war. Ein Schmerz, größer als alles, was er bisher gespürt hatte, schoss ihm mitten ins Herz. Zwar hatte er gehört, was sie gesagt hatte, aber wie konnte er ihr glauben? Dafür hatte sie zu oft betont, was sie von ihm hielt und wie sehr sie ihn hasste.

Der Kummer, der Katrina erfasste, war so groß, dass es ihr die Sprache verschlug. Sie versuchte mit Mühe, die aufsteigenden Tränen zu unterdrücken.

Was würde eigentlich passieren, wenn sie schwanger wurde? Wenn die vielen Stunden ihres Liebesspiels, bei denen sie sich immer wieder sagte, dass diese sich nicht wiederholen durften, nicht ohne Folgen geblieben waren?

Was war nur mit ihr los? Wo war ihr Stolz? Was war mit ihrem Selbsterhaltungstrieb geschehen? War sie wirklich so schwach, dass sie sich mit Sex zufriedengab, wo sie sich in Wirklichkeit doch nach Liebe sehnte?

Sie hörte, wie die Tür geöffnet wurde. Bestimmt war es Miriam, die sich nach ihren Wünschen erkundigen wollte. Schnell nahm sie ein Buch aus dem Regal und tat so, als würde sie darin lesen, um der Haushälterin ihre wahren Gefühle nicht preiszugeben.

„Was liest du da?"

Es war Xander, sie sah ihn schockiert an.

„Ich …" Unwillkürlich zog sie sich in den Schatten zurück, aber er war schon bei ihr und nahm ihr das Buch aus der Hand.

„Das sind die Gedichte, die mein Vater für meine Mutter geschrieben hat", sagte er bewegt.

Seine Worte klangen wie eine Anklage, als hätte sie das Buch dadurch, dass sie es in die Hand genommen hatte, beschmutzt.

„Ich weiß, die Lyrik nimmt in der Kultur des Nahen Ostens einen hohen Stellenwert ein", sagte sie.

„Ja, aber die meisten Dichter richten sich an ein größeres Publikum. Diese Gedichte sind ganz privat, sie sind ein Zeugnis der Liebe meines Vaters zu meiner Mutter."

„Heißt das, du willst nicht, dass ich sie lese? Dann solltest du sie aus der Bibliothek entfernen, wo sie jedermann zugänglich sind."

Plötzlich hielt sie es nicht länger aus.

„Es reicht, Xander", sagte sie entschlossen. „So kann es mit uns nicht weitergehen. Ich will zurück nach England. Ich *werde* zurück nach England fliegen. Und nichts, was du tust, wird mich aufhalten können."

Noch bevor er antworten konnte, war sie durch die offene Tür aus dem Zimmer geflüchtet.

12. KAPITEL

„Du sagst, du willst zurück nach England. Aber eine Ehe kann man doch nicht so ohne Weiteres auflösen."

Sie standen im Schlafzimmer, Xander war ihr gefolgt.

„Das ist mir egal."

„Ach ja? Und was ist dir nicht egal?" Er verschränkte die Arme und sah sie gespannt an.

Das Herz schlug ihr bis zum Hals. Er war ihr nicht egal! Im Gegenteil, er bedeutete ihr viel, zu viel. Das war ja das Problem!

Sie wandte sich ab und bemühte sich, ruhig zu bleiben.

„Mir gefällt nicht, wie wir leben", sagte sie. „Das ist einfach nicht richtig."

„Was meinst du damit?", fragte er herausfordernd. „Was ist nicht richtig?"

Sie wirbelte zu ihm herum. „Du weißt doch genau, was ich meine", sagte sie empört. „Am Tag sehe ich dich kaum, und wenn wir uns sehen, ignorierst du mich. Aber in der Nacht …"

Sie verstummte.

„Was ist in der Nacht?", beharrte er.

Sie schüttelte den Kopf. „Du weißt, wovon ich spreche."

„In der Nacht schließe ich dich in meine Arme, und du reagierst darauf so hingebungsvoll, dass ich …"

„Hör auf!" Die Last ihrer Gefühle drohte sie zu überwältigen. „Mir ist klar, wie sehr du es genießt, mich zu demütigen und zu quälen! Du bist ein Sadist!"

„Ach ja? Dann kann ich ja nur von Glück sagen, dass meine Frau sich mir so schrankenlos hingibt. Dass sie mich an Stellen berührt, von deren Existenz ich nie etwas geahnt habe. Nein, ich bin kein Sadist, Katrina. Aber ich kann es nicht zulassen, dass du mich verlässt."

„Weil du glaubst, ich könnte schwanger sein?" Seine Worte hatten sie schockiert, aber sie ging davon aus, dass diese nur einen Vorwand darstellten, um sie am Gehen zu hindern.

„Es wird kein Kind aus unserer Verbindung geben, Xander."

„Nein? Woher bist du dir da so sicher?", fragte er höhnisch. „Weißt du nicht mehr, was wir letzte Nacht …"

„Ich weiß es seit heute Morgen." Tatsächlich war das eine Lüge. Im

Gegenteil, sie hegte den stillen Verdacht, dass sie inzwischen schwanger war.

„Nun, dann sollte ich vielleicht dafür sorgen, dass es geschieht. Jedenfalls kannst du davon ausgehen, dass ich dir niemals erlauben würde, unser Kind ohne mich großzuziehen. Auch wenn mir klar ist, dass du nie ein Kind aus unserer Verbindung so lieben könntest, wie ich es lieben würde." Sein Gesicht war verschlossen.

„Natürlich würde ich unser Kind lieben, und zwar aus ganzem Herzen."

„Warum willst du mich dann verlassen?"

„Weil ... weil ... wir lieben uns nicht, Xander."

„Du liebst mich!"

Sie sah ihn entgeistert an. Woher wusste er das? Er klang so, als wäre er sich seiner Sache ganz sicher.

„Wie ... wie kommst du darauf?", hörte sie sich selbst fragen.

Wortlos drehte er sich um und verschloss die Tür. Er steckte den Schlüssel ein und kam auf sie zu.

„Ich habe gehört, wie du es meiner Mutter gesagt hast."

Katrina hatte sich auf das Bett gesetzt. Doch jetzt sprang sie auf.

„Ich ... du ... du kannst doch nicht ..."

„Oh doch", erwiderte er und wiederholte dann jedes ihrer Worte, als ob ihm dies großes Vergnügen bereiten würde.

„Ich habe es nicht ernst gemeint."

Er warf den Kopf zurück und lachte. „Lügnerin", sagte er. Im nächsten Moment spürte sie seine Lippen auf ihren.

Der Kuss war so innig, dass Katrina an nichts anderes mehr denken konnte. Sie hätte ihm niemals widerstehen können.

„Du liebst mich! Gib es doch endlich zu", drängte er sie.

„Ja, ich liebe dich", sagte sie schließlich. Eine Träne rollte ihre Wange hinab.

„Musst du deshalb weinen?", fragte er zärtlich und wischte sie fort. „Ich weiß, Liebe kann wehtun. Meine Liebe für dich hat mir mehr wehgetan, als ich es für möglich gehalten hätte."

Katrina erstarrte in seinen Armen.

„Wieso sagst du das?", fragte sie bitter. „Du liebst mich doch gar nicht!"

„Natürlich nicht", stimmte er ihr zu. „Deshalb habe ich auch im

Lager um dich gekämpft. Deshalb habe ich zugelassen, dass El Khalid uns verheiratet hat. Selbst das war mir lieber, als dich zu verlieren. Deshalb habe ich mit dir geschlafen, obwohl ich mir fest vorgenommen hatte, es nicht zu tun. Deshalb habe ich mich selbst gehasst, als ich erkannte, dass du noch Jungfrau warst und ich mich in dir getäuscht hatte. Und deshalb hat es mich auch so verletzt, als du mir nicht glauben wolltest, dass die Gedichtbände meiner Mutter gehörten. Aber am schlimmsten war für mich, dass ich dir nicht wirklich sagen konnte, wer ich war."

„Nein, du hast alles vor mir geheim gehalten", erwiderte sie mit schwacher Stimme.

„Genau wie du. Dich ein zweites Mal zu heiraten sollte dir zeigen, wie viel ich für dich empfinde."

„Aber ich dachte, es wäre nur deshalb passiert, weil dein Halbbruder darauf bestanden hatte", sagte Katrina schockiert. „Das hast du mir doch selbst gesagt."

„Ja, aber nur, weil du mir den Eindruck vermittelt hattest, dass du auf gar keinen Fall mit mir verheiratet sein wolltest."

„Ich habe mich schrecklich gedemütigt gefühlt, weil ich deine Schwägerin gebeten hatte, sie solle sich für dich einsetzen. Doch dann erkannte ich, wer du wirklich warst. Ich dachte, du würdest dich über mich lustig machen."

„Meine Schwägerin hat behauptet, du würdest mich lieben, aber ich habe ihr nicht geglaubt."

„Ich kann es immer noch nicht fassen, dass du mich wirklich liebst", sagte sie ungläubig.

„Soll ich es dir beweisen? Ich weiß, du hast gesagt, du wüsstest seit heute Morgen, dass du nicht schwanger bist. Aber …"

Katrina errötete.

„Das war nicht ganz richtig. Ich habe es nur gesagt, um dich auf Abstand zu halten." Sie biss sich auf die Lippe. Jemanden zu lieben bedeutete doch auch, ihm zu vertrauen.

„Es ist möglich, dass ich unser Kind trage", sagte sie und setzte hinzu: „Aber es ist noch zu früh, um ganz sicher zu sein."

Xander ignorierte ihre letzten Worte. Er umfasste zärtlich ihr Kinn und schenkte ihr einen Blick voller Liebe und Zärtlichkeit. Seine ganze Verehrung lag darin.

„Es gibt nur eines, was ich mir noch mehr wünsche, als dass du die Mutter meiner Kinder wirst, Katrina."

„Was … was ist das?", fragte sie heiser.

„Deine Liebe", erwiderte er prompt.

„Die hast du, Xander."

„Und ich werde sie immer in Ehren halten, so, wie ich dich immer lieben und ehren werde", erwiderte er feierlich. Dann neigte er den Kopf und besiegelte sein Versprechen mit einem Kuss.

EPILOG

„Oh, Xander, das ist eine so wundervolle Gedenkstätte an deine Mutter, und es ist so außerordentlich großzügig von deinem Bruder."

„Ja, das stimmt, es ist die perfekte Gedenkstätte für sie", stimmte Xander ihr zu, als sie gemeinsam mit den anderen Familienmitgliedern der Eröffnung der Universität für Frauen beiwohnten, die der Herrscher im Gedenken an Xanders Mutter und an seine Gouvernante hatte errichten lassen.

„Und es war deine Idee!"

Katrina lächelte ihn an, er hielt ihren zehn Monate alten Sohn in den Armen.

„Ich hoffe, das ist nicht zu viel für dich", meinte er besorgt und betrachtete ihren leicht gewölbten Bauch, der ihre zweite Schwangerschaft verriet.

„Nein, natürlich nicht." Sie lachte.

„Schade", sagte er anzüglich. „Ich hatte mich schon darauf gefreut, heute Abend ganz früh mit dir ins Bett zu gehen."

– ENDE –

Penny Jordan
Eine Hochzeit
und drei Happy Ends
Band-Nr. 20006
8,95 € (D)
ISBN: 978-3-89941-695-4
384 Seiten

Nora Roberts
First Class Affären
Band-Nr. 20008
8,95 € (D)
ISBN: 978-3-89941-710-4
512 Seiten

Vicki Lewis Thompson
Sexy, süß, frech sucht …
Band-Nr. 20026
9,99 € (D)
ISBN: 978-3-89941-948-1
544 Seiten

Jennifer Crusie
Ein Mann für alle Fälle
Band-Nr. 20020
9,95 € (D)
ISBN: 978-3-89941-846-0
560 Seiten

Sandra Brown
Der Himmel kann warten /
Gefangen in der Wildnis
Band-Nr. 20028
8,99 € (D)
ISBN: 978-3-89941-961-0
400 Seiten

Sandra Brown
Tauziehen der Liebe /
Die Zwillingsfrau
Band-Nr. 20021
8,95 € (D)
ISBN: 978-3-89941-856-9
304 Seiten

Sandra Brown
Die Tür zur Liebe /
Gefangene der Liebe
Band-Nr. 20016
8,95 € (D)
ISBN: 978-3-89941-801-9
320 Seiten

Sandra Brown
Unbestechliche Herzen /
Das verbotene Glück
Band-Nr. 20003
8,95 € (D)
ISBN: 978-3-89941-674-9
400 Seiten